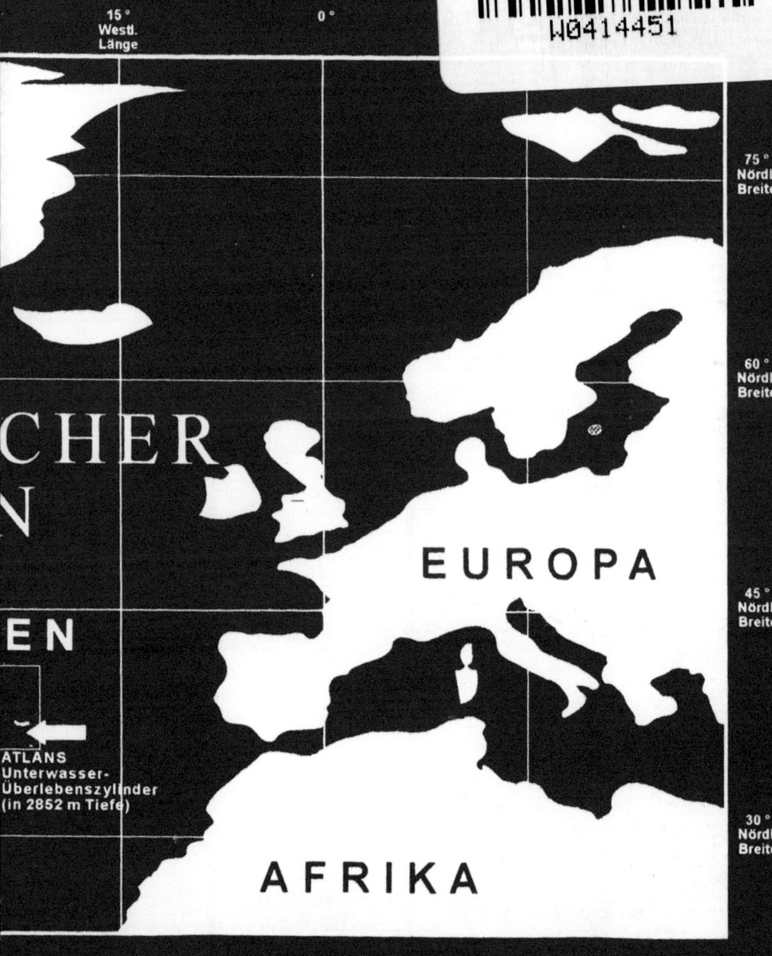

Die Kuppel hält dem Wasserdruck spielend stand und ist mit allem ausgestattet, was die Arkoniden vor der Vernichtung ihrer Expedition entbehren konnten. Die Station besitzt eine Roboterbesatzung, reiche Lebensmittelvorräte und große Flutschleusen. Der gewachsene Fels unterhalb der Kuppel ist ausgehöhlt und mit Arkonstahl so stabilisiert worden, daß er sogar Belastungen von eventuellen tektonischen Verschiebungen absorbieren kann. Im Notfall kann die Station bis zu 10.000 Flüchtlinge aufnehmen.

Atlan

HERRSCHER DES CHAOS

Perry Rhodan

Atlan

HERRSCHER DES CHAOS

von
Hanns Kneifel

MOEWIG

Redaktion: Klaus N. Frick
Titelillustration: Rüdiger W. Wick
Druck und Bindung: Ebner Ulm
Printed in Germany 1996
ISBN 3-8118-1508-3

Vorwort

Der nicht nur planetenweit bekannte Chefhistoriker der Shmorl-Universität zu Gäa in der Provcon-Faust, Professor Cyr Aescunnar, würde es kaum anders sehen: Das neunte große Kapitel aus den ANNALEN DER MENSCHHEIT ist fast ausschließlich zusammengesetzt aus den Abenteuern des Arkoniden Atlan, wie er sie seit 8000 vor der Zeitenwende zu unterschiedlichen Jahren und an höchst unterschiedlichen Orten erlebt hat – zwar meist dank ES', des Meisters verzerrter und gesperrter Erinnerungen, und der Unschärfekorrelation Ricos, des Hochleistungsrobots, dessen Positronik durch rund zehn Jahrtausende hindurch mit dem eigenwilligen Geschichtsbewußtsein und der verwirrenden Terminologie der terranischen Barbaren ihre Schwierigkeiten hatte. Kein Wunder bei Berechnungen wie »NUvA« = »Nach Untergang von Atlantis« oder »ab urbe (Roma aeterna!) condita«, den Rechenversuchen »nach Christi Geburt« oder nach dem historischen Selbstverständnis der Muslime, das von Mohammed abgeleitet wurde, dem Propheten Allahs. Erst als Atlan im 20. Jahrhundert n. Chr. aufwachte, konnte Rico mit exakteren Zahlen aufwarten; auch ihm entging – wegen häufiger Datenüberflutung – so manches geschichtlich relevante Ereignis.

Das vorliegende neunte Kapitel ist zusammengesetzt aus jenen Erlebnissen, an die Atlan sich unter dem Zwang von Déjà-vu-Schocks erinnern mußte, und aus den kathartischen Erzählungen in der Intensivstation, während Atlan mit dem Tode rang und die ersten tastenden Schritte ins Weiterleben machte. Der Chronist fand sie im Taschenbuch 279 aus dem Jahr 1986, *Jahrhunderte des Krieges;* er verwendete verschiedene Auszüge aus Taschenbuch 282 (1986), *Novellen der Sterne und Kämpfe;* das Taschenbuch 89, *Das goldene Raumschiff,* von 1971 zählt dazu; ebenso die Story *Ein Roboter auf Urlaub* aus dem damaligen *Perry-Rhodan-Jubiläumsband Nr. 2* (1981) zum 20jährigen Bestehen der Serie, dito das Taschenbuch 92 von 1971, *Der Ritter von Arkon,* und Taschenbuch 286 aus den Jahren 1985/86, *Der Arkonide und der Großkhan.*

Bis weit ins dritte Jahrtausend nach der Zeitenwende ist über die große Fluchtburg Atlans aus Arkonstahl wenig berichtet worden; Atlan und erst recht sein Robot Rico, dem blumig ausschweifende Schilderungen naturgemäß fremd sind, hielten es nicht für erwähnenswert, dieses arkonidische Bauwerk und die Flottensilos, die über den Planeten Larsaf III verstreut waren, einer detaillierten Schilderung zu unterziehen. Es gehörte zu ihrem Jahrtausende dauernden »Alltag«.

Durch Zufall gelangte ein Student der Historischen Fakultät der Shmorl-Universität an ein antikes Datenband, das zusammenhanglose Fragmente enthielt. Zu irgendeiner Zeit nach dem Zusammentreffen mit Perry Rhodan hatte der Arkonide etliche Skizzen angefertigt und dazu recht pauschal Erklärungen abgegeben. Eine Arbeitsgruppe rekonstruierte Daten, Zeichnungen und Maße, rechnete arkonidische Zahlenangaben um und ergänzte nach logischen Gesichtspunkten, aus Textpassagen späterer Atlan-Berichte und nach eigenem Empfinden; bisher war es unmöglich, Atlan zu diesem Thema zu befragen oder von ihm eine gezielte Stellungnahme zu erhalten. Widerstrebend gab schließlich der Chefhistoriker die Zeichnungen, versehen mit eigenen Ergänzungen, zur Veröffentlichung frei. Professor Aescunnar war sich bewußt, nötigenfalls Korrekturen an einzelnen (oder mehreren) Details vornehmen lassen zu müssen. Im großen und ganzen, so seine Überzeugung und die seiner Studenten, entsprach die zeichnerisch-holographische Rekonstruktion der Wirklichkeit – in dieses Bauwerk hätte sich die gesamte Besatzung von Port Atlan im Krisenfall flüchten sollen und können. Daß Atlantis unterging und sich die Konstruktion, zum größten Teil in Felsen eingebettet, seit nunmehr fast zwölf Jahrtausenden auch unter aggressivem Meerwasser im vulkanischen Bebengebiet São Miguels bewährte, mit all ihrer großartigen technischen Einrichtung, sprach für die gewissenhafte Gründlichkeit arkonidischer Konstrukteure.

Der neunte und zehnte Band der Atlan-Chronik zeigen die Gesamtansicht und einige charakteristische Details des sogenannten Überlebenszylinders, den selbst der Arkonide mitunter »Fluchtkuppel« oder »Schutzkuppel« nannte und nennt; wäre Terra nicht verschwunden, hätten entsprechende Unterwasseraufnahmen Aussehen und gegenwärtigen Zustand zweifelsfrei dokumentieren können.

Vom ausklingenden Jahr 800 n. Chr. spannt sich die Zeit vieler Atlan-Abenteuer bis weit nach 1268; kurze und lange Aufenthalte unter den Barbaren schildert Atlan im Zwang seiner Katharsis seinen wenigen besorgten Zuhörern – für die kleine Gruppe steht nur fest, daß sie der arkonidische Kristallprinz letztlich lebend und unbeschädigten Verstandes überlebt hat; ob er das Jahr 3561 übersteht, vermag gegenwärtig niemand verbindlich zu sagen. Immerhin: Der Paladin der Menschheit scheint den schwersten Unfall in seiner Existenz überwunden zu haben.

Auch diese Sammlung von Zeitabenteuern wäre ohne Rainer Castors zuverlässiges Nachrechnen, sein ricoähnlich kolossales Archiv und seine vielen Hinweise nicht so geschichtlich korrekt gewesen. Lektor Klaus N. Frick tat wie stets das Äußerste, jede Art Fehler des Chronisten zu erkennen und zu eliminieren; für Georg Joergens' zeichnerische Mühen ist höchste Anerkennung angebracht. Castor, Frick und Joergens gilt der Dank des Chronisten.

Hanns Kneifel

Prolog

Es schien, als spüre der besinnungslose Arkonide, wie sich kaltes Erschrekken immer tiefer in Cyr Aescunnars Verstand hineinbohrte: Während über dem Kontinent Pront und im Osten von Gäas terranischer Hauptstadt Sol-Town die ersten kalten Sonnenstrahlen zuckten, während Atlan in entspannter Schlafhaltung auf den blütenweißen, sterilen Laken unter den Solarlampen lag, mit fast unversehrt scheinender, gebräunter Haut, die von medizinischen Ölen troff, wiederholte der Historiker lautlos immer wieder, halb entsetzt, halb erstarrt und gebetsmühlenartig, vier Namen: »Roctin-Par (Lare), Pruyaree, Drigene und Raysse Mahal (Mucys) ... Roctin-Par und jeder Überschwere, Pruyaree ...«

»Das Verhängnis ist unter uns!« Cyr schüttelte sich. »Ausgerechnet ich hab' nicht an das schauerliche Geheimnis dieser Züchtungen gedacht. Unverzeihlich, Professor Aescunnar!«

Sein Blick glitt über die unaufbereiteten Sekundär-Unterlagen für das noch immer nicht abgeschlossene achte Kapitel der ANNALEN, über die Ausdrucke der ENZYCLOPAEDIA TERRANIA, über die halbkreisförmig angeordnete Batterie seiner Kommunikationsgeräte vor dem riesigen, übersäten Schreibtisch und blieb auf der holographischen Projektion haften, die das Bild aus dem grell ausgeleuchteten Reinstraum der Intensivstation zeigte: Atlan schlief.

Aescunnar blickte zum Chronometer: 05.54 Uhr; 29. November 3561. Atlan und er hatten fast vierundzwanzig Stunden geschlafen; der Arkonide ununterbrochen, er, Cyr, mit drei Pausen. Jetzt erinnerte er sich wieder: Er hatte von Karthago II geträumt, vom Inferno des brennenden Planeten, von der Rettung im letzten Augenblick, von Atlans lebensbedrohlichen Verletzungen und Verbrennungen. Kommandant Sarab Lavar und Sarough Viss, Pilot der KHAMSIN, hatten die Terraner und drei Multi-Cyborgs geborgen und in einem risikoreichen Flug nach Gäa gebracht.

Auf Gäa hielten sich Roctin-Par, der Gegner des »Hetos der Sieben«, eine große Anzahl sogenannter Laren-Rebellen und eine Cyr unbekannte Menge Überschwerer auf. Vor dem Abflug der KHAMSIN nach Karthago, dem Mucy-Planeten, war die Information – die jetzt, plötzlich in Aescunnars jäh aufflammender Erinnerung, zur unmittelbaren Gefahr geworden war – unüberhörbarer Bestandteil im Bewußtsein eines jeden Beteiligten gewesen:

Nicht jeder Mucy, aber mindestens zwei Drittel von ihnen waren lebende biologische Bomben für Laren und Überschwere. Es genügte, ein Mucy-Indi-

viduum in die Nähe eines Laren zu bringen, und rund achtundvierzig Stunden später starb dieser Mann aus dem Konzilsvolk der Sieben. Die Inkubationszeit bis zum lethalen Augenblick war bei Überschweren noch kürzer. Die biologischen Kontaktgifte waren fester Bestandteil der physischen Ausstattung der Multi-Cyborg-Klonzüchtungen gewesen. Auf Karthago II trug JEDER Mucy das inaktive, tödliche Virus in sich ...

»Wer ist der richtige Mann zur falschen Morgenstunde?« murmelte Cyr. Er drehte den Sessel herum und tastete eine Nummer ins Keyboard des Visiphons; er kannte sie seit Monaten auswendig. »Früher hätte jeder Herrscher, der etwas auf sich hielt, den Boten, also mich, ausweiden lassen.«

Er wählte mit unsicheren Fingern. »Doktor Ghoum-Ardebil!«

Aus dem Augenwinkel sah er im raumbeherrschend großen Hologramm: Atlan streckte sich, gähnte und schien aufzuwachen. Ärzte, Medorobots und Krankenpersonal in grüner Schutzkleidung verließen die Schleusen der Warteräume und näherten sich der lichtüberfluteten Liege. Qualvoll langsam verstrichen Sekunden: Die Holoprojektion des Kommunikationsgerätes baute sich auf; gähnend und mit halb geschlossenen Augen starrte der Ara-Mediziner Cyr an.

»Ist Ihnen eine bizarre historische Variante eingefallen, Herr Kollege?«

Seine Stimme war rauh, leise und zittrig. Er war zu müde, um Mißbilligung und Frust zeigen zu können; Atlans Überleben lag ihm ebenso am Herzen wie jedem anderen der kleinen Gruppe, die vom Karthago-II-Desaster wußte. Aescunnar schüttelte den Kopf und erwiderte leise: »Nein. Mein Vertrauen in Sie, Ghoum, ist von kosmischer Großartigkeit. Ein Problem von tödlicher Bedeutung: Sie erinnern sich an Raysse Mahal, Chef der Siedler, den Mucy aus dem *Land der weichen Steine?* Und an Drigene, Mucy-Freundin von unserem Anthropologen Djosan Ahar? Und an Mucy Pruyaree vom *Stamm der Dünenvölker,* die Geliebte unseres KHAMSIN-Piloten?«

»Ich erinnere mich. Halten Sie mich für senil? Was ist los?«

»Drei Virusträger! Kontaktgift gegen Laren und Überschwere. Hat jemals jemand daran gedacht, zu fragen oder zu untersuchen, ob sie infizieren können? Ob bei ihnen das Gift vorhanden oder nicht vorhanden ist? Käme einer der drei mit Roctin-Par zusammen, stürbe der Lare binnen achtundvierzig Stunden. Von den Überschweren rede ich noch gar nicht! Oder hat man das Virus mit entsprechenden Gegenmitteln eliminiert?«

»Lassen Sie mich nachdenken, Cyr.«

»Nicht länger als ein paar Minuten, Ghoum!«

Ghoum-Ardebil, seinerzeit der Expeditionsarzt, schloß die großen, dunklen Augen und senkte den Kopf. Seine Knochenfinger massierten die Stirn. Er wandte sich ab, schien irgendwelche Daten abzurufen, rieb zwischen Daumen und Zeigefinger das pergamentene Ohrläppchen und sagte müde, als hole er widerspenstige Erinnerungen aus großer Tiefe und galaktischer Finsternis hervor:

»Die schwarzhaarige Drigene und Magister Ahar haben sich im Planetaren Krankenhaus untersuchen lassen. Etwa zwei Monate her. Ich traf sie, zufällig. Drigenes Mucy-Physis ist, diesbezüglich, ohne Befund. Weiß ich ganz genau; rufen Sie trotzdem Djosan an! Und Pruyaree ... Warten Sie. Sie fliegt mit Viss. Also sind die Unterlagen der Raumflotte ...«

Er entfernte sich aus dem Erfassungsbereich der Linsen. Cyr wandte sich halb herum. Der gläserne Sarg war gereinigt und keimfrei gemacht, sämtliche Anschlüsse, Düsen und Filter ersetzt, neue Nährbad-Flüssigkeit eingefüllt worden. Antigravpolster hoben Atlan auf, bugsierten ihn behutsam dreieinhalb Meter weiter und senkten ihn in den Überlebenstank ab. Das Kontroll-Leuchtfeld der goldfarbenen Modifizierten SERT-Haube blinkte. Aus dem Hintergrund seines abgedunkelten Schlafraumes, im Bereich der Mikrophone, aber außerhalb der Linsen, rief der Ara, hörbar ärgerlich und gerade noch beherrscht:

»Pruyaree wurde dreimal untersucht. Jemand außer mir und Ihnen, Kollege, war problembewußt. Na ja, die Flotte. Immer mißtrauisch. Also: keine Gefahr! Pruyaree war trotz der Prämisse, daß ganz KARTHAGO ZWO als absolut tödliche Falle galt, nicht mit dem Virus ... ausgestattet. Sarough Viss kann sich weiterhin an ihr angstfrei erfreuen. Und umgekehrt. Und auch Roctin-Par und seine Provconer Laren-Rebellen dürfen, im Gegensatz zu mir, ruhig schlafen. Über Raysse Mahal habe ich keine Informationen. Halten Ihre Versuche, einen alten Mann des geriatrischen Schlafes zu berauben, weiter an?«

»Eure Magnifizenz!« Aescunnar spürte, unendlich erleichtert, wie der Druck von ihm wich. »Mich jagte ein Mucy-Virus-Atlan-Albtraum aus dem Restschlaf. Ich war halb krank vor Besorgnis. Nehmen Sie meine Entschuldigung an?«

»Wird Sie was kosten. Ich überleg' mir noch, was. Rufen Sie Tifflor an; er soll sich um Raysse kümmern. Und vielleicht den Laren und Überschweren etwas Vorsicht beim Umgang mit Minoritäten empfehlen.«

»Danke, Ghoum!« Während Cyr sprach, schob sich der uralte Ara wieder vor die Linsen. »Atlan schwebt gerade wieder im Tank. Die Haube senkt sich – geht es ihm gut?«

»Besser als mir, Cyr – er darf ruhig schlafen!«

»Schon gut. Abermals danke! Wir sprechen wieder, wenn Sie ausgeschlafen sind. Irgendwann ...«

»In einem Monat oder so ist es soweit. Trotzdem: Gut, daß Sie daran gedacht haben. Gute Nacht, ANNAList!«

»Schönen guten Morgen, und mögen Sie es mir nachsehen.«

Der Visiphonschirm wurde dunkel. Cyr war sicher, das virtuelle Nachglühen von Mikrochips und Leiterplatten sehen zu können; ein bizarr-rechtwinkliges Muster. Er schwang den Sessel herum, suchte in seinen Unterlagen; für ihn – im Gegensatz zu Oemchèn Orb – war das intellektuelle

Schlachtfeld auf seinem Schreibtisch ein Muster perfekter Logik, Logistik und erhellender Luzidität! Er fand die Nummer des privaten Anschlusses von Julian Tifflor. Cyr zögerte, schaltete systematisch seine Kommunikations-, Aufnahme- und Dokumentationsgeräte ein und sah zu, wie sich die SERT-Haube langsam und lautlos senkte, als fände der Vorgang in einer anderen Welt statt.

»Tifflor. Er wird mir die Verantwortung abnehmen«, brummte Cyr Aescunnar und zuckte zusammen, als sich die Haube selbsttätig arretierte. Das große weiße Feld der Printplatte kippte ebenso langsam nach oben in seinen Blickbereich. Er blinzelte; etwas zwischen der äußersten Schicht seiner Augen und dem Nerv, der die Impulse zum Gehirn leitete, pulsierte und ließ ihn die gewendelten Fasern einer Multiplexleitung erkennen: wie verschiedenfarbige dünne Würmer, die sich wütend umeinander wanden. Aus den Lautsprechern klang es wie eine Sturmbö in einem Hain alter Eichen, als Atlan tief und schwer atmete, dann erschienen die ersten Buchstaben, gliederten sich zu Worten, die Bandgeräte liefen lautlos an, vage Felder unterschiedlicher Helligkeiten und Farben erschienen in den flirrenden Hologrammen – Atlan begann mit völlig fremder Stimme zu deklamieren, betont getragen und würdevoll:

... ich kehre zurück zur Weissagung. Wie oft befahl der Senat den Dezemvirn, die Bücher der Sibylle zu befragen: wenn zwei Sonnen gesehen wurden, wenn drei Monde erschienen, wenn man feurige Flammen am Nachthimmel beobachtete oder, ein andermal, als die Sonne in der Nacht erblickt wurde, als man Lärm am Himmel hörte und das Firmament zu bersten schien und seltsame Kugeln darin schwebten. Dies schreibt Cicero ...

... im Jahr fünfhunderteinunddreißig nach der Gründung der Stadt sind, wie Plinius schreibt, während des Consulats des Domitius und Fannius drei Monde zugleich aufgetaucht. Bei Amierno tauchten an vielen Stellen Männer in weißen Gewändern auf, während der Sonnenball sich verkleinerte und glühende Lichter bei Praeneste vom Himmel fielen und sich bei Arpi ein glühender Schild zwischen den Wolken zeigte. Mit der Sonne kämpfte der Mond, so berichtet Lykosthenes, und während gespenstische Schiffe über den Himmel fuhren, leuchteten ihnen zwei Monde ...

... mehr als dreißigmal erschienen seltsame, unerklärliche Lichter, etwa zehn glühende Schilde, ebenso oft Schiffe, Armeen oder Menschen, fünfmal nur Feuerbälle am Himmel. Die psychologische Wirkung solcher Zeichen auf den Geist der Menschen war immens: Während der Herrschaft von Gnaeus Octavius löste sich ein Funken von einem Stern, näherte sich, größer werdend, der Erde und wurde so groß wie der Mond. Er verbreitete trübes Licht und wurde zur Fackel, als er wieder in die Weite des Himmels zurückkehrte. Obsequens beschwört es! Unter einem Kreuzzeichen am Himmel schwor der

junge Constantinus seinem alten Glauben ab und siegte – Tausende seiner Legionäre sahen dasselbe Zeichen und eine Schrift in einfachen griechischen Buchstaben darunter.

Aescunnar hob den Ausdruck in den Bereich der Hololinsen und schwenkte ihn; vor wenigen Minuten war ihm von einer Statistik-Unterabteilung MASTERCONTROLS der Bericht Khoi-al-Hanegs, eines Datensammlers und -auswerters, überspielt worden. Julian Tifflor, Administrator des Fluchtplaneten, war ebenso unausgeschlafen wie der uralte Ara-Mediziner. Seine Blicke und sein Schweigen bewiesen den Grad der Besorgnis über den Zustand des NEI-Prätendenten.

»Bekannt, Sir? Nicht alle Überschweren waren seinerzeit mit der brachialen Politik Leticrons einverstanden. Er ist, meines Wissens und nach diesem Artikel, seit Anfang des Junis 3459 durch die Gnade der Laren Erster Hetran der Milchstraße sozusagen.«

Tifflor nickte. Sein Blick ruhte auf den Bildschirmen und Holoprojektionen hinter Cyr Aescunnars Schultern: Dort sah Julian Tifflor seinen Freund ausgestreckt unter der SERT-Haube in der Nährflüssigkeit liegen. Cyr sprach weiter.

»Viele Überschwere sind geflüchtet, stießen auf unsere Leute und sind gerettet worden. Wohin mit ihnen? Nach Gäa, selbstverständlich. Hier, in Zeile 658, behauptet al-Hernags: Es befinden sich fünfzehn Millionen Rebellen, also Laren, innerhalb der Provcon-Faust.«

»Es droht also, wenn Raysse Mahal Infektionsträger ist und nicht bald entdeckt wird, ein Unheil vom Ausmaß einer tödlichen Seuche. Ich habe verstanden, Professor.«

»Was tun Sie?«

»Mahal suchen und isolieren, dann unter ärztliche Überwachung stellen – wird nicht einfach sein, wenn er mit einem Raumschiff irgendwo herumfliegt und nicht hier gefunden werden kann.«

»Überschwere und Laren. Vielleicht ist die Zahl zu hoch gegriffen«, sagte Aescunnar. »Aber wir Terraner haben übelste Erfahrungen mit Seuchen aller Art – tun Sie etwas dagegen, Tifflor, und tun Sie's rasch.«

Tifflor hob die Hand und nickte sehr langsam. »Ich fange damit an, wenn wir unser Gespräch beendet haben. Noch etwas: Kümmern Sie sich weiterhin um Atlan und rufen Sie mich, wenn sich etwas verschlechtern sollte. Danke für die Warnung. Sie hören von mir, sobald wir Raysse Mahal haben.«

Cyr grüßte zurück. »Ich konzentriere meine gesamte Zeit und meine ganze Kraft auf die ANNALEN DER MENSCHHEIT. Sie bestehen zu fünfundsiebzig Prozent aus Atlans Berichten; der Rest sind Bilder, Statistiken, Karten und geschichtlich korrekte Beiträge. Was soll ich Ihnen lange erzählen – Sie wissen es so gut wie ich.«

Sie nickten einander zu, dann trennte Tifflor die Verbindung. Cyr Aescunnar holte tief Luft und widmete sich der Bedeutung von Atlans nächsten Worten und Sätzen. Atlan berichtete weiter:

Allein vierzigmal wurden gleichzeitig mehrere Monde oder Sonnen am Himmel, neue Sterne, fallende Lichter oder nächtliche Sonnen und andere furchtgebietende Erscheinungen gesehen und beschworen. Daß aber der größte Vulkan seit acht Jahrtausenden ausbrach, schienen die Römer nicht zu bemerken; jedenfalls fand ich keine Hinweise darauf. Der Planet erkaltete in weiten Bereichen, da der Staub und die Gase in der Atmosphäre verhinderten, daß Sonnenlicht den Boden erreichte ...

... vor dreihundertneunzig Jahren indessen wurde Rom von den Vandalen unter ihrem Anführer Alarich gründlich geplündert. Die Bilder davon, Gebieter Atlan, wirst du sehen, wenn du dazu in der Lage bist.

1.

Die Worte erreichten mich. Ihren Sinn verstand ich nicht ganz. Aber mein Gedächtnis arbeitete besser als meine Sinne. Der Verstand fing an, sich mit der Geschwindigkeit eines Mühlrads zu drehen, das von einem blinden Esel angetrieben wurde. Ich erwachte; damit mein Verstand keinen Schaden nahm, beschäftigten mich Rico und seine Computer mit Informationen zum Nachdenken. Wer fiel mir zuerst ein, als Schemen und dennoch scharf gezeichnet, um sich irgendwo zwischen den Schichten meiner Erinnerung abgelagert zu haben?

Attila, dieser Auswurf des Planeten! Die Römerin Patricia, die jenen Funk-Armreif an den ausgestreckten Arm einer Statue gehängt und mich verlassen hatte. Und Rico, der mich, bar seiner menschenähnlichen Verkleidung, erwartet hatte. Wie lange war das her? Wie lange hatte ich geschlafen? Was erwartete mich jetzt?

Die Fragen erschöpften mich. Ich schlief abermals ein und erwachte eine Weile später. Da hatte ich die Hunnen mitsamt ihrem König vergessen.

»Du hast dreihundertsechsundvierzig Jahre geschlafen, Herr Atlor zao Gonocebolan«, sagte irgendwann eine sonore Stimme. Natürlich war es die Stimme dieses überperfektionierten Roboters. Der Logiksektor schien ebenfalls erwacht zu sein. *Er hat eine Namenswahl für dich getroffen. Dies verspricht interessante Jahre auf dem Barbarenplaneten!*

Ich konnte nur mit einem Krächzen antworten. Die nächste Phase des Wiederbelebungsprogramms wurde eingeleitet. Nach einigen Stunden war ich todmüde, aber meine Augen arbeiteten mit gewohnter Schärfe. Auch das Denkvermögen nahm zu.

»Ich werde den Namen Riocar zao Gonocebolan annehmen. Ich muß sicher sein, daß ES jeden Punkt unserer Vorbereitungen als erledigt definiert.«

»Was ist los?« versuchte ich zu formulieren. Inzwischen war mein Oberkörper aufgerichtet worden. Schwer ruhte mein Kopf auf dem naßgeschwitzten Kissen. Mein Blick richtete sich auf die stehenden Bilder, die auf den Schirmen leuchteten.

»Vieles ist los«, erklärte Rico-Riocar. »Deine Aufnahmefähigkeit, Gebieter ... Herr Atlor, ist noch eingeschränkt. Zunächst unsere Namen. Ich habe die Begriffe *Atlan, Arkon, Rico, Gonozal* und *Roboter* in den Rechner eingegeben, einen Befehl kodiert und den Zufallszahlengenerator eingeschaltet. Eine Reihe seltsamer Namen wurde ausgedruckt. Nach dem Prinzip abnehmenden Wohlklanges suchte ich zwei Namen aus. Hier.«

Auf dem mittleren Bildschirm erschienen Schriftreihen. Ich erkannte die römischen Lettern, darunter zwei ähnliche Schriften, schließlich eine vierte, die aus Schnörkeln bestand:

Atlor zao Gonocebolan

Riocar zao Gonocebolan.

Riocar, der sich von den Maschinen der Unterseekuppel derzeit eine neue Verkleidung anpassen ließ und irgendwie »unfertig« aussah, erklärte mir die Bedeutung dieser unterschiedlichen Schriften. Die Maschine tat absolut nie etwas Sinnloses; ich versuchte mich zu konzentrieren.

»Die Schreibweise der Römer ist dir geläufig. Darunter – so nennen sie's – die Unziale- oder Maiuscel-Schrift. Die Reihe darunter ist die karolingische Minuscel-Schrift, die alles viel besser schreibbar und lesbar gemacht hat. Diese Schrift wurde im Reich des Karl entwickelt. Später wirst du mehr darüber erfahren. Die Schnörkelschrift in der letzten Reihe wird von den Gläubigen des Mohammed benutzt. Sie schreibt sich von rechts nach links. Es ist die Schrift in einem neu entstandenen großen Reich. In ihr sind die Suren, die Kapitel, des *Qor'an* oder Koran geschrieben. Ich habe Sprachen und Schriften gespeichert und kann sie anwenden.«

Er zitierte etwas in den beiden »neuen« Sprachen, und ich verstand – nichts. Schwerfällig fragte ich: »Diese Idiome werden wir benutzen müssen?«

»Es muß damit gerechnet werden. Es sind die wichtigsten Schriften und Sprachen dieser Zeit. Erstaunlich genug, daß so viele Barbaren schreiben gelernt haben. Aber das ist eine Eigenschaft der Einsiedler, Mönche und Klöster.«

»Weißt du, was mit Patricia geschehen ist? Mit Kandake Usha Tizia?«

Ich wußte trotz meiner Benommenheit, daß ein großer Teil meiner Erinnerungen von ES manipuliert wurde. Um mich zu schonen und seine eigenen Geheimnisse nicht offenbaren zu müssen, wurden ganze Blöcke der Vergangenheit ausgelöscht oder zumindest blockiert. Rico-Riocar antwortete:

»Unser Refugium existiert nicht mehr. Von der Oase ist nur noch ein trockenes Wadi übrig und der Felsen, in dem das kleine Raumschiff aus den Hangars der Venus, also Larsaf Zwei, sicher verborgen ist. Trockenheit und Verzweiflung haben die kleine Stadt sterben lassen. Die Bewohner wurden in alle Windrichtungen zerstreut.«

Meine abwartenden, skeptischen Gedanken über diesen winzigen Ruhepunkt in einer chaotischen Welt wurden bestätigt. Unaufhörlich veränderte sich die Oberfläche des dritten Planeten von Larsafs Stern. Und die Menschen darauf waren bedeutungslos wie die Ameisen.

»Die Kandake Usha?« Ich krächzte. Undenkbar, daß Riocar von ihr noch Spuren würde finden können.

»Die dunklen Königreiche existieren in einer anderen Form weiter. Aus der Karawanserei, die wir bauten, wurde eine Stadt. Ushas Geschlecht ist ausgestorben. Von uns gibt es nicht einmal mehr Legenden und Sagen.«

Begreiflich. Es gibt niemanden, der sie aufschrieb, und keiner erzählte es seinen Kindern und Enkeln.

Der Logiksektor begriff also schon schneller als ich selbst. Ein Zeichen, daß mein Verstand gesund war. Die Prozedur des Aufwachens schleppte sich weiter. Über Patricia, eine meiner verschwundenen Hoffnungen, sinnierte der Robot laut vor sich hin:

»*Wozu eine Frau?* schreibt Theophrast. *Wozu?* Der Weise kann niemals einsam sein, hat er doch um sich alle Edlen, die leben oder je gelebt haben. Seinen freien Geist versetzt er, wohin er will. Was er körperlich nicht erreichen kann, erfaßt er mit dem Denken. Fehlt es ihm an Menschen, spricht er mit sich selbst oder mit ES.

Eine schöne Frau findet rasch andere Liebhaber, eine häßliche neigt zu Begehrlichkeit. Keinen Freund können wir haben, keinen Gefährten – sie wird rasch argwöhnen, du könntest deine Liebe anderen zuwenden und ihr den Rücken kehren. Eine arme Frau zu ernähren ist schwierig, eine reiche zu ertragen eine Qual. Wie man sie bekommt, so muß man sie behalten. Immer muß man ihr Gesicht beachten und ihre Schönheit rühmen. Überläßt man ihr das Haus zur Leitung, muß man selber dienen; behält man sich die eigene Entscheidung vor, glaubt sie, man habe kein Vertrauen zu ihr, und geht zu Haß und Zänkerei über. Bei einem sitzen, wenn man leidend ist, können besser Freunde und Dienerinnen, die durch Wohltaten verpflichtet sind. Falls sie selbst krank wird, muß man mit ihr leidend sein und darf niemals von ihrem Bett weichen. Ferner: Der Kinder oder des Erbes wegen eine Frau zu nehmen, daß dein Name nicht untergeht oder du im Alter einen Schutz hast, ist das Allerdümmste.«

»Danke für den Versuch robotischen Trostes.« Ich keuchte und lachte. Es tat meinem geschwächten Körper weh. »Ich beabsichtige aus verständlichen Gründen nicht zu heiraten. Woher hast du die Texte?«

»Fast elfhundert Jahre alt. Griechischer Philosoph, Schüler von Aristoteles. Von mir zusammengestellte Argumente.«

»Ich verstehe. Es wird sich unter einigen Millionen Barbaren jemand finden, der Mitleid mit einem alternden Arkoniden hat.«

»Es sind sehr viel mehr geworden, Atlor. Viel zu viele. Sie kämpfen untereinander um Land und Macht. Es ist der Planet der unendlichen Kleinkriege.«

Auf dem Bildschirm erschienen der Kontinent Africa, das Mare internum und die umgebenden Landmassen. Farbige Reichsgrenzen dehnten sich aus und schrumpften. Pfeile und Farbbänder zeigten, daß von allen Seiten Völker aufeinander eindrangen, zurückgeworfen wurden oder siegten. Wandel und Veränderungen in den bewohnbaren Gebieten der Länder gingen stets mit gewaltsamer Landnahme und Kämpfen, Verheerungen und Kriegen einher. Sie hatten noch immer nichts gelernt, jene Barbaren – nicht einmal die Kultur des römischen Weltreichs hatte daran etwas ändern können.

»Du sagtest, Rom sei geplündert worden?«

»Später, Atlor«, sagte Riocar ruhig. »Du mußt unter die Solarlampen.«

Ich überließ meinen Körper wieder den Spezialmaschinen und spürte den faden Geschmack der Kraftnahrung, die mir als Brei eingeflößt wurde. Ich schlief ein und erwachte ein wenig kräftiger.

Für die nächste Periode hatte Riocar die geschichtlichen Fixpunkte vorgesehen. Die Welt, die wir kannten, begann aus der Dämmerung der Geschichte bewußt herauszutreten: Die Römer hatten *ab urbe condita,* seit Gründung der Stadt Rom, gerechnet und »nach Jahren innerhalb der Regierungszeit des Caesars A oder B«. Nach dieser Berechnungsart schrieben unsere Computerkalender das Jahr 1150. Überraschend war der Umstand, daß zugleich mit der Verbreitung der neuen Religion, des Christentums, das Jahr der Geburt des Jesus als Zeitenwende bezeichnet wurde. *Anno Domini,* im Jahr des Herrn, *ante* oder *post christum natum,* vor oder nach Christi Geburt – diese Berechnungsart wurde allerorten angewandt.

»Ein römisch-christlicher Mönch«, sagte Riocar zusammenfassend, »namens Dionysius Exiguus berechnete im Jahr 520 recht scharfsinnig das Geburtsjahr Jesu. Allerdings meinte er selbst, daß er sich um eine Handvoll Jahre geirrt haben mochte. Der bessere Rechner schien der englische Mönch Beda Venerabilis gewesen zu sein.«

Endlich waren meine Augen klar; mein Blick schärfte sich. Ich erkannte Rico, der einen ebenmäßigen, weiß glasierten Becher vor sein Gesicht hielt und geräuschvoll einzuatmen schien. Geruch nach Frühherbst, Kräutern und safttriefenden Wildbeeren breitete sich zusammen mit Alkoholdunst aus. Rico seufzte.

»Jeder Barbar, der schreiben und lesen zu können glaubt, entwickelt seine eigene Zeitberechnung. Ich übermittle – so geschah es beim ›verehrungswürdigen‹ Beda – ihnen in Form von Visionen, Psychostrahlen-Informationen und allerlei zauberischem Unfug die exakten Zahlen. Aber was fingen sie mit den Zahlen *nach Untergang von Atlantis* an? Ergo: Sie rechnen, so gut sie's können.«

Er seufzte, sog Alkoholgeruch in sein positronisches Inneres und murmelte, anscheinend verzweifelt: »Jener Beda, ein reizendes altes Herrlein, ist mit seinen Berechnungen, soweit ich das feststellen konnte, etwa 735 nach Christi Geburt bekannt geworden und lebte von etwa 670 bis 735.«

»Also verfügen wir über eine neue zeitliche Bestimmungsart«, sagte ich. »753 und 801 ergibt 1554 in der alten Berechnung.«

»Zutreffend.«

»Und unsere Zeitcomputer schreiben das Jahr 800.«

»Weil wir nach dem Neujahrsfest den Boden des Planeten betreten werden, wenn das Jahr 801 angebrochen ist.«

»Und wann wurde Rom zerstört?«

»Zum erstenmal vierhundertneun oder -zehn durch die Goten. Du mußt wissen, daß in dieser Berechnungsweise geringfügige Irrtümer herumgeistern. Sie sind nicht relevant.«

»Das meine ich auch. Habe ich diese Überfälle möglicherweise sogar miterlebt?«

»Wenn das der Fall ist, blieben die Informationen gesperrt und sind mir nicht zugänglich. Wie ich deiner Frage entnehme, Herr Atlor, verfügst du auch nicht über klare Erinnerungen. Aber ich besitze Aufzeichnungen.«

»Abspielen!« forderte ich.

»Erst dann, wenn du kräftig genug bist.«

Während ich weiter durch das Reanimationsprogramm geschleust und kräftiger wurde, während ich schlief und träumte, hatte ich genügend Muße zum Nachdenken. Ich begann zu ahnen, daß sich ein langer, schwerer Einsatz anbahnte. ES hatte mich geweckt und dem Robot genaue Weisungen erteilt. Ich würde bald erfahren, aus welchem Grund.

Riocars Aufzählungen in den ersten Stunden meines neuerwachten Bewußtseins hatten einen verständlichen Sinn gehabt. Ein Roboter tut nichts grundlos.

»Es ist nicht auszuschließen, daß einige dieser beobachteten Erscheinungen etwas mit einem Raumschiff zu tun haben können. Ich besitze keine einwandfreien Messungen. Noch etwas: Ich würde dich selbstverständlich nicht aufwecken, wenn ich feststellen muß, daß ein Schiff unmittelbar nach der Landung wieder startet. Du weißt, wie lange es dauert, bis du dich richtig bewegen und kraftvoll-vernünftig handeln kannst.«

»Wieder einmal hast du recht. ES hat dir auch deine neue Rolle diktiert?«

Riocar sah aus wie ein sonnengebräunter Mann von etwa dreißig Jahren. Er besaß gekräuseltes, blauschwarzes Haar und einen sichelförmigen schwarzen Kinnbart bis zu den Jochbeinen. Nach einigen hundert Vorlagen hatte der Computer ihm ein ungemein gewinnendes Gesicht mit strahlend blauen Augen entworfen. Nur die Handgelenke und die Finger waren noch nicht fertig.

»ES hat klare Vorstellungen«, antwortete der Robot nach einer Denkpause. »Ich bin dein jüngerer Bruder.«

Ich starrte ihn fassungslos an. Dann begann ich die Phantasie dieses unbegreiflichen Wesens zu bewundern. Es ging mit uns um wie mit besonders gut geschnitzten Spielfiguren. Ein Robot und ein Arkonide als Brüder zwischen den Barbaren.

»Kennst du etwa meine Rolle auch schon? Abgesehen davon, daß wir in engem Verwandtschaftsverhältnis stehen?«

»Nein. Nur soviel, daß wir weder Araber noch Franken, Nordmänner, Slawen oder Sachsen sind.«

»Es wird immer bizarrer.«

Einige Stunden später erhellten sich die Bildschirme. Geräusche drangen aus den Lautsprechern. Der Kontrollraum unter der Wölbung der Druckkuppel verwandelte sich in eine perfekte Wiedergabeeinrichtung. Die Illusion näherte sich der Vollkommenheit. Ich saß mittlerweile gehfähig und in einem bodenlangen, warmen Mantel aus einem Stoff, der die empfindliche Haut nicht reizte, in einem gepolsterten Kontursessel und fühlte mich als Mittelpunkt des furchtbaren Geschehens.

»Die westlichen Goten unter ihrem Anführer Alarich, vor zwölf Jahren noch von Römer Stilicho zurückgeschlagen, dringen in die Stadt Rom ein«, lautete Riocars Erklärung.

Römische Legionäre versuchten, die Stadt zu verteidigen. Die Goten waren erbarmungslose Krieger. Zwischen den Häusern entbrannten rücksichtslose Kämpfe. Die Bevölkerung versuchte zu fliehen; die ersten Brände flackerten auf.

Erschütternde Einzelszenen waren zu sehen. Kämpfe von erbitterter Wut. Die Goten kämpften erbarmungslos; der Widerstand der Römer wurde zusehends schwächer. Schließlich plünderten die Goten die Stadt; ich glaubte zu bemerken, daß sie an einigen Stellen von der Pracht und den Bildern der fremden Götter daran gehindert wurden, allzu brutal vorzugehen. Sie blieben nicht lange in der Stadt, aber als sie fortzogen, war Rom ärmer und bedeutungsloser geworden. Einige weitere Szenen, die zu meiner Information wichtig waren, folgten, dann wechselte das Bild. Riocar erklärte:

»Die Schiffe gehören zu den Männern um Geiserich. Es ist das Jahr vierhundertfünfundfünfzig. Die Nordmänner fahren den Fluvius Tiberis hinauf und dringen in Rom ein ...«

Dieses Mal waren die arianischen Goten von mörderischer Rücksichtslosigkeit. Sie berannten die Stadt, drangen ein und machten jeden Verteidiger nieder, der vor ihre Schwerter und Lanzen lief. Sie plünderten die Stadt mit kaum vorstellbarer Gründlichkeit und luden wahre Berge zusammengeraffter Beute in ihre Schiffe. Kaiserin Eudoxia und deren Tochter wurden in die Gefangenschaft geführt. Für arianische Krieger, deren seltsamer Glaube sich vom »wahren Christentum« abgespalten hatte, stellten Mord, Vergewaltigung und Plünderei ein gottgewolltes Werk dar.

Ich hatte, nachdem ich diese Szenen von abscheulicher Zerstörungswut und furchterregender Gründlichkeit im Morden und Vernichten mit ansehen mußte, einen einzigen Gedanken: Noch viele Jahrhunderte später würde man, wenn besondere Scheußlichkeiten geschildert wurden, diese Untaten und die Namen der arianischen Goten in einem Atemzug nennen. Die Bilder wechselten. Ich sah eine Armada herrlicher Schiffe mit kühn geschwungenen Vordersteven, von Götzenfratzen und stilisierten Tierschädeln verziert. Gestreifte Segel blähten sich im Sturm.

»Das Jahr siebenhundertdreiundneunzig. Aus nördlichen Ländern brechen Angeln, Jüten, Nordgermanen, Dänen und Gauten, die ›Nordmänner‹ oder

Normannen, auch Waräger oder Wikinger genannt, zu Überfällen auf. Freiheitslüsterne Schiffsherren, die sich nicht unterwerfen wollen, bauen absolut perfekte Holzschiffe und schwärmen aus, um ihr Leben nicht durch Ackerbau, sondern durch Überfälle zu führen.«

Ich erlebte mit, wie die Wikinger eine Insel mit niedrigen Klostergebäuden – Lindisfarne – überfielen. Sie waren ernstzunehmende Konkurrenten jener Verwüster Roms. Die kleine Insel wurde von See aus erobert. Die tapfere Gegenwehr der Bewohner war sinnlos. Die Klöster wurden ebenso geschändet wie die Bauernhäuser. Ich bemerkte, daß einzelne Kapitäne dieser seetüchtigen Schiffe es fertigbrachten, ziemlich hart gegen den Wind zu kreuzen; bei der verwendeten Takelage fast eine Unmöglichkeit. Was waren sie doch für erstklassige Seeleute – und welch rücksichtslose Kämpfer!

Fellkleidung, Halbpanzer, furchterregende Helme, das lange Haar zu Zöpfen geflochten, breite, genietete Lederbänder an den Armen ... die Art des Überfalls würde sich den Zeitgenossen eingeprägt haben. Sie war noch frisch; vor rund fünf Jahren hatte dieser erste Überfall stattgefunden.

Auch diese Barbaren aus dem Norden waren Riesengestalten: breitschultrig, schrecklich anzusehen in ihrer Kampfwut, ungepflegt und salzverkrustet. Ich war sicher, daß ich in den kommenden Jahren – falls der Einsatz so lange dauerte – die hörnerverzierten Spitzhelme und die zweischneidigen Streitäxte oft würde sehen müssen.

»Du hast bis jetzt eine Hauptgefahr – die Normannen aus dem Norden auf schnellen Schiffen – klar erkannt. Diese Kämpfer bedrohen die Existenz des Reiches, das sich in der Mitte des Kontinents zwischen dem südlichen Mare nostrum und der rauhen See der Normannen ausdehnt. Der Herrscher wird Karl genannt, Carolus, dem sie den Beinamen *Magnus,* der *Große,* schon jetzt gegeben haben. Kein übler Bursche, dieser Franke!«

»Wie redest du von einem König?« fragte ich.

»Ich rede von einem Barbaren unter vielen anderen. Er hingegen hat seine liebe Not mit den Nachbarn im Osten.«

»Daher also die Schriftkenntnisse!« sagte ich. »Und wie geht es weiter?«

»Mit einer Erholungspause und den Daten über Harun ar Rashid, den Araber.«

Ich verstand noch immer nichts; mir fehlten Zusammenhänge und eine Flut von Informationen.

Ich konnte nicht anders, ich mußte den Kopf schütteln. Vor mir ruhte auf den Montageböcken ein knapp dreißig Ellen langes Machwerk. Der Gleiter. Er wirkte mehr als schäbig. Er sah aus wie ein uraltes Boot aus rissigem Holz. Der Bug war bis zum ersten Drittel beplankt. Spalten klafften zwischen den Holzteilen. Das Steuer war ein klobiger Holzbalken. Breite Sitzbretter zogen sich quer durch den Innenraum. Riocar ging an mir vorbei, klappte im Endteil der Ruderpinne ein Fach auf und betätigte einige Schalter. Sofort änderte der Gleiter sein Aussehen. Das brüchige Holz verwandelte sich in silberschimmerndes Material. Die Endstücke der Spanten wuchsen höher, der Bordabschluß schob sich aus verborgenen Hohlräumen heraus, die alten Bretter klappten auseinander und bildeten bequeme, fellbezogene Sitze. Es entstand eine Schirmfeldblase über dem offenen Raum. Fächer öffneten und schlossen sich. Mein »Bruder« führte mit melodischer Stimme aus:

»Mastbaum der Tugend! Huldreiche Gnadensäule! Niemand wird sich erdreisten, unser herrliches Boot zu stehlen! Es ist voller verborgener Listigkeiten und Schnurrpfeifereien.«

»Redest du irre?« fragte ich erregt. »Was soll dieses Wortgeklingel?«

Das Extrahirn sagte: *Beachte, daß ihr Arabisch gesprochen habt.* Ich zuckte zusammen. Die Seltsamkeiten steigerten sich von Tag zu Tag. Ich hörte die Antwort in der fremden Sprache, die ich wohl in den vergangenen Stunden unter der Hypnoschulung gelernt hatte, ohne es in meinem Zustand zu merken.

»In dieser Art verkehren die Araber miteinander, wenn sie einen bestimmten Grad der Bildung erreicht haben. Ich weiß auch nicht genau, warum diese Tarnung nötig ist. Mittlerweile ist unsere Ausrüstung fertig, von uns sachkundig eingepackt zu werden; die üblichen Salben, Waffen, Binden und Gebrauchsgegenstände. Viele neu geschlagene Münzen – karolingische und arabische. Du bist erschöpft. Nach der Ruhepause siehst du mehr.«

»Das Schwierigste ist wohl die vorbereitete Improvisation«, knurrte ich und ging zurück in meine leeren Räume und schlief einsam auf meinem Lager ein.

Wohlig durchströmten die Schwingungen des Zellaktivators an langer Goldkette meinen Körper. Noch immer hatte ES sich nicht gemeldet. Spionsonden zeigten uns in einer Folge trauriger Bilder den Zustand der Welt. Ich erfuhr mehr, erfuhr zum erstenmal etwas über die Denkweise bestimmter Herrscher, als mir Riocar ein Schriftstück auf dem Bildschirm präsentierte.

»Ich brauche mein Schwert nicht, solange meine Peitsche genügt, und meine Peitsche nicht, solange meine Zunge ausreicht. Und wenn auch nur ein Haar mich an einen Mitmenschen bindet, so lasse ich es nicht reißen – wenn er zieht, lasse ich nach. Läßt er nach, ziehe ich ihn.«

»Ein Vorgänger des Kalifen Harun sagte dies, der Gründer der Umaiyaden-Dynastie.«

»Ein Programm, das in dieser Welt schwerlich wirkt«, murmelte ich. »An welchem Punkt der Vorbereitungen sind wir?«

»Noch weit davon entfernt, einen Plan fassen zu können. Es tut mir leid.«

Als ich Riocars nächstes Spielzeug sah, wußte ich, daß wenigstens ES eine genaue Vorstellung hatte, wie die Hüter des Planeten vorzugehen hatten.

»Das ist zweifellos ein Schiffsmodell.« Ich sehnte mich nach einem großen Becher dunklen Rotweins. »Was bedeutet das?«

Das Modell aus Metall war etwa drei Ellen lang. Es ähnelte einem Wikingerschiff – mit wesentlichen Unterschieden. Der Mast war ein hoch aufragender Schlot, im Gegensatz zu den offenen Wikingerbooten war das Deck geschlossen und bildete eine Art Zelt, das in der Mitte des Bootes von einem flachen Deckaufbau unterbrochen wurde. Keine Riemen, kein Segel, das Ruder war nicht seitlich angebracht, sondern in Scharnieren in der Mitte des Hecks. Der Robot klappte das Deck zurück: Im Inneren begannen sich Pleuel aus Zylindern zu schieben, bewegten sich Schwungräder, und in einem Kastenelement drehte sich ein Schaufelrad.

»Eine Dampfmaschine«, erläuterte Riocar. »Im Feuerraum wird Wasser durch die Energie unserer Zellen erhitzt oder mit Holzscheiten oder jenem schwarzen, versteinerten *carbonium,* das in Wirklichkeit urzeitliches Holz ist.«

»Es ist wohl nicht beim Modell geblieben?« erkundigte ich mich.

»Nein. Alle Teile wurden in den letzten Jahren vorfabriziert, zusammengebaut und getestet, auseinandergenommen und in einem Container verpackt. Wir wissen noch nicht, an welcher Stelle er ausgesetzt werden soll.«

Du kannst dir denken, wisperte der Extrasinn, *zu welchem Zweck ihr dieses Schiff betreiben sollt?*

Ich dachte es mir und fragte: »Wie lang ist das Original?«

»Hundert sardonische Ellen. Knapp dreißig Schritt. Achtundzwanzig arkonidische *meter.* Alle Schrauben sind mit einem einzigen Werkzeug zu lösen oder festzuziehen.«

»Etwas anderes hätte ich auch nicht erwartet.«

Wie vermutet, erfolgten noch einige andere Bestätigungen; die Rätsel mehrten sich und ergaben noch immer kein Bild. Inzwischen begann ich bewußt die Probleme in jenem karolingischen Reich zu studieren, in dem zwar fast ausschließlich Latein gesprochen wurde, aber eine »theodisce Volkssprache« entstand, die jedermann anwenden sollte. Immer wieder regten sich bei den Barbaren solche erstaunlichen kulturellen Anfänge – meist überdauerten sie nicht einmal ein paar Generationen.

Unser umfangreiches Gepäck war Stück für Stück überprüft und von uns gepackt worden. Die Börsen waren gefüllt mit karolingischen Silberdenaren, deren jeder 1,7 Gramm wog, mit arabischen *dinaren* aus knapp fünf Gramm Gold und *dirham,* mit knapp drei Gramm Silber oder einem Gewicht von knapp drei Gramm Gold. Diese Münzen trugen keinerlei Bilder, nur Schriftzeichen. Die Araber nannten sie *manquus,* die Geprägten. Unsere Maschinen hatten die prächtigsten Sättel kopiert, die Kleidung, Gurte und Waffen entsprachen selbstverständlich ebenso der gegenwärtigen Mode wie stets. Der Riesencontainer war ausgeschleust und an die Oberfläche gebracht worden. Er wartete unter Wasser nahe einer der zahlreichen Inseln des nördlichen

Kontinentrands darauf, daß wir ihn an Land brachten und den Inhalt zusammensetzten. Kopien von Mänteln, Decken und anderen Geräten des täglichen Lebens waren besonders gewissenhaft und meisterhaft ausgeführt worden. Dieses Mal reisten wir mit wirklich großem Gepäck.

Die Sonden hatten wieder hervorragend scharfe Aufnahmen geliefert, über die von den Computern ein Gradnetz geworfen und die bekannten Namen ausgedruckt worden waren. Ich wußte dank der ungewöhnlich umfangreichen Vorbereitungen, daß wir uns an verschiedenen Orten aufhalten und weite Reisen unternehmen würden – die Karten waren ausführlich, zahlreich und großdimensioniert.

Auch unsere »Legende« hatten wir vorbereitet: Riocar sprach und schrieb Arabisch gleich gut. Ich hatte Schwierigkeiten beim Schreiben. Im karolingischen Reich würden wir keine Probleme mit der Kommunikation haben. Meine Kräfte waren zurückgekehrt; ich sehnte mich nach Sonne, Wind und Meerwasser. Ich überlegte, ob wir in der unterseeischen Kuppel oder an Land warten sollten – dann entschloß ich mich sehr schnell.

»Wir tauchen auf«, sagte ich laut. »ES wird uns finden, wo immer wir sein werden.«

Riocar versetzte überzeugend menschlich: »Du hast recht. Die Zeit ist um; wir tauchen auf. Mit unserer Ausrüstung können wir einen Privatkrieg gegen alle Barbarenheere gewinnen.«

Riocar leitete die routinemäßigen Vorgänge ein. Wir tauchten mit dem schwerbeladenen Gleiter auf, schalteten den Kabinenschutzschirm ein und flogen los. Einen Tag später landeten wir auf dem weißen Sandstrand einer unbewohnten Insel; es war immerhin denkbar, daß ich hier eine neue Oase gefunden hatte. Überdies war dieses Eiland, das wohl selten von Schiffen angelaufen wurde, auch für andere Vorhaben nützlich.

Fünf Tage vergingen; ich fühlte mich immer besser. Riocar hatte ein Zelt aufgestellt, ich schwamm, ließ mich von meinem »Bruder« einölen und massieren, speerte große Fische und briet sie, ernährte mich von Milch und Fruchtfleisch der Kokosnüsse, wurde schließlich tiefbraun, und in den Abenden und Nächten beobachtete ich, was die Sonden mir zeigten: aus Bagdad, aus dem Nordmeer und von den Küsten, aus der Residenz Aachen des Carolus. Ich begann jetzt zu ahnen, was ES wollte.

»Das Warten? Stört es dich nicht?« fragte Riocar. Wir hatten beschlossen, im Mittelpunkt der Insel das Zelt stehenzulassen und einen Schutzschirm aufzubauen, der unwillkommene Besucher fernhielt. »Ich registriere in meinen Systemen gewisse Unruhe.«

Eine Injektion hatte meine Augenfarbe verändert. Ich hatte graugrüne Augen und trug mein bronzefarbenblondes Haar kürzer als sonst. Wir sahen tatsächlich wie ein auffälliges Brüderpaar aus.

»Ich benütze die Zeit«, antwortete ich wahrheitsgemäß, »um mich vorzubereiten. Darüber hinaus genieße ich die Herrlichkeiten des Planeten. Ich erfreue mich an dreidimensionalen Wiedergaben der Sklavinnen im Palast zu Bagdad, studiere die Eigenheiten der Barbaren und wünsche mir im Augenblick nur einen Krug Wein und eines dieser bildschönen Mädchen der Araber.«

»Möge dein Lager vorläufig leer bleiben, rotweinäugiger Sohn der Sterne«, entgegnete Riocar mit angemessenem Grinsen.

»Bleibt mir etwas anderes übrig?«

Meine Muskeln wurden härter, ich schlief tief und traumlos, und erwartungsgemäß überfiel mich ES mitten in der Nacht, als ich neben der Brandung entlangspazierte und den prachtvollen Sternenhimmel betrachtete. Das Gelächter ließ mich, obwohl ich darauf gewartet hatte, zusammenzucken und taumeln.

Endlich werden eure Zweifel beseitigt! Ich sprach in das Geräusch der Brandung hinein:

»Ich dachte, du hättest uns vergessen. Wir sollen also wieder versuchen, Kultur und Zivilisation der Barbaren zu beeinflussen?«

Ihr sollt Entwicklungen, die sich deutlich abzeichnen, unterstützen. Ihr verfügt über perfekte Ausrüstung und viele Informationen. Daraus habt ihr auf die Art und den Umfang des Problems schließen können. Es war richtig, was ihr geplant habt.

»Gepeitschte Sklaven, geschundene Bauern. Tausende Verletzte und Tote wegen des blinden Rausches aus Ehrgeiz und Machtstreben? Unwissend, krank, niemals satt, Frauen geschändet, zu einem Dutzend Geburten gezwungen, weil davon zehn Kinder sterben? Ohne Schrift, an Religionen gefesselt, die ihnen Höllenqualen versprechen? Ohne die geringste Chance? Ist es das, was wir ändern sollen?« fragte ich zornig und melancholisch zugleich. »Dann grabe ich das Raumschiff aus, fliege zur Venus und rufe die Arkonflotte. Ist dies dein Auftrag, ES?«

ES schien zu zögern. Dann kam die Antwort: *Du hast gesehen, daß der Kalif Harun ar Rashid die Sklaven gut behandelt. Sie sind rechtlich geschützt. Bringe den Kalifen mit Carolus zusammen und schütze die Franken vor den Normannen. Fränkische Handwerker, ausgestattet mit der Kunstfertigkeit und dem Eifer der Araber, mit deren Kunstsinn, auf Schiffen der Wikinger, als Sendboten der Kultur – das wäre das wünschenswerte Idealziel.«*

»Wir erreichen es nie«, sagte ich. »Es sei denn, wir zwingen die Barbaren.«

Du kennst unser Konzept für diese trotz aller Rückschläge liebenswerten Barbaren. So wenig wie möglich mit technischer Überlegenheit handeln! Denke an die unzähligen positiven Ergebnisse. Erinnere dich ...

»Falls du es mir gestattest und meine Erinnerungen nicht beeinflußt!« rief ich. Die unmittelbare Antwort war ein nicht enden wollendes Gelächter. Ich schwankte und setzte mich in den warmen Sand.

Bring den Kalifen mit dem Franken zusammen. Es wäre eine hervorragende Kombination! Unterstütze Franken und unzählige andere Stämme gegen die räuberischen Normannen!

»Mit Hilfe dieses dampftechnischen Wunderwerks wird es schlecht und recht gelingen.«

Transportiere Wissen, Kenntnisse und feine Lebensart aus dem arabischen Süden nach dem regnerischen Norden!

»Das haben wir schon immer versucht; gescheitert sind wir jedesmal«, erinnerte ich bitter.

Steter Tropfen höhlt den Stein. Der Ausweg mit dem Einsatz der Arkonflotte, mein treuer Vasall Atlan, wäre das Eingeständnis der Unfähigkeit von ES und von einem Nachfahren der Gonozal; deswegen, weil Berechnungen auf diesem Planeten versagen, meistens, manipuliere ich deine Erinnerungen und verhindere, daß du sie aus den Speichern deiner Computer herauslocken kannst.

»Das weiß ich.«

Um so besser. Carolus ist eine fähige Gestalt inmitten des Chaos dieser Welt. Rom ist niedergebrochen. Barbaren und Schwächen des Innern haben diesen Niedergang beschleunigt. Sonst wären Kultur und Vernunft schon seit Jahrhunderten auch dort eingekehrt. Die christlichen Klöster haben diese Funktion zum Teil und auf ihre Weise übernommen. Die meisten Priester sind zu unterstützen.

»Ich habe mich stets an die klügeren Individuen dieser Barbarenwelt gehalten.«

Recht so. Weiter auf diesem Weg! Vieles hängt von euch ab; es kann sein, daß wir wieder scheitern. Aber nichts bleibt ohne fernere Auswirkungen. Die dunklen Königreiche haben vergleichsweise gewaltige Auswirkungen gehabt, die vertriebenen Familien eurer Oase trugen Wissen und Können überall hin. Es ist die Wahrheit.

»Danke. Es erhellt meine schwarzen Gedanken.«

Sarkasmus ist bei Diskussionen mit mir unangebracht.

»Aber er drängt sich notwendigerweise häufig auf. Gibt es besondere Wünsche, Anregungen, Vorschriften oder Befehle?«

Verfahre nach Gutdünken. Den besten aller möglichen Helfer hast du bei dir. Ich habe angeregt, daß er viele unerwartete technische Möglichkeiten besitzt – unerwartet für deine mordlüsternen Freunde.

Sehr erfreulich, bemerkte der Extrasinn.

Ich sagte nachdenklich: »Der Auftrag ist recht großzügig formuliert. Ich habe alle Freiheiten?«

Du hattest sie immer. Denk an den Hunnenfürsten.

»Wann fangen wir an?«

Jetzt.

»Und wann ist es Zeit, aufzuhören?«

Erst dann, wenn du siehst, daß ihr gescheitert seid.

Ich lächelte kalt in die Dunkelheit. Das eigentümliche, dröhnende Gelächter brach los, wurde leiser und hörte ganz auf.

»Alles klar, ES«, sagte ich. Aber ich erhielt keine Antwort, blieb verwirrt zurück und versuchte, meine Spannung loszuwerden, indem ich eine lange Strecke im Mondlicht schwamm. Ich schlief unerwartet gut. Am nächsten Morgen ließen wir das Zelt und die wichtigsten Einrichtungen zurück und machten uns auf den langen Weg nach Bagdad. Es war die größte Stadt, die wir mit Hilfe unserer Sonden entdeckt hatten – ein ausgezeichnetes Beispiel für die Kultur des Islam, die sich seit dem Jahr 600 mit Riesenschritten ausgebreitet hatte.

2.

Der Tag im Frühling, der an Lindisfarne, Jarrow und Montwearmont erinnerte, begann in völliger Lautlosigkeit. Nebel verdeckte den Helligkeitsstreifen im Osten. Noch war die Sonne nicht aufgegangen. Die Insel lag in tiefem Frieden; noch nie war das Gras so grün gewesen. Schafe, in deren Wolle sich Tau abgesetzt hatte, unterbrachen als weiße Punkte die gerundeten Flächen der Hügel. Selbst das Rauschen der Brandung klang gedämpft. Der Rauch früher Herdfeuer mischte sich in den unbeweglichen Nebel. Vollmond war's, Zeit für leergetrunkene Metkrüge und leidenschaftliche Nächte im letzten Heu, für Schafschur und den Besuch beim rotbäckigen Mönch.

Gerüchte wisperten schnell zwischen Inselchen, Meereskanälen und Festland. Fischer fuhren in schlanken Booten hin und her; nach den Winterstürmen wagten sich die großen Boote der Händler hierher. Man hatte von den riesigen Eroberern gehört, die am Anfang des Jahres kamen und im späten Herbst ihre Beute in ihre unbekannte Heimat zurückbrachten. Aber was wollten sie hier stehlen außer Wolle, Käse und den wenigen jungen Frauen, die noch nicht Scharen von Kindern geboren und ihre Schönheit verloren hatten?

Rechru, Iona und Skye – dort gab es auf den grünen Klippen reiche Klöster, in denen kluge, dickbäuchige Mönche alte Schriften kopierten und die Bauern und Schäfer lehrten und zu einem seltsamen Glauben bekehrten. Es waren gute, einfache Männer, diese Mönche.

Hunde bellten. Ein Brunnen knirschte. Einige Stimmen waren zu hören. Ein Stier brüllte.

»He! Arran! Zum Boot!«

»Komme schon.«

Auf Bainreagall Cliochan? Nichts war hier zu holen. Keine zwanzigmal zehn Menschen gab es auf der Insel. Nur Rinder, Ziegen, Schafe, Geflügel und trockenen Fisch. Der einzige »Reichtum« war Salz, das sie aus dem Meer gewannen. Aus dem Meer schob sich jetzt die Sonne; feuerrot hinter dem Nebel. Gysbert und Arran schulterten die Ruderriemen, an denen die Fischkörbe baumelten. Die Fischer wollten den ganzen Tag draußen bleiben; das Meer versprach ruhig zu bleiben vor den Granitklippen.

»Müde, Arran?« fragte Gysbert. Sie nahmen den gewundenen Pfad durch Gras, Heidekraut und Beerenranken, der an blühenden Büschen vorbei zum Felsabsturz und zur Sandbucht hinunterführte.

Durch den Dunst hörten sie die Eisenscheibe vom Turm der Klosterkirche. Ihr dünnes Läuten verlor sich im Rauschen der Brandung.

»Verdammt müde. Werde schlafen im Boot.«

»Nichts da!« Gysbert lachte. »Wir kommen gut voran heute. Viele Fische werden wir fangen. Sie kommen mit der Flut.«

Arran grunzte abfällig; heute haßte er jegliche Bewegung. Es war zuviel Met gewesen gestern abend. Diese Aynnia! Unersättlich!

»Deine Fische!« brummte er. Gysbert grinste ihn an.

»Los, Alter! Der Wind bläst den Kopf klar.«

Als sie die vorspringende Klippe erreichten, standen ihre Fellschuhe im blutroten Morgenlicht. Die Köpfe steckten im Nebel. Gysbert bückte sich und sah unter sich ihr Boot, sicher und hoch auf dem Sand. Sie stolperten weiter, die schwarze, taubetropfte Steintreppe abwärts. Als sie in einer Kehre über schwindelerregendem Abgrund wieder aufs Meer hinausschauten, blieben sie ruckartig stehen. Atemlos und starr vor Schreck.

»Vier Schiffe!«

»Die verfluchten Normannen!« rief Arran. Er war schlagartig wach geworden. »Sie greifen an.«

»Sie werden uns umbringen. Los, zurück!«

Sie mußten wissen, was sie den anderen sagten. Die Schiffe trugen schreckerregende Köpfe von Fabelwesen. Die Segel waren an den Rahen angeschlagen. Je dreißig oder mehr Riemen tauchten in gleichmäßigem Takt ein und trieben die offenen Schiffe voller schwerbewaffneter Krieger auf die große Sandbucht zu. Überall glänzten Schneiden, Speerspitzen, Eisennieten und Schildbuckel. Die Augen und Rachen der Drachenköpfe verkündeten im roten Licht nichts anderes als Tod, Not und Schrecken.

»Schnell, Arran!«

Sie warfen ihre kärgliche Ausrüstung weg, kletterten und rannten hintereinander wieder zurück, liefen keuchend zum Dorf. Ihre Gedanken überschlugen sich. Die Nordmänner würden rasen vor Zorn, wenn sie keine Beute fanden. Das erste Gebäude, das die Fischer erreichten, war das gedrungene, in den Hügel hineingeduckte Kloster. Zitternd vor Aufregung schlugen sie mit den Fäusten gegen das Tor aus rissigen Balken.

»Branka! Dacuil! Die Schänder kommen. Vier Schiffe!«

Knarrend öffnete sich ein Torflügel. Arran war weitergerannt, zu den schilfgedeckten Steinhäusern. Noch vor dem ersten Gatter hörte er, wie die Scheibe wieder anschlug. Einer der Mönche zerriß fast das Seil – das schrille Geläut fuhr durchdringend über die ganze Insel. Die Sonne durchdrang den dünner gewordenen Nebel. Noch immer war sie rot wie Flammen, wie Blut.

»Nach Westen! Zu den Booten. Ins Schilf! Die Fremden!«

Arran rannte von Haus zu Haus und schrie seine Botschaft heraus. Zuerst glaubte ihm niemand. Aber dann begriffen einige Frauen und zerrten die Kinder mit sich. Die Hunde sprangen in ratloser Verwirrung hin und her. Einige Männer erinnerten sich, daß sie brüchige Schilde und rostige Schwerter hatten, scharfe, langstielige Äxte. Die ersten Flüchtenden alarmierten diejenigen, die weiter ab vom Dorf lebten. Eine Schafherde, über der ein Schwarm kreischender Meeresvögel flatterte, trampelte nach Osten über den Hügel hinweg. Der Menschen bemächtigte sich eine Aufregung, die ihresgleichen suchte. Einige kehrten um und rafften Essen und Habseligkeiten zusammen.

Das erste Boot voller Frauen und Kinder stieß am anderen Ende der Insel ab und nahm Kurs auf die Nachbarinsel.

Die Mönche rissen die Tür ihrer Kammer auf, bewaffneten sich mit Äxten und Knüppeln aus geschnitztem Treibholz. Einer von ihnen kratzte den Lehm aus den Fugen großer Steine und verbarg die goldenen Kreuze, die Pergamente und Palimpseste im Mauerloch. Mit zitternden Fingern schmierte er wieder Lehm in die Ritzen. Gysbert wurde von den Mönchen in den Innenhof hereingezogen, in dem die Küchenkräuter wuchsen und sich das Spalier der sauren Äpfel an der Nordmauer heraufzog.

»Hiergeblieben! Die Mauern sind dick. Wir sind sieben!« rief Branka. »Wieviel sind die anderen?«

»Vier Schiffe. Je dreißig, vierzig Riemen. Dazwischen Waffenträger. Mehr als hundertfünfzig.«

Branka, der jüngste und stärkste der Mönche, einer von den frühen Auswanderern der Inseln, senkte schweigend den Kopf.

»Nimm einen Schluck Wein, Fischer«, sagte er schließlich. »Der Tag wird lang und böse. Lasset uns beten; heute vordringlich für unsere eigenen Seelen.«

Gysbert nahm einen tiefen Schluck, sah zu, wie sich die Mönche in den rauhen Kutten hinter den Mauern verteilten und die schweren Sturmläden schlossen.

»Ich sehe«, sagte der Fischer zu Branka, »daß du nicht nur ein Mann von vielen Worten in zwei Sprachen bist.«

»Heute wird es nicht viel nützen. Hier, ein Beil – hinauf zum Turm! Ruf, wenn du sie siehst!«

Gysbert leerte den Becher, packte das Beil und rannte in das einfache Kirchlein hinein, die knarrende Rundtreppe aus Treibholz hinauf und auf die heftig klirrende und schwankende Scheibe zu. Er hielt sich am Rand des Schallochs fest und spähte, die Hand über den Augen, in die riesengroße, gelbrote Sonnenscheibe: Die Gerüchte und alles, was man in den letzten Jahren gehört hatte, waren keineswegs undeutlich gewesen. Die Bewohner des Inselchens wußten, was sie erwartete.

»Hoffentlich bringt Arran sie dazu, sich zu verstecken«, murmelte der Fischer, halb tot vor nagender Furcht und dem Lärm direkt neben den Ohren. »Für uns ist es wohl zu spät.«

Es war zu spät. Über dem Kamm des Hügels tauchten die ersten Nordmänner auf. Sie kamen scheinbar aus der Sonne. Die eisernen Helme mit den Hörnern sahen aus wie die Köpfe ihrer Schiffe. Zuerst ein Dutzend, dann mehr, schließlich formierten sich etwa hundert Angreifer. Gysbert hielt das Seil fest. Mit wimmerndem Klirren endete das Läuten. Gysbert schrie mit heiserer Stimme: »Sie sind da! Zwölfmal zehn.«

Er wünschte sich, er hätte seinen Fischspeer oder Pfeile und einen starken Bogen. Er hoffte, daß er am Ende dieses Tages einen einfachen Tod haben würde und keine großen Schmerzen. Noch war Zeit. Er stieg hinunter und sah, wie die Mönche das Feuer schürten und alle Gegenstände, die man auch nur entfernt als Waffen verwenden konnte, griffbereit zurechtlegten oder heranschleppten. Fremde Stimmen klangen von außerhalb der Mauern. Die Steinwälle, meist zugleich Außenwände der Kirche oder der Häuser, waren zweimal mannshoch. Jetzt waren es sieben Verteidiger – sechs Mönche, einer mindestens fünfzig Herbste alt, und ein Fischer. Die Schritte kamen näher.

»Gibt es etwas, das wir tun können – vielleicht überleben wir?« fragte Gysbert leise.

Branka schüttelte den Kopf. »Laß dich freiwillig versklaven. Sieh zu, wie sie deine Frau vergewaltigen. Arbeite für sie und nimm als Dank Fußtritte. Willst du das?«

»Nein. Lieber tot!«

Der Mönch schlug ihm kraftvoll auf die Schulter, goß Wein in den gedrechselten Holzbecher und sagte in gläubiger Fröhlichkeit:

»Gott, der unser Leben in der Hand hält, wird dir diesen Wunsch erfüllen.«

»Und einigen Nordmännern wohl auch.«

Es gab keine Fragen, keinen Wortwechsel – der Kampf brach unvermittelt aus. Der erste Hieb traf das splitternde Holz des Tores. Rechts und links stiegen Mönche auf Bänke, hoben lange Knüppel, deren Enden brannten und glühten, und stießen sie schräg hinunter in die Gesichter der Angreifer. Wutgeheul erschütterte die Ruhe des Morgens. Dann hörte diese zerbrochene Ruhe endgültig auf. Äxte droschen auf das splitternde Holz ein. Mönche brachen Steine aus den Mauern und warfen sie mit aller Kraft auf Helme und Schultern der Stürmenden. Ein Beilhieb Gysberts spaltete die Stirn eines Fremden, als sich dieser über die Mauer heben ließ. Ein Mönch fiel vom

Dach, von vier Pfeilen durchbohrt. An einer Ecke des zweiten Daches brannte nasses Stroh und füllte den Innenhof mit beißendem Rauch.

Fünfzig Normannen umgaben das Kloster. Die Mauern mit den schmalen Fenstern und dem einzigen Eingang durch den Hof waren je fünfundzwanzig Schritt lang und nicht ganz senkrecht. Vier schwerverletzte und drei tote Normannen lagen da. Ein Mönch war tot, und Gysberts nächster Axthieb trennte den Unterarm eines Mannes ab, der sich eben über das Tor schwingen und zwischen die Verteidiger springen wollte. Kreischend fiel der Normanne zurück. Ein wuchtiger Rammstoß ließ die Zuhaltungen des Tores splittern und krachen. Aus dem Türmchen schleuderte Dacuil Stein um Stein auf die Angreifer.

Wildes Geschrei draußen, das Murmeln inniger Anrufe und Gebete innerhalb der Mauern. Aus dem Dach schlugen mannshohe Flammen. Der Nebel hatte sich aufgelöst, die Sonne schien heller und war heißer. Wieder erhoben sich Schilde, funkelnde Helme, blitzende Schwertschneiden und Doppelbeilklingen über die Mauern. Die ersten Balken des Tores zersplitterten, und man sah die roten Gesichter der Angreifer. Ein Pfeil traf einen Mönch in die Schulter. Der Fischer rannte zu ihm und half, so gut er konnte. Als er sich aufrichtete, brach das Tor in voller Breite zu Boden. Zehn Männer drangen ein, und der wütende letzte Kampf brach aus.

Gysbert schlug mit einem furchtbaren Hieb, den er waagerecht führte, den Schild eines hünenhaften Wikingers zur Seite. Der zerschlagene Rand zerschnitt dem Nebenmann das Gesicht. Der Schlag zurück prellte die Doppelaxt aus dem Arm des Angreifers, aber noch bevor Gysbert wieder ausholte, drangen zwei Normannen auf ihn ein. Einen tötete er, der andere schlug ihm den Kopf von den Schultern, ehe Branka heranrannte, einen mannslangen Balken mit brennendem Ende in den Armen, dessen Glut Bart und Haar des Mörders in Brand setzte. Dann wirbelte der breitschultrige Mönch mit zerrissener Kutte den Balken im Kreis herum und schmetterte die Gegner nieder.

Über sieben Schritt Entfernung heulte ein Pfeil heran und durchbohrte seinen Arm. Etwas Seltsames ging in dem Mönch vor. Er verlor seine Angst. Er wußte, daß er nicht mehr lange zu leben hatte. Vergebung, Verständnis und Nächstenliebe vergaß er. Aus dem tiefsten Grund seines Mannestums kam ein starker, schwarzer Zorn herauf, der ihn ausfüllte. Er spürte keine Schmerzen und tobte, als habe der Satan sein Herz fest in beiden Klauen. Ein zweiter Pfeil bohrte sich in seinen Leib. Der Balken wirbelte herum und warf zwei Wikinger rückwärts in die Schwerter ihrer Kameraden. Schilde, Waffen und Helme wirbelten als seltsame Geschosse senkrecht in die Höhe. Die verwundeten, blutenden und rußgeschwärzten Mitbrüder wußten, daß sie einem Wunder beiwohnten. Mehrere Wurfspeere bohrten sich durch die Schallöcher in den Körper des Dacuil. Mit letzter Kraft schleuderte der sterbende Mönch einen Steinbrocken in eine Angreifergruppe.

Der kleine Garten war verwüstet. An einigen Stellen loderten Flammen knisternd in die Höhe. Mit Schwerthieben töteten die Wikinger die Mönche. Nur an Branka getrauten sie sich nicht heran; er war zu einem rasenden Engel des Zorns geworden. Der brennende Balken wirbelte hierhin und dorthin, versengte Haar und Bärte der Eindringlinge, und weder Schwerthiebe noch Axtschläge konnten ihm etwas anhaben. Ein dritter Pfeil bohrte sich in den Rücken des Mönches. Um ihn herum bildete sich eine aufgeregte Gruppe Wikinger, die auf ihn eindrang und fluchend zurücksprang.

Branka war allein übriggeblieben. Um ihn herum lagen Leichen. Er tötete einen älteren Normannen, der seine Doppelaxt nicht mehr aus dem Balken herauszerren konnte. Dann senkte der Mönch, dessen Haar verbrannt und dessen Gesicht von tiefen Schrammen gezeichnet war, den Kopf. Er atmete tief ein und stieß einen schrecklichen Schrei aus. Der Balken krachte senkrecht herunter. Ein Beilhieb zertrümmerte Brankas Knie. Zwei Wikinger drangen mit vorgehaltenen Schilden auf ihn ein, zwei weitere kamen von hinten. Ein gurgelnder Schrei beendete Brankas Leben. Aber nicht weniger als sieben andere Männer hatte er getötet, fünf waren so schwer verletzt, daß sie an ihren Wunden sterben würden.

Das Kloster, in dem die Wikinger nichts von Wert fanden, brannte nieder. Nur die Steinmauern blieben stehen und die Spaliere der Äpfel. Die Normannen hausten auf der Insel wie eine Seuche. Sie töteten Schafe und brieten sie am Spieß. Keine Frau, kein Mädchen war vor ihnen sicher. Die Häuser wurden geplündert. Knapp fünfzig Menschen hatten flüchten können – die Wikinger setzten ihnen nicht nach. Sie zwangen die Männer, für sie zu arbeiten. Es hagelte Fußtritte, Faustschläge und Hiebe mit Speerschäften. Die wenigen Bäume wurden umgeschlagen, um Holz für Arbeiten an den Schiffen zu bekommen. Einen Mond lang trieben die langbärtigen Eroberer ihr Unwesen auf Bainreagall Cliochan. Als sie, gefesselte Schafe zwischen den Ruderbänken, mit ihren Drachenbooten ablegten und die gestreiften Segel aufzogen, blieben Ruinen und viele frische Gräber übrig. Und die Furcht vor den Nordmännern blieb zurück. Fischer und Händler brachten sie von Insel zur Insel. Immer wieder erschraken die Frauen und Männer auf den Klippen des Festlands – das in Wirklichkeit eine große Insel war – und auf den Eilanden, wenn sie irgendwo an der Kimm ein eckiges Segel und den kühn hochgereckten Bug eines Nordmänner-Schnellseglers zu erkennen glaubten.

Die winzigen, meist namenlosen Inselchen wurden lange nicht wieder überfallen. Die Nordmänner, deren Schiffe in größeren Gruppen die See durchstreiften, wählten andere Ziele: reichere und weniger entfernt. Und in diesen Jahren zogen einzelne Schiffe zu Vorstößen von großer Kühnheit aus. Sie segelten ins Unbekannte und ruderten die Mündungen großer Flüsse hinauf. Gerüchte und Händler sprachen von Namen, die bald einen schaurigen Klang annehmen würden: Snorri Blutaxt, Thor der Schlächter, Leif Mönchsfresser.

Diese Namen und die Greueltaten standen für zahlreiche kleine Herrscher, die aus Freude am Kampf und an der Eroberung, aus Ruhmsucht und wegen der anwachsenden Bevölkerung aufgebrochen waren. Unzufriedenheit mit jenen Männern, die versuchten, aus vielen Familien und Gruppen ein Volk zusammenzuschmieden, trieb die Wikinger in die unbekannte Fremde; sie erkannten ihre eigene waghalsige Kühnheit nicht. Der Tag, an dem sie ein Viertel der bekannten Welt terrorisieren würden, kam unaufhaltsam näher.

Ich schaltete die Aufzeichnung aus, lehnte mich behutsam an den schorfigen Stamm einer Palme und überdachte, was ich gesehen hatte.

Das dampfbetriebene Schiff besaß Ähnlichkeit mit den seegehenden Booten der Wikinger. Also sollte ich sie bekämpfen. Sicherlich waren sie rücksichtslose Eroberer. Aber viele wurden vom Bevölkerungsdruck aus ihren Fjorden getrieben – zu wenig Land für zu viele Menschen. Sie segelten so gut oder besser wie jene mutigen Männer aus Gubal, die frühen Phönizier oder die Punier zu Zeiten meines Freundes Hannibal – oder jene Kreter vor Odysseus und den Achaijern, die Thalassokraten, Meeresbeherrscher. Ich wußte nicht, noch nicht, was ich von den Normannen zu halten hatte; wahrscheinlich diente das Dampfschiff dazu, ihnen bestimmte Grenzen zu zeigen. Auch den weißhaarigen, rotbärtigen Beherrschern der nördlichen See sollte, so dachte wohl ES, gezeigt werden, daß Raubzüge und Totschlag nicht geeignet waren, sie mit offenen Armen zu empfangen, gleichgültig, ob sie kulturellen Austausch betrieben oder nicht. Auch Karl – Carolus – würde bei näherer Betrachtung nichts anderes als ein Gewaltherrscher sein, dessen Pragmatismus, einer großen Idee untergeordnet, unvorstellbare Grausamkeiten zuließ oder gar befahl.

Das Bild der Wikinger würde nach ein paar Jahrhunderten verzerrt wiedergegeben werden: In den Augen der christlichen Bevölkerung waren sie heidnische Barbaren, Schlächter und Todfeinde. Es würde eine reizvolle Überlegung sein, Wikinger und Muslime zusammenzubringen; beide Kulturen waren jung und dynamisch, aber ob sie sich vermischen konnten ... Vermutlich dachte ES: *prinzipiis obstat!* Also: »Wehret den Anfängen!«

Mit dumpfem Knall schlug eine überreife Nuß in den Sand. Ich schreckte aus arkonidisch gefärbten Gedanken über planetare Entwicklungen auf. Was die Barbaren heute versuchten, hatten die Arkoniden längst hinter sich gebracht – vor Jahrtausenden!

Innerlich war ich bereit, die Insel zu verlassen und die angeblich schönste Stadt der Welt kennenzulernen.

Bagdad! Vor neununddreißig Jahren von al-Mansur gegründet, von hunderttausend Bauarbeitern hochgetürmt, die größte Stadt der bekannten Welt! Schon nach dem Ende der Bauarbeiten war sie zu klein gewesen. Mittlerweile dehnte sie sich ostwärts bis zu den Gärten des dar-allulafa aus, dem neuen Palastbezirk Harun ar Raschids. Al-Khar, die Vorstadt der Handwerker und Händler, erwartete uns nicht, aber sie begrüßte uns auf ihre Weise.

»*Madinat as salam,* Stadt des Friedens«, erklärte Riocar und beobachtete sorgsam die vielen Boote auf dem träge fließenden Strom, »so nannte Mansur den ursprünglich kreisrunden Stadtkern.«

»Sag mir, wie wir an den Kalifen herankommen können. Er ist von einem gestaffelten System von Wächtern, Eunuchen, Wesiren und Beratern geschützt.«

»Zuerst brauchen wir ein Haus und einen Platz für das Boot«, sagte Riocar. Wir hatten den Mast eingesetzt, das Segel blieb an der Rah angeschlagen. Jetzt, nach zwei großen Windungen, hatte der Tigris die Stadt verlassen. Sie barst vor lautem, farbigem Leben. Breite Baumreihen säumten die lehmigen Ufer.

»Dorthin«, sagte ich und deutete auf eine Gruppe Häuser, die sich hinter Mauern und Bäumen halb versteckten. »Zum Steg, zur Landebrücke!«

»Verstanden, Erstgeborener der Sterne.«

Das Boot lag schwer im Wasser und sah ausgesprochen schäbig aus. So war es beabsichtigt. Riocar und ich hingegen waren mäßig elegant gekleidet. Wir steuerten zu einem Steg aus Stein, Ziegelwerk und Bohlen, der weit in den Fluß hineinragte. Halbnackte Männer kamen auf uns zu und halfen, das Boot zu belegen. Ich verhandelte mit ihnen, und wenig später stolzierte ein etwa vierzigjähriger Mann in weißem Mantel auf uns zu.

»Wir brauchen eine Behausung, Freund der Fremden«, sagte ich. »Von weit her kommen wir. Wir suchen einen ehrlichen Freund, der dafür Sorge trägt, daß es ihm und uns gut ergeht.«

»Ich bin Dyar«, antwortete er, nachdem er uns und das Boot einer langen, schweigenden Musterung unterzogen hatte. Seine Augen hatten aufgestrahlt, als er die Ringe an unseren Fingern und die handgroßen, goldstrotzenden Gürtelschnallen gesehen hatte. Beides gefiel ihm. »Ein Haus? Groß? Ein Palästchen mit vielen Dienern?«

»Zeige uns, Vater der Behausung, was du hast; schnell werden wir uns entschieden haben.«

Wir wurden rasch handelseinig. Ein einstöckiges Haus, kühl und weiß, mit kleinen Fenstern und einem prächtigen Dachgarten, in einem Park, der von einem kunstvollen System fließender Kanäle durchzogen war. Stallungen für einige Pferde gab es; weder vom Fluß noch vom Mittelpunkt Bagdads war das Haus allzuweit entfernt, und trotzdem lag es ruhig fern der großen Stadt. Wir mieteten es und zahlten mit Gold.

Dyar verschaffte uns einen Koch und zwei Diener. Wir ließen eine Liste schreiben und schickten die Diener zum Markt. Wieder wechselte eine Handvoll Silbermünzen den Besitzer, und rasch herbeigerufene Nichtstuer schleppten unser Gepäck ins Haus. Schon am frühen Abend saßen wir auf dem Dach, umgeben von raschelnden Palmenwedeln, und das Haus war mehr oder weniger eingerichtet. Ab und zu hatten wir tagsüber Bemerkungen fallengelassen und gezielte Fragen gestellt.

Gerüchte waren auch in Bagdad blitzschnell. Bald würde die halbe Stadt wissen, daß wir aus unbekannten Ländern kamen, alle Wege zu Land und Wasser kannten, genaue Landkarten zeichneten und auf unseren Reisen geheimnisvolle Dinge gesehen hatten.

»Wir haben zwei Möglichkeiten«, meinte Riocar. »Langsam und listenreich oder sehr nachdrücklich und raffiniert.«

»Im Augenblick neige ich dazu, arabische Tugenden auch für uns anzuwenden. Die Zeit läuft durch Allahs Finger. Was sind wir Menschen, daß wir sie beeinflussen dürften?«

Es waren zwei verschiedene Dinge, die Wirklichkeit und ihre ausschnittweise Darstellung auf den Bildschirmen: Bagdad war eine riesige Drehscheibe des Handels. Karawanen von Tausenden schwerbeladener Kamele erreichten und verließen die Stadt. Wahre Unmengen von Nahrungsmitteln und Handelswaren wurden umgeschlagen. Die Sonden hatten uns nur ein schwaches Abbild des bunten, lauten, quirlenden Lebens geben können. Zudem waren die Araber wahre Meister der Wasserbaukunst; wo immer Wasser durch Kanäle oder Schöpfräder hingeleitet werden konnte, wuchs und wucherte das Grün. Die Straßen waren ausnahmslos von riesigen Bäumen gesäumt.

»Also langsam und voller List«, entschied Riocar. »Das setzt voraus, daß wir Harun beobachten.«

»Genau das werden wir in den nächsten Stunden und Tagen machen.«

»Nizar, der Koch, sagt, daß Harun für seine Gerechtigkeit berühmt ist und dafür, daß er unerkannt durch die Stadt geht und seine Untertanen beobachtet und befragt.«

»Ein Basisdemokrat also. Nicht alltäglich für Kalifen«, murmelte ich. Wir kannten noch nicht alle Regeln, die den Umgang mit Muslims bestimmten: nie mit dem Finger auf jemanden zeigen, ihm niemals die Sohlen überschlagener Füße entgegenstrecken, ihn niemals als Mohammedaner bezeichnen, weil das hieße, er stelle den Propheten höher als den Gott. Und zumindest öffentlich tranken wir keinen Alkohol.

»Wir sollten ihn auf einem solchen unbeobachteten Spaziergang treffen und ihm eine unserer berüchtigten Unterhaltungen aufdrängen!« schlug Riocar vor. »Wir, die Gonocebolan-Brüder.«

Einigermaßen sicher waren wir, daß die wuchernden Gerüchte uns dabei helfen würden. Bagdad und Aachen! Das Zusammengehen einer – für unser Empfinden – jungen, dynamisch bunten Kultur mit dem problemgeschüttelten Zentrum Europas konnte für die Barbarenwelt ein deutlicher Entwicklungsstoß sein. Zwar hatten Vorgänger des Carolus gegen die Araber gekämpft; ein Gebirgszug der westlichen Halbinsel Hispania bildete eine scharfgezeichnete Grenze. Beide Reiche breiteten sich aus, eroberten anliegende Länder und drangen in unbesiedelte Gebiete vor. Dort galten ein einziges Gesetz, gleiche Münzen, dieselben Kenntnisse und Erfindungen.

»Wir sind fertig eingerichtet?«

»Noch nicht ganz. Ich sprach mit Handwerkern. Morgen bringen sie, was uns noch fehlt«, antwortete Riocar.

»Morgen nach Sonnenaufgang reiten wir in die Stadt.«

»Wir sind in der Stadt, Atlor!«

»Ich meine natürlich den Basar und das Zentrum.«

»Dachte ich mir. Und heute nacht beobachten wir unseren neuen Freund, den Kalifen.«

Tausende weißer, verzierter Säulen, Innenhöfe mit sprudelnden Brunnen, überall Blüten, Blumen, Ranken und Gewächse, saubere Straßen und in allen Gassen ein Rausch von Farben und edlen Baustoffen. Riesige Gärten, in denen Früchte reiften, Weiden voller Herden. Tauben flogen durch die Luft und ließen sich gurrend auf Simsen nieder. Etwa zweihunderttausend Muslime mit ihren Dienern und Sklaven wohnten in Bagdad. Das Spiel von Sonne und Schatten, Sand und Grün, von Straßen und unzähligen Häusern – das war jene riesige Stadt, die ein Modell zu sein schien für die prächtige, lebensbejahende Zivilisation. Sie war von den Muslims wie mit einem gigantischen Schleppnetz aus der Vergangenheit all jener Länder eingesammelt worden, in denen sich nun, acht Jahrhunderte nach der rechnerischen Zeitenwende, der Islam ausbreitete.

»Wir sind Ungläubige«, meinte ich und hob den Pokal. »Wir dürfen *al cohol,* das Süße, zu uns nehmen.«

»Je früher wir an die Arbeit gehen, desto erfolgreicher wird sie«, mahnte Riocar und winkte den Dienern, die unser Essen brachten. Wir rechneten mit der Neugierde unserer Umgebung, daher waren alle wichtigen Geräte entsprechend geschützt. Die Abendsonne ließ die riesige Stadt noch geheimnisvoller erscheinen. Ich wußte, daß ich mich freiwillig in die Gefahr begeben hatte. Ich konnte getötet werden und scheitern. Ich hoffte, gegen ersteres hinreichend geschützt zu sein.

»Um einen Kalifen«, sagte ich leise, nachdem die Lampen angezündet und wohlriechende Speisen zwischen uns aufgebaut waren, »zu überzeugen, brauchen wir länger als einen Tag.«

»Begreiflich. Morgen haben wir Pferde und sind schneller beweglich.«

Unser Plan, von ES ausgeheckt, war größenwahnsinnig. Zudem waren beide Reiche, die schier unvereinbaren Religionen gehorchten, von allen Seiten bedroht. Die Nordmänner in ihren Booten drangen vor und verwüsteten Inseln und Küsten. Die Völker aus dem Osten, die das Frankenreich bestürmten, schienen geschlagen zu sein. Uneinigkeit erschütterte gleichermaßen das Kalifat und das Frankenreich. *Bleibt also doch nur die Arkonflotte. Ihr gewaltsames Befriedungsprogramm,* spottete der Logiksektor.

Im Schutz des einzigen Raumes unter dem bewachsenen Flachdach, der abzudunkeln und zu verschließen war, trafen wir weitere Vorbereitungen. Die Truhe, drei Schritte lang, je eineinhalb breit und hoch, wurde geöffnet. Der Bildschirm schaltete sich ein. Riocar hob einen faustgroßen Satelliten aus dem gepolsterten Fach; eine stumpfschwarze Kugel mit winzigem Antrieb und einer komplizierten Linse. Ich bewegte die Fernsteuerung, und nachdem die Sonde durch eine winzige Öffnung unter den Dachbalken davongeschwebt war, nahm sie Kurs auf den Palastbezirk. Harun ar Rashid mochte noch so gut abgeschirmt sein; die Luft gehörte unseren Spionen. Vieles geschah in dieser Nacht hinter den Mauern und in den Gärten dar-allulafas; aber Harun verkleidete sich nicht, um seine Mitbürger zu beobachten.

Der Pferdehändler kam noch vor Sonnenaufgang. Wir suchten die vier besten Tiere aus und fanden mit Dyars eigennütziger Hilfe einen älteren Mann, der sich um Futter, Stall und Tiere kümmern würde. Riocar schärfte ihm ein, worauf er zu achten hatte. Dann holte er die prächtigen Satteldecken, ebensolches Zaumzeug und unsere zweitschönsten Sättel. Natürlich steckten die entsprechend getarnten Waffen in Gürtelscheiden und Stiefelschäften, selbstverständlich trug ich ein breites Kommunikationsarmband. Die Pferde waren nicht ausgeruht, also ritten wir in langsamem Trab. Wir erkundeten Bagdad.

Tausend Eindrücke wechselten in schneller Folge ab. Einfache Zelte, Hütten, Mauern und Paläste, dann ritten wir an einem von Geschrei und Waren berstenden Markt vorbei, passierten breite Straßen, auf denen die Menschen wimmelten, ernteten neugierige Blicke und Zurufe. Wir hatten keinen Grund, unfreundlich zu sein, und hofften, daß man uns bald zur Kenntnis nähme.

»Ich berechne gerade«, vertraute mir Riocar an, »wie schnell und zuverlässig die arabischen Wissenschaften von Ackerbau, Wasserführung und Bodennutzung den Franken helfen würden. Deren ärmliche Äcker würden in zwei Jahren zwanzigfache Ernten abwerfen.«

»Und fast jede andere Kunst und Technik wäre im kühlen, trostlosen Norden ebenso willkommen!« fügte ich hinzu. Wenn ich ehrlich war, gewann die Zivilisation der Araber schnell meine Zustimmung. Sie brachte auf jeden Fall für den einzelnen ein Höchstmaß einwandfreier Überlebensbedingungen. Selbst Diener und Sklaven wirkten auf uns keineswegs ausgehungert, krank und geschunden.

»Die Religionen wohl nicht.«

»Mit gutem Willen könnten beide Glaubensbekenntnisse nebeneinander leben.«

»Ein optimistischer Gedanke. Der Stolz und die Uneinsichtigkeit der Barbaren sind höchstentwickelt, wie du aus leidvoller Erfahrung weißt.«

»Du sagst es, Vater der Positronen!«

Natürlich hatten wir begriffen, was ES wirklich wollte. Seine Idee deckte sich mit meiner. Meine Skepsis jedoch war offensichtlich größer als die von ES. Aber auch Versuche, die erkennbar scheiterten, mußten erst einmal unternommen werden.

»Dort ist der Palast.«

Die reitenden Bogenschützen der Palastwache waren hier häufiger. Eine andere Gruppe, halb Aufseher und halb Bewaffneter, trugen farblich gekennzeichnete Turbane und sorgten für Ordnung. Immer wieder brachen Lastkamele aus, warfen ihre riesigen Bündel ab und mußten eingefangen werden. Je höher die Sonne kletterte, desto mehr bevölkerten sich die Straßen. Die Frauen und Mädchen waren, falls sie überhaupt die Mauern verließen, bis zur Unkenntlichkeit verhüllt.

Immer wieder überquerten wir Kanäle, die von den Tigrisufern rechtwinklig wegführten. Der erste Kalif hatte gründlich geplant und hervorragende Architekten gehabt. Es würde nicht leicht sein, Harun davon zu überzeugen, daß wir einige Handvoll bessere Lösungen besaßen. Wir ritten auf eine Gruppe Wachen zu, die eine breite Prunkbrücke bewachten. Als Riocar und ich grüßend die Arme hoben, prasselte ein Schauer von Lichtreflexen aus dem Metall und den Steinen unserer Ringe.

»Friede«, sagte ich. »Atlor zao Gonocebolan heiße ich. Die Zungen vieler Schwätzer haben sicherlich berichtet, daß wir in der Stadt wohnen. Was müssen wir tun, um mit dem Kalifen sprechen zu können?«

»Wobei es ihn interessieren mag«, fügte Riocar hinzu, »daß wir ungemein weite Reisen hinter uns haben und gern unsere Geheimnisse mit ihm teilen wollen.«

Dunkle Augen unter weißen Turbanen musterten uns mit unbestechlicher Genauigkeit. Die Pferde der Männer waren gut genährt, hervorragend gehalten und vibrierten vor Kraft. Ich sah den Wachen an, daß sie erfahrene, schnelle Kämpfer waren. Einer von ihnen ritt an mich heran und antwortete überlegt:

»Friede. Harun ar Rashid, allgemeines Heil und zehntausendfaches Glück ihm und seinen Nachkommen, hat unzählige Augen und nicht weniger Ohren.«

Ich zog zwischen Wams und Hemd eine stabförmige Rolle heraus.

»Dies erspart uns, wieder und wieder zu schildern, was wir sind und wollen«, sagte ich. »Er kennt uns also. Bringe ihm dieses unwürdige Geschenk minderwertiger Händler von Wissenschaften und Erkenntnissen.«

Ich überreichte ihm die Röhre aus Arkonstahl mit einem Schraubverschluß. Gewinde und Gegengewinde würden jedem Handwerker, der etwas von Metall verstand, den weißen Neid in die Augen treiben. Auf der Spitze des Verschlusses saß ein Rubin, der im Sonnenlicht aufglühte, groß wie ein Kamelauge. Der Wächter, dessen Hand bei meiner ersten Bewegung zum Dolchgriff heruntergezuckt war, riß den Mund auf.

»Dort, woher ihr kommt, ist die Armut wohl nicht zu Hause«, ächzte er.

»Weisheit, du Wächter der weißen Mauern, ist allemal mehr als solche Kleinigkeiten«, entgegnete Riocar würdevoll. »Dürfen wir die Gastfreundschaft eurer herrlichen Stadt weiterhin genießen?«

»Allah sei mit euch!«

Der Anführer ließ seinen Schimmel aufsteigen, drehte das Tier auf den Hinterläufen und galoppierte davon. Wir grüßten zurück und setzten ruhig unseren Spazierritt fort.

»Gute Lust hätte ich«, meinte Riocar, als wir außer Hörweite waren, »sein Gesicht zu beobachten.«

»Diese Gelegenheit bekommen wir sicher noch einmal, falls er uns nicht wegen Gotteslästerung oder Zauberei töten lassen will.«

In der praktisch unzerstörbaren Hülse befand sich, zusammengerollt, ein gestochen scharfes, farbiges Höhenfoto, das die gesamte Stadt und das Vorland zeigte. Unsere Maschinen hatten einen dreidimensionalen Effekt daraufkopieren können.

»Das Bild macht uns jedenfalls zu interessanten Gesprächspartnern.« Ich drückte meine Hoffnung vorsichtig aus.

Nach unseren Berechnungen zählte Harun ar Rashid recht genau fünfunddreißig Sommer. Von krankhaftem Machtstreben schien er nicht besessen zu sein. Jedermann rühmte seine Klugheit und Gerechtigkeit. Vielleicht konnten wir die beiden Herrscher zu einem gemeinsamen Handeln zusammenführen. Wir ritten in östliche Richtung, sahen die vielen Arbeiter auf den Feldern und kehrten am frühen Nachmittag über eine der Tigrisbrücken zurück zu unserem Haus. Dort versorgten wir die Pferde und mischten spezielle Zusatzstoffe in ihr Futter. Wir behandelten Hufe und Fell und sagten dann Nizar, was er zu kochen habe.

Vor etwa zweihundert Jahren waren die Araber von Ifriqiya, nachdem sie die Berber Afrikas besiegt hatten, über die Meerenge nach Hispania vorgestoßen. Tariq, ein Berberanführer, besiegte jenseits der Säulen des Melkart oder des Herkules den westgotischen Herrscher König Roderich. Araber und Berber betraten den anderen Teil des Kontinents beim Berg des Tariq, *Gabal Tariq.* Am heutigen Tag bildeten die Berge die Grenze zwischen Frankenreich und dem der Umaiyaden-Kalifen.

Ob es mit herkömmlichen Mitteln möglich war, aus dem Innern des Kalifats von Cordoba aus nach Aachen zu reiten, wußten wir nicht. Ein Gespräch mit Harun würde es erklären – falls es dazu kam.

Sehr sorgfältig beobachteten wir die Vorgänge im innersten Teil des Palasts. Harun ar Rashid starrte tatsächlich fasziniert und ungläubig das Bild der Stadt an. Immer wieder nahm er es in die Finger und schüttelte den Kopf. Sein Gesicht drückte tiefste Nachdenklichkeit aus. Er schien unentschlossen zu sein, wie er auf dieses einmalige Geschenk reagieren sollte. Der Kalif war offensichtlich ein kluger Mann. Die Einrichtung seines »Arbeitszimmers« bewies es. Im Gegensatz zum überbordenden Prunk der anderen Palastteile war es geradezu wissenschaftlich klar eingerichtet. Eine mächtige Tischplatte, davor bequeme Sessel. Zwischen den Säulen große Platten, auf die in zierlicher Malerei Landkarten in eigentümlicher Ungenauigkeit und seltsamer Bizarrheit gemalt waren, viele Öllampen und die Einrichtungen für leibliches Wohl – abgesehen von den dicken Teppichen am Boden war nicht viel mehr zu sehen. Ein prächtig gekleideter, kahlgeschorener Mann mit listigen, faltenumgebenen Augen kam herein. Harun und er sprachen eine Weile miteinander, ohne daß ihm der Kalif das Höhenfoto zeigte. Der andere schien ihm, den lebhaften Handbewegungen nach zu urteilen, den Weg irgendwohin zu schildern. Harun nickte und entließ ihn. Dann ging er in einen angrenzenden Raum. Vorsichtig folgte ihm das Auge der Sonde.

Der Kalif hatte sich stark verändert. Er glich einem Flußfischer. Der Turban war schmutzig, der Bart war grau, und seine Finger trugen keine Ringe.

Leise meinte Riocar: »Er macht Maske und ist fast so professionell wie wir.«

»Das könnte bedeuten«, ich wandte meine Augen nicht von der Bildschirmwiedergabe, »daß er vielleicht uns aufsuchen will?«

»Das werden wir bald erfahren«, sagte der Robot und betätigte die Fernsteuerung. Wir verfolgten den Weg des Kalifen durch den halben Palast, einen Park und zu einer winzigen Tür hinaus. Den Schlüssel steckte Harun in den breiten Stoffgürtel eines dunklen Übergewands.

»Wenn er wirklich hierherkommt«, sagte ich nach einer Weile, »dann ist er nicht nur klug, sondern auch ungewöhnlich mutig.«

»Ein Herrscher dieser Art sollte eigentlich mutig sein müssen«, bemerkte mein Robot-Bruder. »Sonst taugt er nicht für seine Arbeit.«

Wir brauchten uns nicht lange zu verständigen; alles war längst mehrmals abgesprochen und die Wahrscheinlichkeit des Gelingens ausgewertet. Jetzt waren wir fast sicher, daß Harun auf dem Weg hierher war. Es würde dauern, denn Bagdad war größer als ein Quadrat von je zehntausend Schritten Kantenlänge. Überdies schien auch Harun, so wie wir, genügend Zeit zu haben.

Langsam und prüfend ging Harun durch seine Stadt, und wir bereiteten eine Erfrischung vor. Für uns gab es Wein, von tüchtigen semitischen Händlern eingeführt und nur für »Ungläubige« zu haben. Sagten sie zumindest grinsend. Kurz vor Mitternacht, kam Nizar, der alte Diener, in unseren Wohnraum.

»Herr Riocar, Herr Atlor, ein Fischer will euch sprechen. Haibar Rida ist sein Name.«

»Führe ihn herein. Er ist willkommen«, sagte ich. Wir begrüßten den falschen Fischer mit der rechten Hand. Die linke Hand galt als unrein. Ebenso zwingend war für Harun ar Rashid, daß er jede Speise und jedes Getränk annahm und kostete, auch wenn es Überwindung bedeutete. Hier hatte er keine Schwierigkeiten.

Und inzwischen wußten wir auch, daß es lange dauern mochte, bis ein Muslim zum Wesentlichen eines Gesprächs vorstieß. Nur unter Freunden wurden Geschäfte gemacht, und um zu Freunden zu werden, brauchte es Zeit. Ich behielt mir den Anfang des Gesprächs vor und beobachtete Harun ebenso scharf wie er uns. Allein schon einige bewußt aufgebaute Gegenstände erregten seine Aufmerksamkeit.

»In der Stadt sagt man«, begann er, »daß ihr aus *as sifr* kommt, der großen Leere.«

Ich nickte; obwohl er auch in seiner Verkleidung selbstbewußt wirkte und eine Portion Macht ausstrahlte, blieb er wachsam. Wir tasteten einander ab.

»Wir kommen zudem aus der Dämmerung der Geschichte. Vieles von dem, was vor uns war, wissen wir genau.«

»Aber man sagt, ihr seid keine Juden, keine aus dem Land Zipangu, nicht aus dem Frankenland noch aus dem Osten.«

Wir erklärten ihm, daß wir aus einem unbekannten Land im Westen kämen und über besondere Kenntnisse verfügten. Über meinem Arbeitstisch hingen Landkarten, in die ich meine Notizen eingetragen hatte. Er betrachtete sie schweigend und erkannte zumindest einige krasse Unterschiede zu seinen karthographischen Aufzeichnungen.

»Und nach allem, was ihr gesehen habt, gefällt es euch in Bagdad?«

»Eine große, herrliche Stadt«, antwortete Riocar höflich. »Zweihunderttausend Menschen? Ein paar weniger?«

»Karawanen und Sklaven kommen, Karawanen gehen. So viele sind es nicht. Man lebt nicht sehr eng aufeinander«, antwortete der angebliche Fischer. »Wie werdet ihr eure Tage in Bagdad verbringen? In diesem herrlichen Haus?«

»Wir sehnen den Tag herbei, an dem wir mit dem mächtigsten Herrscher, dem Kalifen, sprechen können.«

»Er ist sehr beschäftigt. Er hat vielerlei Fragen zu beantworten und Probleme zu lösen.«

»Wir sind sicher unwürdig, mit *Chalil ar rahman,* dem Freund Allahs, reden zu dürfen. Aber vielleicht kann das Wissen, das wir einsammeln durften, dem Kalifen nützen.«

Harun blieb wachsam. Vielleicht hatte er erkannt, daß wir seine Maskerade durchschaut hatten. Aber er sah noch keinen Grund, sich zu offenbaren.

»Was würdet ihr ihm vorschlagen?«

»Wenn die Probleme von einem einzelnen Herrscher trotz seiner ehrlichen Berater nicht gelöst werden können«, schlug Riocar vor, »dann sollten vielleicht zwei Köpfe über einer Lösung brüten. Nicht wahr, Bruder Atlor?«

»Zwei Herrscher, die miteinander befreundet und dennoch durch große Ferne voneinander getrennt sind, Bruder Riocar«, antwortete ich.

»Fi sihitak«, sagte Harun. »Sagt ihr mir wohl, was ihr dem Kalifen vorschlagen würdet? Ihr wißt, daß er seine Ohren überall hat.«

Er hatte mir lange Gesundheit gewünscht, als ich den Becher leerte.

»Besonders dann hört er gut, wenn er ohne den Schutz seiner Wachen in der Nacht durch Bagdad streift. Nun denn. Höre gut zu, Fischer Haibar Ridar, der es versäumt, nach Fisch und Wasser zu riechen: Es gibt einen Gott der Muslime, Allah, und es gibt Christus, den Gott der Christen, der Franken. Es gibt in jedem großen Land einen anderen Gott oder denselben Gott, der einen anderen Namen trägt. Wie auch immer – auch dort, woher wir kommen, gibt es göttliche Worte.

Wir sollen versuchen, mit aller Kraft, eine freundliche Gruppe Araber mit den Franken zusammenzubringen. Es sind eine Handvoll Tagesreisen von Cordoba bis Aachen. Trotz unterschiedlicher Religionen kann es wahr werden, daß sie in allen wichtigen Fragen zusammenarbeiten. Im Handel, in den Wissenschaften, im Besitz von Land, in all den Erfahrungen, die man braucht, um einen großen Staat zu lenken, ihn stark und mächtig zu machen, und zusammen mit uns – auf eine ganz besondere Weise.«

Harun ar Rashid, der älter und reifer aussah als fünfunddreißig, war mittelgroß und von heller, brauner Hautfarbe. Sein Haar schien schwarz und an den Schläfen grau, sein Bart schwarz, aber gefärbt zu sein, abgesehen von der grauen Maskenfarbe. Er hatte den kräftigen, schlanken Körper eines Mannes, der Kampf und Arbeit gewohnt war; ein Erbe seiner Herkunft von wandernden Beduinen. Blitzschnell waren seine Blicke. Seine Finger führten kontrollierte, aber elegante Bewegungen aus. Das Gefühl, im fast uneingeschränkten Besitz der Regierungsgewalt zu sein, wurde jetzt deutlicher herausgekehrt. Auch die wertvollen, weichen Stiefel verrieten ihn, und als er unsere schweigenden Blicke sah, lächelte er mit erstaunlich weißen und gleichmäßigen Zähnen.

»Beim Alhabor!« sagte er. »Ihr seid eurer Sache sicher.«

Er rief den Sirius an, den auffallenden Stern der Ägypter. Ich nickte. »Ohne Zweifel, das sind wir. Ebenso sicher sind wir, daß der Kalif voller Bewunderung das Abbild seiner Stadt angesehen hat, wie es einer seiner Jagdfalken sieht. Ebenso wie die Karten der Oberfläche von Meer und Land, die hier hängen und denen in seinem Palast höchstens entfernt ähneln. Und ein solcher Herrscher, dem wir helfen, sollte mutig sein.«

»Er muß Mut haben und uns vertrauen. Hat Harun ar Rashid soviel Mut?« ergänzte Riocar.

»Er ist einer der mutigsten Männer«, erklärte Harun nach einer langen Weile der Überlegung, »die ich kenne. Er braucht wie jeder, der allein auf dem Prunk des Kalifenthrons sitzt und inmitten von Schönheit, Reichtum und Verschlagenheit, gute Freunde. Und er nimmt grausame Rache an solchen, die seine Freundschaft verraten haben.«

»*Abu el haul*«, sagte ich, »Vater des Schreckens. Wir sind hier, um dem

Kalifen einige Möglichkeiten oder Waffen in die Hand zu geben, die ihm helfen mögen. Männer, die mit den Augen des Falken sehen, kennen vieles, was für andere Augen besser in der Schwärze der Nacht verborgen bleibt. Glaubst du, daß der Kalif Harun, sein Tisch, er biege sich allezeit unter Brot, Braten und Beerensaft, zwei Tage Zeit hat?«

»Achtundvierzig Stunden, rotweinäugiger Bruder des dahinwallenden Gesprächs? Wozu?«

»Um die Werkzeuge des Geistes, des Verstandes und der anderen Welt zu erkennen?«

»Wo? Wann? Auf welche Weise? Königselefant der anwendbaren Weisheit?« Er wandte sich an Riocar.

»Jetzt sofort. Zuerst eine Handvoll Zeit in einem Boot. Dann durch die Luft fliegend bis zum Morgengrauen, anschließend ohne Zeugen und Zuhörer mit uns an einem Ort der Weisheit, und in der Nacht, damit Bagdad nicht seine Fischer zählen muß, wieder hierher zurück? Mit uns, den Händlern des Unbegreiflichen?«

Ich ließ ihm keinen Moment Zeit, lange zu überlegen. Ich hob die Hand, drehte einen Ring genau nach vorn und drückte auf den Auslöser. Ein dünner Lichtstrahl zuckte zur Ziegelmauer hinüber, schlug ein und zerschmetterte verglühende Steinbrocken. Dann reichte ich ihm den – leergeschossenen – Ring.

»Und mit einer verborgenen Waffe, die er anwenden könnte, wenn, natürlich, er nicht ein Fischer, sondern der Kalif selbst in seiner Schönheit und Klugheit wäre und dennoch Angst vor den Fremden bekäme?«

Er nahm die getarnte Waffe und drehte sie hin und her. Dann deutete er auf den Weinkrug und grinste.

»Allah ist gnädig. Er wird einem verwirrten Fischer nachsehen, wenn er einen Schluck Wein trinkt.«

Ich goß den dritten, bisher leeren Pokal voll.

»Er wird mehrmals seine Augen zukneifen, denn das Glück ist mit den Tüchtigen und Klugen. *Fi sihitak!*«

Er nahm einen Schluck, der auf ein beachtliches Sündenregister schließen ließ, und murmelte:

»*Azzahar,* der Würfel, er ist gefallen. Euer Lager, zu jeder Zeit sei es wohlriechend und ersprießlich, auch der Ruhe im rechtem Maß erschlossen. Nehmt ihr auch mich, den Fischer im trüben, den Eroberer des Nutzlosen, mit zu eurem geheimnisvollen Ort? Denn seht, ich genieße das Vertrauen des Kalifen. Sein Ohr, die Geschmeide daran mögen nimmer blind werden, ist mir geneigt, sein Herz mitunter mir gewogen. Ich werde berichten, als habe ich es selbst erlebt.«

Sosehr es uns Spaß machte, die Klangwolken arabischer Unterhaltungen zu produzieren, so sehr hatten wir im Nebel umeinander herumgeredet. Er bat uns also, kaum verständlich, ihn nicht in Verlegenheit zu bringen. Wir begriffen seine Zurückhaltung und sein Mißtrauen; uns wäre es nicht anders ergangen.

Riocar stand auf und sagte: »In einer halben Stunde im Boot. Ich spreche mit Nizar. Ich sorge für alles.«

»Danke, Bruder«, sagte ich. »Dein Ende sei fern.«

Vielleicht konnten wir irgendwann zu einer rationelleren Art der Unterhaltung kommen. Ich schüttete mehr Wein in Haruns Becher; ich hatte den Eindruck, dieser Mann begänne sich mittlerweile vor seinem eigenen Mut zu fürchten.

»Was tut er?«

»Er sorgt für alles«, sagte ich. »Es ist schade, daß der Kalif all das, was nun folgt, nicht selbst erlebt. Er könnte seinen Söhnen davon berichten.«

Der Fischer machte eine fast verächtliche Geste.

»Söhne!« entgegnete er in einer Betonung, als spräche er von kranken Kamelen. »Warum nur sind sie nicht dem Vater ähnlich?«

Ich verschluckte eine unhöfliche Antwort und machte eine indifferente Geste. Riocar kam herein und packte Ausrüstungsgegenstände ein. Im Vorratsraum füllte er einen Kühlbehälter mit Obst, Wein und Essen.

Ich stand auf und meinte: »Über alles können wir an einem Ort sprechen, der nicht tausend unsichtbare Ohren hat. Folge mir zu unserem alten Boot, das, wie seltsam, auch nicht nach Fisch riecht.«

Ich entzündete eine der mitgebrachten Fackeln, rief die Diener und trug ihnen auf, das Haus zu hüten. Riocar schleppte mit ihrer Hilfe zwei mittelgroße Truhen und einen ordentlich geschnürten Ballen zum Boot. Wir lösten die Haltetaue, nahmen auf den rissigen Brettern Platz, und die Fahrt flußabwärts begann. Riocar stand am Steuer, ich hatte die Fackel im Bug befestigt und rief:

»Bis zum roten Berg, *Gabal achmar!* Dort ändert sich der Kurs.«

Harun ar Rashid sah ruhig neben mir und beobachtete das dunkle, von wenigen Lichtern unterbrochene Ufer. Lautlos glitten wir durchs Wasser. Kleine Tiere und Insekten erzeugten vertraute Geräusche im Schilf. Die Wellen klatschten und gluckerten. Fische sprangen aus dem Fluß, und hinter den schlanken Türmen Bagdads hob sich der zunehmende Mond. Zum erstenmal erschrak Harun, als ich die Fackel mit einer Handbewegung löschte. Dann, als sich summend das halbkugelige Schutzfeld aufbaute, zuckte er schweigend zusammen. Noch beherrschte er sich. Aber als das Boot langsam aus dem Wasser stieg und er deutlich erkannte, daß wir schwebten und vorwärts flogen, entrang sich seiner Kehle ein langer, gequälter Laut. Er schlug die Hände vors Gesicht, sagte aber kein Wort. Als er nach einer Weile merkte, daß ihn weder Allah noch wir umbringen wollten, wagte er, über den Bord des Bootes zu blicken. Er sah die Landschaft im bleichen Mondlicht weit unter sich, den mäandernden Fluß und die Wüste, die eigentliche Heimat der Araber. Wir flogen nach Südost.

»Ich begreife es nicht«, sagte er. »Aber meine Angst ist vergangen. Ich glaube, daß Allah mir Zeichen über Zeichen gibt. Wohin bringt ihr mich, Brüder der Geheimnisse und Wunder?«

»Auf eine winzige Insel. Dorthin ziehen wir uns immer zurück, wenn uns die Menschen zu sehr geärgert haben. Ein Platz, um in der Stille nachzudenken.«

»Es ist also wahr: Auch Menschen können fliegen wie der Wundervogel Rock, wie die Tiere im Märchen und in den Träumen. Wie lange dauert dieser Zustand, von dem ich nicht weiß, ob er Wirklichkeit oder Traum ist?«

»Bis zum späten Morgen.«

3.

Als es hell genug war, sahen wir unter uns das Meer mit dem riesigen Muster aus Wellen, Licht und Schatten. Der ewige Atem der See hob und senkte das Wasser. Ich wandte mich an unseren Gast, der jede Einzelheit mit staunenden Kinderaugen tief in sich hineinsog.

»So, wie wir auf das Meer hinunterschauen und auf die Küste, so blickten schon immer die Götter der Menschen auf uns herunter. Für die Götter, wie sie auch heißen mögen, sind die Menschen so klein und wenig bedeutend wie Fische im Wasser. Sie lehnen sich zurück, werfen einen Blick auf das Gewimmel und sagen: ›Ihr dort unten, he! Arbeitet, schuftet und schwitzt! Glaubt an uns oder nicht – was ändert's? Werdet reich, krank oder zu Sklaven. Haut euch gegenseitig für ein Stück Land oder eine Handvoll Salz in Stücke! Kämpft oder zeugt neue Sklaven! Und wenn nach vierzig Jahren alles vorbei ist, haben wir unseren Spaß gehabt!‹ So mag es sein, mein Freund.«

Gleichzeitig bedeutete ich ihm, zur Seite zu rücken. Riocar führte einige Schaltungen aus. Langsam klappten die gepolsterten Sitze auseinander. Das alte Boot verwandelte sich in ein schimmerndes, glänzendes Kunstwerk. Der Kalif nahm auch dieses Wunder kopfschüttelnd und begeistert zur Kenntnis. Dann sagte er:

»So mag es sein, Atlor. Oder auch nicht. Daß für Allah die Menschen wie Ameisen sind, wußte ich. Deswegen versuche ich, Ordnung und Gerechtigkeit für jeden zu schaffen. Niemand soll hungern, und auch die Sklaven leben nach guten Gesetzen.«

»Das ist zweifellos gut und richtig. Aber du begreifst, daß es unüberbietbar töricht ist, wenn die Gläubigen Allahs nur deswegen die Gläubigen des Jesus bekämpfen, weil diese angeblich den falschen Glauben haben – und umgekehrt.«

»Das begreife ich wohl. Auch viele Gelehrte sind dieser Meinung.«

»Immerhin: ein erster Schritt zu einer denkbaren Zusammenarbeit mit Herrscher Carolus der Franken und Langobarden«, sagte Riocar nachdrücklich.

»Auch ihr seht Menschen und Schicksale mit den Augen des Falken?« antwortete Harun. Wir nickten.

»Nur dann nicht, wenn wir dort unten in Gefahren und Ärger verstrickt sind.«

Wir hofften, daß wir ihn überzeugen konnten. Zwar begeisterten sich die Muslims an jeder Erfindung, die sie übernehmen konnten, aber unsere Vorschläge waren viel weiter reichend. Ich wartete ab. Die zwei Tage auf der namenlosen Insel mußten genügen, die Idee wirken zu lassen. Wir erreichten den weißen Sandstrand drei Stunden vor Mittag und setzten den funkelnden Gleiter im Schatten von Kokospalmen ab. Riocar deutete auf das Zelt und sagte:

»Geh zum Zelt und versuche, den Eingang zu öffnen. Wir tragen die Ausrüstung.«

Harun nickte und stapfte durch den Sand. Wir folgten schwer beladen. Als er gegen den fast unsichtbaren Energieschirm stieß, fluchte er, dann tastete er die Schicht ab, die unter seinen Fingern leicht federte. Er ließ Sand darüberrinnen, versuchte an anderer Stelle einzudringen und wandte sich kopfschüttelnd um. Riocars Funkbefehl löste das Schirmfeld auf.

»Hinter einer solchen Schale aus Nichts kann sich eine Armee sicher fühlen«, sagte ich. »Derlei Spielereien könnten wir den mächtigen Fürsten leihen, wenn sie sich zur Zusammenarbeit entschließen.«

Der Kalif betrachtete den Waffenring, der an seinem Zeigefinger steckte, rieb ihn und meinte nachdenklich:

»Ihr lockt mit großen Versprechungen. Aber ihr behaltet die Kenntnisse der Geheimnisse.«

»Nicht unbedingt«, sagte ich und zeigte auf seinen Ring. Wir öffneten das Zelt, packten aus und hatten schnell eine Mahlzeit bereit. Sie entsprach der Art der Araber, abgesehen davon, daß Reis aus Ägypten und Fleisch aus Bagdad nicht heiß und dampfend in der Schüssel lagen. Wir saßen auf gepolsterten Oberteilen von prunkvoll verzierten Stahltruhen, zwischen uns die Zeichentischplatte; eine winzige Klimaanlage wirbelte kühle Luft durch das sonnendurchflutete Zeltinnere. Keine Einzelheit entging den flinken Augen des Kalifen. Entweder war es der Wein, oder wir hatten sein Vertrauen tatsächlich errungen: Plötzlich hob Harun den Weinpokal und sagte:

»Da ihr hinter die Dinge sehen könnt, mag es sein, daß ihr nicht mehr an den Namen des Fischers glaubt.«

»Nein, Kalif«, antwortete ich. »Aber wir warteten darauf, daß du als Zeichen einer beginnenden Freundschaft deinen Namen als erster nennst. Wir haben Zeit, um zu warten.«

Er nickte lange und schweigend.

»Warum wollt ihr, daß zwei Fürsten zusammen ihre Vorstellungen, Wissenschaften und vieles andere austauschen?«

»Weil nur das Wissen aller Menschen, immer wieder verbessert und angewendet, solche sogenannten Wunder hervorbringt. Dinge, die schweben, die sich drehen, die Strahlen abschießen, vieles andere – das ist ein Ziel unserer Wünsche. Ein anderes ist, daß nicht mehr ein Herrscher den anderen überfällt, denn die Kräfte, die Kriege benötigen, sollen dazu verwendet werden, viele Teile der Welt zu verändern und zu verbessern. Soviel in wenigen Worten.«

»Die Vorteile für jenen Franken und für mich?«

Riocar begann mit seiner Aufzählung.

»Ihr beide werdet in die Annalen der Welt eingehen als Herrscher, in deren Ländern das Leben schön war und gefahrlos. Der Handel wird leichter und größer, bringt mehr Waren. Die Gelehrten erfinden mehr und mehr Dinge, die harte Arbeit ersetzen. Ihr lernt die Welt kennen, und eines fernen Tages könnt ihr in solchen Booten zu den Sternen fliegen und zum Mond.«

»Was sollen wir dort?«

»Begreifen, daß diese Welt nur eine von vielen ist. Aber das führt schon zu weit ... Ich gehe schwimmen«, sagte ich und zog meine Überkleider aus. Nur mit einem Lendenschurz um die Hüften ging ich durch den heißen Sand und sprang in die Brandung.

Wir hatten zwei Tage Zeit. Wir führten lange, tiefgehende Gespräche. Es war in bester klassischer Weise ein Dialog: meist frei von der blütenreichen arabischen Weitschweifigkeit. Harun ar Rashid durchdachte mit uns zusammen anhand gestochen scharfer Landkarten die Probleme. Gab es zu viele Araber im Frankenreich, oder umgekehrt, so würden sie als Eroberer gelten. Waren es zu wenige, gingen sie in der anderen Bevölkerung unter. Die Religionen würden sich zweifellos nicht vermischen; sie sollten nur gleichberechtigt nebeneinander existieren können. Wir versprachen dem Kalifen, dieselben Fragen auch mit Carolus zu diskutieren. Der Kalif begriff, wie die Welt aussah. Unsere Erkenntnisse halfen ihm dabei. Ich versuchte, dem Wüstensohn die Kunst des Schwimmens beizubringen. Es war vergeblich, aber er verlor immerhin seine Scheu vor dem gischtenden Salzwasser.

Wir lagen in der Sonne, tranken, redeten und aßen. Ich schenkte Harun einen Lähmstrahlerdolch. Er erfuhr von uns, welche Möglichkeiten es in einer geordneten, weiterentwickelten Welt für ihn und andere gab. Wir hingegen erfuhren das komplizierte Gewebe der arabischen Verwaltung, die Sklavengesetze ebenso wie die Wahrheit über die verschiedenen Einflußbereiche der Familien, die sich nach dem Tode des Propheten befehdet hatten.

Er hörte, was wir über andere Teile der Welt wußten. Wir wurden von ihm darüber unterrichtet, wie es sich in der Bannmeile des Palastes leben ließ. Nur Menschen mit viel zuviel Zeit konnten sich in diesem schwer durchschaubaren System von Neid, Mißgunst, gesellschaftlicher Abstufung und religiösen Ansichten, der scheinbaren oder wirklichen Bedeutung zurechtfinden.

»Gern würde ich euch um mich haben, Tag und Nacht«, sagte Harun einmal. »Aber ihr würdet die Geduld verlieren. Ich richte euch ein Haus nahe dem Palast ein, und ihr schlaft dort. Der Zugang zu mir ist euch jederzeit sicher.«

»Eine gesunde Basis«, meinte Riocar, »aber es ginge auch anders.«

Jeden Einwand wischte der Kalif hinweg. Wir besaßen sein Vertrauen. Er versprach, einen langen Brief an Carolus zu schreiben und eine Karawane loszuschicken. Wir hingegen versicherten, daß wir die Ankunft der Soldaten, Gelehrten, Karthographen und Handelsmänner gut vorbereiten und, im Sinn des Begriffs, auch die Straße sichern würden.

Wir sprachen über die Feinde der Araber und die des Frankenreichs. Wir kannten die Wirtschaft der Franken nicht sehr gut, aber wir wußten, daß sie förmlich danach schrie, weiterentwickelt zu werden. Erstaunlicherweise gab es in Bagdad, nach einer Erfindung aus Zipangu, schon heute einen Fabrikationsbetrieb für Papier aus Holz. Nach Pergament und ägyptischem Papyrus brach auch hier ein neues Zeitalter an – auch für den kalten Norden mit seinen riesigen Wäldern?

»Deine Aufgabe, Kalif, ist die Karawane der Botschafter!«

»Eure Aufgabe wird sein, ihren Weg zu bereiten und den Carolus ebenso zu überzeugen wie mich. Würden uns, hier in Bagdad, fränkische Bauern etwas nützen?«

»Ich fürchte, daß es nicht so ist«, murmelte Riocar. »Ihr seid besser und klüger als die Franken.«

Das war kein Lob, keine Übertreibung. Aber je mehr wir darüber sprachen, desto faszinierender wurden die Idee und ihre berechenbaren Folgen. Scheitern war einkalkuliert; die Enttäuschung würde uns nicht hart treffen.

»Und dieser Franke? Wie ist er?« wollte Harun schließlich wissen.

»Anders als du, Harun. Du würdest ihn als Barbaren bezeichnen.«

»Ganz anders. Und auch ein wenig ähnlich. Herrscher ähneln einander stets«, verbesserte mich Riocar.

Auch für Harun waren jene zwei Tage eine Abwechslung seines bisherigen Lebens. Wir hatten alles, was wir brauchten, hauptsächlich Dokumentationen über die Möglichkeiten, die Carolus und Harun mit unserer Hilfe haben würden. Wir tranken und aßen, unterhielten uns über Nebensächlichkeiten, über die Vergangenheit und die Zukunft. Wahrscheinlich würde es kaum wieder eine Gelegenheit geben, mit dem mächtigsten Mann der Muslims auf so einfache, klare und freundschaftliche Weise zu sprechen und ihm ungestraft widersprechen zu dürfen.

»Bevor wir wieder zurückfliegen«, sagte er am Mittag des zweiten Tages, »bitte ich euch darum: Werdet meine Berater. Für eure Hilfe zeichne ich euch aus. Ihr müßt euch so verhalten wie Fremde. Wenn wir so sprechen wie gestern und heute, komme ich verkleidet zu euch.«

»Das ist völlig richtig. Beinahe wäre der Vorschlag von mir gekommen«, sagte ich.

Er nickte. »Dann sind wir einig. Ich kann nicht eine Dreierregierung mit Ungläubigen führen. Ich würde binnen eines Mondes vergiftet oder erdrosselt werden.«

»Mit uns hast du keine Schwierigkeiten.«

»Das weiß ich.«

Pralle Trauben, Granatäpfel, Wein und gebratener Fisch, Braten und Salz auf der Haut, die Musik, die wir in vielen Zeiten und an vielen Orten gesammelt hatten – niemand konnte uns diese Stunden nehmen. Ich war skeptisch mit solchen Feststellungen, aber wir wurden zu Freunden. Daß Kalif Harun ar Rashid wohl einer der klügsten Männer seiner Zeit war, machte alles sehr viel leichter.

Wir flogen, nachdem wir die Insel so verlassen hatten, wie wir sie betraten, in die sinkende Sonne hinein. Was jetzt noch besprochen wurde, war mehr oder weniger nur die Wiederholung all dessen, was wir schon in unseren offenen Gesprächen bis zum Ende diskutiert hatten. Ohne daß einer von uns es laut aussprach, wußten wir dennoch, daß eine andere Zeit für uns anfing.

Wir zogen in ein größeres Haus um, dessen Rückwand sich an die Palastmauern lehnte. Wir bekamen Diener, Dienerinnen, Gärtner, Sklavinnen, Essen und Wein, und wir brauchten nur einen Wunsch zu äußern oder eine Verbesserung vorzuschlagen, schon wurde etwas geändert. Das unansehnliche Boot wurde an einem anderen Steg vertäut. Die Pferde standen in einem prächtigeren Stall. Eine Schar von Dienern umsorgte uns. In diesen Tagen und Monden entwarfen wir den Brief an Carolus, berieten Harun über die Geschenke und suchten die Reisenden aus. Es sollten zwei Dutzend oder mehr sein, kräftig genug, um mit den Widrigkeiten der langen Reise fertig zu werden.

Haruns Palast, sorgsam durch herrliche Gärten von den Behausungen der anderen Gläubigen getrennt, glänzte in ungeheurem Luxus. Der Kalif lebte normalerweise in ausgemachtem Prunk. Sein Harem umfaßte Dutzende von Sklavinnen, von denen eine schöner war als die andere. Wir selbst, Ungläubige, erhielten noch einen deutlichen Abglanz dieser Pracht. Wir, die *mawali,* freiwillig dem Kalifen direkt unterstellte Fremde, wurden geachtet. Wir taten nichts anderes als das, was wir schon immer auf dem Planeten getan hatten; halfen den Handwerkern mit neuen Überlegungen und Verfahrenstechniken, die sie anwenden konnten.

Am meisten interessierte uns die Herstellung des Papiers. Schnell erkannte ich die Grundzüge der Technik, und Riocar verbesserte sie schrittweise. Wir sahen zu, wie die Händler die Lasten der Kamelkarawanen umschlugen; in dieser Zeit, in der die Straßen gewunden und schlecht waren, existierten so gut wie keine Karren oder Wagen. Tausende und aber Tausende Kamele zogen durch die Wüste, und es schien, als ob sich ganze Dörfer mit ihnen hin und her bewegen würden. Lieder und Poesie der Beduinen beschäftigten sich fast ausschließlich mit der Wüste. Das Denken kreiste um diese majestätisch leeren, von Bedeutungen angefüllten Flächen. Auch die Städte lagen stets am Rand wüstenartiger Gebiete, obwohl der Kalif versuchte, eben dieser Wüste fruchtbares Land abzuringen.

Der Vorsteher unseres Hauses, ein enger Vertrauter des Kalifen, kam durch den Garten auf uns zu. Wir zeichneten Karten für die Expedition ins Frankenreich und übertrugen die Informationen der Höhenfotos auf glattes Papier.

»Effendi Atlor«, sagte er und verbeugte sich, als bete er zu Allah. »Ihr wißt, daß der Kalif, Allah liebt ihn, eine Menge Ärger hat.«

»Bei drei Söhnen, die herrschen wollen, ist dies nichts Unerwartetes«, antwortete ich. Unser Garten, ebenso von hohen Mauern geschützt, war kleiner, aber nicht weniger prächtig als die Gärten des Palasts. Blütenduft wehte herein, und im Schatten saßen Sklavinnen und zupften an der *al aût,* der mehrsaitigen Laute.

»Wie es Allah gefallen hat, ist es nicht dieser Ärger. Sagt euch der Name Hamza ibn Adrak etwas, Meister der Vernunft?«

»Wenig. Um es in as-sifr-Art auszudrücken: gar nichts.«

»Ibn Adrak, der sich selbst als ›Fürst der Gläubigen‹ ausrufen hat lassen, in Sistan, rüttelt an den festen Pfeilern der Macht. Aus diesem Grund will der Kalif mit euch sprechen.«

»Wir kommen sofort!« beschied ich ihm.

Wir schwelgten in *adab,* der feinen Lebensart. Trotz der sprudelnden Fontänen, der Bäume voller Früchte und der Hecken, in denen Grillen zirpten und Vögel zwitscherten, war das Idyll nicht lückenlos. Die drei Söhne beispielsweise, von denen Harun nur mit Gesten der Verzweiflung sprach, wurden schon jetzt zu seinen Nachfolgern bestimmt, um Erbstreitigkeiten zu vermeiden. Harun hatte al-Amin, al-Mamun und al-Mutasim die Herrschaft über Provinzen übertragen, um ihre Rivalitäten aus seinem eigenen Haus herauszuhalten und ihre Kraft auf andere Aufgaben zu konzentrieren. Ständig kamen aus dieser Richtung neue Panikmeldungen. Wir ließen die Arbeit liegen und folgten Husain. Wieder nahm uns das goldfunkelnde Gewisper des Palasts auf. Ich wandte mich an Husain und sagte leichthin:

»Sollte es jemandem jemals einfallen, in den Palast einzudringen, wird man ihn nicht finden. Tausend Kammern, hundert Gänge, tausend Stufen. Wie wollt ihr das Leben des Kalifen schützen, sein Ende sei selig?«

Husains Lächeln bewies, daß er sich auch Gedanken machte. »Gerade deswegen will euch der Kalif sprechen, Herr Atlor.«

»Ich verstehe.«

Nahezu bei jeder Tür, vor jedem der dicken, prächtigen Vorhänge stand ein bewaffneter Wächter. Bogen, Köcher, ein langes, gekrümmtes Schwert, mehrere Dolche und eine Kombination zwischen Helm und Turban, mehr Zierde als echter Schutz, waren die Ausrüstung. Bei dem ständigen Kommen und Gehen mußten die Männer jeden Bewohner des Palasts ebenso kennen wie jeden Fremden – so wic uns. Der Kalif erwartete uns in seinem Thronsaal, in dem er mit beachtlicher Sicherheit und Schnelligkeit seine Entschlüsse traf. Ein ständiger Strom von Boten verließ den Palast, um herrscherliche Richtlinien in alle Teile des Abbassidenreichs zu tragen. Mit schnellem Blick bemerkte er uns im Hintergrund des Saales. Eine Handbewegung bat uns zu warten. Ich lehnte mich an die Wand und ließ mich von dem Prunk, der bunten Menge und dem Gewimmel der Menschen beeindrucken. Abordnungen kamen mit Geschenken und Problemen, die Berater des Kalifen schilderten ihre Sicht der Fragen, und mit großer Entscheidungsfreiheit sprach Harun aus, was jedermann zufriedenstellte – wenn ich es richtig begriff. Seltene Tiere wurden vorgeführt, Sklaven und Sklavinnen als Geschenke übergeben, die Heerführer schilderten die Sorgen ihrer Garnisonen, und die Steuereintreiber nannten Zahlen.

»Ein *Beit al mal,* ein Haus des Goldes, in jeder Beziehung«, murmelte ich.

»Gold ersetzt nicht Treue und Freundschaften, sondern kitzelt den Gaumen des Hungrigen«, entgegnete Husain.

»Wahr gesprochen«, brummte Riocar. Nach einiger Zeit bat uns ein anderer Diener in den Arbeitsraum Haruns. Nach der weitschweifigen Begrüßung ließ er uns Wein bringen, trank aber selbst nichts außer dem gemischten Saft frischer Früchte.

»Hamza ibn Adrak«, begann Harun schließlich. »Die Höcker seiner Kamele – knicken sollen sie ob karger Ernährung! Wie können wir uns schützen gegen seine ausgeschickten Mörder?«

»Schwer oder gar nicht, in diesem Palast«, sagte ich. »Es gibt zu viele Tore nach draußen, und die Mauern sind von entschlossenen Männern unschwer zu erklettern.«

Wir erfuhren, was Harun ar Rashid wußte: Seine tausend Ohren und Augen in Bagdad waren erstaunlich scharf. Etwa ein Dutzend Männer war vom fernen Sistan aus eingesickert. Sie kamen mit Handelskarawanen und nahmen Arbeit in der Stadt an. Aber bald wurde beobachtet, wie sie sich in kleinen Gruppen trafen. Jener Fürst der Gläubigen, der seine fanatischen Anhänger unter den steuerunwilligen Bewohnern der Provinz hatte, beabsichtigte zweifellos etwas. Aber Mord am Kalifen?

»Ihr kennt die Geschichte nicht, die seit dem Tod des Propheten mehr oder weniger genau geschrieben wurde. Nur wenigen Herrschern war es beschieden, als Todkranker oder als Greis friedlich zu sterben.«

Ohne Sarkasmus meinte mein Bruder: »Nun magst du erahnen, Kalif Harun, warum wir niemals angestrebt haben, über mehr als eine Handvoll Menschen zu herrschen.«

Er nickte, und ich hatte eine ungewöhnliche Idee. Aber schon Husain war als Mitwisser zuviel. Ich sagte nach kurzem Zögern:

»Wir bitten dich, heute zu uns zu kommen. Ich denke, wir haben ein Mittel, dich vor gedungenen Mördern zu schützen. Es ist eines der kleinen Geheimnisse, die, bei richtigem Licht betrachtet, einfach sind und alltäglich.«

»Ich werde kommen. Mit den neuen Möglichkeiten, ungehindert zu arbeiten, seid ihr zufrieden?«

»Du läßt dein Auge mit Milde ruhen auf uns unwürdigen Fremden«, lobte Riocar. »Alles ist vom Besten.«

»Auch die Sklavinnen?«

Ich nahm einen tiefen Schluck. »Die schönsten, die ich je gesehen habe.«

»Ich habe sie selbst ausgesucht«, sagte Harun. »Entschuldigt mich, Freunde. Ich komme, wenn es dunkel wird.«

»Wir erwarten dich, Kalif.«

Ich bedauerte den Tag, an dem wir Bagdad verließen, um in den Norden zu reisen. Ich hatte mich noch immer nicht für eine Favoritin entscheiden können. Mädchen aus allen Teilen der beherrschten Welt waren hierhergebracht worden, viele waren hier geboren und schienen – obwohl es schwerfiel, dies zu glauben – nichts anderes im Sinn zu haben, als ihren jeweiligen Herrn zu verwöhnen. *Eine Form von Sklaverei, tief verankert in Menschen, die in ihrem ganzen Leben nichts anderes kennengelernt haben,* meinte der Extrasinn.

In dem luftigen Gartenpavillon, in dem wir arbeiteten, waren jene Geräte, die niemand in Funktion sehen sollte, hinter kostbaren Wandschirmen verborgen. Ich rechnete damit, daß in drei Monden der Zeitpunkt der Abreise denkbar gut war; wir flogen unsichtbar voraus, und Harun ar Rashids Karawane kam auf vorbereiteten Wegen hinter uns her. Nachts schärften wir Harun ein, niemals den Dolch mit dem getarnten Lähmstrahler außer Reichweite zu lassen. Wir zwangen ihn dazu, das Gerät blitzschnell anwenden zu können. Er erhielt von uns ein Amulett, das ein körpereigenes Schutzfeld aufbaute, unsichtbar wie die Schirmfelder um unsere Geräte. Er lernte es zu schalten und sah nach einigen eindeutigen Versuchen ein, daß dieser Schutz ein ganz anderes Verhalten erforderte. Der Kalif würde noch einsamer werden.

Aber in diesen Tagen entstand an einer riesigen Wand des Palastes die maßstabgetreue, farbgetreue Darstellung eines Weltkarten-Großausschnittes. Die Dynastie der Abbassiden herrschte schließlich über das größte Reich diesseits von Zipangu. Wir lieferten den Malern die Zeichnungen und jede andere wichtige Information.

Ein einsames Licht schien sich zu bewegen, im Takt des Zweiges, der im weichen Nachtwind schaukelte. Auch in meinem Schlafraum brannte eine einzelne Öllampe. Ich war aus einem unruhigen Halbschlaf aufgewacht und richtete mich halb auf. Was hatte mich geweckt? Shalihe war es nicht gewesen. Sie schlief neben mir, das dunkelbraune Haar malerisch in einzelnen Strähnen über die Laken und Kissen ausgebreitet.

Nach einem langen Blick auf ihren bemerkenswerten Körper stand ich auf, hüllte mich in ein bodenlanges Gewand und sah, wie sich der Vorhang bewegte. Sofort drehte ich den Handrücken mit dem schweren Ring in diese Richtung. Riocars schwarzgelockter Kopf tauchte auf. Eine Hand winkte mir, ich lief in den angrenzenden Raum. Riocars Flüstern war drängend.

»Ich bin sicher, daß in Haruns Umgebung seltsame Dinge stattfinden.«

»Du hast ihn beobachtet?«

Er zog mich zu der aufgeklappten Truhe. Der Bildschirm zeigte die Wiedergabe des Wärmebilds. Ich brauchte einige Augenblicke, um das Bild richtig deuten zu können. Der Kalif lag schlafend auf seinem riesigen Lager, neben sich eine Sklavin, und die Weitwinkeloptik der Sonde zeigte seltsame Bewegungen zwischen den Pfeilern, an den riesigen Fenstern und zwischen den Falten der Vorhänge.

»Ich mache regelmäßig Stichproben«, sagte Riocar. »Dieser unvorsichtige Narr hat vergessen, sein Schutzfeld einzuschalten.«

Ich nahm die Fernsteuerung in die Hand und wußte, daß die Sonde nicht nur beobachtete. Aber ihre Möglichkeiten waren beschränkt. Lauerten dort drüben tatsächlich die Mörder des Aufrührers? Ich zögerte. Dann drückte ich einen Schalter. In der Sonde flammte ein kleiner, stechend greller Scheinwerfer auf und bewegte sich hin und her. In dem hellen Licht und den unzähligen Reflexen und Spiegeln sahen wir tatsächlich einzelne Gestalten, die sich jetzt aufgeregt bewegten. Die Sonde schwenkte herum; ich schaltete den Lautsprecher ein und rief in mein Mikrophon:

»Kalif! Aufwachen. Drücke den Knopf, den man dir gezeigt hat.«

Die kugelförmige Sonde drehte sich, leuchtete die Männer an und blendete sie. Meine Stimme rief laut und durchdringend nach den Wachen. In die halb erstarrte Szene kam plötzliche, erschreckende Bewegung. Es waren mindestens zehn Männer. Ihre Haut war dunkel. Sie hatten gekrümmte Dolche in den Händen und zwischen den Zähnen. Sie stürzten sich von allen Richtungen auf das Lager, wo sich Harun gerade aufrichtete. Wieder schrie ich:

»Harun! Denk an Atlor und Riocar!«

Endlich begriff er. Zwei Schritte war der erste Attentäter noch von ihm entfernt, als seine Hand zum Amulett glitt. Kreischend versuchte die Sklavin zu entkommen. Ein gewaltiger Lärm brach aus. Schalen wurden von den Tischen gestoßen, mit dröhnendem Krachen fiel ein Leuchter um. Messer und Dolche blitzten auf. Fünf, sechs Männer warfen sich auf den Kalifen und stachen wild auf ihn ein.

Der Lärm hatte die Wachen herbeigerufen. Sie rannten mit Öllampen und Fackeln in den Raum hinein. Fäuste und blankes Metall schienen förmlich von dem Kalifen zurückzuzucken. Die Attentäter begannen wild zu schreien, als ihre Dolche in den Stoff und die Polster fuhren. Ein Dolch flog, aufblitzend und sich überschlagend, durch die Luft und bohrte sich in die Brust eines Wächters. Die gekrümmten Schwerter zischten hin und her. Flüche erschollen. Der Kalif befreite sich mit wilden Schlägen von den Angreifern. Ich sah kein Blut und keine Wunden an ihm. Ein wirbelndes Schwert traf die Sklavin, die versuchte, sich zitternd in den Falten eines Vorhangs zu verbergen. Ein Mann schwang sich an einem langen schwarzen Seil durch das Fenster und warf sich in einem todesmutigen Satz von hinten auf den Kalifen. Die Wachen schlugen erbarmungslos zu.

Ich schaltete den Scheinwerfer ab, denn es gab genügend Licht in dem verwüsteten Raum: Zwei Vorhänge brannten hell lodernd. Ein Pfeil bohrte sich in den Rücken des Mannes, der mit dem unverwundbaren Kalifen kämpfte. Dann flutete eine zweite Gruppe von Wachen in den Saal hinein. Diener rannten aufgestört hin und her und holten Wasser, während andere versuchten, die brennenden Fetzen von den Wänden zu reißen.

»Er wird, Bruder Atlor, dieses Amulett wohl besser handhaben in der nächsten Zeit«, sagte Riocar zufrieden.

Die überlebenden Fremden wurden überwältigt, zusammengeschlagen und gefesselt. Die Wachen zerrten die leblosen Körper hinaus. Der Schlafraum glich der Werkstatt eines Kamelschlächters. Überall war Blut, selbst auf den Wandteppichen. Nackt, wie er war, ging der Kalif zu dem toten Mädchen hin, hob ihren schlaffen Körper auf und trug ihn zurück auf das Lager. Ich schaltete die Sonde ab und ließ sie zum versteckten Ruhepunkt zurückschweben.

»Er wird hoffentlich gemerkt haben«, antwortete ich schließlich, »daß wir – genauer du durch deine Wachsamkeit – ihm das Leben gerettet haben.«

»Du sorgst sicherlich dafür, daß er's erfährt«, beruhigte mich Riocar.

»Mögen deine Positronen nie ihre Bahnen verlassen.«

Ich nickte ihm zu und ging zurück in mein Schlafgemach. Mißtrauisch, wie es in diesen Zeiten angebracht schien, kontrollierte ich alle Fenster und Türen, ehe ich, den Pokal in der Hand, mich auf die weichen Teppiche setzte und ein wenig traurig den vollkommenen Körper der Schlafenden betrachtete. Wenn ich Shalihe zu den Franken mitnähme – was ich nicht beabsichtigte –, würde ihre Schönheit verdorren wie die der Wüstenrose Bagdads, denn dort betraten wir ein ganz anderes Land; ein seltsam düsteres Stück planetaren Bodens.

Harun ar Rashid! Auch er würde in dieser Nacht nicht mehr schlafen. Mit kalter Erbarmungslosigkeit würde er die überlebenden Attentäter bestrafen. Diejenigen, die von den Wachen getötet worden waren, hatten alles hinter sich; die Überlebenden würden sich bald wünschen, an ihrer Stelle zu sein. Und gegen den Auftraggeber dieses Mordversuchs würde der Kalif ein Heer in Marsch setzen. Was ich noch nicht wußte: Überall in Bagdad wurden die Fremden aus Sistan ergriffen und in den Palastkerker gebracht. Die Wunden der überlebenden Attentäter versorgte man aufs gründlichste.

Auf diesem verdammten, herrlichen Barbarenplaneten war tatsächlich niemand seines Lebens sicher. Es gab nicht die geringste Wahrscheinlichkeit, daß auch nur ein einziger Bewohner von Larsaf Drei in Frieden geboren wurde, glücklich aufwuchs und in Würde alt wurde und starb. Gedankenvoll kehrte ich in die weichen, glatten Arme von Shalihe zurück; die beste Art, diese Nacht zu beenden.

Die Hinrichtung der Attentäter dauerte vier Tage lang. Mit ausgesuchter Grausamkeit schindeten die Kerkerknechte und Henker des Kalifen die neun Männer und ihre sieben Helfer aus der Stadt zu Tode. Ich zog es vor, unsere Ausrüstung einzupacken und mich mit Harun ar Rashid zu unterhalten.

Wir hatten uns im Gartenpavillon getroffen. Nur Harun, Riocar und ich. Jeder Punkt des Gartens, selbst die klimpernden und leichtfüßig spazierengehenden Sklavinnen, die in der Tat als lebende Dekoration für die sandigen Wege und die perlenden Wasservorhänge gedacht waren, wurden von Bogenschützen bewacht.

»Um es in meiner Sprache auszudrücken«, sagte irgendwann an diesem sonnendurchfluteten Nachmittag der Kalif, »so sollen eure Fettsteißhammel, die gebratenen Vögelchen und die Zahnbrassen des Tigris immerfort fruchtbar gedeihen. Es gibt keinen Dankesbeweis, der groß genug wäre.«

»Laß es gut sein, Freund«, antwortete ich; sein Gesicht drückte weitaus mehr als seine Worte aus, »Allah erfülle auch dein Ohr mit Nachsicht. Deshalb, weil wir dir ein magisches Kästchen hier zurücklassen. Zu bestimmten Stunden können wir vom Frankenland aus mit dir sprechen.«

Er war schwer zu erschüttern, denn mittlerweile glaubte er uns fast alles.

»Jeden Tag, Freunde? Wie weiß ich, wenn ihr ruft?«

»Ein Gongschlag wird ertönen«, sagte Riocar. Harun heftete seinen durchdringenden Blick auf ihn, räusperte sich und stellte die Frage, die wir schon lange mit innerlicher Belustigung erwartet hatten.

»Die schönsten Sklavinnen habe ich euch geschickt. Während sich Atlor ihrer erfreut, in reichlichem Maße und kluger Beschränkung zugleich, hast du für sie nichts anderes übrig als ein zähneblitzendes Lächeln, Sahib Riocar. Nenne einem Freund den Grund.«

»Ein Gelübde, Kalif. Nichts anderes.«

»Wie? Angesichts von soviel Liebreiz?«

»Es fällt schwer, es ist hart.« Riocar log mit weicher Stimme. »Unser Vater bestimmte die Herrschaftsnachfolge, vor endlos vielen Jahren. Jeder sollte sich mit dem, was er besser kann als der andere Bruder, durchsetzen. Ich schwor, zwölf Jahre enthaltsam zu leben.«

»Unbegreiflich. Wie viele Jahre sind es noch bis zu dem Tag, an dem du endlich ...?«

Riocar rechnete in überschaubaren Zeiträumen und schwindelte mit todtraurigem Gesicht:

»Das achte Jahr beginnt, Freund und Herrscher. Aber das Wort eines Mannes hat zu gelten, so schwer es auch fällt. Und, glaube mir, es fällt mir sehr schwer. All diese Schönheiten! Der Duft! Die Schlankheit der Glieder! Die *ghasel,* die sie zur *al aût* summen und singen! Mir wäre fast das Herz gebrochen.«

Ehe er anfing, gespeicherte Liebesgedichte von Ibn al mutazz zu rezitieren, unterbrach ich.

»Er leidet. Dringe nicht mehr in ihn«, sagte ich. »Wir verschwinden in der Finsternis der Nacht, Kalif. In drei Tagen.«

Er senkte den Kopf und murmelte: »Wenn ich noch lebe, dann, wenn ihr zurückkommt, werde ich das größte und längste Fest in Bagdad für euch geben.«

»Vater der Mehrung«, entgegnete ich, »Mildtätiger der Armen! Spare diese Münzen. Stille Freude ist die beste. Und ob wir mitsamt den Resten deiner Karawane erfolgreich zurückkehren – das steht in den unendlich fernen Sternen. Zwei Nächte bleiben uns noch.«

»Wir werden sie in guter Ruhe verbringen«, versicherte er. »Im Gespräch. In der leidenschaftlichen Umarmung der Mädchen. Im kleinen Rausch, wenn die Djynn des Weines in unserem Verstand umherturnen.«

Ich klatschte in die Hände und schloß würdevoll lächelnd: »So sei es.«

Mir schien, wir wären auf einem anderen Planeten gelandet. Oder zumindest an einem Platz, der keinem Ort glich, den wir kennengelernt hatten. Endlose Wälder, kümmerliche Äcker; ein dunkles, staubiges Grün ersetzte hier die lichtvolle Klarheit der Binnenmeer-Küsten und der Wüstenränder. Mich fröstelte. Und mich fror, wenn ich an unsere zweite Aufgabe dachte. Es bestand eine ungeheure Kluft zwischen jenen barbarischen Gemeinwesen, die wir anflogen, und der quirlenden, farbensprühenden Zivilisation, aus der wir kamen. Dort: überfeinerter Stil. Hier: barbarisches Herrschertum, trotz der hervorragenden Gestalt des Carolus. Er unterschied sich von allen anderen in einem solchen Maß, daß wir meinten, er sei ein Extralarsafier.

Dieses Land hatte kein gemeinsames Zentrum, hatte es nie gehabt. Keine einheitliche Überlieferung geistiger Kultur. Kein Rom, kein Konstantinopel, kein Bagdad. Die Völker des Nordens hatten weder Schriftdenkmäler noch hohe Minarette, keine großen Städte, keine Architektur von Stein, keine Ruinen vergangener Kulturen, auf denen sie neue Zivilisationen aufbauen konnten. Erst das Christentum brachte Elemente der höheren Kultur mit sich. Die Alpen und die Pyrenäen waren wie eine unüberwindlich hohe Mauer, die den Norden vor allen Geistesblitzen abschirmte.

Und ausgerechnet hier trieben sich ein arkonidischer Kristallprinz und der beste Roboter von allen herum.

Die Aussichten auf einen zufriedenstellenden fränkischen Sommer waren alles andere als gut. Die Kultur des klassischen Rom hatte ich gehaßt; vor den Franken schauderte es mich.

Vom Tigris waren wir nach Westen geflogen, zum Euphrat. Von dort nach Norden, nach Syria. Über Kreta und das Meer waren wir bis zur südlichen Grenze des Langobardenreichs vorgedrungen, bis Mont Cassino. Hier begann das Reich von Karl dem Franken, dem schnurrbärtigen, fünfundfünfzigjährigen Herrscher über eine unübersehbar große Menge analphabetischer Kleinfürsten und Bauern.

Natürlich waren unsere Informationen nicht vollständig, unser Wissen kaum mehr als bruchstückhaft. Unser Ziel war Aachen; eine unordentliche Anhäufung steinerner Häuser um die Fundamente eines herrscherlichen Palasts, der wohl die schaurige Schönheit eines achteckigen, übergroßen Grabmals erhalten würde, wenn er fertig würde. Auf zahlreichen Stationen entlang unseres Weges sprachen wir mit den armen, bedauernswerten Bauern, mit einzelnen Reiterfürsten und – mit viel Gewinn – mit den Vorstehern der Klöster. Riocar faßte zusammen und sagte:

»Auch in diesen Ländereien geht die Fähigkeit zur klaren Sicht von den Schamanen aus. Die Mönche schreiben und lesen und geben alle Auskünfte, die sonst niemand geben könnte.«

»Immerhin scheinen die Monasterien kleine Zentren von Ruhe und Frieden zu sein.«

»Nur dann, wenn sie nicht von den Nordmännern überfallen und geplündert werden«, schränkte Riocar ein.

Entlang der wichtigsten Stationen unseres Reisewegs hatten wir die Botschafter Harun ar Rashids angekündigt. Mit ihm selbst sprachen wir fast jeden Tag. Wichtige Informationen wurden in beide Richtungen übermittelt. Wir lernten das Langobardenreich kennen, die unwegsamen Alpen und das Frankenreich in all seiner barbarischen Größe und Düsternis. Nebel, Sturm, Gewitter und Regen – was in anderen Teilen des Planeten herbeigesehnt wurde, besaß dieses Land im Übermaß. Es gelang uns, ungesehen den Fluß Rhenus zu erreichen. Er floß nach Norden, Aachen lag nicht weit von seinem linken Ufer entfernt, auf der gegenüberliegenden Seite einer ehemals römischen Stadt namens Colonia Agrippina. Noch war es leicht, sich zu verstekken und nur an vorher beobachteten Stellen in Erscheinung zu treten. Entlang unseres Weges gab es nicht viele Menschen.

Bisher hatten Riocar und ich stets den klaren Vorteil von Außenseitern gehabt. Reichtum, Unabhängigkeit und die Möglichkeit, sich schützen zu können, gehörten dazu. Vielleicht glückte es uns auch in Aachen, schnell und auf direktem Weg zum größten Franken vorzudringen.

Die Pferde waren gutwillig, stark und nach vier Tagen unserer intensiven Pflege gesund und kräftig. Ihr Fell schimmerte weich, als wir aus dem Halbdunkel des dichten Waldes hervorritten und uns der Stadtgrenze näherten. Wir trugen vergoldete Kettenhemden, die Bilder auf den großen, runden Schilden leuchteten. Sättel, Satteldecken und Kleidung waren nicht weniger prunkvoll. Die Menschen, die uns sahen, winkten zögernd und staunten; solche fränkischen Krieger hatten sie noch niemals gesehen. Wir hielten mitten auf einer schlammigen Straße im südlichen Aachen einen Reiter an. Er war in grobes Gewebe gekleidet, trug lehmbespritzte Lederstiefel und einen rostigen Helm.

»Wir kommen aus dem Süden. Sag uns, wie es zwei Gesandte anstellen müssen, von dem großen Frankenkönig empfangen zu werden.«

Er lachte rauh und musterte unseren Aufzug, erkannte, daß unsere prächtige Ausstattung durchaus brauchbar, wir selbst keine zögerlichen Schwächlinge waren. Etwas irritiert antwortete er:

»Reitet zur Pfalz, dort drüben. Meldet euch beim Hausmeister an. Karl hat sehr viel zu tun. Vielleicht spricht er morgen oder übermorgen mit euch.«

»Danke, Fremder. Und wo können wir die Pferde unterstellen und selbst schlafen?«

Natürlich hatten wir uns durch die Spionsonden einen ersten Überblick verschafft. Ein Eingeborener aber wußte stets mehr. Er bezeichnete uns einen einfachen Gasthof, der sich im Schutz alter Bäume mit moosbedeckten Stämmen duckte.

»Dort seid ihr gut aufgehoben. Eine Warnung! Trinkt den Wein nicht. Er zieht euch die Eingeweide zusammen.«

»Danke. Brunolds Hof, ja?«

»So heißt er.«

An diesem nebligen Frühlingstag blieb alles blaß und farblos. Die Stadt zeigte sich uns als mittelgroße Siedlung ohne große Bauwerke. Rund zweieinhalbtausend Bewohner mochte es geben, einige christliche und jüdische Händler wohnten hier. Boten kamen und gingen. Wir sahen Bewaffnete und arbeitende Bauern und Handwerker. Sklaven, Freie und Vasallen sahen gleich ärmlich aus. Natürlich fielen wir mit jedem Schritt, den wir uns dem Mittelpunkt Aachens näherten, mehr auf. Dasselbe Aufsehen erregten wir in dem Gasthof, der sauber und einfach war und im Augenblick nur halb voll.

Unser nächster Gang führte uns zur Pfalz, dem »Regierungssitz« Karls. Der Bau aus Stein und fränkischen Baumstämmen hatte nichts von der heiteren Schönheit des Kalifenpalasts. Das Schönste und Heiterste waren die großen Bäume, die ihre Frühjahrsblätter trugen.

Riocar faßte nach etwa zwei Stunden unsere Eindrücke zusammen: »Die kleine Hauptstadt eines dünn besiedelten Reiches, in dem Klöster und große gräfliche Höfe, meist ihrerseits Mittelpunkt kleinerer Siedlungen, die weit auseinanderliegenden Kernzellen bilden.«

»Das deckt sich mit meinem Eindruck. Die Verwaltungskunst der Araber würde herbeiführen, was das Römische Reich nicht schaffte.«

Für die Römer war dies Land »jenseits des Limes« gewesen. Diese Charakterisierung traf zu. Auf unserer Reise hatten wir römische Straßen und Wegesäulen hinter uns gelassen, römische Brücken ebenso wie Aquädukte und wohlgeordnete Garnisonsstädte. Das Land könnte reich sein, aber da dieselben Männer, die ihre Äcker bestellen sollten, mit Karl gegen die Völker im Norden und Osten kämpften, war es arm.

»Die ärmsten Barbaren sind meist von unsinnigem Stolz erfüllt«, mahnte mich Riocar, als wir uns den Wällen und Mauern der Pfalz näherten. »Alle Informationen, die ich über Karl gespeichert habe, schildern ihn als einzigartige Persönlichkeit.«

»Bedeutet dies, daß seine Verwaltung träge und unfähig ist?«

»Sie ist nicht in der Lage, die Probleme zu erfassen und zu lösen.«

Bärtige Wachen kamen auf uns zu. Wir nannten unsere Namen und wurden zu Sigolf geführt, einem Schreiber. Ein Mönch. Ihm schilderten wir, woher wir kamen und was sein Herrscher von uns zu erwarten hatte, wenn er mit uns sprach. Der Mönch fragte uns aus und bewies verblüffend große Kenntnisse. Ich sprach lateinisch mit ihm; auch diese Sprache beherrschte er meisterlich. Karls gleichnamiger Sohn sicherte mit seinem Heer die östlichen Grenzen des Reiches und ersparte seinem Vater die Erschwernisse des Feldzugs. Nach einer Weile sagte der Mönch:

»Euer Ansinnen, Fremde, ist, um es vorsichtig auszudrücken, nicht alltäglich.«

»In einem wachsenden Reich ist Platz für viele. Warum nicht auch für arabische Wissenschaftler? Sie müssen ja nicht in euren Klöstern wohnen. Und umgekehrt – jeder Christ reist ungehindert, von einer arabischen Station zur anderen, zum Heiligen Grab. Jeder hilft jedem.«

»Es wird unseren König freuen, eure Botschaft zu hören. Ich hingegen bin skeptisch. Zumal Carolus eine Gefahr aus dem Norden sieht und in kurzer Zeit bekämpfen muß.«

Ich glaubte herausgehört zu haben, daß der Mönch am Hof Karls beratende Funktion hatte, und wagte einen deutlicheren Hinweis. »Vielleicht ist er zu überzeugen, wenn wir ihm eine Erfindung der Araber zeigen, mit der die Drachenschiffe der Nordmänner zu vernichten sind.«

»Das werdet ihr sicherlich besprechen«, meinte er und entließ uns. »Ich schicke nach euch, wenn der beste Moment gekommen ist.«

»Wir danken dir.«

Einerseits war es sympathisch, daß dieser Herrscher seine Macht nicht durch gewaltigen Prunk beweisen wollte. Andererseits hatte er auch wenig echte Möglichkeiten dazu. Ihm fehlte jede römische oder arabische Organisation, und seine Männer brauchte er zum Kriegführen und nicht zum Bau von Straßen und Gebäuden. Jedenfalls würde das heutige Aachen niemandem den Respekt vor dem Karolingerreich vermitteln.

Ein Bote kam in den Gasthof. Es war Nacht, und es regnete. Mit knisternden Fackeln, in deren Flammen die Regentropfen verdampften, tappten wir durch den Schlamm am Straßenrand. Spärlicher Lichtschein drang aus wenigen Fenstern. Im Umkreis der Pfalz war es ein wenig heller. Wir hängten unsere nassen Mäntel neben die graubraunen Kutten der Mönche und der anderen Bewohner der Mauern aus wuchtigem Stein.

»Der Herr wird zu euch kommen«, sagte ein Diener. »Dort ist Platz frei. Eßt und trinkt!«

Wir betraten einen großen, säulenbewehrten Saal, in dem Feuer brannten, lange Tische und Bänke standen, viele Fackeln, Kienspäne und Lampen leuchteten. Etwa hundert Frauen und Männer saßen da und aßen. Auf einem großen Postament saß und aß Karl mit seinen wichtigsten Männern. Holzbecher, weißgescheuerte Bretter, Dolche und hölzerne Löffel bildeten das Tischgeschirr, und meist benutzten auch die Würdenträger hier die Finger zum Essen. Ich vertauschte mit Riocar immer wieder die Schalen, um ihn nicht dummen Fragen auszusetzen. Die erste Zeit brauchten wir, um uns zu orientieren. Als sich schließlich Sigolf, der Mönch, zu uns setzte, stellten wir ihm mehr als hundert Fragen. Riocars Speicher und mein fotografisches Gedächtnis waren die Voraussetzungen dafür, Bedeutungen richtig abschätzen und Namen behalten zu können.

Ich konzentrierte mich auf den Mann, der am Kopfende des Tisches saß, jeden im Saal sah und von jedem gesehen werden konnte. Seit einem Vierteljahrhundert war Karl in diesem Teil des Kontinents der einzige Herrscher von Bedeutung. Karl überragte seine Tischnachbarn um mehr als einen Kopf. Er war ein hünenhafter, breitschultriger Mann mit reichem, grau gewordenem Haarwuchs und einem mächtigen Schnurrbart. Im Kampf und bei der Jagd war er besser als jeder andere, hieß es. Zweifellos entsprach seine Zähigkeit der körperlichen Stärke. Auf mich wirkte er wie ein nicht ganz fertig bearbeiteter Granitbrocken; wie ein Stück Urgestein, dessen Kräfte verborgen schlummerten. Er aß viel, trank aber wenig. In diesem Saal gab es wohl deshalb keine Betrunkenen, weil der Kaiser oder König Trunkenheit verabscheute. Sein Hals war muskulös und kurz, seine Nase bemerkenswert lang. Als ich ihn einmal sprechen hörte, empfand ich seine Stimme als wenig kräftig. Seine einfache Kleidung wurde durch einen vergoldeten Schulterriemen unterstrichen.

»Er schwimmt gern«, sagte der Mönch, der meine prüfenden Blicke längst bemerkt hatte. »Er geht in die heißen Quellen zum Baden. Zusammen mit den Wachen und allen Großen des Hofes.«

Ich nickte. Je länger wir an diesem Tischende saßen, desto häufiger starrten die anderen Teilnehmer dieses Essens uns an. Wir sahen, verglichen mit den Franken, herausfordernd farbig und prächtig aus. Ich wußte, daß Karl nicht mehr als seinen Namen schreiben konnte, dafür aber Fränkisch und Lateinisch sprach. Schließlich, als es im Saal ein wenig stiller geworden war, ließ er uns an seinen Tisch holen. Über der Lehne seines Sitzes hing ein langer Fellrock aus Ratten- und Fischotterfellen. Der Mönch stellte uns als Brüderpaar vor, das aus Bagdad kam.

»Genauer gesagt«, meinte Riocar und begann seine Erzählung von unserem fernen Königreich im Südosten, in dem Wissenschaft, Wirtschaft und friedliche Ruhe einen Höchststand erreicht hatten. Aufmerksam schweigend hörte Karl zu. Er war eine halbe Handbreit größer als ich. Und er besaß deutliche Hochachtung vor Menschen, die hohe Bildung und klare Weltsicht besaßen. Uns billigte er dieses Können wohl zu.

»Wir kommen von einem Herrscher, der einen Plan von großer Kühnheit hat. Er ist uns zum Freund geworden«, sagte ich und versuchte, Karl zu erklären, wie mit Hilfe arabischer Berater und Handwerker, Händler und Boten bestimmte Probleme mit den Grafen, Grenzen und Gotländern zu lösen wären.

»Was würdet ihr gegen die Nordmänner tun?« wollte er wissen. Ich deutete auf Riocar. Er schilderte, wie ein Schiff aus Eisen und ohne wirklichen Segelantrieb entlang der Küsten patrouillierte und die Eindringlinge abwehrte und vernichtete.

Karls Gesicht verdüsterte sich. »Ein Schiff aus Eisen? Das glaube ich nicht. Könnt ihr das beweisen?« fragte er wütend.

Ich bemühte mich, ihn zu beruhigen.

»Handwerker brauchen wir, einige Dutzend guter Schmiede mit Werkzeug. Eine große Grube in der Nähe des Flusses und ein halbes Jahr Zeit. Dann kannst du zusehen, wie wir die Wikingerschiffe in Grund und Boden bohren.«

»Eisen, das schwimmt? Unglaublich.«

»Wirf ein geschlossenes Kästchen aus Eisen ins Wasser. Es wird schwimmen. Der hohle Raum macht es, nicht das Gewicht«, sagte ich. Die Erklärung genügte ihm fürs erste.

»Was werden Bischöfe und Mönche sagen, wenn Männer des anderen Glaubens in meinem Reich arbeiten?«

»Man wird klug sein müssen und sie nicht herausfordern, Glaubenskämpfe auszufechten.«

Ob sein Kampf gegen die Krieger des Emirats von Cordoba ein Glaubenskampf war, wagten wir zu bezweifeln.

»Ich denke darüber nach!« versprach Karl.

»Aber befrage deine Bischöfe nicht zu drängend. Sie könnten aus eigennützigen Gründen dagegen sein.«

Da die Bischöfe nach unseren Informationen alles andere als fromme Männer des Glaubens waren, bestand Grund zu dieser Einschränkung. Sie vertraten meist ihre eigenen Interessen, und dies auf gewissenlose Weise. Deswegen stellten sie für Karls Reich eine ernsthafte Bedrohung dar.

»Im Reich von Karl dem Franken entscheidet nur einer. Ich.«

»Das erleichtert vieles«, bemerkte ich. »Wann sollen wir anfangen?«

»Ihr meint das ernst?«

»Selbstverständlich. Aber natürlich brauchen wir auch Unterkünfte für die Arbeiter, Essen und alles, was dazugehört.«

»Im ganzen Reich gibt es nicht soviel Eisen«, murmelte er. »Ihr seid Narren.«

»Höre«, wandte ich ein. »Ich werde dir einen Brief des Kalifen Harun ar Rashid übergeben. Er wurde in arabischer Schrift geschrieben, und ich habe ihn in Latein übersetzt, neben dem Kalifen sitzend. Er schickt eine Abordnung hierher, eine Schar von klugen Männern, von denen viele segensreiche Erfindungen und Wissenschaften stammen. Sie werden in Aachen eintreffen, wenn wir mitten beim Bau dieses Schiffes sind. Lies den Brief und antworte mir, denn ich bin sein Vertreter.«

»Das wird geschehen.«

»Und auch um das Eisen brauchst du dir keine Sorgen zu machen.«

»Habt ihr es bei euch? Mir wurde nichts von einer Karawane berichtet.«

»Wir werden es beschaffen«, versicherte Riocar glaubwürdig. »Unsere Vorschläge und Versuche sind nicht selbstlos. Wir wollen weder Macht in deinem Reich noch Gold dafür. Uns ist daran gelegen, daß sich die zwei mächtigsten Herrscher dieser Zeit, da sie auch weise genug geworden sind durch Jahre und Erfahrung, gut verstehen und zusammenarbeiten.«

»Ihr habt mein Versprechen.« Er winkte einem seiner Schreiber. »Wenig Seltsameres wurde mir je berichtet.«

»Unsere Reisen führen uns selten in dieses Land. Glaub mir, König der Langobarden und Franken, es gibt mehr Seltsamkeiten in dieser Welt, als der Mensch in seinen kühnsten Träumen je erleben wird.«

»Das mag sein«, sagte er. »Meine Träume sind nur zum Teil Wirklichkeit geworden. Ich halte mich mehr an das, was ich mit Kraft und Nachdenken erreichen kann. Ich gehöre in eine blutige Welt, und wir haben ein blutiges Handwerk. Die Mauern des Reiches werden immer auf den Gebeinen der Getöteten errichtet.«

Es wäre unklug, ihn zu fragen, warum es denn ein großes Reich sein müsse – ich, der Arkonide, hatte am wenigsten Grund zu einer solchen kritischen Frage.

Sein Schreiber erhielt eine Reihe Befehle. Sie waren, selbst nach dieser kurzen Unterhaltung, erstaunlich wohlüberlegt. Alles sollte vorbereitet und getan werden, was wir brauchten. Zuerst sollten wir den Platz aussuchen, an dem das Schiff gebaut werden konnte. Mit einem königlichen Brief ausgestattet, durften wir uns ungehindert bewegen.

Als wir in dieser Nacht mit Harun sprachen, teilte er uns mit, daß seine Abgesandten sich auf den Weg gemacht hatten. Als Zeichen seiner Wertschätzung sandte er an den Frankenkönig einen lebenden, jungen Elefanten. Überrascht beendeten wir das Gespräch: Was, beim vielsilbigen Wort des Propheten, sollte ein Elefant in Aachen?

Wieder einmal arbeiteten wir für die Barbaren. Das Ziel, durch die Vereinigung zweier Reichsideen die Planetarier auf den Weg zu den Sternen zu bringen, lag so fern wie je zuvor. Immerhin beschäftigte uns das Problem, mitten in einer Zeit nicht vorhandener Technik ein dampfgetriebenes Schiff herzustellen. Wir fanden einen Platz an einem sandigen, von Bäumen umstandenen Rhenus-Seitenarm, stellten unser Zelt auf, nachdem wir in der Nacht den Gleiter herbeigerufen hatten. Der Container schwebte aus seinem Versteck heran und würde bald landen. Selbst für die Pferde gab es große Weiden, auf denen Gras wuchs. Ab und zu schien die Sonne; sie wurde von Tag zu Tag kräftiger und blieb länger an einem blauen, meist von Wolken halb bedeckten Himmel. Arbeiter rammten Baumstämme in den weichen Boden und hoben ein langgestrecktes Loch aus; eine Art Trockendock.

An anderer Stelle entstanden Fundamente für Werkstätten und Behausungen. Die karolingischen Münzen, mit denen wir zahlten, sicherten uns die Nahrungsmittel. Je länger wir uns in der Nähe der Stadt aufhielten, desto besser begriffen wir die Probleme dieses Reiches.

Roheit, Totschlag und Faulheit bestimmten den Tag. Es lohnte sich nicht, ernsthaft zu arbeiten, denn die Erfolge waren meist unbedeutend. Nur im Umkreis der Klöster wurde planmäßig gepflügt, gesät und geerntet. Die Grafen sahen ihr einziges Vergnügen darin, zu jagen. Zwar versuchte Karl, durch Gesetze die Lage zu bessern, aber es existierten wiederum keine Männer, die die Durchführung der Gesetze kontrollierten. Immerhin kopierten die Schreiber in den Klöstern die Bücher, die Rom übriggelassen hatte, und auch die nordischen Sagen. Wir hingegen kümmerten uns nur um den Fortschritt einer kleinen Handwerkerstadt. Drei nahe gelegene Gutshöfe versorgten uns. Zuerst zahlten wir, dann übernahm der Hof die Kosten. Mit einem einzelnen Mann, Graf Gaucher, verstanden wir uns besser. Er schien kein eigennütziger Schurke zu sein.

Nachts landete der Container in der vorbereiteten offenen Halle. Wir ließen die Seitenteile herunterklappen und luden den zweigeteilten Kiel aus. Er wurde auf einer Reihe nebeneinandergelegter Bohlen befestigt, von denen die Grube von einem Ende bis zum anderen ausgefüllt war. Wir mußten sogar einige hundert Schritte Straße anlegen, damit wir aus der Umgebung Stein, Holz und Werkzeuge herankarren konnten. Es gab zu wenige Fuhrwerke, zu wenige Ochsen zum Ziehen der Lasten. Schließlich verloren wir die Geduld und nahmen die Sache in die eigenen Hände. Einen Mond später besaßen wir ein eigenes Gespann. Die Zugochsen weideten zusammen mit unseren Pferden. Wir schmiedeten einen Pflug mit mehreren Eisenscharen und brachen in wenigen Tagen sämtliche Felder Gauchers auf. Daraufhin versorgte er uns mit Eiern und frischem Gemüse.

Vierzehn Schmiede arbeiteten inzwischen für uns. In einem nahen Wald stank die erdbedeckte Pyramide eines Köhlers. Wir würden große Mengen Holzkohle brauchen.

Auf dem nahen Rhenus sahen wir die Händlerschiffe abwärts segeln. Flußaufwärts wurden sie an vielen Stellen getreidelt; von Mensch und Zugtier am Ufer gezogen.

Unmerklich ging der Frühling in den Sommer über. Einfache, saubere Unterkünfte entstanden. In der Grube errichteten wir die Abschnitte eines Gerüstes. Die geschwungenen Teile aus Eisen wurden in die Werft geschleppt; pausenlos schlugen Hämmer rotglühende Nieten in vorgebohrte Löcher.

»Es fehlt unter den unzähligen kleinen Herrschern, die Karl eingesetzt hat, fast völlig eine Reichsidee. Jeder will sein eigener König sein, und wenn er auch nur über eine Horde armer Bauern herrscht.«

»Im Reich der Araber sind der gemeinsame Glaube und seine Vorschriften für jedermann verpflichtend. Das hat das Christentum nicht annähernd geschafft. Sagt das etwas über die Güte einer Religion aus?«

Wenigstens ich betrachtete die Zustände von einer unrealistisch hohen Warte. Der Roboter verglich und berechnete die Fehler; und wir beide erkannten, daß das Land an sich reich und fruchtbar war.

Wir dichteten die Nähte zwischen den Platten mit Werg und Erdpech. Dann setzten wir den Kasten zusammen, der sich in der Schiffsmitte befand und den Antrieb aufnehmen sollte. Mehr und mehr nahm die Eisenkonstruktion das Aussehen eines Schiffes an. Dicke Schichten aus Öl und Fett verhinderten den Rost. Acht kraftstrotzende Ochsen – sie wurden von zwei jungen Sklaven versorgt und mit bestem Futter ernährt – zogen das riesige Gespann hin und her. Unaufhörlich kreischten die Sägen aus Arkonstahl. Die Siedlung zwischen den Bäumen wuchs, und unsere kleinen Äcker gediehen. Bald verfügten wir über eine eigene Schweinezucht, über Hunderte gackernder Hühner, über Enten und Gänse. Aus einem anderen Teil des Reiches kamen noch mehr Schmiede mit ihren Familien. Wir entwickelten mit einem Mönch zusammen eine Dorfordnung, die jedermann schnell zur Kenntnis nahm.

Die erste Handelskarawane hielt bei uns an; die Männer hatten die befestigte Straße gesehen. Wir tauschten einige Notwendigkeiten ein, und natürlich mußten wir die Fragen beantworten, die jeder stellte, der das wachsende Schiff sah.

Mehrmals besuchte uns Carolus magnus; er war auf der Jagd gewesen und überließ uns einen Teil der Beute. Es war mitten im Sommer, als er die Siedlung von mehr als hundertzwanzig Menschen sah und die übersichtliche, gewinnbringende Ordnung. Unsere Felder gingen in diejenigen des Gaucher über und standen in voller Pracht.

»Jetzt beginne ich zu glauben, was ihr mir erzählt habt«, sagte Karl. Sein fränkisches Mißtrauen war dahingeschmolzen. Uns sah er nicht als Gefahr für seine persönliche Macht an. Unsere Leute waren in helles Tuch gekleidet, waren gesund und sauber und lachten. Für ihre Gesundheit sorgte ich mit meinen Medikamenten und medizinischen Kenntnissen. Am Bug des Schiffes streckte die Galionsfigur ihren Adlerschnabel nach vorn und schaute uns aus zornigen Metallaugen an.

»Dein Reich, es könnte überall so aussehen«, behauptete ich achselzukkend. »Aber dazu brauchtest du eine kleine Armee von Helfern.«

»Oder tausend Männer wie euch!« meinte er in tiefem Nachdenken.

»Bald werden die Araber kommen. Sie könnten diese Aufgabe übernehmen«, erklärte Riocar verbindlich.

»Die letzten Worte sind noch nicht gesprochen«, sagte er zum Abschied. »Je mehr ich von eurem Wirken sehe und höre, desto länger muß ich nachdenken und vergleichen.«

»Du könntest uns einige gute Fleischhauer schicken und etliche Bäcker«, bat ich. »Und Graf Gaucher sagen, daß er uns helfen soll.«

»Es wird geschehen, Atlor Gonocebolan!« versprach er.

Natürlich ging an dieser Stelle vieles schneller und leichter, weil Riocar heimlich Bäume mit Hochleistungsenergie fällte, Sprengungen im Steinbruch durchführte und eine Reihe einfacher Geräte zusammenbaute, über die sonst niemand verfügte. Jetzt, im Sommer, dachten wir schon an den Winter und sorgten uns um die Vorräte für diese Zeit. Ein neu entwickelter Holzkohleofen stellte zugleich mit dem Betriebsstoff für die Essen und für die Kessel des Schiffes gebrannte Ziegel her.

Wir mauerten den Ofen des Bäckers in die Fundamente seines Hauses ein. Die Lager für das »Mühlenrad« des Schiffsantriebs wurden eingebaut. Die Feuerstelle und der Kessel hingen bereits an Flaschenzügen vom Gerüst herunter. Das Bugdeck wurde geschlossen, eine Art Korb aus Eisenverstrebungen entstand darauf, im Kielraum warteten Vorratstanks für Süßwasser.

Wir halfen Gaucher, der dem königlichen Befehl gehorchte. Ein schreibkundiger Mönch führte eine Art Tagebuch. Mit dem Versuch, ihm den Gebrauch der »arabischen« Zahlen beizubringen, scheiterten wir. Er begriff's nicht. Wir züchteten Gewürze und lehrten die Franken, wie sie zu gebrauchen waren: Anis für das Süße, Borretsch für den Fisch, Lavendel für den Haushalt, Bibernelle zu Fisch und Käse. Den Fleischhauern brachten wir bei, Kerzen aus Schlachtabfällen herzustellen. Die Menschen aßen weniger fett, lebten gesünder, und unsere Nächte wurden länger dank des Lichtes.

Im Lauf eines halben Jahres war es leicht, jene Handwerker herauszufinden, die klüger waren und schneller begriffen als andere. In der Zusammenarbeit mit Riocar entwickelten sie Techniken, Eisen so zu bearbeiten, daß es nicht brach und weniger schwer war. Waren schon heute die fränkischen Panzerritter für jeden Gegner ein Schrecken, würden ihre Schwerter, Lanzenspitzen und Pfeilspitzen bald noch besser sein.

Für Gaucher bauten wir helle, saubere Stallungen und brachten seinen Leuten bei, daß es letzten Endes besser war, den Mist auf die Felder zu bringen, als die Tiere darin ersticken zu lassen. Die Natur half uns in diesem Sommer. Ich verlor einen Teil meiner Abneigung gegen dieses feuchte, dunkle Land. Der urtümliche Wald rund um Gauchers Gehöft und unsere Siedlung lichtete sich, weil wir nur jeden dritten Baum fällten und dort, wo es sinnvoll erschien, neue Bäume einsetzten. Unsere Straße wuchs bis ans Rhenus-Ufer.

Die beiden Zylinder, die Laufbuchsen und die Exzenter wurden befestigt und ausgerichtet. Wir kamen bei allen Teilen mit einer einzigen Schraubengröße aus und mit einem Typ Schraubenschlüssel. Die meisten Verbindungen waren doppelt; eine zusätzliche Sicherheit. Die Arbeit am Schiff war nur die Hälfte der täglichen Schufterei. Wir verließen uns nicht auf die Organisation des Königs und wollten im Winter nicht hungern.

Es gab viel, was wir die Menschen lehren konnten. *Wir* wußten es meist aus eigener Erfahrung. In anderen Teilen der Welt gab es diese »Erfindungen« schon lange: rattensichere Silos für trockenes Getreide, geräucherte Schinken und Würste, Eier in Kalkwasser, warme Ställe für Hühner, gepökelten Fisch. Folgerichtig war, daß wir ein großes Magazin anlegten und, zum Schutz, unsere Siedlung hochwassersicher und hinter einem Palisadenwall anlegten, in dessen Erdaufschüttungen wir fruchttragende Bäume pflanzten. Pilze und Beeren – die Kinder fanden sie im Wald. Wir jagten Rotwild, Wildschweine, Hasen und anderes Getier. Für jeden der auf hundertfünfzig Menschen angewachsenen Schar war der Tisch stets reichlich gedeckt. Ein alter Mönch brachte es fertig, einen Beerenschnaps zu destillieren, dessen Genuß keine Kopfschmerzen verursachte.

»Es wird ein technisches Meisterwerk, dieses Schiff«, bemerkte Riocar. »Wie das Modell!«

»Und wer, denkst du, wird zur Mannschaft gehören, zu Karls Rächern der Weltmeere?«

»Ganz sicher du und ich, Atlor. Wenigstens auf den ersten Fahrten. Du solltest jetzt daran denken, eine Mannschaft auszubilden.«

Der Logiksektor fügte schroff hinzu: *Es müssen kampfsichere Mechaniker sein oder reparaturbesessene Seefahrer!*

»Den theoretischen Unterricht hebe ich mir für die Wintermonde auf«, erklärte ich.

Die Berichte aus Bagdad waren beruhigend. Einige Monde lang bekam Harun ar Rashid noch Nachrichten von seinen Gesandten, dann waren sie ausgeblieben. Sie bewegten sich – hoffentlich – durch fränkisches Reichsgebiet, im fragwürdigen Schutz königlicher Gebote und Verordnungen. Die Sorgen, die unser Freund hatte, waren weder größer noch kleiner geworden. Was wir ihm erzählten, schien ihn in seiner Bereitwilligkeit zu bestärken, auf eine noch herauszufindende Art mit Karl zusammenzuarbeiten. Wir versprachen, im Winter das Frankenland zu verlassen und in die Wärme Bagdads zurückzukommen, wenigstens für kurze Zeit.

Das wuchtige Steuerruder wurde eingehängt, die starren Verbindungen und die Zahnstange mit großen, fettgefüllten Buchsen eingerichtet. In dem Kommandostand vor den wenigen Hebeln befand sich das Rad mit den Speichen, mit dem das Schiff gesteuert werden sollte. Ein doppeltes Röhrensystem schlang sich vom Druckkessel zu den Zylindern und bildete scheinbar verwirrende Schlangen. Wir paßten die ersten Verstrebungen aus hartem Holz ein, die das Gerüst für die Kammern tragen sollten. Ein zweiter Teil des Decks wurde geschlossen. An Land setzten wir das Katapult zusammen.

»Je mehr die Konstruktion wächst«, bemerkte ich am Ende des Sommers zu Riocar, »desto mißtrauischer bin ich. Wird dieses erstaunliche Gerät tatsächlich richtig arbeiten?«

»Verlaß dich darauf. Ich habe Jahre damit verbracht, jedes Teil zu testen. Und bisher sind nur ein paar Schrauben übriggeblieben.«

»Ich bin wie Karl. Ich glaube es erst, wenn das Schiff schwimmt.«

»Es wird schwimmen!« bekräftigte er.

Wir waren hier weit entfernt vom Geschehen in der Welt. Von den Mönchen erfuhren wir, was die Äbte und Bischöfe beschlossen hatten. Unsere Spionsonden wurden seltener benutzt, aber sie schienen zu bestätigen, was wir wußten: Abgesehen von den Wikingern herrschte an den langen Grenzen Ruhe. Verzweifelt versuchten Karls reitende Boten, die *missi dominici,* in das verworrene, zusammengewürfelte Reich eine klare Ordnung zu bringen. Sie waren zu wenige, besaßen wenig Macht; die Großen des Reiches vergaßen die Gesetze, wenn die Boten wieder fortgeritten waren.

Skepsis ist angebracht, Arkonide. Zur Verwaltung des Reiches brauchte es die Kapazität der Arkonflotte! sagte grimmig der Extrasinn.

Für Riocar und mich gab es kaum eine Alternative: Wir kümmerten uns mit aller Kraft um unsere Sache. Beeren und Obst wurden mit Honig eingekocht und in versiegelten Tonkrügen aufbewahrt. Das Magazin füllte sich mit Käse, Fleisch und Wurst, gesalzenem Fisch und dem, was wir im Wald fanden: Nüsse, trockene Pilze und Honig. Wir kontrollierten den Müller am Flußufer und ließen Korn mahlen. Der Bäcker probierte aus, wie sich Mischbrot mit seinem Können vertrug. Wir hängten Gewürzbüschel auf, deren Duft das Magazin erfüllte. Die halbwüchsigen Kinder und viele Erwachsene lernten beim Mönch das Schreiben und Lesen. Wir bauten ein Badehaus und lagerten riesige Mengen Brennholz und Holzkohle, Kerzen und Lampen, die mit Öl aus Rapskernen gespeist wurden. Das bedingte, daß wir eine Ölpresse bauen mußten, die man mit den technischen Möglichkeiten dieses neunten Jahrhunderts seit der christlichen Zeitenwende nachbauen und mit Muskelkraft betreiben konnte.

Zäune entstanden gegen das Wild, das oft in Äcker und Felder einbrach. Die Vorräte wuchsen mit jeder Ernte. Wir brachten innerhalb weniger Tage Graf Gauchers Korn in die Scheunen. Das Haus, in dem Riocar und ich wohnten, wurde winterfest und dauerhaft. Helle, mit Wachs polierte Möbel wurden hergestellt, und die Handwerker begriffen, daß es so etwas wie Baukastensysteme gab, die man mit Nachdenken entwickeln konnte.

Jene Menschen, die uns anvertraut waren, hatten – oft mit nachdrücklichem Zureden und auch mit erheblichem Nachdruck – den Unterschied unseres Lebens zu jenem in Aachen festgestellt. Auch bei uns gab es Sklaven und Freie, aber die Unterschiede verwischten sich; Menschen starben, andere wurden geboren. Wir sorgten für Sauberkeit, um keiner Seuche die Chance zu geben, unser winziges Gemeinwesen anzugreifen. Weiße Tücher, Seife, erhitztes Wasser, Kloaken weit außerhalb der Siedlung, Mittel gegen Läuse und Zecken, Öl für die Haut und weiches, ledernes Schuhwerk – in tausend Einzelheiten erforderte jeden Tag das Leben unsere Geschicklichkeit. Die natürliche Trägheit der stumpfen Menschen, deren Glaube auf ein weitaus besseres Leben nach dem Tode ausgerichtet war, mußte ununterbrochen überwunden werden.

Dennoch wuchs das Schiff. Das Eisen wirkte dunkel, drohend. Nur wenige Teile glänzten; unsere Maschinen hatten die Oberflächen mit dem einzigen Metall dünn überzogen, das dem Seewasser widerstand: Gold. Der hakenförmige Rammsporn-Schnabel, die Augen, die Schwingen des großen Adlers am Bug, sie glänzten herausfordernd. Die Kammern, die schmalen Kojen, die winzigen Sehschlitze, die Öffnungen für die zirkulierende Luft, das Geländer um das dampfgetriebene Katapult, der hohe Mast, in Wirklichkeit das Rohr der Esse, die ausklappbaren Balken für das Stützsegel – Teil um Teil wurde aus dem Container geholt, überprüft und von den Handwerkern eingesetzt. Wir suchten die Männer heraus, die mit uns den Rhenus abwärts bis zu den nördlichen Küsten fahren sollten. Wir stellten aus Holzkohle, Holzabfällen und Fettresten ziegelförmige Brennmaterialien her, die zusammen mit Holz den Kessel heizen sollten. Sorgfältig wurden sie in die Bug-Vorratsräume gestapelt. Im Zentrum des Schiffes, noch ohne Abdeckung, bewegte sich das Schaufelrad. Es konnte umgesteuert werden, zog das Schiff also auch in großer Geschwindigkeit rückwärts.

»Was wird daraus werden? Aus dieser Handvoll völlig neuer Erfindungen?« überlegte ich laut.

»Vermutlich werden die Schmiede daraus lernen. Sie geben das Können an ihre Söhne weiter. Aber sie werden ohne unsere fremdartigen Raumschiffsmaterialien keine Dampfmaschine bauen können. Selbst dann nicht, wenn sie begriffen haben, wie die Maschine funktioniert.« Riocar fügte jenen Satz hinzu, den ich auf Larsaf Drei hassen und fürchten gelernt hatte: »Die Zeit ist noch nicht reif, Atlor.«

Vorausgesetzt, so dachte ich, Riocar und ich würden die Mannschaft des Schiffes anführen, dann war die Chance für eine Maschinerie dieser Art groß. Die Franken, wenn sie das eiserne Schiff steuerten, würden es vermutlich bald auf Grund setzen oder verrosten lassen; ausbessern konnten sie nur wenige Teile.

»Immerhin«, Riocar tröstete mich, »haben wir genügend Salz, Tuchzeug und Wein aus dem Süden.«

»Ein schwacher Trost, Bruder.«

Auch der Herbst blieb schön wie der Sommer. Die Ernte war reich wie nie, wie Gaucher bestätigte. Wieder vergaßen wir tagelang das Schiff und bestellten mit kräftigen Gespannen und unserem neu entwickelten Ackergerät die Felder. Wir beschnitten Hecken, Bäume und Spaliere, besserten Brückenbalken aus, sägten und hackten Holz und halfen beim Schlachten, Verwursten und Pökeln. Es war eine arbeitsreiche, fröhliche Zeit. Ich erklärte, daß wir in unserer Siedlung ein Fest feiern würden, einige Tage lang keine Arbeit, nur Essen, Tanz und Musik, Gespräche und ein paar Becher Beerenschnaps.

An einem dieser Abende hielt die kleine Händlerschar auf dem Platz an. Sie kamen stromaufwärts, und sie führten die gewohnte Ware mit sich. Bis auf eine Ausnahme. Das geschwungene Dach, geflochtene Binsen über verfugten Brettern, sprang weit über die Stützsäulen vor. Unter Holzsesseln und steinernen Tischbeinen knackten leise die weißen Balken. Das Holz schwitzte Harz und Honiggeruch vom heißen Wachs aus. Einige Kerzen brannten flackernd. Ich saß entspannt da, und von dem Schiff gingen meine Blicke zurück zu der Menschenmenge, die sich um das klapprige Gefährt der Händler versammelte. Ich sah, daß Stoffballen aus Britannien aufgewickelt wurden.

Eine einzelne Gestalt, die vom Wagen kletterte, nahm meine Aufmerksamkeit gefangen. Es schien ein junges Mädchen zu sein; schlank, hochgewachsen, mit niedergeschlagenem Gesichtsausdruck. Ich stand wortlos auf und ging die wenigen Steinstufen hinunter in den Kies des Dorfplatzes. Ich blieb in der Menge stehen und winkte dem Kaufmann.

Da ich alle Franken um mindestens einen Kopf überragte und überdies die deutlichen Zeichen eines Mannes trug, der mehr zu sagen hatte, bahnte sich der Händler schnell einen Weg zu mir.

»Herr Graf? Ich bin Ezra, der Jude, wohlgelitten am Hof.«

Ich nannte meinen Namen und deutete auf die Gestalt, die regungslos dastand und wenig von dem, was um sie herum vorging, wahrzunehmen schien. »Wer ist das?«

»Wir nennen sie Tyanna. Wir fanden sie. Dort, wo der Rhenus ins Meer mündet.«

»Eine Sklavin also?«

Er musterte mich aus uralten Augen, die fast ebensoviel von der Welt gesehen hatten wie meine. Dann zog er die Schultern hoch. Seine Erklärung klang glaubhaft.

»Sie war damals halb tot, edler Herr, ausgesehen hat sie wie eine Wasserleiche. Wie weggeworfen von einem, der sie satt hatte. Sie ißt nicht viel, wie ein Vögelchen. Niemand will sie. Aber sie hat die Sprache gelernt. Ich lasse sie dir um ganz wenig, hoher Herr, aber du mußt geduldig sein.«

»Wie alt? Deine Schätzung, Ezra?«

»Nur Jehova weiß es. Fünfzehn, sechzehn, wer weiß.«

»Ihr habt ihr nichts angetan?«

Jammernd hob er die Hände zum Himmel und kehrte mir die Handflächen zu. »Jehova, mein Zeuge ist er. Sie tut uns leid. Ein Kind, herrlicher Graf. Habt Erbarmung mit ihr.«

»Wieviel?«

Er nannte eine lächerliche Summe für einen Sklaven. Ich nickte und ging nachdenklich zu Tyanna. Wahrscheinlich wirkte sie älter, als sie wirklich war. Ich betrachtete sie genau, und sie gab meinen Blick voll unendlicher Müdigkeit zurück. Tiefste Skepsis und eine Mischung zwischen Mitleid und Hoffnung stritten in meinen Gedanken. Das Extrahirn mischte sich ein: *Tu etwas Gutes. Kümmere dich um sie. Denke, es sei eine deiner verschollenen Töchter.* Tyanna hatte hüftlanges blondes Haar, zu einem verfilzten Zopf zusammengedreht. Sie war so ungepflegt, wie es nach ihrem bisherigen Leben zu erwarten war. Ich sprach Tyanna leise an.

»Willst du bei uns bleiben? Du wirst es gut haben.«

In hoffnungslosem Ton sagte sie, mit einer überraschend dunklen, wohlklingenden Stimme: »Es ist mir gleich.«

»Würdest du lieber anders leben? Als Lustmädchen eines fetten, stinkenden Alten?«

»Was erwartet mich hier, woanders oder in einem Jahr?« Sie schien mich zum erstenmal richtig zu sehen.

Ich nahm behutsam ihre Hand. Mein Lächeln war bewußt fröhlich, als ich antwortete: »Welches schöne und gute Leben dich erwarten kann, das werden wir dir zeigen. Willst du?«

Sie nickte unmerklich und ließ sich von mir zur Terrasse ziehen. Riocar kam uns entgegen. Ich bat ihn, Ezra zu bezahlen und mir Zella zu schicken, die junge Frau des Magazinverwalters. Ich bedeutete Tyanna, sich zu setzen, und reichte ihr einen Becher, in dem sich viel Fruchtsaft und wenig Beerenschnaps befanden. Sie sah mich völlig entgeistert an und trank, als habe sie tagelang nichts getrunken.

»Danke. Bist du der Graf hier?« fragte sie mich nach einiger Zeit.

Ich spürte den herben Geschmack des Schnapses auf meiner Zunge und antwortete: »Mein Bruder Riocar und ich, Atlor heiße ich, wir sind Fremde wie du. Wir helfen dem König dieses Landes. Wir bauen das Schiff. Es liegt bei dir, Mädchen, was für dich geschehen wird.«

Wieder zögerte sie lange, ehe sie fragte: »Was muß ich tun, Herr Atlor?«

»Zuerst mußt du mit dir geschehen lassen, was diese Frau will. Sie hilft dir. Hör zu, Zella ...«

Ich bat die Frau, Tyanna zu baden, das Haar zu waschen und zu schneiden, ihr Essen und Milch zu geben. Ich suchte weiche Kleidungsstücke zusammen. Zella versprach, sie zu behandeln wie ihr eigenes Kind. Riocar machte ein Lager in meinem kleinen, wenig gebrauchten Arbeitsraum zurecht und stellte eine erste Diagnose:

»Deine medizinische Ausrüstung wird benötigt, Bruder. Ein paar Dutzend Stellen ihrer Haut gefallen mir gar nicht.«

»Ich warte, bis Zella fertig ist. Es mag sein, daß ich die Erschöpfung des Mädchens falsch deute. Vielleicht ist sie einfach nur dumm.«

»In solch langer Zeit«, sagte er aufmunternd, »hat dich die Kenntnis der Barbarenseelen selten im Stich gelassen.«

Ich holte meine Arzttasche und mischte Mittel, von denen ich wußte, daß sie unproblematisch wirkten. Ich lud die Hochdruckspritze und desinfizierte die Instrumente.

Riocar tauschte Lampenöl, einige Weinkrüge, Leder und Stoff gegen vier herrliche Dolche, die stets als Tauschwaren in unserem Gepäck mitgeschleppt wurden. Ezra hörte nicht auf, unsere Freigebigkeit und die Großherzigkeit während des Handels zu preisen. Ich lud ihn ein, über Nacht zu bleiben. Bei einigen Bechern Wein unterhielten wir uns; wie üblich wußte der Händler viele Neuigkeiten einer ganz bestimmten Art: Die Überfälle der Wikinger rissen nicht ab. Sie kamen im Frühling, kämpften und plünderten während des Sommers und zogen sich im Herbst und vor den Winterstürmen in ihre Heimat zurück. Sie hinterließen verbranntes, ausgeplündertes Land, Verletzte und Tote, und viele wurden verschleppt. Die Klöster irischer Mönche waren offensichtlich das bevorzugte Ziel der Nordmänner. Ihre Drachenschiffe waren schon in den Mündungen der großen Flüsse gesehen worden. Die Händler, die in jahrelangen Fahrten praktisch auf jeder Straße dahinzogen, begannen sich zu fürchten, denn an Orten, an denen niemand mehr lebte, ließ sich schlecht handeln.

Zella brachte Tyanna zurück. Das Mädchen trug ein langes, weiches Hemd und sah ganz anders aus. Ihr Haar war gut schulterlang geschnitten und gekämmt. Beide Frauen rochen nach Seife, Badekräutern und Nußöl. Ezra klatschte begeistert in die Hände.

»Hab' ich's nicht gesagt? Immer? Glücklich wirst du werden, Tyanna. Danke es dem Herrn mit dem guten Gesicht.«

Sie gähnte und lächelte müde. Ich bat sie und Zella in das kleine Zimmer und schaltete zuerst eine starke Lampe an. Zu Tyanna sagte ich:

»In einer halben Stunde wirst du eingeschlafen sein und erst nach einem Tag wieder aufwachen. Dann fühlst du dich viel besser. Zieh sie aus und hilf mir, Zella.«

Ich setzte die Spritze an. Druckluft trieb ein Schlafmittel und eine aufbauende Medikamentenkombination in ihren Kreislauf. Fast willenlos ließ Tyanna alles mit sich geschehen. Ich untersuchte die Haut ihres unterernährten Körpers und machte mich daran, unzählige Schnitte, Schürfwunden, Entzündungen und Geschwüre zu versorgen. Ich verstrich Salben, klebte Pflaster, sprühte Biomolplast und schnitt, tupfte mit reinem Alkohol ab und sagte leise zu Zella, daß wir das Mädchen erst einmal richtig füttern mußten. Wenn sie ausgeschlafen hatte, sollte sie sich in die heiße Herbstsonne legen, ordnete ich an. Als wir Tyanna herumdrehten, war sie schon eingeschlafen und spürte nichts mehr. Irgendwann meinte Zella:

»Sie wird sehr schön werden, eines Tages, Herr. Denk dir, sie wußte nicht einmal, daß man in warmem Wasser baden kann.«

»Es gibt viel, was sie lernen muß«, knurrte ich und widmete mich dem vereiterten Nagel des Zeigefingers. »Es ist eine Schande, wie man die Menschen behandelt.«

»Was wird aus uns, wenn ihr weggeht, du und Riocar?«

Ich konnte mir deutlich vorstellen, was sie dachten in der Siedlung.

»Ich kenne die Antwort nicht. Noch nicht«, sagte ich. Wir rieben vorsichtig Kamille und Öl in die Haut und zogen die Decke über Tyannas Schultern. Sie schlief mit dem in sich gekehrten Ausdruck eines träumenden Kindes.

Der wuchtige Hebebaum knirschte und ächzte, als wir das Katapult in die Vertiefung an Deck hinunterließen und festschraubten. Der Kessel war halb mit Wasser gefüllt, die Scheite brannten in der Feuerung. Die feuchte Erde der Felder, in denen die Wintersaat ruhte, roch durchdringend. Die Sonne stach von einem wolkenlosen Himmel. Mit einigen Männern stellte Riocar ein Ziel aus Holzrahmen und Strohgeflecht auf. Tyanna lag, vom Psychostrahler eingeschläfert, unter der Einwirkung der Hypnoschulung. Ich betrachtete meine rußigen, schwieligen Finger und wuchtete die vorletzte Schraube fest. »Männer«, sagte ich stolz, »heute werden wir es noch sehen. Das große Rad wird sich drehen.«

Sie lachten und schlossen die Luken mit schweren Spannhebeln.

»Und dann unser Fest, nicht wahr?«

»Ich habe es versprochen. In einer Handvoll Tagen.«

Das Katapult wirkte wie ein halbierter Reiterbogen. In einem langen Führungsrohr wurde von einem nach vorn gerissenen Hebelarm ein knapp zwei Ellen langer Bolzen beschleunigt. Die Bolzen hatten kleine Stabilisierungsflügel und eine krallenartig geschmiedete Spitze, und in der Luft sollten sie sich drehen. Es sollte möglich sein, auf vierfache oder fünffache Bogenschußweite die Planken eines Wikingerschiffs an der Wasserlinie zu zerfetzen.

Der Zeiger des Druckmessers wanderte langsam von der Ziffer I zur II. Ich warf zwei Brennstoffziegel in die Holzglut. Der erste Versuch sollte ohne besonders hohen Druck durchgeführt werden. Von den zwei Dutzend Schmieden, die jetzt die schweren Schrauben der Dampfrohre anschlossen und die Verkleidung aus Eisendrähten und Rohrgeflecht befestigten, sollte etwa die Hälfte zur Schiffsmannschaft zählen.

»Ihr wißt, daß wir im Winter nicht weiterbauen. Die Nordmänner greifen erst im Frühling an«, rief ich. Noch mehr Wasser verwandelte sich in Dampf, der Dampfdruck war auf die Marke III geklettert. Ich zog an einem Hebel. Mit grauenvollem Kreischen und Heulen entwichen rechts und links des Adlerkopfes zwei weiße Dampfwolken ins Freie. Wir erschreckten jeden, weckten Tyanna und scheuchten Vogelschwärme und sämtliches Geflügel auf.

»Sie werden sich fürchten!« Die Männer freuten sich.

»Das wird für die axtschwingenden Wikinger nicht reichen«, gab ich zurück.

Wir nahmen einen Teil der Verkleidung ab und legten die Bolzen zurecht. Riocar kam zurückgelaufen und richtete das Dampfgeschütz aus. Schade, daß Karl diesen Versuchen nicht beiwohnen konnte. Man hatte uns gesagt, er sei nach Rom aufgebrochen, um dort noch mehr für die Stabilität des Reiches zu unternehmen. Aber auch er war von unserem Arbeiten nicht unbeeindruckt geblieben. Seine Pfalz und die Kapelle, eine Kopie einer Kirche aus Ravenna, wurden weitergebaut. Besonders die Pfalz wuchs, wurde größer, höher, schöner. Riocar winkte drei Männer herbei. Mehr hatten in der Nähe des Katapults nicht Platz. Er klappte das Endstück zur Seite, legte einen dick gefetteten Bolzen ein und schloß die Klappe. Dann richtete er das Rohr auf das Ziel aus und brachte das Kreuzvisier vorn und die H-förmige Gabel in Deckung.

»Wir werden an dieser Stelle«, erklärte er der staunenden Mannschaft, »noch einen Schild anbringen. Kein Pfeil darf den Schützen treffen.«

Noch verstanden sie nicht viel. Geduldig erklärte es ihnen der Robot. Sie hatten inzwischen, da jeder von ihnen sich schon die Haut verbrüht hatte, die teuflische Kraft des Dampfes kennengelernt.

Riocar zielte und ließ Dampf in den Zylinder strömen. Er erklärte jeden einzelnen Vorgang. Dann zog er an dem rechten Hebel; der Kolben wurde mit explosiver Kraft nach vorn gerissen. Die Druckstange schlug gegen den Anschlag, der Bolzen wurde aus der Führung geschleudert. In einer aufdröhnenden Dampfwolke jagte er heulend aus dem Rohr. Ob er sich in der Luft zu drehen begann, war mit bloßem Auge nicht mehr wahrzunehmen. Aber das Geschoß schlug mit furchtbarer Wucht, nachdem es eine lange Parabel beschrieben hatte, ins Ziel, traf den aufgemalten Rumpf des Drachenschiffs knapp unter der Wasserlinie und schlug ein Loch, nicht kleiner als ein fränkischer Reiterschild. Unsere Männer brachen in lautes Geschrei aus. Jeder durfte einmal das Geschütz bedienen; ich sah, daß sie schnell begriffen hatten. Riocar kam zu mir in den Leitstand.

»Hast du meine Berechnungen schon getestet?«

»Nein. Diese Ehre überlasse ich dir.«

Stumm schauten einige Männer zu, wie Riocar den Druck kontrollierte, das Ventil öffnete und darauf achtete, daß niemand seine Hände in der Nähe der Gestänge hatte. Dann füllte sich eine Zylinderkammer, die Pleuelstange bewegte sich, das Schaufelrad fing an, sich zu drehen. Zischend füllten und entleerten sich die Zylinderhälften. Fauchend und hämmernd öffneten und schlossen sich Ventile. Die dicken Stangen glitten hin und her; gleichmäßig und kraftvoll drehte sich das breite Schaufelrad in der Mitte des Schiffes. Eine Weile ließ Riocar den Antrieb nach vorn drehen, dann löste er die Kupplung, drosselte den Dampfdruck und steuerte die Bewegung um. Jetzt lief das Schaufelrad, dessen Elemente sich aus Gründen der Einfachheit nicht verstellten, rückwärts. Riocar öffnete den Zug der Esse, um die Hitze zu verringern.

»Test ohne Belastung bestanden!« sagte ich. »Nach dem Winter werden wir sehen, wie schnell der Adler fliegt.«

Mit dem restlichen Dampfdruck betrieben wir, solange der Vorrat an Bolzen reichte, weitere Schießversuche. Häufig trafen die Männer, aber noch hob und senkte sich das Schiff nicht in den Wellen. Zuletzt betätigte ich wieder das Ventil, ließ die Dampfpfeife aufkreischen und schrie vom Dach des Brückenhauses herunter:

»In vier Tagen! Ab Mittag! Dann gibt es das versprochene Fest.«

Die Franken brüllten begeistert. Riocar sagte zufrieden: »Wir können dem Frühling in guter Ruhe entgegensehen.«

»Und vorher noch Bagdad besuchen.«

In der Nacht verschwand der leere Container. Die Robotsteuerung setzte ihn auf der unbewohnten Inseloberfläche ab, auf der es nur unsere offenen und versteckten Antennenanlagen gab. Am nächsten Tag besuchte uns ein fränkischer Reiter. Er brachte uns eine Botschaft von Kaiser Karl. Ich schaute ihn verwundert an, denn er trug einen seltsam geformten Helm. Einen von Hörnern verzierten Spitzhelm mit einem breiten Eisensteg als Nasenschützer und auffallenden Ohrenklappen. Als er aus dem Sattel sprang und den Helm abnahm, sahen wir, daß er langes blondes Haar und kräftig blaue Augen wie Tyanna hatte.

»Ich bin Rune Wellenfresser«, sagte er. »Nordmann. Lies den Brief, und alle Fragen sind beantwortet.«

Der Helm – ich hatte einen solchen in diesem Reich noch nie gesehen – stammte aus den Schmieden, die Karl für sein Heer betreiben ließ. Ich rollte das Pergament langsam auf und las in der neuen, volkstümlichen Schrift der Franken:

Atlor zao Gonocebolan! Grüße entbietet dir Carolus von Franken. Der Ritter, der dieses Schreiben bringt, steht in meinem Dienst. Er ist ausgestoßen worden von seinen Leuten und hat einst Drachenboote auf Beutefahrt geführt. Zeig ihm das Schiff, das nimmermehr schwimmen wird, und wenn ein Wunder geschieht, dann wird er euer Kapitän sein. Gegeben zu ...

Es folgten Datum, Anno Domini und ein Ort nahe Rom. Ich war sofort erleichtert, und ein langer Blick in das jugendlich-offene, bartlose Gesicht des Nordmanns sagte mir, daß ich ihm wohl würde vertrauen können.

»Dich schickte der Himmel!« sagte ich.

»Mich schicken schlimmstenfalls die Jüten«, sagte er in hartem Fränkisch. »In ihren Augen bin ich ein Verräter. Wenn sie mich fangen, werden sie sehr fröhlich sein.«

Ich stellte Riocar vor und entschied schnell.

»Du wirst in einem halben Mond in unserem Haus wohnen. Dir vertraue ich diese Menschen und, natürlich zuvörderst, das Schiff an. Es muß nach der Schneeschmelze ohne Rost sein und fertig, gegen deine früheren Kameraden auszulaufen. Du kennst die Küste?«

Mit jungenhafter Betonung, aber ernsthaft versicherte er: »Fast jede Bucht, in der je Drachenschiffe landeten, ich kenne sie. Ich kenne die Strömungen, den Wind und das Meer bei jeder Höhe der Wellen und bei jedem Wetter.«

»Dann bist du wirklich der beste Mann. Bring deinen Gaul zu unseren schönen Pferden, wir werden für dich ein Lager finden. Und bei unserem Fest wirst du alles und jeden kennenlernen.«

»So leicht habe ich mir den Empfang nicht vorgestellt.« Er lachte und riß die Augen weit auf, als er Tyanna auf unsere Gruppe zukommen sah. Riocar klärte ihn mit unheilverkündender Stimme auf:

»Du wirst sehen, Rune, daß diese namenlose Siedlung ein winziges Paradies in gefährlichem Gleichgewicht darstellt. Nur weil man überall weiß, daß wir uns hart wehren können, wurden wir noch nicht überfallen. Etwas weniger als zweihundert Menschen hängen von uns ab.«

Er machte eine Pause, faßte Tyanna an den Schultern und schob sie neben mich, machte eine umfassende Bewegung und sprach, noch ernster, einige bemerkenswerte Sätze.

»Wir leben hier dank langer und schmerzlich tiefer Überlegung und einer gewaltigen gemeinsamen Arbeit – die von Atlor, meinem Bruder, und mir geleitet wird – sehr viel besser als die meisten anderen Menschen im Frankenreich. Wir kennen keinen Unterschied zwischen Sklaven und Grafen. Schau in die Gesichter der Frauen und Männer. Fällt dir nichts auf? Und wenn wir dir die Verantwortung darüber überlassen sollen, dann wirst du es verdammt schwer haben, aus unserem Schatten herauszutreten. Laß dich nicht erschrecken. Du bist uns wirklich von Herzen willkommen.«

Rune senkte den Kopf. Er versuchte zu erkennen, was ihm mein Bruder gesagt hatte. Ich grinste kurz und registrierte, daß Tyanna sich vor meinen vorsichtigen Berührungen nicht mehr fürchtete.

»Nunmehr sehe ich«, sagte Rune nach einer Weile, »daß es nicht so leicht ist, wie ich dachte.«

Ich schlug ihm herzlich-kräftig zwischen die Schulterblätter und meinte: »Noch hast du uns als Lehrmeister. Los! Wir erwarten dich zum Abendessen.«

Wir schauten ihm nach. Riocar blickte in den Frühabendhimmel.

»Auch er wird seine Lektion lernen. So, wie Tyanna gelernt hat. Kleine Schwester! Du bist in diesen fünf Viertelmonden schöner geworden. Nicht nur deine Glieder haben sich gerundet und bieten nunmehr eine Freude für jedes Auge. Weil Atlor seine Salben benutzte, ist deine Haut schön und weich wie Seide aus Zipangu. Hin und wieder schenkst du uns sogar ein Lächeln. Ich meine, daß heute dein zweites Leben beginnt.«

Ich schwieg in lautloser Bewunderung arkonidischer Positronengehirne beziehungsweise ihrer Speicher- und Schaltfähigkeit. Ebenso verwundert hörte ich Tyannas Antwort. »Das weiß ich, großer Bruder. Ich habe viel gelernt, ohne zu wissen, auf welche Weise. Ich brauche Zeit, und ich brauche euch. Zweites Leben? Ich fange gerade mit meinem ersten Leben an.«

»So ist's recht«, murmelte ich und steuerte auf unser Haus zu. »Warte nur, bis sich deine weiße Haut in der Sonne Bagdads bräunen wird. Alles fängt erst an, Tyanna.«

Plötzlich hatte ich keine Lust mehr, in diesem Maß weiterzuarbeiten. Ich wollte das Fest miterleben, Verantwortung weitergeben und endlich einen Teil der Welt wiedersehen, die ich schätzte und liebte, und wo ich ein gerngesehener Gast war. Die Vorstellung, hier den Winter verbringen zu müssen, erfüllte mich mit Entsetzen.

Wir feierten zusammen mit Sklaven, Freigelassenen und der Familie des Grafen Gaucher. Das Fest begann am Mittag mit einem Essen, das aus bekannten Speisen, unbekannten Gewürzen und aufregenden, aber ungewöhnlichen Zusammenstellungen bestand. Kaiser Karl hatte befohlen, nicht nur Knoblauch, Aprikosen und Spargel anzubauen – die er von seinen Besuchen Italiens kannte –, sondern hatte eine Liste von siebenundsechzig Gartenfrüchten schreiben lassen, die seine Untertanen pflanzen, ernten und essen sollten; vieles davon gedieh auf dem Besitz des Grafen. Es gab Met zu trinken, kleine Becher des Beerenschnapses, Saft von Früchten, Wein und Milch. Aus unserem Haus ertönte fremdartige Musik aus versteckten Lautsprechern, wenn die fränkischen Spielleute erschöpft eine Pause machten. Fast zweihundert Menschen trafen sich. Der Herbsttag war schön und warm, die Arbeitsgeräusche schwiegen. Mönche und drei Würdenträger aus Aachen paßten auf, daß wir uns nicht der Trunksucht hingaben. Die Fröhlichkeit, die sich langsam ausbreitete, war echt und besaß nichts von der übersteigerten Raffinesse des Hofes zu Bagdad. Irgendwann getraute sich Tyanna aus ihrem Zimmerchen heraus. Sie hätte ihren Auftritt nicht besser vorbereiten können:

Innerhalb der kurzen Zeit, in der sie Vertrauen zu uns und in ihre neue Umgebung hatte fassen können, war äußerlich eine große Veränderung eingetreten. Ihr seidiges Haar trug sie in einer schlichten Hochfrisur. Aus unserem Vorrat für besondere Zwecke stammten Ohrringe und der breite Halsschmuck. Daß auch die Bänder an den Armen und die Ringe nicht sonderlich wertvoll waren, merkte niemand. Eines der kostbar bestickten Hemden aus meinem Besitz und ein knielanger Rock, den Zella aus dem Stoff des Ezra hastig zusammengestichelt hatte, wurden von einem Gurt aus weißem Leder mit einer Schnalle, dem Geschenk Haruns, zusammengehalten. Der Sohlenschneider hatte den Gurt verkürzt und sauber mit einer Doppelnaht versehen. Es war ihm auch gelungen, ein Paar Stiefel zu verkleinern; nicht gerade ein Meisterwerk, aber ansehnlich genug.

Rune Wellenfresser starrte sie wortlos an. Auch er erkannte sie nicht wieder. Zögernd kam sie näher, von unzähligen Blicken verfolgt. Sie wußte, daß sie die Schönste war, daß sie auffallen mußte, aber sie wurde damit noch nicht fertig. *Abermals beweist sich, daß du die Barbaren richtig einschätzen kannst,* bemerkte der Extrasinn. *Besonders die jungen weiblichen Exemplare.*

»So jung, so schön«, sagte Rune. »Ich bin froh, daß ich mein Land verlassen habe.«

»Du solltest zu den Arabern reisen«, schlug Riocar vor. »Dort würden dir die Augen übergehen.«

Riocar und ich nahmen das Mädchen in unsere Mitte und mischten uns unter die Zechenden und Tanzenden. Tyanna wurde eingeladen, sich hierher oder dorthin zu setzen, von den Speisen zu probieren, und junge Männer wollten mit ihr tanzen – kurz: Jeder mochte sie gern, und ich freute mich darüber. Als sie sich mitten im Gewimmel befand, wandte ich mich an Rune.

»Du wirst viel zu tun haben. Wir verlassen euch für zwei Monde und ein paar Tage mehr.«

»Was habe ich zu tun?«

»Das Schiff! Immer wieder überprüfen, einfetten, ein Dach darüber bauen; Rost darf nicht auftreten. Diese Siedlung mit allen Bewohnern hüten wie den eigenen Augapfel. Dem Grafen drüben helfen; er hilft euch auch. Mit dem Mönch reden und den Hofstaat davon überzeugen, daß wir im Frühling mit dem Schiff losfahren und die Wikinger in ihre Grenzen weisen. Und du wirst auf dem arabischen Papier, das in meinem Arbeitszimmer liegt, eine Karte aller Küsten und Siedlungen und Pfade der Wikingerschiffe zeichnen, in mehreren Farben.«

»Das überfordert mich nicht«, sagte er. »Ich wohne in deinem Haus, Atlor?«

»Bis wir wieder da sind.«

»Das sind schöne Aufgaben. Ihr könnt auf mich zählen. Aber um eines muß ich euch bitten. Diese Leute müssen alle wissen, daß ich für euch spreche. Ich will nicht, daß ich, ein Fremder, sie antreiben oder bestrafen soll.«

»Ich spreche mit allen«, versicherte Riocar, und ich schloß: »Du mußt auch dafür sorgen, daß unsere Pferde bewegt und gut versorgt werden. Du weißt, daß der Preis für ein Pferd dem von fünfzig Ochsen entspricht und daß gute Reittiere unersetzlich sind.«

»Ich reite nicht schlecht. Ihr könnt euch auf mich verlassen.«

»Wir sind fast sicher, daß es so ist.«

Nach acht oder fast neun Monden, die wir hier arbeiteten, war es uns zumindest für rund hundertfünfzig Menschen gelungen, ihnen ein menschenwürdiges Leben zu sichern, in dem sie gesund, satt und fröhlich sein konnten, nicht von den Sorgen in tierische Abhängigkeit gezwungen wurden wie an unzähligen anderen Stellen dieses riesigen Gebiets. Mit diesem Gefühl taumelten wir durch die drei Tage des Festes, dessen Ende ruhiger war als der Anfang. Am letzten Abend packten wir unsere wichtigsten Besitztümer zusammen, ritten zu dem Boot am Flußufer und ließen uns davontreiben. Als es dunkelte, hob sich der Gleiter aus dem Wasser und schlug den gewählten Südkurs ein. Harun ar Rashid erwartete uns.

Es wurde eine wunderbare Reise für Tyanna, ein Traum, der zu ihrem neuen Leben zu gehören schien. Wir besuchten in umgekehrter Reihenfolge die Stationen, entlang denen die Reisenden aus Bagdad sich dem fränkischen Reich genähert hatten. In einer unbedeutenden Furtstation nördlich der Alpen erfuhren wir, daß sie wohlbehalten samt ihrem grauen Wundertier vorbeigeritten waren. Sie würden wohl mit dem ersten Schnee des Winters zusammen in Aachen eintreffen.

Unentwegt wechselten die Bilder der Landschaften sich vor und unter uns ab. Tyanna hielt es für natürlich, trotz der langen Hypnoschulung, daß ein Boot durch die Luft zu fliegen vermochte. Sie erschrak nicht. War es neue geistige Stabilität oder die Unfähigkeit, über derlei Dinge staunen zu können?

Sie war sehr viel mehr erstaunt über die mannigfach sichtbare Schönheit der Planetenoberfläche. Über Buchten und Strände, fremde Bäume und die Vögel, die für kurze Zeit unseren Flug begleiteten. Unmerklich wandelte sie sich zu einer selbstbewußten Frau, die trotz ihrer Jugend merkte, daß mein Gefühl stärker und drängender wurde.

Wir ließen uns sehr viel Zeit, erreichten den Tigris, senkten das Boot ins Wasser und steuerten die Stege und Brücken des Palasts an. Harun ar Rashid, mit dem wir täglich sprachen, empfing uns mit einer prachtvollen Prozession seiner Wachen. Er selbst führte uns in das bekannte Haus inmitten der Gärten neben der Palastmauer.

»Willkommen, Freunde!« sagte er. »Erfreut euch an allem!«

Auf uns warteten Blumen, Speisen, duftende Bäder und jeglicher Prunk des Palasts. Schweigend und mit großen Augen betrat Tyanna abermals eine Welt, von deren Existenz sie kaum etwas geahnt hatte. Harun wandte sich an mich und murmelte im Verschwörerton:

»Und in der Nacht, wenn wir allein sind, werden wir miteinander lange sprechen. Viel ist in meinem Reich geschehen!«

»Nicht viel weniger passierte im Land des Frankenkaisers«, antwortete Riocar. Wir brauchten länger als einen halben Mond, um mit dem Kalifen über alles in Ruhe und ausführlich zu sprechen. Ständig schwebten unsere Spionsonden entlang vieler Straßen, Flüsse und Küsten. Harun sah das Schiff aus Eisen, erlebte mit, wie seine Leute wohlbehalten in Aachen eintrafen und verwundert begrüßt wurden. Wir zeigten ihm die letzten Wikingerschiffe, die voller Beute und Gefangener in ihre Fjordhäfen einliefen.

»Im Frühling«, sagte ich, »wird Carolus noch mehr Macht haben.« Ich deutete auf den Bildschirm im Truhendeckel.

»Die Ausdehnung ist groß, das Reich ist arm und verworren. Berühmt sind nur die Panzerhemden. Aber er wird mit deinen Leuten ebenso klug und lange sprechen wie mit uns. Er ist ein ehrlicher, kraftvoller Herrscher.«

Er zog die Schultern hoch und schloß, bevor er uns an diesem Tag verließ: »Ich wünschte, es ginge schneller. Viel schneller.«

Diesem Wunsch konnte ich mich rückhaltlos anschließen.

4.

Wir lagen im Schatten des ausgespannten Vordachs, tranken kühlen Wein und rieben unsere Körper gegenseitig mit wohlriechendem, mückenvertreibendem Zedernöl der Araber ein. Hinter uns rauschte die Brandung, über uns raschelten die Palmenwedel. Tyanna und ich waren allein auf der Insel. Was mir bei Harun ar Rashid nicht gelungen war – sie schwamm nach drei Tagen wie ein Fisch. Ihr langbeiniger Körper bräunte sich mehr und mehr.

»Du und dein Bruder«, sagte sie schläfrig, »ihr könntet die Welt beherrschen, nicht wahr?«

»Ja und nein. Einen kleinen Teil. Aber wir wollen nicht herrschen.«

»Ihr seid stärker als andere Menschen und klüger.«

»Weil wir niemanden zu fürchten haben«, antwortete ich leise, »gehören wir anscheinend nicht zu den Menschen, die du kennst. Eher zu einer besonderen Gruppe.«

»Ihr kennt das Leben und den Tod, besser als andere.«

»Du weißt, wie weit wir reisen. Der Tod ist einer unserer Begleiter. Zwangsläufig. Aber wir versuchen immer, die Menschen das Leben zu lehren.«

»Bei mir ist es euch geglückt.«

Zu irgendeinem Zeitpunkt der letzten achtundzwanzig Tage hatte sie sich entschieden. Das Mißtrauen, fester Bestandteil ihres bisherigen Lebens, verschwand plötzlich. Tyanna fühlte sich bei mir sicher. Dazu kam der

Umstand, daß die Hypnoschulung ihr zusammen mit den neuen Sprachen und einem Wortschatz von weitaus größerem Umfang auch viel mehr Wissen vermittelt hatte. Die Breite ihres Verstandesspektrums hatte zugenommen.

»Ich weiß«, sie legte ihren Arm, auf dessen Haut Salzkristalle knisterten, über meine Schultern, »daß du bist, wie richtige Menschen sein sollen. Wirst du mich wieder verkaufen? Davor fürchte ich mich.«

»Es ist nicht menschenwürdig«, sagte ich und zog sie an mich, »Menschen zu verkaufen. Auch der Kauf ist es nicht. Hätte ich dich bei Ezra lassen sollen?«

»Nein«, murmelte sie an meinem Ohr. »Ich bleibe bei dir, solange du mich haben willst.«

Wir küßten uns. Zuerst war sie ungeschickt, schließlich von atemloser Leidenschaft. Die Stunden und Tage vergingen in völliger Sorglosigkeit. Das Zelt und die Insel bildeten einen Mikrokosmos für uns; ich fühlte mich, als sei ich auf einem anderen Planeten. ES, der Auftrag und die beiden Herrscher waren ebenso vergessen wie die Gedanken an die bevorstehenden Kämpfe. Gab es wirklich eine Chance, die Vorteile beider Reiche zusammenzuführen, so verwendete ich in dieser Kette von Nächten und Tagen keinen ernsthaften Gedanken daran.

Wir versorgten das Zelt, ich schaltete den Schutzschirm ein, und wir flogen zurück nach Bagdad. Kalif Harun ar Rashid erstickte fast in denselben administrativen Problemen wie Kaiser Karl. Mit winzigen Ausnahmen schien es jedem Herrscher dieses Planeten so zu ergehen. Wir halfen ihm, so gut wir es vermochten, ohne unsere Machtmittel einzusetzen.

Aber viele seiner Gegner hatten Gelegenheit, sich über Haruns vorgebliche Allwissenheit zu wundern ... bis seine Truppen ihn gefangennahmen. Unsere Hauptarbeit war, mit vielen Handelsherren zu sprechen und ihnen zu erklären, welche Waren auf welchen Wegen nach Norden gebracht und welche Tauschartikel dort günstig zu erwerben waren. Wir zeichneten Karten und diktierten den Kaufleuten, wo die Gefahrenstellen waren und wie es um die Sicherheit der Wege bestellt war. Und schließlich mußten wir Bagdad verlassen und zurückkehren ins regnerische Aachen, in unsere kleine Siedlung. Dort hatte Rune sein Bestes gegeben. Wir wurden jubelnd begrüßt.

Der letzte, halb vermoderte Baumstamm wurde herausgezogen. Gurgelnd schossen Wasser und lehmiger Schlamm in die langgestreckte Grube. Das Wasser des Rhenus-Nebenarms stieg und kletterte an den öligen Flanken des Schiffes hoch. Schweigend starrte der Frankenkaiser auf das Schauspiel und hob immer wieder den Kopf, um der schwarzen Rauchsäule des Schlotes nachzublicken. Die Arbeiter räumten die Reste der Abtrennung weg; schließlich hörten wir das Klirren der Hebel. Langsam begann sich, unsichtbar für die Wartenden, das Schaufelrad zu drehen. Riocar stand mit Rune und einigen Männern im Schiff. Das eiserne Monstrum schob sich nach links, aus dem Dock in den breiten Kanal hinein und bis in den träge strömenden Wasserarm.

»Du siehst, mächtiger Kaiser der Franken, daß ein Schiff aus Eisen ohne Segel und Ruderriemen schwimmt«, sagte ich. Wir saßen in den Sätteln unserer Pferde. Jetzt gab Riocar einige gellende Signale und setzte die Geschwindigkeit herauf. Wir ritten neben den Schneeresten auf dem schlammigen Pfad neben dem Schiff auf den Fluß zu.

»Jetzt glaube ich es!« sagte Karl fassungslos. »Die Mönche sagen aber, daß es Teufelswerk sei.«

»Mönche standen neben uns, als wir es zusammenbauten«, wies ich den Vorwurf zurück. »Und, ich schwöre, keiner deiner Schmiede steht im Dienst des Satans.«

Er schüttelte den Kopf. Wir sprengten auf einen niedrigen, von Weidenstümpfen bestandenen Hügel zu. Die gesamte Siedlung war auf den Beinen und feuerte Riocar an. Hinter dem Heck des Schiffes entstand eine breite, schmutzig-schäumende Kielspur. Aus dem Innern der Konstruktion ertönte eine Vielfalt von Geräuschen: Zischen, Fauchen, das Rumpeln der Exzenter und das ratternde Klatschen der Schaufeln. Das Schiff lag hervorragend im Wasser. Der Schwerpunkt war zufriedenstellend errechnet. Die Schmiede schrien begeistert, als der Adlerkopf herumschwenkte, das Schiff in schneller Fahrt in den Flußarm einschwenkte und zeigte, was es konnte.

Riocar steuerte es bis fast zum Fluß hinaus, fuhr rückwärts, wendete mehrere Male und kam in einer langgezogenen Doppelkurve auf den Anlegeplatz zu. Auf dieser Strecke erreichte er fast die Höchstgeschwindigkeit, kuppelte aus und lenkte das Schaufelrad um. Das Anlegemanöver war leicht wie die Berührung einer landenden Taube. Dann flogen die Schlingen der Haltetaue um die Poller, die aus den Stämmen verwurzelter, aber abgesägter Bäume bestanden.

»Nun hast du dein Schiff gesehen«, sagte ich.

»Ihr brecht bald auf?«

»Ich sage dir, Herrscher, was geschehen wird. Wir fahren den Rhenus abwärts bis zu den Küsten. Dort beginnen die Vorstöße und Überfälle der Wikinger. Wir bilden Rune und eine Mannschaft aus. Sie wird versuchen, die Normannen von den Grenzen deines Reiches fernzuhalten.«

Riocar schoß mit dem dröhnenden Dampfkatapult dreimal auf das reichlich mitgenommene Ziel. Wieder scheuten die Pferde, und Karls Berater stießen bewundernde Flüche aus.

»Und so werden wir die Normannen versenken, wenn sie nicht flüchten.«

Der Frankenkaiser nickte und sagte in schwer zu deutendem Ton: »Kommt heute in die Pfalz. Dort lasse ich euch einen Reichsbrief aushändigen. Ihr habt dieselbe Macht wie die Boten in meinem Reich. Und die Araber – sie wollen mit dir sprechen.«

»Wir kommen.«

Es dunkelte bereits, und der Weg nach Aachen hinüber war weit. Daß wir in der Dunkelheit reiten mußten, interessierte ihn nicht. Als er mit seinen Leuten wegtritt, waren seine Gedanken schon längst ganz woanders. Ich ging zu Rune, Tyanna und Riocar zurück.

»Herrlich! Kraftberstend. Schneller als Odins Raben«, sagte Rune. »Damit will ich fahren.«

»Zuerst muß noch das Beiboot fertig sein«, meinte ich. »Und wir fahren nicht, ohne daß für die Leute hier gesorgt wurde.«

Wir waren in dicke Mäntel mit Pelzbesatz und gefütterten Kapuzen gekleidet. Noch zeigten sich an den Zweigen weder Knospen noch Blüten. Es war feucht und kalt. In der Pfalz trafen wir zuerst die Araber, die sich freuten, weil endlich drei Menschen in ihrer Sprache mit ihnen verkehren konnten; hundert Fragen prasselten auf uns herunter. Wir überbrachten die Grüße des Kalifen, hörten, daß die Gäste am Hof Karls sehr gut behandelt wurden, daß sie Heimweh hatten und viele Probleme aus eigener Anschauung kannten, über die wir mit Harun gesprochen hatten. Zuerst übersetzten wir die Briefe Haruns an Carolus, was uns leichtfiel, denn wir kannten den genauen Text.

Wir bekamen ein Schreiben aus der Kanzlei der Pfalz, das uns die Unterstützung eines jeden Grafen und Untertans innerhalb der Reichsgrenzen sichern sollte. Wir erwirkten vom Frankenkaiser, daß den Bewohnern der Siedlung das umliegende Land als Lehen gegeben wurde. Eine Handvoll Sklaven wurde freigelassen. Der Zins mußte in Naturalien abgeliefert werden.

Nach einer keineswegs bequemen Nacht in den Mauern der Pfalz – an der unaufhörlich gebaut wurde – ritten wir zurück und überbrachten Graf Gaucher und dem jungen Mönch die Befehle des Kaisers. Der Logiksektor meinte: *Es ist schwer zu glauben, daß die Araber ihrem Kalifen begeisterte Vorschläge machen werden.*

Wir konnten und wollten niemanden zwingen. Gegen Mittag versammelten wir uns in unserem gemütlichen Steinhaus und entwickelten den Plan für die nächsten Monde. Im Schuppen beendeten die Zimmerleute und die Schmiede den Bau des Beiboots und der Einrichtung, es an Deck zu ziehen und wieder ins Wasser einzusetzen. Die Vorräte für die Schiffsmannschaft wurden hergestellt und feuchtigkeitsfest verpackt.

»Tyanna und ich fahren mit dem Boot voraus, mit *unserem* Boot«, schlug Riocar vor. »Diese Treffpunkte habe ich ausgesucht. Dort werdet ihr Feuerholz finden, oft auch Holzkohle und schließlich uns beide.«

Auf diese Weise gab es für uns einen ständig wechselnden Fluchtpunkt oder ein Basislager. Tyanna brauchten die Strapazen der Kampffahrten nicht zugemutet zu werden. Rune breitete seine Karten aus. Wir fügten seine vielen Informationen zu unseren Höhenfotos hinzu. Er kannte wirklich jede größere Bucht. Wir unterhielten uns lange über die Männer, die mit uns fahren und schließlich die Mannschaft bilden sollten. Vorräte an Brennziegeln und Öl für die Lampen befanden sich an Bord.

»Wie lange wollt ihr den Kampf führen?« fragte Rune nach Stunden des konzentrierten Arbeitens.

Gleichzeitig lachten Riocar und ich laut auf. »*Wir?* Du wirst der gefürchtete Schrecken des Nordmeers!« sagte ich. »Nur drei, vier Monde lang zeigen wir dir, was zu tun ist. Im Herbst gehst du mit dem Schiff rhenusaufwärts und läßt alle Schäden beseitigen.«

Der junge Normanne war ehrlich überrascht. Wir kümmerten uns weiterhin um jedes Stück der Ausrüstung: Anker, Tauwerk, geflochtene Fender, einen Vorrat der Geschützbolzen, medizinische Ausrüstung und warme Kleidung für uns.

»Wann brechen wir auf?«

»In weniger als einem halben Mond, Rune. Und wir kommen erst zurück, wenn die letzten Normannenschiffe im Herbst zurückkehren.«

»Wir werden sie jagen und ihre Heimkehr damit beschleunigen«, versprach er.

Weiche Matten, die feucht werden und an der Sonne getrocknet werden konnten, kamen auf die Gurte der Kojen. Decken und Felljacken waren gewebt, wasserfeste Stiefel genäht worden. Je weniger wir dem Zufall und der Improvisation überließen, desto geringer wurden die Probleme auf der offenen See. Ich hatte aus dem arabischen Papier ein Logbuch herstellen lassen. Die Mönche brachten während des Winters nicht nur Rune das Schreiben in Minuscel-Schrift bei. Dicker, roter Wein, Gewürze, Honig, Met und Teeblätter in versiegelten Tonkrügen gehörten ebenso zur Ausrüstung wie ein kleiner Tank, der heißes Wasser spendete. Für jede Art von Ausstattung gab es besondere Fächer und Lattenverschläge. Unordnung an Bord konnte tödlich sein. Schon jetzt ge-wöhnten wir die Mannschaft an diese Form von Ordnung, obwohl sie unwillig murrten. Ich wußte, daß sie in entscheidenden Momenten sehr schnell begreifen würden.

An einem warmen, hellen Frühlingstag fuhren wir hinaus in die Mitte des Stromes, gaben einige Signale und trieben dann unter Dampf rhenusabwärts. Es ging an Colonia vorbei, an Nimwegen und durch das Land der Friesen. Dann färbte sich das Wasser, und wir waren in den langen, harten Wellen des Nordmeers: sechzehn Franken, Rune und ich. Riocar und Tyanna bereiteten den ersten Treffpunkt vor; noch hatte ich Rune nicht in das Geheimnis des Funkarmbands eingeweiht. Das Schiff, die ADLER DES KÖNIGS, ging in einem weiten Bogen auf Ostkurs.

Tausende Buchten, tiefe Klippeneinschnitte, Strände und Dünen gab es in diesem riesigen Seebereich: die Inseln Britanniens, die Küsten Mercias, das Land der Pikten, Irland, die Fjorde der Jüten, Göten und Sweonen, unzählige bewohnte und unbewohnte Inselchen und Inseln. Fischerdörfer und die wenigen Häfen, die von Handelsschiffen angelaufen wurden. Wir hatten hervorragende Karten, und die Hauptrichtungen, in denen die Normannen vorstießen, verliefen in drei fächerförmigen Strömen. Natürlich griffen die Wikinger nur dort an, wo es Menschen gab, wo Beute geholt werden konnte. Wir klappten die Rahbalken aus, spannten das Segel und schraubten die Schutzringe an die Esse, damit das Segel nicht verbrannte. Die friesische Küste nach Osten, dann an Jütland vorbei nach Norden. Die ADLER hob und senkte sich in den Wellen; ihr Bug zerteilte das Wasser wie die Schneide eines Dolches. Die Brecher, die über dem Vorschiff zusammenschlugen, ließen die Konstruktion schauerlich erdröhnen und liefen ab, ohne daß ein Tropfen ins Innere drang. Wir segelten, obwohl stets ein kleines Feuer unter dem Kessel brannte. Riocar beobachtete das Meer und würde uns die erste und nächste Gruppe von Drachenschiffen zeigen. Rune lernte das Schiff zu beherrschen; die Franken lernten, sich auf dem schwankenden, gierenden und stampfenden Schiff zurechtzufinden. Die ersten Tage waren sie todkrank gewesen.

Die Sterne strahlten in diesen letzten Nachtstunden, als würden sie sich ebenso auf den Sommer freuen wie wir. Ich sehnte mich nach Tyanna. Die ADLER machte gute Fahrt nach Nordost. Rune, ich und Oldvig standen hinter den eisernen Platten des Steuerhauses und hielten Wache. Wir waren den fünfzehnten Tag unterwegs und hatten noch kein Segel gesehen. Leise unterhielten wir uns. Rune erklärte die Figuren der Sternbilder und ihre Namen. Die Kälte hatte nachgelassen; der Gewürzwein war kalt. An meinem linken Handgelenk summte es.

»... um den sich alle Sterne drehen«, sagte Rune gerade. »Er weist den Norden ... Was war das?«

»Männer der gnadenlosen See«, sagte Riocars Stimme halblaut, aber in unüberhörbarer Härte. »Sieben Drachenschiffe auf Kollisionskurs. Etwa dreihundert Nordmänner. Ihr werdet sie nach Mittag sehen, wenn ihr auf diesem Kurs bleibt.«

Rune schickte einen verstört klingenden Fluch in die Luft. »Odin! Thors Hammer! Ihr seid Zauberer.«

»Auch du wirst eines Tages über diesen Zauber gebieten«, tröstete ich ihn. »Danke, Bruder. Wir bereiten uns vor.«

»Gib auf dich acht, Atlor«, bat Tyanna. »Denk an das Sonneninselchen!«

»Ich denke an Schöneres«, sagte ich und spürte doppelte Erregung. »An dich.«

Riocar schaltete sein Funkgerät ab. Im Fahrstand brannten nur zwei winzige Lampen. In ihrem Schein glänzten Hebel und Anzeigen. Ich sah die Aufregung, die mich gepackt hielt, auch in den Gesichtern der Männer. Zehn bis zwölf Stunden hatten wir noch Zeit, also brauchten wir niemanden zu wecken. Wir sprachen erste Möglichkeiten ab, den Wikingern einen heillosen Schrecken einzujagen, wobei ich besonderen Wert auf die bessere Manövrierfähigkeit und auf das Dampfkatapult legte.

»Du willst sie nicht vernichten?« fragte Rune erstaunt. »Warum nicht?«

»Es geht auch anders. Wir machen ein schönes Feuer unterm Kessel, fahren auf die Drachenschiffe zu und schießen ihnen Bolzen unter die Wasserlinie. Wenn das nicht reicht, rammen wir. Du stehst neben mir an den Griffen und am Ruder, Rune.«

Oldvig fragte heiser: »Das letzte Schiff? Es holt die anderen an Bord?«

»Und segelt mit der Botschaft zurück, daß ein Götterschiff das Meer beherrscht. So sollte es sein. Es kann auch anders kommen. Denkt daran, daß wir fast so schnell rückwärts wie vorwärts fahren können. Unter Segel kämpfen wir nicht, höchstens in besonderen Fällen. Klar?«

Ich schlug Rune auf die Schulter und glitt von der gepolsterten Bank.

»Ein paar Stunden Schlaf tun mir gut. Du führst das Schiff. Drei Stunden vor Mittag muß der Dampf voll stehen.«

»Ich wecke dich mit der Adlerstimme!«

»Nein! Warne nicht die Drachenschiffe.«

Ich leerte den Weinbecher, zog die Stiefel aus und schwang mich in die Koje. Ich genoß das einschläfernde Geräusch des Wassers und jene wiegenden Bewegungen des Schiffes!

Es herrschte heller Sonnenschein, als mich Rune weckte. Der kalte, mittelstarke Wind kam aus Nordwest und trieb die Drachenschiffe auf uns zu. Wir sahen fünf farbig gestreifte Segel ziemlich genau zu Mittag. Jeder Mann stand an seinem Posten, und ich machte mich fertig, das Katapult zu bedienen.

»Du weißt, was zu tun ist, Rune?«

»Ich habe einige Jahre am Ruder des schnellsten *Drakker* gestanden, Atlor.«

»Es wird nicht größer als ein *Skeid* gewesen sein«, rief ich. Noch fuhren wir unter Segel, aber wir kreuzten auf einen Punkt zu, der uns in die beste Angriffsposition bringen würde. Vier Männer standen bereit, Segel und Leinen zu bergen. Die Wikinger würden genau beobachten; schließlich waren sie die besten und wagemutigsten Seefahrer, die ich von allen Weltmeeren kannte. Kleiner als neunzig Ellen waren die gegnerischen Schiffe. Es handelte sich um Zwanzigruderer. Sie fuhren in spitzwinkliger Formation. Das Boot an der Spitze trug ein weiß und rot senkrecht gestreiftes Segel. Wir befanden uns gerade vor ihnen; kurze Zeit später kreuzten wir auf einen Punkt rechts von ihrer Kursgeraden zu. Als wir diesen Punkt erreicht hatten, waren wir von den Wikingern längst gesehen worden.

»Segel herunter. Und die Klappen fest schließen!« sagte ich. Aus dem Rohr kam dichter schwarzer Rauch. Die Rah teilte sich, klappte nach unten; in rasender Eile wurde die Leinwand geborgen. Die ADLER ging gegen den Wind und hatte die Schiffe an Steuerbord. Als sich unsere Männer wieder im

Schutz von Eisenplatten befanden, schwang ich mich auf die Plattform und stellte mich, in den Knien federnd, hinter den gekrümmten Schutzschild des Katapults. Unser Adlerschnabel und der Drachenkopf bewegten sich gerade aufeinander zu.

»Rune! Es kommt auf deine Kunst an!« rief ich, lud den ersten Bolzen in die Kammer und prüfte den Sitz.

Auf den Schiffen der Wikinger packten die Normannen Schilde, Äxte und Schwerter. Aus dem Augenwinkel sah ich über uns eine faustgroße Kugel aufblitzen. Riocar beobachtete uns. Langsam schwang ich das lange Führungsrohr hinüber und richtete es auf den Bug des Wikingerschiffs. Die ersten Pfeile schwirrten herüber und fielen harmlos ins Wasser. Unser Bug hob sich, senkte sich, wirbelte eine riesige Bugwelle nach beiden Seiten. Die Normannen schrien Schimpfwörter. Einige stießen ein dröhnendes Gelächter aus und sagten etwas über keine Segel und brennende Masten.

Ich zielte, hob und senkte das Führungsrohr und glich die Bewegungen der ADLER aus. Ein Pfeil heulte heran, traf den Metallschild und prallte mit kreischendem Geräusch ab. Ich duckte mich, wartete, bis sich der gegnerische Bug senkte, dann riß ich den Hebel nach hinten.

Fast gleichzeitig löste Rune das Dampfhorn aus. Der Bolzen jagte, sich immer schneller drehend, scheinbar aus einer doppelten weißen Wolke hervor und zertrümmerte die Planken auf der Steuerbordseite des vordersten Schiffes, dicht neben dem hochgezogenen Kiel, unterhalb der dunkleren Linie im Holz. Die krachende Entladung, das Heulen des Dampfstrahls, das wilde Geschrei der Wikinger, das Scheppern, mit dem ich den nächsten Bolzen lud und das Rattern des Schaufelrades, als Rune die ADLER in eine andere Position steuerte: all diese Geräusche ergaben ein unheimliches Chaos aus Lärm und Bewegung.

Gleichzeitig prasselte ein Schauer aus Pfeilen und Wurfspeeren auf das Metall des Schiffes. Die aufprallenden Geschosse erzeugten hallende Töne, dann war das erste Drachenschiff in zu großer Entfernung hinter unserem Heck. Der Bugteil lag tief im Wasser, das Segel schlug, und die Rah schwankte mitsamt dem Mast hilflos hin und her. Ich griff das Schiff an, das dicht hinter Steuerbord des Anführers gesegelt wurde. Diesmal ließ der Einschlag in Höhe des Mastes die Planken bersten.

Die Schiffe sanken nicht, aber waren nach wenigen Augenblicken voller Seewasser. Die Seefahrer sahen ein, daß mit diesen Schiffen ein Weitersegeln nicht mehr möglich war. Das nächste Schiff schob sich an unserer Steuerbordseite heran; abermals dröhnte das Katapult und kreischten die Dampfpfeifen. Das Steuerruder und die Planken wirbelten knirschend und krachend nach allen Seiten davon; ein schildgroßes Loch hob sich aus dem Wellenkamm, und als sich das Halbwrack wieder senkte, schob ein riesiger Schwall Wasser die Schilde, das Gepäck und einige Männer in die Bilge hinunter.

Rune bewies, daß auch er ein guter Seefahrer war. Schwer legte sich die

ADLER über, als sie nach Steuerbord quer zu den Wellen die Richtung änderte und schräg achterlich der letzten Schiffe auf Kurs mit den Wellen und dem Wind ging. Als unser Bug nach Süden wies, erhöhte Rune die Geschwindigkeit. Mit weiß gischtender Bugwelle rasten wir ein Wellental hinunter, mit dem Bug durch den Wellenkamm und in eine Schaumwolke hinein, die mich bis auf die Haut durchnäßte.

Dann glitt die ADLER DES KÖNIGS auf einer langen Dünungswoge hinter den Schiffen her und setzte sich an deren Backbordseite. Zuerst hatte es Verwirrung gegeben – drei Schiffe wurden langsamer, und die anderen segelten an ihnen vorbei. Jetzt versuchten sie, die Hecks herumzuschwingen und in den Wind zu gehen. Durch das Fauchen des Windes ertönten die schauerlichen Flüche und Verwünschungen der Wikinger über das Wasser. Unsere Männer verhielten sich still. Ich lud nach, die ADLER näherte sich in großer Schnelligkeit dem vierten Schiff; wieder feuerte ich einen Bolzen ab. Er durchschlug die Planken, wurde abgeprellt und schnitt einen gezackten Riß quer durch das halb schlaffe Segel.

»Auf das Heck zuhalten, Rune«, sagte ich, schwang das Führungsrohr herum und arretierte es. Dann duckte ich mich und turnte über das nasse Deck, rutschte zweimal aus und schwang mich hinter die Verschanzung. Hinter mir prasselten eine Handvoll Pfeile und eine Wurfaxt gegen das Metall.

»Habe ich ›Heck‹ verstanden?« fragte Rune zurück.

Ich schob ihn vom Steuer weg, grinste meine Männer an und wirbelte, als wir das andere Schiff fast erreicht hatten, das Ruder herum. Von Backbord kommend, dröhnten und ratterten wir, in unseren eigenen Qualm gehüllt, auf die Wikinger zu. Sie wehrten sich mit allem, was sie uns entgegenschleudern konnten. Der Adlerschnabel hob und senkte sich. Ich löste die Kupplung, als wir unmittelbar vor der Bordwand waren. Als sich der Rammsporn in die splitternden Stringer und Planken bohrte, blies ich zum letztenmal kreischend Dampf ab und ließ die ADLER rückwärts gehen. Wir bahnten uns einen Weg durch Trümmer und davonwirbelnde Schilde und gingen gegen die Wellen wieder auf Nordwestkurs. Ich blickte auf den Druckanzeiger. Er stand auf III, der Kessel war weniger als halb voll. Weitaus langsamer dampften wir davon und ließen die ruinierten Schiffe zurück.

»Irgendwo dort vorn müssen noch zwei Nachzügler sein«, bemerkte ich. »Ein Tuch, Männer!«

Ich übergab die Steuerung und wiederholte wieder einmal, mit welchen Handgriffen Wasser nachgefüllt, Dampf gespart und richtig geheizt werden mußte. Drei Männer klinkten Taue in ihre Gürtel ein und befestigten das Segel an den Enden der geteilten Rah.

»Noch nicht hissen. Wir laufen langsamer«, entschied ich. »Wir brauchen den Druck für das Katapult.«

Rune hielt mir einen großen Becher, halb mit heißem Wein gefüllt, entgegen. Auch er grinste vor Siegesfreude. Die Segel der Wracks wurden kleiner, und die Wikinger versuchten jetzt wohl, ihre Krieger an Bord des einzigen noch seetüchtigen Fahrzeugs zu ziehen.

»Das nächstemal setzt du meinen Helm auf! Verdammter Übermut«, sagte Rune.

Ich nahm einen Schluck, verbrannte mir Zunge und Lippen und gab zurück: »Das nächstemal zeigst du uns, wie gut du am Katapult gelernt hast. Am Ruder bist du recht brauchbar.«

»Hab' ich dir doch gesagt.«

Ich kontrollierte die technischen Einrichtungen und schob mich an den gedrängt im Mittelgang stehenden Männern vorbei ins Heck. In den Steuerstand paßten nur sechs Leute. Die anderen waren zwar durch Eisen geschützt, sahen aber nichts.

»Es ging so, wie ich es mir vorgestellt habe«, sagte ich. »Vielleicht haben wir heute einen Ankerplatz oder eine Bucht.«

Auf dem Meer vergeht die Zeit nach eigentümlichen Gesetzmäßigkeiten. Sie scheint, wenn Seefahrer und Schiff kein bestimmtes Ziel haben, langsamer zu verlaufen. Zu anderen Zeiten beginnt sie förmlich zu rasen. Kaum hat die Sonne die Nebel vertrieben, ist es hoher Mittag, und in viel zu wenigen Stunden bricht die Abenddämmerung herein. Rune schrieb die Ereignisse dieses Tages in das Logbuch, während Oldvig und zwei andere Männer Pfeile und verbogene Speerspitzen aus dem Holz des Beiboots herausstemmten. Ich schlief ein paar Stunden. Arbeit auf See und die salzhaltige Luft machten schneller müde. Dann trug ich unseren Kurs zusammen mit dem Kapitän Rune in dessen See-Land-Karten ein.

»Du weißt, warum wir uns so hoch in den Norden hinaufwagen?«

»Weil wir die Schiffe treffen, kurz nachdem sie ihre Häfen verlassen haben, und nicht noch mühsam nach ihnen suchen müssen.«

Von draußen kam ein Ruf: »Ad armas! Zu den Waffen. Zwei Schiffe, Atlor.«

An Backbord war eine Küste zu ahnen – wir näherten uns dem nördlichsten Punkt Jütlands. Änderten wir dort den Kurs nach Südost, würden wir bald in die baltische See eindringen, was wir nicht beabsichtigten. Die Wikinger schienen jenen Gesetzmäßigkeiten zu gehorchen, die auch die Zugvögel aus den Nestern trieb. In dem Mond, in dem im Reich Haruns der Fastenmonat Ramadan anfing, schoben sie ihre Boote ins Wasser und riefen Odin an, ihre »Brandungskeiler«, »Bordrösser«, »Flutwidder«, »Gaffelhirsche« und »Gischthengste« nach wilden Abenteuern bis zum Bord schwer im Wasser liegend heil zurückzubringen.

»Nun, Jarl Rune, wirst du es schaffen?« Ich deutete aus dem Seeschlitz auf das Katapult. Der Zeiger des Druckmessers stand auf dem erwünschten Wert.

»Nur, wenn du am Ruder stehst, Jarl Atlor.«

»Überredet!« stimmte ich zu.

Die Sonne versteckte sich im Westen hinter Sturmwolken, als wir unter Segel aus westlicher Richtung heranrauschten, gischtsprühend, mit weißschäumendem Kielwasser und einer riesigen Rauchfahne, die uns voraustrieb. Die Wikingerschiffe hatten nur wenige Möglichkeiten. Sie versuchten zu entkommen, indem sie waghalsige Manöver zu segeln versuchten, aber der erste Treffer Runes in seinem schreckerregenden Helm wirbelte die Trümmer des Ruders durch die Luft, riß ein furchtbares Leck im Heckbereich, zerriß die Taue, die den splitternden Mast hielten. Die Rah erschlug einige Nordmänner. Ich steuerte die ADLER hinter dem zweiten Schiff her, das an Backbord des getroffenen segelte. Der Anführer wußte nicht, was er zuerst tun sollte: sich wehren, den anderen zu Hilfe kommen oder einen Fluchtkurs segeln.

»Ziele auf den Mast, Rune!« schrie ich. Das Katapult dröhnte los, schauerlich heulten die Dampfstöße neben dem Adlerschnabel hervor und hüllten die starr blickenden Augen vor den Adlerschwingen ein. Der Mast wurde an seinem untersten Ende getroffen und löste sich in Taufetzen und lange Splitter auf. Die ADLER fuhr hinter dem zweiten Schiff vorbei und kreuzte den Kurs des ersten Drachenschiffs. Ich steuerte einen Rammkurs und zerschmetterte mit dem Schnabel den aus dem Wasser tauchenden Bug des Schiffes. Treibende Trümmer, umherwirbelnde Riemen, Schilde und Kleidungsstücke, schwimmende, prustende Männer, schaukelnde Beiboote und lautes Geschrei, Flüche und das Tosen der Dampfhörner – wir hinterließen ein Chaos und gingen mit langsam drehendem Schaufelrad, gegen den Wind kreuzend, auf Nordkurs.

»Sieben Schiffe«, sagte ich. »Und viele hundert werden wir noch treffen.«

»Ich denke«, meinte Oldvig, »daß wir an den Küsten vielen Männern das Leben gerettet haben.«

»Die Nordmänner sind geschickte Handwerker. Bald haben sie neue Schiffe gezimmert«, schwächte ich ab. »Wir müßten einige Dutzend eiserne Schiffe haben.«

»Auch ein einziges Schiff wird sie zu Tode erschrecken!« brüllte ein Seefahrer aus dem Kesselraum. »Brauchen wir noch mehr Feuer, Jarl Rune?«

Sie nannten ihn schon jetzt *Jarl,* Fürst. Ein gutes Zeichen dafür, daß sie ihn als Kapitän akzeptierten.

»Nein. Laßt nur das Wachfeuer brennen. Legt Holz auf, keine Würfel.«

Mit Riocar hatten wir uns in einer winzigen Bucht weit abseits aller bewohnten Gebiete verabredet. Er wartete mit dem Gleiterboot – und mit Tyanna. Wir könnten den Basispunkt morgen erreichen. Rune zog mich zu der Holzplatte, klappte sie herunter und deutete auf einen Felseneinschnitt, nur einen Bogenschuß tief, von steilen Hängen umgeben und nach Osten offen.

»Ein Nachtlager vor Anker?« Ich nickte; es war leicht machbar und würde nach einem halben Mond ununterbrochenen Segelns für jedermann an Bord eine Erholung sein und gleichzeitig eine Übung. *Für Übungen und unvorhergesehene Aktionen wird ein ganzer Sommer genügen,* sagte der Logiksektor.

Ich konnte mich verlassen auf unseren unsichtbaren Beobachter. Auf unserem Weg gab es mit größter Sicherheit kein Drachenschiff mehr, auch keines, dessen Kurs wir nachts kreuzen würden. Ich ließ Rune ans Ruder und prüfte die Ausrüstung. Riocars Entwürfe waren mit mehrfacher Sicherheit ausgeführt worden; es tropften nicht einmal die Schmierlager. Das Schiff benützte den letzten Dampfdruck, dann kuppelte Rune aus und kurbelte das Schaufelrad hoch. Wir segelten um ein Kap herum, in eine felsenstarrende Bucht hinein und in einer Viertelkreis-Wendung auf den Felseinschnitt zu. Der Anker aus Stein, Holz und Eisen fiel mit rasselnder Kette, und mit letztem Schwung schob sich das eiserne Schiff in den Spalt. Die Balken kippten, das Beiboot zwischen sich, weit über Bord. Wir ließen das Acht-Mann-Boot zu Wasser, ruderten an Land und banden zwei dicke Taue mit sicheren Knoten um Felsvorsprünge. Mindestens ein Dutzend Augenpaare beobachteten im letzten Tageslicht die Klippen und die Felsen, zwischen denen verkrüppelte Bäumchen erstes Grün zeigten. Leise Kommandos gingen hin und her. Die drei Taue bekamen genügend Lose, um die Bewegungen des Schiffes bei Flut und Ebbe nicht zu behindern. Ich deutete auf Rundal und sagte:

»Feuer haben wir. Die Magazine sind voll. Deine Kameraden werden böse sein, wenn du nicht heute ein Meisterwerk der Kochkunst herstellst. Ich helfe dir.«

»Werft nicht zuviel Krümel in die Bilge!« mahnte Oldvig. Rune setzte hinzu: »Und verklebt nicht wieder das Deck mit Met.«

Der Kessel und die Feuerstelle sorgten in der heranschleichenden Kühle im Wasser und darüber, zwischen feuchtkalten Felsen, für angenehme Wärme im eisernen Schiff. Rundal kochte eine Suppe, schnitt Brot, Käse und Braten auf, schenkte Met aus; wir öffneten die Klappen im Vorschiff und ließen die verbrauchte Luft heraus.

Zwei Männer saßen halb an Deck und beobachteten die Umgebung. Wachen und Ablösungen für die Nacht waren festgelegt. Aus einem Wiedergabegerät spielte fremdartige Musik – im Palast Haruns aufgenommen. Ruhig aßen und tranken wir, sprachen über die Ereignisse des Tages, stellten Fragen und versuchten sie zu beantworten, führten lange, tiefe Gespräche von Mann zu Mann. Jeder erkannte die Gefahr, die diese andauernden Überfälle an den nördlichen Grenzen bedeuteten, und zwar nicht nur für das Reich Kaiser Karls. Keine Kultur vermochte sich ungestört zu entwickeln, wenn immer wieder ihre Kernzellen zerstört wurden.

»All jene Mönche«, sagte Rune, und dies war eines der wenigen Male, in denen wir ihn tiefernst, nachdenklich und mit kühler Überzeugung über solche Themen sprechen hörten, »in ärmlichen Klösterchen, die Bekehrten auf den Inseln, die Fischer, die unzähligen Händler in den Häfen, viele Seefahrer – sie bemühen sich, leben in Armut und helfen einander, werden selten belohnt, versuchen letzten Endes ein menschenwürdiges Leben zu führen wie wir in Atlors und Riocars Siedlung beim Grafen Gaucher. Und dann kommen die Nordmänner, meine ehemaligen Kameraden, und sie töten, verwüsten, schänden, morden, brennen. Versteht ihr Franken jetzt, warum ich kein Drachenschiff mehr steuern werde?«

Ich goß kalten Met in seinen Becher. Met schmeckte ähnlich wie das römische Mulsum; berauschend, süß und schädelsprengend. Dann sagte ich:

»Du hast die richtige Wahl getroffen, Jarl Rune. Hier ist dein Platz. Es könnte eine bessere Beschäftigung für uns alle geben als das blutige Handwerk des Krieges. Besser, wir kämpfen heute und haben morgen eine friedliche Zukunft.«

»Geb's Gott!« sagten die Männer inbrünstig.

Die Kämpfe waren gewonnen. Die Männer und ich waren satt und müde. Das Schiff bewegte sich beruhigend. Einer nach dem anderen kroch in seine Koje. Innerhalb des Schiffes brannten wenige Flämmchen. Eine letzte Runde Met floß in die Becher. Wir sprachen vom trockenen Wind des Sommers, der uns entlang vieler Küsten sehen würde. Und vom nächsten Tag, der wieder voller Kämpfe sein mußte. Das Meer, so riesengroß, Hunderte entschlossener, kampfstarker Gegner und unser eisernes Schiff – wie gut, daß niemand wußte, was uns bevorstand.

5.

Am vierundvierzigsten Tag, als wir die Trümmer von elf Schiffen in unserem Kielwasser zurückließen, meldete sich abermals Riocar. Ich aktivierte den Bildschirm meines Armbandgeräts und ging in meine Kabine, um in der halben Dunkelheit die Bilder besser sehen zu können.

»Ihr könnt in zwei Tagen im Fjord sein«, erklärte Riocar. »Neunzehn große Schiffe!«

Ich erkannte einen langen Meereseinschnitt, der zwischen hohen Felswänden begann, sich tief ins Land hineinschlängelte und in einen Kessel mit flach ansteigenden Wänden auslief. Dort lagen die Schiffe, mit dem Bug und einem Drittel der Länge im Wasser.

»Nordkurs?« fragte ich. Riocar nannte einige Ziffern und Buchstaben. Sie entsprachen den Quadrateinteilungen der Karte. Ich rechnete überschlägig nach.

»Es wird knapp werden«, sagte ich. »Ich glaube, daß es uns in eine Gegend bringt, die einerseits zu einer Falle für uns werden kann, andererseits der Ausgangspunkt vieler Raubzüge ist.«

Die ADLER hatte das Segel gesetzt und stampfte mit günstigem Südostwind und laufendem Schaufelrad nordwärts, seit Stunden in Landsicht. Gleichmäßig arbeiteten die Zylinder, die Pleuel und das Schaufelrad. Die scheinbare Ruhe täuschte. Auch ohne die Meldung meines Bruders waren wir aufgeregt und voller Unruhe. Die Kämpfe und die Erwartung weiterer Zusammenstöße hatten uns in dauernde Erregung versetzt. Dazu kam für fast alle von uns das neue Erlebnis: Meer, Wind und Wolken und die unbekannten und namenlosen Ankerplätze. Ein Teil der ADLER begann nach Fisch zu stinken. »Wir werden kein Risiko eingehen. Ich vernichte die Schiffe im günstigsten Augenblick. Hast du uns in Beobachtung?« fragte ich.

»Natürlich. Ununterbrochen.«

Bisher hatten wir uns zweimal getroffen. Frische Vorräte waren an Bord genommen worden. Riocar hatte Rinder getötet und das Fleisch für uns vorbereitet, desgleichen einige Stück Rotwild. Die Sonne stand im Mittag.

»Wir steuern dieses Ziel an, und wenn wir es verfehlen, warnst du uns rechtzeitig«, sagte ich. »Wie geht es der blonden Schönheit?«

»Es geht ihr trefflich«, gab sie zurück und ließ sich von der winzigen Linse des Gegengeräts einfangen. »Ich bin stolz auf den Vater aller Helden.«

»Jarl Atlor grüßt dich, Tyanna«, meinte ich. »Warte nur. Bald ist der Sommer vorüber, und wir werden mit den Falken Haruns jagen.«

»Aber vorher mußt du mir noch beibringen, wie man von einem Pferd nicht herunterfällt.«

»Auch dabei wirst du nach kurzen Versuchen eine Meisterschaft erreichen«, schloß ich. »Auf bald.«

Ich schaltete das Gerät aus und ging in den Steuerstand. Knatternd flatterte der lange Wimpel seitlich vom Schlot. Der Stoff war ausgebleicht, ausgefranst und rußig. Ich kontrollierte die Nadel des Nordweisers und zeichnete den Kurs ein, der uns bis zum trichterförmigen Ausgang des Fjords führen sollte. Zusammen mit den Sternen, der Sonne und einem eigentümlichen Gerät Runes, das aus einem flachen Teller mit einem Dreieck darauf bestand, konnten wir zuverlässig navigieren. Zwanzig Stunden lang sahen wir nur Möwen und andere Seevögel. Weit und breit zeigte sich, obwohl wir einen gemäßigten Zickzackkurs fuhren, kein Segel. Auch war uns in all den langen Tagen nicht eines der Opfer begegnet.

Unser Brennstoffvorrat war begrenzt, obwohl wir bei jeder sich bietenden Gelegenheit den Bugraum mit frisch geschlagenem Holz füllten. Aber Holz hatte eine geringere Energiedichte als Holzkohle und Fett beziehungsweise Öl. Sieben Monde lang hatte unsere Fahrt dauern sollen. Zwei Monde waren noch nicht einmal vergangen. Wir mußten haushalten mit den Brennstoffziegeln. Sooft es ging, setzten wir nur das Segel ein. Aber der Vorteil war, daß

Runes Mannschaft das Schiff mehr und besser zu beherrschen lernte. Sie waren sicher nicht solch gute, fast intuitiv segelnde Männer wie die Wikingerkapitäne, aber ihre Karriere war erstaunlich: vom fränkischen Schmiedegesell zum Vernichter normannischer Drachensegler. Keiner von ihnen hätte sich je träumen lassen, so weit in der Welt herumzukommen.

An diesem Tag herrschte ein eigentümliches Wetter. Die Wellen waren vergleichsweise steil und trugen Schaumkronen. Zuerst war der Himmel voller Wolken gewesen, die sich jetzt aufgelöst hatten. Die Sonne stach unangenehm scharf, der Wind kam und ging in harten Stößen. Riocar meldete sich, als wir unschlüssig darüber waren, ob es klüger sei, sich in den Schutz eines Hafens zu flüchten.

»Rune! Atlor! Ein Sturm zieht auf. Ihr werdet ihn in einigen Stunden bei euch haben.«

Ich studierte die Karte, fuhr die Küstenlinien entlang und fragte zurück: »Aus welcher Richtung? Genau?«

»Aus West, aber schwankend zwischen Westnordwest und Westsüdwest. Sehr stark. Haltet euch im Windschutz der Inseln.«

»Das wird hart«, sagte ich. »Dank für die Warnung.«

Die ADLER DES KÖNIGS befand sich in einem Seegebiet, das aus der Küste und vielen vorgelagerten Inselchen bestand. Ständig verschob sich gegen den Horizont die Kulisse, ebenso änderten sich Strömungen und Windstärke. Ich legte die Richtlatte an und zog zwischen den Inseln hindurch eine Kurslinie nach Nordwest. Dann zog ich eine doppelt gekrümmte Linie bis zu dem Fjordeingang.

»Wir gehen jetzt, solange wir noch können, so weit wie möglich hierher.«

»Das hätte ich nicht anders gemacht, Atlor. Wenn uns der Sturm voll trifft, drehen wir und fahren mit den Wellen. Und mit dem Wind voll von achtern.«

»So dachte ich es mir. Gib deine Befehle, Jarl!« sagte ich. »In fünf Stunden beginnt die Nacht.«

»Bitte, bleib am Ruder. Ich kümmere mich.«

Ich versuchte, den Kurs zu halten. Rune hielt eine Drei-Satz-Ansprache an die Mannschaft. Dann schwärmten die Männer in alle Teile des Schiffes aus. Wir begannen alles zu sichern; das Brennholz wurde mit Tauen festgezurrt. Alle beweglichen Gegenstände wurden befestigt, mit Tüchern umwickelt, festgekeilt. Tankverschlüsse und Kleidungsstücke, Waffen ebenso wie Krüge, selbst das Dampfkatapult – überall spannten sich Taue, überall entstanden Schlingen, Knoten und Verspannungen. Vier Männer wurden zu den Bilgepumpen ins Vorschiff und Heck geschickt.

»Gurtet euch an! Setzt die Helme auf! Handschuhe an!«

Der Bug hob und senkte sich in härteren, höheren Bewegungen. Ich ließ mehr Holz und Holzkohle nachschüren. Die schlanke Bugform verhinderte harte Schläge, aber die Brecher wurden immer größer. Gischt und Wasser wehten durch die Sehschlitze.

»Alle Luken zu! Mit Seilen sichern!«

Ich kannte Schiffe im Sturm. Meine Ahnung sagte mir, daß es für alle eine harte Prüfung werden würde. Das Segel wurde nicht heruntergenommen, aber angeschlagen; wir brauchten es nach dem Wenden. Wir blieben auf Westkurs und schoben uns zwischen den Inseln hindurch auf das offene Meer hinaus. Die Wellen wurden höher und teilten härtere Schläge aus. Ich merkte, daß Rune genau wußte, worauf wir uns einließen. Immer wieder verglichen wir den Kurs, während uns die Sonne in die Gesichter schien. Die Unruhe nahm zu. Hastig aßen wir einige kalte Bissen und versuchten, uns auf die Nacht vorzubereiten. Wieder erklärten wir, daß es gefährlicher werden würde, sich ohne Schutz zu bewegen. Selbst die Männer an der Heizung und wir im Steuerstand gurteten sich an.

Wir konnten nicht im rechten Winkel zu den heranrollenden Wellen fahren. Das Schiff würde es nicht überstehen. Schon jetzt wurde es fast unmöglich, gegenan zu gehen. Aber noch mußten wir bis zu der Insel, die aus dem aufgewühlten Meer auftauchte. Riesige Brecher schlugen an das Gestein der Felsen und zerstäubten in gewaltigen, senkrechten Fontänen, die der Wind zerriß. Ein scharfes, winselndes Heulen erfüllte die Luft. Wir konnten uns nur brüllend miteinander verständigen.

»Wir schaffen es!«

»Mit letzter Kraft!«

Das eiserne Schiff hätte zehnmal so groß und fünfzigmal so stark sein müssen, um in diesem Sturm etwas ausrichten zu können. Nicht einmal Wasservögel wagten sich in die aufgewühlte Luft. Nach einem kurzen Kampf, der den Bug des Schiffes hochwarf und das Heck mehr als ein dutzendmal unter Wasser drückte, erreichten wir den Windschatten des Eilands. Die Nadelbäume jenseits des zerklüfteten Ufers bogen sich hin und her. Plötzlich schienen sich Sturm und Meer beruhigt zu haben. Es entstand eine fast gespenstische Pause.

»Schneller pumpen!«

Das eingedrungene Wasser lief schäumend und glucksend hin und her. Die Pumpen fauchten. Der Dampfdruck blieb konstant; das Rumpeln der Scheite in dem Feuerloch hörte auf.

»Das Schlimmste ist überstanden«, hörte ich mich überlaut sagen. »Jetzt fängt eine seltsame Fahrt an, Freunde.«

Ich schlug das Ruder hart nach Steuerbord ein. Dann gab ich mehr Kraft auf das Schaufelrad. Die ADLER krängte, aber sie gehorchte dem Ruder. Das Schiff wendete in hohen, aber noch ungefährlichen Wellen, ging zurück auf östlichen Kurs und wurde schneller.

»Hundert Leuchtfeuer brauchten wir in dieser Nacht!« stöhnte Rune. Die ADLER bewegte sich noch innerhalb eines dreieckigen Gebiets, im Sturmschatten der namenlosen Insel. Undeutlich erkannten wir die Grenzen. Aber jetzt würden wir mit Wind und Wellen genau von achtern fahren.

»Rune! Oldvig! Segel!« rief ich.

Die Klappe wurde aufgerissen. Beide Männer, an langen Tauenden gesichert, tasteten sich nach außen. Ich betätigte die Winde, und je mehr Knoten sich öffneten, desto höher wurden die Balken der Halbrah gezogen. Der Sturm stürzte sich in den Segelstoff, riß ihn aus den Händen der Seefahrer und schob das Schiff schneller vorwärts.

Harte Stöße durchliefen die Konstruktion. Das Schiff warf sich hin und her und kletterte, unhörbar hochgeschoben, einen Wellenberg hinauf. Hinter den durchnäßten Seefahrern dröhnte das Schott zu und wurde verriegelt. Dann senkte sich der Bug, das Heck hob sich, und die Pumpen faßten wieder Wasser. In dicken Strahlen schoß es aus den Löchern über der Wasserlinie.

Ich nahm die Geschwindigkeit zurück. Gurgelnd wirbelte die Luft im Abzugssystem. Ununterbrochen schlugen Wassermassen über dem Schiff zusammen. Durch jeden Schlitz und jede Fuge an Deck stürzte salziges Wasser. Dann befanden wir uns auf dem Kamm der ersten Woge jenseits des windgeschützten Gebietes. Eine höllische, aber schnelle Fahrt begann. Das Segel war vollkommen straff, und die Schot summte förmlich vor Spannung. Die Schaukelbewegungen hörten fast auf. Aber nunmehr glich die Vorwärtsbewegung einem Ritt auf einem bockenden Riesenpferd. Rune hielt sich mit einer Hand fest, umklammerte mit der anderen den Fahrthebel und meinte aufgeregt:

»Wir haben es schon halb geschafft, Atlor.«

Hinter uns würgten und fluchten die Franken. Noch immer hatten wir den richtigen Rhythmus nicht gefunden. Wir rasten noch zu schnell die Wellen hinunter und zu langsam auf die Wogenkämme hinauf. Ich nahm die Geschwindigkeit des Schaufelrads zurück, als wir wieder in rasender Fahrt eine fünf Männer hohe Welle hinunterdonnerten.

»Noch lange nicht. Hart wird es erst in der Nacht.«

»Wieviel Stunden, denkst du?«

»Sieben, vielleicht acht«, sagte ich. »Davon nicht mehr als drei im Tageslicht.«

Die Sonne lag in unserem Rücken tief über dem Meer. Sie war von einer seltsamen, kaum jemals gesehenen Grelle. Die Luft roch salzig und war voller Feuchtigkeit, die sich am Metall niederschlug, sammelte und in die Bilge lief. Noch immer hielten unsere Verspannungen und Taue. Jeder Seefahrer klammerte sich irgendwo fest und stemmte, wenn er auf der Pritsche lag, die Füße gegen die Wände. Die eisernen Verbindungen knirschten und ächzten, aber mein Vertrauen zu dem Schiff war kaum zu erschüttern. Es gelang, das Schiff auf dem Kamm der Welle zu halten, genauer: im Wellenkamm. Ein kurzes, heftiges Schütteln durchlief den Schiffskörper, dann erfolgte ein Ruck, und wir schienen für eine lange Zeit dahinzuschweben.

»Ein gutes Schiff, Atlor!« Rune stöhnte. Alle unsere Sinne waren gespannt; die Körper reagierten fast automatisch. Wir fingen die Stöße und

Bewegungen ununterbrochen mit federnden Knien und allerlei Verrenkungen ab.

»Und eine tapfere Mannschaft«, gab ich zurück. »Was immer heute nacht passiert – wir gehen nicht mehr zurück in den Sturm.«

»Das meine ich auch.«

Wir hatten uns in den Sturm gestürzt, und jetzt rasten wir förmlich dahin. Die Wellen türmten sich angsterregend hinter uns auf, aber sie schienen uns niemals zu erreichen. Die Sonne näherte sich unaufhaltsam dem Horizont. Die ADLER wirbelte durch das Inferno aus riesigen Wellen und schüttelte die Brecher ab. Ihr scharfer Bug setzte weich ein, das Ruder rüttelte in unseren Händen. Eine Pumpe setzte aus; dieser Teil des Schiffes war vorübergehend trockengepumpt worden.

»He! Ihr dort hinten!« schrie Rune nach mehr als einer halben Stunde gischtender Fahrt, in der sich die aufgeregten Mägen beruhigten.

»Was ist los, Jarl?«

»Traut ihr euch zu, mehr Wein in Becher als auf den Holzrost zu schütten?«

»Mag sein. Der Krug ist noch heil.«

»Dann bringt uns welchen. Und trinkt selbst. Nicht zuviel, sonst speit ihr wieder.«

Rune und ich, die Männer an der Feuerung und an den wechselseitig arbeitenden Pumpen und einer am Ausguck zum Heck konnten uns von den heftigen Bewegungen ablenken lassen. Die anderen Seefahrer waren untätig; ihre Phantasie spielte ihnen einen Streich nach dem anderen. Der Geruch verschütteten Weines mischte sich mit dem ätzenden Qualm aus dem Schlot, der immer wieder auf Deck heruntergedrückt wurde und in jeden Raum hineinwirbelte, zusammen mit Salzwassernebel und Seewasser.

Schwankend erschien Ratmar aus dem Heck, Becher und Krug in einer Hand, die andere an den hölzernen Verstrebungen und am Geländer. Es gelang uns, die Becher halb zu füllen, ohne daß viel Wein verschüttet wurde. Zwischen wild zerklüfteten Felsbrocken, durch gewaltige Wellen und halb von Gischt überzogen, schossen wir in ein offenes Seegebiet hinein. Die Sonne berührte die Wellen hinter dem Heck, und ihr letztes Licht modellierte die felsige, von grünen Weiden und Wäldern bedeckte Küste weit vor uns. Der Himmel begann sich dunkelblau zu färben. Die Sicht war erstaunlich gut. Ich konnte mich nicht erinnern, auf dieser Fahrt je so weit und scharf gesehen zu haben, und zwar galt dies für jede Einzelheit. Rune wies mich auf einige Rauchsäulen hin, die zwischen den Baummassen hervorkamen und vom Sturm in einer flachen, langgezogenen Wolke weggetrieben wurden.

»Ich sehe es«, sagte ich und nahm einen tiefen Schluck, der den salzigen Geschmack auf den Lippen wegspülte. »Möglicherweise sind es die Dörfer der Drachenschiff-Erbauer.«

Unverändert heulte und tobte der Wind in lang anschwellenden Stößen.

Einige Männer waren seekrank und spien sich die Seele aus dem Leib. Es stank nach Erbrochenem. Wieder polterten Holzkloben in die Feuerung. Ein Funkenwirbel stob aus dem Kaminrohr, das an den Stahltauen zerrte und zog. Vor uns tauchte genau auf Kurs eine Insel auf; wir kannten ihre langgezogene Form von den Karten. Ringsum war sie von verborgenen Klippen umgeben, die jetzt im schweren Seegang für Augenblicke auftauchten und sich in gewaltige Schaumsäulen zu verwandeln schienen. Ich legte das Ruder nach Steuerbord und wollte die Insel an Backbord liegenlassen.

»In einer Stunde ist Nacht«, sagte ich.

»Dann sind wir längst in freiem Wasser«, meinte Rune. »Vor der steilen Küste sind keine Untiefen.«

»Das nicht. Aber hoffentlich bringt der Sturm keine Wolken.«

Wir rechneten fest damit, daß wir mehr oder weniger genau bei Einsetzen der Flut an der Einfahrt des Fjords sein konnten. Ich wollte vermeiden, daß wir mit rasselndem und schlagendem Schaufelrad zwischen den engen Wänden aus Fels so laute Geräusche und Echos erzeugen, daß wir die Nordmänner aufweckten.

»So, wie es jetzt aussieht, bleibt der Himmel klar.«

Überdies war in drei Tagen Vollmond. Wir würden also genügend sehen können.

Die harte Fahrt ging weiter. Mit halber Kraft ritten wir auf den riesigen Wellen. An Backbord blieben Riffe und Insel zurück. Wir gerieten in ein Gebiet, in dem der Wind voll angreifen und das Segel füllen konnte, und in den Wellentälern lagen tiefe Schatten. Das dunkelgrüne Wasser färbte sich schwarz. Unverändert tobten die Geräusche um uns herum, und meine Erinnerung sagte mir, daß ich in den Meeren des Südens solchen Wind und diese Art steiler, harter Wellen nicht kennengelernt hatte. Mir schien, jenseits von berechenbaren Auswirkungen, daß die Kräfte des Meeres im Norden aggressiver und zerstörerischer waren. Prägten diese Eigenschaften die Menschen des Nordens, all die Bewohner der zahllosen Küsten?

Müßige Überlegungen, Arkonidenprinz! sagte scharf der Extrasinn. *Du bist hier, um Räuber zu bekämpfen!*

Stunde um Stunde verging, und nichts änderte sich – abgesehen vom Schwinden des Lichts. Ein purpurner, kurzer Sonnenuntergang begleitete die letzten weißen Strahlen, dann breitete sich Dunkelheit aus. Wir prägten uns alle Einzelheiten der näher kommenden Küste ein, und ich versuchte, den Kurs so festzulegen, daß wir mit der Nordnadel steuern konnten.

»Vor der Küste«, sinnierte Rune laut, »sind die Wellen hart. Treffen wir auf die Einfahrt, werden wir es merken.«

»Abermals hast du recht!« Ich hoffte, daß erstens sich der Mond bald zeigen und ich zweitens den Handscheinwerfer würde einsetzen können. »Den Kurs halten wir. Aber wenn uns die Strömung versetzt, bekommen wir Schwierigkeiten.«

»Noch mehr Schwierigkeiten?«

Wir schafften es! Durch die zunehmende Dunkelheit stampften, fauchten und schaukelten wir. Stöße und Nässe schreckten uns nicht ab; überdies gab es keine Möglichkeit, dies zu ändern. Der Mond erschien über Land und Wasser, und plötzlich erkannten wir, daß wir mit einer kleinen Kursänderung und dem Einsatz von mehr Kraft tatsächlich den trichterförmigen Schlund des Fjords getroffen hatten. Noch einmal packten uns schwere, kochende Grundseen, wirbelten uns fast hilflos herum, dann glitten wir in ruhigeres Wasser hinein. Endlich konnte ich die Knoten lösen, mit denen ich mich festgebunden hatte.

»Geh du ans Ruder«, sagte ich. »Du kennst den Kurs.«

Ich wartete einige Zeit, dann versuchte ich, in meine Kabine zu kommen. Es sah furchtbar aus. Sämtliche losgerissenen, zerbrochenen und nassen Gegenstände bedeckten, wild durcheinandergemischt, den Boden. Es stank. Ich nahm noch einen Schluck Wein und kramte meine Waffen und den starken Scheinwerfer aus dem übereinandergestürzten Gepäck.

Noch während ich in den Tiefen des eisernen Schiffes herumturnte, hatten wir tatsächlich ruhiges Wasser erreicht. Die Wucht des harten Windes war nicht gebrochen, aber die schäumenden Wellen waren verschwunden. Wir näherten uns der ersten Biegung des Fjords. »Öffnet die Luken! rief ich. »Nicht alle. Trinkt etwas, Freunde! Es ist vorbei.«

Wir kuppelten den Antrieb aus und segelten. Nachdem der Lichtkegel des Scheinwerfers uns gezeigt hatte, daß beide Felswände etwa gleich weit entfernt waren, kletterte die Laune weiter. Noch ein paar Pumpenstöße, und das Schiff war trocken. Wir machten uns daran, aufzuräumen. Das große Luk im Dach des Steuerhauses wurde geöffnet. Jetzt glitten wir lautlos durch das nachtschwarze Wasser. Schatten und fahles Mondlicht teilten den Einschnitt in unregelmäßige Felder.

Immer wieder zuckte der Lichtstrahl auf und zeigte Wände und lang auslaufende Schaumkronen der Flut, die in einzelnen Wellen kam. Hier gab es keine Zeichen, daß das Land bewohnt war. Der Wind fauchte durch die Kliffe und über das Wasser; hoch über uns rauschten unsichtbare Bäume.

»Wir haben den Sturm abgeritten«, sagte Rune neben mir, »wie die wildeste, unerschrockenste Horde gelbbärtiger Wikinger.«

»Richtig. Das Schiff gewöhnt sich ans Meer, die Mannschaft lernt das Schiff kennen, und jeder ist zufrieden«, meinte ich. »Dort drüben, schau genau hin. Das ist die Bucht, in der wir warten, bis der Sturm abgeflaut ist. Verfolger wird es wohl nicht geben ... nachher.«

Die Männer beruhigten sich, und die Arbeit lenkte sie ab. Je mehr Lampen unter Deck ruhig brannten, je mehr Wärme aus dem Feuerraum ausstrahlte, desto fröhlicher wurde der Tonfall der Mannschaft; zum erstenmal hatte sie sich mit der Kraft des Meeres auseinandergesetzt und wunderte sich, daß wir überlebt hatten.

»Werft das verdorbene Zeug über Bord!«

Ich packte die Lanze, schraubte das Energiemagazin an und sagte mir, daß es vernünftiger war, der ADLER und den Seefahrern die Auseinandersetzung nicht zuzumuten. Überdies sollte unser Angriff so aussehen wie Odins Rache oder eine Strafe, ein von Walhall gewolltes Verbot.

Die hölzernen Roste wurden mit Salzwasser geputzt und mit Süßwasser gespült. Der Süßwasservorrat ging zur Neige; wir füllten etwas in die Vorratstanks des Dampfkessels. Der Druck stieg wieder an, während wir von der Flut und unter Segel immer weiter in den Fjord eindrangen. Sorgfältig beobachteten wir die Ränder der Felsen. Es gab kein Feuer, kein Licht, kein eindeutiges Lebenszeichen. Nur wenig Licht drang aus der ADLER aufs Wasser. Wir passierten die Felder des Mondlichts und fuhren wieder in den Schatten hinein. Der Fjord wurde enger.

Wieder blitzte der Scheinwerferstrahl auf. Die Männer unterhielten sich leise; ich roch, während ich den Sturm im Fell des Mantels und im Haar spürte, den frisch aufgebrühten Sud und den Beerenschnaps, den Rune in den Kessel kippte. Nach der nächsten Biegung des Einschnitts verlor auch der Wind seine Kälte und Kraft. Das Segel knatterte. Etwa eine Stunde später öffnete sich der enge Schlauch zwischen den zerrissenen, ausgewaschenen Felswänden wieder. Rune und ich sahen die wenigen Lichter am Ende der Bucht.

»Wir sind da. Einen engen Kreis, Rune, dann mit dem Bug zur Ausfahrt!«

»Verstanden, Atlor.«

Es gab die vertrauten Geräusche, als das Schaufelrad anlief und das Segel angeschlagen wurde. Das Schiff beschrieb durch das Wasser einen langsamen Halbkreis. Das Kielwasser zeigte schimmernde Ränder im Mondlicht. Wieder flammte der Scheinwerfer auf und glitt über eine lange Reihe Schiffe. Ihre hochgewölbten Bugsteven trugen die furchterregenden Drachenköpfe noch nicht. Neben den Schiffen lagen die weißen Riemen und große Stapel von Gepäck und Ausrüstung. Ich hob die Lanze, schaltete den Scheinwerfer ab und blinzelte. Jetzt hatte sich der Bug der ADLER herumgedreht, und ich sah über den hingeduckten Häusern am oberen Rand der Felder und Waldstücke den Mond. Sein Licht überdeckte die Sterne in einem kreisförmigen Gebiet.

»Fertig, Atlor?«

Ich richtete die getarnte Hochenergiewaffe auf das Schiff, das am weitesten rechts lag. Die hölzernen Körper bildeten einen Drittelkreis. Dann zuckte röhrend und dröhnend der gleißende Strahl hinüber, schlug in der Mitte des Schiffes ein und löste sich in einer riesigen Glutwolke auf. Sofort brannten Mast, Segel und Holzteile zwischen Mastfuß und Bordwand. Der zweite Treffer setzte das nächste Schiff in Brand, dann schwenkte ich den vernichtenden Strahl langsam hin und her.

Die Flammen loderten knatternd in die Höhe. Brennende Leinwandfetzen segelten durch die Luft. Die Geräusche der Entladungen brachen sich an den Felsen und dröhnten als Echos die Wände der Schlucht entlang. Einige kreischende Stimmen drangen durch den Lärm. Alle Schiffe brannten. Ich zielte noch einmal kurz und setzte eine Reihe von Explosionskratern in die hölzernen Stufen, die zu einem kurzen Steg hinunterführten. Die Bohlen des Stegs flogen im Druck der Detonation halb aus dem Wasser und rissen die Planken mit sich. Riesige Flammen, die sich drehten, der Dampf als die Hitze sich durch die Schiffsplanken fraß, die hochschwebenden Segelstücke, das Knattern und Zischen, die Dampfwolken, die meine Waffe erzeugte, die von den brennenden Schiffen angeleuchtet wurde – die Wikinger, die aus ihren Hütten stürzten, sahen ein Bild des Schreckens. Der Wind wirbelte Dampf, Rauch und Flammen zu einer lodernden Spirale in die Höhe, die ihrerseits einen Sog erzeugte und das Mondlicht überstrahlte.

»Rune! Wir fahren. Los, schnell«, rief ich. Das Schaufelrad begann sich zu drehen. Ich reichte die Waffe und den Scheinwerfer hinunter und drehte mich halb herum, als die ADLER DES KÖNIGS in ihrer ganzen schwarzen Schönheit an der Kulisse aus Feuer und Qualm entlangfuhr, der Dunkelheit zwischen den Felsen entgegen. Das Geschrei der Normannen wurde leiser; noch lange sahen wir hinter uns die riesigen Flammen der Schiffe und der brennenden Vorräte. Keiner der Männer sprach. Der Anblick war zu schrecklich. Wir ankerten in der letzten Bucht vor dem Trichter der Ausfahrt. Ankertrosse und eine Landleine genügten. Die Felsen hingen weit über uns in die Nacht, so daß wir von niemandem wirkungsvoll angegriffen werden konnten. Dennoch stellten wir Wachen auf.

Noch sechs Stunden bis zur Morgendämmerung. Die Männer, erschöpft von dem einseitigen Kampf mit dem Meer, wickelten sich in die feuchten Decken und schliefen. Rune unterhielt sich noch eine Weile lang leise mit mir. Wir tranken sauer gewordenen Wein. Ein Licht nach dem anderen wurde gelöscht. Das Feuer unter dem Kessel brannte herunter, der Dampfdruck fiel. Ich war ebenso müde wie die Seefahrer, aber ich konnte nicht einschlafen. Mir war, als hätte ich kostbare Kunstgegenstände mutwillig zerstört, und ob dieser nächtliche Angriff einen wirklichen Sinn hatte, zählte zu den Fragen, auf die niemand eine Antwort wußte.

Es wurde ein schlimmer Sommer für die Wikinger, und es war ein verheerender Frühling gewesen. Wir griffen ihre Schiffe an, wo immer wir sie antrafen. Wir fanden genügend Quellen, um den Süßwasservorrat ständig zu erneuern. Holz gab es an den Küsten und auf den Inseln mehr als genug; allein die Wälle von Treibholz an den Sandstränden genügten, um für Tage unsere Laderäume zu füllen. Ein Seefahrer verschwand spurlos – in einer stürmischen Nacht war er, ohne daß jemand etwas hörte oder sah, über Bord gespült worden.

Das schwarze Schiff wurde zum Schrecken des Nordens. Unsere Fahrten führten uns nach Britannien und zwischen den Inseln hin und her. Die meisten Schiffe hatten wir in den ersten drei Monden nach der Rhenusflußfahrt angegriffen und zerstört. Jetzt machten wir Jagd auf jene Kapitäne mit ihren räuberischen Mannschaften, die sich bereits dort befanden, wo sie geplündert hatten: auf den Inseln und in den kleinen Häfen. Auch ihre Schiffe brannten bald bis auf verkohlte Reste herunter, die an die geschwärzten Gebeine urweltlicher, gestrandeter Meeresriesen erinnerten. Je länger unsere Reise dauerte, desto mehr veränderten sich die Männer aus dem Reich des Carolus. Sie wurden zu echten Seefahrern, die im Halbschlaf auch die winzigste Kleinigkeit beherrschten. Sturm und haushohe Brecher schreckten sie ebensowenig wie ein Bad im kühlen Salzwasser mitten im Meer, wenn das Schiff antriebslos in der Dünung schwankte.

Mit Tyanna und Riocar trafen wir uns in Abständen. Proviant wurde übernommen – dies war eine erkannte Schwachstelle. Rune und ich wußten aber, wo es Wild zu schießen gab, kannten unzählige Quellen und alle wohlschmeckenden Fische und die Stellen, an denen sie zu speeren oder an der Angel zu fangen waren. Der Sommer verging in einer langen Reihe von Tagen, von denen ein jeder ein Abenteuer bedeutete, selbst wenn wir in einer versteckten Bucht vor Anker lagen, uns rasierten, wuschen, Met tranken und das Schiff aufklarten. Im fünften Mondwechsel des Jahres waren wir aufgebrochen. Heute schrieben wir den hunderteinundsechzigsten Tag. Der Sommer war fast vorbei. Wir hatten nur noch neun jener schrecklichen Bolzen, mit denen wir Planken und Bugzier zertrümmerten.

»Mein Freund«, sagte ich am nächsten Morgen zu Rune Wellenfresser, »es ist Zeit, den Kessel ein letztes Mal zu heizen.«

»Zurück nach Aachen? Du hast recht, es muß sein – und trotzdem zieht es mich nicht aufs flache Land.«

»Ich kann es dir nachfühlen. Denk an die Seefahrer und an ihre Frauen.«

»Bei Thors Hammer. Es war eine harte, aber schöne Zeit.«

»Und ich möchte sie nicht missen«, brummte Oldvig. »Aber keiner von uns weiß mehr, wie eine Frau aussieht.«

»Ich zeichne euch ein Weib in den Rost der Bordwand«, versprach Rune, aber er gab die richtigen Befehle. Ich schwieg und dachte an Bagdad und die Sonneninsel.

Riocar gesellte sich zu uns und brachte den letzten Weinvorrat. In dieser Nacht saßen wir alle um ein riesiges Feuer aus Treibholz. Es roch nach gebratenem Fisch und Fleisch, das auf glühenden Rosten lag. Der Met, den wir tranken, stammte aus Wikingerschiffen, die wir plünderten, bevor wir sie anzündeten. Tyanna, die ihre Gestalt unter dem Mantel aus dickem Stoff und hellgrauem Fell versteckte, saß neben mir auf dem Bord des Gleiterboots und hatte ihre Arme um mich geschlungen.

»Ich zähle die Tage bis zur Sonneninsel«, flüsterte sie.

»Mir geht es nicht anders. Aber mittlerweile habe ich ganz andere Gedanken. Sie betreffen den Sinn dessen, was wir tun.«

Wir waren keine Sagenhelden. Sicher würden uns die Wikinger eine Bedeutung geben, die bis in die Sagen ihres Götterbergs hinaufreichten. Aber all diese einfachen Franken, die erst an Bord schreiben und lesen gelernt und Dinge gesehen hatten, von denen sie vor dieser wahnwitzigen Fahrt nicht einmal hatten träumen können, waren zu Männern geworden, die selbst ihr eigenes Handeln in Zweifel stellen konnten.

Sie bewegten sich ganz anders. Nicht nur heute, weil jedesmal, wenn wir an Land gingen, dieses Land zu zittern und zu schwanken schien. Sie hatten mit irischen Mönchen gesprochen, mit armen Schafhirten der Inseln, mit Normannen, die selbst seßhaft geworden waren und gegen ihre eigenen Leute kämpften. Dutzende Male hatten sie ihre Todesangst besiegt und liebten dieses Schiff aus rostendem Eisen, weil es ihnen zur Heimat geworden war.

Jetzt beleuchtete die Glut ihre Gesichter. Einer begann zu singen, ein anderer blies dazu auf der Flöte, wieder einer schlug den Takt mit hölzernen Schlegeln auf einem umgedrehten Wasserkessel. Eine ausgelassene Stimmung kam auf. Der Metkrug kreiste langsam. Ich fragte mich, ob es nicht besser wäre, Schiff und Mannschaft schon jetzt und für immer zu verlassen. *Noch bist du nicht bereit dazu,* stellte das Extrahirn fest.

Ich schrieb ins Logbuch, nachdem wir den Strand verlassen hatten:

Am 281ten Tag Anno Domini 803. Heute übergibt Atlor zao Gonocebolan das Schiff. Er überträgt alle Rechte und Pflichten an Rune, genannt der Wellenfresser. Für Jahre ist die Drohung der normannischen Räuber von den Küsten genommen. Das eiserne Schiff, zu Ehren des Kaisers ADLER genannt, vernichtete Hunderte der Drachenschiffe und verbrannte sie. Heute kehren wir zurück. Rune Wellenfresser soll Karl berichten, was geschah.

Dann schloß ich das Logbuch und schlug es in den schweren Stoff ein, der es vor Nässe schützte. Meine Überlegungen nahmen den Charakter des Endgültigen an. Ich wußte, was ich zu tun hatte. Es bedurfte nur eines kleinen Anstoßes. Ich ahnte, wie dieser Anstoß aussehen würde. Sicher war es ein Zufall. Aber jenes hallende Gelächter, das ich ohne Nachdenken erkannte, erreichte mich, als wir längst die Mündung des Rhenus passiert hatten.

»ES!« sagte ich. »Ich habe dich erwartet, Hüter des Planeten. Mußtest du mich jetzt wecken?«

Jetzt oder zu jeder anderen Zeit. Es wird nicht lange dauern, Atlor!

Wie würde das Gesicht von ES aussehen, wenn dieses unbegreifliche Wesen eine körperliche Entsprechung hatte? Ich stellte phantastische Überlegungen an. Augen in der Farbe gefrorener Mollusken und ein Ausdruck, der das Gefühl erzeugte, in diesem Gesicht etwas zu entdecken, das besser unbekannt bliebe?

Du hast mich erwartet?

»Ja. Ich beginne einzusehen, daß wir wieder einmal Binsen zu Weisheiten gebündelt haben. Die beiden Kulturen passen nicht zusammen. Sie sind einander viel zu fremd. Und darüber hinaus viel zu weit voneinander entfernt. Der Versuch war sinnlos, ES.«

Kein Versuch ist je sinnlos. Es gibt nur mehr oder weniger Erfolg.

Ich lachte lautlos. »Welch schöne Worte! Was immer sie bedeuten.«

Aber du hast recht. Ich habe auch erkennen müssen, daß die Überlegung faszinierend war. Die Wirklichkeit ist, daß alle Einzelheiten miteinander unvereinbar sind. Religion, Sprache, wirtschaftliche Eigentümlichkeiten. Wir haben es richtig angefangen. Aber wir können es nicht zu Ende führen, ohne im Desaster zu enden.

Ich war sehr verwundert, fast erschrocken über soviel Ehrlichkeit dieses unbegreiflichen Wesens. ES gab Pannen zu? Undenkbar. Ich fragte:

»Du siehst ein, daß unsere Mühen umsonst waren?«

Zumindest vergeblich. Kaiser Karl kann, solange er kämpfen kann, sein Reich zusammenhalten und mehr schlecht als recht verwalten. Der Kalif tut sich mit der Verwaltung leichter. Aber das wißt ihr möglicherweise besser als ich.

»Vermutlich.«

Deine nächste Frage wird logischerweise lauten: WAS JETZT?

»Nicht unverständlich, schätze ich.«

So ist es. Das schwarze Schiff aus Eisen, eine meisterliche Leistung arkonidischer Primitivbauweise, sollte weiterhin die Küsten schützen. Rune, denke ich, macht seine Sache gut. Das Gerät wird noch einige Jahre zufriedenstellend arbeiten. Natürlich wird ein einzelnes Schiff nicht gegen unzählige Normannenschiffe bestehen können. Nicht auf die Dauer. Wenn Karls Reich beziehungsweise das seiner Söhne oder seines Sohnes Ludwig genug innere Stabilität hat, wird es überstehen. Wenn nicht, stellen die Normannen einen zusätzlichen Faktor der kulturellen Beeinflussung dar. Die Welt, über die wir wachen und freiwillige Verantwortung übernommen haben, ist in ständiger Bewegung.

Ich stieß ein lautloses Gelächter aus. »Das sagst du mir!«

Das erörtere ich mit dir, Arkonide. Eure Doppelrolle als Brüderpaar ist eine Freude für meinen vielstrapazierten Sinn für Humor. Ihr solltet sie kultivieren. Geht zurück zu eurem Freund und erholt euch vom Salzwasser; es greift nicht nur robotische Gelenke an.

»Und was wird aus dem fränkischen Großreich?« wollte ich wissen.

Ich muß gestehen, daß diese Barbaren unberechenbar sind. Innerhalb persönlicher Beziehungen, in Form einer isolierten Kleingruppe – sicherlich. Jede Nische, die erspäht wird, wird auch besetzt. Seit dem ersten Werkzeug haben dies die Bewohner von Larsafs drittem Planeten immer wieder bewiesen. Es wird sich auch in Zukunft nicht ändern. Dennoch wird es nötig sein, ab und zu nach dem Rechten zu sehen.

»Diese Rolle bleibt mir?«

Ich wüßte keinen Besseren. Überdies scheinst du der einzige brauchbare Extraplanetarier zu sein.

Was ich geahnt hatte, war eingetreten. Die Unvereinbarkeit zumindest dieser beiden Kulturzentren war auch für ES erwiesen. Obwohl eine gegenseitige Durchdringung im Interesse der Planetarier gewesen wäre, würde sie auf diese Weise nicht stattfinden. Ich konnte mir durchaus vorstellen, daß sich der Islam durchsetzte, und nur wenig konstruktive Phantasie war dazu nötig, zu unterstellen, daß die rastlosen Männer aus dem Norden mit ihrer Seefahrerkunst und den herrlichen Schiffen weiter vordrangen.

»Du hast nichts dagegen, wenn wir Aachen verlassen?«

Nein.

»Wir schätzen die Wirkung des islamischen Glaubens hoch ein. Ebenso jung und durchsetzungsstark scheint mir die christliche Lehre zu sein, zumal dann, wenn sie von tapferen Mönchlein durch das Land getragen wird. Wie ist deine Meinung?«

Beide Religionen sind ausgerichtet auf ein heiteres, sorgenfreies Leben nach dem Tode. Erlösung aus dem Jammertal dieses dunklen Lebens. Dazu gehören ebenso die glutäugigen Houris des Islam wie die singenden Engel des christlichen Jenseitsglaubens. Beide Religionen verbreiten in ihrem Gefolge zusammen mit der unvermeidlichen Kriegstechnik auch Kultur und Zivilisation. Beiden ist eine stabile Karriere zu prognostizieren.

»Mein Bruder und ich danken für diese lehrreiche Unterweisung«, sagte ich. »Also keine Arkonflotte?«

Keine gewaltsame Kolonisation, Arkonide. Auch wenn ich deine Dauerverzweiflung verstehen kann. Weil ich nicht so rücksichtslos bin, wie du mit einigem Recht denkst, manipuliere ich auch Erinnerungsdaten. Das wird wohl auch in Zukunft so bleiben.

»Ein schönes Versprechen.«

Atlan! Was wird letzten Endes ein Planet taugen, dessen Bewohner von außen manipuliert werden? Sollen sie sich selbst miteinander beschäftigen. Eines fernen Tages werden sie den Weg zu den Sternen selbst finden. Ob sie dann glücklicher sind, weiß ich nicht. Aber in diesem Augenblick werden sie auf mich stoßen, als begreifbares Wesen, das einige Zeit lang den Planeten beschützt, überwacht und beeinflußt hat, eben durch dich als Held in vielen Masken und mit vielen Namen.

Wieder ertönte dieses gedankenzermalmende Gelächter. Ich duckte mich, krümmte mich.

Daß dabei dein Spaß nicht zu kurz kommt, dafür sorgst du selbst, Arkonide! Tyanna wartet auf dich, die Sklavinnen im Palast ar Rashids klimpern auf den Saiten, und deine Sonneninsel ist noch nicht überflutet worden. Nur zu!

Wenn ein Philosoph einem anderen antwortete, verstand dieser überhaupt nicht, was er eigentlich gefragt hatte. So erging es mir. Alles klang logisch und gar nicht übel, aber es half mir nicht weiter. Ich blieb allein mit meinen Überlegungen. Warum, fragte ich mich, war ich kein Zyniker? Dann hätte ich es viel leichter gehabt.

Noch einmal sprach ES: *Jenseits aller Verzweiflung über den Mißerfolg stehen Hoffnung und Gewißheit, daß der Planet überlebt. Ich sorge dafür, daß du zu den Überlebenden gehörst!*

Wieder das Lachen, und dann war ich allein. Tiefe Müdigkeit überfiel mich ganz plötzlich. Auf diesem Planeten, spätestens, hatte ich begriffen: Schlaf, der kleine Bruder des Todes, besaß eine heilende Funktion.

Mit den letzten Brennstoffziegeln, schwarzen Rauch ausstoßend, rostbedeckt und mit ausgefranster Flagge arbeitete sich die ADLER DES KÖNIGS den Fluß aufwärts. Das Wasser war von kristallener Klarheit. Die Bäume an den Ufern trugen braune und goldfarbene Blätter. Wir fanden den Flußarm, bogen ab und riefen die Bewohner »unserer« Siedlung mit gellenden Dampfhornsignalen zusammen. Sie standen fast vollzählig auf den wuchtigen Holzrampen und Stegen neben dem arbeitsbereiten Dock. Ich führte das letzte Anlegemanöver durch und sah unter den Wartenden Tyanna und Riocar.

Die Felder waren abgeerntet; rundherum entdeckte ich bescheidenen Wohlstand und jene Ordnung, die unserem Einfluß entsprach. Die bärtigen, braungebrannten Seefahrer sprangen an Land, während Dampfventil und die Signale der Pfeifen grelle Töne und weiße Wolken von sich gaben. Rune schwang sich neben mir auf die Planken.

»Du wirst einen langen, arbeitsreichen Winter haben«, meinte ich, ehe ich Tyanna in die Arme schloß. »Keine Sorge, denn wir helfen dir noch ein paar Tage.«

Die Franken hatten, was sie von uns lernten, richtig angewendet. Wir wurden mit einem herrlichen Gastmahl empfangen – nur die Apparatur, mit der Beerenschnaps destilliert wurde, war zerstört oder verschwunden.

»Nun, alles bereit?« fragte ich Riocar in der Ungestörtheit unseres Hauses.

»Mit gewohnter Zuverlässigkeit. Harun ar Rashid wartet auf uns. Er läßt den Frankenkaiser grüßen. Carolus bedankte sich für Elefant und Briefe mit friesischen Wollstoffen – saphirblau, grau, karminrot und weiß – und sogar mit fränkischen und anderen Jagdhunden.«

»Hunde. Ausgerechnet!«

Ich erfuhr, daß der Elefant noch lebte. Er wurde »Vater der Zerstörung« genannt.

»Wir werden in wenigen Tagen dieses Land für immer verlassen«, sagte ich entschlossen. »Du hast sicher mitgehört, wie ES sich äußerte.«

»Zum Teil. Es ist alles bereit«, antwortete Riocar. »Natürlich ist die Ausrüstung recht mitgenommen und nicht mehr ganz vollständig.«

Ich winkte ab. »Mach alles bereit! Wir untermauern ein paar Tage lang die Autorität dieses hoffnungsvollen Kapitäns. Jarl Rune wird hoffentlich auch die Unterstützung seines Kaisers behalten.«

Riocar zeigte, daß er die Zeit vor unserer Ankunft nutzbringend verbracht hatte. Mit dem Kämmerer und mit Carolus hatte er besprochen, was zu besprechen war. Die Schilderung unserer Erfolge konnte ich mir also sparen.

»Sage mir ein paar Stunden vor der Abreise Bescheid«, empfahl Riocar. »Wir verschwinden, wie meist, ungesehen im Schutz der Dunkelheit?«

»So halten wir es auch diesmal.«

Der Rest blieb Routine. Wir unterwiesen Rune und die Schmiede, wie der Rost des eisernen Schiffes zu beseitigen war, kümmerten uns um zahlreiche kleine Probleme und kletterten in einer Gewitternacht in den Gleiter. Wir verließen Aachen, das fränkische Reich und diesen Teil der Welt. Unsere Aufgabe schien beendet zu sein.

Aber es blieb ein Gefühl zurück, eine tiefe Nachdenklichkeit, die mich gefangenhielt. Daß wir gescheitert waren, hatte ich vorher für möglich gehalten. Aber mir war, als hätten wir etwas Entscheidendes übersehen oder vergessen.

6.

Helligkeit, Sonne und Wärme und die Eindrücke jenes Landes, auf das wir uns viele Monde lang gefreut hatten, wurden stärker und deutlicher; in wenigen Etappen erreichten wir den Tigris und Bagdad. Der Kalif war nicht in der Stadt, aber wir wurden mit allen Ehren aufgenommen; wir galten als Freunde des Herrschers, als *mawali* mit besonderen Auszeichnungen. Der Garten und das Haus, das wir nun schon kannten, waren bereit. Der »Regler der Audienzen«, *hagib* Ashair, näherte sich mit einigen Wachen, verneigte sich mehrmals und reichte mir einen versiegelten Brief.

Atlor und Riocar, las ich, *ihr seid wie immer willkommen. Verfügt über meine Diener und mein Haus. Allah ist der Herrscher der Zeit, und wenn es ihm gefällt, werden wir in ein paar Tagen zur Falkenjagd reiten. Ich bin gegangen, um die Ungläubigen zu strafen. Harun.*

Ich dankte Ashair und meinte:

»Nichts anderes haben wir vor. Wir danken. Wann erwarten wir den Kalifen?«

»Ich meine, daß er an der Spitze seines siegreichen Heeres binnen eines Mondes mit Beute und Sklaven in Bagdad einreiten wird.«

»Wir warten. Und wenn wir dir helfen können, Ashair, dann schicke einen Boten. Wir genießen jeden Atemzug unter Bagdads Sonne.«

Er verbeugte sich abermals würdevoll, schenkte uns ein rätselhaftes Lächeln und entfernte sich gemessenen Schrittes. Die Diener hatten sämtliches Gepäck aus dem Gleiterboot gebracht, und wir richteten uns ein. Der Logiksektor meinte mitten in dieser Nacht: *Auch mir fällt nicht ein, was du vergessen haben könntest.*

Erinnerungssplitter: Das Pferd, eine Rappstute, wurde von zwei Sklaven festgehalten. Über einer prächtigen Decke war der kleinere unserer Sättel befestigt. Tyanna, die schnell die Kleidung für ihren Geschmack geändert hatte, kletterte, von meinen verschränkten Fingern hochgehoben, auf den Rücken des Tieres.

»So hoch?« rief sie lachend. »Und was tue ich, wenn ich wieder auf den festen Boden will?«

»Spring einfach in den weichen Sand einer Düne«, riet Riocar. Wir schwangen uns in die Sättel und ergriffen gleichzeitig die Zügelenden. Die Stute warf ihren schmalen Kopf in die Höhe und ging völlig ruhig. Tyanna hielt sich so gerade, wie sie es bei uns gesehen hatte. Wir versuchten, ihr das Reiten beizubringen. Die gelbhaarige Fränkin wurde in Bagdad bald eine bekannte Erscheinung. Sie wurde nicht hinter den Mauern der Häuser versteckt, sondern zeigte sich offen, obwohl sie keine Sklavin war. Die Araber hatten Schwierigkeiten, dies zu begreifen. Heute sahen uns nur wenige Arbeiter, die am Rand der Stadt in den Palmenhainen und auf den Feldern arbeiteten. Wir führten das Pferd im Schritt, dann im Trab, schließlich wagte Tyanna einige erste Galoppsprünge.

Der Tag verging in einer Folge unvergeßlicher Szenen.

Zwischen den gezackten Schatten der Palmen auf dem harten Sandboden ritten wir in die trockene Helligkeit des Sonnenlichts. Die Pferde schüttelten sich übermütig. Ihr Hufschlag war leise zu hören. Steile Sandfontänen wurden hinter den Tieren in die Luft geschleudert und rieselten golden flimmernd zu Boden. Wir trugen die weichen Stiefel der Araber, die weichen Gürtel und die herrlichen Gürtelschnallen. Dünne, seidenartig wirbelnde Stoffe ersetzten den fränkischen Barchent. Nach kurzer Zeit ritt – nicht ohne wundgeriebene Haut ihrer Sitzfläche – Tyanna fast so gut wie wir.

Als Harun zurückkam, gehörte auch sie zu den wenigen, die ihn bei der Falkenjagd begleiteten. Nach unzähligen Ritten in die nähere Umgebung der Stadt, die sich von Mond zu Mond ausbreitete und prächtiger wurde, zogen wir uns für einen längeren Zeitraum auf die Sonneninsel zurück. Riocar blieb in Bagdad und half mir, die denkbaren Zweifel an der wirtschaftlichen Begabung des Kalifen zu zerstreuen. Mit dem letzten Energievorrat jener Lanze, mit der ich Wikingerschiffe verbrannt hatte, bohrte er den tiefsten Brunnen in weitem Umkreis.

Nur Harun ar Rashid war an jenem frühen Morgen dabei. Und einige Tage später berichtete er seinen Würdenträgern, daß Allah ihm im Traum die Stelle dieses Tiefenbrunnens gezeigt hatte und daß der schwarzhaarige Fremde dort die Hebevorrichtungen und die Bewässerungskanäle bauen oder die Erfindungen der Wasserkünste verbessern sollte. Ich wußte, welch Vergnügen es diesen beiden bereitete, trotz des ehrlichen Glaubens das Wort Allahs zu drehen und zu wenden und herrscherlichen Pragmatismus zu betreiben.

Erinnerungssplitter: *ayyaruun,* Vagabunden, nannte uns Harun. Er gehörte zu jenen seltenen Erscheinungen unter den Barbaren, die mit jedem Jahr, das sie alterten, männlicher, klüger und vernünftiger wurden. Wir hielten nichts davon, ihn erziehen oder ändern zu wollen – aber auch er lernte von uns. Wir lernten an seinem Hof natürlich auch: das Leben in allen Facetten zu genießen. Genau dies taten Tyanna und ich auf der Sonneninsel.

Der Name war zutreffend. Nicht nur wegen des Gestirns, das uns an den Tagen blendete, wärmte und die Haut trocknete. Tyanna war im letzten Jahr erstaunlich gereift. Mein Werk? Schwerlich. Die Anlagen waren vorhanden und lange unterdrückt gewesen.

Während jener Tage und Nächte, allein auf der Insel, nur durch Funk mit Riocar über die Vorgänge in Bagdad aufgeklärt, sagte ich Tyanna, woher wir kamen. Ich versprach ihr, sie in unser Reich des Schlafes mitzunehmen, versprach, sie von Riocar wecken zu lassen, wenn wir ohne Gefahren den Planeten betreten konnten, wenn wir zurück an die Sonne und die Luft gingen. Nach einer Weile, in der sie über diese neuen Erkenntnisse nachdachte, stellte sie fest:

»Das bedeutet, daß ihr die Geschichte der Menschen schon lange kennt?«

»Das ist so. Aber wir besitzen nur unvollständiges Wissen.«

»Ihr habt viele Menschen gekannt, die längst begraben, vermodert sind?«

»Und deren Namen niemand mehr kennt. Ja.«

»Und du hast viele Frauen geliebt, nicht wahr?«

Ich lächelte. »Ich bin ebenso ungern allein wie jeder andere Mann«, sagte ich. »Vielleicht waren es nicht die Schönsten. Aber alle jene Frauen waren etwas Besonderes, waren klug und lernten. Riocar sagte stets, sie waren die besseren Hälften eines Paares gewesen. Du mußt wissen, daß ich ein alter, grämlicher Kerl bin, meist schlecht gelaunt und voll böser Gedanken über die Menschen dieser Welt. Ich kenne vieles und glaube nur an die Zerstörungswut. Du hast selbst erlebt, wie es zugeht.«

Sie lachte mich aus, und mir gefiel es.

»Ich habe erlebt, wie du den Barbaren hilfst. Du pflanzt Bäume und zeigst ihnen, wie sie besser leben können. So schlecht kannst du gar nicht sein.«

»Wer weiß?«

Aus dem Abspielgerät kam leise Musik aus verschiedenen geschichtlichen Perioden. Ich sagte mir, daß es zweckmäßig sein mochte, sie eines Tages in der zeitlosen Ruhe der Tiefseekuppel zu katalogisieren.

Rechnest du damit, späteren Barbaren Geschichtsunterricht zu geben? fragte der Extrasinn. Sie würden mir kein Wort glauben. Ganz anders hielt es Tyanna. Sie glaubte mir. Die Brüder waren für sie Drehpunkte ihres kleinen Universums. Das mußte wohl so sein, denn heute war es für eine einzelne Frau so gut wie unmöglich, ihren Lebensweg allein und in Würde zu bestimmen.

»Besitzt ihr das Geheimnis des ewigen Lebens?« Tyanna spielte versonnen mit dem Zellaktivator. Er war in der Form einer großen Bronzescheibe mit arabischen Schriftzeichen verkleidet.

»Nein. Wir haben ein Mittel gegen Krankheiten und Wunden«, sagte ich halb wahrheitsgemäß und versuchte ihr zu erklären, daß langer Schlaf und kurze Jahre, in denen wir nutzlose Dinge wie gerade jetzt zu tun versuchten, unser Leben *scheinbar* verlängerten.

»Dann werde ich eine alte Frau sein, und du bist noch immer jung und ohne Falten!«

»Das liegt in so ferner Zukunft, daß du nicht daran denken solltest.«

Erinnerungssplitter: Auch dieses Fest war, wie alles in der Umgebung des großen Kalifen, von schwer überbietbarem Prunk. Der Palast verwandelte sich in eine Zone von Lachen, Wohlgerüchen, Musik und prachtvollen Blumen, Stoffen und Gold. In den Küchen schwitzten die Köche. Riesige Platten und Schalen wurden herbeigebracht; überall bildeten sich auf den dicken Teppichen kleine und größere Kreise von Essenden. Warmes Wasser verströmte Rosenduft, und die *zang*-Sklavinnen aus Africa huschten mit wohlriechenden Tüchern umher.

In einem Saal mit spiegelndem Steinboden, in den goldene Linien und Ornamente eingelassen waren, tanzten Mädchen zu dem Klang einer großen Kapelle. War eine ermattet, glitt eine andere an deren Stelle. Der Staub bildete dünne Wirbel im Sonnenschein und bewegte sich mit dem Luftzug, den die *zang* mit ihren riesigen Fächern erzeugten. Gesandte, Fürsten, Heerführer waren aus allen Teilen des Reiches gekommen. Sie wurden in den Wirbel des Festes hineingezogen, aßen und ließen sich verwöhnen, und wenn sie erschöpft wieder im Thronsaal auftauchten, kümmerte sich der Kalif um sie. Er verteilte Almosen an die Armen in der Stadt, lobte und tadelte, und er schien jeden Mann zu kennen, der sich vor ihm zu Boden warf und mit der Stirn die Stufen des Thrones berührte. Land wurde verteilt. Macht wurde gegeben und in selteneren Fällen auch genommen. Urteile wurden gesprochen – Ashair schien über jeden wichtigen Mann im gesamten Reich eine

Akte zu haben. Er und Harun ar Rashid schienen allwissend zu sein; dies beeindruckte jedermann.

Nicht ein Tropfen Wein war in diesen Tagen im Palast zu finden. Wir hielten uns an diese Vorschrift des Propheten. Wir lernten viele Männer kennen und erfuhren von ihnen, was ihre Aufgabe war. Mehrmals an jedem Tag erstarben Musik und Fröhlichkeit; alle Gläubigen trafen sich, führten rituelle Waschungen aus und beteten, mit dem Gesicht zum Geburtsort Mohammeds gewandt. Wir, die Ungläubigen, zogen uns zu diesen Zeiten in einen dunklen Winkel zurück oder gingen in unser Haus zurück.

Die riesige Karte an der Palastwand veränderte sich langsam. Das Herrschaftsgebiet des Kalifen oder besser das der verschiedenen Familien (die in Einzelheiten der Glaubensauslegung uneins waren und zum Teil untereinander zerstritten) dehnte sich fast nach allen Richtungen aus. Nicht aber nach Norden; noch immer wechselten der Kalif und der Frankenherrscher lange Briefe miteinander.

Es war in der Nacht, die auf den dritten Tag des Festes folgte. Wir hatten zugesehen, wie eine Handelskarawane von mehr als zweieinhalbtausend Kamelen Bagdad verlassen hatte. Eine gigantische Menge an Handelswaren, Vorräten und Sklaven, von schwer bewaffneten Kamelreitern geschützt, wanderte in einer schier endlosen Kette aus der Stadt. An solchen Einzelheiten erkannten wir die wirtschaftliche Stärke dieses Reiches. Wenn ich an Ezras Fuhrwerk dachte ... Fast lautlos und allein erschien Harun im Raum. Hinter ihm wallte der Vorhang zurück.

»Wein, Atlor, für einen sündigen Gläubigen!« Er stöhnte und fiel in einen Sessel, streckte die Beine aus und schilderte uns, wie gut doch diese seltsamen Stühle der Fremden wären. Was wollte er wirklich? Wir setzten uns zusammen um den niedrigen Tisch. Er wandte sich an Riocar.

»Hört jemand zu? Schleicht jemand um die Mauern?«

»Niemand. Wir sind sicher und ohne Zuhörer, Bruder der reisenden Fremden«, entgegnete Riocar. »Die Ehre deines Besuches verwirrt uns so sehr, daß wir zu fragen vergessen werden, was dich hergeführt hat.«

»Meine Gewohnheit, Dinge zu Ende zu führen«, sagte er und genoß den Wein. »Zum Beispiel all das, was ich von meinen Ratgebern über das Frankenreich gehört habe.«

»Du siehst, wie wir, keine Möglichkeiten zur gemeinsamen Tätigkeit, denke ich«, meinte ich versonnen und blickte in seine dunklen Augen.

»Niemand vermag mir dazu zu raten.«

»Das verstehe ich gut. Wir raten dir nur, die Grenzen zu respektieren. Ich glaube nicht, daß deine Heerführer, Gelehrten oder Schreiber im Regen Frankens aufweichen wollen.«

»Das sagten sie zu mir. Sie finden in diesem Land wenig, was sie zu Stürmen der Begeisterung oder auch nur des Neides hingerissen hätte.«

»Uns erging's, um bei der Wahrheit zu bleiben, nicht viel anders«, erklärte

Riocar, und wir sprachen über die herausragende Persönlichkeit des Carolus, über die Verwaltung seines Reiches und die Absicht, durch Teilung an seine Söhne den Zerfall zu vermeiden. Da seine Söhne gestorben waren beziehungsweise das Format des Vaters schwerlich erreichten, sahen die Vorhersagen düster aus. Über Ludwig wußten wir nichts, weder Gutes noch Abfälliges.

Auch Carolus hatte zuwenig kluge Männer, um sie hierherschicken zu können. Priester und Mönche der Christen wußten, daß sie die Araber nicht würden bekehren können. Dies war auch unsere Einsicht, zusammengesetzt aus zahllosen Beobachtungen, Informationen, Gesprächen und Absichtserklärungen kluger Gesprächspartner.

»Und dazu habt ihr so lange gebraucht?« fragte er und hielt den Pokal zum Nachschenken hoch.

»Ahnungen sind keine Gewißheiten. Wir waren dort«, sagte Tyanna. Er hatte sich sogar daran gewöhnt, daß in unserer Gegenwart die Frauen unaufgefordert sprachen.

»Was soll geschehen?« fragte Harun.

»Nichts. Beide Reiche stoßen nur an den Grenzen aneinander. Dennoch könnten sie unendlich viel von euch lernen!«

»Sie wollen nicht. Vielleicht ist es einer späteren Zeit vorbehalten, daß Christen und Muslims miteinander über Sterne, Äcker und Granatäpfel reden.«

Ich nickte und sagte ernst:

»Dann werden wir aber nicht mehr zur Verfügung stehen, um zwischen den Herrschern zu vermitteln.«

»Und ich werde nicht mehr Kalif sein«, bemerkte er traurig und musterte sein Spiegelbild in der dunkelroten Flüssigkeit. »Wie lange habe ich noch die Freude eurer herzlichen Gegenwart?«

»Solange es dir und uns gefällt.«

Wir wußten: Seine Wertschätzung hing nicht von Äußerlichkeiten wie der Errettung vor Meuchelmördern ab, sondern weil wir nichts forderten und an ihn keine anderen Fragen stellten als solche, ob er mit uns sprechen oder jagen möge. Überdies wußte er sehr wohl, wie viele Verbesserungen technischer Art Riocar inzwischen vorgenommen hatte. Sie waren zum Allgemeinwissen der Handwerker geworden, und jene Gelehrten, die sich mit der Erscheinungsform der Planetenoberfläche, den naturwissenschaftlichen Gesetzmäßigkeiten und der wahren Natur der Sterne beschäftigten, wollten keinen anderen als Gesprächspartner.

»Ich tue alles, was euch gefallen kann«, sagte er. »Ich bin müde geworden. Zu viele Menschen, unzählige Fragen. Und ich muß auf jede Frage eine Antwort haben.«

»Wir sind besser dran«, gab ich zurück. »Wir wissen, daß es Fragen gibt, die niemand beantworten kann.«

Zumindest in dieser Nacht war Harun so erschöpft, daß die Unterhaltung nicht wieder, wie so oft, in einen endlosen Disput ausuferte. Wir brachten ihn durch den Park zu seinem Schlafgemach zurück.

Erinnerungssplitter: Hinter uns, tigrisaufwärts, vermischte sich der Glanz der Türme und Dächer mit den Farben der untergehenden Sonne. Der Gleiter lag viel weniger tief im Wasser als vor mehr als drei Jahren, als wir Bagdad zum erstenmal betreten hatten.

»Das gleiche Bild. Der Kreis schließt sich«, bemerkte Riocar.

»Ein wunderbares Jahr ist vorbei«, sagte ich leise und lehnte mich gegen die Bordwand. Herrliche Teppiche bedeckten den Boden. Tyanna lag in meinen Armen.

»Möge Harun lange herrschen«, sagte der Robot nach einer Weile. »Aber selbst ihm wird dieses Glück nicht zuteil werden.«

Noch besaß der Kalif das körpereigene Schutzfeld. Die Energie des Geräts würde sich eines Tages erschöpft haben. Vielleicht endete er durch den Dolch, vielleicht durch Gift, hoffentlich starb er in den Armen einer Sklavin nach einer leidenschaftlichen Nacht.

»Ich wünschte ihm, daß er so alt wird wie Atlor«, flüsterte Tyanna und gähnte. Als es endlich dunkelte, schlossen wir die Kuppel des Schutzschirms und schlugen den Kurs zur Sonneninsel ein. Als wir nach einiger Zeit auch deren Schönheit als Grenzen für unsere Gedanken und Phantasie erkannten, bauten wir das Zelt ab und kehrten zurück in die Kuppel unter dem Meer.

Die JERNSIDEN pflügte durch Wellen, Gischt, Regen und Sturm. Die Esse spie schwarze Rauchwolken. In den Sehschlitzen und im Windschatten einer jeden Erhebung heulte und kreischte der Sturm. Es war eine frühe, wolkenlose Nacht; nur eine hauchdünne Mondsichel schwebte zwischen den blinkenden Sternen. Alles an der »Eisenflanken« war rostig, zerbeult und von tiefen Rillen und Abschürfungen durchzogen. Die fünfzehn Männer hatten einige Monde voller Entbehrungen hinter sich, und dies war nur zu deutlich zu erkennen. Das Eiserne Schiff hatte die Segel gerefft und den Mast gelegt.

Jarl Rune Wellenfresser, mit triefendem, salzverkrustetem Haar und ebensolchem langen Bart, stand am Ruder und an den Hebeln der keuchenden und hämmernden Dampfmaschine. Das Schaufelrad mit seinen ausgeleierten Lagern und losgerissenen Teilen vollführte einen höllischen Lärm. Aber das schnittige Schiff kämpfte sich unaufhaltsam durch die aufgewühlte See, der Rhenus-Mündung entgegen.

Heiße Kämpfe, schnelle Siege und bittere Niederlagen kennzeichneten die vielen Fahrten. Fast jeder Mann war verwundet. Es gab geschiente Arme und breite Binden, die sich voll Seewasser sogen und hellrote Tropfen absonderten, Beulen, blau angelaufene Wunden und überall die Zeichen der tiefen Erschöpfung. Der gewundene Weg des Schiffes, das bald nach der Übernahme durch Jarl Rune den Wikingernamen erhielt, riß hier ab. Der Kurs war von brennenden, zersplitterten und sinkenden Wikingerschiffen gesäumt. Bjorling, der Maschinenschmied, brüllte in Runes salzverkrustete Ohren:

»Wir müssen in ruhiges Wasser, Jarl! Wir brauchen Holz!«

Eine durchtränkte Karte war ausgebreitet. Jarl Rune rechnete und fluchte lautlos. Sie bewegten sich entlang der buchtenreichen Küste von Jütland, an den Fjorden der Sweonen vorbei.

»Du hast recht!« schrie Rune durch den grauenhaften Lärm. Klobige, harzbedeckte Holzscheite wurden in die Esse geschoben. Aus dem Schlot fuhr eine gewaltige Funkengarbe. Unaufhörlich ergossen sich Brecher über das Vordeck, fluteten seitlich herunter, brachen sich am Rost und drangen in Tropfen und einzelnen Güssen ins Innere des stinkenden Schiffes.

»Nach Backbord. Hinter dem Kap!« entschied er sich einige Dutzend Atemzüge später.

Zwischen den Reihen der genieteten Platten drang Wasser ein, vermischte sich mit Schweiß, Ruß, dem Urin der Seefahrer, mit Asche und heißem Fett und Öl. Eine hustende Pumpe spie die Brühe durch ein Rohr außenbords.

»Verstanden. Dort sahen wir Normannenschiffe.«

»Noch haben wir das Geschütz. Und noch eine Handvoll Geschosse.«

»Aber sonst«, brüllte Jarl Rune, »haben wir nicht mehr viel!«

Und der Mut war ihnen in dem drei Tage dauernden Sturm vergangen. Sie brauchten einen Napf heiße Suppe, einen Braten und Schlaf. Auch diese Nacht würde keines davon bringen.

»Weiter.«

»Gibt keine andere Wahl.«

Die Mannschaft, desolat und dennoch nicht aufgabebereit, klammerte sich irgendwo fest. Das Schiff hatte nichts von seinen hervorragenden Eigenschaften verloren. Es schnitt durch die Wellen und setzte weich ein. Schäumendes und gischtendes Kielwasser zeichnete sich in der dunklen Nacht ab, als die JERNSIDEN zwischen den größten Wellen, die von der Dünung auseinandergerissen wurden, in einen schäumenden Wellenkamm hineinstach. Die Zylinder gaben beängstigend polternde und rasselnde Geräusche von sich. Dampf zischte und schlug sich nieder. Aber die Geschwindigkeit nahm zu, und die JERNSIDEN ritt auf einer brodelnden Woge nach Süden. Die schroffen Wände der Steilküste waren in der Schwärze dieser Nacht nur zu ahnen; sie verliefen dort, wo sich weißer Gischt undeutlich abzeichnete.

Nur dadurch, daß einzelne Sterne verschwanden und wieder auftauchten, waren die Schroffen des Kaps zu erkennen. Weit und breit gab es kein Licht – nur die Funken, die der Wind aus der Esse riß. Eine Stunde lang arbeitete sich das Schiff aus Eisen durch Nacht und Wellen, dann schrie Jarl Rune:

»Wende nach Backbord!«

Schwer legte sich das Schiff über, schüttelte sich und hatte den Westturm im Heck. Die wilden Bewegungen ließen nach. Die Männer versuchten, in der lodernden Flammenglut des Feuerlochs einige feuchte Fackeln zu trocknen und zu entzünden. Zwei Mutige, mit Seilen gesichert, wagten sich aufs bockende Vorschiff und schwenkten die Fackeln. Der Sturm und der Ritt auf dem Wellenkamm machten die JERNSIDEN abermals schneller. Schwaches Sternenlicht ließ die Grenze zwischen hohen Wellen erkennen, und das zukkende Licht der Fackeln brach sich an den feuchten Steinbrocken der Fjordeinfahrt. Das Schiff aus Eisen raste mit schäumender Bugwelle genau in der Mitte der Einfahrt auf das stille Wasser zu.

»Geschafft!«

Als Jarl Rune nach dem Hebel griff, um etwas Kraft aus der überlastet krachenden Maschine zu nehmen, lief die JERNSIDEN kurz aus dem Kurs, wiegte sich hin und her und senkte den Bug. Die Welle lief aus und schleuderte den langgestreckten Körper in den enger werdenden Fjord hinein. Ein kurzer, harter Stoß traf den Unterwasserkörper an Steuerbord, dann ertönte ein schauerliches Geräusch. Eisen und kantiger Fels rieben gegeneinander. Eisenplatten platzten auf, Dichtungen fetzten zwischen den Nähten heraus. Eine Reihe tiefer, hallender Schläge gingen durch den schwingenden Bootskörper.

»Leck! Wasser ...«

An vielen Stellen unter Deck drangen Wassermassen ein. Ein letzter Schwung schob das Heck der JERNSIDEN vom Unterwasserfelsen weg. Gurgelndes Wasser schwappte hin und her und löschte das Feuer unter dem Kessel. Eine gewaltige Masse Dampf verbrühte Hände und Gesichter einiger Männer.

»Hinaus! Luken auf!« schrie Jarl Rune gellend. Die Bewegungen des Schiffes wurden langsamer und schwerfälliger. Die Seefahrer schrien, sprangen übereinander, rissen Klappen auf, zogen den Jarl aus dem Führerstand; während der letzte Druck im Dampfkessel noch immer die Pleuel und das Schaufelrad bewegte und den Bug unter Wasser schob, versuchten sich die Seefahrer zu retten. Sie sprangen ins Wasser, schwammen von dem fauchenden und gurgelnden Ungeheuer weg, und einige versuchten, ihren Kameraden zu helfen.

Das kalte Wasser linderte die Schmerzen der verbrühten Haut. Die JERNSIDEN sank langsam; das Schiff wehrte sich gegen den Untergang. Die Geräusche wurden leiser und hörten schließlich auf, eine ungeheure Menge Luftblasen brodelte im schwarzen Wasser. Die letzte Fackel, von Vasja im Heck hochgehalten, erlosch. Dunkel schlug über den verzweifelten Schwimmern zusammen.

Sie versuchten, das felsige Ufer zu erreichen. Niemand wußte, was ihn im Land der Feinde erwartete. Mit schrecklichen Geräuschen, die vom Heulen einzelner Sturmstöße übertönt wurden, sank hinter ihnen das Schiff. Der Schrecken der Drachenschiffe verschwand im Wasser.

Also würden die Nordmänner siegen. Niemand erfuhr jemals, wer von der Mannschaft des Eisernen Schiffes über Bifroest, den Regenbogen, nach Walhall eingehen würde oder ins Himmelreich der Christen.

Würde es einem der Überlebenden gelingen, an den Hof des Carolus zurückzukehren und vom plötzlichen Ende zu berichten?

Der Kiel der JERNSIDEN berührte den Boden zu Fjordes. Das Wrack legte sich halb zur Seite, und in diesem Augenblick führte der Rost sein langes Zerstörungswerk weiter fort.

Auch dieses Kapitel wurde abgeschlossen. Ohne die Spuren eines Arkoniden und eines überperfekt verkleideten Roboters, flüsterte, sich zum erstenmal seit dem Erwachen wieder meldend, das Extrahirn.

»Eine andere Novelle der Vergeblichkeit«, stöhnte ich und sah zu, wie andere Bilder sich auf den Schirmen aufbauten. »Unser Schiff!«

»Vergessen und verrostet!« sagte trocken der Roboter. Ich schloß die Augen, schwankte zwischen Verwirrung, Erschöpfung und zunehmender Sicherheit.

Diese Nordmannen! Sie hatten unzählige Städte verwüstet! Im Jahr 836 überfielen sie zum drittenmal Dorestadt, fünf Jahre später Rouen, siebenhundert Tage danach Nantes, 845 die Hammaburg, im selben Jahr Paris, 885 abermals und noch furchtbarer dieselbe Stadt, ein Vierteljahrhundert zuvor verwüsteten andere Wikingerrudel den südlichen Teil Hispaniens, und es gab zwischen 793 (Lindisfarne) und dem Ende des Jahrtausends nur wenige Städte an Flüssen oder Meeresufern, die nicht verwüstet, ausgeraubt und niedergebrannt wurden.

Erinnerungssplitter: Irgendwann in der langen Zeit zwischen Schlaf und Wachen – Rico hatte mich geweckt, ohne besonderen Anlaß, wie es mir in der Düsternis des Halbschlafes schien. Als ich in der Lage war, Stimmbänder, Kehlkopf und Lippen koordiniert zu bewegen, fragte ich: »Warum bin ich geweckt worden? Wichtiges? Berichte, Bruder Riancor.«

»Ja. Willst du die Aufzeichnungen sehen?«

»Was sagen sie aus?«

Rico machte eine Pause, ehe er leise weitersprach.

»Arkonschiffe flogen durch das System von Larsafs Stern. Ich funkte sie an. Ich versuchte, das Robothirn auf dem zweiten Planeten zu alarmieren. Ich verwendete den von dir ausgesetzten Funksatelliten als Relais. Sie hörten mich nicht. Oder wollten mich nicht hören. Ich schöpfte das gesamte technische Spektrum der Unterseekuppel aus.«

Es traf mich wie ein Schlag. Ich keuchte auf. »Wann war das?«

»Genau im Jahr neunhundert der Christen.«

Über die Bildschirme flirrten die Dokumentationen. Es waren vier Schiffe gewesen, die ohne Eile die Ekliptik durchflogen hatten. Die Bildschirme gaben wieder, was damals geschaltet und gefunkt worden war. Ich begriff es nicht.

»ES!« sagte ich halb gebrochen. »ES! Der andere Paladin der Barbarenwelt. Er wollte nicht, daß die Flotte landet. Er wollte mir dadurch, daß er einen Erfolg deiner Technik verhinderte, einen Befehl geben.«

»Ich habe alles mehrfach durchgerechnet. Alle Geräte arbeiteten einwandfrei. Die Arkoniden führten nicht einmal Untersuchungen des dritten Planeten durch!«

»Schon gut«, sagte ich. Ich schwieg und versuchte, die abgrundtiefe Enttäuschung zu überwinden. Rico half mir, indem er einen Weinbehälter öffnete und mir genau soviel Wein gab, wie ich vertrug – und zwei Schlucke mehr. Ich fühlte mich wie Caesar Nero, der seine Kurzsichtigkeit durch den geschliffenen Linsen-Smaragd überspielte; die Diagramme und Bilder verschwammen vor meinen Augen.

»Die Arkonschiffe«, lallte ich müde. »Sie flogen natürlich weg, ohne etwas zu hinterlassen. Keine Hoffnung?«

Der Roboter antwortete erwartungsgemäß: »Ich habe die Schocks im Hyperraum deutlich gemessen.«

»Gib mir eine schnell wirkende Injektion! Ich muß schlafen. Sonst werde ich verrückt vor Wut und Enttäuschung.«

Ein Gerät preßte fauchend ein Schlafmittel in meinen Kreislauf. Ich registrierte erleichtert, daß ich mich aus der verdammten Wirklichkeit entfernen konnte, und schlief unbestimmte Zeit; als ich wieder aufwachte, sah ich andere Bilder.

Atlan schwieg, holte tief Luft, schien sich zu entspannen. Die Modifizierte SERT-Haube hob sich nicht. Cyr Aescunnar zuckte zusammen, als der Arkonide plötzlich zu summen begann; er schien nach Worten zu suchen, und seine Finger machten kleine, fahrige Bewegungen. Es war, als zupfe er die Saiten eines Instruments. Leise, zögernd, begann Atlan zu singen:

»Dreizehn trostlose Lichtjahre
rasten wir durch das leere All.
Ich leugne nicht, daß das Vergnügen
sich einer Prüfung näherte.
Sämtliche Männer des Kapitäns
bekamen an diesem Tag Blasen an den
Fingern und Wunden im Verstand!«

»Davon habe ich schon einmal berichtet«, sagte Atlan. Der Klang seiner

Stimme überzeugte den Historiker, daß sich der Arkonide gern zu erinnern schien: würde er von einem fröhlichen Ereignis erzählen? »Von Ghislaine Cordelier und dem galaktischen Barden Zodiak Goradon, dem Meister feiner Gesänge, der in Stunden der Trunkenheit wie kein anderer die Kenningar benutzte und neu erfand – jene metaphernhaften Umschreibungen von Nordmannen-Gebrauchsgegenständen – Heldengerät und Brauchtum; nicht nur an das Schiff aus Eisen erinnere ich mich und an Jarl Rune Wellenfresser, auch an Tore Skallagrimsson, mit dem ich hart gesegelt war.«

Im Hafen der Scorpion Bay, auf der riesigen Hauptinsel Big Dragon Island des Planeten Cordoba Omikron, schalteten die Fischer die Scheinwerfer ein; die Boote glitten in die Bucht hinaus und ließen flüchtige Kielspuren zurück. Ein Schwarm großer weißer Vögel mit hellgrünen Bäuchen erhob sich aus den knorrigen Bäumen und folgte den Booten. Kein Lufthauch regte sich, kein Schrei; die Stadt schien leblos. Über allem lag die träge Ruhe des Abends einer Äquatorgegend. Man hatte Scorpion Bay auf einer Insel erbaut. Die Stadt hob sich wie ein halb aus dem Wasser ragendes Ei über ihre Mauern, die vom Wasser umspült wurden. Am höchsten Punkt der Insel lag ein palastähnliches Bauwerk in altcordobaischem Stil; das Verwaltungszentrum von Big Dragon Island, einem gewaltigen Inselkontinent, der im Süden eine mondförmige Bucht bildete. Dreißigtausend Planetarier wohnten in würfelförmigen Häusern in einem Park, der sich hinter den Mauern bis zur Spitze der Insel hinzog, durchkreuzt von Pfaden und Treppen. Brücken schwangen sich von Hausdächern bis an den gewachsenen Fels; die Stadt wirkte wie eine mit modernen Mitteln aufgebaute vollautomatische Siedlung des terranischen Mittelalters.

Auch der Stil, der weißverputztes Mauerwerk mit mächtigen, altersdunklen Bohlen verband, mit farbigen Glasflächen und esoterischen Verzierungen, erinnerte an diese vergangene Epoche.

»Bizarr!« sagte Ghislaine.

»Aber reizvoll!« murmelte ich. Der Abend kam. Überall in der Stadt wurden vereinzelte Lichtquellen entzündet. Irgendwoher kam Musik, auf Blasinstrumenten und Gitarren gespielt. Unglaublich schnell senkte sich die Nacht herab. Nur wenige Menschen waren auf den Straßen, die eigentlich mehr aus Plätzen in verschiedenen Höhen bestanden, zu denen flache Stufen hinführten. Geheimnisvoll plätscherten kleine Brunnen, und die Luft roch nach Efeu und Narde. Die Siedlung hatte sich innerhalb von wenigen Minuten in ein ummauertes System verändert: Geborgenheit, der Reiz des Exotischen und dennoch eine deutliche Vertrautheit, die aus dem Erkennen alter Formen und Materialien kam, waren die Bestandteile.

Wir stiegen langsam eine Treppe hinauf. Zwischen den knorrigen, barokken Säulen der Stämme sahen wir das Glitzern des Mondes und der Sterne auf den winzigen Wellen. Zwischen den Ästen schimmerte ein altehrwürdiges Schild: *Herberge zum stummen Skalden.*

»Seltsam«, sagte ich und zog die junge Frau an mich. Unter meinen Fingern fühlte ich den dünnen Stoff, darunter Ghislaines Haut. »Als ob ich diese Szene schon einmal gesehen hätte.«

Sie lächelte und schmiegte sich an mich. »Wahrscheinlich ist es so«, sagte sie. »Das Schild hat endgültig die Reizschwelle übersprungen – ich habe Hunger. Dort drüben?«

»Beim stummen Skalden!« Ich meinte es als Ausruf, als Bekräftigung. »Ich habe wenig Hunger, aber viel Durst. Gehen wir hinein.«

Wir umrundeten einen Brunnen, der in Form einer steinernen Blume gemeißelt worden war. Wohlriechendes Wasser perlte über den weißen Stein. Dann kamen wir an ein breites Haus, dessen Fassade sich zwischen die Kronen mächtiger Bäume duckte. Nun schien die Stadt aufzuleben. Wortfetzen in verschiedenen Idiomen, Saitenklimpern, das Geräusch von Gläsern und Bechern, Dunst nach Tabak und Menschen, offenem Feuer, gegrilltem Fleisch und in den Holzkohlen zischendem Fett. Eine bukolische Stimmung erfaßte uns, als wir die Tür aufstießen.

Neben dem Feuer saß eine abenteuerliche Gestalt. Ein breitschultriger Mann mit einem kantigen Bart, dessen Farbe feuerrot war, zudem beleuchteten die Flammen des Grills sein Gesicht. Er schlug geschickt das riesige, sechzigsaitige Gamespin; mit insgesamt zwölf Fingern. Zodiak Goradon, der kosmische Barde, saß in diesem antiken Gasthaus, weit am Rand der Galaxis, an einem Ort, wo sich nur die wildesten Raumfahrer und die Kapitäne der Explorerschiffe trafen. Hier galten differenziertere Gesetze, als das Solare Imperium sie kannte.

Es roch nach Ruß, nach der Füllung exotischer Wasserpfeifen. Eine ferne Erinnerung drängte sich in mir hoch. Ich hob den Kopf, als Zodiak Goradon, der kosmische Barde mit den zwölf Fingern, vom Feuer her weitersang. Der Text ähnelte einem sehr alten Gesang eines nordischen Skalden; ein uralter Text auf eine neue, in der halben Milchstraße bekannte Melodie.

»Viel hat das All mir entrissen.
Beraubt bin ich dessen, das ich geliebt.
Das All riß ab meiner Liebe Band,
nahm meine Schöne, Braunhaarige von mir ...«

Ghislaine legte ihre Hand auf meine Finger und sagte: »Du machst ein Gesicht, als ob du dich an etwas erinnern würdest; ich kenne diese Symptome. Willst du dich erinnern?«

Ich hob das Windlicht und gab ihr Feuer für ihre lange Zigarette.

»Vielleicht«, sagte ich. »Diese Zeit damals ... ich glaube, es waren die schönsten und gleichermaßen am meisten enttäuschenden Wochen und Monate meines Lebens auf der frühen Erde.«

»Herr«, sagte die Hosteß. »Tretet näher! Auch Ihr, schöne Dame.«

Ich bewegte überrascht den Kopf und legte den Arm um eine Bohle, die Boden und Decke verband, zwinkerte, weil Rauch in die Augen trieb, dann fragte ich: »Bei der großen Woge – habt ihr Platz für zwei?«

»Ja. Folgt mir, Terraner.«

Nur wenige Blicke folgten uns. Alle Gäste dieses Hauses schienen sich auf das glänzendste zu unterhalten. Vorbei an Goradon, vorbei am Feuer und an einer aus kleinen Klinkersteinen gemauerten Theke, von der her es nach dunklem Bier roch, vorbei an Raumfahrern, an rotbärtigen tätowierten Kapitänen, unter einem Rundbogen hindurch und hinaus in den Abend. Hier standen Tische und schwere Sessel auf einer Grasfläche, und auf jedem Tisch befanden sich dicke, gelbe Windlichter. Diese Umgebung, diese Stimmung zwangen förmlich zu guter Laune und zur Erwartung köstlicher Genüsse des Gaumens und des Magens. Die Bedienung blieb neben ihnen stehen und fragte leise, mit einer liebenswürdigen Stimme: »Terraner, nicht wahr?«

Ghislaine nickte.

»Wir haben drei Arten Wein.« Die Hosteß lächelte mich schmelzend an.

»Welche?« erkundigte sich Ghislaine.

»Einen lieblichen Wein, einen kräftigen Roten und einen für ältere Männer«, antwortete das Mädchen entgegenkommend.

»Wie ist der für die alten Männer?« erkundigte ich mich. Das Mädchen flüsterte verstohlen: »Ungemein feurig!«

Ich fragte lakonisch: »Gibt es auch etwas zu essen?«

»Ich bringe eine Speisekarte in terranischer Sprache. Einen lieblichen und einen feurigen Wein, ist das richtig?«

»Meinethalben!« Ich winkte ab.

»Es ist unser Abend!« sagte Ghislaine und trank.

»Es werden noch viele Abende auf diesem Planeten sein, an denen wir uns wohl fühlen und trinken«, bestätigte ich.

Willst du wirklich, daß sich dein fotografisches Gedächtnis erinnert? fragte der Extrasinn leise, aber unüberhörbar warnend.

»Vielleicht!« sagte ich laut. Ghislaine hob die Brauen und sah mich an. Unsere Gesichter wie auch die aller anderen Gäste wurden von den ruhig brennenden Flammen der Kerzen wie magisch angestrahlt. Sämtliche Zutaten für einen schönen und erlebnisreichen und harmonischen Abend waren hier vereinigt worden. Ghislaine Cordelier, die auf dem Planeten Olymp und auch auf Terra den hochbezahlten und qualifizierten Beruf einer Designerin ausübte, war etwas älter als achtundzwanzig. Sie setzte das Glas ab und lächelte wieder. Es war ein Abend für das Lachen und Lächeln und die wortlosen Gesten zwischen Menschen, die sich vertraut waren.

»Selbstgespräche?« fragte sie. Meine Finger spielten mit der Speisekarte. Ich entspannte mich, fuhr mit dem Fingernagel die Maserung des Holzes nach.

»Diese Szene hier und die Lieder, die Goradon singt, waren einmal

Bestandteil meines Lebens. Etwa neun Jahrhunderte nach der Geburt des Mannes, in dessen Namen die Nachkommen meiner ersten vorkolumbianischen Kultur mit Schwert und Blut bekehrt wurden. Ich verlebte schöne Monate; wild und voller Kämpfe, aber ich erinnere mich sehr gern daran. Meine Jahre mit Tore Skallagrimsson, genannt der Walroßbulle.«

»Das klingt nordisch. Wikinger?«

Ich lachte. Die Erinnerung an die Tage – und Nächte – war deutlich an meinem Gesichtsausdruck abzulesen. Ich entgegnete halblaut:

»Ja. Wikinger. Wir segelten wie die Besessenen. Sturm und Wolken, Flaute und Seegang, Gefechte und das goldene Schiff ... Es war eine faszinierende Zeit. Eine Zeit zudem, in der nicht gerade Mord und Krieg über den Planeten Erde zogen. Ich erinnere mich gern daran, ich wiederhole mich. Aber sollte mich mein Gedächtnis zwingen, zu berichten, werde ich dieses Wissen nicht gezwungen abgeben. Ich werde auch keine körperlichen Schmerzen haben, wenn ich erzähle.«

Ghislaine dachte praktisch und deutete mit der Hand an meinem Kopf vorbei. Schon bevor die dunkelhaarige Hosteß mit dem vielen Perlenschmuck in mein Blickfeld geriet, rochen wir das gegrillte Fleisch und die Kräuter, die mit ihm gebräunt worden waren; einer der schönsten Gerüche der Welt. Er paßte zu diesem Abend.

Auf der Tischplatte erschienen Keramikteller, auf denen Steaks lagen, doppelt so groß wie Handflächen. Etwa zwanzig Schalen mit Beilagen gruppierten sich zwischen die Teller und die Pokale. Wir begannen zu essen, ließen uns Zeit und genossen den exzellenten Geschmack der Speisen. Die langgezogenen, melodischen Akkorde des Gamespins drangen bis hinaus unter die Bäume, die Kerzen brannten, und plötzlich sagte ich:

»Wenn ich das hier so recht betrachte, dann fällt mir unser Gastmahl am Kai ein; dort brieten wir einen Hammel und begossen ihn mit schwerem, dickflüssigem rotem Wein. Das war auch der Tag, an dem ich dem Mauren meinen Rubin schenkte – so groß wie ein kleiner Apfel.«

Ich hob das Glas und trank einen mächtigen Schluck. Die Erinnerungen bereiteten mir wirklich echte Freude. Ich grinste Ghislaine an. Ihr seidiges, braunes Haar fiel auf die Schultern der weißen Jacke. Ghis war schlank und schön, begehrenswert und klug; ich wußte, daß auch dieser und folgende Abende mit ihr eine Episode bleiben würden wie viele andere in meinem Leben.

Wir aßen fast sämtliche Schüsseln und Teller leer, bestellten neuen Wein und hörten dem Barden zu. Irgendwann, als Goradon im Lokal herumzugehen begann, weil ihm die Augen vom beißenden Rauch tränten, kam er auch an unseren Tisch, setzte sich und griff einige Akkorde. Dann riß Zodiak die Augen auf, starrte zuerst das Mädchen und dann mich an.

»Beim stotternden Bariton. Ihr, Lordadmiral?«

Ich hob die Hand und schob Zodiak mein Cognacglas hin.

»Inkognito, Barde! Niemand soll mich kennen! Singt Ihr für uns?«

»Ein kleines Lied, nicht zu traurig, von dünnen Lüsten erfüllt«, nickte der Barde. »Für Sie, Lordadmiral, und für die braunhaarige Venus Ihnen gegenüber. Ein Lied von Schiffen?«

Ghislaine lachte, und ich nickte mehrmals.

»Von schnellen Schiffen!« bestätigte ich. »Vom Sturm ...«

Der Barde spielte komplizierte Tonfolgen, schlug, nachdem er den Verstärker im Resonanzboden des Instrumentes eingeschaltet hatte, einige Akkorde und begann:

»Der Sturm des Alls, mit schweren Hieben, meißelt um des Wogenwolfes Steven. Gewaltig pfeifend. Siedende Wogen, eiskalter Atem des Alls, aus tückischem Sonnenmund braust rund um den Bug mit alles vernichtendem Krachen. So fuhren wir dahin zwischen Sonnen und Monden, zwischen Sternenstaub und der langwelligen Strahlung ...«

Von den anderen Tischen kamen Bravorufe, Händeklatschen und Einladungen zum Umtrunk. Ich legte dem Barden die Hand auf den Arm und starrte fasziniert den roten Bart an.

Die Mähne des Mannes mit den sechs Fingern, einer Folge der Mutationen unter Raumfahrern, erinnerte mich ebenso wie der Bart und der platinierte Ohrring an Skallagrimsson.

»Ihr seid auf Urlaub hier, Atlan?« fragte Zodiak, der nirgendwo etwas für sein Leben zu zahlen brauchte, obwohl er inzwischen vielfacher Solar-Millionär war.

»Ja. Und Ihr triebt Euch zwischen den Sternen herum ...?«

Als Zodiak antwortete, schlug mir der schwere, nach Braten, Tabak und Wein riechende Atem des Mannes ins Gesicht.

»... um alles zu sehen und zu erleben, was meine Augen sehen können. Und, siehe da, meine Augen sahen auch den vielgeehrten Arkoniden, der sich mit seinen Freundinnen an den Rand der Milchstraße zurückzieht, um unerkannt in Ruhe Urlaub machen zu können. Wie in alten Sagen und Liedern, Lordadmiral!«

Ich pflichtete ihm bei: »So ist es, Goradon. Woher habt Ihr den Text des Liedes? Ich kenne ihn, Wort um Wort, aber wo einstmals die Ausdrücke ›Meer‹ oder ›See‹ standen, ist heute ›All‹ oder ›Raum‹ eingesetzt.«

Goradon zeigte sich verwundert: »Es ist ein Lied, das ich auf vielen Planeten gehört habe. Die Menschen singen's überall.«

Ich sagte deutlich: »Es ist ein Lied, das etwa im Jahr siebenhundert oder achthundert nach Christi Geburt geschrieben wurde. Der Skalde Egil sang diese Lieder. Und viele andere. Ich hörte sie selbst, gesungen an Bord der schnellen Schiffe.«

Goradon winkte ab und stand auf.

»Es war nett, Euch getroffen zu haben«, sagte er leise. »Gönnt mir diesen Abend und die reichlichen Einnahmen. Alle Raumkapitäne scheinen hier zu essen, zu trinken, Geld zu spenden und zu versuchen, bei den Mädchen Eindruck zu machen.«

Ich schüttelte Goradon die Hand, und als Zodiak in seine rechte Handfläche sah, bemerkte er die glänzende, fast neue Hundert-Solar-Münze. Er zog sich zurück und bildete wieder einen Teil der Umgebung.

»Zufrieden, Ghis?« fragte ich zärtlich. Sie nickte.

»Selbst wenn du es gewollt hättest – besser hättest du es selbst mit viel Hilfe nicht arrangieren können. Ich bin überwältigt. Kauf eine Flasche von diesem Rotwein, und in der Ruhe unseres Hotelzimmers kannst du dein Abenteuer mit den Wikingern erzählen. Willst du?«

Ich nickte schweigend und winkte, als ich die Hosteß sah.

Nach dem Erwachen und dem ersten Bewußtwerden erlebte ich stets die gleiche Folge: Die Gedanken dieser Zeiten ließen sich einfach umschreiben: zuerst die Neugierde, dann Hoffnung. Schließlich das listenreiche Vorgehen, das Furcht und Freude, Angst und Verzweiflung einschloß. Dann wieder Hoffnung und grenzenlose Enttäuschung. Viele Schiffe hatten die Erde besucht, keines hatte ich besteigen können ... doch: eines. *Das goldene Schiff!* sagte mein Extrahirn. *Das Schiff, mit dem du wirklich gestartet bist. Willst du es wirklich freiwillig berichten? Noch kannst du schweigen!*

»Ich bin gespannt!« sagte Ghislaine.

»Mit Recht«, sagte ich. »Noch nicht. Wir wollen den Abend bis zur Neige auskosten.«

»Eine Zeit vieler Abenteuer?« fragte Ghislaine.

Sie hatte einmal einen unvergeßlichen Urlaub mit mir verbracht; auf Glynth. Und das Unvergeßliche daran war der Bericht aus der Frühzeit der Erde gewesen.

»Die Zeit enthielt alles. Ich werde berichten, wie sich die Dinge verhielten – ich wurde geweckt ...«

Jetzt ist es zu spät! tobte der Extrasinn. *Du mußt berichten.* Ich lag entspannt im Sessel. Vor meinem inneren Auge tauchten die Schlüsselszenen auf. Menschen, Dinge, Gerüche und Schiffe. Der Zwang zu berichten ergriff ihn mit ausschließlicher Gewalt.

Aber dieses Mal wollte ich erzählen, schildern ... mit überzeugender, plastischer Art der Interpretation meiner Gedanken. Das stürmische Ufer und die Wellen der hämmernden Brandung tauchten wieder auf wie aus einem farbigen, wirbelnden Nebel.

7.

Aus vielleicht zwei Dutzend verschiedener Beobachtungen, bruchstückhafter Erzählungen und den abgehörten Gesprächen der Raumfahrer konnten Rico und ich das Geschehen mühsam rekonstruieren – so, wie ich es berichtete, muß es gewesen sein:

Das Raumschiff mit der goldleuchtenden Außenhaut stürzte in einer langgezogenen, fast ballistischen Kurve in sein Verderben. Schon bevor weit unter ihm die schwarzen Felsen und die weißen, halbrund abrollenden Linien der wütenden Brandung aufgetaucht waren, wußte Arni Xen Carpad, daß seine persönlichen Chancen nur sehr gering waren. Bei der letzten Wartung mußten Teile des vollautomatischen Schiffes übersehen worden sein, oder aber es gab etwas innerhalb dieses Planetensystems, das sich unheilvoll auf die Raumschiffe auswirkte. Jedenfalls hatte Arni Xen Carpad, einer der Stellaren Gäste, genügend Zeit, sich vorzubereiten.

Er stand auf und warf, ehe er in sein Abteil ging, einen zweifelnden Blick auf den Vorausbildschirm. Dort zeichnete sich das Ende seines Fluges ab, der eigentlich der Rettung hätte dienen sollen. Ein dunkles Land voller Wälder und großer, wie Decken über die Hügel gelegter Felder und Wiesen. Ein Land, dessen Bewohner dem gleichen Gewerbe nachgingen wie er; in gewisser Weise. Er war Raumschiffer, sie fuhren in Meeresschiffen; es war im Augenblick nicht schwer, zu sagen, welche Fortbewegungsart die kleineren Risiken barg. Auf alle Fälle war es nicht die Raumfahrt.

»Vielleicht«, sagte Arni laut, »komme ich mit dem Leben davon.«

Er nahm die sechs Kursplatten und steckte sie, je zwei auf einmal, in drei Kunststoffkassetten. Er betrachtete kurz die Platten, auf denen sternförmige Punkte mit den jeweils als Position wirkenden Identifikationsstreifen daneben durch eingeätzte Linien miteinander verbunden waren. Die Platten sahen aus wie Spinnennetze, von kybernetisch gelenkten Insekten gewoben. Man brauchte sie nur in den Kursrechner zu schieben, den Startknopf zu drücken und eines der Ziele zu wählen – und das Schiff der Stellaren Gäste brachte die Insassen an das gewünschte Ziel. Arni verschloß die Kassetten, die auf beiden Seiten farbige Symbole trugen, mit dem Universalschlüssel der Gäste und schob sie nach einer Pause des Überlegens unter sein Hemd. Dann kletterte er in den goldfarbenen Raumanzug und schaltete die Schocksicherungen ein. Dadurch wurden gewisse Linien des Raumanzugs, entlang der

Röhrenknochen und der inneren Organe, versteift; so ließen sich die schlimmsten Stöße während des Absturzes neutralisieren.

»Und hoffentlich lebe ich noch so lange, um ihnen begreiflich zu machen, was sie zu tun haben«, murmelte Arni. Er fühlte sich unbeschreiblich elend, und er sah das Ende seines leichten Lebens vor sich. Trotzdem wußte er, daß nur er das Leben von fünfzehn seiner Freunde und Freundinnen retten konnte, niemand sonst.

»Der Helm ...?« Er überlegte laut und ließ ihn, wo er war; in einem Schrankfach. Aber er öffnete den Raumanzug am Handgelenk und schob das starke Funkgerät darunter.

Das große Gerät des Schiffes war zuerst ausgefallen, vor drei Tagen. Dann riß die Verbindung zwischen Steuerstand und der aerodynamischen Lenkung ab, so daß sein Schiff nur mit Hilfe des stellaren Antriebs zu manövrieren war, und dieser Vorteil galt bis spätestens zu dem Augenblick, als die dichten Schichten der Lufthülle berührt wurden. Sein Schiff schlug, nachdem er es in die grob ausgerechnete Richtung gebracht hatte, einen zufälligen Kurs ein. Arni Xen Carpad verließ seine Kabine. Dann, bereits im Eingang der Steuerkanzel, drehte er sich um und holte die runden Scheiben hervor, mit denen seine Leute – andere Angehörige der Stellaren Gäste – auf archaischen Planeten Zahlungen vornahmen. Etwa zweihundert dieser Scheiben (aus dem gleichen Metall bestand auch die äußerste Schicht der Schiffshülle) steckte er in einen breiten Gürtel, den er innerhalb des Anzugs verstaute, und schaltete die Sicherungen der Luftschleuse ab. Die Landschaft stürzte noch immer in einen gewagten Winkel auf ihn zu, und Teile des Landes vor und unter ihm wurden deutlicher.

»Soll ich ...«, überlegte er, nickte. Je mehr er tat, um seinen Absturz abzufangen, desto mehr tat er zur Rettung seiner Freunde. Er aktivierte den Sternenantrieb, überlegte und setzte ihn kurz ein. Die Folgen waren eine Art Wunder. Das Schiff hob die Schnauze und sackte über das Heck weg, aber gleichzeitig flachte sich nach einigen Steuermanövern die Flugbahn ab. Das Raumschiff fiel wie ein Stein tausend Maßeinheiten tief, dadurch würde sich der Winkel verringern, in dem es auf das Wasser schlagen mußte.

Das waren die Folgen für Arni und seine Freunde: Gleichzeitig entstand in der beginnenden Dämmerung, hinter dem Schiff, ein breiter Streifen aus ionisiertem Gas. Vier Farben verbanden sich auf einer Breite von zweitausend und einer Länge von sechzehntausend Maßeinheiten zu einem gefächerten Streifen mit ausgefransten Rändern. Mit bitterem Grinsen stellte sich Arni vor, wie sich die in Felle gekleideten Bauern und ihre Knechte auf den Feldern dieses langgezogenen Kontinent-Vorsprungs, der grob wie eine verzierte Axt geformt war, von der Ackerarbeit aufrichten, zum Himmel deuten und »Ein Wunder der Götter!« murmeln würden. Dann tobte der Schallknall über die Landschaft aus Wasser, Felsen und Wäldern dahin. Das Wild floh; jeder, der jetzt geschlafen hatte, fuhr aus den Träumen hoch und sah am

Himmel das Zeichen der Asen. Das Schiff stürmte weiter, dem Verderben entgegen. Etliche Sekunden vergingen in tödlicher Schnelligkeit.

Arni Xen Carpad schnallte sich im Steuersessel fest und achtete darauf, daß die Gurte nicht zu straff und nicht zu locker saßen. Dann berührte er den Knopf, und der Zentralverschluß sprang auf. Arni hastete zurück in seine Kabine und holte den Automatischen Übersetzer, den er sich während des Laufens an den linken Arm, dicht über dem Handgelenk, anklammerte. Dann fiel er wieder in den Kontursessel, schnallte sich fest und schloß die Augen bis auf einen kleinen Spalt.

Schären und Brandung sprangen ihn an wie ein Raubtier. Er wartete einige Zeit lang, dann berührte das Schiff in der Kielgegend das Wasser. Ein harter Schlag und ein grauenvolles Knirschen marterten die Metallkonstruktion und den Verstand des Mannes. Er konnte sich vorstellen, wie sich die Bauelemente des Sternenantriebs aus den Verankerungen und den Silenblöcken rissen und die Heckzelle des Schiffes verwüsteten. Das Schiff sprang wie ein flacher Kiesel hoch in die Luft und beschrieb einen flachen Bogen. Glücklicherweise kam es kurz hinter dem Felsen, der sich wie ein Buckel eines bemoosten Fisches aus dem Wasser hob, wieder auf. Wieder ein harter Schlag und eine krachende Explosion, der eine Reihe von knatternden Geräuschen folgten. Abermals berührte das Schiff das Wasser, das zerfetzte Heck steuerte es in eine Kurve. Mit hoher Geschwindigkeit raste das Objekt, eine keilförmige Spur aus Dampf und Gischt hinter sich herziehend, über die flachen Wellen. Die Brandung hob und senkte sich. Die Felsen kamen näher. Dahinter stieg flach die Küste an, jenseits der Wälder gab es einen weißen Streifen Helligkeit in dem dunkelgrauen Abendhimmel der nördlichen Gegend.

Das Schiff sank tiefer, schlug mehrmals ins Wasser ein, und Glasteile der Instrumente und Uhren wirbelten als Splitter durch die Kabine, zerschnitten Hände und Gesicht des Raumfahrers. Er fühlte es nicht. Als das Blut in breiten Streifen über sein Gesicht sickerte, schloß er nicht einmal die Augen.

Dann hämmerte der Rumpf gegen die runden Felsen. Eine Welle rauschte langsam heran und wischte das Schiff vom Felsen. Das Metallobjekt raste weiter, zerbeult und aufgerissen, aber noch immer ziemlich schnell. Dann schürfte es über einen weiteren Felsen, schob sich daran hoch, und ein Regen blauweißer Funken stäubte aus dem Metall. Dann rollte das Raumschiff, das inzwischen zu einer fast unkenntlichen Masse geworden war, auf der anderen Seite des Felsens hinunter und fiel aufklatschend in das seichte Wasser. Grundberührung. Das Schiff wurde von der Brandungswelle hochgehoben, um fünf Schritte versetzt und krachte zwischen zwei Uferfelsen hinein. Dort keilte es sich fest, und nur das Heck hob und senkte sich im Rhythmus der Brandung.

»Ende!« lallte Arni. Er wußte, was er sagen wollte, aber er hätte den Laut, der zwischen seinen zerschnittenen Lippen und den gebrochenen Zähnen hervorkam, nicht verstehen können.

Er bewegte seine rechte Hand, berührte den Auslösemechanismus des Schlosses, und die gepolsterten Gurte fielen von ihm ab. Ein stechender Schmerz, der ihm das Atmen verbot, fuhr durch die Brust des Raumfahrers. Vermutlich hatte er sich mehrere Rippen gebrochen. Er kam auf die Füße. Ein zweites Wunder: Der Boden unter ihm schien, obwohl sämtliche Energie des Schiffes ausgefallen war, waagerecht zu sein. Die Anlage zur künstlichen Schwerkraft funktionierte selbstverständlich nicht mehr. Langsam wanderte Arni nach links und fiel hart gegen die Schleuse. Sämtliche Knochen und Muskeln schmerzten derart stark, daß er gegen eine Bewußtlosigkeit kämpfte.

Seine Hand tastete über das Metall der Umrandung. Die Fingerspitzen schienen gefühllos geworden zu sein, trotzdem gelang es ihm, den gelben Notknopf zu finden. Mühsam ballte er die Faust und schlug darauf. Eine Sprengladung detonierte und schleuderte die zerbeulten Türen nach draußen; die Erschütterung der Explosion und der Sog ließen Arni zusammenzucken und taumeln. Dann breitete er in Zeitlupe die Arme aus, hielt sich in dem schlingernden, sich auf und ab bewegenden Wrack an den Seiten des Schleusenrahmens fest.

»Wasser!« lallte er und spuckte Blut aus. Stücke seiner Zähne schnitten in die Lippen. So weit er konnte, beugte er sich vor. Etwa dreihundert Schritte rechts von ihm war das Sandufer. Wieder kam die lange Brandung, bäumte sich auf, rollte heran und überschlug sich. Das Schiff wurde hochgerissen und sackte knirschend zurück. Zwischen den Felsen, in die sich das Wrack bei jeder Bewegung mehr hineinschnitt, und dem Ufer gab es drei genau zu definierende Abschnitte. Die Sehschärfe und die Fähigkeit, analytisch zu denken, waren ihm noch geblieben, obgleich sich die Schmerzen in seinem Körper strahlenförmig ausbreiteten. Diese Abschnitte bestanden aus unregelmäßig hohen Felsbänken, Wasserstreifen und Treibholztrümmern. Arni Xen Carpad holte tief Luft und ignorierte das wütende Stechen in den Lungen.

»Ich werde es versuchen!« murmelte er undeutlich, zog die Schultern hoch und fröstelte. Dann sagte er laut und deutlich: »Ich werde sie retten!«

Er ließ sich fallen, wurde von der Welle hochgerissen und auf den Felsen geworfen. Seine Rippen schmerzten, die Nässe drang von überall her in seinen Anzug und spülte das Blut aus seinem Gesicht. Wie ein Tier kroch er, während der Gischt seine Unterschenkel zurückzerren wollte, über den Felsen. Alles, woran er dachte, war das Ufer, das sich in seinem Gesichtskreis als heller Streifen abzeichnete. Der Himmel darüber war geschlossen und dunkelgrau. Das Farbenspiel der ionisierten Luftschichten war vorbei. Die letzten Schritte zog sich Arni mit den Händen von Spalte zu Spalte, vom Vorsprung weiter bis zu den kantigen Steinen. Keuchend kroch er darüber hinweg. Die Berührung mit der Kälte des Wassers hatte ihn geschockt und gestärkt. Er erreichte das freie Wasser, schob mit der rechten Schulter einen Balken aus schwammigem Holz zur Seite und begann zu schwimmen. Sein

Ziel hob und senkte sich bei jedem der langsamen Züge, aber er kam vorwärts. Das zusammengepreßte Treibgut aus hundert Ebben und Fluten vor dem nächsten Felsenwall näherte sich. Je deutlicher er den geschnitzten Balken, das Gras und die verflochtenen Halme des abgestorbenen Schilfs sah, desto deutlicher spürte er, wie die Kraft seinen Körper verließ.

»Ich muß!« ächzte er. Ein Möwenschrei war die Reaktion. Der Vogel stieß herunter, sah den Fremden und segelte in unvergleichlicher Eleganz aufwärts und schrie. Dann krallten sich die Finger des Raumfahrers in das Treibgut, zogen den erstarrenden Körper näher heran, schließlich lag Arni bäuchlings auf dem Felsen und atmete schwer. Jeder Atemzug rief unbeschreibliche Schmerzen hervor.

Arni Xen Carpad schwamm, kletterte und watete weiter. Er, einer der Raumfahrer der Stellaren Gäste, der ein Leben im Überfluß gehabt hatte, solange er denken konnte, wuchs über sich hinaus. Er wußte, daß das Schicksal der anderen von ihm abhing – gewannen er und sein kleiner fragwürdiger Plan, überlebten die Freunde und konnten ihr Schiff starten. Ertrank er oder erfüllte er seine Aufgabe nicht, waren sie dazu verdammt, diesen Planeten niemals verlassen zu können. Es war sein Fehler gewesen, daß er impulsiv gehandelt und nicht die nächste Station verständigt hatte. Jetzt mußte er diesen Fehler neutralisieren. Nichts wäre geschehen, wenn nicht sein Schiff, wohl wegen Materialübermüdung, versagt hätte. Er erreichte den letzten Steinwall und setzte sich, die Beine des goldglänzenden Raumanzugs im seichten Wasser. Bis hierher reichte der Schaum der Brandung nicht. Brackwasser bewegte sich zu seinen Füßen. Er sah vor seinen Augen die roten Spiralen der Bewußtlosigkeit und zwang sich weiter.

Schritt um Schritt watete er dem Sandstreifen entgegen. Der Tag verlor sich in der Wolkendecke; irgendwo am Rand seiner Wahrnehmung brannte ein Licht, ein Feuer wohl. Jeder Schritt brachte den Raumfahrer dem Sand näher; endlich kam er auf das trockene Land. Er sah sich um, schüttelte den Kopf, um die Benommenheit loszuwerden, gleichzeitig schrie er auf, weil aus seinem Nacken ein barbarischer Schmerz auf seinen Schädel übergriff.

»Weiter! Zur Siedlung!« keuchte er. Seine Augen tränten. Das Salzwasser hatte seine Schnittwunden wieder geöffnet, und senkrechte Blutrinnsale liefen über sein Gesicht, in die Augen, verkrusteten in den Haaren der Brauen, der Wimpern und des Bartes auf der Oberlippe.

Arni kam taumelnd auf die Beine. Sein Leben, ahnte er, war nur durch eine Art Wunder noch zu retten. Vermutlich verblutete er innerlich, denn jedesmal, wenn er sich übergab oder ausspie, färbte sich das Wasser oder der Sand. Drei Dinge waren wichtig: der Übersetzer, das Funkgerät und die Kursplatten. Das Gold war nur Werkzeug, nur Gedanke, der Wellen schlagen würde. Weiter!

Über den Sand, keuchend und mit weichen Knien und nur vom Willen getrieben. Dann den Hang hinauf, vorbei an dem Schiff, das auf Steinen, auf der Seite liegend, neben seinem Weg auftauchte. Hinein mit den goldschimmernden Stiefeln in die tiefen Spuren der Wagenräder, in den nassen Lehm. Durch den Kot von unbekannten Tieren, durch Abfälle und über einen toten Fuchs hinweg. Zwischen Bäumen entlang, an denen er sich festhalten konnte, um für ihn unermeßlich lange Momente Luft zu schnappen und die Schleier von seinen Augen zu vertreiben. Aus dem Lichtschein, der zuerst nur wie ein Stern gewirkt hatte, wurde ein neblig verschwommener Punkt. Tierschreie drangen an seine Ohren, dann das wütende Kläffen von Hunden. Er haßte diese Tiere. Sie waren laut, stanken, wenn es regnete und hinterließen überall ihre widerlichen Sekrete. Diese Tiere waren zuhöchst unästhetisch. Unästhetisch ... das Wort rotierte wie eine Gebetsmühle in seinen Gedanken. Er schaffte, ohne es deutlich wahrzunehmen, den gesamten Hang und trat auf die Wiese hinaus. An ihrem Ende lag das Viereck der strohgedeckten Häuser, aus deren Dachöffnungen sich bleigraue Rauchfäden in die Luft ringelten. Die Hunde schienen irrsinnig zu werden; dieses Geräusch war es, das ihn wieder zu sich brachte.

Er murmelte: »Sie kommen!«

Mit seinen Augen schien etwas nicht mehr zu stimmen. Die Schärfe des Bildes veränderte sich gleitend. Aus den Fackeln wurden wirbelnde Sterne, schließlich schmolzen sie zusammen zu einer Helligkeit. Er fühlte ihre Wärme auf seinem Gesicht, schließlich ertönte ein Schrei, einige klatschende Geräusche. Dann verwandelte sich das Kläffen in Winsellaute. Worte einer unbekannten Sprache ... Er tastete nach seinem Handgelenk und fühlte, wie er schwankte. Er schien sich zu drehen wie ein auslaufender Kurskreisel auf seiner Diamantspitze. Eine aufgeregte Stimme rief:

»Ein Fremder! Er blutet! Hebt ihn auf und bringt ihn ins Haus! Schnell, schnell!«

Er sagte langsam und deutlich, wie er glaubte: »Ich darf nicht einschlafen. Ich muß mit euch sprechen.«

Wie ein groteskes Echo hörte er seine Worte aus dem Übersetzungsgerät. Dann verdunkelte die Bewußtlosigkeit alles, was er dachte, fühlte und sah. Als er wieder zu sich kam, glaubte er, neugeboren zu sein. Er öffnete langsam die Augen und sah über sich, in rötlichgelbem Licht, das von Dampf und Rauch gefiltert und gebrochen wurde, dicht aneinanderklebende Stäbe, anscheinend hohl. Mühsam zwang er sich dazu, seine Lage zu begreifen. Nachdem seine Finger über die Decken, die ihn bedeckten, gefahren, nachdem er die Eindrücke seiner Sinneszellen in der Haut analysiert hatte, versuchte er, sich aufzurichten.

Ein dicker, starker Arm fuhr unter seinen Rücken und hob ihn hoch, dann stopften Unsichtbare Felle und Strohbündel unter seinen Rücken. Erleichtert lehnte er sich zurück. Jetzt sah er mehr, erkannte alles.

»Danke!« sagte er. Leise und quäkend kam die Übersetzung. Er streckte die rechte Hand aus und forderte lauter: »Die Dinge, die ich bei mir hatte.«

Schließlich hatte er Armbandfunkgerät und Übersetzer in den Händen und schwieg, während er die Lage abschätzte.

Er befand sich im Innern eines strohgedeckten Hauses, in dessen Mitte ein Feuer inmitten einer Steinumhüllung brannte. Entlang der drei Wände verlief eine Art Podest; er lag darauf, etwa zwanzig Menschen verschiedener Größe und unterschiedlichen Alters standen um ihn herum. An den Wänden standen Ölschalen mit brennenden Dochten und verbreiteten rußendes, gelbes Licht, das in seinen Augen nicht schmerzte. Diese Menschen waren, wie er wußte, Eingeborene dieses Landes, und das war das erste gute Zeichen. Er roch die kräftige Suppe aus dem bronzenen Kessel, der über dem Feuer an Ketten hing – vermutlich hatten sie ihm etwas davon eingeflößt, denn er fühlte sich von Minute zu Minute besser.

Er mußte seinen Plan Punkt für Punkt erfüllen. Er holte Atem und fand, daß man ihm die Brust verbunden, das Gesicht abgewaschen und seine Wunden versorgt hatte. Die Schmerzen schienen zurückgedrängt worden zu sein; er spürte sie nur noch dumpf und fern.

Er ahnte, daß er nicht mehr viel Zeit haben würde, und fragte, den Übersetzer auf größte Lautstärke einstellend: »Ihr habt das Feuer am Himmel gesehen?«

Ein Mann mit dicken, rotblonden Zöpfen und einem grimmigen Bart auf der Oberlippe, antwortete deutlich: »Wir sahen es. Die Asen gaben Zeichen deiner Ankunft, Jarl!«

Er nickte und faßte den Mann ins Auge. Er schien hier die Verantwortung zu haben.

»Ihr habt den Donner gehört, Männer?«

Das Gerät übersetzte geschickt, denn jedes Wort der Unterhaltung bereicherte den Wortschatz.

»Wir hörten, daß Thor den Hammer zwischen die Felsen schleuderte, Mann aus dem Meer.«

Arni Xen Carpad hob den Arm und deutete nach oben. »Ihr wißt, daß ich der Mann bin, der mit dem Donner aus dem farbigen Feuer gekommen ist. Ich betrat dieses Land zwischen den Felsen der Brandung und schwamm hierher. Ich brauche eure Dienste, und ich will euch belohnen, daß euch die Augen überlaufen werden.«

Der Rauch brannte beizend in den Augen, jetzt drang auch der Geruch von vielen Tieren an die Nase des Fremden. Sein Arm fiel schwer herunter, dann deutete er auf den goldenen Anzug neben ihm.

»Dort ist mein göttliches Kleid«, sagte er. »In der Tasche«, seine Hand deutete auf seine eigene Brust, »ist ein ... dünnes Fell mit einer Zeichnung. Holt es hervor!«

Zwei jüngere Männer öffneten die Brusttasche des Raumanzuges, der mitgenommen und schlaff wie eine sterbende Qualle neben dem Feuer lag und schimmerte wie die leibhaftige Verheißung. Die schmutzigen Finger der

Leute falteten die plastische Fotografie auseinander; eine Karte, deren Ränder etwa ein Viertel des planetaren Umfanges abgrenzten, geriet ins Licht. Sie glänzte feucht. Arni winkte, man legte die Karte vor ihn. Sein Finger fuhr entlang der Küsten, als er deutete und erklärte. Er schilderte den Männern, die mit aufgerissenen Augen und Mündern zuhörten, wo sie sich befanden. Dann sagte er:

»Hier leben meine Brüder, mit denen ich gleich sprechen werde. Es sind Kinder der Asen wie ich. Ihr sollt ihnen bringen, was ich hier getragen habe – diese drei Platten.«

Er deutete auf die farbig prunkenden Kassetten mit den Kursplatten.

»Wir werden es tun, Herr.« Der breitschultrige Mann kreuzte die Arme vor der Brust. »Du weißt, wir haben schnelle und gute Schiffe.«

Arni nickte. Sie hatten begriffen! »Es ist gut«, sagte er.

Dann hörte er das scharfe, schmetternde Krachen. Die Erschütterung und die Druckwelle des detonierenden Schiffes ließen die Hütte in ihren Balken erbeben. Aus dem Feuer stoben Funken, und die Hunde begannen zu heulen, als habe man ihnen Ohren und Schwänze abgeschnitten.

»Thor hat es besiegelt!« Arni benutzte die vorgegebene Terminologie. »Jetzt müßt ihr es tun, ob ihr wollt oder nicht.« Er deutete auf die Platten. »Drei farbige Göttergeschenke. Drei Schiffe. Drei ausgezeichnete Schiffe und noch bessere Mannschaften. Segelt nach Süden, segelt in das riesige Binnenmeer. Dort sind viele eurer Schiffe gesehen worden. Dort, wo ich es euch gezeigt habe, leben meine Brüder; sie werden euch finden.«

»Wir werden die Kielvögel ins Wasser ziehen!« versprach der rotbärtige Riese und hob die Hand mit gespreizten Fingern. »Einige Dinge müßt ihr berücksichtigen«, sagte Arni. »Es ist lebenswichtig für die Asen, daß diese Geschenke bei ihnen ankommen. Darum drei Schiffe, von denen jedes nur einen Metallschild mitnehmen soll. Schiffe können sinken. Vermutlich sinken nicht alle drei Schiffe. Wer wird segeln?«

Der Riese spannte die Muskeln, dehnte die Brust und blies Luft durch die Nase. Dann faßte er die Spitzen seines Bartes.

»Ich, Thorvald, werde einen Elch des Fjordes rüsten und dorthin segeln, wo die Sonne senkrecht über den Köpfen steht und der Mast keinen Schatten wirft.«

Arni erwiderte, etwas mehr beruhigt: »Wohl gesprochen, Thorvald. Und wer sind die anderen Steuermänner?«

Thorvald sagte mit lauter und verblüffend tiefer Stimme: »Thorfinn, mein Bruder, wird auch segeln. Er ist ein guter Mann im Heck des Schiffes. Und«, fügte er listig grinsend hinzu, »auch er wird belohnt?«

Arni Xen Carpad versicherte glaubwürdig: »Er wird mehr Lohn erhalten, als er und seine Söhne ausgeben können. Meinen Gürtel!«

»Und Jon der Steinbrecher segelt auch mit«, sagte Thorvald. »Sein Schwert, sagte er vor zehn Tagen, setzt schon Rost an.«

Langsam zog Arni, indem er Thorvald zunickte, den Gürtel auf und kippte ihn mit der rechten Hand herum. Plötzlich war es, als gehe die Morgensonne auf. *Gold!* Mehr als zweihundert Goldscheiben, drei Fingerbreiten durchmessend und einen Finger dick, fielen klirrend zwischen Felle und Decken, rutschten von den angewinkelten Knien des Stellaren Gastes. Als das Licht des Feuers und der Ölfunzeln darauf fiel, leuchtete das Edelmetall, als begänne es zu brennen. Ebenso plötzlich schien sich der Glanz des Goldes in allen Augenpaaren zu spiegeln. Es war, als ob die Sterne plötzlich erschienen wären. Arni wartete eine Weile, teils um sich zu erholen, teils um das Gold wirken zu lassen.

Thorvald der Bärtige setzte sich neben Arni und sagte voller Ehrfurcht: »Lichter am Himmel, Thors Hammer fiel zweimal. Es regnet Gold auf meine Wolfsfelle ... Du bist ein Ase, aus Asgard gekommen. Warum willst du sterben, Herr?«

Er verneigte sich unterwürfig. »Meine Zeit ist gekommen, schneller, als ich dachte«, bemerkte Arni voll schwacher Ironie. »Nehmt das Gold! Setzt die Schiffe keinen Gefahren aus! Ihr müßt sicher segeln, aber nicht zu schnell. Meine Brüder werden euch noch mehr Gold geben und alles andere, was ihr haben wollt. Ihr habt eine Karte, ein Bild der vielen Küsten. Ich werde euch zeigen, wo Sonnenaufgang ist und Sonnenuntergang. Ihr segelt entlang der Küsten, segelt in das Land der goldenen Sonne, segelt zu den schwarzbärtigen Männern, deren Zeichen der Halbmond ist. Ihr werdet viele Menschen treffen ...«

Er rang nach Luft. Thorvald langte nach hinten, nahm einem Jungen ein Horn mit metallenem Besatz aus der Hand und hielt es mit allen Zeichen der Demut und des Respekts an Arnis Lippen. Arni trank; es war ihm, als schlucke er flüssiges Feuer. Wieder begann er zu weinen und zu husten. Als dieser kurze Anfall vorüber war, fühlte er sich wohl. Fast etwas zu wohl.

»Ihr trefft viele Menschen – haltet euch nicht mehr auf, als es Schiff und Männer brauchen. Wenn ihr meine Brüder getroffen habt, dann könnt ihr tun, was ihr immer wollt. Segelt, um der Wolken, des Sturmes und des Liedes des Skalden willen! Segelt! Haltet euch von den Stränden fern und von den Frauen! Trefft meine Brüder und nehmt alles Gold dafür.«

Die Schwäche begann an den Zehen. Er fühlte sie nicht mehr, obwohl er seinen Muskeln den Befehl gab, sich zu bewegen. Das Ende kam näher, und er war dankbar dafür, daß es so kam. »Zeichnet noch zwei andere Karten. Einen Dolch, Thorvald!«

Er bekam die Waffe und zeichnete die Symbole für Sonnenaufgang, Norden und Sonnenuntergang auf. Jetzt war es unmöglich, die Karte zu verdrehen und in eine falsche Richtung zu segeln.

Er wandte sich an Thorvald: »Mann! Thorvald! Hast du noch Fragen?«

»Was geschieht, wenn wir deine Brüder treffen?«

Arni sagte deutlich: »Fragt sie, und sie werden euch alle Antworten geben. Weiter ...«

»Was ist, wenn die Schiffe überfallen werden?«

Arni richtete sich auf, öffnete seine Augen weit und sagte laut: »Thor wird euch mit seinem Hammer in Stücke schlagen. Die Mitgardschlange wird die Männer aus den Schiffen fressen, wenn ihr zu unvorsichtig seid. Flieht, wenn ihr nicht siegen könnt! Und haltet euch fern von anderen Schiffen! Meine Brüder werden euch langsam rösten und eure Seelen verfluchen! Bei Thor und den Böcken, die seinen Wagen ziehen, bei Odins Raben und der Weltesche ... ihr sollt das Ziel erreichen!« Er machte eine Pause und fuhr fort wie ein väterlicher Freund: »Thorvalds Schiff, Thorfinns Brandungskeiler und Jons Kielvogel – die schnellsten und besten Schiffe, und kein Schiff aus eurem Land, sei es nach Norden, Westen, Süden gesegelt, wird jemals mit mehr Beute, mehr Lohn und mehr Ehren zurückgekommen sein. Die Skalden, deren Söhne und deren Enkel werden von euch singen. Jetzt hört zu, wie ich mit meinen Brüdern spreche!«

Er ließ den Übersetzer fallen, nahm das kleine Funkgerät in die Hand und schaltete es ein. Er sagte:

»Achtung! Ich bin Arni Xen Carpad und rufe die Stellaren Gäste. Bitte sofort kommen.«

Er brauchte kaum zehn Atemzüge zu warten, dann ertönte eine scharfe Stimme, von unterdrückter Panik zitternd: »Hier die Antwort. Mann! Wir warten auf dich! Wo bist du?«

Arni ging nicht auf die Fragen ein. »Ich bin notgelandet. Totalausfall wichtiger Geräte. Ich sterbe in wenigen Minuten. Ich habe sechs Kurskarten bei mir, in drei Normalkassetten verpackt. Landung erfolgte auf Planquadrat Godan dreizehn zu Chlehy elf. Ich habe drei Schiffe starten können, zur Risikoverminderung hat jedes zwei Platten in einer Kassette an Bord.«

Er keuchte. Die Lähmung hatte seine Knie erreicht und bemächtigte sich der Wirbelsäule und der Fingerspitzen. Arni klinkte das Band des Übersetzers in das Band des Funkgerätes ein und schloß die Kontakte. Somit waren beide Geräte miteinander verbunden; das Funkgerät würde senden, bis die Batterie leer war, und der Übersetzer würde alle Wörter innerhalb seines Aufnahmebereiches übersetzen in seine – ihre – Sprache und auch umgekehrt. Etwa zehn bis höchstens fünfzehn Stunden ... Seine Gedanken begannen das Ziel zu verlieren. Er fuhr schnell fort: »In einigen Tagen gehen die Schiffe in See. Ich habe ihnen eine Fotografie, stereoskop, mitgegeben; sie werden euch finden. Mein Fehler: Ich habe eure Notmeldung nicht weitergegeben. Die Schiffe brauchen ... weiß nicht, wie lange sie unterwegs sein werden. Gebt ihnen Gold, Freunde, und alles, was sie brauchen. Helft ihnen, Kultur zu entwickeln. Betet meinethalben zu ihren Göttern, daß sie euch erreichen. Es sind die Schiffe Thorvalds ...«

Thorvald bewies viel praktische Intelligenz und sagte laut: »Ein Segel mit zwei Farben im viereckigen Muster und dem Kopf des wilden Hengstes Bruder Thors.«

Arni nickte ihm dankbar zu. Jetzt spürte er weder seine Beine noch seine Arme abwärts der Ellbogengelenke. Der Schmerz in seinem Hinterkopf war wie ein schmelzender Platindraht.

»Das andere Schiff ist Thorfinns Schiff. Es ...«

»Fuchskopf mit Zähnen und Mähne und Rautenmuster im Segel. Das schnellste Boot unserer Familie ...«

»Gut. Mitgehört?«

»Ja! Mehr Informationen, Arni! Reiß dich zusammen, hörst du ...?«

Nunmehr; es war sehr leicht – als der Raumfahrer merkte, daß sich das Ende seines sorglosen Lebens näherte wie ein schönes, silberpelziges Raubtier, ebenso schnell und barmherzig fast, konnte er lächeln. Er freute sich auf den Augenblick, da er sich nicht mehr zwingen mußte ... Er dachte nicht zu Ende. Er sagte undeutlich:

»Das dritte Schiff ... Jon der Steinbrecher ... viel Glück für euch ... verfluchte Wartungsmaschinen ...«

»Die Seeschlange ist am Bug. Das Segel ist grau und rot, in senkrechten Linien ...«

»Mehr Informationen ...!«

Arnis Kopf sank auf die Brust. Klirrend rutschten die Goldplatten zur Seite und fielen aufs Holz. Die würdevolle Ruhe eines langsamen Todes breitete sich aus. Niemand wagte laut zu atmen. Hier starb ein großer Mann, ein Krieger, dessen Tapferkeit weit über seinen Tod hinaus reichen würde. Die Hunde hörten auf zu jaulen, das Vieh im hintersten Teil des Langhauses spürte den Hauch, der das Vergängliche auf die Seite des Unsterblichen wehte und rührte sich nicht. Nur das Feuer, das Flammen entwickelte wie die Goldscheiben, ließ sich nicht beeindrucken. Arni raffte sich ein letztes Mal auf und sagte: »Ich habe Übersetzer ... Funkgerät eingeschaltet ... holt Informationen aus den Reden der Eingeborenen ... Thorvald!«

Der Norweger beugte sich über ihn und berührte sanft die Schultern des bärtigen Fremden. »Arni?«

»Meine Brüder können noch einen Tag lang hören, was ihr sagt. Sprecht viel und lange hier – bei diesen Halbkugeln der Götter. Versprichst du mir das?«

Thorvalds Augen wurden weich, er zwinkerte und sagte mit rauher Stimme: »Ich verspreche es dir. Wir werden dich und dein Kleid in einem Boot verbrennen, damit du nach Asgard auffahren kannst.«

»Ich danke ... wartet, Freunde ... sie werden kommen. Ich kann nicht weiter helfen ... ich sterbe wohl ... grüßt mir das Verborgene System ...«

Er schloß die Augen. Jetzt hatte die Lähmung seinen Körper im Griff. Vermutlich waren Wirbel gebrochen, Nerven eingeklemmt oder gerissen. Während sich Arni aus dem Leben zurückzog, bildete er sich ein, zu lächeln. Der

Tod kam langsam, und lächelnd spürte Arni, der Raumfahrer, daß er sein Programm erfüllt hatte. Mehr und mehr Körperlichkeit starb ab, verlor ihre Bedeutung und schließlich ihre Identität.

Zuletzt blieb ein deutlicher Traum übrig, in dem sich drei Schiffe mit schäumenden Bugwellen und pfeilförmigen Kielspuren durch das Binnenmeer bewegten, nach Südosten zu, nachdem sie die Landmassen oder die Meerenge durchstoßen hatten. Thorvald ... Thorfinn ... Jon ... die Köpfe der Schiffe hoben und senkten sich, während beachtlicher Wind die Rahsegel füllte und die Schiffe vor sich hertrieb ... An Bord eines jeden Schiffes waren die Kursplatten, mit deren Hilfe das goldene Schiff der Stellaren Gäste zumindest (selbst wenn vier Tafeln das Ziel nicht erreichten) zum nächsten Stützpunkt kamen. Sonne, Wolken und Helligkeit, langgezogene Seen mit schaumigen Köpfen und bärtige Männer hinter Segel und Steuerruder ... Arni Xen Carpad starb.

»Er stirbt wie ein Krieger«, sagte Thorvald und zog die Felle über Arnis Kopf. Das Gold klingelte, als die Arme des Norwegers sich bewegten; Arni starb lächelnd.

Atlan unterbrach seine Schilderung. Einige schwere Atemzüge später fügte er leise hinzu:

»Als der unglückliche, tapfere Raumfahrer sein Funkgerät einschaltete, konnte Rico den Standort anmessen und eine Spionsonde dorthin steuern, wo er starb – in ein norwegisches Langhaus. Auch das feierliche Verbrennen des Leichnams mitsamt einem alten Drachenboot erlebte ich mit, nachdem ich wieder in der Lage war, meine Sinne zufriedenstellend zu gebrauchen. Der Absturz des goldfarbenen Raumschiffes war für Rico der Grund, mich zu wecken; dafür war er programmiert und gehorchte jenen Befehlen, die ich ihm vor Jahrtausenden gegeben hatte.«

Atlan schwieg. Langsam hob sich die SERT-Haube, die Signale auf den Monitoren änderten sich, Zeile um Zeile leerte sich die Printplatte. Das Gesicht des Arkoniden entspannte sich, der Kopf mit dem schweißnassen Haar, das noch nicht länger als zwanzig Millimeter nachgewachsen war, ruhte auf Antigravfeldern. Cyr Aescunnar kannte alle Phasen dieses Vorganges genau: Der Arkonide war erschöpft und machte eine Pause, in der er schlief.

Ein Raumschiff, von einem Vakulotsen gesteuert, überflog mit heulenden Triebwerken die Stadt. Der Historiker schob seinen Sessel zurück und schloß die Augen. Terra und Luna, die den Soltransmitter passiert hatten und verschwunden waren, also der dritte Planet von Larsafs Stern – in der Terminologie jener arkonidischen Kolonialflotte –, waren also in relativ kurzen

Abständen zweimal von Raumschiffen angeflogen worden. Wie lange hatten Atlan und Tyanna nach den Treffen mit Kaiser Carolus Magnus und Harun ar Rashid geschlafen? Der Historiker beugte sich vor, um einen Teil seiner Unterlagen zu ordnen. Sein Blick fiel auf die Holoprojektion; er zuckte zusammen.

Atlan schlief, zweifellos. Sämtliche Diagramme aller Monitoren bewiesen es. Es schien die verinnerlichte Dagor-Erziehung zu sein, die Atlans Körper dazu zwang, die Muskeln zu bewegen. Fast bewegungslos, in einer Folge kaum sichtbarer Anstrengungen, straffte und löste Atlan die Muskeln der Oberarme und Schenkel. Was bedeutet dies? fragte sich Aescunnar schweigend – langsam begriff er: Der Körper des Arkoniden versuchte unbewußt, sich auf die Zeit nach dem Heiltiefschlaf vorzubereiten. Wußte Atlans Extrasinn mehr als alle Ärzte und Atlan selbst? So schien es, dachte Cyr und sah eine Weile lang zu, ebenso gebannt wie das Team der Ärzte und Helfer um Doktor Ghoum-Ardebil.

»Der Held von Larsaf, Paladin der Menschheit, Ritter von Arkon«, murmelte Aescunnar müde und startete eine Synopsis der ENZYKLOPAEDIA TERRANIA über das Stichwort WIKINGER, die auf den Monitoren erschien und eine Datenübersicht gab. »All diese Cäsaren, Könige, Kaiser und Kalifen – auch sie waren nur Herrscher des Chaos.«

Er sah auf das Chronometer. Erfahrungsgemäß dauerten die Pausen in Atlans kathartischen Berichten mehr als sieben Stunden; Zeit genug für einen kurzen Schlaf Cyrs. Atlans nächstes Abenteuer hatte zweifellos ebenfalls mit den Nordmannen zu tun. Cyr stornierte die Stichwörter WIKINGER und KENNINGAR, stand ächzend auf und rieb sich die Augen. Diesmal vermißte er seltsame optische Effekte auf seinen Sehnerven oder auf der Netzhaut.

Als ich wieder sprechen konnte, hob ich die Hand. Rico entging dieses Signal nicht; er näherte sich mir schnell und geräuschlos.

»Es ist nicht nötig, daß du Tyanna weckst«, sagte ich entschieden. »Lassen wir sie weiterschlafen. Oder ist sie schon wach? Ich glaube, ich werde diese Stellaren Gäste allein suchen und hoffentlich finden.«

»Ich habe errechnet, daß für diesen deinen Wunsch eine überaus hohe Wahrscheinlichkeit besteht. Aus diesem Grund ist Tyanna noch im Kältetiefschlaf. Überflüssig zu erwähnen, daß ES sich diesmal nicht eingemischt hat.«

»Noch nicht«, brummte ich. »Trotzdem bin ich überzeugt, daß er viele meiner Erinnerungen manipuliert und selbst dein positronisches Gedächtnis beeinflußt hat. Du hast meine Ausrüstung geplant und zusammengestellt?«

»Die Subsysteme und die Maschinen arbeiten daran. Die Struktur des Vorganges und die Art der Ausstattung sind seit langer Zeit nahezu identisch.«

»Leider ist es auch die qualvolle Prozedur des Erwachens und Lebendigwerdens«, sagte ich bitter. Unsere Unterhaltung wurde von halblauter Musik untermalt, die ich oder der Robot irgendwann, irgendwo im Reich der chaotischen Barbaren aufgenommen hatte. Rico deutete auf die Bildschirme, dann auf die Reanimationsgeräte, die meinen Sessel umstanden.

»Während sie dich versorgen«, sagte er, »solltest du dir die Abfahrt der ›Pflugscharen des Meeres‹ oder der ›Küstenfalken‹ ansehen; die Rotblonden bevorzugen poetische Namen für ihre Schiffe.«

»Und alle unsere Antennen versuchen die Signale der anderen Stellaren Gäste einzupeilen?«

»So ist es, Gebie ... Atlan.«

Ich lehnte mich zurück, ließ mich mit Nährbrei füttern, von Aufbauinfusionen versorgen und massieren, bis jede einzelne Körperzelle zu schmerzen schien. Das Bild zeigte einen nördlichen Fjordausgang; die Sequenz begann mit dem ersten Leuchten des Morgenrotes.

Thorvald der Bärtige umklammerte das Ruder mit beiden Fäusten; es war auf der Steuerbordseite im Heck angebracht. Achterlicher Nordwestwind blies kräftig in das Segel, und die Quadrate des Stoffes spannten sich, Thorvald sah hinunter auf die vierundzwanzig Männer, die er ausgesucht hatte. Seit einer Stunde hatten sie auf den Morgenwind gewartet – jetzt setzte er ein. Über der Halbinsel spannte sich ein wolkenloser Himmel. Das Schiff, der Meeresbock, trieb langsam an den erratischen Blöcken vorbei, ließ hinter sich die schwarzen, im seichten Wasser gesunkenen Trümmer des Bootes, in dem sie Arni Xen Carpad, den Götterboten, bestattet hatten. Thorvald hob die Hand an den Mund und schrie:

»Vorwärts, Männer! Rudert – um des Goldes und der Ehre willen!«

Das Schiff mit dem Kopf des langmähnigen Hengstes hatte wenig Tiefgang wie alle Wikingerschiffe, war so lang wie fünfzehn Männer und schlich über die Untiefen hinweg. Die Riemen wurden durch die Ruderlöcher gesteckt, nachdem die Männer die Korken aus Holz und Leder aus der Bordwand gezogen hatten. Getrieben vom Wind und den Ruderschlägen, glitt das Schiff, das in den Wellen federte, durch die Brandung. Die Welle teilte sich rechts und links des Bugs, Gischt überschüttete die beiden kurzen Decks und die Männer, dann schlug der Wind voll ins Segel. Außerordentlich hohes Geschick der Schiffsbauleute, Vorräte für einige Monde, sämtliche Waffen und die Karte, die ihnen der Fremde gegeben hatte, die dreißig runden Schilde, die außenbords hingen und so die Bordwand höher erscheinen ließen – das waren die Voraussetzungen, unter denen Thorvald und seine Männer die lange Reise wagten. Das Gold und das Versprechen des Mannes, der bei ihnen gestorben war, hatten ihren Mut angestachelt.

»Zieht die Riemen ein!« Thorvald stemmte sich gegen den runden Hebelarm des Ruders. Das Schiff gehorchte ihm wie sein Hund oder sein Hengst. Er konnte es führen wie sein Schwert, denn viele Tage war er mit diesen Männern und diesem Schnellsegler unterwegs gewesen. Die Handwerker hatten dem HENGST DER WELLEN, wie Thorvald sein Schiff liebevoll nannte, eine erlesene Form gegeben; verschlungene Schnitzereien bedeckten Bordwände und Bug – sowie Achtersteven. Der Wellenhengst war weder ein Handelsschiff mit plumpen Formen und viel Innenraum noch ein Transportschiff, sondern ein schnelles Kriegsschiff, mit durchgehendem Tiefdeck, unter dem Waffen, Wasser und Proviant verborgen waren. Hinter dem Bug gab es eine dreieckige Plattform, eine ebensolche war es, auf der Thorvald stand.

Hier lagen aufgeschossene Leinen aus Tiersehnen und Hanf, überall gab es Lederbänder und Metallklammern. Jetzt wurden die schlanken Riemen mit metallenen Enden – man konnte sie als Waffen benutzen – eingeschwungen und innerhalb der hochgewölbten Borde festgebunden, jeweils mit drei Lederbändern. Das kleine Segelboot, das mit umgelegtem Mast im vorderen Drittel des Schiffes lag, würde erst in einigen Tagen gebraucht, wenn Thorfinn und Jon zu ihnen stießen; Thorvald hatte Boten mit Gold und den abgezeichneten Karten geschickt. Noch hatte er alle drei »göttlichen Geschenke« um den Leib gebunden; er würde sie verteilen, sobald man sich traf.

Das Schiff hob sich zu einem Drittel aus dem Wasser und glitt auf den Kämmen der langrollenden Meereswellen dahin, stetig nach Süden. Die Küste, der Feind des Seefahrers, blieb in Sichtweite. Hier kannten sie alle jede Untiefe. Die Fahrt wurde schneller, und das Schiff trieb vor dem Wind mit leichter Schräglage dahin, sich schaukelnd und wiegend, dem Wasser und seinen verschiedenen Drücken nachgebend ... und jetzt ging die Sonne auf, jagte den Nebel von langgezogenen, dunklen Ufern weg. Thorvald spürte den Wind in seinem Haar, den feuchten Niederschlag und den Geruch nach Teer und Holz. Es würde eine gute und abenteuerliche Fahrt werden.

»Ringerike!« rief er. Einer der Männer, in einen knielangen, dünngeschorenen Pelz gekleidet, mit bronzenietenstrotzenden Lederarmbändern, hob die Hand. »Öffne den Schlauch mit dem Bier! Jedem Mann einen mächtigen Schluck! Ho! Nach Süden.«

Gelächter kam auf, zugleich mit dem Licht des Tages. Sie flohen aus dem beginnenden Herbst, nachdem sie die Ernte eingebracht hatten, um den Sommer des Südens zu erreichen.

»Verstanden! Auf Thor und unsere Fahrt!«

»Auf Thor und Odin!« Und später: »Dort vorn – Thorfinns Feuer!«

Sie waren erfahrene Segler, kannten die Küstenformationen, den Strich der Vögel und die Plätze, an denen es Wale und Robben gab. Sie wußten über die starken Strömungen Bescheid und über den Gebrauch der Peilscheibe, mit der Thorvald die Position des Schiffes nach dem Stand der Sterne ausrechnete. Sie gehorchten ungern, aber wenn es um das Schiff ging, war Thorvald der beste Mann. Er war besser als sie alle. Sie wußten, was ihre Aufgabe war, und hatten, während das Boot brennend aufs Meer hinausgetrieben war, beim toten Fremden geschworen, daß sie seinen Wunsch erfüllen würden.

Thorfinn wartete schon; sein Schiff, der FUCHS DER GISCHT, mit dem Raubtierkopf am Bugsteven und dem Segel im Rautenmuster, glitt, nachdem Signale gewechselt worden waren, eine Weile neben ihnen her, dann berührten sich während der schnellen Fahrt die Bordwände. Thorvald und Thorfinn wechselten Rede und Gegenrede, tauschten Gold und die Karten, schließlich reichte Thorvald selbst das farbige Geschenk der Götter hinüber und schärfte Thorfinn ein, was der Fremde gesagt hatte und was wichtig war. Dann scherten beide Schiffe auseinander; es schien einige Stunden lang, als ob Thorvalds Schiff schneller sei.

Zuletzt stieß Jon der Steinbrecher zu ihnen. Sein Segel, rot und grau und längsgestreift, schoß aus dem Fjord, als sie die Sprietstangen setzten, um bei schrägem Wind in den Einschnitt zwischen den Felsen einzufahren. Schreie hallten über das Wasser. Stunden später rasten bei bestem Wind die Schiffe, gerade noch im Sichtabstand, nacheinander durch die Wellen. Ein Zufall: Siebzig Männer verteilten sich auf drei Schiffsrümpfe. Siebzig Krieger aus Norwegen versuchten, die Kursplatten in die Nähe des fremden Schiffes zu bringen. Das Funkgerät und der Übersetzer arbeiteten längst nicht mehr. Die Wikinger würden Tage brauchen, Wochen und vielleicht Monde, um in die Nähe des Ortes zu kommen, den ihnen der tote Fremde gezeigt hatte. Das Rennen der Schiffe begann, und die Männer machten sich einen Spaß daraus, einander lange, harte Kämpfe an Schnelligkeit und Gewandtheit zu liefern. Es war fraglich, ob alle Schiffe durchkamen.

»Das sind die Gefahren, Bjarne«, sagte Thorvald, als er sich am Ruder ablösen ließ. »Mit viel Glück und Ägirs Hilfe werden wir sie umschiffen können.«

»Welche Gefahren, Thorvald?«

Der rotbärtige Riese mit den Bronzespangen in den Zöpfen sagte, wobei er die Punkte an seinen schwieligen Fingern abzählte: »Wind, Wellen und Wetter ... davor brauchen wir uns am wenigsten zu fürchten. Unbekannte Küsten, von denen wir nur das merkwürdige Bild haben, das zu leben scheint. Wir kennen nicht die Menschen und nicht die Häfen! Wir werden anlegen müssen, wenn das Holz der Schiffe splittert oder das Wasser erschöpft ist. Und – die Mauren sperren die Durchfahrt zwischen dem Großen Nördlichen Meer und dem Binnenmeer. Wir werden viele Listen brauchen müssen, um dort ungesehen hindurchzukommen.«

»Ich verstehe«, sagte Bjarne. »Du bist ein Mann mit viel Verstand und großer Voraussicht.«

Thorvald rollte sich in seinen Mantel und legte sich im Bug auf die Felle. Sein Ohr lag auf dem Holz, das wie ein Resonanzboden das Brummen des Windes in dem straff gespannten Stoff verstärkte. Mit dieser schönsten

Musik schlief er ein. Das Rennen nach Süden ging weiter. Tag und Nacht, entlang der Küsten, die in Sonnenaufgang blieben. Tage vergingen ... Nächte kamen ... fremde Feuer an den Küsten. Und fremde, schnelle Schiffe ...

Einen Augenblick lang blitzte ein Bild vor mir auf: Arkon und die Planeten. Die Trichterhäuser und die Raumhäfen, die Schiffe und die Menschen dort, von hoher Kultur und fern jeder Barbarei. Und einen Augenblick später schien alles wieder nichts mehr als ein Hirngespinst zu sein; gab es dies wirklich? Existierte Arkon noch? War dies alles nur ein Streich, den mir mein Verstand spielte, jetzt, einhundertfünfzig halbwegs bewußte Stunden, nachdem ich aus den Schleiern und Schlieren einer meiner vielen Vergangenheiten aufgetaucht war? Ich hatte hinter mir die stets identische Prozedur des Aufweckens, des Massierens, der Bestrahlungen und der ersten vorsichtigen Versuche, den Körper ebenso gut gebrauchen zu können wie den Verstand. Natürlich war ich verblüfft. Ein Schiff war gelandet, und ein zweites, kleineres, und alles, was wir besaßen, waren der Mitschnitt eines Funkspruchs und eine ungefähre Standortangabe. Und diesmal schienen die Ankömmlinge ausnahmsweise keine Schurken, Bösewichter oder Sklavenhändler zu sein.

Einer meiner ersten Ausflüge – während ich meinen Körper zu trainieren begann – führte mich in den »Saal der Erinnerungen«. Hier bewahrte ich Dutzende von Andenken auf, Geschenke, Beutestücke, Waffen und Sättel, Statuen, Schmuck und Reliefplatten. Halb gedankenlos, mit ziehendem Schmerz in den Schenkelmuskeln, berührte ich Tontäfelchen aus dem Zweiströmeland, die Rico imprägniert hatte: Auszüge aus dem *Gesang vom Gilgamesch.* Ich mußte grinsen, denn anscheinend hatte ich vor rund viereinhalb Jahrtausenden jenen steinzeitlichen Jägern eine Lagerfeuer-Geschichte erzählt – oder eine Episode aus meinen verschütteten Erinnerungen! –, von Himmelsstieren und Ishtargöttinnen. Meine damaligen Gefährten waren wohl unmäßig beeindruckt gewesen, hatten die Geschichte mündlich durch Generationen weitergegeben, verfälscht, geschönt, vergrößert und mit wuchtigen Bedeutungen versehen, aber wesentliche Inhalte waren erhalten geblieben und waren vermutlich von verschiedenen »Dichtern« zu unterschiedlichen Zeiten durch geschichtliche Ereignisse der Barbarenwelt ergänzt worden; aus meinem Namen hatten sie *Gilgamesch* gemacht. Die Tontäfelchen mit den Keilschriftzeichen klapperten, als ich sie zurückstellte. Der Logiksektor flüsterte: *Atlan, eine terranische Legende.*

»Du hast alles kontrolliert, Atlan. Zufrieden mit der Ausstattung?«

Ich nickte und betrachtete mich im mannshohen Spiegel. Wieder einmal hatten die kybernetischen Maschinen meiner Tiefseekuppel ihr Programm gefahren. Sie hatten aus einem melancholischen Arkoniden, der genau wußte, was ihn auf der Oberfläche dieses Planeten erwartete, einen fremden Mann geschaffen. Fremd, rätselhaft und scheinbar unermeßlich reich.

»Ja. Zufrieden«, sagte ich. »Aber unsere Goldvorräte sind einigermaßen erschöpft. Die Robots werden Gold abbauen müssen, oder wir holen es aus den Flottensilos.«

Er entgegnete: »Ich habe sie angewiesen. Alles wird zu deiner Zufriedenheit geschehen, Atlan.«

Ich trug leichte Stiefel aus einem Kunststoff, der echter aussah als das teuerste Leder. Spann und Schnallen, Schaftende und Seiten waren mit Golddraht bestickt, in einem bizarren Muster, der Schrift jener nachempfunden, deren Zeichen der Halbmond war. Darüber eine weiße Hose mit wenigen Taschen, aus schmutzabweisendem Stoff. Drei Reservehosen und andersfarbige Stiefel gehörten zu meinem Gepäck. Ein breiter, weicher Gürtel aus *echtem* Leder wurde von starken Schlaufen gehalten; natürlich befanden sich in der verzierten Schnalle und in verborgenen Taschen Teile meiner winzigen Ausrüstung. Darüber ein Hemd mit langen Ärmeln und offenem, hohem Kragen, an der Knopfleiste verziert. Kleinigkeiten wie Kettenpanzer und ein Arsenal verschiedener Waffen, Pfeile und Bogen, Köcher, Jacken, Mäntel und Schmuckstücke vervollständigten den Eindruck, den ich zu machen beabsichtigte: ein reicher Mann. Ein reisender Gelehrter oder ein Kaufmann ... etwas Ähnliches. Kein Krieger jedenfalls.

»Dein Gepäck liegt fertig im Gleiter«, sagte der Robot.

Wieder einmal hatte ich drei Sprachen lernen müssen. Ich hatte gesehen, daß sich seit meinem letzten Auftauchen Kulturen erhoben und andere verdrängt hatten. Kriege und Tod waren um den Planeten gezogen. Jedesmal unter einer anderen Flagge, unter anderen Zeichen, unter anderem Götterglauben.

»Ich darf wiederholen«, sagte Rico, dessen Photozellen-Augen mich beobachteten, »der Standort des Schiffes ist ungefähr eintausendachthundert Meilen Uferlinie westlich des Nildeltas angemessen worden. Aber trotz erstaunlich intensiver Suche haben die Robotspione das Raumschiff nicht ausmachen können. Entweder ist es versteckt, vergraben oder energetisch tot.«

Ich sagte deutlich: »Du brauchst dir keine Vorwürfe zu machen!«

Dafür wußten wir, daß sich drei Schiffe (wir kannten die Farben der Segel und das Aussehen der Schiffe) vom Norden auf den Weg gemacht hatten, um Kurskarten oder Kursplatten zu befördern. Wenn es mir gelang, eines der Schiffe zu erreichen und mich in die Mannschaft einzuschleichen, führte mich das Schiff zu den Fremden; die Fremden würden uns ebenso suchen wie ich sie. Wir hatten dasselbe Problem, nämlich von diesem Planeten starten zu können.

Nur keine zu frühen Hoffnungen, Arkonide! wisperte mein Extrasinn. Drei

Schiffe, sechs Kursplatten. Wikinger, die ins Binnenmeer vorstoßen würden. Furchtlose Kämpfer, harte Männer, trinkfest und wenig wasserscheu. Und ausgezeichnete Navigatoren ihrer leichten Schiffe. Auch hier wieder: Fehlanzeige. Zwischen Norwegen und den beiden Felsen, die der blinde Sänger als die Säulen des Herakles bezeichnet hatte, verkehrten viele Schiffe mit der Art von Segeln oder Verzierungen, wie ich sie aus den über Funk weitergegebenen Unterhaltungen der Wikinger erfahren hatte, bis die Funkgeräte den Dienst versagt hatten. Ich würde drei Kulturen berühren müssen: Wikinger mit ihrer nordischen Götterwelt und der rauhen, konsonantreichen Sprache, Mauren, die aus den Wüsten gekommen waren und die »Säulen des Herakles« in Gabal Tariq umbenannt hatten, in »Berg des Tariq«. Und die zahlreichen Dörfer und Hafenstädtchen der Leute, die an den Ufern des Binnenmeeres lebten. Rico schien zu ahnen, was ich dachte.

»Nichts ist vergessen worden, Gebieter Atlan«, sagte er ausdruckslos. »Maschinen machen keinen Fehler.«

»Nichts?« Ich sah mich um. Ich war ein reicher Mann, also reiste ich mit exotischer Ausstattung. Der *Sukhr,* der Würgfalke, der mich bis zu Attilas Tod begleitet hatte, hatte nun dunkelblaues Gefieder und weiße Hornteile. Aus dem langmähnigen Steppenwolf war ein arabisches Windspiel mit überraschenden Möglichkeiten geworden, das um einige Meilen schneller lief als das schnellste Vollblut. Niemand würde mich wiedererkennen, bemerkte ich schweigend.

»Welche Tageszeit haben wir, wo ich an Land gehen werde?«

»Die beste Tageszeit. Startest du jetzt, kommst du im Morgengrauen an. Dann hast du einen sonnigen Tag vor dir.«

Ich befahl: »Beobachte mich! Und wenn du etwas aufspürst, benachrichtige mich auf der üblichen Welle.«

»Verstanden.«

Ich mußte gehen. Und, merkwürdig, ich ging nicht mit dem bekannten bitteren Gefühl einer kommenden Niederlage, sondern heiter, in philosophischer Ruhe. Ich konnte nicht sagen, woher ich diese Vermutung hatte, aber die Zeit, die vor mir lag, war weniger mit Bitterkeit als mit Lachen gefüllt. *Vermutungen deines überreizten Gefühls. Folge des langen Schlafes,* sagte mein Extrasinn. Ich musterte den Windhund und den Falken, die vielen Taschen, Waffen und Packen auf der Ladefläche meines Gleiters, dann drückte ich den Hebel. Der Energieschirm erstellte sich, sobald Wasser mit höchstem Druck in den Schleusenraum fauchte. Dann stieg ich, leicht wie ein Gedanke, aus meiner stählernen Gruft hinauf. Ich erreichte die oberste Zone des Wassers, als es noch Nacht war. Der Kurs des Gleiters war programmiert, und als ich das Festland in der Nähe des Einschnittes zwischen Ozean und Binnenmeer, jene sonnendurchglühte Halbinsel, erreichte, ging die Sonne auf.

Ich befand mich wieder unter Menschen. Ich ging einige Schritte bis zu der Stelle, wo das Wasser den Sand anfeuchtete. Dort kauerte ich mich auf die Hacken nieder, nahm feuchten Sand zwischen die Finger und ließ ihn in kleinen Brocken zurückfallen.

»Hier bin ich!« sagte ich. »Bereit, es wieder einmal zu versuchen.«

Mit den Goldmünzen, die meine Maschinen nach verschiedenen Mustern geprägt hatten, und mit den kleineren, silbernen Scheidemünzen konnte ich eine ganze Karawane samt Sklaven kaufen. Ich blinzelte in die Sonne, ging mit steifen Beinen zurück zum Gleiter und ließ die Maschine hochsteigen, bis ich die Gegend überblicken konnte. Rechts vor mir erhob sich der Berg, dessen Hang steil ins Meer abfiel. Dort trennten sich die Wasser des Binnenmeeres und des Ozeans. Ich ließ den Gleiter höher steigen, bis ich alles übersehen konnte. Ein kleines Flüßchen, kenntlich durch den grünen Vegetationsstreifen, durchfloß das Bild von links nach rechts. Einige Rauchfahnen, Zeichen des Lebens, erhoben sich aus weißen Häusern. Zäune gab es dort und Wasser, also auch Vieh. Inzwischen besaß ich genug Kenntnisse, die es einem Roßtäuscher schwermachen würden, mir eine Mähre aufzuschwätzen, wo ich einen Renner brauchte.

»Ein Versteck für den Gleiter ...«, murmelte ich und trat das Geschwindigkeitspedal durch. Der Gleiter schob sich vorwärts, und ich nahm den Feldstecher an die Augen. Ich beobachtete eine friedliche Szene. Mägde molken die Kühe, Knechte räumten auf und schürten Feuer, versorgten den Hof und die Tiere. Es schien ein großer Bauernhof zu sein, mit etwa zwanzig Gebäuden insgesamt und vielen Tieren; Hühnern, Enten, Gänsen, radschlagenden Vögeln, Tauben und schwarzen Stieren. Ich suchte die Gegend ab, fand aber nichts Verdächtiges. Ich sah eine Herde großer, schöner Pferde über die Koppel galoppieren.

Ich kurvte eine Weile über das Gelände, dann fand ich in den Berghängen einige verzweigte Höhlensysteme. Nur wilde Ziegen und Schafe schienen sich hierher zu verirren; ich fand einen Kadaver, ein Skelett und viel Losung. Ich überlegte: Ich mußte mein Gepäck auf die Pferderücken umladen, und den Tieren konnte ich kaum eine Klettertour bis hierher zumuten. Zuerst lud ich meinen Gleiter am Fuß des Berges aus, versteckte alles unter einem Steinhaufen und überlegte ob ich die Fünfhundert-Meter-Rolle der fingerdikken Seile aus Kunststoffgarnen ausladen sollte, entschied mich schließlich dafür. Das enggerollte Seil würde die Tiere nicht sehr belasten; ich mußte damit rechnen, daß ich lange Tage auf den Wikingerschiffen zubrachte. Ich markierte die Stelle, nur für mich sichtbar, dann ließ ich den Gleiter hochklettern, schaltete die Schutzfeldsicherung ein, nachdem ich die Maschine rückwärts in eine Höhle bugsiert und mit Felsbrocken flüchtig abgedeckt hatte. Ein Funkbefehl, und das Gerät würde die Steine vor sich herschieben und sich in die Luft heben.

»Geschafft!« sagte ich. Schweißüberströmt war ich eine Stunde später am Fuß des Berges und machte mich auf den Weg. Ich kletterte über Geröll, über

Steine, kam an ein trockenes Bachbett und auf die Felder der Bauern. Es dauerte noch eine Stunde, bis ich den Hof erreichte. Vorher wusch ich mir den Staub vom Gesicht, den Händen und den Stiefeln. Ich marschierte auf das größte Gebäude zu. Vor mir öffnete sich knarrend eine Tür, und ein Mädchen von weniger als zwölf Jahren sah mich an. Ohne Scheu fragte es laut: »Was wünschst du, Herr?«

Ich lächelte sie an, beugte mich hinunter und sagte leise: »Ich bin ein Reisender und habe meine Pferde verloren. Ich möchte den Herrn des Hofes sprechen.«

»Ich bin Rixa«, sagte sie mit einer hellen Stimme, »und meinem Vater gehört alles. Komm, ich bringe dich zu ihm.«

Sie hielt mir eine kleine, braune Hand entgegen, ich ergriff sie; wir gingen durch einen kühlen, dunklen Flur in einen Patio, der vor feuchten Pflanzen und Wasserstrahlen förmlich barst. Das Mädchen blieb unter dem überhängenden Vordach, ging entlang der geschnitzten Holzsäulen und führte mich bis zu einer steinernen Terrasse. Hier saß ein Mann von mehr als fünfzig Jahren, mit braunen Händen und einem faltigen Gesicht, an einem großen Tisch und sah Unterlagen durch. Er hob den Kopf, starrte uns schweigend an, als wir näher kamen; dann hob er die schwarzen Brauen. Er hatte dunkle Augen und einen offenen Blick.

»Fremder?« fragte er und stand auf.

»Herr«, sagte ich und verbeugte mich knapp, »ich bin ein Reisender, und ich bitte Euch, mich anzuhören.«

Er vollführte eine schwungvolle Geste und deutete auf einen hölzernen Sessel. »Ich sehe, Ihr habt bereits Freunde in diesem Haus. Setzt Euch! Einen Becher Xereswein?«

Ich nickte. »Mit viel Wasser. Wenigstens am Morgen sollte man seinen klaren Kopf behalten. Ich sah Eure Pferde, Herr, und meine Augen leuchteten auf.«

Er klatschte in die Hände. Ein sehr junges, schönes Mädchen kam aus dem Haus, er sagte ihm einige Worte; nicht ganz hundert Herzschläge später waren wir in ein Gespräch über Pferde verwickelt. Ein milder Wein kam, eiskalt, mit dem Saft gelber Früchte vermischt. Er schmeckte so gut, wie er aussah und roch, und ich sagte es Herrn Pantos. Schließlich, nach einer Stunde, in der das Mädchen schweigend zugehört hatte, sprang es auf die Knie seines Vaters und sagte:

»Der Mann mit dem weißen Haar braucht Pferde!«

Ein aufmerksamer Blick traf mich. »Ist das wahr?«

»Ja«, sagte ich. »Ich bin Kaufmann und Gelehrter; durchstreife die Welt, um zu zeichnen und aufzuschreiben, was ich sehe. Ich hatte vier Pferde und hielt mich am Fuß der Berge auf. Am Morgen hatten Männer meine Pferde gestohlen, aber ich hatte mich und meine Habe gut versteckt. Sie nahmen nur Sättel und Tiere.«

Er gab zu bedenken: »Meine Pferde sind stark und schön. Sie werden nicht billig sein.«

Ich hob die Schultern. »Mein Vater hat mir einen großen Zehrpfennig auf den Weg mitgegeben. Ich glaube, ich kann mit Euch ins Geschäft kommen, Herr Pantos.«

Er stand auf und deutete nach hinten. »Gehen wir hinaus und sehen wir nach.«

Wir gingen durch das Haus. Ich bewunderte Teile der Einrichtung. Binnen kurzer Zeit hatten wir uns in ein Gespräch über alte Waffen vertieft. Ich versprach, ihn einige Schläge des Säbelfechtens zu lehren. Wir waren bereits Freunde, als wir ins Licht des Tages hinaustraten und zur Koppel gingen. Ich suchte vier Tiere aus und fragte, was er wohl für sie verlangen würde. Wir wurden handelseins. Eine halbe Stunde später führte ich, im Sattel eines prächtigen Schimmels, drei braune Pferde hinter mir her. Kurz vor dem Mittagessen war ich wieder im Hof des Herrn Pantos, selbstverständlich wurde ich eingeladen. Meine Ausrüstung befand sich auf den Rücken der Tiere; ein Hunne hätte sie nicht besser verstauen können. Mittagessen und Gespräche, unendlich viele Speisen, ausgesuchte Weine, höfliche Unterhaltung und Bedienung, Gesang zu Saiteninstrumenten während des Essens, die Aufforderung, den Waffengang zu wagen ... ein unbeschwerter Tag. Wir kämpften mit stumpfen Waffen, und ich brachte ihm einige Schläge bei, die ich von Skytai gelernt hatte, Schläge mit dem halbschweren Säbel von der Seite gegen die Frontaldeckung und von unten herauf. Wir übten; er lud mich in seinen Weinkeller ein. Seit dem Mittagessen hatte ich gemerkt, wie mich ein schwarzhaariges Mädchen mit braunen Augen und schmalen Hüften beobachtete. Ich fragte Herrn Pantos, wer sie sei; er lächelte.

»Sie ist Maurin«, erklärte er, während wir zwischen riesigen Reihen von Fässern entlanggingen und den Geruch gärenden Weines in die Nasen bekamen. »Ihr wißt, Herr Atlan, daß wir den Mauren tributpflichtig sind? Sie haben unser Land erobert, aber ihre Religion gebietet ihnen, gerechte Herrscher zu sein. Sie handeln mit Sklaven, und irgendwie lief uns das Mädchen vor einem Jahr zu. Wir haben sie behalten. Sie spricht unsere Sprache nur wenig. Ihr seht sie gern?«

»Nicht ungern«, gab ich zu, während wir auf Holzbarren saßen und in kleinen Schlucken Wein aus Tonbechern probierten. Jede Probe war besser als die andere, und ich merkte, wie mich milde Trunkenheit ergriff. Ich konnte mir diesen Zustand leisten, obwohl ich wußte, daß jede Stunde die Wikingerschiffe näher an den Gabal Tariq heransegelten.

»Niemand will sie«, sagte er mit leichtem Mißmut. »Sie ist eine Fremde. Obwohl sie liebreizend und feurig zu sein scheint, wird sie eine Fremde bleiben. Ihr seid weit umhergereist?«

Ich hob den Becher. »Und nur selten hat man mich so gastlich und so liebenswürdig aufgenommen wie gerade heute.«

Er trank mir zu. »Ehre, wem Ehre gebührt. Leider, so hörte ich von meiner naseweisen Tochter, wollt Ihr morgen zur See hin aufbrechen?«

Ich hob die Schultern und breitete bedauernd die Arme aus.

»Von Wollen ist nicht die Rede, Herr Pantos. Ich muß. Ich werde ein Schiff der Nordmänner treffen. Lange muß ich mit ihnen segeln. Die Mauren, hörte ich, lassen die Wikinger nicht gern hier handeln und reisen?«

Er runzelte die Stirn und murmelte: »Wahr! Nur ungern. Es gibt wenig größere Gegensätze als zwischen Mauren und Wikingern. Aber es hängt ganz und gar von dem Herrn der Stadt ab. Ist er gastlich und freiherzig, läßt er die Wikinger gewähren und lädt sie wohl auch einmal ein. Ist er ein strenger Herr, läßt er die Anführer in Ketten legen und verkauft die Männer in die Sklaverei. Der Handel mit Ungläubigen ist nicht verboten.«

Ich stand auf und verbeugte mich.

»Eure Pferde sind erlesen«, sagte ich mit schwerer Zunge. Die Weinprobe war zu lang und zuviel gewesen. »Eure Gastfreundschaft wird im Buch meiner Freunde obenauf stehen. Eure Mägde sind schön, und Eure Tochter ist die Freude aller Augen. Aber ich muß hier heraus ... ich fühle, wie ich schwanke.«

Ich wollte es auf keine Kraftprobe ankommen lassen; Herr Pantos brachte mich in ein großes, kühles Zimmer mit Leinen vor den Fenstern und einem Ausblick über die Felder bis zum mächtigen Küstenberg. Ich warf mich auf die Liege, schloß die Augen und schlief einige Stunden. Als ich aufwachte, war es Abend, und Syloma, die Maurin, klopfte an die Tür. Ich wurde in die Halle gebeten, zum Abendessen.

Bemühe dich, die Leute nicht zu verletzen! warnte mein Extrasinn. *Sie haben dich in ihr Herz geschlossen!*

Ich wusch mich flüchtig, zog ein anderes Hemd an und steckte einige kleinere Ringe an die Finger. Dann suchte ich aus meinem Gepäck einen schöngearbeiteten Dolch heraus, mit feiner Kunstlederscheide, und eine kleine Dose mit wohlriechender Salbe; von diesen Dingen hatte ich noch mehr im Gepäck. Schließlich saß ich neben Herrn Pantos, und vor uns, auf dem mit weißem Tuch gedeckten Tisch, breiteten sich die Speisen aus. Etwa fünfzehn Menschen saßen vor dicken Kerzen und Tontellern. Wir aßen ein schweres, nahrhaftes Essen; ich trank nur Milch und gegen Ende der Mahlzeit ein einziges Glas leichten Weines.

»Wo zieht Ihr hin, Herr Atlan?« fragte Pantos halblaut. Hinter uns ging mit schwingenden Hüften die Maurin vorbei und goß die Becher wieder voll. Ich legte meine Hand flach über die Öffnung des Glases, lächelte die junge Frau an und schüttelte dabei den Kopf.

»Nach Süden, zum Großen Felsen. Dort werde ich ein Schiff der Wikinger besteigen und nach Osten segeln.«

Pantos zeigte mit dem Messer, auf dessen Spitze ein Brocken gelber Käse steckte, nach Norden.

»Wenn Ihr Glück habt, dann sind die Truppen des Kalifats von Cordoba nicht unterwegs. Sie werden Euch nicht belästigen. Die Wege sind fast überall frei von Räubern. Aber sie sehen die Wikinger nicht gern. Trotzdem – der Kalif ist ein milder Herrscher.«

Ich fragte leise und unsicher: »Mir haben die Menschen gesagt, daß sie vor einigen Wochen einen Feuerschein am Himmel gesehen haben.«

Der Herr des Hofes nickte mehrmals und sagte deutlich: »Ich habe es gesehen.«

Ich bat ihn, mir genau zu berichten, was vorgefallen war.

»Warum diese Neugierde?«

»Ich reise«, erklärte ich, »um zu sehen, um Wunder zu finden, zu betrachten und Fragen zu lösen. Es ist wichtig, meinen Enkeln einmal zu sagen: Seht, das gibt es auf der Welt, und dieses ist zerfallen, aber ich habe es noch gesehen und gezeichnet.«

»Das verstehe ich«, meinte er. »Alles, was wir tun, ist ungemein vergänglich. Ich sah ...«

Er hatte das Schiff gesehen! Genau schilderte er, wie er im beginnenden Abend vor knapp zwei Monden einen tropfenförmigen Lichtschein gesehen hatte. Der Feuerschein, der sich schnell zu einer feinen Linie auseinandergezogen hatte, war unterhalb des Mondes vorbeigerast, hatte eine Kurve beschrieben, und als wir vor das Haus traten und nachsahen, wobei mir mein neuer Freund die Richtung zeigte, fand ich heraus, daß es auf meinen Karten genau in Ost zu Südost lag; mit Sicherheit jenseits des Binnenmeeres, in der Gegend der Großen Syrte.

»Dorthin werde ich reisen«, sagte ich. Einige Familienmitglieder verließen den Tisch, nachdem Herr Pantos das Essen beendet hatte. Rixa, meine kleine Freundin, verabschiedete sich besonders liebenswürdig; es tat mir leid, daß ich morgen aufbrechen mußte. In den nächsten Stunden, in denen wir vor dem Kaminfeuer saßen, stellte ich zahllose Fragen. Die Antworten waren für mich sehr wichtig, denn sie ergänzten mein theoretisches Wissen der Umstände und der Natur dieses von den Mauren beherrschten Landes. Herr Pantos antwortete ruhig und unermüdlich; selten schienen hier Gäste abzusteigen, die ihn derart beschäftigten.

Wir sprachen über die Welt, die Sterne, die Wikinger und über das Land, über Pferde, Waffen und Wasser, über Fischfang und Kriege.

Als wir müde waren, stand Herr Pantos auf und legte mir seine Hand auf die Schulter.

»Herr Atlan«, sagte er melancholisch. »Ihr seid ein Mann, den die Reiselust plagt! Ich war Euch früher sehr ähnlich, aber jetzt habe ich Hof und Knechte und Tiere ... ich kann nicht mit Euch reisen, obschon ich es möchte. Erfüllt Ihr ein Versprechen?«

Ich lachte kurz. »Gern, wenn ich kann!«

Es war ungewohnt, innerhalb kürzester Zeit Mißtrauen und Vorsicht vergessen zu können und sich nur der Freundschaft dieses Mannes und seiner Familie unterzuordnen. Fand ich solch eine Gelegenheit je wieder?

»Wenn sich Eure Reise dem Ende neigt, sollt Ihr hierher zurückkommen. Wir werden über alles sprechen, wir werden reiten und trinken ... Wollt Ihr, Herr Atlan?«

Wir schüttelten uns die Hände.

»Ich verspreche es Euch, wenn mich nicht die Abenteuer umbringen«, sagte ich.

»Ihr seid ein Mann, der nicht umgebracht wird. Ihr sterbt erst, wenn Euer Leben ganz voll ist. Noch ist es in vielen Teilen leer«, sagte er, faßte mich am Ärmel und geleitete mich zur breiten Treppe, brachte mich zum Zimmer und schloß: »Ich werde Euch wecken. Dann essen wir, und Ihr reitet los. Es ist schlecht, einen Tag zu hastig und ohne gutes Gespräch und Essen zu beginnen.«

Ich lehnte mich gegen den geschnitzten Türrahmen und versetzte: »Ihr seid ein Mann, dessen Freundschaft ein Geschenk ist. Ich werde die Tage bei Euch nicht vergessen ... Bis morgen, Herr Pantos!«

Er nickte, lächelte und hob kurz die Hand. »Bis bald!«

Ich zog mich aus, schlug die Decken zurück und schlüpfte zwischen die kühlen Leinendecken. Als ich die Arme im Nacken verschränkte und durch den Spalt im Vorhang die Sterne sah, mir überlegte, wie meine nächsten Schritte in Richtung des Fremden-Schiffes aussehen würden, öffnete sich die Tür. Ich drehte den Kopf. Bezeichnenderweise galt meine erste Reaktion nicht der Waffe unter dem Kissen. Es war die Maurin. Sie lächelte zaghaft. In einer Hand trug sie einen Krug, hatte mit den Fingern zwei silberne Becher eingeklemmt. In der anderen hielt sie eine brennende Kerze.

»Pantos schickt Licht, Wein und mich«, sagte sie einfach. Ihre nackten Sohlen verursachten auf den Vierecken aus geflochtenem Gras leise, schlürfende Geräusche. Sie setzte den Krug und die Kerze auf einen kleinen Tisch ab, auf dem meine Geschenke lagen, und sah mich an. Ich versuchte, ihren Blick zu deuten. Die Gastfreundschaft von Herrn Pantos war umfassend und nach Art des Edlen.

Ich sagte: »Du bist gern gekommen, Syloma?«

Sie setzte sich neben mich auf die weißen Laken. Ich unterdrückte ein Lächeln; das Mädchen schien sich mit Hilfe von Sand und kaltem Wasser gewaschen zu haben, und jemand hatte ihm eine wohlriechende Salbe gegeben. Sie roch betäubend nach Sandelholz oder glühendem Harz. In der halben Dunkelheit waren ihre Augen wie Kohlenstücke in einer Maske.

»Ich weiß es nicht«, sagte sie. »Du hast gute Augen und harte Hände, aber es ist da etwas Fremdes, das ich nicht kenne.«

»Es ist ein Teil dieser Welt«, sagte ich, »denn ich habe das Fremde gesammelt. Zu dir will ich nicht fremd sein, sondern ruhig und zärtlich. Ich reite morgen, und du sollst deine schönste Erinnerung behalten.«

Sie nickte. Ihr langes, schwarzes Haar bewegte sich wie schwerer Stoff. Die gleichen Gesten, die gleiche Bedeutung der Worte seit der Steinzeit, nur in einer anderen Umgebung, in anderem Gewand. Ihre Hand suchte meine Finger, ich zog Syloma zu mir; wir küßten uns. Sie war unerfahren, und nach Mitternacht, als die Flamme der Kerze in heftigen, flackernden Stößen brannte und einen langen Rußfaden absonderte, flüsterte sie:

»Ist es wahr, was du Pantos gesagt hast? Daß du wieder einmal hierher zurückkommst?«

Ich nickte.

»Es ist möglich«, sagte ich leise. »Aber niemand weiß, was er erleben wird und an welcher Stelle Allah ihn zu sich rufen wird, an welcher Stelle seines Lebens.«

Sie schloß die Augen und sagte murmelnd: »Allahs Gnade ist unermeßlich. Er wird dich einen langen Weg gehen lassen.«

Dann schlief sie ein.

8.

Nachdem wir uns verabschiedet hatten und ich meine Geschenke abgegeben hatte, ritt ich in die Richtung des Gabal Tariq. Die Lasten der drei Packtiere waren schwer, und ich hatte, außer den Satteltaschen, nur meine Waffen bei mir. Ich ritt schnell und setzte zum Schutz gegen die blendende Morgensonne die Brille mit den dunklen Gläsern auf. Hinter uns wehte der Staub aus dem Sandweg hoch, der von Huftritten und den Radspuren schwerer Wagen ausgefahren war. Ich sprengte weiter; der Sattel, auf dem ich saß, war ein außergewöhnlich wertvolles Geschenk des Spaniers. Ich ritt durch eine karge Gegend von merkwürdigem Reiz. Flaches Land voller Felder, aus dem Boden gestoßene Felsen, wenig Bäume und in der Ferne das Meer. Ich vermied es nach Möglichkeit, menschliche Siedlungen zu durchreiten, denn ich wollte nicht den Mauren in die Hände fallen. Ich suchte die Wikingerschiffe. Zum Teil war das Land verlassen und öde, zum anderen sah ich zahlreiche arme Siedlungen. Ich ritt ununterbrochen und machte nur einmal halt, um die Pferde trinken zu lassen. Auch Wasser war hier rar. Gegen Abend erreichte ich die westliche Seite des Gabal Tariq. *Vorsicht! Noch mehr als Vorsicht! Dies ist die strategisch wichtige Stelle!* warnte mein Extrasinn. Erfahrungen, die ich während der Hunnenkriege und bei Harun gemacht hatte, würden sich auszahlen. Spannung erfüllte mich. Obwohl ich hervorragend ausgerüstet war, konnte es geschehen, daß mich die Mauren daran hinderten, die Wikingerschiffe zu betreten.

»Sehen wir weiter!« murmelte ich, zog die Tiere hinter mir her und suchte, das Rauschen der Brandung in den Ohren, nach einem Versteck. Ich entschloß mich, den Strand entlangzureiten. *Keine Spuren!* befahl mein Extrasinn. Ich lächelte grimmig, diese Warnung war überflüssig gewesen, ritt scharf bis ins Wasser, in die auslaufenden Wellen, dann bog ich nach links ab. Die Hufabdrücke im Sand wurden von den Wellen schnell verwaschen. Die Pferde schnaubten unwillig, und unter ihren Fesseln spritzte Salzwasser hoch. Ich sah nach links – überall verschwanden schmale Sandzungen in den Felsspalten, taten sich in der Dämmerung Höhlen auf und Überhänge. Schließlich, den riesigen Schatten des Berges über mir, ritt ich nach links und führte die Tiere in einen Spalt. Hinter uns brach sich die Brandung und wirbelte nassen Sand durcheinander.

Ich schwang mich aus dem Sattel, drehte mich um, spähte nach oben und nach vorn. Der Weg führte durch Felsen, die auf der Höhe des Sandes endeten. Tote Fische und Geröll waren angeschwemmt worden. Es stank; die Pferde wurden unruhig. Zehn Schritte weiter: Die Felsen machten einen scharfen Knick nach rechts. Das Schwemmgut hatte sich in einen dicken Teppich aus Gras, mit Büschen durchsetzt, verwandelt. Ich hörte das Plätschern von Wasser und roch die Quelle eher, als ich sie sah. Einige Zeit später standen wir in einem kleinen Felsenkessel, der vollkommen rund war und nur in einem ausgefransten Ausschnitt den Himmel zeigte. Ich löste die Gebißstangen der Pferde und lud die Lasten ab.

Die Nacht ist stets dein Freund gewesen, sagte mein Extrasinn. Während ich aß, kleidete ich mich um. Ich setzte den maurischen Helm auf, nahm meine Waffen und zog das Kettenhemd über, das aus vergoldeten Metallringen aus Arkonstahl bestand. Dann suchte ich das stärkste Tier aus und kontrollierte im letzten Licht die Hufe. Ich nahm den Zügel und wartete, bis das Pferd getrunken hatte. Plötzlich hörte ich Hufgeräusche, maurische Worte, scharfes Wiehern; vorsichtig ging ich zwischen den Felsen hinaus. Als ich meinen Kopf langsam hervorstreckte, sah ich den Wimpel an einer Lanze flattern; eine Patrouille der Mauren war dicht an meinem Versteck vorbeigeritten, wie die Spuren bewiesen. Sie ritten nach Westen, dorthin, woher ich gekommen war. Offensichtlich hatten sie ihr Lager weiter östlich.

Ich hatte den Felsenkessel versperrt und holte tief Atem. Ich wußte nicht, wann die etwa fünfzehn Mann zurückkommen würden, aber ich nahm die Lanze, schwang mich in den Sattel und galoppierte scharf an. Dann ritt ich, innerhalb der auslaufenden Wellen, geradeaus und folgte somit den Linien des Ufers. Etwa eine halbe Stunde lang ritt ich; nichts war zu sehen außer einem Schiff mit dreieckigem Segel – also keinem Wikingerboot! –, das nach Westen fuhr. Und über mir Sterne und ein Mond, dessen Scheibe fast voll war. Schließlich entdeckte ich weit vor mir einige Lichtpünktchen. Feuerstellen? Ich ritt weiter, langsamer und vorsichtiger. Rechts kamen die Wogen der

Brandung und brachen sich donnernd, dadurch wurde der Hufschlag übertönt. Die Lichter wurden größer, und ich unterschied einige Windlichter und zwei kleine Feuer. Gestalten bewegten sich davor, warfen Schatten, verdunkelten das Feuer. Zelte von merkwürdiger Form erhoben sich; das zuckende Licht lag auf ihren Seitenwänden. Ein paar Schiffsrümpfe schienen halb im Wasser zu liegen; ich sprengte nach links hinüber, bis ich beinahe gegen die Felsen rannte. Ich band die Lanze am Sattelknopf fest und nahm den Bogen, schloß die Schnalle des Rückenköchers und band die Zügel fest an einen Ast. Dann bewegte ich mich geduckt entlang der Felsen, im schützenden Schatten, vorwärts. Unter den Sohlen meiner Stiefel knirschte der Sand, und hin und wieder schlugen die Sporen gegen einen Stein oder ein Stück Holz. Es gab klingende Geräusche. Ich konnte immer mehr unterscheiden: Zwei maurische Schnellsegler und ein schlankes Wikingerschiff lagen hier. Ich starrte die Köpfe der Bugsteven an und versuchte, im aufgerollten Rahsegel Farben oder Vierecke zu entdecken. Es waren weder der Hengst noch der Fuchs, noch die Seeschlange, keines der Schiffe, die den wichtigsten Schatz dieser Welt transportierten.

Vielleicht konnte ich handeln, ehe die Patrouille zurückkam. Ich schlich näher heran und legte mich in der Dunkelheit der Felsen, wohin die Flammen und Windlichter nicht reichten, auf den Boden. Mit angehaltenem Atem kroch ich näher wie eine Schlange. Ich unterschied zehn Mauren, leicht bewaffnet, mit schwarzem Haar und scharf ausrasierten Bärten. Sie trugen zum Teil weiße Tücher um den Kopf, von dunklen Kordeln gehalten. Sie saßen um die Feuer und an kleinen Tischen. Teppiche lagen auf dem Sand, die Stangen der Zelte waren reich geschnitzt und trugen offensichtlich metallene Kugeln. Etwa zwanzig Fremde lagen im Sand, an den Händen mit dünnen Ketten oder Lederriemen gefesselt. Hinter ihnen waren Boote an den Strand gezogen worden, lagen unförmige Gepäckstücke. Über einem Feuer kochte etwas in einem Kessel und roch nach auserlesenen Gewürzen.

»Wikinger!« flüsterte ich. »Gefangen! Ich muß sie befreien, dann verfüge ich über ein Schiff.«

Ich hatte, wie es im Augenblick aussah, nur wenig Möglichkeiten. Als ich überlegte, wie ich ungesehen nahe genug an die Mauren herankommen konnte, hörte ich von links, aus den Felsen, ein langgezogenes Stöhnen. Es klang in einen ingrimmigen Fluch in dänischer Sprache aus. Die Mauren hoben die Köpfe, schauten in die Felsen, und einer rief:

»Das ist die Strafe, Wikinger! Normannen haben in unseren Gewässern nichts zu suchen!«

»Halt's Maul«, rief die Baßstimme von oben herunter. »Binde mich los, Seeräuber, und ich schlage dich entzwei! Bei Thor, der mit dem Hammer wirft und dabei lacht!«

Ich grinste; das war die Antwort, wie ich sie von einem Wikinger erwartet hatte. Mein Plan nahm Gestalt an. Ich griff über mich und entdeckte, daß der

Fels rissig und voller Spalten war. Ich warf den Bogen über die Schulter und begann hinaufzuklettern. Kein Steinchen durfte fallen. Ich kletterte Schritt um Schritt, hob die Arme, griff in Kerben und Spalten, verkantete meine Füße und stemmte mich hoch. Einmal hielt ich an, drehte den Kopf über die Schulter und spähte hinunter.

»Hast du Schmerzen, Tore?« rief einer der gefesselten Wikinger herauf. Rechts vor mir rief dieser Tore zurück:

»Noch nicht. Hunger, Wut und Durst. Wartet, Mauren, bis ich freikomme – wir werden Wein aus euren Hirnschalen trinken!«

Spöttisches Gelächter war die Antwort. *Dadurch hast du den Standort erfahren!* flüsterte mein Extrasinn. *Leise! Sie könnten dich hören!* Ich zog mich vorsichtig hoch. Vor mir schälte sich ein Holzpfahl aus der Finsternis, daran war eine menschliche Gestalt gefesselt. Der Pfahl war Teil einer Plattform aus Brettern und Bohlen, die an den Felsen anschloß und sich dreißig Mannslängen über dem Strand befand. Eine Stelle, die jedes Schiff sehen mußte, das zwischen Gabal Tariq und Tingitanum, wie es geheißen hatte, oder Tingis, *Tanger,* hindurchfuhr. Ich schwang mich über das Geländer aus Balken und kam von hinten auf den Wikinger zu, streckte meinen Am aus und hielt ihm den Mund zu. Dann flüsterte ich: »Nichts sagen! Nur zuhören! Ich bin euer Freund, Wikinger!«

Er nickte; als erfahrener Krieger hatte er verstanden, worauf es ankam. Ich nahm die Hand weg und näherte meine Lippen seinem Ohr, flüsterte:

»Ich werde dich losbinden, deine Männer befreien. Wir werden die Riemen der Schnellsegler mitnehmen und ihre Segel. Ich werde mit dir reisen. Vor Morgengrauen müssen wir lossegeln. Ist dein Schiff in Ordnung?«

»Ja.« Er wisperte so laut zurück, so daß ich fürchtete, man würde ihn hören können.

»Sie haben Männer zu ihrem Anführer geschickt. Sie sollen fragen, was mit uns geschehen soll.«

Das also war die Reitergruppe gewesen. Ich schnitt mit der haarfeinen Schneide aus Arkonstahl die Stricke durch, mit denen man seine Handgelenke und Schienbeine einzeln an das Holz gebunden hatte.

»Ich bin Atlan!«

Er machte geräuschlos Kniebeugen, dehnte seinen ungeheuren Brustkasten und rieb sich die Handgelenke. Dabei murmelte er leise: »Und ich bin Tore Skallagrimsson, den sie den Walroßbullen nennen.«

Er grinste und legte mir eine Hand auf die Schulter. Ich glaubte, sie sei ein Felsen. Tore fragte: »Was willst du tun?«

Ich sagte ihm flüsternd, wie wir vorzugehen hatten. Er nickte nach jedem meiner Sätze. Mir gegenüber stand ein Riese von einem Mann: Schultern, fast doppelt so breit wie meine. Unsere Augen befanden sich auf gleicher Höhe. Ich erkannte riesige Muskelpakete auf Schultern und Oberarmen; als sich Tore rührte, ging eine Welle von Stärke und Gutmütigkeit von ihm aus, gepaart mit der Schnelligkeit eines überlegenen Kämpfers. Offensichtlich der Mann, den ich brauchte. Wir würden uns hervorragend ergänzen, sahen uns prüfend in die Augen.

Er murmelte finster: »Meine Männer und ich haben schon andere Kämpfe gewonnen, Atlan! Nur zu – hinunter mit dir!«

Ich zog einen meiner Dolche, nicht den verkleideten Lähmstrahler, und gab die Waffe dem Hünen. Er nickte und steckte den Dolch in den Schaft seines abgetragenen Fellstiefels. Wir schlichen die Brettertreppe hinunter. Am Fuß der Konstruktion angekommen, schlug ich einen Bogen nach Osten ein und näherte mich mit gezogenem Lähmstrahler den Zelten und den Schiffen. Schattenhafte Gestalten bewegten sich. Die Männer aßen, sprachen miteinander, putzten ihre Waffen oder schossen Leinen auf. Es waren also Besatzungen der beiden Schnellsegler. Kein Wachhund, keine Tiere, keine Pferde, die bei meinem Herankommen unruhig werden konnten. Ich ging vorsichtig durch das seichte Wasser, erreichte die Bordwand des ersten Schiffes. Als ich mich hochzog, stöhnte der Wikinger und begann zu jammern ... unglaublich echt.

»Gebt dem Dicken zu trinken«, sagte einer der Anführer.

»Suppe?«

»Meinetwegen«, war die mürrische Antwort. Bewegung kam in die Männer. Die Geräusche und die Unruhe nützte ich aus, durchschnitt Seile und Lederschlingen, die das Heckruder hielten, und sägte mit dem Dolch die Wanten an, so daß bei der geringsten Belastung der Mast kippen würde. Auch die Halteleinen des Dreieckssegels sägte ich an, duckte mich hinter die Bordwand. Zwei Männer steckten eine Fackel ins Feuer, nahmen einen Napf und gingen davon. Ich atmete langsam durch. Von oben kamen undeutliche Geräusche, dann ein abgehackter Schrei. Die Fackel flog in hohem Bogen, sich überschlagend und eine Funkenspur hinter sich herziehend, aus der Höhe. Die Mauren liefen zusammen, holten ihre Waffen. Ein Mann stolperte über das Feuer und fluchte. Es roch nach versengtem Haar oder Stoff. Ein zweiter, lauterer Schrei ertönte von der Plattform, dann bohrte sich ein Schwert in den Sand. Ich sprang auf, balancierte auf der Bordwand und sprang auf das Deck des zweiten Schnellseglers. Dort hatte ich innerhalb kurzer Zeit ebenfalls die Leinen und das Leder durchgesägt, sprang in den Sand und lief geduckt auf die Wikinger zu, die unruhig geworden waren und zum Teil auf die Füße gekommen waren. Ich rannte auf den ersten Mann zu, durchtrennte die Fesseln und sagte:

»Tore ist frei. Die Schiffe der Mauren sind segeluntüchtig. Bringt euer Schiff zu Wasser!«

Ich schnitt einem zweiten Mann die Fesseln durch, drückte ihm den Dolch in die Hand und sah, wie die Mauren die Treppe hochstürmten und gegen Tore Skallagrimsson anrannten. Der Wikinger wütete mit den Fäusten gegen die Mauren; sein Erfolg war beträchtlich.

Ich rannte zu meinem Pferd und stob durch die Dunkelheit davon, erreichte den Felsspalt, trieb das scheuende Tier mit Schlägen der flachen Hand und mit Sporen durch den Spalt. In fliegender Eile band ich Packen und Lasten fest, dann zerrte ich die Tiere hinaus auf den Strand, ins Wasser und vorsichtig zurück zu den Schiffen. Die Wikinger waren frei. Ein Teil von ihnen bewaffnete sich aus den Zelten und den Waffen der Mauren und unterstützte den Kampf des Anführers. Die anderen plünderten die Zelte und schoben ihr Schiff ins Wasser. Ich ritt darauf zu, band die Tiere an die Bordwand und lud meine Lasten ab, indem ich die Seile kappte und die Packen ins Schiff kippte. Die Riemen wurden durch die Ruderlöcher geschoben, das Rahsegel fiel.

»Schneller, Männer!« schrie jemand. Die Wikinger brachten Vorräte, Teppiche und alles, was ihnen wertvoll erschien. Das Schiff mit dem Kopf eines angreifenden Sperbers hob und senkte sich, meine Pferde wieherten und scheuten, während ich ins Wasser sprang und den Prunksattel abschnallte. Die Mauren wurden von der Treppe heruntergetrieben, weil sich Tore einfach nach unten fallen ließ und wie ein Steinblock alle Männer überrollte. Die Wikinger griffen von unten an.

Hoffnungslos gerieten die Mauren in die Defensive. Sie schienen sich zu scheuen, die Wikinger zu töten, den Wikingern allerdings ging diese Rücksicht völlig ab. Sie schlugen mit Zeltstangen, Fäusten und Schwertern, Steinen und Seilbündeln erbarmungslos auf die Mauren ein. Einige der Schwarzhaarigen flohen und ließen alles liegen, was sie besaßen. Sogar ein Zelt wurde abgebrochen und über die Bordwand gekippt. Dann schleuderte Tore Feuerbrände in die Zelte, rannte zum Schiff und packte mit den Fäusten das Bugspriet. Er watete durch das Wasser; als es ihm bis zur Brust reichte, hatte er das Schiff so weit angeschoben, daß es auf der anderen Seite der kleinen Brandungswelle heruntersank. Ich sprang hinunter und griff nach einem Riemen. Hinter uns beleuchteten die brennenden Zelte das Stück des Strandes.

Als die Sterne verblaßten, befanden wir uns weit genug vom Ufer entfernt, um den Nachtwind einzufangen. Das Segel füllte sich, das Boot war gedreht. Wir segelten nach Osten. Tore Skallagrimsson stand am Ruder. Nachdem wir die Riemen wieder befestigt hatten, schrie er dröhnend:

»Dankt diesem weißhaarigen Fremden! Er hat uns befreit und dabei vier edle Pferde verloren!«

Ich sprang zu ihm hinauf auf das Backdeck und sagte: »Wir segeln zusammen, Tore!«

»Bis zum Ende des Ozeans!« sagte er laut. »Du hast zweiundzwanzig Freunde gewonnen, Atlan! Wohin segelst du?«

Ich überlege und fragte: »Warum bist du hier?«

Er hob die Schultern, stieß ein dröhnendes Lachen aus und drehte an den Borsten seines mächtigen Schnurrbartes. Dann antwortete er: »Wir haben eigentlich kein Ziel. Wir suchen nach Beute, Abenteuern, Gold und allem, was sich lohnt.« *Die Gelegenheit, auf die du gewartet hast!* sagte mein Extrasinn. Ich setzte mich auf die dünne Bordwand, hielt mich am Tauwerk fest und sah den Nordmännern zu, wie sie die Beute sortierten und unbrauchbare Gegenstände ins Meer warfen. Dann begann ich vorsichtig:

»Ich bin reich, ich habe viel Gold. Ich muß drei Wikingerschiffe finden, weil sie ein Geschenk der Götter aus dem Norden in die Große Syrte bringen. Ich muß diese Geschenke haben und jene Menschen treffen, die diese Geschenke erhalten sollen. Willst du mit deinen Männern ein paar Mondwechsel lang mit mir segeln, wo *ich* hin will?«

Tore fragte listig: »Und du zahlst uns aus?«

Ich nickte, worauf er in dröhnendes Lachen verfiel. Er schlug mir mit seiner Pranke auf die Schulter, so daß ich beinahe das Gleichgewicht verlor.

»Wir segeln mit dir, unter deinem Kommando und mit mir am Steuer dorthin, wo du es uns sagst?« fragte er ein zweites Mal.

»So ist es!« bestätigte ich.

Er schrie einige Fragen in rauher Sprache zu seinen Leuten hinunter; die Antworten waren eindeutig. Ich federte mit den Knien die Bewegungen des Schiffes ab und sagte in der Sprache der Wikinger:

»Freunde! Wir haben lange Fahrten vor uns. Wir werden die schnellste, wildeste Meute von Seewölfen sein, die dieses Meer jemals gesehen hat. Unsere Beute wird unermeßlich sein und unsere Freude jeden Tag neu. Zuerst werden wir unser Schiff zum schnellsten Boot machen, das in den Wellen kreuzt. Wir laufen die kleinen Inseln an, die in Ost zu Nordost liegen. Ihr kennt sie?«

Ich zog eine Karte hervor. Tore beobachtete die Sterne und sagte: »Ich bleibe am Steuer. Du kannst schlafen, Atlan. Morgen werden wir über alles sprechen.«

Ich hob meinen Mantel auf. »Wohlgesprochen, Tore Skallagrimsson, Walroßbulle. Morgen sprechen wir über alles!«

Ich legte mich neben Tore in den Winkel, den Deck und Bordwand bildeten. Ich war mit dem bisher Erreichten zufrieden, hatte meinen Gleiter gegen Pferde und die Reittiere gegen ein schnelles Schiff umgetauscht. Unverrückbar stand mein Ziel fest – irgendwo in der Kleinen Syrte lag jenes fremde Raumschiff, das nicht starten konnte, ehe nicht die Kursplatten eintrafen. Bis zu diesem Zeitpunkt waren es noch viele Siebentage, denn die Schiffe befanden sich noch nicht im Binnenmeer. Ich schlief beruhigt; ebenso gut wie in den Laken bei Herrn Pantos.

Wir lagen seit drei Tagen in der winzigen, versteckten Bucht der größeren Insel. Sie war so gut wie unbewohnt; wir hatten, obwohl uns bisher niemand gestört hatte, drei Posten aufgestellt. Das Schiff lag ohne alle Ausrüstung auf dem Sandstrand, und wir alle schufteten, halbnackt und schwitzend, um aus dem Wikingersegler eines der schnellsten Schiffe zu machen, die es gab – wenigstens zu dieser Zeit, in dieser Umgebung. Ich zeichnete Pläne, und die Wikinger, die hervorragende Handwerker waren, verwirklichten meine Einfälle. Zuerst bauten wir einen Schwertkasten und ein Schwert, drehbar gelagert und hochziehbar. Dadurch stabilisierte sich der Kurs des Schiffes. Wir mußten bei seitlichem Wind mit weniger Abdrift rechnen. Dann takelten wir um.

»Und ich sage dir«, schrie ich Tore an, »du wirst nach zwei Tagen wissen, wie man mit diesem dreieckigen Segel arbeitet. Unser Schiff wird um die Hälfte schneller werden.«

Er murmelte, unsicher geworden: »Wenn du es sagst ...?«

Wir spannten neue Taue. Ich opferte die Hälfte meines Kunstfasertauwerks; wir richteten ein Focksegel ein, das bis fast zur Höhe des Mastes reichte und dicht über dem Rand des Schiffes nach rechts oder links zu ziehen war. Dadurch konnten wir rascher wenden, wurden schneller; leider erhielt unser Schiff eine optische Form, die es aus Tausenden hervorhob. Der Mast wurde erhöht, das Rahsegel wurde zu einem Gaffelsegel umgenäht. Wir spannten neue Taue, der Rumpf wurde gesäubert, mit Sand und Bimsstein abgeschliffen, mit heißem Wachs gedichtet. Wir zogen ein größeres Achterdeck ein und montierten darauf ein merkwürdiges Gerät, eine armbrustähnliche Maschine, die von nur drei Männern zu bedienen war, die mit einer Spannwinde die Sehne zurückzogen. Wir fabrizierten dieses Katapult aus Holz, Sehnen und Seilen, und als ich es zum erstenmal ausprobierte und meine Lanze verschoß, erhielt ich riesigen Beifall – der Versuch überzeugte mehr als alles Reden. Wir schossen einige Tiere, brieten sie und ließen das Fleisch trocknen, füllten sämtliche Wassersäcke auf; ich zog aus meinem Gepäck die blauschimmernde Nadel heraus und die Karte, die die westliche Hälfte des Binnenmeeres zeigte.

»Kommt alle her!« schrie ich. Zweiundzwanzig Männer versammelten sich um mich, und ich breitete auf dem Deck die Karte aus. Ich zog einen Faden aus dem Kunstfasertau, knotete ihn um die genaue Mitte der Nadel und hielt ihn hoch. Wie ein winziger Waagebalken schwebte der magnetisierte Stahl in der Luft.

»Hier«, sagte ich. »Unser Schiff wird sich niemals verirren. Die Spitze der Nadel zeigt immer nach Norden.«

Ein verblüfftes Murmeln ging durch den Kreis. Die Männer drängten sich näher zusammen. Ich richtete die Karte aus und sagte:

»Hier ist Norden. Dort Osten, Westen und Süden. Dorther kamen wir, und dorthin werden wir segeln.«

Tore murmelte finster: »Die Mauren werden uns verfolgen, Atlan!«

Ich erwiderte: »Sie werden uns folgen, aber erstens haben wir unser Gesicht verändert, zweitens sind wir schneller und wendiger. Drittens haben die Mauren nicht so viele Schiffe, daß sie uns stellen könnten. Denkt daran, was ich euch versprochen habe: viele Abenteuer! Und mit diesem Schiff werden wir durch die Abenteuer galoppieren wie die wilde Jagd Odins und Ägirs!«

»So sei es!« sagte Tore laut.

Wir kontrollierten noch einmal alle Teile unserer Ausrüstung. Ich behandelte die leichten Wunden der Wikinger, verteilte Seife, legte mich einen Tag lang in die Sonne und machte Pläne. Wir brachten das Schiff zu Wasser, spannten sämtliche Taue nach, brachten dann Stück für Stück unserer Ausrüstung ins Schiff und verstauten sie seefest. Schließlich verbrachten wir noch einen Tag lang damit, nach Karte und Magnetnadel – und mit den neuen oder veränderten Segeln ... nun, eben zu segeln. Die Wikinger, an ihrer Spitze Tore der Walroßbulle, waren hervorragende Seeleute. Das zeigte sich während dieses einen Tages, an dem sie lernten, Focksegel und Gaffel zu gebrauchen. Das Schiff legte sich mehrmals bis zur äußersten Grenze schräg, und die Fahrt hart am Wind war ebenfalls etwas Neues für die Männer. Ebenso die Magnetnadel, die, geschützt durch einen kleinen Holzkäfig, im Heck hing.

»Ausgezeichnet!« sagte ich zu Tore. »Ihr seid alle so gut, daß ich keinen Vergleich finde.«

Tore lachte und hielt das Schiff auf Kurs.

»Du solltest uns einmal sehen, wenn wir wirklich segeln und richtig kämpfen!« sagte er. »Die harmlose Prügelei mit den Mauren war nur, damit wir wissen, wie man die Fäuste gebraucht!«

Ich schüttelte den Kopf. Offensichtlich hatte ich wieder einmal das zweifelhafte Glück gehabt, unter die wildesten Männer dieses barbarischen Planeten zu geraten. Aber die Hochstimmung, die uns alle seit dem Augenblick erfüllte, an dem wir den Mauren entkommen waren, hielt auch mich in ihrem Bann. Wir hatten guten Wind, Sonne und waren gut ausgerüstet. Und unser nächstes Ziel war wieder jener Berg auf der spanischen Seite der Meerenge. Dort mußten, wahrscheinlich im Schutz der Nacht, die drei Wikingerschiffe auf Kollisionskurs uns entgegenkommen. Thorvalds Hengst mit dem Rechteckmuster des Segels, Thorfinns Fuchs mit dem Rautenmuster und Jon des Stinbrakkars Seeschlange mit den Senkrechtstreifen. Wir lagen auf Kurs. Genau nach West, im Neunzig-Grad-Winkel zur Ausrichtung der magnetisierten Nadel.

Tore und ich lehnten faul im Heck. Ich verrieb Salbe gegen Sonnenbrand in meinem Gesicht und auf den Armen. Das Schiff raste förmlich dem gewaltigen Felsen entgegen. Es war Nachmittag. Die Männer putzten ihre Waffen, rasierten sich oder schliefen. Unser Proviant reichte aus, auch das Wasser war keineswegs knapp. Ich nahm den Feldstecher an die Augen und beobachtete das Wasser, aber außer einigen weit entfernten Dreieckssegeln konnte ich nichts entdecken. Tore fragte brummend:

»Wo sind die drei Schiffe, Atlan?«

Ich sagte: »Wir werden es bald wissen, Tore.«

Das breite Armband, das wie ein Schmuckstück aussah, drehte ich halb herum. Dann führte ich zwei Schaltungen aus; ein Befehl, die andere setzte einen winzigen Sender in Betrieb. Hoch über dem Ozean würde der *Sukhr* einen Befehl erhalten, unserem Schiff folgen und auf meiner Schulter landen. Mein Windspiel befand sich noch im halbaktivierten Zustand im Gepäck.

»Woher wissen wir es?«

»Ein blauer Würgfalke wird es uns berichten. Warte, bis es Abend wird. Wissen die Wikinger, daß Gabal Tariq für ihre Schiffe gesperrt ist?«

Er nickte. »Die dänischen Schiffe, Schiffe meiner Landsleute, warten auf guten Wind und durchfahren die Sperre nachts. Ich weiß nicht, wie es die Norweger machen. Und wie du sagst, waren es norwegische Schiffe?«

»Ja. Mit Sicherheit. Was ist das dort drüben?«

Ich deutete nach Steuerbord und gab Tore mein Fernglas. Er setzte das *Große Auge aus Bernstein,* wie er es nannte, an und starrte hindurch. Dann zog er seine Schultern hoch und spuckte nach Lee. Er sagte grimmig: »Das ist dieses Schiff, von dem wir alle reden.«

Ich hob die Brauen und fragte: »Welches Schiff?«

»Der schnellste maurische Segler. Sie haben viele Wikingerschiffe aufgebracht. Auf dem Segel ist ein schwarzer Halbmond, und das Schriftzeichen darunter bedeutet ›Tod‹.«

»Verteufelt unangenehm!« bemerkte ich. *Keine übertriebenen Hoffnungen. Es wird eine wilde Jagd werden,* bestätigte mein Extrasinn. Er sagte mir, daß ich mit Hilfe der verstärkenden Linsen das feindliche Schiff eher ausgemacht hatte als die maurische Besatzung uns. Ich schätzte Wind und die Einflüsse des Ufers ab, dann sagte ich laut:

»Sie haben uns nicht gesehen. Steuere nach Backbord, und dann bleibt so. Wir warten auf die drei Wikingerschiffe.«

Er nickte. Wieder ergriff mich die Unsicherheit, die meist einem Kampf oder einem dramatischen Ereignis vorausging. Jetzt ergab sich die groteske Situation, daß uns die Mauren jagten und wir die Wikinger. Wer würde in diesem Rennen gewinnen? Ich hoffte, daß ich es war.

Das Schiff mit dem Sperberkopf legte sich schwer über, als die Fockleinen losgeworfen und auf der anderen Seite wieder angeschlagen wurden. Das große Segel schwang herüber, und wir glitten auf Tanger zu. Das Segel des Mauren wurde in den nächsten Stunden kleiner und verschwand irgendwo unter der spanischen Küste. Wir atmeten auf. Eine Stunde später kreiste der Vogel über dem Schiff. Gryfgard, einer der Freunde an der Fockschot, hob den Arm und sagte scherzhaft:

»Ein Vogel über dem Schiff. Da muß doch irgendwo Land in der Nähe sein!«

Das laute Lachen riß ab, als sie den farbigen Falken erkannten. Wir hatten in den letzten Stunden kaum einmal die Sicht zum Land verloren. Über uns lag ein Himmel, der nur in diesen Breiten so blau war, durchwandert von flaumigen Wolken, weiß wie Schnee. Der Falke identifizierte mich, kreiste hinter der Gaffel vorbei und setzte sich auf meine Schulter. Ich fühlte die stählernen Krallen, die vorsichtig aus den Gleitlagern herausglitten.

»Hast du die Schiffe gesehen?«

Tore und seine Männer, die uns anstarrten, wunderten sich noch nicht besonders. Als das künstliche Tier schrie und dann fauchend antwortete, schienen sie an ein Wunder zu glauben.

»Drei Schiffe unter anderen. Einen Tag auseinander, alle drei. Das erste heute nacht, wenn es gleich schnell schwimmt!«

Tore knurrte ratlos: »Ein sprechender Vogel, Atlan?«

Ich grinste ihn breit an und fühlte, wie sich meine Haut um den Mund spannte. Sie war gerötet, und wenn ich nicht aufpaßte, gab es einen Sonnenbrand. Fast so schlimm wie der auf Tores Schultern, der ihm den Schlaf rauben würde.

»Ein kluges Vögelchen mit scharfen Augen. Ein Wunder der Falknerkunst!« sagte ich leise. »Eines meiner Geheimnisse, Skallagrimsson!«

»Thor ist mächtig!« Sudvar staunte. »Das singen nicht einmal die Skalden ..., He, Gabelbart! Wie ist es mit einem schönen Lied?«

Gabelbart, der seinen Namen zu Recht trug, nickte und überlegte, packte sein Instrument aus den Fellen, stimmte die Saiten und begann zu summen. Er mußte sich Stimmung machen; wenn er getrunken hatte, sagte mir Trygvason, sang er, daß die Mauern fielen. Gabelbart, Bjarne, der Skalde, Sudvar und Thorshammer Egir ... die Namen der Männer. Bis jetzt betrachteten sie mich noch voll Respekt, aber langsam kam echte Freundschaft zwischen uns auf. Besonders Guthrum, der jüngste Mann an Bord, schien mich unausgesetzt zu beobachten, um zu lernen. Er würde viel zu berichten haben, wenn er wieder in seinen strohgedeckten Hütten im Norden war, unter den Schleiern der Nordlichter.

»Wartet«, bat Gabelbart. »Ich bin noch nicht in Stimmung.«

Wir kreuzten weiter, vorsichtig, gebührend weit von anderen Schiffen und vom Land entfernt, warteten mit der Geduld von Menschen, denen der Tag, der ohne Tod und Krankheit vergangen war, nichts bedeutete. Wir hatten alles, was wir brauchten. Nicht einmal die Ungeduld, das fremde Schiff zu sehen, beeinträchtigte mein Wohlbehagen. Der Abend kam, während Gabelbart sang.

»Festlich ist es, zu fahren
auf der See im Sonnenschein,
steifer Wind straffte die Segel

draußen vor Stränden,
das Meerespferd lief herrlich,
glättete das Wasser mit dem Kiel,
das Schiff ließen wir durchgehen
auf dem Weg über die See.
Der Sperberkopf zeigte uns den Weg ...«

»Weiter, Skalde! Um ein Bier oder um Wein im nächsten Hafen!« rief Sithric. Ich suchte die Wellen ab, aber sah kein Segel. Die Sonne, eine riesige Scheibe aus lohender Bronze, sank ins Meer, und erste Nachtwolken kamen auf. Das Schiff, mit gerefften Segeln, kreuzte nach Nordwesten, drehte ab und fuhr zurück in östliche Richtung. Wir durften uns Gabal Tariq nicht zu sehr nähern, denn dort waren wir zu gut bekannt. Die Nacht kam. Wir aßen feuchtes Brot und saftigen Schinken, Früchte und Trauben, tranken wenig Wein aus den Schläuchen und viel Wasser; schließlich waren die Sterne unser einziges Licht. Eine unvergleichliche Stimmung überkam uns, gemischt aus dem Klang der Saiten und dem Geräusch des Schiffes, aus dem Brummen des Windes im Segel. Fische sprangen aus dem Wasser und fielen klatschend zurück. Einige Männer schliefen ein, in Felle und Decken gehüllt, und das Schnarchen fügte sich harmonisch in die Geräuschkulisse ein. Noch immer kein Segel, noch immer keine Zeichen und keine Jagd. Am nächsten Tag änderte sich vieles ... Die Araber, die einen neuen Glauben und die Worte ihres Propheten mitbrachten, waren durch den nördlichen Teil des Großkontinents Africa nach Spanien vorgedrungen. Der Ort, an dem ein Berber namens Tariq landete, hieß seitdem Gabal Tariq oder Dschebel al Tarik; Kalifen beherrschten Städte, die maurische Kultur blühte auf und brachte den nördlicheren Ländern neue Einsichten, Erfindungen und Gedanken. Wissenschaft breitete sich aus, aber im Augenblick hatte uns das alles nur sehr wenig zu interessieren.

Die Feindschaft zwischen Mauren, also Arabern, und den Wikingern gründete sich auf den Handel. Die Wikinger scherten sich nicht um Verbote und beeinträchtigten die Gewinne der Mauren, und diese waren darüber verärgert. Aber schon einhundert Meilen Abstand zwischen zwei Siedlungen konnten dieses Bild verändern. Dort waren Fremde liebe Gäste bei den Kalifen, Emiren oder Scheichs, und die rauhen Krieger beider Völker verstanden sich auf der üblichen Basis – Wettstreit, Frauen und, auch bei den Muslims, dem Alkohol. Nur dann, wenn Wikinger die Siedlungen überfielen und Beute machten, rüstete man Schiffe aus und verfolgte sie. Tore war so frech gewesen, am hellen Tag ins Binnenmeer einzusegeln: Die Schnellsegler hatten ihn aufgebracht und zur Abschreckung an den Pfahl gebunden.

Am anderen Morgen wachte ich auf und warf den ledernen Eimer über Bord, zog ihn voller Seewasser hoch und wusch mich. Dann spülte ich den Mund mit einem Schluck Wasser aus, trank einen Schluck von Pantos' Wein und sah mich um. Tore Skallagrimsson nickte mir zu, warf mir den Schinken herüber und sagte mit vollem Mund: »Dort vorn segelt eines der drei Wikingerschiffe.«

Ich schnitt eine Scheibe von dem keulenförmigen Rauchfleisch herunter, spießte sie aufs Messer und holte das Fernglas an die Augen. Tatsächlich, Jon des Stinbrackars Seeschlange befand sich am Horizont, und wir konnten das längsgestreifte Segel erkennen; uns blendete die Sonne. Der Falke kam von seinem Sitz auf dem Masttopp und setzte sich auf meine Schulter. Das kybernetische Sprechorgan des Vogels sagte heiser: »Hinter uns ist der maurische Schnellsegler.«

Gefahr! Sie haben euch gesehen! warnte im gleichen Augenblick mein Extrasinn. Ich fuhr herum. Im Westen, zwischen Gabal Tariq und dem anderen Ufer, sah ich das spitze Segel des maurischen Schiffes, dem wir gestern davongesegelt waren. Sie kamen mit Westwind auf uns zu. Noch bestand keine Gefahr; wir sahen nicht einmal die Männer an Bord. Aber jetzt begann die Jagd. Ich befahl, nachdem ich hastig gegessen hatte:

»Tore – wenden! Dann die Reffschnüre weg, volle Segel, dem Wikinger nach!«

»So soll es sein!« Er brüllte eine Reihe Anordnungen. Die Männer bewegten sich. Das große Segel füllte sich knatternd, die Fock wurde mit der Stenge ausgespannt. Das Schiff schwang herum, legte sich schräg; lose Gegenstände kollerten über Deck. Dann wurde das große Segel ausgestellt, der Wind fing sich, und zusehends gewann unser Schiff an Geschwindigkeit. Die Mauren waren bis auf doppelte Bogenschußweite herangekommen, und ich merkte, daß ihr schmales Schiff sehr schnell war. Der Bug unseres Schiffes hob sich, der Kiel schob sich aus dem Wasser, das heruntergelassene Schwert stabilisierte den Kurs des Schiffes. Wir rasten nach Osten. Hin und wieder setzte der Bug hart in die Wellen ein, und ein Schauer Gischt überschüttete uns. Hartnäckig blieb der Maure zwei Stunden lang hinter uns; es schien, als schöbe er sich unaufhaltsam näher. Der Abstand aber zu Jons Schiff verringerte sich. Die Sonne stieg höher, und das Rennen wurde weitergeführt. Jetzt hatte uns auch der Wikinger gesehen – vermutlich erkannte er uns nicht, weil wir die Segel verändert hatten. Tore steuerte meisterhaft, und ich betrachtete mein Geschütz zwischen Mast und Ruder.

»Habe ich recht?« fragte ich laut. »Unser Schiff ist wesentlich schneller geworden!«

Tore nickte bekräftigend und deutete mit dem Daumen über die Schulter.

»Wir sind sehr schnell, aber die Mauren hinter uns sind mit den Dämonen im Bund. Sie sind so schnell wie wir.«

In den ersten Stunden des Nachmittags schien es, als käme der Maure näher. Ich las das Schriftzeichen *Tod* und sah einen Mann im Bug, der unser Schiff betrachtete. Vermutlich würden auch die anderen Schiffe die Passage durchfahren können, da die Segler an unserer Verfolgung teilnahmen. Das war für mich nur zum Teil günstig.

Weitere Stunden vergingen, wir segelten sehr scharf. Die Männer schwiegen, holten ihre Waffen heraus und sahen sich um. Sie verstauten die Ladung, halfen bei den Manövern und setzten die eisernen Helme auf. Ich warf mein Kettenhemd über, nahm den Wikingerhelm aus dem Gepäck und holte Bogen und Pfeile.

»Kampf?« fragte Tore hoffnungsvoll.

Ich zuckte mit den Achseln; es war durchaus möglich.

»Sie sollen uns kennenlernen!« versprach der Walroßbulle.

Inzwischen hatte sich die Position der drei Schiffe geändert. Gegenüber Jons Boot hatten wir aufgeholt und befanden uns auf äußerste Bogenschußweite links des Schiffes, etwa zehn Schiffslängen entfernt. In unserem Kielwasser segelte der Maure, mehr als eine Schußweite entfernt. Ich schätzte die Lage ab, ging in den Bug, legte beide Hände an den Mund und schrie: »Jon, genannt Steinbrecher ... ich rufe dich!«

Der Steuermann hob die Hand und schrie übers Wasser zurück: »Ich sehe dich, Fremder. Was willst du?«

»Wir sollten zusammen segeln! Ich habe das Ziel, das auch du hast!« schrie ich.

Er winkte ab und rief: »Niemand hat sonst mein Ziel ... ich segle für die Götter!«

Auch seine Männer hatten sich bewaffnet und kauerten hinter den runden Schilden. Ich sah Keulen und zweischneidige Kampfbeile, Schwerter und große Bögen. Mißtrauisch sahen die norwegischen Wikinger zu uns herüber; unsere Männer blickten nicht weniger zurückhaltend. Ich deutete nach hinten und rief laut:

»Die Mauren verfolgen uns, sie verfolgen auch dich. Wir müssen gegen den gemeinsamen Feind kämpfen!«

Jon schrie zurück: »Sie sind nicht meine Feinde. Sieh zu, wie du mit ihnen fertig wirst, Fremder.«

Ich hob den Arm und rief: »Wir werden uns noch einmal sehen, und dann breche ich dir alle Knochen!«

Ich hielt mich an Tauen und an der Bordwand fest, trat zwischen die Männern und sagte zu Tore: »Dieser Jon ist, wie es aussieht, kein guter Freund!«

Tore grinste und ballte die Faust. »Wir treffen ihn noch einmal!« tröstete er mich.

Ich beobachtete den maurischen Segler. Er kam näher und versuchte, sich längsseits unseres Schiffes zu setzen. Ich zog meine Handschuhe an, spannte schwitzend und mit Sithrics Hilfe mein Katapult und legte eine mehr als mannslange Kette mit schweren Gliedern in die Lederplatte ein. Die Kette klirrte in der ausgehöhlten Führungsschiene.

»Was hast du vor?« Tore lehnte sich schwer gegen die Ruderpinne. Langsam holte der maurische Segler auf. Ich sah Männer an Deck, die mit Bogen und langen Pfeilen bewaffnet waren. Einer von ihnen winkte und zog eine

Grimasse. Der Kapitän stand in einer kostbaren und farbenprächtigen Rüstung auf dem Achterdeck und schrie uns zu:

»In Allahs Namen! Haltet an und ergebt euch!«

Ich lachte laut und rief: »In Thors Namen, der den Hammer wirft und dabei grinst – wir denken nicht daran! Das Meer ist für alle Schiffe da!«

Der Maure gab zurück: »Wir sind schneller als ihr!«

Ich drehte mich zu Tore um und sagte leise: »Etwas abfallen, Tore. Sie müssen uns überholen, dürfen aber nicht näher als jetzt herankommen.«

Der Maure holte auf. Sein Bug lag in einer Linie mit unserem hochgezogenen Heck. Stets, wenn der Steuermann des arabischen Seglers sein Schiff näher an unsere Bordwände heranbringen wollte, wich Tore aus. Ich drehte mein Geschütz in dem senkrechten Zapfen und rechnete die Flugbahn des Geschosses aus. Die Mauren schienen nicht zu wissen, welche Waffe ich besaß. Sie machten sich hinter ihren Bordwänden auf einen Überfall und auf das Entern bereit. Ich kippte den hinteren Teil der Schleuder hoch, zielte auf die Mitte des Mastes und wartete dann. Es dauerte einige Zeit bis das Schiff an uns vorbeigezogen war. Wir warteten gespannt; Tore hob seinen Schild, stellte sich zum Schutz gegen Pfeile in den Winkel zwischen Bordwand und Steven. Ich befahl scharf: »Laß sie näher herankommen!«

Der Abstand verringerte sich zusehends. Beide Schiffe warfen prächtige Bugwellen hoch. Breite Gischtstreifen rollten pfeilspitzenförmig nach beiden Seiten. Jetzt hatte ich die richtige Entfernung für meinen Schuß. Ein Pfeil heulte heran, beschrieb eine gekrümmte Flugbahn und steckte zitternd in einem der farbigen Schilde. Ich zog am hölzernen Hebel, ein Schäkel löste sich, und die gespannten Schenkel des großen Bogens rissen die Sehne mit dem Lederlappen in der Mitte über die Führungsschiene. Die Kette flog durch die Luft, überschlug sich, breitete sich wie eine Schlange aus und schlug klirrend in das Segel des maurischen Schiffes. Es platzte mit einem reißenden Knall, drei Risse verbreiterten sich schnell. Krachend fiel die Kette, die das Segel zerschlissen hatte, auf das Deck und traf einen Mauren an der Schulter. Ein vielstimmiges Wutgeschrei war die Folge. Das Segel des Verfolgers schlug knatternd in Fetzen um den Mast, wickelte sich in die Leinen; ein großes Stück riß unter dem Druck des Windes noch einmal in drei Teile. Unser Schiff legte sich schräg in den Wind und segelte davon. Meine Wikinger führten ein wildes Geschrei auf, schlugen sich gegenseitig auf die Schultern und lachten.

»Mit Allahs Hilfe werde ich euch fangen!« tobte der maurische Anführer. Wir lachten ihn aus. Unser Schiff mit dem Sperberkopf ging auf Kurs und folgte Jons Boot, dessen Segel wir gerade noch ausmachen konnten. In kurzer Zeit war das maurische Schiff nur ein dunkler Fleck am Horizont. Die Sonne bewegte sich langsam dem Abend zu. Tore sagte brummend: »Du bestimmst, Weißhaar: Wir segeln – bleiben wir heute nacht auf See, oder gehen wir ans Ufer?«

Ich zeigte auf die Seeschlange. »Wir segeln hinter ihnen her. Ich muß dorthin, wo ihr Ziel ist.«

»Verzichten wir auf den Hafen«, sagte er. »Ist dort drüben nicht ein Feuer?«

Ich sah durch das Fernglas: Voraus schien ein Leuchtturm zu sein. Wir versuchten, den gleichen Kurs zu halten wie Jon der Steinbrecher. Bis zum Strand der Großen Syrte würden wir fast einen Siebentag brauchen, wenn wir unser Tempo beibehielten. Ich ließ Tore von Bjarne ablösen; wir zogen meine Karte zu Rate, eine gestochen scharfe Luftaufnahme, beziehungsweise einige, die meine Maschinen zusammengesetzt und mit Bezeichnungen versehen hatten. Wir zählten Ortschaften und Häfen und erkannten, daß wir anlegen konnten, falls es nötig wurde.

»Wir verfolgen Jons Schiff!« sagte ich.

»Und wenn es noch Jahre dauert!« versprach der Wikinger. Noch immer waren wir nicht nahe genug. Schließlich sahen wir nichts mehr, aber wir segelten weiter. Ich setzte mich auf meinen zusammengelegten Mantel, trank einige Becher Wein und betrachtete im letzten Licht des Tages, das von einer weißen Stelle am westlichen Horizont ausging, Schiff und Mannschaft. In einigen Tagen würde sich erste Unruhe einschleichen.

Ich erinnerte mich, hob den Arm, rief leise: *»Sukhr!«* und wartete Sekunden, dann ließ sich der blaugefiederte Falke auf meinem Unterarm nieder. Gabelbart hörte auf, seine Saiten zu zupfen und zu brummen; die Männer drehten faul die Köpfe und sahen zu mir her.

»Verlier das Boot vor uns nicht aus den Augen. Schalte die Infrarotkameras ein!« befahl ich.

Ich riß den Arm hoch. Der Falke flog mit trägen Flügelschlägen auf und verschwand in der Nacht. Dann legte ich mich zurück und überlegte. Noch schienen wir im ersten Teil unserer Reise; niemand konnte ahnen, was die nächsten Tage brachten. Die Gefahren waren gering, die Annehmlichkeiten groß gewesen. Wir waren ausgeschlafen und barsten vor Unternehmungsgeist. Nur eine gewisse Unruhe gab es, die uns unsicher machte: zuwenig neutrale Menschen und Orte hier und zuviel Mauren und Schiffe, die uns jagen konnten. Aber wir hofften auf unser Glück. Ich hoffte, daß mein Weg bis zu jenem fremden Schiff nicht mit Blut gesäumt sein würde. Wir fühlten uns gut. Das Schiff bewegte sich mit regelmäßigen Stößen, auf und nieder schwankend, mit ächzenden Seilen und knarrendem Holz, summenden Segeln. Ich schlief ein ... und wurde durch einen heiseren Schrei geweckt. Ich kam hoch, schüttelte den Kopf und riß die Augen auf. *Gefahr!* schrie mein Extrasinn. Ich kam taumelnd auf die Beine und sah mich um. Mondlicht und der Abglanz der Sterne zeigten mir die Wellen und neben uns eine große Silhouette. Ich fuhr herum und fragte einen Mann, den ich nur undeutlich sah: »Was ist los?«

Er murmelte: »Wir haben Jons Schiff eingeholt. Dort drüben.«

Ich sah hinter der Bordwand einen winzigen Feuerschein, wie von einer Kerzenflamme. Ich sagte laut: »Tore Skallagrimsson! Weg vom anderen Schiff!«

»Es geht nicht!« keuchte er. »Sie haben uns den Wind genommen.«

Es schien ein Mißverständnis zu sein. Wir steuerten das Schiff aus dem Kurs, aber Jons Segel nahm den Wind aus unseren Segeln, indem es knapp hinter uns fuhr. Durch Zufall hatten wir Jons Schiff erreicht, also sah es für Jon so aus, als würden wir ihn verfolgen. Völlig unvermittelt hob sich ein Feuerball über die Bordwand, verharrte in der Luft und kam plötzlich mit fauchendem Geräusch näher, zischte an unserem schlaff hängenden Gaffelsegel vorbei und versank im Wasser.

»Diese Irren schießen Brandpfeile!« schrie Tore.

»Aus dem Kurs! Halte das Schiff an!« rief ich. Ein zweiter Pfeil beschrieb eine leichte Kurve, schlug ins Segel ein und blieb stecken. Ich warf mich zur Seite, suchte nach dem ledernen Eimer und warf ihn über Bord. Er tanzte eine Weile über die Wellen, dann faßte er Wasser, und ich riß ihn hoch. Ich holte aus und schüttete das Wasser auf das Segel – der kleine Brand, der sich ringförmig ausbreitete, erlosch. Ein zweiter, ein dritter Pfeil trafen, dann zischten in schneller Folge fünf oder sechs Pfeile aus der Dunkelheit und bohrten sich in unser großes Segel. Ich arbeitete wie ein Wahnsinniger, schöpfte Wasser und schüttete es auf das Segel, riß am Seil, holte aus und benäßte die Köpfe meiner Männer.

Ich schaffte es nicht. Fünf Brände breiteten sich in dem Segel, das tagelang nur im warmen Wind des Binnenmeeres gehangen hatte, mit rasender Schnelligkeit aus. Ein zweiter Lederkübel war nicht an Bord; als Jons Schiff davonsegelte, hörten wir durch das Knistern der Flammen sein lautes Gelächter.

»Ich treffe ihn!« murmelte Tore. Er hatte ein weißes, fast lebloses Gesicht. Während ich versuchte, die letzten Flammen zu ersticken, hatten unsere Männer Brandpfeile am Segel in Flammen gesetzt und auf Jons Schiff abgefeuert. Vergeblich. Unser großes Segel brannte völlig ab; ehe wir es herunterreißen konnten, schmorten meine Kunstfaserleinen.

»Aus!« murmelte Gabelbart, der Barde.

»Dieser Jon ist wahnsinnig!« schimpfte Tore. »Schießt unser Segel in Brand!«

»Er hat uns nicht als Wikinger angesehen. Unsere Segel und das veränderte Aussehen des Schiffes haben ihn getäuscht. Er fühlte sich verfolgt und wehrte sich. Meine Schuld.«

Bjarne sagte leise: »Wir haben kein zweites Segel an Bord. Wir verloren es vor einigen Wochen im Sturm.«

Tore und ich sahen uns an; wir erkannten einander nur undeutlich.

»Was sollen wir tun?«

»Wir laufen die nächste Hafenstadt an und kaufen neues Tuch für ein Segel«, antwortete ich.

»Gut. Und bis dahin rudern wir?«

»Nein«, antwortete ich ärgerlich. »Wir segeln langsam mit dem Focksegel. Ich werde Licht bringen ...«

Ich ging zu meinem Gepäck, holte aus meiner Satteltasche die Lampe heraus und leuchtete die Karte an; wir sahen nach der Magnetnadel, nach den Sternen und machten eine überschlägige Rechnung auf. Wir konnten mit Hilfe der Riemen und des Focksegels in der Mitte des Tages die nächste Stadt mit Hafen erreichen, am südlichen Ufer. Ich sagte es den Männern, und in den nächsten Stunden, in denen wir Kurs setzten und zu den Riemen griffen, näherten wir uns dem Ufer. Als kurz vor Sonnenaufgang starker Wind aufkam, reichte das Focksegel aus, um das Schiff ins Ziel zu steuern. Gegen Mittag kamen wir an einen bewachsenen Einschnitt im Ufer. Hier lag, etwa eine Meile landeinwärts, ein Städtchen von viertausend Einwohnern.

»Wir haben Jons Schiff aus den Augen verloren. Sie werden einen Vorsprung haben, der zu groß ist«, sagte Tore. Ich hob die Hand.

»Es ist noch nichts entschieden. Das Ziel Jons liegt weit entfernt. Wir haben den schnelleren Segler.«

Unser Schiff mit dem Sperberkopf schwang herum und segelte von Steuerbord in den Einschnitt hinein. Wir sahen an den Ufern Ziegenherden und Schafe, Bäume und Büsche; eine friedliche Gegend. Als wir Felder sahen und Menschen, die darauf arbeiteten, waren wir beruhigt.

»Hier bekommen wir, was wir brauchen!« sagte ich. Der Barde riet: »Und ein Wirtshaus, in dem wir trinken, essen und singen können!«

»Und vielleicht liegt das Schiff von Jon dem Stinbrackar im Hafen und wartet auf uns!«

Die Männer lachten und scherzten, und als das Schiff entlang einer langen Krümmung glitt, sahen wir die Siedlung. Sie lag in mehreren Dreiviertelringen um eine runde Bucht, den Hang aufwärts. Langsam näherte sich unser Boot der steinernen Brüstung, aus der große Steine hervorragten. Ein unverkennbar arabisches Schiff lag mit schlaffem Segel an den Steinen. Über dem Ort herrschte ungewöhnliche Ruhe.

»Wir werden diese Stille bald stören!« versicherte Sithric. Wir legten hinter dem arabischen Schnellsegler an. Als wir an der steinernen Kante lagen, kamen drei dunkelhäutige Menschen aus einer Schenke heraus, fingen die Taue auf und befestigten sie. Wir gingen an Land. Einige Männer blieben im Schiff, um die Ausrüstung zu bewachen. Ich redete mit Tore, als die Fremden vor uns stehenblieben. Einer fragte in maurischer Sprache:

»Ihr habt ein schönes Schiff. Kommt ihr von weit her?«

Tore maß ihn angriffslustig und brummte: »Ziemlich weit, Mann. Ist dieser Ort überfallen worden? Er ist so leer.«

»Nein«, entgegnete ein anderer. »Sie arbeiten in den Häusern oder auf den Feldern. Der Wirt ist in seinem Gasthaus!«

»Gibt es hier auch einen Stoffhändler?«

Ein Fremder deutete nach oben und antwortete leichthin: »Dort ist ein Haus, in dem es alles gibt. Er könnte dir auch ein Schiff verkaufen. Nathan hat ein großes Lager.«

Ich betrachtete den Mann: Er war groß und schlank, seine Hände zeigten, daß er selten schwere Arbeiten ausführte. Ein schmaler Bart wuchs auf der Oberlippe und lief in aufwärts gekrümmten Spitzen aus. Der Mann trug breite Schmuckarmbänder und die übliche Kleidung; fremdartig geschnitten und verziert. Er warf einen langen Blick auf unser Schiff.

»Euer Segel ist verbrannt?«

»Ein Schurke hat Brandpfeile verschossen!« Tore legte seine riesige Pranke einem Fremden auf die Schulter. »Hier ist nicht in der letzten Nacht ein Wikingerschiff vor Anker gegangen?«

Kopfschütteln war die Antwort. Die Wikinger standen nun in Gruppen auf dem steinernen Kai und schienen auf die Gelegenheit zu warten, jemanden zu überfallen. Ich sagte zu Tore:

»Du, ich und drei Männer gehen zu Nathan und kaufen Stoff für ein neues Segel, für ein zweites zur Reserve. Die eine Hälfte der Mannschaft soll das Schiff bewachen, die andere kann die Weinvorräte des Wirtes plündern – aber: Wir zahlen, was wir essen und trinken.«

»Muß das sein?« murmelte Gabelbart. Ich sprang zurück ins Boot, nahm meinen Gürtel mit den Goldstücken und steckte eine Menge davon in die Tasche meiner Hose, gab Gabelbart ein paar Goldmünzen und sagte:

»Hier! Eßt, trinkt und schlagt niemanden zu Boden! Wenn ihr satt seid, laßt euch von der Schiffswache ablösen.«

Ich fragte höflich einen der Fremden: »Würdest du mich zu Nathan führen?«

»Mit Vergnügen«, sagte er. »Ich bin Andoa Yel. Dieser Mann hier nennt sich Ulabo Xas ... Fanne Loc.«

Wir schüttelten uns die Hände. Als Tore Skallagrimsson zugriff, ächzten die Männer. Tore grinste breit, griff in seinen Bart und sagte: »Los! Bringen wir die Sache mit dem Segel hinter uns. Ich will auch ins Gasthaus. Kaltes Essen ist der Tod der Seefahrer.«

Andoa Yel und ich gingen nebeneinander.

»Was tust du hier?« fragte ich leise.

»Wir sind wandernde Gäste hier in Tlemcen. Wir wissen noch nicht, ob wir auf ein Schiff warten oder über Land weiterziehen wollen. Ihr habt Magnetnadel und Richtungsrose auf dem Schiff?«

»Wir sind gut ausgerüstet«, sagte ich. »Unser Ziel liegt ... weit im Südosten des Binnenmeeres.«

»Ich verstehe. Ein schnelles Schiff, wenn die Segel gesetzt sind, Herr Atlan?«

»Eines der schnellsten«, sagte ich. »Kein Wikinger ist schneller, aber gestern wurden wir von einem arabischen Schnellsegler überholt und beschossen.«

Das Handelsnetz des »Orients«, wie die Menschen im Norden die Gegenden südlich des Meeres nannten, war von Juden beherrscht. Sie handelten mit allem, womit man handeln konnte; ihre Verbindungen untereinander waren ausgebaut und gut. Schon jetzt konnte man erkennen, daß die Wikinger diesen Handel an sich rissen; vermutlich würde es in späteren Jahren so aussehen, daß die Wikinger statt Plünderer nur Händler waren. Die Normannen hatten ihren Besitz zuerst im Norden ausgedehnt; jetzt drängten sie nach Süden. Wir gingen eine grob gehauene Treppe hinauf, über Kies, unter blauschimmernden Bäumen bis zu einem großen Haus, das über eine zweite Treppe mit dem Hafen verbunden war. An dieses Haus schloß sich ein holzgedeckter Speicher mit Steinmauern an. Wir erreichten die dämmerige Kühle des Speichers. Ulabo Xas rief laut: »Nathan! Kundschaft!«

Wir warteten, und Andoa fragte mich: »Wie rechnet ihr euren Kurs aus, Herr Atlan? Arbeitet ihr mit den Sternen oder mit Winkelgraden?«

Er kennt die Seefahrt besser als Tore! sagte mein Extrasinn.

»Wir segeln mit Thors, Odins und Ägirs Beistand, mit den Sternen und unserer Erfahrung!« sagte Tore laut.

»Und ohne Segel!« bemerkte Fanne trocken.

Ich grinste. »Nicht mehr lange.«

Für Reisende schienen diese Männer zu interessiert zu sein, zu höflich, zu entgegenkommend. Schurken, die es auf unser Gold abgesehen hatten? Spione der Mauren? Sie sprachen die maurische Sprache ausgezeichnet, mit weicher Betonung. Endlich kam zwischen Ballen, Fässern, getrockneten Häuten, Lederfetzen, Holzstapeln und kupfernem Geschirr eine magere Gestalt mit einem großen Ohrring hervor. Ein verirrter Strahl der Abendsonne, der sich durch den wirbelnden Staub des Lagerhauses bohrte, ließ den Ring aufleuchten. Ein kurzer, weißer Bart, weißes Haar und zerknitterte Gesichtszüge. Merkwürdigerweise besaß Nathan hellblaue Augen. Er blieb dicht vor uns stehen und sagte: »Ihr wollt kaufen, ich will verkaufen. Was suchen die Herren?«

»Meister des Handels«, versetzte ich. »Wir suchen Segeltuch, von guter Qualität. Es muß höllischen Stürmen standhalten.«

»Auf dieser Welt muß alles höllischen Stürmen widerstehen. Kommt in mein Stofflager. Vielleicht etwas Seide für die Damen?«

»Keine Damen«, sagte Tore knurrend. »Guter Handel, schneller Handel.«

»Ihr Wikinger kennt nicht das Vergnügen des Kaufmanns«, tadelte ihn Nathan. »Ihr gönnt euch nicht das köstliche Gefühl, einem Meister des Fachs einige Goldstücke Verdienst abgerungen zu haben.«

Hintereinander wanden wir uns zwischen hochgetürmten Massen aller möglichen Güter hindurch und kamen an ein Fenster. Auf dem Regal lagen unzählige Ballen Stoff. Ich lehnte mich gegen eine Holzsäule und sagte:

»Das Tuch, Nathan, muß so groß sein wie der Raum zwischen diesen Säulen. Davon brauchen wir zwei Stücke.«

Er ließ sich von Tore helfen. Zusammengerollte Stoffe, die um dünne Holzstangen gewickelt waren, wurden uns gezeigt. Wir suchten den leichtesten und zugleich festesten Leinenstoff heraus. Die Wikinger hatten für ihre Segel eine Art Lodenstoff benutzt, der sich bei Regen in eine schwere, tropfende Masse von hohem Gewicht verwandelte. Wir untersuchten das Gewebe auf Fehler und beachteten auch den Rand, erstanden schwere Nadeln und dickes Garn. Aufmerksam beobachteten unsere Wikinger und die Fremden, wie ich mit Nathan schacherte. Ich konnte den Preis bis auf ein Drittel kleiner halten; frohgestimmt verließen wir das Lagerhaus. Nathan, der ein gutes Geschäft gemacht hatte, winkte uns nach. Er strahlte – wir hatten uns die Freude gemacht, einem Meister einige Prozente abgerungen zu haben. Wir schafften den Stoff auf den Kai, schnitten ihn zurecht und verstauten das Reservesegel. Schließlich machten sich drei der Wachen daran, das Segel zu nähen und durch Verstrebungen aus Seil zu verstärken. Wir ließen sie zurück und wandten uns dem Gasthaus zu.

»Herr Atlan, wir dürfen dich zu einem Trunk einladen?« fragte Fanne Loc.

»Ja«, sagte ich. »Und ich werde mich mit einem prächtigen Braten erkenntlich zeigen.«

Wir kamen in einen Raum, mit Lärm und Gerüchen ausgefüllt. Eine offene Halle, an deren Vorderseiten Baumkronen Schatten lieferten. Die Sonne sank hinter den Bergrücken; Windlichter wurden auf die Tische gestellt. Gabelbart, der Skalde, sang mit lauter Stimme. Die Klänge seines Instruments gingen im Lärm unter. Es roch nach Wein und vielen exotischen Gewürzen. Wir bestellten Krüge, große Portionen Brot und Braten, Zutaten und Salate ... unser Hunger war groß. Tore schüttete mir einen halben Becher Rotwein über die Hose. Wir aßen und tranken und unterhielten uns, und ich rief den Wirt zu mir her.

»Bist du schon bezahlt worden?« fragte ich.

Seine kummervolle Miene belehrte mich eines Besseren.

»Wieviel? Wenn wir noch weiterzechen?«

Er rechnete, nahm Daumen und Finger zur Hilfe, summte mit dicken Lippen Zahlen, erwähnte Krüge, zerbrochene Becher, Schmerzensgeld für die Magd, die von zwei Männern etwas zerzaust worden war, sprach von halben Ochsen, zarten Pflanzen, teurem Gewürz, der Mühe und der Hitze am Herd, sagte schnaufend: »Herr – zwölf Goldstücke!«

Ich zählte dreizehn Goldstücke ab und gab sie ihm. Ich sagte streng: »Das reicht für alles, Wirt. Auch für den nächsten Krug Wein, den du meinen Freunden auf den Tisch stellst!«

Tore umklammerte den Krug mit seinen Händen, auf deren Fingerrücken rötliche Haare wuchsen. Der Steinkrug nahm sich zwischen den Pranken zierlich aus. Wir hoben die Becher.

»Wo sind die Fremden?« fragte ich, ohne beunruhigt zu sein. Er lachte grimmig und rief: »Große Kinder, die nichts vertragen. Sie aßen, tranken, dann drehte sich ihr Verstand; schließlich opferten sie, was sie gegessen hatten, oder noch mehr. Sie sind davongekrochen wie lahme Hunde!«

Ausgelassene Stimmung hatte uns ergriffen. Ich lehnte mich zurück und dachte an die Tage, in denen wir schnell segeln mußten, um Jon Stinbrackars Schiff zu erreichen und uns von ihm ans Ziel führen zu lassen. Aus dem Gasthof fielen breite Lichtstreifen auf das Pflaster. Ich sah hinaus, und plötzlich war am Rand des Lichtvierecks eine undeutliche Bewegung. Ein Mann taumelte uns entgegen; als ich sein blutüberströmtes Gesicht sah, erschrak ich.

»Sudvar!« rief ich, schlug Tore den Becher aus der Hand und sprang auf. Mit zwei, drei Sprüngen waren wir bei dem jungen Normannen und hielten ihn fest. Aus einer Wunde am Haaransatz sickerte Blut. Sudvar keuchte:

»Das Schiff – weg! Geraubt!«

Ich drehte mich um und schrie donnernd in den Raum: »Wikinger! Freunde – man hat unser Schiff gestohlen!«

Männer sprangen auf, Krüge, Becher und Tische polterten. Der Wirt und die wenigen Einheimischen wichen erschrocken zurück, als fünfzehn Wikinger, voran der Skalde mit seinem Instrument, aus dem Lokal stürmten. Wir rasten zum Kai, zwischen Tore und mir hing kraftlos Sudvar. Während wir zum Wasser rannten, berichtete Sudvar: »Ich bekam einen Schlag ... umgefallen, ohne Bewußtsein ... als ich aufwachte ... das Schiff weg.«

Wir standen an der Stelle, an der wir den Sperber angelegt hatten: nichts. Nur ein Stück Seil hing noch an dem steinernen Poller. Träge schaukelte der maurische Segler im Wasser.

»Hast du jemanden gesehen?« fragte ich.

»Nur die drei freundlichen Fremden«, stotterte Sudvar. »Sie kamen aus der Schenke.«

Sie müssen es gewesen sein! Vielleicht waren es die fremden Raumfahrer selbst, sagte mein Extrasinn. Ich überlegte. Einer hatte mich gefragt, ob wir mit Hilfe der Magnetnadel gesegelt waren. Jetzt fiel es mir siedendheiß ein: Woher wußte ein angeblich maurischer Reisender, daß mein Schiff eine magnetische Nadel besaß? Winkelgrade? Richtungsrose? Auch unbekannt als Ausdruck! Fünf Wikinger waren betäubt und mit dem Schiff und unserer gesamten Habe geraubt worden. Ich tastete zuerst nach meiner Brust; der Zellaktivator, mein wertvollster Besitz, war da. Aber das Armband, mit dem ich das Windspiel aktivieren, dem Falken befehlen und den Gleiter fernsteuern konnte, war auf dem Schiff. Dazu der beträchtliche Rest des Goldes.

Unser Schiff war hervorragend ausgerüstet und wurde anders besegelt; die Folge davon, daß ein Mann, dessen Kultur höher war als die der Wikinger, Änderungen durchgeführt hatte. Also hatten mich die Fremden mit ihrem Kameraden verwechselt, unser Schiff mit einem der drei, die etwa auf gleichem Kurs segelten. Es war grotesk. Ich ging zwischen den ratlosen und plötzlich nüchternen Wikingern hindurch, setzte mich auf den Poller und lachte. Tore starrte mich ohne jedes Verständnis an.

Ich sagte: »Unser Schiff ist von denen gestohlen worden, die ich an einer anderen Stelle hätte treffen wollen. Unser Besitz ist auf dem Sperber – was tun wir, Tore Skallagrimsson?«

Er sagte dröhnend: »Wir segeln ihnen nach.«

Sein nackter Arm mit dem doppelt handbreiten Bronzeschutz deutete auf den arabischen Schnellsegler.

»Stiehlt man unser Schiff, stehlen wir andere Schiffe ... so haben wir es immer gehalten!« Der Skalde riß eine laute, mißtönende Kadenz aus seinen Saiten. Ich nickte.

»Los! Alle auf das Schiff. Segel setzen, Leinen los, Anker hoch. Ich spreche mit dem Wirt.«

Die Gruppen lösten sich auf. Die Wikinger hatten ihre Aufgabe erkannt und sprangen ins Schiff, zogen die Segel hoch und lösten die Leinen. Sie bewaffneten sich mit langen Holzstangen; ich stand wenige Augenblicke später dem Wirt gegenüber.

»Wem gehört das maurische Schiff?« fragte ich hastig.

Er murmelte: »Eine maurische Patrouille ging vor zwei Tagen an Land und ritt nach Süden. Sie verfolgen einen Trupp Spione, sagten sie.«

»Wie du weißt, hat man unser Schiff gestohlen. Wir nehmen das maurische Schiff und segeln den Dieben nach. Im nächsten Hafen östlich lassen wir das arabische Schiff liegen ... Dort werde ich den Mauren Gold geben; wir sind keine Diebe. Sag ihnen das!«

Er hob die Hand, als fürchte er um seinen Kopf, wenn die Mauren zurückkamen. Er sagte stockend: »Bei der Ehre meines Vaters ... ich verspreche es dir.«

»Gut. Das hier für deine Ehrlichkeit. Wird dir weiterhelfen!«

Ich drückte ihm ein paar Goldstücke in die Hand, drehte mich um und rannte zwischen den umgestürzten Tischen hinaus. Mit einem riesigen Satz sprang ich ins Schiff, die Leine flog zurück an Bord. Wir legten ab, der Wind griff, das Schiff scherte seitwärts vom Kai weg, in die Fahrtrinne und hinaus in den gewinkelten Kanal. Die Männer am Ausguck riefen uns zu, was sie erkennen konnten: Wir verließen Tlemcen, die Nacht nahm uns auf.

Ich fragte Sudvar, der seinen Schädel mit Meerwasser und einem Stück Tuch kühlte: »Wie lange warst du ohne Bewußtsein?«

Er murmelte unentschlossen: »Eine Stunde ... vielleicht etwas länger.«

Das bedeutete im ungünstigsten Fall, daß die fremden Raumfahrer, Opfer ihrer eigenen Verwechslung, zehn Meilen Vorsprung hatten. Für uns hieß es: auf alles aufpassen, was wir erkennen konnten.

Der Mond versank hinter dem Horizont. Die Wellen bekamen Schaumkronen, der Wind, der durch die Takelage und das stehende Gut fuhr, erhielt einen schneidenden Unterton. Tore Walroßbulle kämpfte mit dem Ruder und rief: »Wir bekommen Sturm, Atlan!«

»Verdammt!« sagte ich. »Sollen wir in Ufernähe gehen?«

»Nein«, erwiderte er. »Das Ufer ist der Feind des Seemannes. Entweder ein Hafen oder draußen bleiben.«

Ich entschloß mich. »Dann reiten wir den Sturm ab und segeln nach Osten. Unser Ziel ist das der drei Schiffe. Die Fremden haben unser Schiff gestohlen, weil sie glaubten, ein Geschenk wäre darauf, das für sie bestimmt war. Sie werden enttäuscht sein, wenn sie nichts finden.«

»Meine Männer werden ihnen die Zeit kurz werden lassen!« sagte Tore.

Wir hatten weder Wasser noch Essen an Bord und würden nach vierundzwanzig Stunden an Land gehen müssen. Die Sterne wurden von großen Wolken verdunkelt, die Stärke des Windes nahm zu, und gegen Morgen saßen wir mitten in einem Sturm, der von Nordwest kam und das Meer aufwühlte. Tore schuftete am Steuer, das Segel war prallvoll, seine Ränder knatterten. Die Männer hatten sich angeseilt und verteilten sich auf die richtige Seite des Schiffes, um die Neigung des Mastes auszugleichen und den Schwerpunkt zurechtzurücken.

»Für mein Schiff wäre dieses Lüftchen ein Kinderspiel!« sagte Tore. »Dazu noch mit achterlichem Wind ... aber dieses maurische Seeräuberpferd ...?«

Im Sturm, während die Wellen von achtern aufliefen, das Schiff hoben und der Schnellsegler halbwegs in einen unstabilen Gleitzustand überging, ächzten die Holzteile, wurde das Segel naß, bekamen wir Wind und Wasser in die Augen und auf die Oberkörper, die sich alsbald mit einer Salzschicht zu überziehen begannen. Tore steuerte meisterlich, vermied gefährliche Schräglagen und schien die Böen zu ahnen, bevor sie auf unser Segel trafen. Das Schiff bewegte sich in allen Verfugungen, Wasser schlug über die Bordwände und sickerte zwischen den Planken durch. Wir lenzten mit allem, was wir finden konnten.

»Wir werden eine gute Strecke machen«, sagte Tore schwer atmend. Wir lösten uns am Ruder ab. Das auf der rechten Seite des Hecks angebrachte, wie ein Riemen mit übergroßem Blatt aussehende Ruder, das sich in eisenverstärkten Lederbändern drehen ließ, schlug in unseren Händen. Wir stemmten uns dagegen und steuerten.

»Vielleicht überholen wir auch die anderen Wikingerschiffe«, sagte ich.

Auch der arabische Schnellsegler, ALLAHS EHRE hieß er, ein ausgezeichnetes Schiff, lang, schmal geschnitten, leicht und fast mit zuviel Leinwand, schoß zwischen den Brechern hindurch, legte sich beängstigend schief. Stunden vergingen im Kern des Sturms. Hin und wieder rissen die Wolken auf, und wir sahen die Südküste des Binnenmeeres. Wälder, groß, rund oder langgezogen, einzelne Felsen, dann wieder blauschwarze Berge mit gelben, sonnenbeschienenen Hängen. Regenvorhänge und tief treibende Wolken verhängten das Bild. Das Schiff schien noch schneller zu werden. Nachmittag ...

Tore sagte laut: »Mein Magen ist klein geworden, aber er schreit mit lauter Stimme, Freund Atlan!«

»Meiner auch! Ich dachte, es wäre der Donner. Durst ist schlimmer – wir segeln zur Küste. Kannst du dich an die Karte erinnern?«

»Ja«, sagte er. »Ich sah, weiter östlich, eine Stadt. Einen guten Hafen, wie ich auf deiner bunten Karte erkennen konnte.«

»Sehen wir zu, daß wir noch vor Anbruch der Nacht dorthin kommen. Sonst meutern unsere Freunde.«

Mit seitlichem Rückenwind segelten wir auf die Stelle zu, an der wir den Ort vermuteten. Niemand kannte den Namen, und wir wußten nicht, was uns erwartete. Ich hatte außer meinem getarnten Lähmstrahler, einigen Goldstükken und dem Zellaktivator nichts bei mir. Wir sichteten die Stadt und den Hafen im letzten Licht. Der Ausläufer des Sturmes trieb uns in die Einfahrt hinein, vorbei an einem Leuchtturm. Tore schrie plötzlich:

»Odins Raben sollen mich fressen! Atlan! Sieh dorthin!«

Bei seinem Schrei, der durchs Hafenbecken hallte, fuhren die Köpfe unserer Mannschaft herum. Sie starrten in die Richtung, in die Skallagrimsson deutete. Am Kai lagen drei Schiffe. Das Schiff mit festgezurrten Segeln in der Mitte war Tores SPERBER. Fünf Wikinger standen an Deck, begannen wild zu schreien und winkten wie die Wahnsinnigen. Wir hatten unser Schiff wieder. *Und deine kostbare Ausrüstung, Atlan?* fragte mein Extrasinn. Wieder einmal mußte ich bekennen, daß ich nichts wußte.

Die Szene hatte sich innerhalb eines halben Tages mehr als gründlich gewandelt. Unser Schiff war flußaufwärts geschleppt worden. Nichts fehlte – die drei Fremden waren aber spurlos verschwunden. Seit dem frühen Nachmittag lag der SPERBER hier; jetzt befanden wir uns zwischen dem Markt, einem maurischen Park, dem Hafen mit Lagerhäusern, Ladebäumen und dem Fluß, der hier mündete. Das Zelt, das wir bei Gabal Tariq erbeutet hatten, war aufgestellt, Teile der Ausrüstung lagen umher, ein Feuer brannte, es gab Schatten und kalten Wein. Wir, auch das Windspiel und der Falke, befanden uns am Schiff. Tore lag faul in einem Klappsessel und sagte:

»Wir sollten diesen Tag feiern, Atlan. Wie denkst du darüber?«

Ich nickte langsam. »Feiern wir. Aber nicht so, daß wir mit schweren Köpfen aufwachen. Wir sollten einen mächtigen Braten auf den Rost werfen ... ausgesuchten Wein kaufen.«

»Dein Gold ... noch alles da?« knurrte er.

»Wir können tausend Hammel kaufen. Wenn wir jetzt anfangen, sind wir am Nachmittag für das Mahl gerüstet. Helft ihr?«

»Mit Freuden!«

Wir liehen uns Tische und Sessel von den Anwohnern, stellten sie auf, errichteten Lagerstangen für den eisernen Spieß und gingen zum Markt. Tore und ich suchten zwei junge, wohlgenährte Hammel aus, kauften Kessel und Gewürze, ließen Reis abwiegen und getrocknete Weinbeeren, Äpfel, Knoblauch, Datteln und Mandeln. Dann schlachtete Bjarne die Hammel und zog sie mit Hilfe eines anderen Mannes ab. Wir säuberten die Tiere, kochten Reis und würzten ihn, kauften Butter und Brotfladen, mischten den Reis mit anderen Zutaten und stopften ihn in die Bauchhöhle des Tieres. Dann verschlossen wir den Körper, zogen den Speer hindurch und hängten die Hammel über das Feuer, das abgebrannt war und große Hitze ausströmte. Becher wurden ausgeteilt, Weinschläuche geöffnet; die Wikinger legten ihre verschmutzte, salzverkrustete Kleidung ab. Sie wuschen sich am Fluß, rasierten sich zum Teil, tauschten Hemden und Stiefel um und ließen die beschädigten Stücke von Frauen und Handwerkern waschen und ausbessern. Ich stand, gewaschen, ausgeschlafen und rasiert, mit wohlriechendem Öl massiert, neben dem Feuer.

Tore rief aus seinem Sessel: »Es riecht besser als in Walhall!«

Während meine Hemden gereinigt wurden, bepinselte ich die bratenden Hammel mit Butter und goß von Zeit zu Zeit dicken Rotwein darüber. Der Geruch des bratenden Fleisches und des Fettes, das in das Feuer tropfte, durchzog bald die gesamte Marktgegend. Die ersten Neugierigen umstanden unsere Gruppe. Sprachgrenzen begannen sich abzubauen. Die Hammel drehten sich, Butter tropfte über die rotbraune Kruste. Wir schwitzten, aber freuten uns. Gabelbart kam heran; er trug feinste Stiefel und ein weißes Hemd aus kostbarem Stoff, am Markt erstanden. Gabelbart setzte sich neben Tore, ließ aus einem goldverzierten Trinkhorn einen Schluck Rotwein in sich hineinrinnen, dann fragte er: »Ein Lied zum Braten, Atlan?«

»Wohlgesungen«, meinte ich. »Und laut. Es ist unser Fest!«

Ich lehnte mich in meinem fellüberzogenen Sessel zurück. Alles sah aus, als wäre ich meinem Ziel auf dramatische, aber unblutige und relativ angenehme Weise einen Schritt näher gekommen. Um uns herum war die Ruhe eines Hafendorfes mit tausend Einwohnern. Verglichen mit den Bewohnern von *Saudya,* so nannten sie den Hafen, waren wir unermeßlich reich. Wir saßen im Schatten unter dem maurischen Sonnensegel; aus goldenen Ranken der Verzierungen sprühten Lichtreflexe. Hoch über den hellbraunen oder weißen Häuschen sah ich einen langgestreckten Palast im maurischen Stil; offensichtlich gab es eine maurische Besatzung. Auch lungerten einige Mauren, mäßig interessiert, um unser Schiff und sahen uns zu. Nackte Kinder liefen schreiend umher und staunten meine Männer an. Tore rekelte sich schläfrig, streckte seinen Arm aus; Gryfgard goß das Horn voller Wein. Der Walroßbulle fragte brummend:

»Die Braten ... noch nicht fertig, Atlan?«

Keine voreiligen Schlüsse! Stets, wenn du dich wohl fühlst, naht die Katastrophe! warnte mein Extrasinn. Ich mußte grinsen.

»Noch nicht ganz!« sagte ich. Langsam drehte sich der Spieß. Gabelbart hatte seine Ruhe wiedergefunden, stimmte sein Instrument und griff in die Saiten.

»Schwer geht es, die Zunge zu rühren,
nicht vermag ich, die Worte zu wägen.
Leicht wird es nicht, Odins Gabe tief
aus der Seele Versteck zu ziehen ...«

Die Umstehenden klatschten in die Hände, die Kinder starrten mit offenen Mündern den fremden Mann an, dessen Baß weit über die Hafenmole schallte. Ein dicker Mann rollte ein Fäßchen Wein herbei; das dritte. Ich warf ihm ein Goldstück zu und versprach ihm einen Braten. Wir suchten zusammen, was wir an Bord hatten; goldene Teller aus meinem Gepäck, silberne, die wir den Mauren gestohlen hatten, Messer und Löffel; wir kauften Teller aus glasierter Keramik, Becher aus schwarzem Ton, mit hübschen Randmustern verziert. Als die Schatten länger geworden waren, schienen die Hammel durchgebraten zu sein. Ich machte mit meinem Dolch die Probe. Während wir rasteten, brieten, aßen und sangen, segelten Thorvald, Jon der Steinbrecher und Thorfinn mit ihren Schiffen und Sternkarten weiter. Wohin? Aber auch sie würden durch den Sturm vom Kurs abgetrieben worden sein, mußten anlegen und Nahrung und Wasser holen. Zur rasenden Eile war also kein Grund vorhanden. Tore leckte sich die Lippen und strich seinen Bart, dann sagte er:

»Uns die größten Portionen, Atlan!«

»Das ist meine Absicht!« Ich stimmte grinsend zu. Aus gutem Grund hatten wir zwei Hammel gekauft, einer hätte nicht gereicht. Gabelbart unterbrach seinen Gesang, setzte die Leier ab und sagte leise: »Dort ... ein fremdes Schiff!«

Ich drehte mich um, den Dolch in der Hand.

Ein Boot, von dreißig Ruderern bewegt, glitt lautlos, mit geborgenem Segel in den Hafen und steuerte die Stelle an, die wir anvisiert hatten. Die Mauren, die sich in der Menge verteilt hatten, folgten der Richtung, in die Gabelbarts Arm deutete, und liefen schnell in die Nähe der Poller. Das Windspiel drängte sich zwischen mich und das Wasser; *Sukhr* flatterte von der Zeltstange in die Luft des Nachmittags und zog seine Kreise. Wir sahen zu, wie ein schnelles Anlegemanöver unternommen wurde. Das fremde Schiff war eine kleine Kostbarkeit. Als die Kissen zwischen Schiffswand und Stein die Mole berührten, war es, als wehe eine Art wunderbarer Wind durch den Hafen. Ein Märchen wurde Wahrheit. Das Boot war sehr schön; viel Gold, viele teure Stoffe, und die Riemen waren aus bestem Holz. Sie hoben sich in die Luft, wurden senkrecht in Vertiefungen des Decks eingesetzt; das Sonnenlicht brach sich an dem Tropfenregen. Ich trat vom Fenster zurück, warf den Dolch in die Tischplatte, wo er zitternd steckenblieb. Dann bemerkten wir, wie sich eine Welle von Unruhe durch die Reihen der Umstehenden fortsetzte. Einige von ihnen verschwanden in den Häusern, andere verließen unser Zelt oder liefen dorthin, wo vom Deck des Schiffchens eine Laufplanke ausgebracht wurde. Vorhänge bewegten sich, Bewaffnete sprangen ans Ufer, leise Kommandos in maurischer Sprache waren zu hören.

»Der Herr des Hafens kommt – *wir* sind der Besuch. Fangt bitte keine Schlägerei an!« sagte ich.

»Schon gut! Ich bin viel zu hungrig dazu!« Tore war bester Laune. Vierzig Mauren umstanden die Poller. Sklavinnen mit verhüllten Gesichtern kamen von Bord, dann zwei offensichtlich wichtige Frauen, die mit Aufmerksamkeit, beinahe Unterwürfigkeit behandelt wurden. Als letzter ging ein hochgewachsener, schwarzbärtiger Mann von etwa vierzig Jahren über die federnde Planke. Abgesehen von den Kindern, die weniger laut kreischten, breitete sich eine gespenstische Ruhe über den Hafen aus. Sämtliche Anwesenden warfen sich zu Boden. Tore und ich wechselten einen nachdenklichen Blick; der Wikinger kniff die Augen zusammen. Mitten in das Schweigen hinein begann ein Esel jämmerlich zu schreien; es klang, als würde ein Mensch auf das äußerste gemartert. Ich zuckte zusammen, ein paar Männer begannen lauthals zu lachen.

Ich konnte beobachten – während mein Robot-Windspiel knurrte –, wie sich einige der kauernden Mauren umdrehten, uns Wikinger musterten und verstohlen nach ihren Waffen griffen. Ich schaute zum maurischen Schloß hinauf, wieder auf den hochgewachsenen Mann, schließlich roch ich, daß der Braten zu verschmoren begann. Ich machte einen Satz, griff nach dem Spieß und drehte ihn. Tore ließ sein Horn nachschenken und winkte ab, als einer seiner Männer nach der Streitaxt griff.

»Der Mann deutete in unsere Richtung. Was hat er vor?« fragte Bjarne halblaut.

»Wir werden es gleich erfahren!« gab ich zur Antwort.

Der Maure sprach auf einige seiner Männer ein. Während sich die Menschenmenge im Hafen aufrichtete, kamen die Mauren im Dauerlauf näher und blieben vor unserem Zelt, das eher eine schattenspendende Ansammlung von Stoffbahnen war, stehen. Der Anführer richtete seinen Blick auf mich, blitzte mich an und fragte laut:

»Seit wann werft ihr euch nicht zu Boden, wenn Husain ibn az-Zubair den Hafen betritt?«

Ich winkte einen Wikinger herbei, sagte ihm, er solle den Spieß drehen, und erwiderte laut: »Husain, also der ›kleine Hasan‹, ist ein Fürst, o Vater des Dolches?«

Der Mann nickte, seine Reaktion klang ein bißchen verwundert. »Er herrscht über Saudya und über umliegende Orte und Gewässer, Mann des weißen Haares.«

Ich sagte: »Höre, Bruder der Leibwache! Wir, dreiundzwanzig Männer aus dem Reich der untergehenden Sonne, sind, wo wir herkommen, Fürsten. Wir herrschen über Länder, die weitaus größer sind als die Wälder um Saudya. Wir sind Fürsten. Seit wann ist es Brauch und Angewohnheit, daß sich Fürsten voreinander zu Boden werfen?«

Der Leibwächter schien auf meinen Akzent seiner Sprache zu horchen, dann nickte er. »Ihr seid Gäste!«

»Wir werden uns als Gäste der Gastfreundschaft von Husain würdig erweisen. Wir sind reich, sind gute Kämpfer, wir wünschen, mit Husain zu sprechen. Richte die Spur deiner Stiefel, Wächter des Serails, in diese Richtung und sage Husain, was ich gesprochen habe.«

»Warte hier, Weißhaariger!« Der Mann stob davon.

Ich ließ mich nicht beunruhigen, obwohl ich gespannt beobachtete, was sich abspielte. Wir nahmen den Spieß vom Feuer, schoben die schweren Hammel auf den Tisch aus geschabten Brettern; ich öffnete die Bäuche der gebratenen Köstlichkeiten. Unbeschreiblicher Duft breitete sich aus, als die Füllung des Hammels auf den Tisch hinausglitt – sie sah aus wie ein körniger Brotlaib. Die Mauren sprachen aufgeregt miteinander, und die Frauen entfernten sich bis auf eine, die hinter dem Fürsten stehenblieb. Der Anführer der Leibgarde blieb schwer atmend vor mir stehen. Das Windspiel knurrte, und ich schnippte mit den Fingern. Der Maure sah mich an, dann ging sein Blick zu den Wikingern, schließlich schluckte er und starrte nur noch den geöffneten Braten an, dessen Kruste im Sonnenlicht schimmerte. Der Rotwein hatte streifenförmige Spuren hinterlassen; die Butter hatte alles mit duftendem Glanz überzogen.

Wieder schluckte der Vater des Dolches und sagte: »Husain läßt sagen, daß ihr Gäste seid. Ihr alle seid willkommen. Führt ihr Handelsware mit euch?«

»Nein«, sagte ich. »Wir sind nur Besucher, die übermorgen in See gehen. Du riechst den Duft des Bratens, Mann des Palastes?«

Er grinste. »Auch der Löwe brüllt, wenn er die Beute riecht. Ihr habt den Hammel mit Reis gebraten? Kenne ich nicht!«

Mir kam eine keineswegs ungefährliche Idee. Ich nahm den Dolch, schnitt aus dem Schenkel ein schönes Stück Fleisch heraus und häufte mit einem goldenen Löffel etwas von der Füllung auf einen silbernen Teller, hob den Teller hoch und sagte:

»Unter Fürsten ist es üblich, Geschenke auszutauschen. Gold und kostbare Steine haben wir genug. Husain hat sie auch. Ich werde Husain ibn az-Zubair ein kleines, gutes Geschenk machen. Ihr wartet – nehmt, was euch schmeckt. – Tore!«

»Gut gesprochen!« sagte Tore, sprang aus dem Sessel und schlug mit dröhnendem Lachen zwischen meine Schulterblätter. Ich verlor beinahe den Braten, nickte dem Mauren zu und ging durch die Gasse inmitten der Menschen zu Husain. Vor dem schlanken Mann blieb ich stehen, hob die rechte Hand bis in Schulterhöhe und kehrte ihm die Handfläche entgegen.

»Ich grüße dich, Husain ibn az-Zubair«, sagte ich. »Der Gastgeber wird von den Gästen beschenkt. Ich beschenke dich mit einem Teil unseres köstlichen Bratens. Nimmst du dieses Geschenk an?«

Er zögerte, aber der Anblick und der Geruch schienen ihm ebenso das Wasser zwischen die Zähne zu treiben wie mir. Dann fragte er vorsichtig: »Auch du bist Fürst, Mann des Schneehaares?«

Ich nickte. »Ich bin Atlan ibn Arkon al Gonozal. Ich regiere ein großes Reich, in dem die Granatäpfel so groß wie Gurken und die Hammel so groß wie Pferde sind. Hier, mein Geschenk – es ist nicht vergiftet.«

Diese Art Begrüßung überfordert ihn fast! sagte mein Extrasinn. Ich flüsterte eindringlich:

»Junger Hammel! Mit Butter, rotem Wein, Reis, unendlich vielen Gewürzen, mit Knoblauch und Weinbeeren, mit Äpfeln und anderen Kostbarkeiten. Geröstet über der Holzkohle frischer, junger Bäume. Nimm und werde mein Freund, Husain.«

Die Frau hinter ihm lachte verhalten und flüsterte unter ihrem Schleier hervor: »Das ist nicht die schlechteste Art, Freundschaft zu schließen. Auch ich, sage ich dir, bin vom Geruch überwältigt.«

»Herr des Schlosses«, sagte ich. »Bruder des Windes! Der Hammel schmeckt wie Werg, ist er einmal kalt ... Du weißt es!«

Jetzt lachte Husain. Ich hatte gewonnen. Während wir sprachen, entbrannte vor dem Sonnensegel eine wahre Schlacht um den Hammel. Wikinger und Kinder stritten sich um Bratenstücke; der Lärm des Festes schallte zwischen den Häuserfronten. Das brach den Bann. Achtungsvoll sahen die vierzig Mann der Wache zu, wie ihr Herr zu essen geruhte. Er tat dies mit der Schnelligkeit eines Menschen, der zum Essen kein Besteck braucht. Dann schmatzte Husain, rülpste anerkennend und sagte:

»Reis! Kenne ich nicht!«

»Hammel mit Reis, Perle der Weisheit – wir braten ihn nicht anders. Nur daß eben der Hammel größer ist, auch von anderer Rasse als der Fettsteißhammel, der hier zu erwerben ist.«

Binnen kurzer Zeit war der Teller leer, und der abgenagte Knochen flog ins Wasser. Der Scheich oder Kalif oder wie immer er sich nennen mochte, sah mich schweigend und nachdenklich an. Dann sagte er: »Sei mein Gast!«

Ich verbeugte mich kurz, und wir faßten uns an den Handgelenken. Dabei fiel der Blick des Mauren auf das breite Schmuckarmband um mein Handgelenk. Er sah die nachgeahmten Steine, und kurz blitzte Neid aus seinen Augen.

»Ich werde euch in meinen Palast einladen«, sagte er. »Auch dort wurde Leckeres gebraten und gesotten. Wie viele seid ihr?«

»Dreiundzwanzig«, meinte ich. »Ich sehe, daß du der Mann bist, mit dem ich Freundschaft schließen könnte. Freundschaft unter Fürsten ist mehr wert als ein Dutzend Frauen!«

Er seufzte, halb belustigt, halb nachdenklich. »Wahr gesprochen, Bruder des Koches. Ich werde ein Gastmahl bereiten lassen. Kommt ihr, wenn ich einen Boten schicke?«

Ich versprach es. Wir schüttelten uns ein zweites Mal die Unterarme, dann wanderte ich mit dem leeren Teller aus Keramik zu unserem Tisch. Die Schar der Mauren entfernte sich in Richtung auf das weiße Schloß. Wir waren hier sicher vor einem maurischen Angriff, aber da waren noch einige Probleme zu klären. Wir bildeten um das Feuer einen Kreis und aßen auf, was wir gebraten hatten. Die Köter im Hafen stritten sich knurrend um die abgenagten Knochen; mein Windspiel schlich mit einem großen Knochen, an dem gewaltige Fleischfetzen hingen, ins Gebüsch des Parks. Jedesmal, wenn vom Tisch her Knoblauchgeruch in meine Nase drang, mußte ich an Hunnen denken. Dachte ich an Attilas Grausamkeiten und die Sachsenschlächterei von Carolus Magnus, schweiften meine Gedanken bis an mein Ziel, jenseits von Kairuan, am Strand des Landes Ifrikija, versteckt zwischen Sand und Felsen, bewacht von goldhäutigen Fremden, die auf ihre Sternkarten warteten. Ein vollautomatisches Raumschiff, das mich nach Arkon bringen könnte. Wir aßen, tranken, aber wir betranken uns nicht.

Es herrschte eine ruhige, ausgelassene Stimmung; in dieser Stimmung sahen wir zu, wie sich die Sonne hinter die Wipfel der Bäume verkroch. Weiße Wolken zogen auf und ließen uns auf Tage voller Sonne und Wind hoffen. Tore der Walroßbulle sagte zweifelnd:

»Ich glaube nicht, daß uns dieser Schwarzbart einlädt. Er fürchtet vielleicht, wir rauben seine Frauen!«

Gabelbart zupfte schläfrig einen Akkord. »Genau das wird er nicht fürchten, Steuermann! Er weiß, daß wir keinen Platz auf dem Schiff haben und keine Lust, von jedem maurischen Segel gehetzt zu werden. Was berichten wir ihm, wenn er uns nach dem Schnellsegler fragt? Bei Odins Raben ... ich weiß es nicht.«

»Sicher«, ich streckte die Beine aus, »fällt mir eine schöne, lange Geschichte ein.«

Ich überlegte mir, wie ich vorzugehen hatte, wenn Husain uns in seinen Palast einlud. Jedenfalls mußte ich bewaffnete Wachen am Schiff zurücklassen; selbst in diesem menschenleeren Land konnten wir niemals ganz sicher sein, wie der Diebstahl unseres Schiffes deutlich bewies. Wir warteten; drei Wikinger begannen zu schlafen und kurz darauf laut zu schnarchen. Sie störten den abendlichen Frieden.

Ich lag im Schatten einer mächtigen Pinie am Strand, vom Windspiel bewacht; Sukhr drehte über der Sandfläche im Osten der Siedlung seine lautlosen Kreise. In meinem Ohr steckte ein winziger Lautsprecher. Mein Dialog mit dem Roboter näherte sich dem Ende.

»Alle jene kleinen Herrscher sind wie Oasen im Chaos. Die Strukturen der Welt rund ums Binnenmeer sind unübersichtlich wie nie zuvor«, sagte Rico. »Es fällt schwer, die Robotsonden an die wichtigen und richtigen Stellen zu steuern – sei unbesorgt, Ibn Arkon: Ich schütze dich, beobachte die Mannschaft des SPERBERS. Und ich lege eine vergnügliche Sammlung von Kenningar an. Weißt du, was *Bronze der Zwietracht* ist?«

»Das Gold«, brummte ich. »Diese absolut menschenähnlichen Fremden wissen, daß drei Schiffe mit Steuerelementen und Stellarkarten zu ihnen unterwegs sind.«

»Der Zentralrechner der Überlebensanlage und ich haben errechnet, daß nur eines dieser Elemente gebraucht wird. Zwei dienen der Redundanz.« Rico schaltete das Deflektorfeld der Spionsonde aus; ich sah zu, wie mich die Kugel umkreiste. »Wir wissen nicht, welche Absichten die Fremden haben. Aber sie scheinen nicht aggressiv zu sein, jene Stellaren Gäste.«

»Ihr Raumschiff ist mein Ziel. Sie können nicht ahnen, daß ein Arkonide auf dem Planeten lebt. Auch beim Segelkauf im Magazin des Juden haben sie mich nicht erkannt – jedenfalls nicht als gestrandeten Raumfahrer.«

Aus der Abenddämmerung, die das gesamte westliche Firmament in ein düsteres Rot getaucht hatte und Wolken in unbeschreibbaren Farben und Schattierungen über das Meer zauberte, erschien hoch über mir der bleiche Mond; das Firmament begann zu dunkeln. Die Sonde wurde unsichtbar. Rico sagte:

»8901 Jahre nach Untergang von Atlantis suchst du wieder einmal nach einem Raumschiff.«

»Wie lange habe ich eigentlich geschlafen?«

»Siebenundneunzig Jahre seit Aachen und dem Eisernen Schiff. Du bist wieder eingeschlafen, als die Arkonschiffe das System verließen, warst kaum richtig wach.«

»Also dreieinhalb Jahre ungefähr zwischen Bagdad, Aachen und dem Meer und den Küsten der Nordmannen?«

»Zutreffend. Knapp viereinhalb Jahrhunderte seit Attilas Tod.«

»Ich wünsche mir, daß es die letzten Daten sein mögen, die wir ausrechnen müssen – halte dich bereit, mir einen kleinen Container mit Nachschub zu schicken.«

»Bereits darüber nachgedacht und Listen erstellt«, sagte Rico. »Ich konzentriere alle Beobachtungen auf die Gebiete, in denen du dich bewegst.«

»Recht so.« Ich nickte seinem winzigen Abbild auf dem Monitor des Armbandes zu und sah, den Kopf zurückgelegt, die ersten Sterne. »Du entscheidest, ob mit Psychostrahlern, Lähmstrahlern oder anderen Wunderwaffen eingegriffen werden muß. Ruf mich, wenn du bessere Informationen hast.«

»Verstanden, Atlan; und – fröhliche Kühnheit wird schnell zu lebensbedrohendem Leichtsinn!«

»Noch bin ich kein *Rabenbaum«,* sagte ich. Rico erwiderte:

»Nein. Noch bist du ein Lebender. Ein Fremder unter Barbaren ... Ende.«

Ich streifte das Armband ab und lauschte auf die tausend Geräusche des Hafens und der Siedlung, dann watete ich ins Meer und schwamm eine Weile. Mit Süßwasser wusch ich mich flüchtig, hob meine Ausrüstung auf und ging mit dem Windspiel zurück zum Schiff. Die Lichtkreise zweier Fakkeln wanderten über das grobe Pflaster des Hafens, zwei Boten blieben vor dem Sonnensegel stehen. Im Wäldchen hinter mir klagte ein Käuzchen; ich holte tief Luft, folgte den Saitenklängen Gabelbarts und blieb unter dem Sonnensegel stehen.

Zwei junge Männer standen vor dem Segel und hörten verwundert zu, wie Gabelbarts Finger einzelne Töne anrissen. Ich näherte mich den Fackeln.

»Ich höre, Fackelträger!« begann ich halblaut.

»Wir kommen vom Sitz unseres Fürsten«, sagte der Mann und bewegte sich unruhig, als er sah, daß die Hände der Wikinger in der Nähe der Waffen lagen.

»Und was wollt ihr?« fragte ich. Die Antwort klang, als sei sie auswendig gelernt.

»Husain ibn az-Zubair will, daß du mit allen deinen Leuten an dem kleinen Gastmahl teilnimmst, das er für euch gerüstet hat. Er wartet voller Freude auf die Männer des Schiffes.«

Ich nickte höflich. »Wir nehmen die Einladung gern an und wollen ihn nicht warten lassen. Wann dürfen wir kommen?«

Der Gardist deutete nach oben. Dort schimmerten zwischen den schlanken Pfeilern viele Lampen, Feuer und Fackeln. Das Schloß sah wie ein Stück einer farbenprächtigen Sage aus, wie es über den notdürftig erhellten Häusern schwebte.

»Wenn wir die Fackeln schwenken, Mann des weißen Haares«, sagte der junge Mann. »Aber ... kannst du deinen Hund hierlassen? Die Frauen des Fürsten fürchten solche Hunde.«

Ich versprach es.

»Es wird nicht mehr lange dauern«, sagte der Gardist und verschwand mit seinem Nebenmann und den Fackeln wieder im Dunkel. Tore weckte seine Männer mit Tritten auf, hielt ihnen einen kurzen Vortrag; drastisch, laut, mit bildhaften Vergleichen sagte er, daß sie uns keine Schande machen durften. Keine Rauferei, nur wenige Waffen, gutes Benehmen, keine Diebstähle! In der Zwischenzeit zog ich mich um, setzte meinen Helm auf, tat Ringe an meine Finger und steckte den Lähmstrahler in die Scheide. Wir ließen vier Mann als Wache auf dem Schiff zurück und gingen den gewundenen Weg zum Haus des Fürsten. Schließlich, auf einem Kiespfad, der sich zwischen Rasenstücken, geheimnisvoll flüsternden Wasserläufen und Gruppen von Rindern und Schafen entlangwand, betraten wir den duftenden Park unter den Kronen alter Bäume. Überall waren Windlichter und Fackeln; geradeaus sahen wir weiße Treppen, die zu einer offenen Halle hinaufführten. Auch hier kamen uns Gerüche entgegen, Rosen mischten sich mit Pfeffer, und Knoblauch wetteiferte mit schweren Spezereien. Tore zog die Luft ein und stellte fest: »Es stinkt!«

»Alles, was nicht nach Seewasser, Werg und Pech riecht, bedeutet für dich Gestank, du Barbar!« sagte ich gutgelaunt. »Dieses sind Wohlgerüche eines gepflegten Hauses im Süden. Fremde Länder, fremde Düfte.«

»Schon gut.« Er winkte ab. »Du riechst selbst nach einem Zeug, das ich nicht kenne.«

Es war ein Hautbalsam, den ich benutzte. Ich stieß Tore gegen die Rippen. Plötzlich kamen die Diener auf uns zu und führten uns in den Saal. Wo wir Sessel und Tische vermutet hatten, befanden sich Teppiche und viele farbige Kissen. Überall standen Lampen und brannten mit langen Flammen. Eine unaufdringliche Pracht, aufgesplittert in unzählige Ornamente, die der maurischen Schrift ähnelten, empfing uns. Türen öffneten sich; Scheich Husain kam herein. Auch er war auf das feinste zurechtgemacht. Er klatschte in die Hände und grüßte laut:

»Willkommen, Vater des weißen Haares.«

»Wir danken dir!« sagte ich. Diener schwärmten aus und brachten Schalen voller Wasser, in denen Blüten schwammen. Schnell entstanden auf den wertvollen Teppichen Inseln aus Schalen, Tellern, Bechern, Kissen und kostbaren Kleinigkeiten. Die Diener wiesen den Wikingern Plätze an; Husain und ich mußten grinsen, als wir sahen, auf welche Weise die rauhen Männer sich setzten und das Sammelsurium vor sich betrachteten. Husain sagte halblaut:

»Deine Krieger finden die maurischen Sitten ungewohnt, nicht wahr?«

Ich bestätigte: »Sie sind andere Sitten gewohnt, Fürst meines Herzens. Aber sie können sich mit deinen Männern jederzeit messen – im Kampf. Aber ... reden wir von angenehmen Dingen: Dein Haus ist voller Pracht und Wohlgerüche. Was hat deine Küche für diese Nacht geschaffen?«

Er machte eine vage Geste und beteuerte:

»Es wird euch nicht schmecken. Hammel, auf unsere Art zubereitet. Mit vielen Beilagen, auch mit Reis. Laßt euch überraschen. Ihr seid nicht die einzigen Gäste. Zwei Fremde sind gestern angekommen.«

Langsam glitt ich wieder in den Gebrauch der blumenreichen Sprache, die mit Hilfe zahlreicher Sprichwörter und Umschreibungen versuchte, Information und reine Höflichkeit mit der Konvention einer fremden Kultur zu verbinden. Das Kunststück daran war, ständig die richtige Frage und die richtige Antwort parat zu haben. Also sagte ich nachdenklich:

»Freund der Wanderer, es sind sicher weitgereiste, kluge Männer, mit denen wir lange Geschichten und Beobachtungen austauschen können. Ist es so?«

Vermutlich der zweite Kontakt mit den fremden Raumfahrern, sagte mein Extrasinn.

»So scheint es, Freund der Wellen!« erwiderte der Scheich. Ich betrachtete ihn genauer im Licht der unzähligen Flammen. Husain war nur einen halben Kopf kleiner als ich, mit braunen Augen und hellbrauner Haut, zu der ein scharf ausrasierter Kinnbart einen auffallenden Gegensatz bildete. Husain war in weiße Gewänder gekleidet, dünn und teuer. An seinen Fingern glitzerten kostbare Ringe; ich sah, wie er zweifelnd den riesigen Smaragd anstarrte, der inmitten einer goldenen Fassung und einem Kranz aus kleinen Diamantsplittern prunkte. Gold und Diamanten waren echt, der facettenartig geschliffene Stein war ein Produkt meiner Maschinen und von einem echten nicht zu unterscheiden. Ich hob die Hand, und das Licht des Raumes brach sich in dem Stein. Husain wandte sich ab und klatschte dreimal.

»Die Gäste! Sie wollen dich kennenlernen, mit dir sprechen«, sagte er. »Wir werden am Kopfende des Saales sitzen.«

Die Musiker trugen kleine und größere Trommeln, Flöten, eiserne, glöckchenartige Dinge, die klappernde Laute von sich gaben, Tamburine und Instrumente, die viele Saiten, einen bauchigen Resonanzboden und einen langen Steg besaßen. Die wettergegerbten, blonden oder rothaarigen Wikinger mit den geflochtenen Zöpfen, die braunhäutigen Mauren mit eckigen Bärten und ich mit meinen rötlichen Arkonidenaugen und dem fast weißen Haar: Langsam verwandelten sich Mißtrauen und Unsicherheit in Lachen und Staunen. Meine Überraschung wurde vollkommen, als der Scheich die Fremden vorstellte. Sie steckten in maurischen Gewändern, waren unbewaffnet; ihre Hände hatten keine Schwielen. An ihnen erkannte ich den Gesichtsschnitt, der mir auch bei den drei Männern aufgefallen war, die unser Schiff entführt hatten.

»Meine Gäste, Atlan ibn Arkon«, sagte der Scheich. Die prüfenden Blicke, die mich und die Wikinger musterten, ließen nicht erkennen, ob diese Männer wußten, wer ich war.

»Jedermann«, ich verbeugte mich, »ist in seinem Leben irgendwo stets ein Gast. Wir haben Grund, die Gastfreundschaft des Scheichs zu loben.«

»So ist es, Atlan«, sagte einer der Männer. Ein dunkelbrauner Bart verdeckte größtenteils sein Gesicht. »Dies ist Usur Ssy Quisad, und man nennt mich Godan va Caoch.«

Während seiner Worte begannen die Musiker zu spielen. Gabelbart hörte zu, wie die exotische Musik ertönte: Triller, lange, gezogene Töne, die sich auf der fremden Tonleiter hinauf- und hinunterschwangen, scharfe, vielfältige Rhythmen. Die Musik, laut genug, um gehört zu werden, war unaufdringlich und ermöglichte eine bequeme Unterhaltung. Wir setzten uns und kreuzten die Beine. Die Sitzordnung war ausgefeilt; ich saß neben dem Scheich, an seiner linken Seite saß einer der Fremden, neben ihm Tore Skallagrimsson, und neben mir kauerte Usur Ssy Quisad. Weiter unten mischten sich Mauren und Wikinger. Die Anordnung der Sitzplätze war U-förmig; zwischen den Längsreihen gab es einen freien Platz. Das Essen wurde aufgetragen; die Diener begannen bei Husain und reichten die mächtigen Schüsseln weiter. Jeder nahm sich, was und wieviel er wollte. Parfümiertes Wasser wurde gereicht, und die Nichtgläubigen erhielten schweren Rotwein.

Informationen über die Schiffahrt wurden ausgetauscht, der Scheich erzählte, welches Küstengebiet er mit seiner Garnison kontrollierte, berichtete von Steuereinnahmen, der Toleranz der Mauren und wie er versuchte, etwas der höher entwickelten Zivilisation an die Bauern weiterzugeben. Usur und Godan gaben gute Ratschläge und schienen jedesmal, wenn ein neues Gericht hereingebracht wurde, zu zögern. Mein Extrasinn meldete sich: *Zwei fremde Raumfahrer, Arkonide!*

Es gab Früchte der Gegend, geschält und in süßen Teigen angemacht. Stücke gebratenen Fisches, rätselhaft riechende und schmeckende Soßen, Teigstücke mit Fleischfüllungen; Husain wandte sich an mich:

»Atlan ... nun gibt es Hammel nach unserer Art. Ich weiß, daß er dir schmecken wird.«

Die Musik veränderte ihren Ausdruck. Die Diener räumten ab, man wusch sich die Hände; die weitgereisten Wikinger kamen gut mit der fremdartigen Eßtechnik zurecht. Sie benutzten die Schalen mit Wasser dazu, sich die Finger zu waschen, und nicht, um den Durst zu stillen. Ich mußte grinsen.

»In verschiedenen Ländern, Effendi der Kochkunst, ißt man auf verschiedene Weise. Ich bin ein Reisender, der gern lernt – wie wird der Hammel serviert?«

»Auf delikate Art!« versprach Husain. Die Diener brachten Schüsseln, in denen in einer Knoblauchsoße Hammelköpfe lagen. Es roch infernalisch-appetitanreizend. Vorsichtig und geschickt legten die Mauren die Hammelköpfe auf unsere Schüsseln und reichten zierlich gearbeitete Löffel dazu. Ich betrachtete den Hammel von allen Seiten und erkannte, daß die Hirnschale aufgeschnitten und als Deckel aufgesetzt war. Ich begriff, klappte den Deckel zurück und hob den Teller an. Der maurische Gebietsherrscher sah mich von der Seite prüfend an.

»Es riecht wie der Atem der Houris«, sagte ich und nickte.

Mein Nachbar wurde unruhig. Er vermied, die Augen des Hammels anzusehen, und benutzte seinen Löffel wie ein chirurgisches Instrument. Sichtlich wußte er weder mit der Zubereitungsart noch der Weise des Servierens etwas anzufangen. Ich klappte den Deckel ab und machte mich daran, das gebakkene Hirn zu essen. Es war mit Ei, Küchenkräutern und feinem weißem Fleisch versetzt, schmeckte ausgezeichnet; ich erinnerte mich, daß exotische Gerichte seit Jahrtausenden für mich normal waren.

»Es schmeckt wie die Verheißung des Propheten!« sagte ich mit vollem Mund und anerkennendem Schmatzen. Nur die Zubereitungsart störte meine Nachbarn erheblich; sie stocherten lustlos in dem goldfarbengrauen Hirn herum. Sie waren angewidert, und daran erkannte ich sie: *Fremde Raumfahrer ...* Ich wandte mich an Usur Ssy Quisad und fragte leise: »Es schmeckt dir nicht, Fremder? Mir schmeckt es ausgezeichnet – soll ich dir das Vergnügen abnehmen?«

Er nickte dankbar, und ich aß mit Genuß die zweite Hammel-Hirnschale leer; am Schluß grub ich die Augen heraus – eine Delikatesse. Fassungslos und mit offenem Mund starrte mich Usur an.

»Ausgezeichnet, Scheich Husain!« lobte ich deutlich. »Besser als mein gebratener Hammel mit Reisfüllung.«

Ich lehnte mich zurück und entspannte die Muskeln der verschränkten Beine. Die unverbindliche Unterhaltung täuschte. Ich erkannte es an den versteckten Blicken, die mir Skallagrimsson zuwarf. Innerhalb dieses Hauses schien Gefahr auf uns zu lauern. Welche? Von wem ging sie aus? Die Musik steigerte abermals ihr Tempo. Scheich Husain winkte zu mir.

»Es gibt nicht nur das Vergnügen des Essens, Atlan, sondern auch die Besonderheiten nach dem Essen. Musik ist die Mutter des Tanzes.«

»Und die Schwester meiner Ohrenschmerzen!« murmelte Usur so leise, daß nur ich es verstand. Die Diener räumten ab. Die Musiker bliesen, schlugen und klimperten schneller, die Rhythmen überschlugen sich, und die Triller der Flöten schwangen sich in schwindelnde Höhe. Hinter uns glitten Vorhänge auseinander, als die Diener die Weinbecher vollgeschenkt und die Reste des Essens weggetragen hatten. Eine junge Frau tänzelte mit graziösen Schritten herein. Sie hatte schwarzes Haar, war überraschend groß und schlank. Ich fragte leise:

»Tanz?«

Der Scheich nickte und klatschte zum Takt der Handtrommeln. Im Park zirpten Grillen. Das Mädchen drehte sich und trippelte an den Reihen der Wikinger vorbei in den Raum zwischen den Männern und begann einen schnellen Tanz aus Bewegungen, von den Zehen bis zu den Fingerspitzen. Ihr langes Haar peitschte durch die Luft, wenn sie ihren Kopf drehte. Ihre Arme bewegten sich wie Schlangen, die eisernen Tellerchen an den Fingern klapperten in rasender Schnelle, und ich merkte, wie ich tiefer in den Bann dieser Darbietung geriet. Die Tänzerin war schön – mit nicht viel mehr als Schleiern bedeckt; vom Gesicht sah ich nur die großen Augen, die mich an eine Gazelle erinnerten, und die Stirn, auf der kleine Schweißtropfen glänzten. Sie drehte sich zwischen den Wikingern, die mit offenen Mündern und ungläubigen Augen diesem Tanz zusahen; ihre Glieder zuckten, als habe sie ein Anfall in den Klauen; ein einzigartiger Tanz.

Die Musiker steigerten sich in Raserei hinein; sie bliesen und schlugen die Trommeln wie besessen. Der Körper glänzte schweißnaß, die Schleier klebten an den Schultern und den Hüften. Sie bog sich nach hinten, daß ihr Hinterkopf, während die Füße stampfende Schritte schlugen, den Boden berührte. Dann endete die Musik in einem langgezogenen Triller. Die Wikinger begannen vor Begeisterung zu toben, schlugen auf den Boden, klatschten und lachten. Der Scheich wandte sich an mich und sagte leise: »Der Tanz hat dir gefallen, Weißhaar?«

»Über alle Maßen, Bruder der Tanzkunst. Die Tänzerin war fast schöner als ihr Tanz.«

Er raunte geheimnisvoll: »Ihr Gesicht gleicht der Schönheit des vollen Mondes. Sie hat dich erfreut?«

»Mehr als eine kräftige Brise, die das Segel füllt, Scheich Husain! Ich sehe mit grenzenloser Überraschung, daß die maurische Kultur gewaltige Höhepunkte hat. Zauberhaft! Sie hat mich nicht nur erfreut, sondern verhext. Sie ist schön wie die klare Welle des Strandes, wenn sie sich auf den Felsen bricht.«

Er nickte und sagte trocken: »Ich schenke sie dir, Atlan. Nimm sie, erfreue dich an ihrer Kunst.«

Als ich in sein Gesicht sah, merkte ich, daß er seinen Vorschlag ernst gemeint hatte. Er winkte der Frau, die regungslos, schwitzend vor uns stand und sich zu ihm hinunterbeugte. Sie sah schweigend von mir zu ihm und zurück; wie aus weiter Entfernung hörte ich Scheich Husain sagen:

»Dieser mein Freund, Atlan ibn Arkon ist sein erlauchter Name, hat Wohlgefallen an deinem Tanz gezeigt. Ich werde dich auf sein Schiff bringen lassen – pack zusammen, Frau, was du besitzt. Er wird dein neuer Herr sein!«

Das Mädchen sah mich durchdringend an, dann richtete es sich auf und nickte. Schweigend zog sich die Tänzerin zurück. Eine Art erstaunte Ruhe griff um sich. Meine Wikinger sahen sich bedeutungsvoll an und stießen einander die Ellbogen in die Rippen. Usur Ssy Quisad flüsterte leise:

»Ein Geschenk von wahrhaft fürstlicher Auserlesenheit.«

Ich nickte; zwar war ich durch das Geschenk in große Verlegenheit gebracht worden, aber wenn ich mir die Gestalt der Frau vergegenwärtigte, schien die Verlegenheit unbedeutender zu werden. Ich stand auf, verbeugte mich vor Scheich Husain und sagte vernehmlich:

»Scheich – du hast gefragt, ob du mein Freund werden könntest. Durch dein Geschenk, das mich in Tränen der Freude ausbrechen läßt, hast du dich in die Tiefe meines Herzens gebohrt wie ein gefiederter Pfeil. Ein fürstliches Geschenk ist des anderen wert.«

Ich hob meine Hand, ließ das Licht auf den großen Stein fallen und zog den Ring vom Finger. Langsam streckte ich die Rechte aus und gab Husain den Ring, den er vor Stunden mit begehrlichen Blicken angesehen hatte.

»Dies ist mein Geschenk«, sagte ich. »Behalte es, und lasse dein Herz von seinem Glanz erwärmen.«

Auch er stand auf. Wir umarmten uns, küßten uns auf die Wangen und schüttelten ausdauernd unsere Handgelenke. Langsam nahm die Unterhaltung zu. Stundenlang redeten wir über alles, was uns interessierte; je länger wir sprachen, desto mehr wurde deutlich, daß es drei Parteien gab: die der Mauren. Scheich Husain schien etwas zu planen, wovon ich keine Ahnung hatte. Ich versuchte, mir darüber klarzuwerden: Es konnte eigentlich nur mit meinem Reichtum zu tun haben. Vermutlich wollte er die Wikinger und mich betrunken machen und in Sicherheit wiegen, um uns ausplündern und wegschicken zu können. Dieser Plan würde fehlschlagen – er unterschätzte meine Erfahrung und Wachsamkeit und die Kampfeslust der Wikinger, die durch mehr Alkohol eher noch rauflustiger wurden.

Die zweite Partei: die Wikinger unter Tores Führung und ich. Wir warteten, und nachdem ich Tore leise gesagt hatte, daß sie weniger trinken und mehr aufpassen sollten, hielten sich die Männer zurück und betrachteten mit neuerwachtem Interesse ihre Umgebung.

Die Fremden: Sie versuchten, Husain und mich auszuhorchen. Es wurde deutlich, daß auch sie nach den drei Schiffen suchten oder wenigstens nach einem davon. Sie schienen keine Verbindung mit den Männern zu haben, die unser Schiff entführt hatten, und schienen zu glauben, daß unser Schiff eines der drei Botenschiffe sei. Ihre Überlegungen entbehrten jeder Grundlage. Usur und Godan fragten mich nach unserer Herkunft, nach unserem Weg und nach allen Menschen, die wir getroffen hatten. Ich bemühte mich, jede Frage so zu beantworten, daß kein Mißtrauen entstehen konnte. Scheich Husain betrachtete fassungslos den Ring mit dem riesigen Stein und schüttelte den Kopf.

»Wir haben eigentlich kein besonderes Ziel«, sagte ich. »Aber wir können euch mitnehmen, Usur.«

»Unser Ziel liegt hinter Kairuan«, sagte er halblaut. »Vor der Siedlung Tripolis. Von großer Höhe muß das Tal, aus dem ich komme, wie eine Mondsichel aussehen.«

Ich hatte nunmehr die Gewißheit. Niemand sonst konnte solche Angaben machen; niemand konnte fliegen.

»Gut«, sagte ich nachdrücklich. »Wir starten übermorgen bei Sonnenaufgang. Wenn ihr an Bord seid, nehmen wir euch mit. Auch uns lockt die Weite ferner Küsten wie euch.«

Es wurde mehr Wein gebracht; dann unterhielt sich Scheich Husain mit mir über mein Land. Ich mußte Geschichten erfinden. Als ich die Sprache auf das maurische Schiff brachte, mit dem wir hierhergesegelt waren, winkte er ab und erklärte, daß er die Sache bereinigen würde. Schließlich beendeten wir das Gastmahl und verabschiedeten uns voneinander. Husain erklärte, daß er, wenn wir ausgeschlafen hatten, unser Schiff besuchen und sich weiter mit Tore und mir unterhalten wollte. Langsam machten wir uns daran, den gekrümmten Pfad zum Hafen hinunter zu betreten. Wir kamen durch den

Park, der nach Blüten und verglommenen Fackeln roch. Unsere Schritte knirschten auf dem Kies. Tore schob sich näher heran und zischte: »Ich rieche Gefahr, Freund Atlan!«

»Ja«, sagte ich leise. »Und wir haben fast keine Waffen bei uns.«

»Nur unsere Fäuste.«

»Eigentlich ist das nicht wenig«, antwortete ich. »Wer will etwas von uns?«

Tore spuckte aus und rieb sich die Hände.

»Dieser schwarzbärtige Maure«, sagte er verhalten und versuchte, mit seinem Blick die Dunkelheit zu durchdringen. »Ich mag nicht, wie er deinen Schmuck anstarrt und den Griff deines Dolches. Verglichen mit seinem Zahnstocher ist dein Dolch ein Fürstenschatz!«

»Du meinst, die Mauren wollen uns ausrauben?«

»Wahrscheinlich!« knurrte der Walroßbulle. Also stimmte meine Vermutung wieder ... wollten uns die Mauren wirklich überfallen, nachdem sie versucht hatten, uns mit Geschenken und Wein einzuschläfern? Die Wikinger schienen das Vorhaben zu spüren und drängten sich zusammen. Wir verließen den Park, gingen über den Pfad und verschwanden in der Finsternis.

9.

Der Überfall erfolgte an einer Stelle, an der wir ihn nicht erwartet hatten: zwischen den ersten Häusern der Siedlung, den Ställen und den Baumgruppen am Ende der Holztreppe. Knapp fegte ein Pfeil an Tores Kopf vorbei und bohrte sich in einen Balken. Tore ließ sich fallen, griff nach einem Stein und schrie:

»Überfall! Schlagt ihnen die Köpfe blutig!«

Wie die Schatten bewegten sich Gestalten aus der Dunkelheit auf uns zu. Die Wikinger handelten blitzschnell und mit verblüffender Durchschlagskraft, als ob sie nicht einen Schluck Wein getrunken hätten.

»Brecht ihnen die Knochen – und dann zum Schiff!«

Etwa dreißig Männer kamen zwischen Scheunen und Bäumen hervor, griffen an; es war deutlich zu sehen, daß sie nicht den Auftrag hatten, uns umzubringen. Gerade das bremste ihren Schwung. Tore schrie heiser, breitete die Arme aus und griff an. Er stürzte sich wie ein fallender Stein auf die Gestalten, ergriff mit jeder Hand einen Mauren, die mit abgebrochenen Lanzen auf ihn eindrangen, und schlug ihre Körper gegeneinander. Schreie ertönten. Dieser erste Angriff zerriß die Lautlosigkeit und machte aus einem Überfall eine Rauferei; in solchen wilden Prügeleien schienen die Wikinger wahre Meister zu sein. Das Vergnügen, mit dem sie sich in den Kampf stürzten, war beträchtlich. Alles spielte sich in fast vollkommener Dunkelheit ab.

Gabelbart zog den Kopf zwischen die Schultern, schleuderte einen Stein und traf einen Mauren zwischen die Arme. Der Mann stürzte gurgelnd nach hinten. Dann stürzte sich der Skalde mit geschwungenen Fäusten auf einen hünenhaften Schwarzen. Der Schwarze sprang einem Wikinger auf den Rükken, umklammerte den Hals des Mannes und schlug mit der Rechten auf ihn ein. Gabelbart rannte seitlich gegen den Mann an; es bildete sich ein Knäuel, das bergabwärts rollte. Ich wurde von drei Mauren umzingelt, die Streitäxte wie Keulen gebrauchten. Ich tauchte unter einem mörderischen Rundschlag hinweg, packte den Mann um die Hüften und warf ihn rückwärts – er fiel in den Schlag des dritten hinein. Dann holte ich aus und grub meine Faust in die Herzgegend des Angreifers, fing den Zusammenbrechenden auf und stemmte ihn hoch. Ich fühlte, wie mir der Schweiß ausbrach; merkwürdigerweise hörte ich deutlicher denn je das Zirpen der Grillen.

»Thor und sein Hammer!« dröhnte hinter mir Tore. Er schlug sich mit vier Männern gleichzeitig, und überall hatten sich Gruppen schattenhafter Gestalten gebildet, die verbissen miteinander kämpften. Ich schleuderte, nachdem ich mich halb herumgedreht hatte, den zappelnden Körper in eine Gruppe von Angreifern, die sich aufrappelten. Vier Mann flogen rückwärts in die Büsche.

Bjarne keuchte: »Es sind nicht die Leute des Scheichs ... ich erkenne sie nicht!«

»Dann haben uns die Fremden ...«, schrie jemand. Johlend lösten sich die Wikinger von ihren Angreifern. Als wir einige zwanzig Schritte zurückgelegt hatten, sahen wir, wie sich die Männer gruppierten, im Licht der Sterne und des Mondes orientierten und uns verfolgten. Plötzlich wimmelte die Szene hinter uns von Gestalten in weißen Gewändern, zwischen denen Fackeln entzündet wurden. Es war die Garde des Scheichs, die sich auf die Angreifer stürzte und sie in die Dunkelheit zurücktrieb. Der Kampf zwischen der Scheichsgarde und den Angreifern war nur ein schwacher Abglanz unserer Auseinandersetzung. Die Wikinger bildeten einen Ring um mich. Wir befanden uns zwischen den ersten Häusern von Saudya, die wie ausgestorben wirkten.

»Begreifst du, Atlan, was hier passiert ist?« Tore lachte dröhnend.

Ich dehnte die Arme und rieb Schmutz von den Schenkeln.

»Zwei Gruppen wollten uns angreifen?« fragte ich.

Gabelbart betrachtete seinen aufgeschürften Arm im Schein der entfernten Fackeln.

»Ja. So war es. Der Scheich wollte unsere Reichtümer!« sagte ich. *Die Fremden suchten die Sternkarten!* bedeutete der Extrasinn.

»Und als die Mauren sahen, wie wir mit den Unbekannten umgingen, bekamen sie es mit der Angst und vertrieben die anderen!« sagte Tore. »Gehen wir an Bord, Atlan!«

Ich versicherte wütend: »Gehen wir. Und morgen werde ich Husain eine wenig schöne Geschichte erzählen.«

Wir hatten eine Menge blauer Flecke und Abschürfungen eingesammelt, aber die Angreifer waren mit gebrochenen Gliedern und blutigen Köpfen in die Flucht gejagt worden. Ich vergewisserte mich, daß ich den Zellaktivator und meine Waffen noch besaß; als das Windspiel heranhetzte, war es für diese Art Hilfe bereits zu spät. Wir erreichten das Schiff, und auf dem Deck des Bugs wartete Taquyah auf mich, die Tänzerin mit dem langen Haar.

Auch heute war die Szene ruhig, aber sie täuschte: Ihre Bedeutung war unausgesprochen gefährlich und eine Sache zwischen drei Männern. Auf zierlichen Sesseln saßen Scheich Husain, Usur Ssy Quisad und ich um einen runden Tisch, auf dem Erfrischungen und Süßigkeiten standen. Über uns spannte sich ein Sonnensegel, dessen Ende umgeschlagen war und Schutz gegen die Strahlen der Morgensonne bot. Exotische Vögel stolzierten mit gestutzten Schwingen durch den Park, der beim Tageslicht alle seine Schönheiten offenbarte. Scheich Husain griff nach den gepflegten Haaren seines Bartes.

»Ich bin ein räudiger Köter in deinen Augen, Bruder des Kampfes. Das alles war ein unendlich großes Mißverstehen unter Fürsten!«

Ich legte meine Hand an den Griff meines Schwertes.

»Eine Gruppe von Männern lauert in der Dunkelheit, um uns totzuschlagen. Das war das Werk dieser Fremden!«

Usur war verlegen und entgegnete: »Wir dachten, daß ihr etwas habt, was euch gegeben wurde, um es uns zu bringen.«

»Erstens«, sagte ich entschlossen, »haben wir von niemandem etwas bekommen, um es jemandem zu bringen. Zweitens hätte anstelle eines Überfalls auch eine einfache Frage genügt. Drittens haben wir eure bezahlten Männer in die Flucht geschlagen, kaum daß sie angegriffen hatten.«

»Wie wahr – deine Wikinger sind harte Gesellen!« sagte Usur. »Wie kann ich dieses Mißverständnis aus der Welt schaffen?«

Ich spielte nachdenklich mit dem Griff des Dolches. Neben mir lag das Windspiel und registrierte Umwelteindrücke.

»Indem du mit uns segelst und deine Anwesenheit an Bord den Wikingern teuer bezahlst.«

»Ihr alle seid merkwürdige Gesellen«, sagte er und nippte an dem silbernen Kelch, in dem Sherbet, ein eiskaltes, übertrieben süßes alkoholisches Getränk schäumte. »Ein weißhaariger Mann, unermeßlich reich, und zweiundzwanzig Wikinger, die mit bloßen Fäusten dreißig Männer mit Waffen in die Flucht schlagen! Was soll ich davon halten?«

»Nichts!« sagte ich wahrheitsgemäß. »Du mußt den Wikingern etwas dafür geben, daß sie unter den Angriffen gelitten haben. Es gab verstauchte Fingerknochen und aufgeschürfte Haut.«

Usur versicherte: »Ich werde ihnen Gold geben. Ist das richtig?«

»Gold«, sagte ich, »mögen sie; viel Gold. Für jede Wunde ein Goldstück und für jeden Schlag ein dickes Goldstück. Wir setzen morgen bei Sonnenaufgang unser Segel!«

»Wir sind an Bord!« versicherte Usur.

»Bist du mit Taquyah zufrieden? Mit meinem Geschenk?« erkundigte sich der Scheich vorsichtig. Er schien vom schlechten Gewissen geplagt zu werden. Ich nickte leichthin.

»Sehr zufrieden. Sie ist zärtlich wie der Sonnenaufgang, feurig wie die Rebe in der Sonnenglut. Leider wird sie selten Gelegenheit haben, an Bord zu tanzen. Wir sind Seeleute, keine Musiker.«

Husain meinte achselzuckend: »Sie kann das Segel waschen oder kochen – schließlich war sie lange Jahre in meinem Haus und hat gelernt, was es zu lernen gab. Meine Männer waren es, die die Angreifer von Usur in die Flucht trieben!«

»Nachdem sie staunend gesehen hatten, wie wir ihnen die Knochen brachen«, meinte ich. »Deine Freundschaft, Scheich Husain, war augenscheinlich nicht ernst gemeint.«

Der Maure senkte den Kopf, warf einen Kern nach einem hochmütig vorbeistolzierenden Vogel und sagte:

»Ich habe dich unterschätzt, Fürst Atlan ibn Arkon. Ich dachte, du wärest ein kleiner Abenteurer, aber jetzt sehe ich, daß ich unrecht hatte. Laß uns trotzdem Freunde bleiben. Vielleicht brauchen wir einander einmal – ich werde niemals wieder versuchen, dich und deine Wikinger zu überfallen. Kommt hierher zurück, wenn ihr Usur und Godan an den Ort gebracht habt, der der Mondsichel gleicht.«

»Ich kann es nicht versprechen«, sagte ich, »aber möglich ist es.«

Husain kündigte leise an: »Meine Reiter werden euch begleiten, wenn ihr den Hafen verlaßt. Auch der Weiseste ist vor einem schweren Irrtum nicht sicher; ich bin nur ein Kind, verglichen mit deiner Weisheit, Atlan!«

Ich lachte kurz. »Es nimmt nichts von der Kraft und Stärke des Löwen, wenn er sich als Fuchs bezeichnet!«

Scheich Husain lächelte dankbar. Wie Tore vermutet hatte: Eine Gruppe Hirten und Bauern war von Usur und Godan mit einigen Goldstücken bestochen worden. Anschließend wollten die Fremden unser Schiff durchsuchen, denn sie vermuteten, daß wir mit einer Botschaft ausgestattet seien. Der Scheich wollte sich »nur« unserer Reichtümer versichern, aber als seine Männer zusehen mußten, wie wir die Angreifer zurückwarfen, sagten sie sich, daß es wichtiger wäre, uns als Verbündete zu haben. Sie beendeten, was wir angefangen hatten. Das schlechte Gewissen Scheich Husains und Usurs machte sie zu entgegenkommenden Diskussionspartnern. Ich war zufrieden. *Solange Usur und Godan bei dir sind, startet das fremde Schiff nicht,* warf mein Extrasinn ein.

Ich überlegte und betrachtete die Männer, während mir die verschiedensten Gedanken durch den Kopf schossen. Husain starrte neidisch auf den Griff des Dolches an meinem Gürtel; ein tödlicher Strahler. Usur sah zum Hafen; dort hatte sich eine Gruppe Neugieriger um das Schiff gebildet. Meine Männer arbeiteten am SPERBER und machten ihn seeklar. Das Zelt mit den Sesseln und dem Sonnensegel wurde abgebaut. Bei Sonnenaufgang würden wir den Hafen verlassen. Das Ziel lag einige Tagesreisen entfernt – in der Großen Syrte. Ich sagte halblaut:

»Ich denke, daß wir eines Tages wiederkommen und deine Gäste sein werden, Husain. Ich werde dir Dinge zeigen, die du noch nicht kennst, die jedermann in meinem Volk benutzt. Zum Beispiel, wie man Wasser von unten nach oben fließen lassen kann. Und ihr, Usur, was sucht ihr dort nahe Tripolis?«

Usur zögerte. »Auch wir haben eine Art Schiff dort, mit dem wir in unser Land zurückkehren wollen.«

»Ich verstehe«, versetzte ich. »Ich werde euch zeigen, wie man dieses Schiff segelt.«

Mir entging das sarkastische Grinsen seiner Antwort keineswegs. Wir saßen noch einige Stunden im Park und sahen zu, wie sich Blüten öffneten, Tiere umherstolzierten und Wasserstrahlen über die Stufen aus Stein rieselten, dann verabschiedete ich mich und ging zum Schiff.

Taquyah erwartete mich; als erstes hatte ich ihr verboten, ihr Gesicht weiterhin zu verhüllen. Da sie als Sklavin gewohnt war, zu gehorchen, hatte sie sich widerspruchslos gefügt. Meine Wikinger begrüßten es, weibliche Schönheit an Bord zu sehen, wenn auch Gabelbart mir in einem Vierteiler zu verstehen gegeben hatte, daß Frauen an Bord Unglück bedeuten.

»Tore«, sagte ich, nachdem ich die Planke verlassen und mich auf die Bordwand gesetzt hatte, »wir rudern morgen bei Sonnenaufgang aus dem Hafen und nehmen unseren alten Kurs wieder auf.«

Er deutete auf die Karte, die an der Bordwand neben dem Ruder angeheftet war.

»Wohin? Wir werden guten Wind haben!«

Ich winkte, und wir legten einen küstennahen Kurs fest, der uns ans Ziel bringen sollte. Noch war ungeklärt, wo die Fremden das Schiff versteckt hatten und was Tore und seine Mannschaft anfingen, wenn ich mit dem Schiff startete.

Das Bild hätte nicht romantischer, unser Gefühl nicht besser sein können. Als die ersten Sonnenstrahlen das Wasser trafen, setzten wir die Riemen ein und glitten fast geräuschlos von der Mole weg. Zwischen den Bäumen, die ihre

Kronen über das Wasser hängten, schob sich das Schiff mit dem Sperberkopf hindurch. Akazien bespritzten uns mit Tau, als wir in den Kanal einbogen, den das Brackwasser zwischen den Felsen bildete. Ein Perlenschleier fiel auf Tauwerk und Segel. Nebelnester hingen über dem Wald, als das Sonnenlicht den Horizont überflutete. Zehn Reiter, an ihrer Spitze Scheich Husain ibn az-Zubair in einem flatternden Burnus, galoppierten neben uns her, riefen Scherzworte und feuerten die Wikinger an, die an den Riemen saßen. Plätschernd lief Wasser von den Ruderblättern, die farbigen Schilde leuchteten auf, wenn das Sonnenlicht sie traf. Drei Personen standen auf dem Achterdeck: Tore, Taquyah und ich. Usur und Godan hatten ihre Packen zu unserer Ausrüstung geworfen und kauerten, gegen die Morgenkühle in Mäntel fremdartigen Zuschnitts gehüllt, zwischen den Wikingern. Ich drückte den Kontaktknopf des Armbands, der Sukhr kam vom Masttopp und umflatterte mich.

Ich sagte leise: »Flieg zum Scheich und ziehe Kreise um seinen Kopf!«

Der Vogel schwang sich von meiner Hand, flatterte zwischen den Bäumen hindurch. Der Scheich zügelte sein Pferd und riß den Arm hoch, als der Vogel kam. Dreimal umkreiste der Falke den Kopf des Mannes, dann kehrte er zurück. Ich winkte; Husain schrie: »Denk daran, Atlan ibn Arkon, du bist bei mir stets ein willkommener Gast!«

Ich rief zurück: »Vater der Freude – eines Tages wirst du von mir hören!«

Eine Viertelstunde später sahen wir den Scheich und seine Männer zum letztenmal: Sie standen auf einem abgeplatteten Felsen und sahen uns zu, wie wir die Segel hißten, die Riemen festzurrten und das Schiff in den Wind drehten. Wieder hatten wir Glück, wieder jagte uns achterlicher Wind aus Westen über die Wellen des Binnenmeeres. Tore steuerte, und langsam lösten sich auch die fremden Raumfahrer aus ihrer Starre. Wir feierten den Beginn unserer längsten Reise damit, daß wir das letzte Weinfäßchen leerten. Dann nahm die Geschwindigkeit des Bootes zu, die Fock blähte sich, das Dreieckssegel ließ den Baum und das Tauwerk ächzen. Nur einmal, als Usur und Godan prüfend über die gespannten Taue aus Kunstfasern strichen, erschrak ich. Entweder erkannten sie das Material nicht, oder aber sie zogen es vor zu schweigen ...

Eine lange Fahrt begann.

Tage und Nächte. Nichts als Wasser, Wolken, Sonne und Wind, der aus Westen oder West zu Nordwest wehte, ununterbrochen, mit der Regelmäßigkeit eines planetar bedeutenden Vorganges. Unzählige Stunden. Geräusche, die wir bald nicht mehr hörten; wenn sie verstummten, vermißten wir sie. Das Zischen des Bugs durchs Wasser, das Brummen der Vibrationen des Schiffes. Das Knattern im Segel, das Ächzen der hölzernen Verbände, das Scheuern des Tauwerks. Hin und wieder ein Akkord und ein paar Zeilen des Skalden. Fremde Worte von Godan und Usur, die ich nicht verstand. Maurische Sprache, die niemand außer mir und Taquyah verstand. Nächte, in denen die Sterne so nahe waren, daß sie fragte, ob man sie berühren könne. Tage, in denen unsere Haut von Seewasser und Sonnenglut gegerbt wurde. Hitzeblasen auf ungeschützten Stellen; unerträgliche Hitze am Mittag, wenn die Wikinger im Schatten des Segels schwitzend schliefen.

»Atlan?« fragte Taquyah.

Sie hatte sich gewandelt; im Rahmen ihrer Persönlichkeit, seit ihrer Geburt unterdrückt – Sklaven hatten nur einen einzigen Willen, nämlich den ihres Herrn. Ich überzeugte sie, daß es andere Möglichkeiten gab. Ich rekelte mich unter dem ausgespannten Mantel, in dessen Schatten wir lagen, und fragte: »Was gibt es?«

»Ich habe jedes Gefühl für Zeit verloren. Wohin segeln wir, Atlan? Wohin willst du mich bringen?«

Ich erwiderte leise: »An einen Ort, an dem wir viele Menschen treffen werden. Wikinger, Mauren und Fremde. Dort erst kann ich sagen, was weiter geschieht.«

Sie fand sich mit dieser Feststellung ab und schmiegte sich in meinen Arm. Nur die Küstenlinie in ihren verschiedenen Farben begleitete uns. Anhand der Karte konnten wir Querpeilungen vornehmen, und ich erinnerte mich der betroffenen Blicke, mit denen die Raumfahrer die Höhenaufnahmen musterten. Die Menschen auf diesem zerbrechlichen Schiff begannen zu einer Masse zusammenzuschmelzen. Und nichts schien sich zu ereignen. Die scheinbar unbedeutenden Vorgänge des Segelns und der Schiffsführung, des Essens und des Schlafes folgten einander wie die Perlen einer maurischen Gebetsschnur. Es wurde ein Muster aus den Stunden dieser Hetzjagd über das Binnenmeer – dieses Schema schien nur auf einer höheren Ebene zu erklären; es war der Ausdruck von etwas, dessen Laune jenseits aller Vorgänge uns trieb und handeln ließ. Ich begann, mich nicht mehr als Bestandteil meiner Umwelt zu fühlen. Meine Vergangenheit und die Gedanken, die ich über meine Zukunft hatte, verblaßten zur Zeitlosigkeit. Mein Zeichen war der ungefüge Goldring mit der Abbildung des Gottes Dionysos, der Gottheit der persönlichen Unsterblichkeit, den mir der Mann geschenkt hatte, dem ich die Römerin Patricia anvertraut hatte.

Ich drehte den Ring an meinem Finger. In meinen Überlegungen lauerte ein Keim des Überdrusses und der Langeweile, der sich von Stunde zu Stunde vergrößerte. Ich schleppte meinen Überdruß und den Ekel vor dem Leben, das ich zu führen gezwungen war, mit mir über die Weite des Wassers. Alles verfiel in tödliches, fast magisches Gleichmaß. Ich hielt mich für den einsamsten Mann im Kosmos, im Augenblick war ich unfähig, mich aus dieser Erstarrung zu lösen. *Du gerätst in diese Art Panik, die bessere Männer handlungsunfähig hat werden lassen,* warnte mich eindringlich mein Extrasinn. Die Fahrt ging weiter, ob ich mich passiv verhielt oder nicht.

Dann erschienen endlich die Schaumkronen der Brandung weit voraus.

»Land!« schrie Tore. »Wir sind in der Nähe unseres Ziels! Ein Lied, Barde! Eines von Ankunft und Umtrunk, nicht von Gischt und Sturm!«

»Bald, Tore!« Gabelbart suchte sein Instrument unter den Ausrüstungsgegenständen. Der Wind flachte unter Land ab. Die schmutziggelben Berghänge schoben sich heran. Wir hatten die Städte Kairuan und Karthago liegenlassen, und die Segel, die uns begegnet waren, fielen zurück. Jetzt näherten wir uns dem Ziel; Usur und Godan wurden unruhiger, je mehr Einzelheiten wir unterscheiden konnten. Ein Schwarm rubinroter Vögel mit weißen Schwingen näherte sich dem Schiff mit häßlichem Krächzen. Der SPERBER fiel in einen heimtückischen, schaukelnden Rhythmus des Rollens, als sich Tore gegen das Steuer stemmte. Usur und Godan beugten sich mit grünen Gesichtern über die Bordwand, klammerten sich an die Schilde und übergaben sich würgend. Ein Dorf kam in Sicht; runde Steinbauten mit schwarzen Eingängen und spitzen Strohdächern. Wir sahen Rauchsäulen und einen hölzernen Turm.

»Ist das der Hafen, den wir suchen?« rief ich zu Godan hinüber. Er richtete sich auf und sagte tonlos:

»Ja. Ich erkenne den Turm. Wir haben ihn bauen helfen!«

Es war merkwürdig; die Gruppen der Fremden, die wir kannten, schienen miteinander keinerlei Verbindung gehabt zu haben. Während sich Godan und Usur im Haus Husains aufgehalten hatten, waren Andoa, Farne und Ulabo einige Meilen davon von Bord gegangen.

»Halte den Kurs, Tore«, sagte ich. »Wir sind vor unserem Ziel!«

»Vor deinem Ziel, Freund Weißhaar!« sagte er vorwurfsvoll. »Wir haben kein Ziel nach diesem.«

»Ich werde euch ein Ziel nennen, das anzufahren sich lohnt, Mann der roten Zöpfe«, versetzte ich.

Zwischen kahlen, in der Mittagshitze schmorenden Felsen tat sich eine weite, trichterförmige Einfahrt auf. In ihrer Mitte befand sich eine Insel, auf der vier Palmen und einiges Buschwerk wuchsen. Ein Boot lag am Strand, und schwarzhäutige Fischer sahen uns an. Ein Wikingerschiff schien für sie keine Neuigkeit zu sein, denn sie winkten mit den Fischen, die sie gespeert hatten.

»Alle Farben der Haut gibt es hier«, sagte Trygvason laut und verwundert. »Weiß, Braun und Schwarz. Was werden wir noch sehen, Atlan?«

Ich machte eine umfassende Geste und spürte den Sonnenbrand auf meinen Schultern.

»Wir werden viel sehen, Tryg. Viele Menschen, Häuser und fremde Bräuche.«

Mit halb achterlichem Wind segelten wir auf Steuerbordbug an der Insel vorbei, kamen durch die Brecher der Brandung und fielen ab in stilles Wasser. Die Segel begannen zu knattern, aber noch brauchten wir die Riemen nicht. Viele Hütten tauchten auf, ein dünnes Gerinnsel hing als Wasserfall zwischen graubemoosten Felsen, und schließlich sahen wir den Ring der Bäume, die den Hafen umschlossen. Drei Schiffe lagen an den Steinen, die man wallförmig übereinandergetürmt hatte. Tore sagte verwundert:

»Es sind Thorvalds *Hengst,* Thorfinns *Fuchs,* aber die *Seeschlange* Jons fehlt. Er hat das Ziel nicht erreicht. Wolltest du die Wikingerschiffe zusammenbringen, Atlan?«

»Das war nur ein Teil der Aufgabe, die wir gelöst haben«, sagte ich.

Tore räusperte sich. »Schade ... ich wollte Jon unbedingt ein paar Zähne ausschlagen – für unser brennendes Segel.«

»Du wirst dich mit anderen Zähnen trösten müssen«, sagte ich lachend. Ein Teil der Lähmung war von mir abgefallen wie Schuppen von einer Fischhaut.

»Schon recht. Und mit den schwarzen Weibern!« Tore deutete ans Ufer, wo sich die Bevölkerung sammelte. Wir schätzten die Einwohnerschaft auf vierhundert Seelen. Alles war wie oft gesehen: nackte Kinder, halbnackte Frauen, verrunzelte Alte und arbeitende Männer, Tiere und Gerüche ... Mit dem letzten Schwung des Segelwindes glitt unser Schiff in den stinkenden Hafen und wurde gedreht. Wir machten über Heck an den Steinen fest; einige Zeit später rannten aufgeregte Wikinger auf uns zu. Gigantischer Trubel breitete sich aus; unbemerkt verließen Usur und Godan das Schiff.

»Wann werde ich erfahren, wer du bist und was du willst, Herr?« fragte Taquyah schüchtern. Ich erwiderte leicht gereizt:

»Erstens hast du dir längst abgewöhnt, *Herr* zu sagen. Zweitens weiß ich es selbst nicht genau. Laß uns ein paar Tage warten.«

Diese Siedlung hatte keine maurische Besatzung. Die Menschen sprachen einen Dialekt, den ich schnell erlernen konnte. Aus den Gruppen, die aus Einheimischen und Wikingern bestanden, lösten sich die Gestalten der Fremden. Ich saß neben Taquyah im Heck, lehnte mich gegen die Bordwand und betrachtete jede Einzelheit. Der Falke zog in großer Höhe seine Kreise und speicherte Bilder. Ich zählte, Usur und Godan eingerechnet, sieben fremde Männer und fünf Frauen; diese Menschen unterschieden sich von allen übrigen. Also durfte ich damit rechnen, daß es rund fünfzehn Raumfahrer gab. Wo wohnten sie? Wo war das Schiff, das Rico mit meinen Kuppelgeräten nicht hatte orten können? *Sie starten nicht, bevor die drei Männer zurück sind!* sagte der Extrasinn.

In den folgenden Stunden klärten sich einige Dinge. Thorvald und Thorfinn waren einige Tage hier, wohnten in jenen runden Hütten und beabsichtigten, in zwei Tagen zurückzufahren. Vom Schiff Jons des Steinbrechers hatte niemand etwas gehört. Meine Wikinger wurden in Hütten der gleichen Art untergebracht; für mich und die Frau schlug man am Rand des Waldes das maurische Zelt auf und brachte die Ausrüstung an Land.

Hinter dem Hafen stiegen Berge auf, und ihre Grate bildeten jene Struktur, die aus großer Höhe wie ein Halbmond aussah, wie die Zeichen auf maurischen Flaggen. Die Fremden wohnten in neuerbauten Hütten weiter hangaufwärts. Sie hatten ein Röhrensystem für Wasser gelegt und in einer »geheimnisvollen« Zeremonie ein Schwimmbecken aus den Felsen geschnitten. Ihre Hütten waren einfach, aber geschmackvoll eingerichtet – es war zu erkennen, daß sie versucht hatten, Formen und Ausdruck einer stellaren Zivilisation mit wenigen Mitteln neu zu erarbeiten. Alles, was sie angepackt hatten, verwandelte sich unter ihren Händen in Formen und Gegenstände von funktioneller Einfachheit und fremder Kultur.

»Sie sind also hier«, murmelte ich. Irgendwie mußte ich es schaffen, mit ihnen ins Gespräch zu kommen. Merkwürdig – ich scheute mich, ihnen zu erzählen, wer ich in Wirklichkeit war.

»Wen meinst du?« fragte die Maurin. »Seit wir in diesem Hafen eingelaufen sind, bist du mir fremd geworden. So angespannt, reizbar ...«

»Es wird sich ändern«, versprach ich leise. »Zuerst müssen wir wissen, was hier geschieht.«

Sie fragte mit erstaunten Augen: »Was soll geschehen?«

»Einiges. Eines Tages wirst du alles verstehen. Ich bin ein Fürst, der ein besonderes Schiff sucht, das ihn in seine Heimat zurückbringen soll. Dieses Schiff ist hier irgendwo versteckt.«

»Nimmst du mich mit in dein Land?« fragte Taquyah leise.

»Mag sein.«

Ich sollte versuchen, die Raumfahrer als Freunde zu gewinnen, indem ich ein Fest gab. Vorausgesetzt, es gelang mir, ihnen die Scheu vor fremdartigen Gaumengenüssen zu nehmen. Wenn ich wieder Hammel am Spieß briet, mochte es mir gelingen, die Raumfahrer zu unvorsichtigen Äußerungen zu bringen. Ich wußte nicht, wo sich das Raumschiff befand; ich selbst konnte nicht danach suchen. Mein Hund und der Falke waren unterwegs und suchten nach einer großen Metallmasse, die irgendwo versteckt war. Mein Entschluß stand fest – ich würde ein Fest geben und versuchen, das Schiff zu finden. Das war es! Ich lachte und sagte leise zur glutäugigen Maurin: »In wenigen Tagen werden sich alle Geheimnisse lüften, meine Schöne. Und ich werde der glücklichste Mann dieses Planeten sein.«

»Der ... Heißt so dein Land? *Planeten?*« fragte sie verblüfft.

»So ist es«, sagte ich. Langsam gingen wir die Treppe hinunter, die von den Raumfahrern aus den Felsen geschnitten worden war. Wo die Luft aus dem Wald und vom Meer auftraf, war es kühler als im Hafen, der keinen natürlichen Zufluß hatte und stank. Überall standen Gruppen von Wikingern und tauschten Erzählungen über ihre Abenteuer aus. Fischer und ihre Frauen kamen heran, brachten Speisen und Fische und schienen handeln zu wollen. Deutlich war zu sehen, daß die Wikingerschiffe für die Rückreise gerüstet waren.

Die Riemen waren festgezurrt; alles Tauwerk war in bestem Zustand. Taquyah und ich kamen an unser Zelt und setzten uns; es war im Augenblick unmöglich, länger als für Stunden zu planen.

Tore Skallagrimsson stand neben mir auf dem Felsen vor dem Zelt, als die zwei Wikingerschiffe ablegten. Wind vom Berghang füllte die Segel, die Rautenmuster und die verschiedenfarbigen Vierecke. Schweigend sahen wir zu, wie die Fremden ihren Rettern winkten. Tore sagte düster:

»Jetzt sind wir mit den Fremden allein – sie haben uns viel gutes Gold gegeben. Was hast du vor?«

Zweimal waren wir Gäste in den Hütten der Fremden gewesen. Ich wußte inzwischen, wo sie das Schiff versteckten. In gewisser Hinsicht schienen sich zwischen uns freundschaftliche Beziehungen anzubahnen.

»Was würdest du tun, wenn ich plötzlich verschwände?« fragte ich.

Die Schiffe näherten sich der Insel und verschwanden aus unserem Blickfeld. Die Siedlung ohne Namen war noch ohne Leben, nur Greise hatten zugesehen und einige Hunde. Tore runzelte seine sommersprossige Stirn und murmelte:

»Ich würde dich suchen, dann würde ich die Fremden fragen. Willst du verschwinden?«

»Vielleicht verschwinde ich wirklich. Wenn ich dies tue, komme ich in kurzer Zeit zurück, mit Schiffen und vielen Kostbarkeiten. Dann wird für alle Menschen eine schöne Zeit beginnen. Du darfst nicht glauben, daß ich dich im Stich lasse. Sollte ich verschwinden, dann kümmere dich um Taquyah und behandle sie wie deine Schwester. Ehre sie! Beschütze sie!«

»Das klingt wie Abschied, Atlan!« Er schlug gegen meinen Oberarm.

»So soll es nicht klingen. Die Wege, auf die uns das Schicksal lenkt, sind dunkel und unübersichtlich. Heute abend braten wir einen Hammel oder zwei, so wie in Saudya. Machst du mit?«

»Selbstverständlich!« sagte er. Die Situation war instabil. Ich setzte mich in mein Zelt und rief ein zweites Mal die Bilder ab, die die Augen des Falken aufgenommen hatten. Ein Pfad führte vom Rand des Schwimmbeckens weg, drehte sich zwischen Felsen und verschwand im Wald, kam wieder hervor und schlängelte sich über eine Geröllfläche. An deren Ende gab es eine Reihe Stufen, in den Fels gebrannt, einen Absturz, eine weitere Kante, und schließlich sah ich – undeutlich, da hervorragend getarnt! – das Schiff. Es schien aus Gold zu sein, aber der Eindruck trog. Vermutlich war nur die äußerste Lage der Schutzhülle vergoldet. Jetzt verstand ich auch, warum meine Geräte das Schiff nicht hatten orten können. Es stand in einem V-förmigen Einschnitt zwischen Felsen, die sich auf dem Hochplateau erhoben. Nur eine einzige Front war zu sehen; die Felsen wirkten wie ein nicht allseitig geschlossener Kessel. Ich schaltete den Bildschirm aus und wartete darauf, daß Taquyah aufwachte. Als sie sich aufrichtete, sah sie mich lächeln. Jetzt wußte ich, was ich zu tun hatte. Ich setzte mich neben sie auf die Decken.

»Möchtest du uns heute abend eine große Freude machen, Taquyah?« fragte ich. Sie nickte.

»Wir feiern ein Fest. Wir laden die Fremden ein; wenn das Fest mit Wein und Braten am schönsten ist, sollst du tanzen. Gabelbart wird spielen. Andere Männer werden die Trommel schlagen.«

Sie nickte eifrig und versicherte: »Ich habe auch meine eisernen Scheiben, mit denen ich feine Geräusche mache. Ja, ich werde tanzen. Aber nicht mit verhülltem Gesicht wie früher!«

Unzweifelhaft machte ihre Selbständigkeit Fortschritte; niemand begrüßte es mehr als ich. Die nächste Zeit verbrachten meine Männer und ich damit, Zutaten für das Fest zu kaufen. Später stieg ich den Weg zu den Rundhütten hinauf und setzte mich an den Rand des Beckens. Eines der fremden Mädchen, ein braunhäutiges, graziles Geschöpf, kam heraus und begrüßte mich. Ich brachte formell meine Einladung an und ließ mich zum Essen einladen, das in einer der größeren Hütten stattfand. Sosehr ich mich auch bemühte, ich konnte keinerlei Zeichen von Nachrichtengeräten oder anderen technischen Gerätschaften entdecken. Den Gesprächen, mit Brocken galaktischen Slangs durchsetzt, konnte ich entnehmen, daß diese Wesen auf die drei Männer warteten, um starten zu können. Die Zeit begann knapp zu werden. Und noch immer wagte ich nicht, ihnen zu sagen, wer ich war. Warum eigentlich nicht?

Du hast Angst, daß sie mit Arkon im Krieg liegen und dich nicht mitnehmen, sagte mein Extrasinn.

»Ihr werdet also bei Einbruch der Dunkelheit beim Zelt sein?« forschte ich. »Es wird hier zu riechen sein, was wir braten. Und eine besondere Überraschung habe ich auch noch für uns.«

Sie lächelte freundlich zurück. Angenehme Wesen, so »humanoid« wie ich oder ein anderer Bewohner dieses Planeten, zurückhaltend, fast scheu; sie schienen nur Gäste zu sein, die sich sonnen oder etwas ähnlich Nebensächliches tun wollten.

»Wir werden Wein mitbringen!« versprach eines der Mädchen. »Wir haben ihn an einem anderen Ort gekauft.«

Mit solchen Einzelheiten verrieten sie sich völlig. Ich verabschiedete mich höflich, tauchte meine Arme in das Wasser des Beckens und kühlte mein Gesicht. Dann warf ich einen Blick hinauf zwischen die Felsen, über denen der Falke schwebte; schließlich trat ich den Weg nach unten an.

Das Fest war weniger barbarisch, weniger pompös, aber dafür wesentlich mehr gelungen. Rund vierzig Menschen, die Freundinnen der Wikinger nicht mit eingerechnet, saßen in einem doppelten Kreis um das mächtige Feuer, an dem sich die Hammel drehten. Wie durch ein Wunder hatten wir alles, was wir zu diesem Gastmahl brauchten, hier kaufen oder aus unseren Vorräten ergänzen können. Wein wurde ausgeschenkt, und der von den Fremden mitgebrachte Wein entpuppte sich als gärender Most: prickelnd, halbsüß und rein. Er versetzte die Runde binnen kürzester Zeit in ungehemmte Fröhlichkeit. Teppiche und Decken waren ausgebreitet, Sand war aufgeschüttet worden, und Gabelbart hing halb betrunken in meinem Sessel und sang zur Leier.

»... wenn mich Not auf See
meinen Wogenhengst zu schützen zwingt:
Den Sturm auf der Wikingflur stille ich
und besänftige die Möwen au ...«

Überall staken Fackeln im Sand. Neben mir saß Taquyah in maurischem Kostüm und befestigte die Metallplättchen an ihren Handgelenken. Alle waren entspannt und warteten auf den Braten, nur ich war von einer nagenden Anspannung erfüllt und konnte meine Unsicherheit nur schlecht verbergen. Ich ließ den Falken über uns kreisen; das Windspiel lag neben mir und richtete die kaltleuchtenden Augen auf die Anwesenden. Niemand konnte in dem Stimmengewirr etwas verstehen.

Die Hammel rochen betäubend, geradezu herausfordernd. Als sie fertig waren, verteilten wir Fleischbrocken und Füllung, und die Gäste in drei Hautfarben begannen gierig zu essen. Wieder wurden die Weinbecher gefüllt. Ich tastete nach meinem Lähmstrahler, nach dem Kombistrahler und dem Zellaktivator. Und schließlich war es soweit: Die Trommeln wurden gebracht, Gabelbart zupfte bizarre Rhythmen, und Taquyah glitt in den Kreis, den die angeleuchteten Gesichter der Gäste bildeten. Ihr Tanz begann. Plötzlich merkte ich, wie sich in mir etwas veränderte. Ein Damm schien auf einmal gebrochen.

Das Schiff ... Ich fühlte, wie mir die Kontrolle über meinen Willen entglitt. Es war nicht dieses bewegte Bild, in dessen Mittelpunkt das schöne maurische Mädchen rotierte, sondern die Lage, in der ich mich befand. Ich mußte weg – sofort. Ich konnte mich nicht gegen meine Emotionen wehren. Mein arkonidischer Verstand weigerte sich, unsinnige Dinge zu tun. Ich ließ meinen Becher füllen und bewegte mich, ein Stück Hammelkeule in der Hand, aus dem Lichtkreis hinaus, stolperte über den Fuß eines Wikingers, der eine dunkelhäutige Frau in den Armen hielt, und ging weiter. Das Windspiel folgte mir lautlos. Ich merkte es nicht; ich stand zwischen den Gästen und dem Zelt. Ich trank den Becher leer, stellte ihn ab und ging vier, fünf Schritte. Ganz in meiner Nähe waren die dunklen Büsche. Niemand beachtete mich, niemand bemerkte, daß ich fehlte. Mit wehenden Schleiern drehte sich Taquyah im Kreis; das Händeklatschen feuerte sie an. Ihr Körper bewegte sich unter wilden Zuckungen, und als ich zwischen den Büschen verschwand, ließ ich das Stück Hammelkeule fallen. Ich duckte mich, sah mich um und begann wie unter Zwang zu laufen. Nach zehn Schritten stieß ich gegen einen Menschen, und augenblicklich warf ich mich herum und blieb stehen.

»Du fliehst, Atlan ...«

Eine dunkle, ärgerliche Stimme: Skallagrimsson. Er hielt mich an den Oberarmen fest und duckte sich, dann redete er auf mich ein.

»Zur Seite!« sagte ich heiser. »Ich fliehe nicht!«

Er schüttelte mich vorsichtig, als ob er mich zur Besinnung bringen wollte.

»Ich beobachte dich schon seit Stunden. Du hast etwas vor ... Willst du in die Hütten der Fremden? Ich helfe dir!«

Ich preßte meine Fäuste vor meinem Unterleib zusammen, dann riß ich beide Arme mit einem wilden Ruck nach oben und schlug die Fäuste des Mannes vor mir zur Seite. Er griff wieder nach mir und sagte eindringlich:

»Ich helfe dir ... wohin rennst du?«

»Zur Seite, Tore!« stieß ich hervor.

»Ich laß' dich nicht gehen. Wir brauchen dich, Atlan!«

Er griff nach mir.

Ich ballte meine Finger, traf ihn zweimal; in der Magengrube und in der Herzgegend. Er schüttelte sich, senkte den Kopf und sprang nach vorn. Ich wich aus, rammte ihm mein Knie gegen die Schulter und verschwand zwischen den Baumstämmen. Dann rannte ich weiter, während er hinter mir wie ein Bär durch die Büsche brach. Als ich weiter hügelwärts zwischen einem Tiergehege und einem Rundbau in das fahle Licht kam, hörte ich durch das Rasseln der Trommel, das Wimmern der Flöten und das Klappern der Metallscheiben die Stimme des Mädchens. »Atlan!«

Das Schiff! Ich hastete weiter, begann zu keuchen, und nach einigen Schritten merkte ich, daß neben mir das Windspiel lief. Vielleicht brauchte ich die Hilfe des Robottieres. Weiter! Aufwärts! Stufe nach Stufe! Ich kam an den Rand des Beckens und bewegte mich entlang dem Wasser, drehte mich um. Weit unten, wie Puppen, bewegten sich die Menschen. Drei Fakkeln waren aufgetaucht; in ihrem Licht sah ich Männer auf Pferden, die einen abgehetzten Eindruck machten. Andoa Yel, Ulabo Xas und Farne Loc! Ich mußte schneller sein als sie. Wirrwarr entstand, und dann sah ich, wie einer der Männer einem Wikinger eine Waffe entriß und das Pferd zwang, zwischen den Hütten in Richtung der Treppe zu galoppieren. Ich rannte weiter. Irgendwo dort oben war meine Chance, diesen Planeten zu verlassen. Ich hetzte Stufe um Stufe aufwärts, rutschte auf dem Pfad aus und warf mich in den dunklen Wald hinein. Zu meinen Füßen sah ich undeutlich die Windungen des Pfades, winkelte die Arme an und rannte weiter wie eine seelenlose Maschine. Ich mußte schneller sein als der Reiter. Vermutlich wußten die Raumfahrer, welchen Gegner sie hatten. Sie ahnten, daß ihr Schiff in Gefahr war, denn was sollte ich sonst hier wollen? Ich schlug gegen einen Stamm, riß mir den Arm auf, als ich die Zweige zurückschlug, rannte, stolperte und keuchte weiter. Hinaus aus dem Wald; im Licht des Mondes lag die schräge Geröllhalde vor mir. Hinter mir hörte ich Hufschläge und das Keuchen des Tieres. Ich blieb stehen, faßte an den Kopf des Windspiels und sagte scharf:

»Das Pferd muß scheuen, den Reiter abwerfen! Schnell!«

Der Robot drehte sich auf der Stelle um und verschwand in der dunkelgrünen Finsternis. Ich lief langsamer, und endlich erinnerte ich mich an den Falken. Ich rief ihn, indem ich den Schalter in meinem Armband drückte. Wie eine riesige Fledermaus fiel das Tier aus der Nacht und blieb flügelschlagend über meinem Kopf. Ich langte nach oben und griff nach den Ständern der Maschine. »Zum Schiff! Aber nicht zu hastig!«

In mir tobten verschiedene Gedankenströme. Einer versuchte, mich auf den normalen Weg zurückzubringen: Ich konnte die Fremden bitten, mich mitzunehmen. Der andere trieb mich blind vorwärts. Jahrtausende hatte ich auf diesen Augenblick warten müssen. Das goldene Schiff ... Unter mir erstreckte sich die Halde, aus der sich ein Stein löste und polternd abwärts rollte ... unter mir kämpfte der Reiter mit seinem Tier und gegen meinen Robothund, der das Pferd angriff und erschreckte ... der Falke riß mich nach oben, über die Stufen der Treppe, über den Abhang und setzte mich unterhalb des Schiffes ab ... Nur noch zehn Schritte bis zur Rampe.

»Endlich ...!« stöhnte ich, blieb stehen und betrachtete die Form des Schiffes. Sie war makellos wie die goldene Hülle. Rechteckige Öffnungen unterbrachen den harmonischen Fluß der aufstrebenden Linien. Drei kurze Stummelflügel mit großen Auflagetellern und hydraulisch ausgefahrenen Röhren ruhten auf dem Felsboden. Dann warf ich mich nach vorn, meine Stiefelsohlen berührten den geriffelten Belag der Rampe. Plötzlich schaltete sich die Beleuchtung ein; ich befand mich in einer Umwelt, die ich kannte. Schlagartig wurden Erinnerungen frei und überfluteten mich, rissen den letzten Rest Skrupel hinweg. Ich betrat eine Treppe und lief hundert oder mehr Stufen aufwärts. Ich befand mich in einem lichterfüllten Raum, vor einer Steuerung. Einige Sessel standen hier, fest im Boden verankert. Ich sah die Kursplatten, aus dem hohen Norden hierhergebracht. Eine steckte in einer Art Kursrechner. Ich überlegte ...

»Diese Öffnungen ... Schleusen und Schotte«, sagte ich und drückte einige Tasten nieder, die schwach geleuchtet hatten. Maßlose Erregung hatte mich erfaßt und ließ mich nicht vernünftig handeln. Sämtliche Impulse ordneten sich einer einzigen Reaktion unter: *Flucht!* Fliehen von diesem barbarischen Planeten. Die Lämpchen erloschen, fernes Brummen und Summen bewies mir, daß die Eingänge des Schiffes verschlossen waren. Ich atmete auf, setzte mich in den Sessel, rückte ihn in geräuschlos arbeitenden Gelenken zurecht und betrachtete das Steuerpult. Dies hier war ein fast vollautomatisches Schiff. Ich las einige Aufschriften:

Start und Atmosphäreflug
Andruckneutralisation

Fluggeschwindigkeit unter Lichtgeschwindigkeit.

Nacheinander drückte ich die drei Knöpfe. Mit jaulendem Geräusch liefen Maschinen an. Dann erhellten sich Bildschirme, Skalen und Uhren. Mit saugendem Laut verschwand die eingeschobene Kursplatte, die mit Thorfinns oder Thorvalds Schiff hierhergebracht worden war, im Gerät. Ein kurzes Rütteln ging durch das Schiff, dann leuchtete eine Sichtscheibe auf. Eine Maschinenstimme sagte in einer Art modifiziertem Interkosmo:

»Start erfolgt unmittelbar.«

Ich merkte nicht, daß meine Stirn, mein Rücken und meine Handflächen schweißnaß waren. Das Schiff erhob sich zwischen den Felsen, und auf den Schirmen konnte ich sehen, wie sich der zackige Gebirgsgrat nach unten wegschob. Sterne tauchten auf. Das Schiff wurde schneller und raste senkrecht in den schwarzen Himmel hinauf, schnitt durch eine hochliegende Wolke und raste aus dem Schlagschatten des Planeten. Auf einer Seite der Schirme erschien schweigend, majestätisch und grell die Sonne. Jahrtausende hatte ich bis zu dieser Nacht gewartet, und jetzt war ich frei. Keine Fesseln außer denen der Erinnerungen existierten mehr. Ich war frei. Endlich. Vor mir lag die Zukunft, vor mir lag Arkon ...

»Start beendet. Zielangabe für unterlichtschnellen Flug erforderlich!« sagte die Maschinenstimme. Ich erwachte aus meiner Starre.

»Sofort«, sagte ich. Schließlich war dieses Automatschiff auf einen Planeten programmiert, den ich nicht kannte. Vielleicht war es einer der Planeten des Akonenreiches, denn diese Raumfahrer konnten Akonen sein ... Ich wußte es nicht. Das goldene Raumschiff flog weiter, aber beschleunigte nicht mehr. Gold – ein Symbol: Es entfernte sich aus der Anziehungskraft des Planeten III von Larsafs Stern und stieg, wie ich feststellen konnte, aus der Ekliptik senkrecht auf. Ich suchte die Gegend des Kosmos, in dem die Arkonplaneten lagen, zögerte abermals. Es würde zwar nur wenige Siebentage dauern, bis ich mit der Flotte eintraf, um Larsaf III die Kultur zu bringen, aber in der Zwischenzeit konnte unter den Menschen, die ich verlassen hatte, Panik ausbrechen. Vielleicht wußten die Fremden, jene Gäste aus den Sternen, daß ich in Wirklichkeit ein Raumfahrer war – sie brauchten nur das Windspiel zu zerschlagen, dann wußten sie es genau. Trotzdem ... ich mußte weiter. Ich richtete mit der Handsteuerung die Nase des Schiffes auf die Sternenkonzentration des Nebels aus, in dem Arkon lag, und drückte eine weitere Taste. *Beschleunigungsflug bis zur Lichtgrenze,* leuchtete ein Schild auf.

Ich erinnerte mich, während das Schiff den Grenzen des Planetensystems entgegenraste. Neun Planeten, unzählige Monde und ein Asteroidengürtel. Ich rechnete aus dem Kopf die Bahnabstände aus und lehnte mich zurück. Hoffentlich gab es hier wenigstens einen Wasservorrat. Die Zeit kroch, das goldene Schiff wurde schneller. Die Sonne fiel zurück. Schließlich konnte ich sie durch einen Filter mit dem bloßen Auge betrachten. Meine Verwirrung hielt an, aber der Bann, der die Flucht diktiert hatte, wich der Vorfreude, denn vor mir lag mein Ziel. Alles, was ich durchgemacht hatte, hörte auf zu zählen, war nichts mehr wert, verglichen mit den nächsten Tagen. Ich stellte mir die Trichterhäuser auf Arkon vor, die Ebenen und meinen Palast. Die Bahn des Planeten, dessen rote Oberfläche links unten auftauchte und verschwand. Die Asteroiden. Der Riesenplanet, dann jener Planet mit dem charakteristischen Vielfachring, den die Römer nach dem Gott Saturn benannt hatten. Weiter! Schneller! Ein Schild leuchtete auf.

Programm des Fluges abgeändert. Enddaten stimmen nicht mit dem automatischen Zielblock überein. Antwort erbeten! Panik überkam mich.

»Arkon ...«, sagte ich. »Ich will nach Arkon. Ich muß dorthin ...!«

Die Robotstimme meldete sich. »Zieländerung muß durch Einschub einer neuen Karte vorgenommen werden, sonst tritt Inkognito-Automatik in Kraft.«

Ich spürte, wie ich erbleichte. Meine Finger begannen zu zittern. Ich fragte mit unsicherer, heiserer Stimme:

»Was ist die Inkognito-Automatik?«

Vermutlich ..., setzte mein Extrasinn an, schwieg, als habe ich diesen Teil des Verstandes verloren.

»Ziel und Start des Schiffes sind geheim, nur durch die Automat-Platten festgelegt. Es wurde eine willkürliche Abweichung vom Kurs vorgenommen. Das bedeutet, daß Unbefugte an den Kontrollen hantieren. Diese Manipulation bedeutet, daß die Vernichtungsautomatik des Schiffes ausgelöst wird, wenn nicht das Kodewort eingespeist wird.«

Ich hämmerte mit den Fäusten auf das Pult. Inzwischen war das Schiff über dem Bahnkreis des achten Planeten. Dann fühlte ich, wie mich alle Hoffnung verließ. Alles schien umsonst gewesen zu sein.

»Wie lautet das Kodewort?« fragte ich in das unsichtbare Mikrophon. Meine Hände bewegten sich selbständig; ich drehte an der Steuerung. Das goldene Schiff raste in eine Kurve und richtete die Spitze auf die ferne Sonne aus. Filter schoben sich über einen Teil der Bildschirm-Linsen. Die Robotstimme antwortete: »Diese Information darf nicht gegeben werden.«

Ich sagte: »Kodewort ist vergessen worden. Das Schiff wird wieder an den Ort des Starts zurückgebracht. Die Zerstörung ist daher sinnlos geworden.«

In einer Reflexhandlung drückte ich den *Aus*-Knopf.

Schlagartig verstummten sämtliche Geräusche des Schiffes. Die Maschinen schwiegen, die Energieversorgung fiel aus, somit lief auch das Vernichtungsprogramm nicht mehr. Antriebslos, im freien Fall, raste das Schiff mit etwa der Hälfte der Lichtgeschwindigkeit ins Zentrum des Planetensystems zurück. Mir blieb nichts anderes übrig, als das Schiff zu landen und den Fremden alles zu erklären ... Warum hatte ich eigentlich diesen Weg nicht eingeschlagen? Zu spät, sich jetzt darüber Gedanken zu machen, aber ich wußte es. Die Angst davor, enttäuscht zu werden, hatte meinen Willen völlig ausgeschaltet und mich zu einer Serie von Reflexhandlungen gezwungen.

Dazu kam, daß alle Besucher dieses Planeten bisher als Eroberer, Sklavenhändler oder Ausbeuter gekommen waren und mich gezwungen hatten, gegen sie zu kämpfen. Diese Erfahrungen hatten zu meinen Reaktionen jetzt und hier beigetragen. Und: ich wußte nicht, ob nicht jeden Augenblick das Schiff explodieren würde.

»Das Pult ...«, murmelte ich, studierte konzentriert jede Anzeige vor und neben mir. Ich entdeckte, daß dies ein hervorragendes Schiff war. Sämtliche Antriebsmaschinen, die Energieerzeugung und jeder Servo wurden von integrierten Computerschaltungen kontrolliert, und diese Nebenelemente waren mit einer großen Rechenmaschine verbunden, die irgendwo im Schiff versteckt eingebaut war. Wenn ich sie suchte, mußte ich, um die Schotte zu öffnen, die Maschinen einschalten, und dann lief das Vernichtungsprogramm weiter. Ich wußte das Kodewort nicht. Also entfiel meine Hoffnung, die Zentrale zu finden und die Sperre aufzuheben.

»Ich kann nichts anderes tun. Du hast verloren, Kristallprinz!« sagte ich bitter zu mir. Das Schiff fiel antriebslos der Sonne entgegen. Ich sah auf die Uhr, die von Batterien gespeist zu werden schien, denn sie arbeitete noch. In Kürze mußte ich die Landung einleiten, mußte versuchen, die Maschine so kurz wie nur irgend möglich laufen zu lassen. So hatte ich wenigstens die Chance, das Schiff zu landen, ehe es zerbarst. Ein Zufall, aber Larsaf III tauchte vor dem Schiff auf. Ich konnte darauf vertrauen, daß die Automatik die Koordinaten des Landepunktes gespeichert hatte und daß eine andere Automatik das Schiff weitestgehend ohne meine Mithilfe landen würde. Ich wartete, bis ich über der Nachtseite des Planeten war, nahe der Tag-und-Nacht-Grenze. Dann ließ ich ein langes Bremsmanöver einleiten; mitten in der Phase negativer Beschleunigung sagte die Robotstimme:

»Das Kodewort wurde nicht ausgesprochen. Die Vernichtungsschaltung läuft. Gleichzeitig läuft das korrespondierende Programm der automatischen Landung.«

Das goldene Schiff heulte durch die Lufthülle, raste dem Erdboden entgegen, ich sah auf den Flächen des Binnenmeeres den Schleier der Morgendämmerung. Dann richtete sich das Schiff auf, und die Welt auf den Schirmen begann sich zu bewegen, kippte in eine veränderte Lage. Als das Schiff senkrecht stand, drückte ich die Knöpfe, die alle Schotte und Luken und auch den Einstieg öffneten. Langsam, wie ein gigantischer Lift, sank das Schiff abwärts. Flammenbündel berührten den Boden, und als ich den Kontakt spürte, schaltete ich sämtliche Anlagen aus, raste die gewundene Treppe hinunter und stürzte mich aus dem Schiff. Rund um mich glühte das Gestein, und an einigen Vorsprüngen lief Lava herunter. Ich rannte wie ein Wahnsinniger bis zum Rand des Plateaus, und als ich wieder richtig atmete und anhielt, um mich auf die Steintreppe hinunterzuschwingen, sah ich Usur Ssy Quisad und Andoa Yel. Sie hielten Scheinwerfer in den Händen und kleine bullige Waffen. Die Mündungen waren auf mich gerichtet. Usur sagte tonlos:

»Du Verbrecher ... Warum hast du unser Schiff gestohlen?«

Ich hob die Schultern und murmelte: »Warum hat Andoa mein Schiff gestohlen?«

»Wir dachten, daß in deinem Wikingerschiff die Kursplatten wären, die du an Bord gesehen hast. Sind die Maschinen ausgeschaltet?« fragte Andoa.

»Ja«, sagte ich. »Aber das Vernichtungsprogramm läuft.«

Sie hatten verstanden, wußten alles, aber trotzdem schienen sie in mir nicht den zu sehen, der ich war. Andoa und Usur sahen sich schweigend an, steckten nach einer kleinen Geste Usurs die Waffen weg.

»Wie lange läuft das Programm?« Usur setzte sich auf die Steintreppe.

»Ich weiß es nicht«, mußte ich bekümmert zugeben.

Andoa murmelte: »Es ist möglich, daß wir das Schiff retten können. Wenn wir die Versorgung einschalten, läuft die Vernichtungsschaltung. Solange sie nicht über den kritischen Zeitpunkt hinaus ist, kann das Kodewort die Uhr anhalten, und alles ist in Ordnung. Wenn nicht, zerstört sich das Schiff.«

Ich sagte: »Und wenn ihr die zentrale Automatik öffnet und dort einige Verbindungen trennt? Dann könntet ihr die Energiezufuhr für die Schaltung unterbrechen, ohne daß ein Risiko besteht. Dazu braucht ihr nicht einmal die Energieerzeuger einzuschalten.«

Andoa Yel schüttelte verzweifelt den Kopf und lehnte sich an den Felsen. Es wurde um uns immer heller.

»Bei dem geringsten Versuch, eine Schraube an wichtigen Teilen zu lösen, explodiert das Schiff. Wir sind die Stellaren Gäste. Unsere Schiffe sind schnell, aber einfach. Da wir uns meist auf Planeten mit exotischen Kulturen aufhalten, müssen wir damit rechnen, daß sich ein Unbefugter, Unkundiger an den Kontrollen zu schaffen macht. Das alles wäre kein Problem – meinetwegen detoniert das Schiff. Aber ...«

Ich hob den Kopf; seine Worte hatten so hoffnungslos geklungen, wie ich mich fühlte. »Aber?«

»Wir haben auf dem Planeten, den wir vorher besuchten, unser Funksystem beschädigt. Wir konnten noch einen kurzen Hilferuf aussenden, der von Arni Xen Carpad gehört, aber nicht weitergeleitet wurde. Er starb bei dem Versuch, uns die ebenfalls zerstörten Kursplatten zu ersetzen. Wir haben keine Hoffnung, unseren Heimatplaneten über Funk erreichen zu können. Alles, was wir haben, ist ein Funkgerät in der Hütte, mit dem wir Arnis Nachricht aufgefangen haben.«

Ich sagte leise: »Auch ich habe sie aufgefangen. Deshalb bin ich hier.«

Andoa fragte erstaunt: »Du auch ... ein gestrandeter Raumfahrer?«

»Ja«, sagte ich. »Seit rund achttausend Umläufen dieses Planeten um seinen Stern warte ich auf eine Gelegenheit, den Planeten zu verlassen.«

Usur stand auf. »Versuchen wir, dieses Schiff wieder zu dem zu machen, was es vorher war – einem Gerät, mit dem man zwischen Planeten fliegen kann. Kommst du mit, Raumfahrer? Du scheinst Arkonide zu sein, nicht wahr?«

»Ja. So ist es«, sagte ich. Während die ersten Sonnenstrahlen das Plateau überschütteten, gingen wir auf das Schiff zu. Ich durfte nicht daran denken, was die anderen Raumfahrer taten, wenn dieses Schiff sich selbst zerstörte. Wir gingen über heißes Gestein in den Schatten der Felsen und auf das Schiff zu. Sonnenlicht blendete gegen das Gestein, übergoß das Schiff mit einem Glanz von atemberaubender Schönheit. Ein goldenes Schiff ...

»Es wird auf alle Fälle knapp werden«, sagte Andoa. »Die Chancen, zu verlieren, stehen hoch. Ich kenne dies; ich habe alles schon einmal mitgemacht, als ein Tentakelwesen an den Kontrollen herumfingerte. Aber man kannte damals meinen Standort genau und hat mich nach ein paar Tagen abgeholt. Sehen wir weiter.«

Seine Stimme klang gepreßt. Er war angespannt und kannte die Konsequenz: Fünfzehn Mädchen und Männer mußten ihr Leben hier beschließen. Dann sagte er plötzlich, scheinbar zusammenhanglos: »Wir haben alles, was wir brauchen können, aus dem Schiff transportiert, weil wir es für unsere Hütten brauchten. Was dort steht, ist das leere Transportmittel.«

Ich verstand. Ich rechnete mit der schlimmsten Konsequenz und überlegte, ob er Chancen für das Überleben auf diesem Planeten hatte. Ich murmelte schuldbewußt:

»Ich kann auch mithelfen ... wenn ... wenn das Schiff sich sprengt. Ich habe technische Möglichkeiten, die mir selbst helfen.«

Wir schritten über die Rampe, bewegten uns leise über die Treppe hinauf in den Steuerraum und blieben vor dem Pult stehen.

»Fertig!« sagte Usur. »Führst du den Versuch durch, Andoa?«

Andoa nickte, schaltete die Maschinen ein, drückte auf einige Tasten und sagte pausenlos hintereinander:

»Exotischer Planet ... exotischer Planet ... exotischer ...«

Einige rote Felder leuchteten auf. *Vernichtungsprogramm läuft.* Die Robotstimme sagte:

»Das richtige Kodewort wurde eingespielt. Ich unterbreche die Vernichtungsschaltung.«

Wir warteten mit angehaltenem Atem. Unsere Gefühle waren nicht zu beschreiben. Dann wieder die Robotstimme:

»Zeitpunkt der Unterbrechung ungünstig gewählt. Es ist zu spät. Vernichtungsschaltung läuft weiter. Die Frist sind fünfzehn eltans ...«

Andoa schrie auf: »Verlaßt das Schiff!«

Usur stob davon, ich folgte ihm. Wir rannten die Treppe hinunter und rasten aus dem Kessel hinaus; uns folgte Andoa. Wir erreichten den Felsabsturz und ließen uns auf die Stufen fallen, als das Licht der frühen Sonne von einem gewaltigen, blauweißen Strahlen überdeckt wurde. Es knisterte und sprühte, Felsen lösten sich polternd, eine Reihe langwelliger Erschütterungen ging durch das Plateau, dann bebten die Stufen. Andoa sagte durch den Lärm hindurch: »Ich habe sämtliche Knöpfe der Notanlage gedrückt. Vielleicht hat der abwerfbare Sender, der irgendwo versteckt war, gearbeitet. In diesem Fall holen sie uns ab.«

Ich konnte nur nicken. Wir gingen die Felsentreppe abwärts, kamen in die kühle Dämmerung des Waldes, über den Pfad durch das Geröll. Ein Erdrutsch löste sich und glitt in der Ruhe des Morgens abwärts, riß Steine und Felsbrocken mit sich und kam am Rand der Buschreihe zum Stehen, Gras und trockenes Geäst unter sich begrabend. Dann erreichten wir die Hütten, vor denen die Stellaren Gäste standen und uns schweigend entgegensahen. Andoa ging auf eine Frau zu und legte ihr den Arm um die Schultern.

»Das Schiff ist verglüht«, sagte er leise. »Aber vielleicht hat die Notanlage gearbeitet. Vielleicht. Wir werden warten und versuchen, uns das Leben einfach zu machen.«

Die junge Frau nickte. Sie schienen alle noch nicht zu begreifen, was das Überleben auf diesem Planeten bedeuten konnte und welche Fähigkeiten und welche Menge Rücksichtslosigkeit und Verschlagenheit nötig waren, wenn man sich aus einer fast unbelebten Gegend in eine planetare Kultur stürzte, die man nicht kannte. Ich sagte zu Usur:

»Wir sind an mangelnder Ehrlichkeit gescheitert. Ihr hättet mein Schiff nicht entführen sollen – eine ehrliche Frage oder eine Erklärung hätte uns von diesem Planeten weggebracht. Und ich habe den Fehler begangen, euch für Besucher zu halten, die – wie bisher – Menschen als Sklaven fangen, Bodenschätze ausbeuten oder ähnliche Verbrechen begehen wollten. Das führte dazu, daß ich euch nicht sagte, wer ich bin und was ich wollte. Ich bin traurig, und ich kann noch nicht klar denken ... ich gehe in mein Zelt.«

Usur nickte, aber streckte mir die Hand entgegen, und ich drückte sie. In gewisser Weise waren unsere Schicksale verbunden. Ich verließ die Fremden und ging zum Schiff.

»Tore!« sagte ich überrascht, ließ den Vorhang fallen.

Tore Skallagrimsson und Taquyah saßen sich gegenüber, und auf dem niedrigen Tisch lagen Brotfladen und Braten, Früchte und ein halbleerer Weinschlauch. Tore sprang auf und warf den Tisch fast um. Der Sessel polterte nach hinten. Taquyah kam auf mich zu, drängte sich an mich und atmete schwer. Sie sagte nichts. Tore schlug mir auf die Schulter und brüllte: »Du bist wieder hier, Atlan! Bei Thor ... hast du das Erdbeben gespürt?«

»Ja«, sagte ich leise. »Das Schiff, das ich gesucht habe, ist verbrannt. Ich werde wieder mit dem SPERBER fahren. Und mit Skallagrimsson.«

Er lachte breit. Dann rief er: »Zurück? Kommst du mit zu uns? In den Norden?«

Ich erwiderte leise: »Zuerst einmal werde ich ausschlafen. Dann können wir darüber nachdenken, was wir tun, wohin wir reisen, welche Länder und Städte wir besuchen werden. Ich bin müde, Tore!«

Der Wikinger zog mich an den Tisch, stellte den Sessel auf und sagte drängend: »Du mußt essen, Atlan! Du siehst aus wie ein Seekranker! Los, greif zu! Und eines Tages werde ich dir diesen Schlag zurückgeben, mit dem du mich gestern in den Busch geworfen hast!«

Schließlich gelang es mir, ihn aus dem Zelt zu schaffen, und ich war mit Taquyah allein. Es wäre sinnlos gewesen, jetzt schon Pläne zu machen; meine Stimmung war auf einem Tiefpunkt angelangt. Ich aß wenig, trank schnell einige Becher Wein und warf mich auf das Lager. Ich schlief, was mich nachher selbst am meisten verblüffte, sofort ein und erwachte gegen Sonnenuntergang.

Vier Tage später: Alles hatte sich um unser Schiff versammelt; fünfzehn Raumfahrer, der größte Teil der Dorfbevölkerung und meine Wikinger. Wir hatten unsere Ausrüstung im Schiff verstaut. Das Ziel stand fest: Saudya und der Palast von Scheich Husain. Ich stand neben Usur Ssy Quisad neben der Laufplanke und fragte leise: »Trotzdem – wir scheiden als Freunde, Usur?«

Er legte seine Hand auf meine Schulter. »Ja. Zumal uns noch Hoffnungen geblieben sind. Wir haben unser Funkgerät und können uns mit dir unterhalten. Wir rechnen damit, daß nach uns gesucht wird, falls die Notanlage gesendet hat.«

»Usur ... kannst du mir trotzdem versprechen, daß du mich benachrichtigst, falls ein Schiff kommt?«

Er nickte lächelnd. »Wir werden alles tun, um dich mitnehmen zu können. Außerdem werden es deine Maschinen merken, wenn ein Schiff landet, wie du berichtet hast. Wir denken daran, nach Süden zu wandern, in das Land, in dem es diese dunkelhäutigen Menschen gibt, wenn wir den Eindruck haben, zu lange gewartet zu haben. Aber die nächste Zeit sind wir hier zu finden.«

»Ich werde vielleicht ein halbes Jahr bei Husain bleiben, dann reise ich in das Land um Gabal Tariq. Die Wikinger werden mich begleiten, und wir werden viele Abenteuer erleben und einige Neuheiten einführen.«

Usur meinte: »Genau dasselbe werden auch wir im Dorf ohne Namen versuchen. Aber die Menschen sind noch nicht bereit, viel zu lernen. Es kann nicht mehr als ein schüchterner Versuch sein.«

»Das sind auch meine Überzeugungen. Leb wohl, mein Freund.«

»Lebt wohl«, sagte er. »Und laßt euch das Schiff nicht wieder stehlen.«

Er lächelte schmerzlich. Ich ging über die schwankende Planke ins Schiff, warf das Brett ans Ufer, und wir stießen ab. Vierundzwanzig Personen, ein Robotfalke und ein mechanischer Hund. Das Schiff glitt, während die Menge in Geschrei ausbrach und winkte, aus dem stinkenden Hafen mit seinem schmutzigen Wasser, Treibholz und aufgeblähten Tieren, hinaus, vorbei an der Insel, von der die Fischer winkten, als hätten sie sich niemals von ihrem Platz gerührt, seit wir eingelaufen waren. Wir waren wieder auf See. Die altvertrauten Geräusche der Schiffahrt schlugen an unsere Ohren; friedliche Stimmung überkam auch mich und beruhigte im Laufe der nächsten Tage meine finsteren Gedanken. Schließlich legten wir wieder in Saudya an.

Husain hielt Wort; er baute uns ein kleines, gut ausgerüstetes Haus. Zusammen mit den Wikingern, die erstaunlich geschickte, fast intuitiv arbeitende Handwerker waren, erarbeitete ich technische Verbesserungen, die aus dem Ort innerhalb kurzer Zeit ein Arsenal der angewandten Technik machten.

»Hier«, sagte ich zu Husain, als der Turm am Hafen fertig war, »hast du die Möglichkeit, Lasten für Schiffe schnell zu bewegen.«

»Ich habe derlei noch nie gesehen«, sagte Husain, als wir ihm den schwenkbaren und durch Untersetzungen und Zahnräder aus Holz auch für schwere Lasten eingerichteten Kran vorführten. »Eines Tages werden Baumeister aus allen maurischen Ländern kommen, deine Dinge bestaunen und nachbauen.«

»Nichts anderes ist der Zweck«, sagte ich. Wir hatten zuerst den Hafen ausgebaut. Dabei hatte ich eine Kanalisation eingeführt und dafür Röhren aus Ton gebrannt, die aneinandergesetzt, mit Werg abgedichtet und durch einen einfachen Drehverschluß festgehalten werden konnten. Wir konstruierten Wasserräder, die, in Systemen zueinander angeordnet, Wasser in die gewünschte Höhe transportieren konnten, durch Esel oder Pferde angetrieben. Lederbälle, die in ausgehöhlten Stämmen an Ketten bewegt wurden, saugten kleinere Mengen von Wasser ab – sie wurden in einige der Häuser eingebaut und funktionierten auch im Haus von Taquyah und mir ausgezeichnet.

Die Felder der Eingeborenen wurden schon nach wenigen Wochen durch ein System von Kanälen bewässert; und ich konnte mir denken, daß dieses Bewässerungssystem in jenen Ländern des Islams verwendet werden konnte, wo es schwierig war, viel Wasser heranzuführen; so wie rund um Haruns Stadt Bagdad.

Wir konstruierten einen Räderpflug, der von vier oder sechs Pferden gezogen werden mußte. Dies war zumindest die langwierigste Arbeit, denn es war den Bauern schwer beizubringen, daß diese Art der Bodenbearbeitung allen anderen überlegen war, sei es derjenigen mit dem Spaten oder mit dem Hakenpflug. Aber wir schafften auch dies.

Zusammen mit Husain zeichnete ich Landkarten und versah sie mit Anmerkungen; er sagte eines Abends: »Das alles, was wir hier haben, sollte weitergegeben werden. Und außerdem kann ich damit viel Gold verdienen.«

Ich versetzte: »Dies ist ein Problem des Handels. Handel kommt nur zustande, wenn es Orte gibt, an denen sich Menschen treffen können. Die Wikinger handeln bereits – aber an anderen Orten. Du mußt einen Weg finden, auch deinen Ort interessant zu machen. Was kannst du hier alles an Waren produzieren?«

»Alles, was zum Gedeihen viel Wasser braucht. Das haben wir deinen Erfindungen zu verdanken.«

Ich sagte warnend: »Reise umher, Husain, und versuche festzustellen, was in anderen Städten gebraucht wird. Dann rüste Karawanen oder Schiffe aus. Frage andere Wikingerschiffe, ob sie gegen Entgelt Lasten transportieren. Aber das alles wird länger als ein Jahrzehnt dauern.«

Er betrachtete die Zeichnungen und Karten, die in meiner Werkstatt lagen und hingen, die Modelle und die Werkzeuge. In den Monden, in denen sich die Wikinger hier aufgehalten hatten, war die Ortschaft verändert worden. Die Einwohner waren in der Aufzucht von Tieren unterwiesen worden. Wir hatten Brücken gezimmert und Straßen angelegt; jedermann, der uns sah, brachte uns überwältigende Ehrfurcht entgegen. Karawanen waren angekommen, Menschen siedelten sich an, bearbeiteten die neugeschaffenen Äcker, pflanzten Büsche und Bäume, und Meter um Meter vergrößerte sich der Ort ins Landesinnere hinein. Jedermann war zufrieden.

Aber ... kein Funkanruf. Auch knapp sechs Monde später, als wir das Schiff zu Wasser brachten und ausrüsteten, hatten sich die Fremden nicht gemeldet. Wir brachten alles zwischen die Bordwände, was wir brauchten – vieles mußten wir zurücklassen. Den Wikingern wurde die Zeit zu lang; die Tage aufregender Erfindungen waren vorbei. Tore beklagte sich, daß sie dick und faul würden, daß sie mit niemandem raufen konnten und daß sie nicht einmal mehr wüßten, wie Meerwasser roch. Ich besprach mich mit Tore. Wir beschlossen, nach Gabal Tariq zu fahren und dort anzulegen – unsere Wege würden sich trennen, sobald ich im Besitz meines Gleiters war. Also hieß mein Ziel: das Gut von Herrn Pantos im Süden des Berges Gabal Tariq. Tore fragte brummend: »Wann brechen wir auf, Freund?«

»Mann des Schiffes«, antwortete ich, »wir halten es wie immer: morgen bei Sonnenaufgang.«

»Wir warten schon darauf!« sagte er. In der kurzen Zeit, die seit dem Tag vergangen war, an dem ich Tore von dem Balken losgebunden hatte, schienen sich die Schiffe rund um Gabal Tariq auf rätselhafte Weise vermehrt zu haben. Wir sahen viele Segel, darunter viele Wikingerschiffe. Wir kamen gut vorwärts, wurden nur ein einziges Mal in einen kurzen Kampf mit einem maurischen Segler verwickelt, den ich mit Hilfe des Geschützes und einer geschleuderten Kette schnell für uns entschied – dann landeten wir jenseits des Berges. Die Wikinger brachten alles, was mir gehörte, aus dem Schiff und an Land, stapelten es in einer Felsspalte; schließlich standen nur noch Tore, Taquyah und ich auf dem nassen Sand. Die auslaufende Brandung leckte an unseren Stiefeln. Tore räusperte sich und sagte heiser:

»Es war eine schöne Zeit, Atlan. Aber jetzt, da das Gold ausgegeben ist, da alles getan ist, werde ich wieder nach meinem Hof, meinen Knechten und meinen Söhnen sehen. Vielleicht halte ich unterwegs an und plündere ein Dorf ... Das liegt bei Odins Weisheit. Ich werde dich vermissen, Weißhaariger!«

Tore schüttelte meine Hand, dann zog er Taquyah an sich und gab ihr schmatzende Küsse auf beide Wangen und auf die Stirn.

»Deine Schönheit wird uns fehlen, Taquyah«, sagte er. Seine Männer schrien, weil wieder ein Segel in Sichtweite aufgetaucht war. »Lebe wohl, und ärgere deinen Geliebten nicht!«

Wir winkten, solange wir das Schiff sahen. Zum Abschied kreiste der Sukhr um den Mast des Schiffes, das mit seinen untypischen Segeln sich in den Wind legte und nach Nordosten verschwand. Wir waren allein. Die Hoffnung, daß ein Suchschiff die Fremden, die Stellaren Besucher, gefunden hatte, nahm von Mond zu Mond ab; sie waren an Larsaf III gefesselt und würden hier ihr Leben beenden – nicht anders als ich? Der Logiksektor murmelte: *Wie jene uralte Melodie, die für dich, Arkonide, geschrieben ward!* Ich betätigte die Fernsteuerung des Gleiters und bereitete mich auf einen langen Jahresausklang vor.

Taquyah und ich flogen, turtelten und schwebten langsam auf eines meiner vorübergehenden Ziele zu; wir ließen uns viel Zeit. Ich verarbeitete langsam meine abgrundtiefe Enttäuschung und nahm mir vor, ein ganzes Jahr außerhalb des Überlebenszylinders zu verbringen. Taquyah war eine anschmiegsame, feurige Geliebte; mit zärtlichen Fingern versuchte sie meine abgrundtiefe Enttäuschung und Ernüchterung hinwegzustreicheln. Meist gelang es ihr – es blieb ein böser, bitterer Rest. Als wir mit dem Gleiter in der Nähe des Gutshofes von Pantos landeten, versteckte ich vorübergehend die samthäutige Maurin und ließ sie im Schutz Sukhr und des Windspiels zurück; als ich mich dem Haus näherte, galoppierte eine kleine Herde der schönen Pferde an uns vorbei und verschwand mit trommelndem Hufschlag hinter einem Hügel. Ich ging langsam auf den Hof zu, erkannte alles wieder und stand am Eingang des Patios. Herr Pantos saß an seinem Tisch und schrieb – auch er schien seinen Platz niemals verlassen zu haben. Ich ging über den kühlen Kies auf ihn zu. Er hob den Kopf, sah mich an und fragte halblaut: »Wieder allein, Atlan? Ich ahnte es ... Ihr seid also hier.«

»Ihr habt mir Gastfreundschaft versprochen, Herr Pantos. Nun will ich Euch nicht länger und schwerer zur Last fallen, als es unter Ehrenmännern üblich ist. Ich bin nicht allein.«

Er stand auf und sagte mit großem Ernst: »Bitte bleibt, Herr Atlan, solange Ihr wollt.«

Ich lächelte, und wir schüttelten uns die Hände.

»Ihr werdet nicht erstaunt sein, wenn ich mit meinem Gepäck komme, einem Windspiel, einem merkwürdigen kleinen Schiff und ... und mit einer sehr schönen jungen Frau?«

»Ich werde mich freuen, wie damals, als wir den Weinkeller heimsuchten. Wißt Ihr noch?«

Ich lachte. »Zu solchen Stunden werden wir noch häufig Gelegenheit haben. Ich gehe, um gleich wiederzukommen.«

Er nickte, aber ich konnte sehen, wie sehr er sich freute. Ich glaubte schon jetzt, ihm mehr über mich und viele Dinge sagen zu können als je einem Menschen vor ihm. Ich holte den Gleiter, wir luden ihn ab und versteckten ihn auf dem obersten Stock eines Schuppens, über Mengen Heu und Stroh. In seinem großen Hof bewohnten wir mehrere Zimmer, die wir zum Teil mit den Dingen dekorierten und ausrüsteten, die wir mitgebracht hatten. Ich war noch nirgends so gastfreundlich aufgenommen worden.

Das Jahr verlief in vollendeter Harmonie. Herr Pantos und ich übersetzten Bücher aus dem Arabischen; ich merkte, daß der Kalender, den die Mauren benutzten, nicht gut genug war. Also setzten wir uns hin – meistens geschah dies im kühlen Schatten des Patios – und konstruierten einen Kalender. Ich glaubte, daß er später einmal, wenn sich Gelegenheit ergab, ihn zu veröffentlichen, benutzt werden konnte. Ich sollte mich nicht irren. Viele Bücher entstanden. Wir waren erstaunt über das Gedankengut, das sich vor uns ausbreitete. Besucher brachten andere Bücher und nahmen unsere Abschriften mit. Wir ritten Pferde zu, ließen uns von der Sonne braten und probierten Weine durch, die Pantos' Keller beherbergte. In winzigen Dosen enthüllte ich Pantos *mein* Weltbild. Er verstand es nur zum Teil, denn auch sein Verstand war noch nicht darauf vorbereitet, das Bestehen von galaktischen Großkulturen zu akzeptieren.

Ein Jahr. Genauer: dreizehn Monde lang. Ich wartete auf ein Signal der Raumfahrer, aber es kam keines. Ich sprach mit dem Robot in meiner Kuppel, aber auch er hatte keine einzige Schiffsbewegung registrieren können. Eines Tages endete auch die Zeit bei Herrn Pantos. Nichts war auf dieser Welt von Bestand. Schon gar nicht mein technisch-philosophisches Wirken, das in vielen Büchern und deren Abschriften verbreitet wurde. Die schlankgliedrige Maurin füllte unsere zärtlichen und leidenschaftlichen Nächte und spielte auf der al-Aût – es landete kein Schiff der Stellaren Besucher. Wahrscheinlich lange nicht mehr, viele einsame Jahrhunderte lang.

10.

In Scorpion Bay, auf Big Dragon Island, auf der Fernwelt Cordoba Omikron, hatte ich mich an diese Zeit erinnert. Das goldene Raumschiff! Die Bilder, die vor Ghislaine Cordelier ausgebreitet worden waren, die sie mitgenommen hatten in eine Phase der Vergangenheit des Planeten Erde, begannen zu verblassen. Ich, der Arkonide Atlan, Kristallprinz und Thronfolger, hatte abermals von einer meiner Niederlagen berichtet – ich blieb an den Planeten der Barbaren, Larsaf III, gefesselt. Ich schlug die Augen auf und sah, daß Ghislaine Cordelier auf Zehenspitzen in das Zimmer zurückging, wartete, bis der Kaffee in das Apartment hinaufgebracht worden war; sie schüttete in den Becher eine beachtliche Menge Alkohol hinein, kam mit beiden Bechern zurück auf die Terrasse und sah, daß ich die Augen geöffnet hatte. Meine rechte Hand umklammerte den Zellaktivator, als ob ich von dort neue Energien schöpfen könne. Ghislaine lächelte mir zu und sagte flüsternd:

»Trinke, Wikinger! Es wird dir nicht schaden.«

Ich setzte den Becher an die Zähne, roch den Alkohol und murmelte: »Aller Alkohol, den ich in den Jahrtausenden auf der Erde getrunken habe, in einem einzigen Faß ... es müßte so groß sein wie ein Raumschiff.«

»Mindestens«, versetzte sie trocken. Wir sahen uns an, dann setzte ich den leeren Becher ab und sagte achselzuckend:

»Es ist natürlich nicht besonders spannend, wenn jede Erzählung mit der gleichen negativen Pointe endet. Aber ich habe es niemals geschafft, ein Schiff zu *finden.* Und diese einzige Gelegenheit ... Du hast gehört, was passiert ist. Ein gigantisches Mißverständnis.«

Ghislaine fragte trotzdem: »Was geschah mit den Fremden?«

Ich lachte kurz auf und erinnerte mich. Mein Gedächtnis hatte auch diese Erinnerung voll registriert und hielt sie fest.

»Du wirst anfangen, ungläubig zu lachen. Die Raumfahrer wurden abgeholt. Genau drei Monde später, nachdem ich Herrn Pantos verlassen und in meine stählerne Kaverne zurückgeflogen war.«

Sie setzte sich verblüfft auf das Geländer der Terrasse.

»Nein! Unmöglich!«

»Trotzdem – unglaublich, aber zutreffend. Das Schiff landete; reger Funkverkehr brach los. Rico zögerte einige Stunden zu lange. Das Schiff blieb einen Tag lang auf dem Planeten, dann startete es. Es landete übrigens im Zentrum von Afrika, was ich bemerkenswert finde. Rico hatte keine Erklärung dafür, warum seine Funksprüche und der sofort gestartete Robotspion nicht beantwortet oder beachtet wurden. Jedenfalls flog das Raumschiff der Stellaren Gäste mit ihnen und ohne mich ab. Sie schickten auch kein zweites.«

»Vermutlich haben sie gedacht, du wärest umgekommen.«

»Vermutlich war es so«, sagte ich und stand auf, taumelte ein wenig, dann dehnte ich meinen Brustkasten und atmete mehrmals tief durch. Ghislaine fragte, leiser als vorher:

»Dein Kalender ... ist das der berühmte spanisch-maurische Kalender von Cordoba?«

»Unter diesem Namen ist er in die Kulturgeschichte eingegangen«, sagte ich. »Aber recht viel mehr blieb nicht. Zwar nahm der Handel im Mittelmeerraum zu, aber ich war daran sicher nicht schuldig. Vielmehr war es so, daß Wikinger, Mauren und Juden den Handel mächtig ankurbelten und alles unternahmen, um die Gegend um das Binnenmeer zu einer Drehscheibe von Handel, Kultur und Zivilisation zu machen. Das gelang auch, und das blieb auch während der Zeit der Kreuzzüge nicht anders. Aber das ist eine andere Geschichte. Keine schöne oder heitere übrigens, wie die eben gehörte.«

»Nun«, flüsterte Ghislaine, »besonders lustig war sie nicht.«

Ich lehnte am Türrahmen und drehte langsam den Kopf. Von hier aus konnten wir den größten Teil der merkwürdigen Insel überblicken, die gleich dem Ort Saudya nichts anderes war als eine Art Museum. Hier war die alte Kultur sorgfältig und mit viel echten Bestandteilen und Baumaterialien konserviert worden, nachdem man sämtliche Bauten mit den technischen Errungenschaften dieses Jahrhunderts ausgestattet hatte. Zufälle? Der Wein, der wie jener von Herrn Pantos schmeckte? Der Barde, der die gleichen Lieder – oder fast die gleichen – wie der Skalde Gabelbart sang? Ein Zimmer, von dem aus man das Meer sehen konnte, die Sterne und die Monde? Zufälle? Oder nur Wiederholungen eines galaxisweiten Spieles, in dem auch Lordadmiral Atlan, Herrscher ohne Reich, nichts anderes als eine Figur war, eine schillernde, farbige Figur voller reicher Ausstrahlung? Wahrscheinlich war alles nur ein Spiel, das von jemandem hinter den Kulissen der Sterne gespielt wurde.

Ghislaine verstand meine Gedanken. Sie schwieg, aber sie ging auf mich zu und lehnte sich gegen mich. Ich legte einen Arm um sie und murmelte:

»Ich bin müde. An nichts erinnere ich mich so genau und so gut wie an die Phasen der Erschöpfung, der tiefen Enttäuschungen und der Versuche, normal zu bleiben. Es ist keine leichte Aufgabe, die ich mir auf Larsaf III gestellt hatte, aber ich habe sie wahrgenommen. Trotz aller Rückschläge. Ein Leben, das nur aus Ausschnitten besteht, aus Passagen in einem jahrtausendelangen Schlaf.«

Ghislaine sagte nach einigen Minuten: »Ich weiß nicht, was ich an dir hervorstechender finde: deine Tätigkeit und die dabei aufgewendete Energie oder die Leistung, die darin bestand, Rückschläge und Enttäuschungen aufzufangen.«

»Ja.« Es gab keine bessere Antwort; ich wußte selbst nicht, wie ich es geschafft hatte. Bevor Ghislaines Augen vor Müdigkeit zufielen, fragte sie:

»Was geschah mit der maurischen Tänzerin?«

»Taquyah, die Glutäugige.« Ich seufzte. »Sie hat einen Ehrenplatz in meinen Erinnerungen.«

Ghislaine verzichtete darauf, die Frage zu wiederholen. Wir schliefen bis Mittag; während des Essens, das wir auf der Terrasse servieren ließen, sagte Ghislaine: »Bist du nach dem Mittelmeer-Abenteuer noch einmal mit Wikingern zusammengetroffen?«

Unbekümmerte Freude darüber, was wir auf der Insel entdecken mochten, kam über uns. Salzig riechender Wind und strahlender Sonnenschein vertrieben meine letzten Gedanken an die Geschehnisse der fernen Vergangenheit. Ich nickte.

»Ja. Nach dem Aufenthalt bei Herrn Pantos machte ich einen Abstecher nach Norden. Ich half den Söhnen des Roten Erik und ließ mir von der blonden Dagnar weitere Kenningar aufzählen; viele lernte ich auswendig.«

Ghislaine blickte über den Hafen hin. Vielleicht erwartete sie, ein Wikingerschiff mit Sperberkopf und Dreieckssegel zu sehen, bewehrt mit Reihen farbenfroher Schilde. Aber da war kein Schiff dieser Art. Auf Scorpion Bay gab es auch keinen Mann, der Tore Skallagrimsson ähnlich sah, dem Walroßbullen. Ich lehnte mich zurück.

»Willst du hören, was vor meinem Einschlafen hoch im Norden geschah?« fragte ich.

»Ja. Erzähl's mir, Atlan.«

»Es war kein aufregendes Abenteuer; ich half meinen neuen Freunden ein wenig beim Navigieren. Also ...«

Leif Eriksson, einer der drei Söhne des Roten Erik, blickte das Drachenschiff mit einem unbestimmten Ausdruck seines wettergegerbten Gesichts an. Der geschnitzte Kopf starrte nach Westen, um die Geister der Luft und des Wassers zu bannen. Das Schiff war von Bjarne Herjulfson gekauft worden, des ersten Mannes, der das neue Land jenseits der schier endlosen Wasserfläche gefunden, es aber nicht betreten hatte. Dann heftete Leif den Blick auf die Schale, die ich in den Händen hielt.

»Dank dir, Weißhaar. Meine Freunde und ich haben's verstanden.«

Das Sonnenschatten-Brett, eine runde Holzscheibe, schwamm im Wasser der Schale. Dickes Öl verhinderte, daß das Wasser allzu leicht herausspritzte. Konzentrische Ringe, vergleichbar mit einer Gradeinteilung, umliefen einen in der Höhe veränderlichen Stab. Sonnenhöhe und Länge des Stabes ergaben einen Schatten, der einen bestimmten Ring berührte. Gelang es, analog der Sonnenhöhe stets dieselbe Schattenlänge zu halten, segelte das Schiff entlang einer gedachten Linie.

»Recht so! Wie Bjarne stets nach Westen!« sagte ich. Fünfzehn feuerrote Schilde hingen hoch über den Ruderbänken. Sechsunddreißig Männer würden in kurzer Zeit ablegen. Es war früher Morgen, und tiefe Schatten lagen über dem Eriksfjord, und das Wasser des Eystribyggdhafens war ruhig und dunkelgrün. Irische Sklaven luden Lasten im Schiff ab, und die Mannschaft verstaute sie fachgerecht.

»Könnte ich nur einen Blick in die Zukunft werfen!« knurrte Leif Eriksson wütend.

»Ich habe dich viele Blicke auf die Bilder der fremden Küsten werfen lassen«, antwortete ich. Arkan oder Atlan Weißhaar nannten sie mich. Oder Falkenbruder, Runenmeister und Vielwisser. Wir standen im dürren Gras über dem feinen Kies der Insel Grünland, die in Wirklichkeit besser *Eisschild* hätte heißen müssen, *Ödland* oder *Eriksflucht.*

»Das ist wahr. Ohne die Bilder würde ich es nicht wagen!« meinte Leif und hob die Kette um seinen Hals an, an der, eingefaßt in einen Silberreif, eine runde, flachgeschliffene Linse hing. Sie bestand aus einem Mineral, das ich an der Küste von Eriks Heimat gefunden hatte. Wenn die Sonnenstrahlen bei bedecktem Himmel im rechten Winkel zur Kristallstruktur auf dessen Oberfläche trafen, verfärbte sich das gelbe Mineral eindeutig blau. Bei Nebel brauchte Leif den *Sonnenstein* nur so lange zu drehen, bis sich ein blauer Kreis abzeichnete.

»Du hast auch mit dem Stein zu sehen gelernt!« wies ich ihn hin. Er nickte.

»Er färbt sich auch dann, wenn die Sonne sich unter der Wellenkimm befindet, Weißhaar Vielwisser.«

»Dann geh endlich an Bord, Leif Weltenentdecker!« rief ich lachend und gab ihm die Schale. Die Holzscheibe schwankte leicht. Leif steckte einen Finger quer zwischen die Lippen, stieß einen gellenden Pfiff aus und rief damit einen Sklaven herbei. Er trug ihm auf, die Schale dem Steuermann zu geben und ja nicht zu stolpern, sonst würde er ihm das Haar mit glühender Holzkohle scheren. Der Ire stolperte davon. Mit Peilbrett, Sonnenstein und Sonnenschatten ausgerüstet, würden die Wikinger wohl das Land im Westen finden. Ich hatte Leif verschiedene Landemöglichkeiten gezeigt; nach einer theoretischen Geraden konnte er einen Mond lang an den Küsten südwärts segeln oder rudern und selbst bestimmen, an welchem Punkt der Neuen Welt er anlegte.

»Noch nicht. Vater will kommen!« sagte Leif mit Bestimmtheit. Er wollte Erik, den sie den Roten nannten, zum Mitkommen auffordern. Die eisstarrende Insel Grünland bot wenig Möglichkeiten für ein gutes Leben. Kein einziger Baum wuchs hier; Wikinger ohne Holz waren undenkbar und zum Aussterben verurteilt.

Die Mönche in den Klöstern schrieben das Jahr 995 des Heils. Leifs Mannschaft bestand meist aus neu getauften Christen. Keiner von ihnen sah aus, als zählten Nächstenliebe und mildes Vergeben zu seinen hervorstechenden Eigenschaften. Es waren langbärtige, bezopfte Wikinger, Angehörige der besten Seemänner dieses Planeten.

Hinter uns ertönte Hufschlag. Auf einem fahlen, gedrungenen Pferd ritt der breitschultrige Mann heran und hob grüßend die Hand, als er uns zwischen den Langhäusern und dem Schiffssteg stehen sah. Das Pferd stolperte im rauhen Geröll und überschlug sich fast, als es in den Vorderläufen abknickte. Erik gelang es gerade noch, abzuspringen und sich torkelnd auf den Füßen zu halten. Sein Fluchen erscholl über die gesamte Breite des Hafens.

»Odins Rausch!« entfuhr es Leif. »Aus. Sein Aberglaube ...«

Erik zog das hinkende Pferd am Zügel hinter sich her, baute sich vor uns auf und schüttelte den Kopf.

»Viele beutereiche Fahrten, Sohn, haben wir zusammen gesegelt«, sagte er mit einer Stimme, aus der Jähzorn und ungebändigte Kraft sprachen.

»Wohl wahr«, bestätigte Leif.

»Das Zeichen sagt es mir. Mir ist es nicht bestimmt, ein anderes Land als Grünland zu finden. Wir fahren wieder zusammen, wenn du zurückkommst aus dem Land, in das dich Arkan Weißhaar geschickt hat.«

Wir schüttelten uns die Hände. Ich kannte Erik gut genug; ich wußte ebenso wie Leif, daß er sich nicht umstimmen lassen würde. Aber beide sahen wir, daß er die Reisekleidung trug, Waffen und einen Packen Dörrfisch. Tyrkir, ein Freund Eriks, der Leif und die anderen Brüder erzogen und ausgebildet hatte, verließ die knarrenden Bohlen und näherte sich unserer Gruppe. Er kam aus dem Frankenland, hatte es aber in früher Jugend verlassen.

»Wir sind bereit«, sagte er. »Warum kommst du nicht mit uns, Atlan?«

Wir alle trugen knielange Felljacken, deren Leder nach außen wies. Im zunehmend wärmeren Sonnenschein hatten wir die Kapuzen zurückgeschlagen. Ich schüttelte den Kopf.

»Andere Männer warten in anderen Ländern auf mich«, wich ich aus. »Überdies gibt es noch mindestens zwei andere Wagemutige. Seine Brüder«, ich deutete auf Leif, »Thorwald und Thorstein.«

»Sie folgen, wenn er zurückkommt und uns berichtet, wie reich das fremde Land ist.«

Für Seefahrer mit den besten Schiffen, die je gebaut worden waren, bedeutete die Entfernung bis zur Neuen Welt dasselbe Wagnis wie eine Fahrt ins südliche Binnenmeer, dessen Küstenstädte sie plünderten. Niemand war in der Lage, die unzähligen Wikingerschiffe erfolgreich zu bekämpfen. Dafür, daß diese neue Herausforderung ihre Ziele von »unseren« Städten ablenkte und eine Massenauswanderung der unruhigen Kapitäne und ihrer Familien nach Westen einleitete, bestand eine nicht geringe Wahrscheinlichkeit. Ich hatte getan, was ich konnte. Noch mehr und eindringlichere Hinweise hätten das ständig wache Mißtrauen herausgefordert.

»Das werden sie«, sagte ich beruhigend, »denn sie sind gute Segler und mutige Männer.«

Erik kam mit uns zusammen zum Hafen. Aus den Häusern traten die Angehörigen der drei Dutzend Männer. Kinder und Frauen scharten sich um das Heck des Dünungsdrachen.

»Wirst du auch anderen das Westland zeigen?« Leif überzeugte sich, daß die Ausrüstung sich im Schiff befand. Die langen Riemen standen senkrecht hoch. Nach und nach kletterten die Männer in das zu zwei Dritteln offene Boot.

»Nur dann«, antwortete ich, »wenn die Wikinger scheitern. Aber das ist undenkbar für mich.«

Taue, Knoten, Schlingen und Ledergurte hielten die Ladung fest. Lederplanen wurden über Bug und Heck gezurrt. Der Steuermann überprüfte das Seitenruder. Noch hingen die Schilde außen. Waffen klirrten an den Ruderbänken. Kinder schrien, und Frauen weinten. Wieder zählte Leif Eriksson seine Männer. Ich blieb am vordersten Ende des Steges stehen und nahm die Tauschlinge hoch. Die Sonne hob sich über die Zacken und Brüche des Inlandeises und tauchte die Szene in unwirkliches Licht. Leif riß sich von dem Anblick los und schrie:

»Ablegen! Wir kommen zurück! Wir finden das Land, das voller Honig, Wild und gutem Holz ist.«

Ich zog den selbsthaltenden Knoten auf und schleuderte das Tauende in den Bug. Mit dem fellbesetzten Stiefel stieß ich das Vorderteil des Drachenschiffs ab; die Riemen wurden eingesetzt, und dann gab die Stimme des Steuermanns den Takt an. Vierzig Riemen hoben sich, senkten sich ins stille Wasser, und mit der auflaufenden Ebbe wurde das Schiff in die Richtung auf den Ozean hinausgerudert. Das Geschrei und das Weinen an Land hörten auf, als Leif Erikssons Brandungskeiler hinter der Felsklippe verschwand. Ich legte meine Hand schwer auf Eriks Schulter.

»Mein Abschied wird weniger aufregend sein«, sagte ich und deutete auf mein »Boot«. Es war eine verkleinerte Version der Wikingerschiffe, besaß ein vollständig geschlossenes Deck und eine Kabine, in der ich wohnen und arbeiten konnte; der getarnte Hochleistungsgleiter.

»Auch dich hält nichts in diesem kargen Land, Weißhaar?« brummte Erik verständnisvoll. Er nickte und flocht ein einfaches Muster in seinen Bart.

»Jetzt hält mich nicht mehr viel. Nicht einmal mehr eure flachshaarigen Töchter«, scherzte ich. Er grinste, dann schlug er ein dröhnendes Lachen an, schließlich hieb er auf meine Schultern und rief:

»Wir feiern Abschied wie zwei alte Seefahrer. Komm! Aber Dagnar wird voller Gram sein.«

»Nicht heute nacht«, versicherte ich. »Möge dein Bier schäumen.«

Gegen Mittag verließ ich sein Haus. Erik schnarchte auf der warmen Ofenbank. Ich war fast nüchtern, schleppte aber einen beträchtlichen Vorrat Bier in die Kabine meiner SÜDSTERN. Ich verstaute die Krüge, brachte die gewohnte Ordnung in meine Ausrüstung und sprach mit Rico über den letzten Abschnitt meiner Wanderung durch die Welt. Ich benutzte einen Sieb, um das dicke Bier in einen Becher zu schütten, fügte kaltes Quellwasser hinzu und wurde müde. Am frühen Nachmittag kroch ich in den Bug der SÜDSTERN und zog die große Decke bis ans Kinn. Sie bestand aus aneinandergehefteten Fellen, die in anderen Teilen der Welt unvergleichlich weiche Kostbarkeiten darstellten.

Das Schwanken des Schiffes weckte mich halb. Als Dagnar mit hüftlangem Haar lächelnd unter die Felldecke schlüpfte, erwachte ich ganz. Abwechselnd liebten wir uns, tranken, schliefen und sprachen leise miteinander.

Aus versteckten Lautsprechern kamen die Klänge fremder Melodien, die Ricos Sender überspielten. Nach Mitternacht verließ mich die junge Frau, nachdem sie den langen Zopf geflochten und um ihren Kopf dekoriert hatte. Ich löste die Karabinerhaken der dicken Taue aus Kunstfasern, aktivierte den Antrieb und steuerte lautlos die SÜDSTERN durch das unsichtbare Kielwasser des Drachenschiffs. Mein Kurs ging nach Süden, nicht nach Westen.

Eine halbe Stunde später schwebte der Gleiter in einigen Pfeilschüssen Höhe langsam durch die Sommernacht. Sterne waren über mir. Mondlicht brach sich in unzähligen Reflexen auf dem gleichmäßigen Muster der Wellen. *Bei Thors Hammer,* sagte der Logiksektor matt. *Sie werden die Neue Welt wiederentdecken. Aber können sie diese Chance nutzen?* Niemand konnte dies vorhersagen.

»Niemand konnte auch vorhersehen«, sagte Atlan nach einer kurzen Pause, »was im Sommer des Jahres eintausend geschah.« Er schien zu lächeln. »Eintausend nach der Rechnung des christlichen Kalenders. Ich muß meinen Bericht zusammensetzen – eine Hälfte hat mir Rico erzählt, die andere Hälfte erlebte ich, gleichzeitig, selbst. Damals entschloß ich mich, ohne jeden übergeordneten Grund, ohne von ES aufgescheucht worden zu sein, die maurischen Paläste in Spanien aufzusuchen. Rico begleitete mich; er maskierte sich als Erfinder und wandernder Schwertfeger-Geselle. Zunächst erging es ihm weitaus besser als mir ...«

Unverdrossen und hingerissen von den technischen Schwierigkeiten des Problems, arbeitete Ob'Orci weiter. Der Zustand, in dem er sich befand, glich demjenigen eines Blinden, dem man das Augenlicht wiedergegeben hatte. Oder demjenigen eines Tauben, der plötzlich wieder Stimmen und Musik hörte. Jeder Impuls steigerte zugleich mit seiner Begeisterung auch sein Wohlbehagen. Seine Sehzellen, durch braune Kontaktlinsen getarnt, maßen die Durchmesser der Achsen und die Aussparungen zwischen den winzigen Zähnen kleiner Metallräder bis auf Tausendstel des gängigen Maßsystems genau. Er feilte – mit vergleichsweise lächerlichen Werkzeugen, die dennoch einen erstaunlich hohen Wirkungsgrad aufwiesen –, er hämmerte, sägte und versuchte, winzige Nadellager herzustellen, deren Verwendung den Reibungsverlust auf nahe Null herunterzubringen vermochte.

In einem Topf brodelte flüssiges Erdpech, auf kleiner Kerzenflamme erhitzt, das Reisende gebracht hatten. Er war sicher, nicht nur leicht vergasenden Brennstoff, sondern auch feines Öl daraus raffinieren zu können. Er brauchte nur einen Becher voll davon. Eine seltsame Reihe von Arbeiten verrichtete er in dem kreisrunden Raum, in dem es nach dem Rauch des Holzkohlenfeuers roch.

In bewundernder Nachdenklichkeit bemerkte Abdullah Corteges: »Seltsam, überaus seltsam. Noch nie habe ich einen Handwerksburschen wie dich gehabt.«

»Das ist gut möglich«, versetzte der wandernde Geselle mit seidenweicher Stimme und nicht ohne ebenso feine Ironie. Der Schwertfeger, Erfinder und, wie er sich gern nannte, der »Vater der Stunden« bemerkte die Ironie nicht. Er warf einen Blick voller Achtung auf die geschickten Finger des Gehilfen.

»Deine Geschicklichkeit und dein Fleiß sind unglaublich!«

»Das wiederum glaube ich dir nicht«, gab der Geselle zurück. Jedes Wort der maurisch-katalanischen Sprache, die ebenso Ausdrücke des Jüdischen enthielt wie solche aus den nördlichen Provinzen südlich des Meeres, war gestochen scharf und ebenso klar wie die Bewegungen der ineinandergreifenden Zahnräder.

»Aber es erfüllt mein Inneres mit Zufriedenheit«, erklärte der Geselle, »diese Berechnungen und Arbeiten ausführen zu dürfen.«

Mit einer kantigen Feile zog er mehrere Striche über die Kante eines Zahnrads.

»Auch kenne ich keinen, der schneller ohne Finger oder auf Pergament zu rechnen vermag. Und, wer beschreibt mein Erstaunen? Alles ist stets richtig errechnet.«

»Das hingegen ist eine meiner wichtigsten Eigenschaften«, sagte Errot Ob'Orci. Ein Name, dachte der graubärtige Kunstschmied, der Seltsamkeit des Gesellen entsprechend. Geheimnisse umgaben den Fremden, der vor vier Nächten am Fuß des Turmes aufgetaucht war und seine Dienste angeboten hatte. Dennoch: Schon heute konnte er sich schwerlich vorstellen, wie er ohne Orci hatte auskommen können. Ihm schwindelte, wenn er daran dachte, was aus all den kühn erdachten Vorhaben und Plänen hervorkommen mochte, die sich jetzt schon undeutlich abzeichneten. Vielleicht – wer weiß? – gelang es dem Gesellen sogar, einen Homunkulus zu erschaffen. Oder einige von ihnen; ein Pärchen, das andere Menschlein heckte?

»Allahs Wege sind unerforschlich«, stöhnte Corteges. Er war ein etwa fünfundvierzigjähriger Mischling. In ihm vereinigten sich auf das beste die wissenschaftlichen Erkenntnisse seines maurischen Vaters und der unverdrossene, gottesfürchtige Fleiß der katalanischen Mutter. Er vermochte sogar spanisch *und* maurisch zu schreiben und zu rechnen. Auf einem Bücherbord in seiner Kammer standen eine Abschrift von Abû Tabaris Buch und eine zweite des Astrologen Abu Ma'schar.

»Auch die Wege meines früheren Herrn sind schwer zu erforschen«, bemerkte Orci heiter. »Sie sind mehr als seltsam, im Augenblick scheinen sie aber vorwiegend fröhlich und heiter zu sein.«

Mit einem zierlichen Hämmerchen und auf einem ebensolchen Amboß arbeitete Orci weiter. Als er den angefertigten Gegenstand in siedendes Öl tauchte, da war es ein Zeiger geworden, aus morgenländischen Schriftzeichen bestehend. Sie lauteten: *Die Stunden, sie fliegen dahin wie der Falke.* Drehte man den verschnörkelten Gegenstand mit dem kleinen Loch an einem Ende, las man auf lateinisch: *horae volant.* Corteges war hingerissen und hob das Gehäuse aus Holz und Metall hoch. Überall sah er Löcher, kleine Lager, Hebelchen und ein Stück feines Metall, wie ein Anker geformt.

»Wann wirst du fertig sein?« fragte er.

»In wenigen Tagen, Meister der Stunden«, antwortete Orci, ohne seine Arbeit zu unterbrechen.

Corteges' Turm stand außerhalb der Stadtmauern. Niedriges Gebüsch, hineingeduckt in hügeliges Gelände, umgab den Fuß des runden Steinturms und den Garten. Palmen rieben raschelnd ihre Fächer gegen den Stein. In der Ferne schrie jammernd ein Esel. Sonnenglut ließ aus den Büschen aromatische Gerüche aufsteigen. Unablässig plätscherte das Wasser der Quelle, die den Garten bewässerte und über die kunstvoll behauenen Steine, durch zierliche Becken und entlang winzigen Kanälen lief; eine Arbeit des Schwertfegers und Handwerkers vieler Künste. Im Turm wohnte einsam, grüblerisch und besessen von seinen vielen Plänen der Meister mit seinem Gesellen. Eine blutjunge, glutäugige Sklavin versorgte sie mit lautloser Aufmerksamkeit.

Dort, wo in eichenen Fässern aus dem Innern des sonnengequälten Landes dunkelroter Wein reifte, im kühlen Fuß des Turmes, schmiedete Abdullah Corteges die herrlichen Klingen für jeden, der den stolzen Preis bezahlen konnte. Er setzte gebrauchte Waffen instand und verfertigte zierliches Rankenwerk in Ätzarbeit. Im obersten Stockwerk, über eine hölzerne Treppe zugänglich, war die Werkstatt des Vaters der Stunden. Die Wände, aus deren Mauerfugen Eisenstäbe und lange Nägel hervorstanden wie die Stacheln eines nach innen gekehrten Igelfells, hingen tausend Gegenstände aus Holz, Metall, aus Glas oder Ton, aus schillernden Mineralien oder aus anderem, schwer zu schilderndem Material.

Als Orci über Abdullah Corteges Erkundigungen eingezogen hatte – ohne daß dieser etwas merkte –, hatte sich Orcis einzigartiger Verstand an der faszinierenden Welt dieser Werkstatt entzündet. Was er sah und das wenige davon, das er erkannte, versetzten ihn in einen Sturm der inneren Unruhe, den er nur mit dem Wort *Begeisterung* ausdrücken konnte, ein Begriff, den sein Herr kürzlich erst verwendet hatte. Zudem befanden sich der Turm und die weiße Stadt mit dem zierlichen Hafen und den grün bewachsenen Hügeln in der Nähe des Gutshofs, auf dem sein Herr gegenwärtig lebte. So war er folgerichtig hierhergekommen und hatte sich für kargen Lohn und Unterkunft und gutes Essen bei Abdullah verdingt. Keine Mikrosekunde lang bereute er diesen – seinen eigenen! – Entschluß.

Er fühlte sich in einen Zustand zurückversetzt, der dem begeisterten Lernen eines Halbwüchsigen entsprach, dem Vorgang, mit dem sich ein teilweise gefüllter Speicher mit Informationen versorgte. Eines Heranwachsenden, der von allem bis zur Schlaflosigkeit begeistert war, von tickenden und summenden Dingen, von erstaunlichen Werkstoffen und Formen, von unveränderlichen Abfolgen einzelner logischer Schritte oder dem Gegenteil davon, von kriechenden, fliegenden oder bewegungslosen Dingen, von jedem Stück der Ausrüstung jener seltsamen Werkstatt, eintausend Jahre nach der Zeitenwende dieser Welt.

Hier war er an der richtigen Stelle! Die Werkbänke, die winzige Esse, zahlreiche Werkzeuge, von deren Existenz Orci nicht einmal eine flüchtige Ahnung gehabt hatte. Hunderte von angefangenen und meist unausgegorenen Ideen – das alles wirbelte die Zentren seines Gehirn durcheinander. Der Vorgang hatte berauschende Wirkung. Orci sagte sich, daß sein Herr und er selbst wieder einmal mit höchster errechenbarer Wahrscheinlichkeit richtig gehandelt hatten. Er hatte sich vorgenommen, für die Dauer seines Aufenthalts Abdullah zu neuen Freuden zu verhelfen, indem er sich selbst befriedigende Erfahrungen sicherte.

Er arbeitete für wenige Silber- und Kupfermünzen, aß maßvoll und trank noch weniger. Abdullah half er, wo er es immer für richtig hielt. Er behandelte die zartgliedrige Sklavin, die auf den Namen Rebahja hörte, mit der natürlichen Höflichkeit eines alternden Edelmanns. Er versuchte, den barschen Tonfall Abdullahs zu mildern, den er in seiner Härte als Zeichen der Verlegenheit deutete. Als er mit dem zweiten Zeiger begann, drehte er den Kopf mit dem lockigen, pechschwarzen Haarschopf und blickte durch das Fenster hinaus auf die Landschaft aus Bergen, niedriger Macchia, Sand und leuchtendem smaragdfarbenem Meer. Zufriedenheit erfüllte ihn; alle Systeme waren ausgeglichen und von Harmonie erfüllt.

Er spürte eine tief in seinem Verstand als widersinnig definierte Heiterkeit bei dem Gedanken, daß früher oder später Rebahja sich in seine braunen Samtaugen und seine schlanke Gestalt verlieben würde. Sie täte besser daran, dem verdächtigen Knarren der Treppenstufen zu lauschen, wenn er zum Essen gerufen wurde und sich die grauen, rissigen Eichenbretter unter seinem Gewicht bogen.

»Ich gehe hinunter«, sagte Abdullah halblaut. »Ich erwarte einen Mauren, der ein Dutzend Schneiden neu geschliffen haben will.«

»Hast du die Farben für die Stundenblätter bekommen?« fragte Orci. Der Schwertfeger hob einen Becher hoch, der mit Leder und einer straff geknoteten Schnur verschlossen war.

»Ich werde die Blätter noch heute bemalen«, versprach der Geselle.

Abdullah verließ die Werkstatt. Wenig später hörte Orci die Geräusche, mit denen der Schwertfeger seine Schmiede betrieb. Sofern Orci Wohlempfinden spüren oder tiefste Zufriedenheit definieren oder Freude fühlen konnte – hier hatte er sie. Er machte Urlaub von einer Tätigkeit, die ein Höchstmaß an wachsamer Verantwortung verlangte und ebenso ein Höchstmaß an

Langeweile. Er machte, klar definiert, Ferien oder Urlaub. Ebenso wie sein Herr, der Arkonide Atlan. Errot Ob'Orci war ein Anagramm für »Roboter Rico«. Beide hatten sie die Unterwasserkuppel verlassen, um wieder einmal die Realität zu erfahren. Atlan hatte ein Aufweckmanöver mit allen Einzelheiten programmiert, und zu seinem Maschinenbegleiter hatte er gesagt:

»Ich denke, es ist Zeit für einen Urlaub.«

Jetzt hatten sie Urlaub; Atlan und Rico. Schon die ersten Tage hatten herrlich angefangen, und nicht anders würde es bis zum letzten Tag bleiben.

Ganz unzweifelhaft war es meiner glänzenden Laune zuzuschreiben, daß ich die natürliche Skepsis und die Wachsamkeit vergaß. In der Mitte eines Hohlwegs, der durch einen Pinienwald der katalanischen Küste führte, durch den Geruch duftender Bluten und brauner Pilze, schaltete ich zugleich mit meinem Mißtrauen auch das körpereigene Abwehrfeld aus. Plötzlich regnete es förmlich braungesichtige Banditen!

Noch ehe ich den ersten von ihnen richtig wahrnahm, zischte mein Extrasinn: *Du bist umzingelt!* Weißgekleidete Gestalten, blitzende Dolche zwischen den Zähnen, sprangen aus den Ästen der Bäume, glitten über den Rand des Geländeeinschnitts, rannten mir entgegen und tauchten in meinem Rükken auf. Schlingen und Seile sausten durch die Luft. Meine Schrecksekunde dauerte zu lange. Mein Pferd, ein prächtiger Schimmelhengst, wieherte vor Schrecken und Angriffslust und stieg steil in die Höhe. Zwei Männer fielen ihm in die Zügel. Meine Hand zuckte hinunter zum Gürtel. Ich versuchte, das Abwehrfeld einzuschalten oder den Dolch-Lähmstrahler zu packen. Aber ich hatte zuviel zu tun, um nicht aus dem Sattel geschleudert zu werden. Mein Arm wurde von einer Wurfschlinge zur Seite gezerrt. Der Dolch wurde in dieser Bewegung aus der Scheide gerissen, überschlug sich in der Luft und blieb in der Wand des Hohlwegs stecken. Das Pferd drehte sich zwei-, dreimal im Kreis und keilte unablässig nach hinten aus. Es war ein wertvolles, sorgfältig trainiertes Tier. Es gelang weder ihm noch mir, der Umzingelung zu entkommen.

Braunhäutige Männer mit schnellen, sicheren Bewegungen und funkelnden Augen drangen von allen Seiten auf mich ein. Ich erkannte, daß die professionelle Wegelagerei ihr Geschäft sein mußte. Ich wurde, obwohl ich wütend nach jedem trat, der mir zu nahe kam, aus dem Sattel gerissen. Der Schimmelhengst, hart am Zügel gepackt, stand mit zitternden Flanken da, als der Wegelagerer mein Bein losließ und sich vier Männer auf mich warfen. Die Banditen sprachen nicht miteinander und knurrten nicht einmal Kommandos. Sie wußten ganz genau, was zu tun war.

Ich rollte mich, meinen Leichtsinn verfluchend, auf dem Boden zur Seite und riß einige Männer von den Füßen. Ich bekam meine Handgelenke frei und schlug zwei Wegelagerer nieder. Alle bisherige Vorsicht und jegliche

Planung waren vergeblich gewesen. Eine einzige Sekunde Leichtsinn nur – sie kostete mich meine Freiheit. Ein Schlag traf meine Schulter und lähmte den rechten Arm. Ein zweiter Hieb landete mit einem trockenen Krachen an meinem Hinterkopf und stürzte mich ins tiefe Dunkel der Besinnungslosigkeit. Noch während ich mich scheinbar kreiselnd dem dunklen Abgrund entgegenbewegte, hörte ich, wie ein Wegelagerer lachend hervorstieß:

»El-saqr wird sich freuen. Reiche Beute hier und heute.«

Dann spürte ich nichts mehr.

Unbestimmbare Zeit verging. Als ich mit dröhnenden Kopfschmerzen wieder aufwachte, loderte mir die feuerrote Abendsonne direkt in die Augen.

Ich war so gut wie nackt. Jeder Knochen und Muskel tat rasend weh. Ich setzte mich ächzend auf und erkannte, daß mir die Räuber sogar meine Stiefel, eine teure Handarbeit aus Cordoba, gestohlen hatten. Durch das Inferno meiner Schmerzen, der Wut und der Enttäuschung stach grell die Stimme meines Extrasinns: *Sie haben dir den Zellschwingungsaktivator gestohlen!* Ich griff in eisigem Schrecken an meine Brust. Bei Allah und diesem irrsinnigen Urlaubsplan, den ich gefaßt hatte! Der Zellaktivator war weg! Stöhnend kam ich auf die Beine. Der Boden des Hohlwegs war von zahllosen Spuren durchwühlt. Alles war verschwunden: der Dolch in der wurzeldurchsetzten Hohlwegwand ebenso wie das armbandähnliche Funkgerät, mit dem ich Rico zu Hilfe rufen konnte, das Pferd, die Vorräte in den Taschen des kostbaren Sattels, meine Kleidung – bis auf einen Hüftschurz – und die leichte Rüstung; kurzum alles. Bis zu meinem Stützpunkt mit den anderen Vorräten und dem Rest der Ausrüstung waren es zwanzig Stunden zu Fuß. Dort konnte ich mich neu ausrüsten. Aber es gab keinen zweiten Zellaktivator! Ich blickte in steigender Angst und Panik den Hohlweg hinauf und hinunter.

Was konnte ich tun? Die Kette, an der der Aktivator hing, war so gut wie unzerreißbar. Der eiförmige Garant potentiell ewigen Lebens verbarg sich unter den Linien, erhabenen Zeichen und fast wertlosen Edelsteinen, die das Auge eines Räubers blenden, aber den Blick des Juwelenhändlers nicht täuschen konnten. Was für einen Menschen wertloser Tand war, bedeutete für mich den Unterschied zwischen Leben und Tod. Wer war El-saqr, »der Falke«? Wo lebte er, und wie konnte ich ihn binnen zwei Tagen erreichen? Nach sechzig irdischen Stunden begann mein rapide verlaufender Alterungsprozeß, an dessen Ende der qualvolle Tod stand.

Kurz davor würde ich mich noch einige Zeit außerordentlich wohl fühlen. Ich unterdrückte meine rasende Furcht und nahm einen Anlauf. Ich holte tief Luft und sprang den Hang hinauf. Die meisten Spuren, auch die des Pferdes, führten an dieser Stelle schräg den Abhang aufwärts. Ich kletterte nach oben, klammerte mich an Wurzeln und harzigen Zweigen von Pinien fest und hörte, als ich mich an einem rauhgeschuppten Stamm festklammerte,

Gelächter, Schreie, Hufschlag und Kommandos. Sättel knarrten, und Pferde keuchten stoßartig. Kamen die Wegelagerer an mir ein zweites Mal vorbei? Tief duckte ich mich zwischen die Blätter des Unterholzes.

Eine Gruppe Reiter in hellen Burnussen galoppierte durch den Hohlweg. Ich blickte nach unten. Sechzig Stunden! Alles, was ich versuchte, mußte von nun an in rasender Geschwindigkeit und ohne Fehler geschehen. Nur eine Verzweiflungstat konnte mir aus der Notlage helfen. Urlaub! Welch eine dumme Idee! Sieben Reiter stoben unter mir vorbei. Die Pferde waren schlank und außerordentlich kostbar. Die Bewaffnung entsprach derjenigen, die von Mauren-Edelleuten in Spanien getragen wurde. Die Reiter fühlten sich absolut sicher und riefen einander Scherzworte zu. Ich hörte, daß sie zum Sklavenmarkt nach Saragossa ritten. Als der letzte Reiter direkt unter mir vorbeigaloppierte, breitete ich die Arme aus, schnellte mich ab und sprang gleichzeitig nach unten und vorwärts. Mein Körper segelte durch die Luft, und ich landete auf den Schultern des Reiters.

Er war von diesem Angriff ebenso überrascht, wie ich es vor kurzer Zeit gewesen war. Meine Hände schlossen sich, noch ehe ich den Pferdekörper mit meinen bloßen Sohlen berührte, um den Hals des Reiters, dicht über dem leichten Schuppenpanzer. Das Gewicht meines Körpers riß den Reiter nach rechts aus dem Sattel und schleuderte uns beide zu Boden. Meine Faust zuckte gegen seine Schläfe und bohrte sich mit einem wuchtigen Schlag in seinen Unterleib. Ich sprang auf und spürte, wie der lange Zügel des Pferdes schmerzend heiß durch meine Finger rutschte.

Dann sah mich der vorletzte Reiter, wirbelte sein Pferd auf der Hinterhand herum und sprengte auf mich zu. Als ich neben dem herrenlosen Pferd lief, um mich in den Sattel zu ziehen, hieb er mir die Breitseite seines aufblitzenden Krummschwerts gegen die Schläfe. Übergangslos wurde es zum zweitenmal um mich herum dunkel wie tiefste Nacht.

Ich wachte von dem eisigen Schock auf, der erfolgte, als mir jemand einen Kübel Wasser über den Kopf schüttete. Ich war mit Lederschnüren an Händen und Füßen an einen hochlehnigen Stuhl gefesselt. Der Stuhl stand vier Ellen weit von der Kante eines Tisches entfernt, der von einem reichhaltigen Essen, Weinkrügen und Früchten übersät war. Über das Arrangement hinweg musterten mich schwarze, sehr nachdenkliche Augen, die in einem schmalen Gesicht standen. Die Stimme, mit der jener Unbekannte das Wort an mich richtete, war rauh, tief und voller Autorität.

»Wer bist du, nackter Wegelagerer?«

Ich zerrte an meinen Fesseln und merkte nur, daß sich das feuchte Leder tiefer in meine Haut einschnitt.

Sag ihm – fast – die Wahrheit, wisperte mein Logiksektor.

»Ich bin Atlan al-Asra. Ich fiel in die Hände von Wegelagerern. Sie ließen mir nur, was ich am Leibe trage. Sie raubten auch«, so fügte ich in einem schwachen Anfall von Listigkeit hinzu, »eine Art Kleinod, das ich um den

Hals trug. Es enthält eine Botschaft und ein Pulver, das die Manneskraft stärkt. Beides ist für den Herrscher bestimmt. Deshalb versuchte ich, ein Pferd zu erbeuten.«

Der schwarzhaarige Maure musterte mich in schweigender Prüfung. Mit den Fingern, die vom fetten Reis glänzten, zwirbelte er die Enden seines Bartes. Ich war sicher, daß er zu den wichtigen Männern der Provinz gehörte. Ich hatte mich selbst in den Sklavenstatus versetzt, indem ich mich von ihm gefangennehmen ließ.

»Gibt es Beweise dafür, was du sagst?«

»Wenn es gelänge, die Banditen zu fangen, hätte ich sie. Schiere Verzweiflung trieb mich dazu, deinen Reiter anzugreifen. In zwei Tagen hat das Liebespulver seine Wirkung verloren. Ich brauche ein Pferd und Kleidung, wie du siehst. Und wenn du mir und dem Herrscher helfen willst – einige deiner Männer.«

»Du bist vermessen genug, von mir zu verlangen, daß ich dir glaube«, stellte er mißmutig, aber noch ruhig fest.

»El-saqr hat mich bestehlen lassen«, bemerkte ich. »Vor dem Überfall war ich reich und ein mächtiger Mann. Ich kann mir nicht denken, daß du, ebenfalls ein Mächtiger, die Tätigkeit von Wegelagerern dulden kannst.«

Er fuhr hoch. Plötzlich hing deutliche Spannung im Raum.

»El-saqr also? Bist du sicher?«

»Absolut. Einer der Banditen sprach von der Freude des Falken über so reiche Beute. Die Suche wird schwierig werden. Und mit meinen geheimnisvollen Waffen wird der Falke zu einer Gefahr für alle.«

»Was macht deine Waffen so geheimnisvoll, nackter Sklave?«

»Das zeige und beweise ich dir, wenn sie wieder in meinen Händen sind. Läßt sich der Falke finden?«

»Wenn ich will, finde ich ihn.«

»Dann«, sagte ich mit aller Überzeugungskraft, deren ich noch fähig war, »finde ihn. Mit mir zusammen, denn ich kenne das Brandzeichen meines Hengstes ebenso wie jeden Teil meiner Waffen. Das Amulett ist das wichtigste.«

Schweigend leerte der Maure einen Pokal, in dem sich unzweifelhaft Wein befand. Ein Maure und Alkohol? Al-cahol, das Süße, war vom Propheten verboten worden, aber in diesem Land lockerten sich die Sitten. Nach einer Pause, die mir endlos lang erschien, deutete der Schwarzbärtige auf einen Wächter hinter mir und brummte:

»Schneide ihn los. Gib ihm Wein und Kleider.« Schließlich stand er auf und erklärte: »Der Falke und seine Bande leben in den Mauern dieser Stadt, unerkannt natürlich. Du bleibst mein Besitz bis zu der Stunde, in der sich entscheidende Dinge ändern können. Du darfst suchen, solange ich es für richtig halte, aber du bleibst Sklave. Immerhin: Ein Mann mit weißem Haar und rötlichen Augen kann nicht ein einfacher Herumtreiber sein.«

»Dein Edelmut und deine Weitsicht werden, wenn ich kann, überreich belohnt werden«, versprach ich wahrheitsgemäß. »Wie nenne ich dich, Meister des Edelmuts?«

»Abu'l Firadsch. El-saqr ist einer meiner Söhne.«

Ich zuckte zusammen und verbiß ein Gelächter. Statt dessen verbeugte ich mich und sagte: »Gib mir ein paar Männer. Nunmehr verstehe ich deine Handlungen besser.«

»Nichts verstehst du!« grollte er. »Verliere keine Zeit. Sie kommt niemals zurück. Die Nacht ist der Freund der Diebe. Vielleicht findest du die Männer des Falken. Wenn du ihn mir selbst bringst, werde ich meinerseits das Füllhorn der Belohnungen über dich entleeren!«

Er schnippte mit den überlangen Fingern, an denen kostbare Ringe funkelten. Ich streifte meine durchgeschnittenen Fesseln ab und trank gierig roten Wein. Eine Tür schloß sich, und als ich mich umdrehte, sah ich eine wahrhaft erstaunliche Gestalt. Ein Hüne, rotgesichtig, mit den gelben Augen eines Säufers und den faltigen Zügen eines Ritters. Die Muskeln sprengten Löcher in ein Kettenhemd. Die hochschäftigen Stiefel starrten vor Schmutz. Er grinste mich an; ich sah schwarze Zahnstummel und dazwischen breite Lücken. Er rülpste und fragte schweratmig:

»Dieses Zwerglein soll ich beschützen?«

»Tue dein Bestes, Migual. Findet meinen mißratenen Sohn. Und verhilf ihm zu seinem verdammten Amulett«, schnarrte Firadsch verdrießlich. »Durchstreift die Stadt! Und lasse ihn nicht fliehen, jenen angeblichen al-Asra.«

»Ich gehorche«, sagte Migual, schob mich zur Seite und schüttete den Rest Wein aus dem Krug in seine Kehle. Als er mir ins Gesicht rülpste, wandte ich den Kopf; ein schauerlicher Geruch kam zwischen den Ruinen seines Gebisses hervor. Der Alptraum der Hilflosigkeit, in dem ich wie in zähem Sumpf steckte, wechselte in seinen nächsten Akt.

Drei Tage, einige Stunden hin oder her, nachdem Orci angefangen hatte, war das kunstvoll verzierte Gehäuse fertig.

Zwei doppelt handtellergroße Scheiben, mit den Ziffern der Mauren und radial zulaufenden Strichen verziert, voller Goldfaden-Intarsien und mit allegorischen Darstellungen geschmückt, prunkten an der Vorderseite des Kastens. Er glich einem der zierlichen Bauwerke der Mauren; einem Pavillon in einem ihrer mit mathematischer Schönheit angelegten Gärten. Der Roboter war von dieser Art angewandter Rechenkunst begeistert. Auf den Scheiben vor ihnen drehten sich die beiden Zeiger HORAE VOLANT und VITA DURUM. Einer brauchte vierundzwanzig Stunden für einen Umlauf, der schlankere auf dem größeren Scheibenblatt beendete seine Runde in den sechzig Teilen einer Stunde. Orci wußte, daß er im Begriff war, ein Paradoxon zu schaffen.

Eine Uhr, von Gewichten, Unruh und Pendel betrieben, würde sicher erst viel später »erfunden« werden. Die Zeit war noch nicht reif dafür. Aber jetzt zerrte das schwere Eisengewicht, bis auf ein Zehntel Gramm berechnet, an der aufgewickelten Schnur der Trommel, die Zähne vieler kleiner und großer Räder griffen ineinander, die Waage der Unruhe schlug klickend hin und her, und der Meister der Stunden sah mit offenstehendem Mund zu, wie der Minutenzeiger die Strecke zwischen zwei Teilstrichen langsam zurücklegte.

»Ein Meisterwerk!« stöhnte er auf, förmlich geschüttelt von Begeisterung und Ehrfurcht vor dem Werk des jungen Gesellen. »Die Zeit wird geteilt. In unveränderlichem Maß!«

»Sie ist ebenso vergänglich, wie du weißt, wie es dieses Machwerk ist. Was wiederum ich weiß«, sagte Orci in beiläufigem Ton.

»Du bist ein Meister!« murmelte Abdullah Corteges. »Warte hier!«

Er rannte die knarrenden Stufen in den Keller hinunter, als flüchte er vor einer Erscheinung der Hölle. Kaum war er verschwunden, schlich Rebahja in die Werkstatt. Sie blieb vor den zierlichen Säulen, Türmchen, Dächern und Scheiben stehen, schenkte Orci ein scheues Lächeln und fragte: »Was ist das?«

»Ein Ding«, erklärte Orci, »das völlig unnütz ist, aber eine große Bedeutung erhalten wird ... in einer Zeit, da deine Kindeskinder längst zu Staub zerfallen sein werden. Es mißt die Zeit: die Stunden und ihre Teile.«

»Das tut die Nacht, das macht die Sonne ebenso!« meinte die Sklavin voller Unverständnis. »Warum seid ihr Männer nur so rastlos und erfindet solche tickenden Kästen? Was soll das? Wozu ist es gut?«

»Es zeigt auch die Zeit, wenn weder die Sonne scheint noch dunkle Nacht herrscht.«

»Wozu?«

Orci vermochte nicht, eine Antwort zu geben. Die Argumente der Sklavin waren zutiefst menschlich, also nicht logisch und rational. Ein grobes, unveränderliches Maß war die Voraussetzung für immer kleinere, exaktere Zeiteinheiten bis hinunter zu den Mikro-, Nano- und Picosekunden, in denen sich die Schnelligkeit seiner Gedanken vollzog. Rebahja legte eine Hand auf seine Schulter und hauchte in sein wohlgeformtes Ohr:

»Du hast dieses ... künstliche Ding gebaut, für Abdullah?«

»Für einige schäbige Münzen«, bekannte Orci und fügte hinzu: »Und für meine eigene Zufriedenheit. In einiger Zeit wird dieses Gehäuse mit seinen zwei Zeigern zerfallen sein, ebenso wie die Knochen deiner Kindeskinder.«

»Wozu hast du es dann gemacht, wenn es nur so kurze Zeit lebt?« fragte sie in unschuldiger Kritik. Orci nickte mehrmals; eine gewichtige Frage, ebenso schwer zu beantworten. Er wich aus.

»Weil alles auf dieser Welt nur für eine bestimmte Zeit gilt. Und nicht einmal dies. Vielleicht wird aus jeder guten Erfindung eine Last und eine Macht, die dem Menschen die Herrschaft über andere Menschen in die Hand gibt.

Aber auch dies läßt sich nicht ändern. Es ist ein unveränderlicher Ablauf, so, wie ein Wassertropfen stets nach unten fällt.«

»Du bist klug für deine Jahre«, stellte Rebahja fest. »Kommst du heute nacht in meine Kammer?«

»Ich bin weit gereist und kenne mehr als andere«, antwortete er und starrte ihr unverändert in die Augen. Ihr Körper schien vor Aufregung zu vibrieren. »Was sollte ich in deiner Kammer?«

Er wußte es, denn er hatte oft die Menschen von Larsaf III bei zunächst unverständlichem Tun beobachtet. Es war das eingetreten, was er ausgerechnet hatte. Bevor er eine Antwort erhielt – aber nun legte Rebahja beide Hände fordernd und begehrend auf seine Schultern –, betrat der Schwertfeger wieder die Werkstatt. Er trug einen großen Krug voll Wein und, seltsam genug, *drei* Becher, die er selbst gefertigt hatte.

»Wir müssen auf dein Wunderwerk trinken!« sagte er. »Auch du, Mädchen!«

Orci hatte schnell einen Weg gefunden, den Behälter der zerkauten Speisen ungesehen auszuleeren und zu reinigen. Er stand auf, nahm den Zeitmesser und trug ihn bis zu einer Steinsäule an der Wand der Werkstatt. Dort stellte er ihn behutsam ab und setzte sich an den Tisch. Das Holz knirschte protestierend. Gluckernd lief Wein in die Becher, und während der Schwertfeger die Becher herumreichte, dachte Orci programmgemäß an seinen Herrn. Atlan hatte sich seit fünf Tagen nicht mehr mit ihm in Verbindung gesetzt. Das bedeutete zu fünfzig Prozent, daß es ihm sorgenfrei gut ging, und die andere Wahrscheinlichkeit hieß: Er war unfähig, mit ihm zu kommunizieren, und somit gefährdet. Die Grenzwerte des Wartenkönnens waren bald erreicht. Ohne zu überlegen, nahm Orci den Becher und erläuterte seine Gedanken.

»Ich komme, wie ihr wißt, von weit her und kenne unzählige Dinge. Um aus einer unnennbaren Gefahr zu entkommen, mußte ich ein doppeltes Gelübde ablegen. Ich darf keine Frau anrühren, und ich muß, was ich weiß, an andere weitergeben. Das ist eine Erklärung für seltsame Vorgänge in meinem Verhalten.«

»Trotz allem weiß ich, daß du ein Meister der Kunst und der Wissenschaft bist!« beharrte Abdullah. Er hob den Becher und blickte Rebahja, als sähe er sie zum erstenmal, unverkennbar lüstern an.

»Zuviel des Lobes«, wehrte Orci ab und nahm einen Schluck. »Ich habe gesehen, daß du Schwierigkeiten hast, Abdullah, das Wasser der Quelle bis zur Spitze des Turmes zu befördern.«

»Das ist richtig. Du hast die Bruchstücke der Rohre und der mechanischen Teile gesehen?«

»Dort drüben. In wenigen Tagen werden wir es schaffen. Aber ich brauche dazu deine Schmiedekunst.«

»Du wirst mich belehren, wie ich mit der Kraft der Windmühle oder eines hungrigen Esels Wasser herbeischaffen kann!«

»Dies werden wir bald geschafft haben«, versicherte Orci und konstruierte blitzschnell in seinem Verstand eine simple Pumpe, verglich sie mit den Systemen, die er bereits kannte, und entschied sich für eine vereinfachte Form, die fast jedermann würde nachbauen können.

»Du bist einzigartig, Orci!« flüsterte die Sklavin und nippte unaufhörlich an ihrem halbvollen Becher. Der Schwertfeger dachte pragmatischer und brachte hervor:

»Ich werde dich mit Gold bezahlen. Wie lange wirst du denn bei mir bleiben?«

Orci deutete prophetisch auf die tickenden Teile des Zeitmessers. »Bis die Zeit meines Aufenthalts abgelaufen ist. Niemand vermag es genau zu sagen. Eines Tages treibt mich ein Gelübde weiter. Du wirst es rechtzeitig erfahren, wenn ich dich verlassen muß.«

»Möge der Tag viele Jahre fern sein!« beschwor ihn Corteges fast zitternd vor Anspannung.

Die Formel *Ich erinnere mich nicht* gab es für den maskierten Robot nicht. Alle Informationen, die er besaß, und in seinem rund zehn Jahrtausende umfassenden Leben hatten sich seine Speicher mit gigantischen Mengen an Informationen gefüllt, waren nach einer sehr kurzen Zugriffszeit präsent. Er wußte: Atlan versuchte stets den Barbaren von Larsaf III zu helfen, Wissenschaften und Technik zu fördern. Er meinte noch immer, daß aus vielen kleinen Hinweisen einst ein Raumschiff entstehen könnte, das die Sternenfahrt einleitete. Sein Ziel war, nach Arkon zurückzukehren.

Zwar war im Augenblick von alledem noch nicht einmal ein Schimmer zu erahnen. Aber auch Orci-Rico, Atlans Robot, konnte zu dieser Entwicklung beitragen. Er fand in seinen Denkprozessen einen Hinweis darauf, daß ein höherer Luxus der Menschen nicht nur Langeweile und Übermut, sondern auch konstruktive Ideen und überraschende Lösungen produzierte. Unter diesem Zeichen stand sein Urlaub im Turm des Schwertfegers.

»Wir werden sehen!« bestätigte er die Ungewißheit Abdullahs. »Zuerst bauen wir eine nicht quietschende Pumpe.«

Schnell skizzierte er mit Kreide auf der Tischplatte das Arbeitsprinzip. Fassungslos sahen Rebahja und Corteges zu und vergaßen zu trinken. Orci gähnte demonstrativ und vertrieb den Schwertfeger und dessen Sklavin aus der Werkstatt.

»Morgen!« tröstete er sie. Rebahja schien zwischen Verzweiflung und Enttäuschung zu schwanken, aber sie wiederholte an diesem späten Abend ihr offenherziges Angebot nicht mehr. Orci schob dieses Problem zur Seite und überlegte, was er mit den vorhandenen Werkstücken anfangen könnte, die im Innern des Turmes herumlagen und an den Wänden hingen. Nachts starrte er von der Plattform aus die Sterne an. Er hatte natürlich keine Kontrolle darüber, ob es ihm möglich war, Atlans Gedanken und Empfindungen verstehen zu können.

Aber er war sicher, daß jedesmal, wenn Atlan diese fernen Sonnen anblickte, der Arkonide sich ebenso nach fremden Träumen sehnte wie er selbst nach etwas, das sein robotischer Verstand nicht ausdrücken konnte.

Das Leben in der Stadt lief mit hochmütiger Unbekümmertheit ab. Alles erglühte im letzten Licht des warmen, schwülen Tages in lodernden Farben. In den Schenken und hinter den Fenstern wurden Lampen angezündet. Wir fingen unseren Streifzug an; Migual, ich und zwei Halbwüchsige, deren Namen ich nicht kannte. Wie ein wandelnder Schatten ragte Migual hinter mir auf.

»Stimmt es, daß der Falke ein Sohn des Firadsch ist?«

»Es ärgert ihn seit Jahren, und noch mehr ärgert es ihn, daß er sich nicht erwischen läßt. Ist auch teuflisch schwer!«

»Weißt du, wo sich El-saqr versteckt?«

Migual bahnte mir einen Weg durch eine kleine Menschenmenge, die sich vor dem Eingang einer Taverne ballte. Der breitschultrige Riese war in Wirklichkeit weder ein Säufer noch ein Idiot. Es war schwer, hinter seine Fassade zu schauen. Aber er hielt uns Beutelschneider, Bettler und die Dirnen vom Leibe. Wir bewegten uns schnell durch die Taverne, umkreisten die Tische, tauchten aus den Schatten zwischen den Fässern und hinter dem Spieß auf, an dem sich Bratenstücke drehten, und meine Blicke zuckten hierhin und dorthin wie Blitze. Wir verständigten uns mit fast unsichtbaren Gesten. Ich zog verneinend die Schultern hoch, und gerade als wir den Kellerraum wieder verlassen wollten, blitzte ein Dolchgriff auf.

Deine Waffe! gellte der Extrasinn. Ich handelte mit wiedererwachter Schnelligkeit. Ein kurzer Ruf, einige schnelle Schritte, und meine Hand schloß sich mit eisernem Griff um den Unterarm eines schmalgesichtigen Mannes. Der Riese bewegte sich noch schneller als ich, stand plötzlich hinter dem Banditen, drehte ihm, indem er seinen weißen, ausgefransten Umhang als Ablenkung schwenkte, den Arm auf den Rücken bis ins Genick und schleppte den Mann unauffällig und mit verblüffender Geschwindigkeit hinaus ins Dunkel.

Meine Handkante landete auf dem Gelenk des Mannes, als er seinen – meinen – Dolch ziehen wollte. Ich entriß ihm die Waffe. Tatsächlich! Es war diejenige, die man mir gestohlen hatte. Migual nagelte den Banditen gegen die Quadern einer Mauer, indem er einfach seinen Unterarm gegen dessen Hals preßte. Er blies dem zu Tode erschrockenen Wegelagerer seinen Weinatem ins Gesicht und grollte fast unhörbar:

»Wir wissen alles. Du bist einer der Wegelagerer, die den Weißhaarigen beraubt haben. Wo finden wir das Pferd, die Rüstung und alles andere? Und wo verbirgt sich El-saqr? Sprich schnell; dein Leben bedeutet uns wenig.«

Hinter mir warteten die beiden Jungen. Ich schirmte mit meinen Schultern den Riesen ab, der dem stöhnenden, schwitzenden Wegelagerer zuerst Wort für Wort, dann in einem hervorgestoßenen Strom das Geständnis entriß. Dann ließ er wortlos seine Faust auf den Kopf des keuchenden Banditen fallen. Der Mann rutschte an der Mauer zu Boden und blieb verkrümmt liegen. Wir hasteten weiter.

»Du hast dir jedes Wort gemerkt?« fragte Migual und lief mit weiten, lautlosen Schritten durch den Schmutz der mit runden Steinen gepflasterten Gasse. Ich versicherte ihm:

»Jedes Wort! Du kannst mir glauben.«

Dafür sorgte schon mein fotografisch exaktes Gedächtnis. Zwischen den eng stehenden Mauern hasteten wir der nächsten Schenke entgegen. Dort, hatte der Wegelagerer gesagt, würfelten einige aus der Truppe El-saqrs um andere Teile meines Besitzes.

»Deine Geschichte scheint wahr zu sein«, keuchte Migual über die Schulter, und ich umklammerte den Griff des Lähmstrahlers. Ich war nicht mehr ganz wehrlos, aber noch brauchte ich den Aktivator und das Kommandoarmband. Wir rannten an einem fröhlich plätschernden Brunnen vorbei, schoben uns durch die farbenfroh gekleidete Bevölkerung, die auf dem Platz flanierte, wichen zwei Reitern aus, die, Fackeln in den Händen, an uns vorbeistoben. Atemlos blieb Migual stehen, packte den Weinkrug eines Händlers und trank ihn leer. Er warf ihm eine winzige Münze zu. Wir lehnten uns neben der Taverne gegen die Mauer. »Du wirst herausfinden, daß sich die Männer nicht bewegen können. Ich werde ihre Knie lähmen, Migual!« sagte ich.

Entgeistert starrte er mich an und lachte dann roh.

»Du bist wahrhaft ein merkwürdiger Geselle. Meinetwegen, ich helfe dir wie versprochen.«

Scheinbar gutgelaunt und ein Abenteuer suchend, betraten wir eine ärmliche Taverne, die tief in das Gewölbe des Hauses vorstieß. Im hintersten Winkel, zwischen flackernden Öllampen, saßen fünf Männer an einem Tisch, aßen, tranken und ließen die Würfel rollen. Die Banditen erkannte ich nicht wieder, aber ich sah mein Kettenhemd, den Umhang, meine herrliche sarazenische Klinge, und als ich mich bückte, ragte unter dem klobigen Tisch einer meiner Stiefel hervor. Lautlos drang der Lähmstrahl aus der Spitze meines Dolches. Noch ehe die wenigen Gäste die ächzenden Schmerzensschreie der Männer hören konnten, standen wir vor dem Tisch. Der Wegelagerer, der meine Stiefel trug, zog mein Schwert. Migual wischte es ihm mit einem schmetternden Schlag der flachen Hand aus der Faust – es gelang mir, es aufzufangen.

»Meine Stiefel«, sagte ich. »Zieh sie aus! Schnell! Sonst zerre ich dich an den Haaren zum Vater eures Räuberhauptmanns.«

Der Riese hob einen Weinbecher und reichte ihn mir mit einer Gebärde voller Eleganz.

»Dieser Mann«, sagte er und hob mit der zurückzuckenden Hand einen der Banditen von der Bank in die Höhe. Die silbernen Maschen des Kettenhemds knirschten unter seinen Fingern, »ist von euch beraubt worden. Wir lassen euch vielleicht am Leben, wenn ihr sagt, wo sein Amulett ist.«

Unter dem Tisch polterten zwei Stiefel zu Boden. Ich trank aus und hob die Stiefel auf. Sogar die Sporen befanden sich noch an den Lederriemen, nur eine Schnalle war abgerissen. Dann feuerte ich den Dolch ab und traf den Mann in die Brust. Er sackte zwischen seinen entsetzten Genossen zu Boden. Entgeisterte Stille der Angst breitete sich aus.

»Es ist ... Der Falke hat es!«

Wir sammelten schnell ein, was mir gehörte. Stöhnend vor Furcht, daß ihm die Beine nicht mehr gehorchten und er ebenso »sterben« könnte wie sein Freund, zog der Wegelagerer mein Kettenhemd aus. Ich schnallte das Schwert um meine Hüften, faltete den Mantel zusammen und wickelte das Drahtgespinst darum. Die Schnüre der Stiefel knotete ich zusammen und warf das Paar über meine Schultern.

»Wo ist er?«

»Ich weiß es nicht«, stieß der Mann mit der Narbe quer über der Stirn hervor. Er war halb irre vor Entsetzen. Migual wirkte auch auf mich wie eine polternde Steinlawine. Jemand kam in die dunkle Taverne, und wir gaben uns den Anschein, mit unseren guten Freunden ein heiteres Gespräch zu führen. Der Gigant vor mir, der die Finger eines Banditen nach hinten bog, stieß ein dröhnendes Gelächter aus, um das wimmernde Stöhnen des Wegelagerers zu übertönen.

»Er muß bei Xarmina sein! Bei seiner Geliebten.«

»Wo? Rede, du Abschaum!« donnerte der Gigant. Ich reichte meine Besitztümer an die Jungen weiter, die dem Geschehen in einer seltsamen Art von Gelassenheit zugesehen hatten. Für sie, dachte ich bitter, lief auch nicht die Zeit so drohend ab wie für mich ohne den Aktivator.

»Und er hat auch dieses breite Band aus Leder, Gold und Steinen?« wollte ich wissen. Der Räuber starrte mich mit weit aufgerissenen Augen an. Sein Gesicht troff vor Schweiß; er nickte.

»Also! Worauf warten wir noch?«

Migual leerte den Rest Wein aus einem Krug über den Räuber, nickte mir zu und deutete auf meinen Dolch. Während sich die Muskeln seiner Arme spannten, lähmte ich die restlichen Banditen. Der riesige Mann riß den anderen über den Tisch hinweg, warf ihn über seine Schulter und stapfte, wie ein Betrunkener schwankend, auf den Platz hinaus. Der Wirt in einer schmutzigen Schürze wieselte auf ihn zu und fragte zeternd nach Bezahlung.

»Die anderen zahlen. Ich bringe ihn nur in sein verwanztes Bett!«

Ein Viertel der Zeit war vorbei, die ich ohne Schaden hinter dem Aktivator herjagen konnte. Ständig schwankte ich im Zustand der Panik zwischen Hoffnung und Niedergeschlagenheit. Im Augenblick konnte ich wieder etwas zuversichtlicher sein. Das Ganze hatte ohnehin mehr von einem Alptraum als von wirklicher Realität. Ich wandte mich, als Migual mühelos eine zerfallene Treppe hinaufstürmte, an ihn.

»Wir waren erfolgreicher, als ich es mir erträumt habe.«

Zu meiner Verwunderung knurrte er finster zurück: »Du mußt wirklich ein Mann von Reichtum und feiner Lebensart sein! Das kostbare Schwert, die silbernen Sporen – und wie gut du kämpfst!«

»Warte, bis du den Sattel und den Schimmelhengst siehst«, spottete ich. »Wenigstens einer in dieser Stadt schätzt mich richtig ein.«

»Bist du wirklich ein Kurier?«

Er rannte die Stufen hinauf, als wäre es eine ebene Strecke. Die Last auf seinem Rücken beeinträchtigte seine Schnelligkeit nicht. Ab und zu ließ er als Zeichen, daß wir nicht scherzten, das Knie oder die Schulter des Wegelagerers gegen die rissigen Steine schrammen. Jedesmal entfuhr dem geschundenen Gefangenen ein jammernder Schmerzenslaut. Mein Mitgefühl hielt sich in engen Grenzen; ich dachte an den Aktivator.

Andererseits: Welche herrlichen Stunden und Tage hätte ich in dieser malerischen Stadt verbringen können, voll fröhlicher Menschen, inmitten der Gasthöfe, aus denen es verlockend nach Wein und Gebratenem roch, nach Fisch mit Knoblauch und in Fett gerösteten Maiskolben! Welch einen Urlaub hätte ich hier verbringen können, in den maurischen Gärten, in denen Sklavinnen die al-aût spielten und seltsamere Instrumente.

»Ich bin wirklich ein Kurier«, bestätigte ich. »Aber die Wahrheit ist etwas anders, als ich sie dem Vater dieses dreimal verwünschten Tunichtguts erzählt habe. Keine Sorge! Ich werde euch alles berichten. Welchen Rang bekleidest eigentlich du, Bruder der Gewalt?«

»Ich bewache alles und jeden, was Firadsch gehört.«

»Was gehört ihm?«

»In dieser Stadt – fast alles. Nur ein paar jüdische Händler gehören ihm nicht.«

Nach einem Zickzackweg treppauf und treppab, durch das stinkende oder wohlriechende Labyrinth niedriger und hoher Hausmauern, unter den riesigen Ästen rauschender Bäume hindurch, gelangten wir an einen Stall. Der Gefangene würgte einige Worte hervor. Wenige Zeit später fanden wir meinen Schimmelhengst, der mich mit ausgelassenem Wiehern und einigen Hieben gegen die morschen Bretter des Verschlages begrüßte.

»Und hier im Stroh«, sagte ich und hob die Fackel aus der Wandhalterung, »mein Sattel!«

Der Wächter war ein uralter, zahnloser Mann. Er wich schrittweise vor den Männern zurück, die rücksichtslos eindrangen. Ich setzte ihm die Spitze des Dolches an die Kehle.

»Gehörst du zu El-saqrs Räubern? Bewachst du die Ruhe seines Liebesnestes?«

Achtlos ließ Migual den Gefangenen zu Boden fallen. Nur eine dünne

Lage Stroh verhinderte, daß er sich einige Knochen brach. Der Alte machte einen Satz in die Höhe und gurgelte:

»Ich bin alt, Herr! Erbarmen! Ich friste mein Leben ... Einst war ich ein schneller Mann mit dem Messer. Jetzt kann ich nur noch ...«

»Sattelt das Pferd, packt das Zeug auf den Sattel, und bringt den Hengst zu Firadsch und in seine Ställe!« sagte ich zu den Burschen. Keiner hatte bisher auch nur ein Wort gesagt. Später erfuhr ich, daß man ihnen die halbe Zunge abgeschnitten hatte, bevor sie als stumme Diener verkauft wurden.

»Wo finden wir den Herrn der Diebe?« grollte der Riese und spreizte vor dem Hals des Alten seine gewaltigen Finger.

»Bei Xarmina!«

»Also doch«, murmelte ich und hob, als die zwei Jungen das Pferd an mir vorbeiführten, die Hand. Ich tätschelte den Hals des Tieres und sah zu, wie sie es in die Dunkelheit wegbrachten.

»In ihrer Höhle?«

»Nein. Sie muß im Zelt sein, dort, hinter den Eichen. Sie haben ein Zelt ...«

» ... gestohlen und aufgestellt. Ich weiß. Ein anderer Händler wurde überfallen«, wandte sich Migual an mich. »Schläfere auch ihn ein. Ich brauche diese beiden nicht mehr.«

Er begriff nicht, wie ein Lähmstrahler funktionierte. Aber er wußte, daß er wirkte, und es genügte ihm. Der Alte wimmerte, als ich den Dolch zog, die Waffe auf den jüngeren Banditen richtete und abdrückte. Der Körper des Mannes, der aus dem Stalltor hatte hinauskriechen wollen, zuckte zusammen und blieb still liegen. Ich feuerte dem Greis in die Brust – zu anderer Zeit konnte ich anderen gegenüber großzügiger sein. Migual nahm mir die Fackel ab und sagte:

»Hoffen wir, daß dieser junge Narr den Schmuck seiner Freundin umgehängt hat. Ich kenne sie alle. Ich weiß auch, wo das Zelt steht.«

»Dann – auf zum letzten Überfall!«

Wir rannten davon. Ohne daß ich es gemerkt hatte, waren wir durch die Stadtmauer gekommen. Hinter uns verlor sich das Gewirr der ärmlichen Hütten. Stille breitete sich aus, und gegen den Nachthimmel zeichneten sich mächtige Baumkronen ab. Ein Hund jaulte den Vollmond an. Zwischen den Baumstämmen war es kühler als in der Stadt. Der Riese schien Katzenaugen zu haben, denn er führte mich geradewegs an den Rand einer romantischen Lichtung, in der ich undeutlich einen winzigen Wasserfall, Felsen, Gestrüpp und das prächtige Zelt entdeckte. Im Zelt brannte eine winzige Lampe. Migual drehte sich um und bedeutete mir, die Fackel hinter einem Baumstamm in den Boden zu rammen. Ich gehorchte, dann schlichen wir näher.

Er machte die Bewegung, mit der ich den Dolch als Wunderwaffe benutzte. Ich nickte schweigend. Schritt um Schritt kamen wir von zwei Seiten an das Zelt heran. Der Eingang war offen, und wir erkannten auf dem Lager undeutlich zwei Personen.

Ein Mann schien auf dem Bauch liegend zu schlafen. Neben ihm hockte starr ein schlankes Mädchen mit langem dunklem Haar. Ich sah weder ihr Gesicht noch den üppigen Körper. Mein Blick wurde fast magisch von dem undeutlichen Funkeln angezogen, das die falschen Edelsteine meines »Amuletts« erzeugten. Mir gegenüber, sich hinter den Zeltwandungen hervorschiebend, machte Migual ein nicht mißzuverstehendes Zeichen. Zweimal fauchte der Strahler auf. Ich ging kein Risiko ein und lähmte zuerst die junge Frau. Der Mann, ohne Zweifel der Falke, hatte ein scharfes Gehör und einen leichten Schlaf. Er sprang in die Höhe und kippte, sich halb herumdrehend, wieder auf das Lager zurück. Wir rannten herbei und entzündeten Lampen, die auf Tischen standen und auf Truhen, über die kostbare Stoffe gebreitet waren.

»Allah hat uns verwöhnt, diese Nacht«, sagte der Riese, als glaube er selbst nicht, was er sah. Ich hob den Kopf der Frau an, streifte die Kette des Aktivators über ihren Nacken und zog vorsichtig einige lange schwarze Haare zwischen den Ornamenten heraus. Dann versenkte ich den Zellschwingungsaktivator unter dem Hemd, das mir der Vater dieses Wegelagerers großzügig geliehen hatte. Ich spürte, wie meine Knie zitterten. Meine Finger bewegten sich fahrig. Ich vermochte fast nicht, den Dolch in die Scheide zurückzuschieben. Die Erleichterung war ein Gefühl, das alle anderen Überlegungen und Gedanken lähmte und ausschaltete.

»Ich fühle mich«, sagte ich krächzend, »wie neugeboren.«

Der Oberste Wächter hob die Schultern. »Wie du meinst. Hast du, was du wolltest?«

»Noch nicht alles. Aber das Wichtigste.«

Lebenspendende Wärmequellen schienen von dem getarnten Gegenstand auszugehen. Ich sah mich im Innern des Zeltes um. Sie hatten sich sicher gefühlt, die zwei Liebenden! Überall lag die Beute einiger Raubzüge herum; Stoffe, Krüge, offene Ledersäcke, prachtvolle Waffen, Gegenstände aller Art, Geschmeide ... und neben den Falten, die das Fell eines seltenen Raubtieres warf, sah ich das breite Band. Es schien ihnen nichts wert gewesen zu sein. Sofort hob ich es auf und schnallte es wieder an den linken Arm. Rico war plötzlich wieder in greifbare Nähe gerückt – er und seine technischen Möglichkeiten. Der Riese stieß mich mit dem Ellenbogen an.

»Bringen wir zu Ende, was wir angefangen haben. Zuerst die Bezahlung für einige Krüge Wein.«

Er hob einen schweren Beutel auf, in dem es dumpf klirrte. Goldmünzen. Der Beutel mit den langen Schnüren verschwand unter dem Wams dieses seltsamen Mannes. Dann riß er einige Bahnen feinsten Stoffes auseinander und wickelte, als wären es kleine Kinder, den Falken und seine Geliebte darin ein. Ich sah, hin und her gerissen zwischen Staunen und Belustigung und Ehrfurcht vor so viel klug angewandter Stärke, wie sich Migual die Körper über die Schultern warf und ausbalancierte.

»Gehen wir!« sagte er einfach. »Den Rest erledigen meine Reiter.«

Als wir den Palast von Abu'l Firadsch erreichten, war Mitternacht vorbeigegangen. Nur wenige Augenblicke später donnerten zwölf Reiter mit funkenstiebenden Fackeln in den Händen an uns vorbei und dorthin, woher wir gekommen waren. Der Vater versuchte, die Untaten seines mißratenen Sohnes zu vertuschen. Er schloß den riesigen Mann und mich voller Rührung in die Arme, dann sagte er mit rauher Stimme:

»Morgen werden wir über alles reden, meine Freunde! Morgen! Ihr habt meinem Leben wieder einen Sinn gegeben. Ich ahnte es schon, als sie deinen Schimmel brachten, Vater der Wahrheit.«

Ich fiel ebenfalls voller Ernst in die blumenreiche Sprache: »Ein Becher Wein, ein warmes Bad und ein nicht zu weiches Nachtlager, Herr der Gastlichkeit, und morgen werde ich euch eine Geschichte erzählen, die ihr noch nie gehört habt. Dank dir, Firadsch!«

Mit großzügiger Geste winkte er ab und schlug gegen einen Gong. Noch während Bedienstete in den großen Saal hereinstürmten, murmelte er: »Sie dürfen nicht mehr entkommen, Migual!«

Der Riese verneigte sich.

»Dafür, daß sie ... wie lange? ... schlafen, hat Atlan al-Asra gesorgt. Um den Rest kümmere ich mich.«

»Vor morgen mittag wachen sie nicht auf!« sagte ich.

Aus dem Alptraum wurde ein märchenhafter Traum. Man kleidete mich aus, badete mich und massierte meinen Körper mit feinstem Öl, hüllte mich in wallende Kleider und brachte vom besten Wein. Schließlich versank ich in einem Zimmer mit prunkvoller Decke auf einem riesenhaften Lager in einen tiefen Schlaf der Erschöpfung. Ich war gerettet, aber ich dachte nicht an Urlaub. Noch nicht.

Die zierlichen Hufe eines grauscheckigen Esels trappelten auf den Brettern des Tretrads. Räder aus Holz, in die Pflöcke aus Eisen gedreht waren, drehten sich und trieben zwei exzentrische Hebel an. Diese gingen hin und her, auf und ab, und in eisernen Zylindern bewegten sich Kolben aus Holz, mit nassem Leder abgedichtet. Wasser wurde angesogen und ausgestoßen und stieg in einem armdicken Rohr höher und höher und sprudelte schließlich auf der Plattform des Turms in mehrere Zuber.

»Nun seht ihr, daß Wasser bergauf läuft«, sagte Orci zufrieden und ließ grinsend makellos weiße Zähne erkennen. Er packte das Rohr, drehte es um hundertachzig Grad und verhinderte, daß die Zuber überliefen. Ein breiter Strahl ergoß sich entlang der Turmmauer und überschüttete den Esel mit einem starken Regen.

»Abermals ein Wunder!« sagte der Schwertfeger. *Wunder* und *Meister* waren in den letzten Tagen die Wörter gewesen, die er am meisten benutzt hatte. Das Kopfschütteln hatte er sich inzwischen abgewöhnt.

»Ich muß nicht mehr zur Quelle laufen!« Rebahja himmelte Orci mit großen Augen an.

Orci lachte und schränkte ein: »Dafür mußt du den Esel antreiben. Nicht alles eignet sich für jeden Zweck.«

Sie drängte sich an seinen Arm und flüsterte enttäuscht: »Das habe ich leider schon erfahren.«

Mit einer Hand reichte Abdullah Orci einen vollen Becher Wein, mit der anderen ein mittelgroßes Goldstück.

»Du hast es ehrlich verdient. Wäre ich reicher ...«

»Reicher wirst du nur, wenn du diese Pumpe mehrmals baust und gegen Gold verkaufst«, sagte Orci und dachte daran, daß Rost mit der Zeit auch eine Pumpe auffrißt.

»Das habe ich schon bedacht«, meinte der Schwertfeger. Orci schob die Münze in die Tasche. Sie gesellte sich zu vier Kupfermünzen, drei silbernen Scheiben und zu einer Pfeilspitze aus Bronze, die er für seinen Herrn gegossen und gefeilt hatte.

»Danke!« sagte er schließlich, und im selben Augenblick empfing er eine Funkbotschaft.

»Atlan!«

Die Unterhaltung erfolgte, ohne daß Rebahja und Corteges etwas hörten oder merkten. Mit dem Becher in der Hand, immer wieder einen kleinen Schluck trinkend, verließ Orci das Dach und balancierte die Treppe in die Werkstatt hinunter.

»Gebieter! Ich hätte in zwölf Stunden das Programm »Sorge um das Leben Atlans« eingeschaltet!«

»Zu spät, Rico. Ich wurde überfallen, mein Aktivator und das Kommandogerät wurden gestohlen, und ich mußte sie suchen. Inzwischen habe ich fast alles wieder zurück. Keine Gefahr mehr!«

»Alles in Ordnung?«

»Alles in bester Ordnung. Ich befinde mich in der Stadt, die du angepeilt hast. Bist du noch im Turm, in dieser bizarren Werkstatt?«

»Ich habe einen Zeitmesser konstruiert und eine Pumpe.«

»Gefährlich. Du könntest Entwicklungen in die falsche Richtung vorantreiben. Fühlst du dich wohl?«

Orci zögerte mit der Antwort. Er ließ seine Blicke über die Werkstatt und deren Einrichtung gehen. Vieles hatte sich verändert. Neue Werkzeuge waren ebenso hergestellt wie verschiedene neue Techniken entwickelt worden. Dann sagte er: »Ununterbrochen findet ein Austausch von Eindrücken und Informationen statt. Eine Sklavin verliebte sich in mich. Was du nie geschafft hast, ist geschehen: Ich habe den ersten materiellen Lohn in meiner Existenz erhalten. Jetzt kann ich Wein für dich kaufen, Gebieter!«

Atlan lachte, er entgegnete: »Ich kann verstehen, daß du stolz darauf bist. Kann ich sicher sein, daß du deinen Urlaub genießt?«

»Ich werde nicht die Tiefe der Gefühle eines Arkoniden erreichen, aber auf einer anderen Ebene fühle ich Wohlbehagen, Stolz, Freude und Zufriedenheit. Ich lache sogar über die Scherze Abdullahs. Wie lange dauert unser Urlaub noch?«

»Wünschst du, daß er lange dauert?«

»Ja. Dringend. Ich verdiene inzwischen Goldstücke mit meinen Erfindungen. Kleine Münzen für kleine Hilfeleistungen. Wie lange willst du deinen Urlaub genießen?«

»Ich schalte die Linsen ein und zeige dir, wo ich bin. Finde die Antwort selbst heraus, Rico!«

Rico empfing ein Bild, verarbeitete es zu fünfundneunzig Prozent und funkte unhörbar zurück:

»Ich verstehe. Zumindest dein Urlaub wird noch lange dauern! Ich sehe, daß du dich in genau der Umgebung befindest, die du brauchst, um deine Aufgaben und die Last von ES-Abenteuern zu vergessen. Wenn es dir nur halb so gutgeht wie mir, dann wirst du entspannen!«

»Ich höre, daß du einverstanden bist. Wenn es mir zuviel wird, melde ich mich wieder.«

»Höre auf die Ratschläge des Extrasinns!«

Wieder lachte Atlan und antwortete in der arkonidischen Sprache: »Der Logiksektor steht unter dem Einfluß von Alkohol und redet Unsinn. Ich höre lieber auf die Klänge der Laute!«

Dann brach die Verbindung ab. Orci verstand nicht alles, was er aber verstand, genügte ihm, um zu wissen: Es war Zeit für einen Urlaub gewesen, und sein Gebieter genoß jede Stunde davon. Orci beschloß, mit Rebahja einen Spaziergang durch den abendlichen Garten zu machen. Es gab außer den siebzehn vor ihm liegenden wissenschaftlich-technischen Versuchen noch andere Informationen, die er einzuholen versuchen konnte. Diesem Experiment dachte er mit einiger Spannung in seinen Rechnerzentren entgegen.

Unsichtbare Vögel sangen und zwitscherten zu den Klängen des Saiteninstruments. Die Fontänen der Brunnen erzeugten Wohlklang und Kühle. Ich war umgeben von einem halben Dutzend Sklavinnen, die sich nicht als Sklavinnen fühlten. Der ausgedehnte Garten um den Palast des stadtbeherrschenden maurischen Kaufmanns, die in den Boden eingelassenen Bäder, der kühle, helle Wein und das Gelächter – sie waren Teil einer Hochstimmung, die von Tag zu Tag zunahm. Teil dieser unbeschwerten Tage aber war auch die Stunde gewesen, in der Firadsch seinen Sohn auf das Schiff hatte bringen lassen. Zurück in die trostlose Öde des Sandes, hatte er gesagt, zu den Zelten der Nomaden. Das bedeutete Verbannung. Xarmina war verschwunden; die Mädchen hatten mir erzählt, daß der Vater die junge Frau seinem Sohn weggenommen hatte und sie, wenn er ihrer überdrüssig werden würde, auf den Sklavenmarkt schicken wollte: offensichtlich ein Beweis dafür, wie tief den Vater der Verrat seines Sohnes getroffen hatte.

Ich wurde von jedem in diesem Palast verwöhnt. Firadsch, Migual und ich jagten in den Wäldern, meine Haut nahm einen Ton gesunder Bräune an, die Abende waren eine Kette von prächtigen Gastmälern, guten Gesprächen, leichter Trunkenheit und der Liebe, die leichten Herzens ausgeteilt wurde. Es gab nicht einmal den Schatten eines Problems.

Ich sagte mir: Wir werden eines Tages zurück in die Tiefseekuppel gehen. Aber dort konnte ich nunmehr voraussetzen, daß Rico weitaus mehr über die prächtigen Barbaren von Larsaf III wußte als bisher. Ich mußte ihn fragen, wie das Abenteuer mit der glutäugigen Sklavin Rebahja ausgegangen war. Ich sah, wie sich ein zauberhaftes Geschöpf mit seidigem schwarzem Haar näherte, mir über den Rand eines silbernen Weinkelches hinweg ein Lächeln schenkte und sich neben mich in den Schatten setzte. Wie dieses Abenteuer ausgehen würde, wußte ich. Trotzdem nahm ich den Zellaktivator nicht ab.

Das Pulver, das tatsächlich in einer winzigen Kammer verborgen gewesen war, hatte Abu'l Firadsch in Wein aufgelöst und selbst verwendet. Ich schloß die Augen und lauschte auf die Vogelstimmen und den Klang der al-aût.

»Woran denkst du, al-Asra?« flüsterte Nadina in mein Ohr.

»An ...« *An Urlaub,* wollte ich sagen, aber ich murmelte müde: »An die Stunden nach Sonnenuntergang und an dich!«

Sie gab ein gurrendes Lachen von sich und hob den Becher schwungvoll an meine Lippen.

Atlan schwieg. Cyr Aescunnar gähnte und versuchte sich zu entspannen; er sah zu, wie sich die SERT-Haube langsam hob und zur Seite schwenkte. Die lange Erzählung des Arkoniden war beendet, und die Pause würde länger sein als sonst zwischen den Schilderungen zweier Abenteuer. Cyr sah auf den Monitor: Dort hatte er die Daten notiert und das Rechnerprogramm eingeschaltet.

»Vom Ende des Jahres 800 bis Anfang 804«, murmelte der Historiker, »also von 8800 bis 8804 nach Untergang von Atlantis, NUvA, war Atlan Ratgeber von ar-Rashid und Carolus Magnus. Und im Jahr 900 nach Christi Geburt durchflog eine Arkonflotte das Solsystem.«

Der Computer hatte zusätzliche Daten errechnet: 346 Jahre waren seit Attilas Ende und dem Verschwinden von Atlans Geliebter vergangen, bevor er wieder die Erdoberfläche betrat. 97 Jahre später landete und zerschellte das Goldene Raumschiff; zwei Jahre lang hatte sich Atlan zwischen Wikingern und Mauren bewegt, hatte den Rotbärten den Weg in die Neue Welt gezeigt und Granatapfelsaft in arabischen Gärten getrunken. Und genau im Jahr 1000 raubte man ihm den Zellschwingungsaktivator.

»Wie lange wird ihn Rico diesmal schlafen lassen?«

Cyr Aescunnar warf einen langen Blick auf die Holoprojektion. Sie zeigte den Reinstraum der Intensivstation und Atlan, fast bewegungslos ausgestreckt im transparenten Überlebensbecken. Wieder bewegten sich seine Muskeln, obwohl der Arkonide bewußtlos zu sein schien. Mittlerweile waren die Sorgen um sein Überleben geringer geworden; selbst der alte Ara-Mediziner Ghoum-Ardebil zeigte ein wenig Optimismus. Cyr stand auf und ging in die kleine Küche des Apartments. Oemchèn Orb, seine Freundin, hantierte mit Tellern und Gläsern.

»Hast du etwas von Raysse Mahal erfahren, dem Mucy?« fragte Cyr und legte den Arm um ihre Schultern. Oemchèn schüttelte den Kopf.

»Ich hab' zweimal die Nachrichten gesehen«, sagte sie leise, »während du dich auf Atlans ›Urlaub‹ konzentriert hast. Tifflor ist bemüht, keine Panik aufkommen zu lassen. Man hat den potentiellen Seuchenträger noch nicht gefunden. Aber es hat auch noch keinen einschlägigen Zwischenfall gegeben.« Die dunkelhaarige junge Frau deutete in die Richtung des Arbeitsraumes. »Wird es eine lange Pause?«

»Zweifellos. Ich glaube, wir werden eine ruhige Nacht haben.«

Cyr warf einen Blick auf die Uhr: elf Uhr nachts. Plötzlich spürte er, wie hungrig er war. Atlans Erzählungen und seine, Cyrs, Versuche, durch Bilder und zusätzliche Daten dieses Kapitel der ANNALEN DER MENSCHHEIT zu präzisieren und anschaulicher zu gestalten, hatten seine volle Konzentration erfordert. Er mischte Fruchtsaft, Eis und Alkohol und füllte zwei Gläser.

»Auf Atlan«, murmelte er. »Seltsame Dinge hat er erlebt. Goldfarbene Raumschiffe, Wikinger im Mittelmeer, maurische Segler und sein Roboter Rico, der als Schwertfegergeselle arbeiten wollte. Verblüffend!«

»Aber – Rico hat ihn doch oft begleitet«, sagte Oemchèn und bereitete den Eßtisch vor. »Er war sogar allein unterwegs, wie wir wissen.«

»Es erstaunt mich trotzdem«, murmelte Cyr. »Wo wird sein nächstes Abenteuer spielen und wann, und was wird Atlan erleben – mit oder ohne Rico?«

»Du wirst es erfahren, wenn er wieder zu erzählen beginnt«, sagte Oemchèn.

Cyr Aescunnar aß und trank, sein Blick fixierte die holographische Projektion eines surrealen Bildes von René Margritte, von Michael Hasted überarbeitet, das über der Eßecke schwebte; er dachte über das wirre Sammelsurium nach, das von Atlan aus den Jahren des europäischen Mittelalters bekannt war.

»Diese verdammten ANNALEN«, brummte er. »Wahrscheinlich brauche ich noch ein Jahrzehnt, um wirklich exakte Daten einfügen zu können. Noch habe ich keine Beweise, aber: Auch Atlans Erinnerungen an seine Jugend, an die vielen Jahre mit Fartuloon, sind manipuliert. Warum eigentlich? ES wirkt nach, bis in die letzte Faser von Atlans Erinnerungen. Und auch die

Geschichten, die er jetzt – scheinbar! – unbeeinflußt erzählt, leiden unter Einschränkungen. Und dann die Widersprüche: Atlan hat ein Schiff, mit dem er die Venus-Station erreichen kann – von dort könnte er die Arkonflotte rufen. Nur weiß er das nicht mehr, als er die Fremden aus dem Sternenschiff jagt. ES manipuliert alles!«

»Eines Tages wird Atlan bei Bewußtsein sein.« Oemchèn hob die Schultern und strich eine lange schwarze Haarsträhne aus dem Gesicht. »Dann kannst du ihn über jede Unsicherheit befragen, Professor.«

»Ja. Das werde ich wohl versuchen.« Cyr blickte schweigend in ihre großen, dunklen Augen. »Zudem ahne ich, daß Rico sich nicht nur vor dem Bau der Großen Pyramiden selbständig zwischen den Barbaren bewegt hat. War er Merlin? Berater von King Arthur? Hat er ebenso vergessen müssen wie Atlan – immer? Beeinflußte ES auch Ricos Positronen? Du mußt verstehen, Liebste: So unendlich viele Mythen und Legenden treiben wie Nebelschleier durch die terranische Geschichte. Hat Atlan die Suche nach dem Gral initiiert? Hat er als Ritter jene aussterbenden Drachen bekämpft oder Kreaturen oder Medusen, die über die Ränder des Santorin-Weltenfragments gesprungen waren? Wo hört die Wirklichkeit der Legende auf, wo mischen sich sagenhafte und reale Vergangenheit mit der Wirklichkeit, so, wie wir sie definiert haben?«

»Macht es einen Unterschied, ob jene Drachen wirkliche Lebewesen oder Projektionen des frühen Unbewußten waren, Cyr?«

»Für mich – ja. Ich wüßte brennend gern, ob Atlan ein Ritter der Tafelrunde war. Oder ob es Rico war. Oder ob es überhaupt eine Tafelrunde gab! Was sind die ANNALEN DER MENSCHHEIT ohne die ultimate Wahrheit?«

Oemchèn hob die Schultern und murmelte abschließend: »Auch du, lieber Professor, wirst die letzte Wahrheit nicht erfahren. Die ewigen Götter haben zwischen dem Olymp und den Sterblichen dichte Wolken brodeln lassen; auch ein Cyr Aescunnar wird sie nicht durchschauen können.«

»Ich fürchte, Oemchèn – du hast recht. Wie so oft.«

11.

Der letzte Brecher einer schwachen Brandung schleuderte das Boot an den Strand und hob jäh die Geschwindigkeit auf. Die Pferde stießen ein furchtsames Wiehern aus; der Schiffer schrie einige Befehle. Dann knirschte der Kiel des Bootes über den Sand und über die Reste zerbröckelnden Treibholzes.

»Ich kann nicht mehr, Stephen!« sagte Mortimer schwach. Stephen drehte sich um und hob den Arm. Das Kettenhemd war rostig, an einigen Stellen blank gescheuert, verkrustet von Salz und zerrissen. Stephen half dem Schiffer und seinem tauben Helfer, der nur noch drei schwarze Zähne hatte, beim Auslegen des breiten Brettes.

»Wir sind bald auf Burg Abergavenny!« sagte er laut. »Dort werden sie uns gesund pflegen.«

Die drei Pferde, schöne, gepflegte Tiere aus dem Morgenland, wurden über das Brett geführt und beruhigten sich nur langsam. Stephen warf die Sättel und das Gepäck in den feuchten Sand, über den die letzten Ausläufer der Brandung zischten.

»Ich kann wirklich nicht mehr. Ich bin krank!«

Stephen sagte: »Du kannst nicht hier im Bootsheck liegenbleiben.«

Stephen, der älteste Sohn des Fürsten Geffrey von Abergavenny, hatte Mortimer gepflegt und seine aufbrechenden Wunden verbunden, den Eiter ausgewaschen und sogar heiße Suppe auf dem Schiff gekocht, seit dem Tag, an dem sie im letzten Hafen angekommen waren. Niemand wußte, wann sich Mortimer angesteckt hatte, aber die Krankheit war vor einem Tag ausgebrochen.

»Tu, was du willst«, murmelte Mortimer und lehnte sich zurück.

»He, Schiffer, helft mir!« rief Stephen. Sie sattelten die Reitpferde, fütterten sie und banden die Gepäckstücke auf dem Rücken des Packpferdes fest. Dann trug Stephen Mortimer von Bord und half dem stöhnenden Freund, sich im Sattel festzuhalten. Der purpurne Mantel mit dem weißen Kreuz auf der Schulter war voller Löcher und schlotterte um die ausgemergelte Gestalt. Dann griff Stephen in seinen Gürtel und zählte dem Schiffer, der sie von Caen in der Normandie bis hierher an den Strand von Swanhage gebracht hatte, drei seiner letzten Münzen in die schmutzige Hand.

»Hier, guter Mann«, sagte er und lächelte müde. »Ihr habt uns gut übers Meer gebracht. Habt Dank – und Gott segne Euch während der Rückfahrt.«

Der Alte nickte. »Und Euch viel Glück, Ritter!« sagte er. »Gute Heimkehr und auch für Euren kranken Freund. Wie weit habt Ihr es?«

Stephen schwang sich in den Sattel. Er brauchte heiße Bäder, gutes Essen und viel Schlaf. Er fühlte sich, als sei er seit Jerusalem nicht mehr aus dem Sattel gekommen.

»Bis nach Burg Abergavenny«, sagte er und klopfte dem Pferd den Hals. »Das sind etliche Wochen. Aber ich werde meinen Freund erst zu einem Heilkundigen bringen, der seine Wunden behandelt.«

Der Fischer nickte. »Gott mit Euch!«

Langsam trabten die Pferde über den feuchten Sand. Als die Reiter die ersten Büschel Gras und Strandhafer erreichten, empfing sie eisiger Ostwind. An der Spitze ritt Stephen von Abergavenny und führte das Pferd seines Freundes Mortimer Coleville am Zügel. Am Sattel Mortimers war der Zügel des Lasttieres befestigt. Die Tiere waren satt und ausgeruht, aber die Männer waren müde. Ihre Waffen waren rostig und voller Scharten; aus den Rändern der Schilde hatten die Mauren breite Zacken herausgeschlagen. Eine weiße

Narbe lief vom rechten Ohr bis zum Mundwinkel des Mannes von Abergavenny. Der Wind fuhr in seinen Kreuzfahrermantel und riß ihn nach links. Der Mantel starrte von Schmutz und war fadenscheinig; an einigen Stellen erkannte man gerade noch die aufgesetzten Flicken. Bei jedem Schritt des Pferdes klirrten die großen Sporen und die Maschen des Kettenhemdes. Stephen drehte sich um; ein Mann von achtundzwanzig Wintern mit widerborstigem schwarzem Haar. Seine dunklen Augen musterten besorgt den Freund.

»Wirst du durchhalten bis Clarendon?« rief er gegen den Wind.

Mortimer wandte dem Freund das ausgezehrte Gesicht zu. »Vielleicht«, murmelte er, und Stephen las ihm die Worte von den aufgesprungenen Lippen ab.

Die Haut des Freundes war voller Karbunkel, die aufgeplatzt waren und eitrigen Schleim absonderten, der, vermischt mit wässerigem Blut, durch die Binden sickerte. Die Haut in der Nähe der Gelenke war geschwollen; unter den Armen waren die Beulen aufgeplatzt und rochen brandig. Mortimer zitterte im Fieber, und die einzige Rettung, die es für ihn noch gab, war ein Arzt in Clarendon. Sie ritten weiter.

Acht Stunden später fiel Mortimer aus dem Sattel, als die Pferde einen Abhang hinunterstolperten. Weit vor sich sah Stephen die Rauchsäulen der Feuer von Clarendon. Er sprang aus dem Sattel. Als er seinen Freund erreichte, mußte er erkennen, daß Mortimer Coleville nicht mehr lebte. Er blieb lange stehen, dann löste er die Waffen vom Gürtel des Freundes und begann mit seinem eigenen Schwert ein flaches Grab auszuheben. Eine Stunde später legte er den letzten Stein auf den flachen Grabhügel und bekreuzigte sich. Er bemerkte den winzigen Gegenstand nicht, der zwischen den Blättern eines großen Baumes schwebte und ein glänzendes Auge auf das Geschehen richtete. Später ritt er weiter. Er hatte sich angesteckt, ohne es zu wissen. Die letzten überlebenden Kreuzfahrer dieses Heerhaufens brachten die Krankheit aus dem heißen Süden mit in das kühle grüne Inselreich. Stephen ritt Clarendon entgegen, und er brachte die furchtbare Seuche mit sich – die Pest. Der Abend schlich in die Nacht hinein, als er mit dem Schwertknauf gegen das Stadttor Clarendons hämmerte.

Das gläserne Auge schloß sich, der unbekannte Gegenstand kletterte schneller als eine Lerche in die Luft und entfernte sich nordwärts, der Burg Diarmuid Faighe am Loch Cruachna Calecroe entgegen, der Burg, von dem die abergläubischen Menschen, die noch an die Druiden glaubten, seltsame Dinge sagten. Die Pest aber war in England.

Noch zwanzig Minuten, dann würde ich abgeholt werden. Ich hob ein silberfarbenes Kuvert auf, das auf der Platte lag, zog die Karte hervor und berührte mit dem Daumen einen erhabenen Punkt. Daraufhin erschienen in sieben

Zeilen Groß- und Kleinbuchstaben und Ziffern. Ich las die förmliche Einladung ein drittes Mal durch und steckte sie in den Umschlag zurück. Selbstverständlich durfte ich nicht bei diesem Ereignis fehlen; in einigen Fällen hatten seine Leute oder er selbst die Ausstellungsstücke und die Unterlagen für die Ausstellungsart geliefert. Die Prominenz des Solaren Imperiums, die sich zur Zeit in Terrania aufhielt, würde heute abend dort in der Nähe des Handelshafens sein, in Atlan Village.

Im Stadtteil von Terrania City, der meinen Namen trug. Ein mächtiges, von zahlreichen Grünflächen unterbrochenes Konglomerat von Bauten war entstanden, um den Menschen Gelegenheit zu geben, die Vergangenheit dieses Planeten kennenzulernen. Und die anderen Welten, die mit Terra in einem engen Zusammenhang standen; Venus, Mars oder die Planeten anderer Sonnen. Die Sprecherin sagte gerade: » ... das gesellschaftliche Ereignis der diesjährigen Saison dürfte die Eröffnung des Museums sein. Wie schon im letzten Nachrichtendienst erwähnt wurde, sind von den verschiedenen Forschungsgesellschaften und vom Exotischen Korps der United Stars Organisation eine große Anzahl von Artefakten zusammengetragen worden, die in lebendiger Rekonstruktion ausgestellt werden. Einen längeren Bericht über die Eröffnung des Museums bringen wir in einer späteren ...«

Ich hörte noch einige Minuten lang den Nachrichten zu, dann schaltete ich die Bildwand aus; das Licht erlosch, und nur das schwach glimmende Muster an der Wand war noch zu sehen. Und die indirekten Leuchtquellen hinter den Nischen, in denen Gegenstände hingen oder standen, die ich vor Jahrtausenden selbst gesammelt hatte. *Du wirst heute mit deiner Vergangenheit konfrontiert werden! Nimm dich in acht!* warnte der Extrasinn. Ich nickte schweigend. Ich trug einen leichten weißen Anzug. Unter dem teuren Hemd zeichneten sich schwach die Falten ab, die der Zellaktivator verursachte.

Frösche und Wildenten randalierten unten am Ufer des Goshun-Sees. Die Segelboote waren verschwunden, und die Lichter der entfernten Wolkenkratzer bildeten kybernetische Muster in der Farbe des abendlichen Himmels. Ich lehnte an der borkigen Rinde des Stammes und wartete. Fünf Minuten lang. Dann hörte ich das Summen eines Gleitermotors, stieß mich vom Stamm ab und trat aus dem Schatten in den Lichtkreis einer Lampe, von der das Weiß des Weges beleuchtet wurde. Scheinwerfer blendeten auf und trafen mich voll. Der Gleiter hielt.

»Haben Sie auf mich warten müssen, Lordadmiral?« erkundigte sich eine helle Frauenstimme.

»Wenn Sie ursprünglich vorhatten, mich abzuholen«, antwortete ich und ging um den Gleiter herum, »dann habe ich auf *Sie* gewartet. Aber es war nicht sehr belastend.«

Die junge Frau drückte auf einen Knopf. Die Tür des Gleiters schob sich auf; ich schwang mich auf den Beifahrersitz und wandte mich ihr zu.

»Guten Abend«, sagte ich. »Sie bringen mich direkt zur Ausstellung?«

»Es sei denn, Sie wünschen einen Umweg«, versetzte die junge Frau. Ich lehnte mich zurück, während der Gleiter schneller wurde und zwischen den Bäumen in die Richtung der Piste fuhr. Ich musterte die Frau; ihr Gesicht wurde von der Beleuchtung der Armaturen erhellt. Ein energisches Gesicht, von mehr als schulterlangem Haar umrahmt. Blond, mit hellbraunen Strähnen darin. Offensichtlich grüne Augen; ich erkannte es nicht genau. Der Gleiter fuhr in einer langgezogenen Kurve am Kybernetischen Turm vorbei zum Sichelwall des kleineren Handelshafens. Sie sagte nach einigen Minuten, in denen der Gleiter mit den Zeichen der Administration auf der Maschinenhaube und den Seiten sich dem Farbenspiel des Turmes näherte: »Es ist bereits alles da. Presse, Funk und eine Menge Publikum. Rhodan leider nicht.«

Ich schüttelte den Kopf. Der Fahrtwind zerrte an den Haaren der beiden Personen im Gleiter.

»Rhodan ist wie meistens irgendwo in der Galaxis«, sagte ich. »Wie kommt es, daß gerade ich das Vergnügen habe, von Ihnen abgeholt zu werden?«

Sie lächelte und überholte einen Polizeigleiter, der auf der rechten Spur schwebte.

»Ich habe mich mit Kolleginnen darum geschlagen«, sagte sie. »Schließlich hat eine Sekretärin der Administration nicht jeden Tag Gelegenheit, mit dem berühmten Arkoniden in einem Gleiter zu fahren.«

Ich grinste breit und sagte: »Meine Berühmtheit ist auch weniger Spaß als üble Schufterei. Glauben Sie mir, nicht der Sensationspresse. Alles hat zwei Seiten.«

Als wir das Einflußfeld des Kybernetischen Turmes passierten, überschütteten die Lichter, die Drehspiegel und die Entladungslampen den Gleiter mit einem Hagel aus Farben und Lichtern. Ein lautloses, vielfarbiges Gewitter, zum Teil an den Rändern des sichtbaren Spektrums.

»Hoffentlich lerne ich heute die angenehme Seite Ihrer Berühmtheit kennen«, sagte die junge Frau. »Ich bin dazu bestimmt worden, Sie durch dieses Museum zu führen!«

»Wie schön«, sagte ich ironisch. »Sie haben aber einen langen Fußmarsch vor sich.«

»Es wird sich aushalten lassen«, meinte sie. »Ich heiße übrigens Alexandra Vaux.«

Zuerst der Schild! Dann der Name! Die Zufälligkeiten werden sich häufen ... Jetzt kannst du noch zurück! warnte das Logikzentrum. Ich begann zu ahnen, was mir dieser Abend noch bringen würde. Der Gleiter raste durch den Tunnel, der uns mit einem kühlen Geruch nach Beton und Steinen umgab. Die Lichterketten über uns funkelten, der selbstleuchtende Belag warf den Schatten des Gleiters an die Decke.

»Ihr Name erinnert mich an ein Mädchen, das ich einmal kannte«, sagte ich fast unhörbar. »Es ist schon lange her, fast zu lange. Ich ...« Ich brach ab.

»Ja?«

Ich schüttelte den Kopf. »Es ist nichts. Ich werde heute viele alte Dinge sehen, und es wird sich nicht vermeiden lassen, daß mein Erinnerungsvermögen einsetzt. Ich werde dann eventuell Ihre Hilfe brauchen, weil ich in gewisser Weise von den Ereignissen überwältigt werde.«

»So also ist es – Sie können nur von den Ereignissen überwältigt werden!«

»Nur von ihnen«, meinte ich. »Können Sie die Verantwortung für mich übernehmen?«

»Mit Vergnügen!« sagte Alexandra Vaux halblaut und lächelte mir zu.

Wir sahen das Museum schon von weitem. Etwa ein Dutzend Gebäude waren durch geschwungene Dächer verbunden. Die zeltartigen Formen bestanden aus halbdurchsichtigem Material. Bäume und Büsche schienen von innen heraus zu leuchten. Etwa fünfhundert Personen in farbenfrohen Kleidungsstücken saßen, standen und gingen dort herum. Ich berührte Alexandra vorsichtig am Arm und sagte halblaut:

»Bitte nicht auf die Rampe, sondern irgendwo neben einem Seiteneingang halten, ja?«

»Publicityscheu, Lordadmiral?«

»In gewisser Weise«, gestand ich. »Hin und wieder hasse ich diese Menschenmassen. Ich möchte jetzt nur das Spalierlaufen vermeiden.«

»Das begreife ich«, sagte Alexandra, bewegte die Steuerung, der Gleiter fuhr an der Rampe vorbei. Das Stimmengemurmel und undeutliche Fetzen von Musik und Gelächter, das Surren der Kameras wischten an unseren Ohren vorbei. Der Gleiter bremste und hielt an.

»Die Prominenz und die Kameras sind hundert Meter weit von uns entfernt«, sagte Alexandra, nachdem wir ausgestiegen waren. Wir gingen auf einen kleinen Eingang zu, der aus dem Museum direkt in den Park führte. Etwa zwanzig Personen standen hier und sahen den Ankommenden entgegen. Ich wurde voller Achtung begrüßt, aber das einzige Gesicht, das ich kannte, war das eines Fernsehkommentators. Ich grüßte zurück, schaute nach oben und bemerkte den Vorhang des Vordaches, dann trat ich ein und befand mich nach vierundzwanzig weiteren Schritten in einer anderen Welt. *Narr! Du bist genau an der Stelle, die dich am intensivsten erinnert!* tobte der Extrasinn. Die erste Erinnerung war Alexandra gewesen. Ein Name, ein Begriff, ein ungesteuerter, aber zielgerichteter Impuls.

Die zweite kam jetzt; wir befanden uns mitten in einem Saal. Er war mit Originalmaterialien nachgearbeitet worden. Ein wispernder hypnotischer Impuls sagte mir, daß dies eine Burghalle war, die auf dem Planeten Gargrave III entdeckt worden war. Eine bis ins letzte Detail gehende Rekonstruktion. Roboter bewegten sich in Originalkleidung, Originalmusik aus fremden Instrumenten war zu hören, und die Menschen, die dieses Bild betrachteten, schienen sich außerhalb dieser irrealen Welt zu befinden, zwar sichtbar, aber ausgeschlossen – die alten Kostüme, das Licht und das flakkernde Feuer, die zwei Sonnen hinter dem Erkerfenster: alles gab perfekt das Bild einer fremden Welt und einer fremden, vergangenen Kultur wieder. *Lancaster Castle!* rief der Extrasinn. *Du kannst noch zurück!* Ich zog Alexandra bis zu einer Sesselgruppe. Gab es Ähnlichkeiten zwischen jener Alexandra der Jahre nach 1100? Ähnlichkeit zwischen der Tochter des alten Poins Lancaster und Alexandra Vaux! Nicht in der Kleidung, aber im Aussehen. Die gleichen grünen Augen – mir schien, als versänke ich in dem Blick wie in einem der Seen im nördlichen England; für mich bewegte sich die Zeit rasend schnell rückwärts. Ich lehnte mich zurück und holte tief Luft. Zuerst das Schild mit seinem Wappen ... dann Alexandra ... dann diese Musik, schließlich die Umgebung. Ich war wieder dort, wo ich am meisten gelitten hatte – in der Vergangenheit des Planeten Erde, den sie damals Larsaf III nannten. Wieder einmal tauchte ich zurück in mein kaltes Versteck unter der Meeresoberfläche. Schweißtropfen liefen über meine Stirn. Aus der Museumseröffnung war wieder einmal einer dieser quälenden Zustände geworden.

»Alexandra ...«, murmelte ich. Undeutlich sah ich, wie einige Zuschauer stehengeblieben waren und zu uns herübersahen. Ich kam taumelnd auf die Beine. Auch das Mädchen mir gegenüber stand auf.

»Was ist los?« fragte sie beunruhigt. »Was haben Sie, Atlan?«

Ich keuchte: »Ich muß hier weg! Bringen Sie mich in irgendein Zimmer. Ich brauche kein Publikum! Bitte!«

Sie hängte sich bei mir ein und zog mich mit sich. Wir durchquerten die Zone der plötzlich zur Wirklichkeit gewordenen Vergangenheit, kamen in einen breiten, lichterfüllten Korridor, und mein Befinden besserte sich etwas. Aber als ich mich nach einer Biegung plötzlich dem dreidimensionalen Foto eines angreifenden Gargrave-III-Lanzenreiters zu Pferde gegenübersah, zuckte ich zusammen wie im Fieber. Wir kamen in einen kleinen, leeren Nebenraum; offensichtlich ein Büro. Die Frau gab dem Roboter den Befehl, niemanden hereinzulassen; ich wankte zu einem Sessel und ließ mich schwer hineinfallen. Ich sagte leise:

»Ich bin von meiner Erinnerung übermannt worden. Ich muß, ob ich will oder nicht, erzählen. Schalten Sie ein Bandgerät ein, hören Sie zu, unterbrechen Sie nicht; es würde nur schaden. Sie werden etwas hören, was vor Ihnen noch kein Mensch gehört hat ...«

Ich wußte: Der Versuch, die menschliche Natur zu analysieren, schlug stets fehl, wenn ich dies versuchte. Es war leicht, zu theoretisieren und alles in klinisch sauberer Methode darzulegen. Aber während der Jahrtausende, mehr als elf waren es geworden, hatte ich gelernt, daß Theorien nichts nützten. Sie zerfielen in dem Augenblick, da man inmitten der Auseinandersetzung steckte. Nur der Kampf blieb, die Auseinandersetzung mit sich selbst und der allgemeinen Hinfälligkeit, der Atem der Bestie im Menschen. Die Wildnis der Geschehnisse war dort, wo sie den Menschen betraf, tiefer und schwärzer.

»Soll ich einen Arzt holen?« fragte Alexandra. Ich schüttelte den Kopf.

»Nein«, sagte ich flüsternd. »Alles fing etwa hundert Jahre nach meinem letzten Abenteuer an.«

Meine Hand krampfte sich um den Zellaktivator zusammen; in einigen Stunden war alles vorbei. Einige Stunden, drei oder vier, würde es dauern, bis ich mir diesen Teil der Erinnerung von der Seele geredet hatte; dann war ich wieder normal. Mein Unbewußtes brauchte eine lange Zeit der Erholung.

»Also keinen Arzt?«

»Nein.« Die Lehne des Sessels kippte nach hinten, und meine Stirn bedeckte sich erneut mit Schweiß. Ich blinzelte, und aus den Drüsen in den Augenwinkeln rann salziges Sekret. Alexandra bewegte sich leise zur Tür und schaltete die Raumbeleuchtung aus. Als nur noch ein Punktlicht die Platte eines Tisches und die stählern funkelnden Gliedmaßen eines Servorobots beleuchtete, setzte sich auch Alexandra. Sie wartete schweigend. Die Spulen eines Bandgerätes drehten sich lautlos. Ich berichtete:

»Es ist die Pest, Atlan!« sagte Rico warnend. »Du mußt dich schützen, wenn du dieses Land besuchst.«

Ich versprach grimmig: »Ich werde mich schützen, Rico. Und nicht nur vor der Pest.«

Wieder einmal war ich geweckt worden. Die Abstände wurden kürzer, je »höher« sich die Kultur erhob, je mehr Menschen es gab. Offensichtlich war wieder eine Gruppe Raumfahrer auf dem Planeten gelandet. Ricos Geräte, die in die Lufthülle dieses Planeten und in den Raum hinaus horchten, hatten einen kurzen Funkstrahl aufgefangen, der von einem Hyperraumsender stammte. Ganze zwei Sekunden lang, mit abfallender Leistungskurve im letzten Zehntel. Gab es überlebende Stellare Gäste?

Ich sagte nachdenklich: »Das Rätsel ist nicht gelöst, Rico. Jemand hat einen Funkruf abgeschickt, nur zwei Sekunden lang oder besser: *kurz*. Dieser Ruf wurde von einer finsteren Burg im Norden der Insel aus gesendet, die sich Königreich England nennt. Aber seit der Zerstörung des goldenen Raumschiffes ist nur ein anderer Raumkörper gelandet und gestartet. Wie ist das zu erklären?«

Rico drückte auf dem Schaltpult, vor dem ich in meinem weißen Bademantel saß, einen Knopf. Ein Bildschirm leuchtete auf und zeigte einen ausgedruckten Text. Ich wurde von dem Rechenzentrum meiner Unterwasserkuppel belehrt, daß ich einen geringfügigen Umstand übersehen hatte. Die Stellaren Gäste, die sich über den Planeten verstreut hatten, mußten Söhne und Enkel gehabt haben. Es waren mit großer Wahrscheinlichkeit die Nachkommen jener Besucher, die sich nach vielen Irrfahrten dort zusammengefunden hatten. Aber ich war alles andere als sicher, obwohl die Robotspione einiges aus den Unterhaltungen der Bauern herausgehört und überspielt hatten. Ich dachte nach, während Maschinen meine Ausrüstung herstellten.

Mein letztes Abenteuer hatte mit einer Explosion geendet, die das Goldene Raumschiff zerstörte und den Gästen die Rückkehr unmöglich machte. Wir hatten uns voneinander verabschiedet und versprochen, gegenseitig Hilfe zu leisten, falls dennoch ein Rettungsschiff landete. Dies war zwar geschehen, man hatte mich nicht mitgenommen, aber dann hatten die Antennen der unbewohnten Insel, an deren Fuß meine Kuppel verborgen lag, diesen kurzen Hyperfunkruf aufgefangen. Da nach dem Rettungsschiff kein anderes Schiff gelandet war, mußte es so sein, wie ich glaubte – Nachfahren der Stellaren Gäste hatten sich auf abenteuerlichen Wegen durchgeschlagen, eine Burg gebaut und versuchten mit dem Rest ihrer Kenntnisse und Materialien einen Hyperraumsender zu bauen. Das schien ihnen geglückt zu sein.

Dies war der erste Grund, weswegen ich England besuchen mußte. Den zweiten hatte ich in einer kurzen Szene beim Aufwachen gesehen: die Pest. *Pestis* hatten die Römer sie genannt. Eine Krankheit, die von den Resten der zurückkehrenden Kreuzfahrer des ersten Kreuzzugs durch die Länder der Seldschuken, durch das »tiutche« Reich, Flandern und Lothringen, durch die Normandie und Frankreich geschleppt wurde. Der dritte Grund würde sein, daß ich die Ausbreitung dieser Krankheit verhindern würde. Meine Maschinen arbeiteten auf Hochtouren; ich mußte als Ritter erscheinen; dieser Stand versprach mir Kontakt zu den unteren Bevölkerungsschichten und enge Beziehungen zu der despotisch herrschenden Schicht der Ritter, Fürsten und Könige. Rico sagte:

»Die Krankheit wird durch den Pestfloh übertragen, der von den verendenden Hausratten auf den Menschen geht. Wenn aber erst einmal eine Epidemie ausgebrochen ist, erfolgt die Infektion direkt von Mensch zu Mensch.«

»Ich verstehe, Rico. Ich brauche also Antibiotika und ein Mittel, das Insekten vertilgt. Am besten ist es, du gibst den Maschinen den Befehl, mir kleine, transportable Geräte zu konstruieren, damit ich von Depots unabhängig bin. Wo gibt es die besten Pferde?«

Der Roboter hob die Hand. »Später. Ich habe schon alles unternommen. Du beherrschst die Sprachen?«

Inzwischen konnte ich über meinen Körper verfügen. Künstliche Sonnen hatten meine Haut gebräunt, meine Muskeln arbeiteten zuverlässig, ich konnte feste Nahrung zu mir nehmen. Um meinen Hals lag die Kette des Zellaktivators, der mich selbst vor jeder Ansteckung sicher schützte. Und noch etwas hatte ich in den Jahren meiner Verbannung gemerkt, ohne es rational begründen zu können: Der Aktivator half jenen Menschen, denen ich helfen wollte. Legte ich ihn aber einem Gegner auf die Brust oder hängte ich ihn um dessen Hals, wirkte der Aktivator nicht ... Es gab dafür keine Erklärung.

Ich hatte mich in den vergangenen Kulturen fast stets richtig verhalten.

Auch jetzt hatte ich mich intensiv vorbereitet; ich lernte sämtliche Regeln der Turnierkämpfe, die Bezüge der verschiedenen Klassen und Schichten zueinander, Waffentechnik und die Möglichkeit, Verbesserungen anzubringen. Ich würde in England landen und durchs Land ziehen, die Burg mit dem unaussprechlichen Namen besuchen. Alles andere konnte ich erst an Ort und Stelle entscheiden; ich mußte flexibel bleiben.

»Der Jagdfalke ist fertig?« fragte ich.

»Dieses Exemplar ist besser und schneller; die Maschinen haben gelernt und alle Informationen in den Bau der Robottiere einbezogen. Auch der grausilberne Wolf ist fertig.«

»Ausgezeichnet.« Ich blickte auf das Chronometer. »Bald werde ich die Oberfläche des Planeten betreten.«

Wir rüsteten den Gleiter aus. Das meiste meines Gepäcks kannte ich von den vorhergegangenen Einsätzen. Medizinische Ausrüstung, versteckte Lähmstrahler, Energiemagazine, Funkgeräte, winzige Bildschirme, Nahrungsmittel und Konzentrate. Decken und Ersatzkleidung, gewisse kosmetische Artikel, Salben und Seife und vieles andere, auf engstem Raum gepackt und meist in Form von Gegenständen der herrschenden Kultur getarnt. Ich war gezwungen worden, eine Unzahl von Techniken zu lernen, und heute beherrschte ich sie nach wie vor dank meines fotografisch genauen Gedächtnisses. Ich zog mich um.

Ein Kettenhemd stellte die Höchstleistung der Maschinen dar: Es wog wenig und war besser als alle Eisenhemden, die von den Rittern getragen wurden; in gewissen Abständen waren winzige Projektoren in die Drahtringe eingearbeitet, die ein dicht anliegendes Abwehrfeld schufen. Dünne stählerne Schuhe, Sporen und ein breiter Gürtel mit dem Schwertgehänge, dem Platz für die Geldkatze und die Dolche. Ein Armschutz zum Bogenschießen, der eine Sammlung miniaturisierter Arkon-Technik enthielt. Ein leichter Helm, Oberbekleidung, Mantel, Schild und die Waffen. Die Lanze war ebenfalls ein Meisterstück – ein Rohr aus dünnem Arkonstahl, auf das Turnierspitzen und scharfe Spitzen geschraubt werden konnten. Das Rohr sah aus wie wertvoll gemasertes, poliertes Holz und besaß technische Einbauten. Auf dem Schild prunkte ein Wolfskopf in dreidimensionaler Wiedergabe und leuchtenden Farben; er sah gespenstisch aus.

»Ich gehe. Ich versuche wieder von diesem Planeten wegzukommen, vielleicht mit den Leuten auf Burg Diarmuid Faighe zusammen. Wer weiß?«

Auf der Ladefläche des Gleiters, neben den Packen mit der Ausrüstung, lag der silbergraue Wolf. Silbergrau und Purpur – meine Farben. Der Jagdfalke war noch nicht aktiviert. Ich steckte die Münzen ein, die künstlich gealtert worden waren, und setzte mich in den Gleiter. Ich hob die Hand und steuerte die Maschine in die Schleuse.

Mitten in der Nacht kam ich an die Oberfläche, machte eine Ortsbestimmung und wandte die Nase des Gleiters nach Nordosten. Ich wollte die westliche Küste Englands ansteuern. In einem kleinen Ort mit Namen Aberystwyth fand in wenigen Tagen ein großer Pferdemarkt statt – ich brauchte Reittiere.

Jedesmal wieder verspürte ich den unheilvollen Ansatz einer nur schwer zu unterdrückenden Panik in meinen Gedanken: Es würde höllisch schwer sein, drei Dinge gleichzeitig zu tun: die Pest, die Nachfahren der Fremden, die Verhinderung der Seuche. Heinrich der Erste regierte in England, zwischen den normannischen Eroberern und den sächsischen Einwohnern gab es endlosen Streit, und ich würde mich zwischen allem bewegen müssen. Wenn ich in großem Bogen von meinem Landeplatz aus die Burg der Fremden besuchen wollte, mußte ich mehr als zweihundert Meilen zurücklegen. Das Fieber vor Beginn der großen Aufgabe hatte mich in seinem Griff, und ich raste in geringer Höhe über die Wellen des Meeres nach Nordosten. Noch immer Nacht. Im Osten der erste graue Streifen; die Sterne verblaßten in seiner Nähe. *Ritter Atlan! Ihr werdet viel Hilfe brauchen!* sagte mein Extrasinn ironisch.

»Aber ich werde es schaffen!« antwortete ich laut. Es wurde Abend, als ich an der Küste landete. Ich aktivierte den Jagdfalken. Er schwebte hoch und verschwand in Richtung des Marktes. Ich versteckte sorgfältig den Gleiter und testete die Fernschaltung. Dann machte ich mich mit dem Wolf an meinem Knie auf den Weg nach Aberystwyth. Das Robottier, besonders groß und breit gebaut, lief geräuschlos neben mir her; die hellgrünen Augen glühten in der Dämmerung.

Ich stand in der Mitte des Marktplatzes neben dem sprudelnden Brunnen. Die Fenster der meisten Häuser hatten sich hinter dicken Läden verborgen; schneidender Wind kam von Osten. In den Ställen wieherten Pferde. Ich drehte den Kopf; ich hatte Durst, und der Weg war steinig und kalt gewesen. Der Ort bestand aus etwa vierzig Häusern und einer Kapelle, einem Gasthof mit großen Stallungen, vielen Zäunen und Bäumen. Heute würde ich keine Pferde mehr kaufen können; also murmelte ich:

»Du bleibst bei mir, Arrow!«

Der Wolf knurrte leise. Ich ging auf die Tür der Schenke zu. Als ich unter dem Querbalken hochblickte, sah ich das Schild. *Zum gehenkten Archer.* Gedämpfter Lärm schlug mir entgegen, als ich die Tür aufstieß und blinzelte. *Sie reden nicht laut – ein Normanne ist hier!* sagte mein Extrasinn. Ich schloß die Tür und fühlte den Roboter an meinem rechten Knie. Ich sah mich um. Hölzerne Stühle und Bänke, Tischplatten, ein Herd, Kerzen, Rauch, Dampf aus Töpfen und Pfannen. An einem Tisch in der Ecke saß ein Ritter. Sein Helm lag neben einem Leuchter und glänzte im Flackern der Kerzen. Der Wirt bediente diesen Ritter, und die Augen der Dorfbewohner richteten sich auf mich, als ich mich langsam und vorsichtig zwischen den Stühlen näher schob. Ich blieb vor dem Tisch stehen und fragte laut:

»Ist es Euch angenehm, Ritter, wenn ich mich an Euren Tisch setze?«

Er schaute hoch, musterte mich unter buschigen Brauen und deutete mit einem Fasanenschenkel auf den Stuhl.

»Setzt Euch nur«, sagte er undeutlich und sah unter den Tisch, als der Wolf sich zu meinen Füßen zusammenkauerte.

»Danke!« sagte ich. Wir musterten uns; wir versuchten herauszufinden, wer der andere war. Die Unterhaltung der Bauern war etwas lauter geworden. Ich nahm den Helm ab, schob ihn über den Tisch und zog die Handschuhe aus. Ich rieb meine klammen Finger.

»Ich bin Ritter Atlan von Arcon aus Toulouse, wenn's beliebt. Ich bin hier, um morgen Pferde zu kaufen.«

Mein Gegenüber nickte. »Surrey von Mowbray«, sagte er. »Ich bin hier, um einen Wilddieb zu hängen.«

»Ich verstehe. Er jagte in Euren Wäldern?«

»So ist es. Ich rate Euch, vom Wildbraten zu nehmen und von der Pastete – sie sind gut.«

Der Wirt kam. Ich fragte ihn in sächsischer Sprache, ob ich bei ihm übernachten könne. Bei den Sümpfen von Glastonbury, meinte er, er habe die schönsten Zimmer der ganzen Westküste. Ich bestellte mein Essen und fragte den Wirt wegen der Pferde aus. Er berichtete, daß es ausgesucht schöne Tiere wären ... unter anderem. Als sein Blick auf Surrey fiel, verdunkelte sich seine Miene. Er murmelte: »Es wird morgen ein großes Spektakel geben, Herr Ritter. Ihr seid nicht aus Britannien?«

»Nein«, antwortete ich. »Ich landete mit einem Boot. Ich muß einen Freund hoch oben im Norden finden. Deswegen brauche ich Pferde.«

Eine halbe Stunde später etwa stand nach dem Wein auch das Essen vor mir; recht lecker angerichtet und gut duftend. Ich trank Wein, dann begann ich zu essen. Es gab nur Löffel und Messer; Finger ersetzten die anderen Eßwerkzeuge. Das Murmeln und leise Lachen der Dorfbewohner wurde abermals lauter, als einer der Pferdehändler hereinkam. Ich kannte diese Atmosphäre; nachts in den Schenken trafen sich alle Menschen, die tagsüber keine Gelegenheit dazu gehabt hatten. Wein und Bier lösten die Zungen; wenn der finster dreinblickende Surrey von Mowbray endlich gehen würde, konnte ich mich unter die Männer setzen und wichtige Informationen bekommen.

»Nach Norden, Ritter?« fragte Surrey neugierig. Er warf Geflügelknochen unter den Tisch. Der Wolf schnappte danach.

»Ja. Ein langer, beschwerlicher Weg«, antwortete ich. »Wohin geht Euer Ritt?«

»Mit Euch, aber nur einige Stunden weit. Meine Burg liegt dort. Ich bin hier, um Gerichtstag zu halten – Gromell der Fletcher wird morgen hängen. Dann reite ich zurück. Soll ich Euch beim Kauf der Pferde beraten? Wo habt Ihr Euer Gepäck?«

Er horcht dich aus! sagte der Extrasinn. »Gut versteckt!« Wir aßen, ließen Wein bringen; die Mägde räumten den Tisch ab. Die Mädchen waren jung und hübsch, ein bißchen ungepflegt und derb, aber in dieser Einöde durfte ich keine hüftenschwenkenden Maurinnen erwarten. Wir waren schließlich im Abendland. Surrey gähnte und sagte zu mir:

»Ich bin müde – wir sehen uns morgen. Wie viele Pferde braucht Ihr?«

»Vier«, sagte ich. Er stand auf, rammte seine Hüfte gegen den Tisch und grüßte höflich. Er war nur leicht betrunken. Ich verbeugte mich und sah ihm nach. Seinen Helm hatte er liegenlassen.

Ich winkte dem Wirt. An seiner Stelle kam eine der Mägde. Ich schob ihr meinen Becher entgegen und legte ein größeres Geldstück daneben. Die Augen des Mädchens leuchteten kurz auf. Dann fragte ich leise: »Erzähle mir etwas von Gromell, Mädchen. Wie heißt du?«

Sie wurde rot und kicherte.

»Bona, Herr Ritter«, sagte sie. »Gromell wird morgen gehenkt. Der beste Pfeilmacher und Bogenschütze der Westküste. Er hat einen jungen Hirsch erlegt und ist gesehen worden, als er ihn in die Hütte seines Vaters geschleppt hat. Und jetzt wird Ritter Surrey ihn hängen lassen. Es sei denn, es gibt jemanden, der Einspruch erhebt und die vier Goldstücke hat.«

Reizende Bräuche in diesem Land und in dieser Zeit. Nimm dich in acht, daß dich nicht der Zorn des Ritters trifft! flüsterte mein Extrasinn.

»Warum schoß Gromell den Hirsch?« erkundigte ich mich, nachdem der Becher gefüllt neben mir stand.

»Hunger, Herr. Seine Familie hungert. Er hat sieben Brüder und Schwestern. Von dem Geld, das sein Großvater hatte, ist nichts mehr da, sagt man. Sein Vater ist krank. Er verkauft nur wenige Pfeile; sie sind zu gut. Er ist ein braver Kerl.«

»Sein Vater oder Gromell?« fragte ich leise.

»Gromell. Ein hübscher, goldhaariger Junge, zweiundzwanzig oder dreiundzwanzig Jahre alt. Es ist schade um ihn.«

Ich blickte am Kopf des Mädchens vorbei in die Gaststube. Zwischen den Deckenbalken fingen sich Dampf und der Rauch des Kaminfeuers und der Pfannen und Töpfe aus den Rosten. Kienspäne sonderten schwarze Rußfäden ab. Kerzen steckten in eisernen Leuchtern. Irgendwo fiel ein Bierbecher um; ein Mann fluchte. Der Boden war schmutzig und mit Sägemehl bestreut. Der Wirt hantierte am Herd und an seinen Fässern, die Mägde wuschen Becher und Teller und scheuerten hölzerne Löffel, Tröge und Pfannen. Ich holte Luft und fragte: »Wo ist dieser Gromell, Bona?«

»Drüben, im Schuppen des Sheriffs. Zwei Männer des Grafen bewachen ihn. Willst du ihn loskaufen?«

Das Mädchen hatte vergessen, daß ich ein Ritter war; sie zuckte zusammen, ich lächelte sie beruhigend an. Dann stand ich auf und nahm meinen Helm in die Hand. Ich sagte zu Bona:

»Richte mir mein Zimmer. Stell einen Becher Wein auf den Tisch; ich habe es gern warm, also lege viel Holz aufs Feuer. Der Wirt soll das Essen aufschreiben. Ich gehe zum Sheriff. Welches ist sein Haus?«

»Das große mit den schwarzen Läden, genau gegenüber, Herr Ritter!«

Hinter mir drängte sich lautlos der grausilberne Wolf durch die Stühle. Ich blieb hinter dem Pferdehändler stehen und legte ihm die Hand auf die Schulter. Er hörte auf zu reden, als er die Blicke seiner Gesprächspartner sah, und drehte sich halb um.

»Herr Ritter?« fragte er und stand auf, als er das Wappen auf meinem Überrock erkannte.

»Ich brauche vier Pferde. Es müssen die besten sein, die es gibt. Hast du solche Tiere?«

Er zog die Schultern hoch, als fröstelte er.

»Ich habe zwei gute Pferde, Herr; aber es sind hier noch andere Händler, die das eine oder andere Tier haben mögen ...«

Ich setzte ihm die Spitze meines Zeigefingers fest auf die Brust und sagte deutlich:

»Hör zu, Roßtäuscher! Ich sage dir, du sollst vier Pferde besorgen. Kauf die besten, die du findest, und lasse dich nicht betrügen. Ich werde sie morgen bei Sonnenaufgang ausprobieren – wehe, du hast mich betrogen. Wenn die Tiere gut sind, zahle ich sehr gut. Wirst du das tun?«

Er nickte nachdenklich und rechnete sich seine Chancen aus; Geld schaffte alles; mit meinem Goldvorrat konnte ich eine Burg bauen lassen. Die Unterhaltung der Männer hatte aufgehört. Ihre Blicke gingen zwischen dem Pferdehändler und mir hin und her. Die Bevölkerung war arm, das sah ich jetzt. Grobe Stoffe, ausgemergelte Gesichter, unstete Augen und eine deutliche Furcht vor der Macht eines Mannes aus dem Ritterstand. Nur wenige Männer blickten mich offen an. Natürlich hatte sich herumgesprochen, daß ich weder Sachse noch Normanne war. Das bedeutete für mich den Vorteil des Unparteilichen.

»Ja, Herr. Ich verdiene gern.«

»Du verdienst nur, wenn du beste Mähren lieferst. Zwei Pferde müssen für Ritterspiele, Kampf und Turniere geeignet sein.«

Er nickte, dann grinste er. »Morgen früh sind die Tiere im Stall dieses Gasthofes, Herr. Ihr werdet mit mir zufrieden sein.«

»Das wird sich zeigen, bei Saint Dunstan!«

Ich verließ die verräucherte Gaststube. Als die Männer, die neben der Tür saßen, den zahmen Wolf erkannten, erschraken sie. Ich würde genügend Gesprächsstoff liefern. Ich trat in den eisigen Wind hinaus, sah mich um und ging, die Hand am Schwertgriff, zum Stall neben dem Haus des Sheriffs. Sheriffs waren von der Krone bestimmte Männer, die Steuern eintrieben und gegenüber dem König abrechnen mußten. Männer mit viel Macht also. Ich schob das schwere Balkentor auf und sah zwischen Wagen und Deichseln,

Pferdegeschirren und Pflügen ein kleines Feuer. Ein Mann lag gefesselt im Stroh, ein anderer saß auf einem Schemel neben dem Feuer, ein dritter tauchte aus der Dunkelheit auf und richtete die Spitze seines Spießes auf mich.

»Gut Freund«, sagte ich. »Ich bin Ritter Atlan von Arcon, und ich habe mit dem Ritter von Mowbray gesprochen. Ist dies hier Gromell der Fletcher?«

»Wahr! Er ist es. Tretet näher, Herr Ritter. Was wollt Ihr?«

Ich zuckte die Schultern und rückte meinen Helm zurecht. Dann nahm ich einen brennenden Ast aus dem Feuer, hielt ihn hoch und ging vorsichtig, um keinen Brand auszulösen, auf den Gefangenen zu. Er bewegte sich nicht und sah mich aus ungeduldigen grauen Augen an. Ich musterte ihn genau. Ein schlanker, junger Mann mit hartem, trotzigem Zug um Mund und Kinn, mit gutgeformten Händen und abgerissener Kleidung. Er fror, aber er bemühte sich, es nicht zu zeigen. Ich blieb vor ihm stehen und fragte:

»Du kannst Bogen schießen und Pfeile herstellen, Gromell?«

Er antwortete nicht, aber ich spürte, wie ihn mein Wappen neugierig machte. Kein normannischer oder sächsischer Ritter schien einen dreidimensional wirkenden Wolfsschädel mit der Devise: ZUR SEITE – ICH KOMME! zu tragen. Dann antwortete der Fletcher: »Ja.«

»Kannst du reiten und kämpfen?«

Einer der Bewaffneten sagte lachend: »Das kann von uns jeder, Herr. Notfalls gegen die Normannen!«

Ich drehte mich um. »Aber ihr seid bei einem normannischen Herrn im Dienst! Wie verhält sich das zu deinem Wort?«

Der Soldat sagte: »Ehe wir verhungern, dienen wir unseren neuen Herren, Herr Ritter! Aus Hunger hat Gromell gewildert. Viele wildern in dieser Gegend, in ganz Britannien. Aber er ist ertappt worden.«

»Ich habe verstanden. Würdest du einem fremden Ritter dienen, der einen Besuch in diesem Land macht? Ich brauche einen Freund und einen Knappen. Es wäre gut, wenn du ein wenig mehr reden würdest, Fletcher!«

Er richtete sich halb auf. »Ihr müßtet mich auslösen, Herr Ritter. Und in diesen Zeiten ist Gold sehr selten. Außerdem will mich Ritter Surrey hängen sehen! Ihr werdet ihn nicht umstimmen können.«

Schon am ersten Abend spürte ich die verworrene Situation dieses Landes und ihre Auswirkungen. Das Volk war nichts anderes als ein Haufen Menschen, die versuchten, in Frieden zu leben und ihre Äcker zu bestellen. Aber sie wurden gezwungen, den neuen Herren zu dienen, die England nach der Schlacht von Hastings beherrschten. Und wenn die Familien verhungerten ... auf Wilddiebstahl und verbotene Jagd in gräflichen Forsten stand die Todesstrafe. Aber ich kannte die Rechte der Ritter. Schlimmstenfalls weigerte sich Surrey, und das bedeutete einen Kampf. Der Sieger behielt recht.

»Ich werde ihn umstimmen«, versprach ich grimmig. »Im guten oder vom Sattel aus. Willst du mein Knappe sein, Gromell?«

Er nickte eifrig. »Alles andere ist besser als der Tod durch des Seilers Tochter«, sagte er. »Ich werde Euch bis in den Tod dienen.«

»Der hoffentlich noch eine Weile auf sich warten läßt«, murmelte ich und wandte mich an die Bewaffneten. Ich zog ein Goldstück aus der Tasche, drückte es in die Hand des älteren Mannes und ordnete an: »Bringt ihm zu essen und zu trinken und lockert seine Fesseln. Sagt morgen dem Sheriff und dem Grafen Surrey, was ich gesagt habe. Ich löse Gromell aus und werde auch mit Surrey kämpfen, wenn er es will.«

Die Männer nickten beide, überrascht und zuversichtlich.

»Was vom Essen übrigbleibt, gehört euch!« sagte ich. »Ich bin drüben im Gasthof zu finden. Warum trägt das Haus einen solch düsteren Namen?«

Der jüngere Soldat antwortete: »In der Grafschaft Cardigan werden heutzutage viele Bogner gehenkt, Herr. Ihr kommt aus einem fernen Land, Ihr wißt es nicht. Die Normannen werden wohl kaum unsere Freunde werden. Aber wir sind machtlos. Schlaft in Frieden, Herr. Ihr tut ein Werk der Barmherzigkeit.«

Der Wolf war bis jetzt im Schatten geblieben und schloß sich mir an, als ich die Scheune verließ. Ich überquerte den Platz, hörte jammernd ein Käuzchen schreien und sah zur Mondsichel, die zwischen grauschwarzen Wolken auftauchte und verschwand. Als ich die Gaststube betrat, war der Pferdehändler nicht mehr an seinem Platz. Der Wirt näherte sich mir; ein großer, häßlicher Mann von herkulischem Wuchs. Sein Haar war dunkel, lang und zottig. Er hatte eine gezackte, große Narbe über dem Backenknochen. Aber seine Augen fielen mir auf; sie waren klein, hitzig, leidenschaftlich. Irgendwie verkniffen. Ein spöttisches Grinsen lag um seine Lippen.

»Herr Ritter – Euer Zimmer ist bereit. Bona wartet auf Euch.«

Ich nickte kühl. »Du wirst mich morgen vor Sonnenaufgang wecken, Wirt! Kann ich bei dir einen guten Sattel leihen?«

»Ja, Herr. Wozu braucht Ihr ihn?«

»Ich werde vielleicht gegen Ritter Surrey antreten müssen. Sorgt dafür, daß eines der Pferde gesattelt wird. Ihr bekommt Gold dafür, Wirt.«

»Das wird alles geschehen, Herr«, sagte der Wirt mit einer raschen Handbewegung.

»Sehr gut.«

Ich ging eine knarrende Treppe hinauf, entlang an weißgekalkten Wänden, an denen die Fackeln zungenförmige Rußstreifen hinterlassen hatten. Silberfarbene Insekten flüchteten vor meinen Stiefelsohlen. Ein schmaler Gang nahm mich auf. Ich hörte verhaltenes Lachen und das Klirren eines Bechers, dann sah ich die geöffnete Tür. Ich stieß sie auf, blieb stehen und wartete, bis der Wolf sich vor die Schwelle gelegt hatte. Dann schloß ich die Tür und nahm Helm und Handschuhe ab. Ein Feuer ließ das Holz im Kamin prasseln, zwei Kerzen brannten, und Bona saß auf dem Holzstuhl zwischen dem Lager und dem Feuer. Ich nickte ihr zu und löste die Haken des Kettenhemdes.

Minuten später saß ich auf dem Rand der Liege, die einen leidlich sauberen Eindruck machte.

»Du bist sehr hübsch«, sagte ich leise, »wenn du dein Haar nach unten fallen läßt.«

Bona zögerte; jetzt war sie plötzlich zurückhaltend, beinahe schüchtern. Vielleicht begriff sie, daß sie es mit mir als einem Fremden zu tun hatte, der nicht in ihre Welt zu passen schien. Mehr als nur ein fremder Ritter aus einem Land, über das sie bestenfalls Gerüchte gehört hatte. Ich zog sie an mich und fühlte, wie sie nur langsam nachgab, wie sich ihre Verkrampftheit löste. Ahnte sie, daß sie für mich mehr bedeutete als nur ein flüchtiges Abenteuer, das auf eine Nacht beschränkt blieb? Sie war so etwas wie ein Schlüssel, mit dessen Hilfe ich den Kontakt mit den Menschen wiederaufnehmen konnte. Stunden später hatte sie vergessen, daß ich ein »Ritter« war, ein Angehöriger der Herrscherkaste.

Ich hatte vergessen – weil ich vergessen wollte –, daß sie die Magd in einem von Läusen und Wanzen starrenden Gasthof war. Wir schliefen ein.

Aber es war ein ruheloser Schlaf. Eine Vision hing wie eine Wolke im Zimmer; eine Wolke voller Formen und Farben und Geschehnissen wie ein Füllhorn, die Türen und Wände durchdrang. Sie hatte eine Bedeutung, die sich mir entzog wie eine Farbe am Ende des Spektrums. Es war ein Name oder ein Begriff, der mit allen dunklen menschlichen Trieben seit der Urzeit getränkt war wie ein riesiger Schwamm. Ich hörte den Klang von rasenden Hufschlägen in den fernen Ebenen und Wäldern, ich erkannte, daß ich seit Jahrtausenden stets gegen denselben Feind kämpfte: Er hatte viele Namen. Intoleranz und Armut, Unwissenheit, Machtstreben und Grausamkeit, Verschlagenheit und die Unmöglichkeit, sich vom Aberglauben zu lösen. Ich kämpfte einen hoffnungslosen Kampf. Wenn ich helfen konnte, dann nur in winzigen Ausschnitten dieser riesigen Welt.

Eine blasse, riesige Sonne, die mit kraftlosen Strahlen durch den Nebel stach. Der schneidende Ostwind hatte in der Nacht schlagartig nachgelassen. Ich erkannte in der Luft den Jagdfalken, der die Umgebung betrachtete. Nichts störte den friedlichen Rhythmus des Tages; der Falke hätte es gemeldet. Ich stand neben dem Wirt und dem Roßhändler am Scheunentor. Ein Knecht führte das Pferd aus dem Stall. Mit einem Blick sah ich, daß das Tier geradezu auffallend gepflegt war und gut gefüttert sein mußte. Es tänzelte vor uns her. Ein großes, starkes Tier, ein Falbe. Ein starkknochiger Hengst mit arabischem Einschlag, was der kleine Kopf und die zierlichen Hufe bewiesen. Der Pferdehändler sah mich listig an.

»Zufrieden, Herr Ritter?« fragte er.

»Bis jetzt schon«, sagte ich, und als ich zusah, wie der Knecht das Tier fachmännisch sattelte, bedauerte ich, daß ich nicht meine eigenen Sättel auflegen konnte. Sie wogen nur ein Viertel, waren bequemer und schonten das Tier. »Ich werde einen Probegalopp machen«, schloß ich.

»Ich bin sicher, das Tier wird Eure Liebe erhalten«, sagte der Roßhändler. »Ich habe noch einen Rappen und zwei wunderschöne Schimmel für Euch. Ich habe sie teuer bezahlt.«

»Was kosten die Tiere?« fragte ich.

»Ein jedes zwölf Goldpfennige. Und jedes Tier ist würdig, einen König zu tragen.«

Ich brauchte wichtige Teile meiner Ausrüstung, und außerdem hatte ich es eilig. Ich zählte zwei große und mehrere kleinere goldene Münzen ab und gab sie dem Händler. Dann blieb ich neben dem Tier stehen, verlängerte die Riemen der Steigbügel und schwang mich mit einem Satz in den Sattel. Der Wolf sprang mit einem Satz vom Brunnenrand herbei, und ich parierte das Pferd durch, setzte die Sporen ein und galoppierte nach rechts davon. Schon nach einigen Sprüngen merkte ich, daß ich ein ausgezeichnetes Tier hatte. Es war schnell und rassig und gehorchte auf jede Reithilfe und auf den geringsten Zug an der Kandare. Ich brauchte die Sporen nicht.

»Dieser Betrüger scheint mich nicht betrogen zu haben!« sagte ich und knallte meine flache Hand auf den Schenkel des Tieres. Ich galoppierte mit größter Geschwindigkeit den Weg zurück, den ich zu Fuß gekommen war, und erreichte das Versteck des Gleiters. Der Wolf hielt mit mir Schritt, und da er nicht wie ein Wolf roch, erschreckte er auch den falben Hengst nicht. Ich stieg aus dem Sattel, betrachtete das Tier genau; es zeigte nicht die geringsten Zeichen von Erschöpfung, obwohl ich es gezwungen hatte, die Hänge hinaufzugaloppieren, durch schmale Bäche zu waten und über Hindernisse aller Art zu springen.

»Ausgezeichnet!« sagte ich. Ich wandte mich an den Wolf und fragte: »Meldet der Falke, daß uns jemand nachreitet?«

»Nein, negativ!« sagte der Wolf undeutlich. Er sprach tausend Worte Arkonidisch, die Aussprache war leicht verzerrt worden.

Kurze Zeit später hatte ich, was ich brauchte: Lanze, Schild, ein zweites Schwert und eine sarazenische Waffe, die ich dagormeisterhaft beherrschte. Ich schnallte die runden Schutzglieder für Knie und Ellenbogen um, legte meinen Mantel hinter den Sattel und befestigte die Verschlüsse der stählernen Überschuhe. Dann schwebte der Gleiter in sein Höhlenversteck. Wenn alles nach Plan ging, würden wir heute abend von hier wegreiten; hervorragend ausgerüstet und in bester Stimmung. Bisher hatte ich noch keinen einzigen Pestfall gesehen – vielleicht hatte sich die Seuche noch nicht bis nach Aberystwyth ausgedehnt.

Ich ritt langsamer, aber recht zügig und traf auf dem Marktplatz ein. Ich warf meinen eigenen Sattel, den ich bisher auf den Schultern gehabt hatte, neben den Wolf auf den Boden und sah zu, wie drei Männer an dem dicksten Ast eines schwarzborkigen Baumes eine Henkerschlinge knüpften. Ich ritt, die Lanze in der rechten Hand, bis neben den Baum und rief: »Ich suche Ritter Surrey von Mowbray! Ich bin es, der Gromell den Pfeilmacher auslösen wird.«

Ich stieg aus dem Sattel und gab einem Knecht Zügel und Lanze. Dann sah ich, wie Surrey aus der Tür des Wirtshauses herauskam. Seine Bewaffneten befanden sich neben ihm; eben brachten die Männer des Sheriffs Gromell aus der Scheune heraus. Die Sonne war höher geklettert, und der Baum mit der Schlinge warf einen langgezogenen Schatten auf den Dorfplatz. Ich hob die Hand und ging auf Surrey zu.

»Ihr wollt mich sprechen, Ritter Atlan?« fragte Surrey finster.

»So ist es. Ich will diesen armen Burschen loskaufen. Wie teuer ist ein Hirsch aus Eurem Forst, Ritter?«

Er faltete seine Hände über dem Schwertgriff und schüttelte den Kopf.

»Seht, Ritter von Arcon«, sagte er halblaut, »das ist eine lange Geschichte. Ich will sie Euch berichten: Seit Jahren wildern diese Taugenichtse und Strauchdiebe in meinen Forsten.«

Ich lächelte. »Seit jener Zeit also, seit der die Sauen und Hirsche die Äcker und Getreidefelder Eurer Untertanen verderben?«

Er kniff die Augen zusammen. Sein Gesicht unter dem locker aufgesetzten Helm wirkte plötzlich finster und abweisend. Der Ausdruck von Leichtsinn und Unbedenklichkeit war verschwunden. Das Gewebe des Kettenhemdes lag wie ein Schal um den Hals des Ritters.

»Wenn Gromell heute nicht hängt«, sagte er wütend, »dann glaubt jedermann, er kann in meinen Wäldern schießen, was ihm gerade schmeckt. Nein, Ritter, sucht Euren Knappen woanders. Gromell wird hängen.«

Er deutete auf die Schlinge. Eine Menge Menschen hatten sich bereits versammelt; es herrschte eine dumpfe, ungemütliche Stimmung. Ich erwiderte:

»Ich zahle Euch den Hirsch doppelt und dreifach. Wenn Ihr nicht darauf eingeht, rufe ich das Gericht der Einhundert zusammen. Schließlich gibt es noch die Möglichkeit des Entscheides durch Kampf. Ich stelle mich gern, und ich habe die Absicht, Euch in diesem Fall zu besiegen.«

Er maß mich schweigend von oben bis unten.

»Euer Gold, Ritter, brauche ich nicht. Das Gericht würde zu lange brauchen – inzwischen werden wir beide ungeduldig, und Gromell verhungert, anstatt zu baumeln. Wir wollen kämpfen. Wer siegt, hat recht. Dem Sieger gehören Pferd und Rüstung des Verlierers.«

Ich erkundigte mich: »Mit scharfen oder stumpfen Waffen?«

Er hob beide Hände und sagte lachend: »Soll ich mein Leben wegen eines Wilddiebs aufs Spiel setzen? Mit stumpfen Waffen! Freiwilliges Aufgeben entscheidet.«

»Einverstanden«, sagte ich, legte ihm die Hand auf die Schulter. »Ich verspreche Euch einen guten und fairen Kampf, Normanne.«

Es war für mich die beste Möglichkeit. Ich brauchte als Freund und Helfer einen jungen, aufgeweckten Mann, der Land und Leute und Sitten kannte und keine Furcht hatte, mit mir durch die Insel zu reiten und einen Teil meiner Geheimnisse zu teilen. Außerdem war er ein hervorragender Bogenschütze und ein mutiger Bursche, wie mir Bona berichtet hatte.

»Gut. Bringen wir es hinter uns!« sagte der Normanne und drehte sich brüsk um. Ich hatte meinen ersten Feind; zwei Tage nach meiner Landung in Britannien. Der Ritter verschwand im Stall und schrie nach seinen Bewaffneten; ich ging auf mein Pferd zu und machte mich zurecht. Ich kontrollierte den Sitz des Sattelgurtes und die Zügel, nahm meine Lanze und den Schild, dann schnallte ich den Helm über die Kapuze aus Kettengewebe.

Ich wendete das Pferd; der Hengst riß den Kopf hoch und stieg in die Höhe. Ich schob meinen linken Arm in die Griffe an der Innenseite des Schildes; mein Daumen berührte die Kontakte. Mit der rechten Hand, in einem wertvollen Handschuh mit langer Stulpe, umfaßte ich den Schaft der Lanze. Sie trug an der Spitze den Einsatz für Turniere, einen stumpfen Dreizack. Am anderen Ende des Platzes saß gerade Surrey auf; sein Pferd war ein schwergebauter, pechschwarzer Rappe. Surrey hob seine Hand und brüllte:

»Seid Ihr fertig, Ritter Atlan?«

»Ich bin fertig!« schrie ich zurück. Der Marktplatz leerte sich. Viele Besucher waren angekommen; Kunden für die Pferdehändler. Sie stoben auseinander und drückten sich an die Hauswände. Nur Gromell mit seinen Bewachern stand unbeweglich unter der baumelnden Schlinge: eine makabre Szene. Der Sheriff war aus seinem Haus gekommen, hob beide Arme und rief:

»Reitet an, Ritter, wenn ich die Arme senke. *Largesse, largesse,* tapfere Ritter!«

Die bekannte Formel. Die Arme flogen herunter, wir ritten an. Nach einigen Schritten wurde aus den ungleichmäßigen Sätzen des Falben ein gestreckter Galopp. Ich fällte die Lanze, preßte den Daumen auf den fast unsichtbaren Kontakt und setzte mich zurecht. Dann legte ich den Schaft nach links über den Hals des Tieres. Der Schild und die Lanzenspitze Surreys näherten sich rasend schnell. Ich zielte auf die Brust des Mannes und hob den Schild an, kippte ihn gleichzeitig nach oben und nach links. Dann drückte ich beide Kontakte.

Wir prallten zusammen. Die Lanzenspitze traf meinen Schild genau in der Mitte. Ich spürte trotz des eingeschalteten Schutzfeldes einen harten Schlag. Gleichzeitig traf meine Lanze den Oberkörper Surreys. Das Schutzfeld, das sich an der Oberfläche des Schildes mit dem Wolfskopf ausbreitete, lenkte die Lanzenspitze wirbelnd nach oben ab. Der Lähmstrahl, der sich kegelförmig aus der Spitze meiner Lanze fortsetzte, lähmte die Brustmuskulatur des Gegners. Dann fühlte ich den harten Schlag im Handgelenk und im gesamten rechten Arm. Die Lanze erfaßte den Gegner, wirbelte ihn aus dem Sattel und wich nach rechts aus. Als wir uns bis auf eine Mannslänge genähert hatten, sah ich unter dem Rand meines Helmes, wie Surrey beide Arme hochwarf, seine Lanze und die Zügel losließ und seitlich, über die Kruppe des Pferdes, aus dem Sattel gerissen wurde. Die aufgeregten Augen des gegnerischen Pferdes huschten aus meinem Blickfeld, und ich zügelte mein Pferd und wendete es auf der Hinterhand. Dann senkte ich meine Lanze nach rechts.

Surrey überschlug sich zweimal; sein *Halsberc,* sein Kettenhemd, riß den Staub des Platzes hoch. Schild, Speer und Helm flogen nach allen Seiten auseinander. Ich ritt langsam auf ihn zu; seine Männer rannten herbei und halfen ihm auf die Beine.

»Kämpfen wir weiter?« erkundigte ich mich. Meine Stimme klang unter dem Nasenschutz und den Stahlspangen, die das Kinn umschlossen, dunkler als sonst.

»Nehmt diesen Wilddieb und werdet glücklich!« ächzte Surrey. »Ihr seid ein wahrer Satan im Sattel!«

»Man sagt es allerorten«, gab ich zu und deutete auf Gromell den Fletcher. »Bindet ihn los! Ich habe ihn gewonnen.«

Dein Feind steht vor dir im Staub! sagte mein Extrasinn. *Hüte dich vor ihm; er denkt nach, wie er sich rächen kann.*

»War es ein fairer Tjost?« fragte ich.

»Der Kampf war nicht regelwidrig!« sagte der Sheriff laut.

Ich stieg ab und führte mein Pferd hinüber zu Gromell, dessen Fesseln man löste. Er trug nicht den Halsring der Hörigen, also war er ein freier Mann. Ich hielt ihm die Hand entgegen, und er ergriff sie, beugte sich über sie und fiel auf die Knie.

»Steh auf!« rief ich. »Wir haben keine Zeit für Kindereien! Du bist mein Knappe und mein Freund, und meine Freunde knien nicht vor mir. Schnell!«

Wir tauschten einen langen, festen Händedruck.

Man führte den Ritter zurück in die Gaststube und sein Pferd in den Stall. Die Menge auf dem Dorfplatz zerstreute sich und bildete Gruppen, die sich halblaut, aber aufgeregt unterhielten. Der Fletcher zog mich mit sich, kurze Zeit später standen wir unter der niedrigen Tür seines Hauses.

»Ich werde mitnehmen, was ich brauche«, sagte er. »Werkzeuge und Pfeile und ein Stück von dem Hirschbraten.«

Er grinste breit. Eine Begrüßung folgte, die wir über uns ergehen ließen. Es war mir peinlich, miterleben zu müssen, wie sich Eltern und Geschwister bedankten. Eine halbe Stunde später schleppte Gromell seine zwei Bögen und den großen Köcher voller Pfeile, einiges Werkzeug und Essen mit sich aus der Hütte. Ich drückte dem Jüngsten der zahlreichen Familie ein großes Goldstück in die Finger und verabschiedete mich.

»Wohin geht Ihr, Ritter Atlan?« fragte Gromell.

»Zuerst mit den Pferden zu meinem Versteck; dort werden wir mitnehmen, was wir brauchen. Dann reiten wir nach Norden, mindestens einen Mondwechsel lang. Vermutlich mit einigen Unterbrechungen.«

»Ich verstehe«, sagte er zu meinem Erstaunen. »Mit Euch, Ritter, reite ich bis zum Ende der Insel.«

Wir ritten zu den Ställen des Gasthofes. Der Sheriff brachte mir das Pferd und die Rüstung des Ritters Surrey, und ich lehnte sie ab. Ich sagte, daß ich meine Kampfbeute als Geschenk für meinen besten und tapfersten Gegner betrachte. Wir untersuchten die anderen Pferde des Roßhändlers und fanden meine Vermutung bestätigt: Die Tiere waren ihr Geld wert. Bei dieser Prüfung erwies sich Gromell als intelligenter, rauhbeiniger Junge. Schließlich zahlte ich dem Wirt, was er zu bekommen hatte und machte Bona ein Geschenk. Gegen Mittag verließen wir Aberystwyth und folgten den Spuren, die ich bei meinem wilden Ritt hinterlassen hatte. Gromell erschrak zu Tode, als der Gleiter aus seinem Versteck herausschwebte. Ich brauchte lange, um ihn zu beruhigen. Als wir die leichten Reitsättel aufgelegt und das Zaumzeug ausgetauscht hatten, sagte Gromell: »Sagt mir, Herr Ritter ... wir reiten doch nicht etwa zur Burg Diarmuid Faighe am Loch Cruachna Calecroe?«

»Wie kommst du darauf?« fragte ich verwundert.

»Das ist eine lange Geschichte«, sagte er und grinste wieder. Er fuhr sich mit den Fingern durch sein verfilztes Haar. »Ich werde sie Euch berichten, wenn wir nach Norden reiten, Herr.«

Der Gleiter schwebte mit aktivierter Fernsteuerung zurück in die kleine Höhle. Ich schaltete den Schutzschirm ein, stapelte eine große Menge Steine vor den Eingang und verschmolz deren Ränder mit dem Strahler zu einer kompakten Masse. Dann warfen wir Rasenstücke, Lehm und Zweige darüber und tarnten alles. Gromell hatte fassungslos zugesehen, als der Strahler in Tätigkeit getreten war, aber sein Staunen war unnatürlich; er schien mir etwas zu mäßig überrascht. Wir schwangen uns in die Sättel, nahmen die Zügel der Packpferde und ritten nach Norden.

Es war die siebente Nacht, die wir außerhalb der Dörfer und kleinen Städte fernab der wenigen Burgen verbrachten. Wir lagerten am Waldrand. Die Pferde, denen wir die Vorderfüße mit Riemen gebunden hatten, weideten. Die Nächte waren wärmer geworden, je mehr wir nach Norden kamen. Frühling lag in der Luft; der Himmel war klar und zeigte den vollen Mond und die Sterne. Ein kleines Feuer brannte, der Wolf streifte in Kreisen um das Lager, und der Jagdfalke starrte mit Infrarotaugen nach unten, während er die Umgebung kontrollierte. Ein großer Topf stand auf dem Rost über den Flammen. Kochendes Wasser, Konzentratwürfel, Fleisch und Würzkräuter verbreiteten zugleich mit einer Dampfwolke einen Geruch, der unseren Appetit anregte. Mein Speer stak im Boden, der Schild mit dem leuchtenden, dreidimensionalen Wolfskopf hing am konisch zulaufenden Griff, der Helm darüber. Gromell trug mein zweites Panzerhemd; wir hatten die *Herseniers,* die Kapuzen der Stahlhemden, zurückgeschlagen und saßen auf unseren Sätteln am Feuer.

»Riecht ausgezeichnet«, murmelte Gromell und sah mich mit einem durchbohrenden Blick an, nahm seinen Dolch und rührte in der Suppe. Zischend fielen Tropfen ins Feuer. »Du bist nicht nur ein Ritter aus einem Land, das ich nicht kenne, Atlan.«

»Richtig!« sagte ich. »Aber das alles wirst du noch erfahren. Du bist mir noch eine Geschichte schuldig.«

»Nach dem Essen!« versprach er. Wir hatten die aufblühende Landschaft durchquert und uns nur selten an die Wege gehalten. Gromell der Fletcher kannte hier, so schien es, jeden Baum und jede Furt. Wir hatten Rauchsäulen gesehen, von fern einige Burgen, kleine Dörfer und Menschen auf den Feldern. Ich hatte zwei Ideen gefaßt, die ich bei nächster Gelegenheit verwirklichen mußte: ein neuer Pflug und ein verändertes Zuggeschirr für Ochsen oder Pferde. Aber merkwürdigerweise war uns dieser Weg wie ein Marsch durch die Stille und Leere vorgekommen. Auch jetzt war der Wald wie ausgestorben. *Arrow,* der Wolf, und *Falco,* der Jagdfalke, würden uns warnen.

»Ritter Surrey von Mowbray«, sagte ich, »war sehr wütend, als er vom Kampfplatz humpelte. Wird er mich hassen?«

Gromell nickte bedächtig. »Ja. Dieser Mann ist ein unsicherer Normanne, der alles haßt, was sächsisch ist. Er wollte mich unbedingt hängen sehen, und ich würde nicht mehr leben, wenn du mich nicht gerettet hättest. Er wird versuchen, dich zu töten – offen oder aus dem Hinterhalt. Spätestens in Abergavenny beim Turnier werden wir auf ihn stoßen.«

Ich hatte den jungen Mann gezwungen, sich mit warmem Wasser und Seife zu waschen, dann hatten wir seine Lumpen weggeworfen und ihn aus meinen Vorräten neu eingekleidet. Er war stolz auf die Stiefel und die Hose, auf kunstseidene Wäsche und das Kettenhemd, auf die scharfen Waffen. Er saß wie ein Ritter im Sattel, hatte den Köcher neben sich und den Bogen über den Schultern: ein zuverlässiger Mann mit einem feinen Instinkt.

»Abergavenny«, sagte ich leise und brachte die Teller und die Schöpfkelle ans Feuer. »Dort werden wir den Menschen zeigen, wie sie besser arbeiten können. Was weißt du von Burg Diarmuid?«

Er rührte in der Suppe und murmelte: »Vor sechzig Jahren kam ein Mann nach Aberystwyth. Ein schlanker Mann mit brauner Haut und aufrechtem Gang; er kannte viele Dinge, arbeitete schnell und gut und wurde reich. Er heiratete ein Mädchen, das er aus einer Schar Vaganten befreite. Dieses Mädchen war meine Großmutter. Sie bekam einen Sohn, meinen Vater – sie sagten ihm viele Dinge, aber er vergaß die meisten wieder. Er konnte auch den Besitz nicht zusammenhalten. Auch er heiratete – du hast ihn gesehen.«

Ich fragte argwöhnisch: »Dein Großvater und dein Vater ... sie erzählten dir auch, daß die Sterne kleine Sonnen sind, daß die Erde eine Kugel ist, daß viele Dinge sich erklären lassen, wenn man den Aberglauben läßt?«

»So ist es. Aber das alles hat nichts genützt. Bevor er starb, sagte mein Großvater, daß ich diese schwarze Burg besuchen soll.«

Es ist verblüffend! Verrate ihm dieses Geheimnis nicht! sagte mein Extrasinn.

»Warum hast du sie nicht besucht?« fragte ich mißtrauisch. Ich schöpfte die kräftige Suppe in die Teller und hielt Gromell den Löffel hin.

»Ich habe für eine Menge Schwestern und Brüder zu sorgen und für die Eltern. Deshalb auch die heimlich geschossenen Rehe und Hasen.«

»Also kam dein Großvater von der schwarzen Burg!«

»So wird es wohl gewesen sein. Die Leute dort, sagt man, sind Hexenmeister und mit dem Gottseibeiuns im Bund.«

»Keines von beiden«, erwiderte ich und löffelte meinen Teller leer. »Es gibt keine Hexerei, es gibt keinen Teufel, der nicht in den Menschen selbst ist. Es gibt nur viele Dinge, die ein Mensch nicht weiß, die ein anderer aber besser weiß.«

»Ein solcher Mann bist du, Atlan!« sagte er mit Nachdruck.

»Ich glaube es wenigstens«, sagte ich. Lautlos schlich Arrow aus den Büschen heraus, lief um uns herum und blieb zwischen uns stehen. Er knurrte wütend und sagte dann:

»Neun oder zehn Menschen. In einer Stunde sind sie hier.«

Ich ließ beinahe den Teller fallen und fragte: »Aus welcher Richtung, Arrow?«

»Ich schaue dorthin!«

Gromell und ich warfen uns lange Blicke zu. Wegelagerer oder Galgenvögel, oder hatten sich Surrey und seine Leute auf unserer Spur bewegt? Beides war möglich; die Nacht war noch lang. Ich sagte zum Wolf:

»Versteck dich und greif an, wenn ich den Befehl gebe! Schnell!«

Gromell murmelte: »Ich habe es dir gesagt – Surrey will mich umbringen. Und er haßt dich, weil du ihn im Waffengang besiegt und ihm Pferd und Rüstung als Geschenk gemacht hast.«

Wir aßen ruhig die Suppe auf, verstauten Topf und Rost und griffen zu einer alten List; wir lehnten eine Puppe aus Decken, Mänteln und einer Rüstung gegen einen Baum. Das Feuer konnte herunterbrennen; zuviel Licht war schlecht für unseren Plan. Ein zweites Bündel lag unter meinem Mantel verborgen, neben dem Feuer.

Als wir uns mit Pfeilen und Bögen ins Dunkel zurückzogen, hinterließen wir eine Szene, die unverfänglich und friedlich wirkte: zwei Männer schliefen am Feuer. Gromell enterte einen Baum mit breiten Ästen und viel jungem Laub, und ich blieb in der Dunkelheit neben dem Feuer stehen. Wir warteten regungslos.

Ich hörte Geräusche. Etwa zehn Menschen näherten sich von links. Sie waren bewaffnet; ich sah im schwachen Mondlicht Klingen und Lanzenspitzen. Gemurmelte Worte drangen an meine Ohren. Ein Schwert klirrte gegen einen Stein, ein dürrer Ast brach. Der Wolf stand unsichtbar bei den Pferden, die aufgeregt scharrten und leise wieherten.

»Sie sind am Feuer – schnell!« flüsterte jemand. Ich hatte die Pistole mit den Signalraketen im Gürtel stecken. Bogen und Pfeile waren bereit, auch der Dolch mit der versteckten Lähmstrahler-Kammer. Die Männer näherten sich in einer auseinandergezogenen Reihe und kamen auf den Glutfleck zu. Jemand flüsterte. Die Gesichter wurden schwach erkennbar. Ich spähte umher, aber ich sah den Helm des Ritters nicht. Auch nicht seine Gesichtszüge mit dem Kinnbart. Jetzt huschten Gestalten zwischen dem Feuer und mir vorbei und verteilten sich. Ich riß die Waffe aus dem Gürtel, richtete den Lauf nach oben und drückte ab. Noch ehe das zischende Geräusch laut zu hören war, hatte ich die Waffe zurückgesteckt und meinen Bogen ausgespannt. Sekunden später, als ein Mann mit einem Sauspieß auf die Figur am Baum losrannte, wurde die kleine Lichtung von dem kreideweißen Licht der Magnesiumpatrone erhellt.

Gleichzeitig schoß Gromell. Er verzichtete wie ich darauf, die Männer zu töten. Unsere Pfeile trafen die Arme, nagelten die Kleider der Männer an die Bäume. Ich sah, wie jemand auf mich zurannte, ohne mich zu sehen. Der Lähmstrahler fauchte auf. Ein Pfeil schleuderte einen der Angreifer ins Feuer, er rannte heulend davon; sengender Geruch breitete sich aus. Wenige Schritte vor mir brach einer der Männer zusammen. Das Geschehen war vorbei, als noch das flackernde Licht sich langsam dem Boden näherte. Vier Männer lagen um das Feuer herum. Die anderen flohen nach Osten. Von oben schwebte der Falke, zog Kreise um meinen Kopf und krallte sich in meiner Schulter fest.

»Es waren neun Männer. Fünf sind geflohen!« krächzte Falco.

»Stelle fest, wohin sie fliehen!« Ich schob die Zweige zur Seite, sah die Speere, die in der Puppe steckten, die Gromell darstellte. Wir beide wären jetzt, hätten wir geschlafen, tot. Der nachgeahmte Ritter war von der Saufeder gegen den Baumstamm gespießt worden.

»Sie kamen von Abergavenny, aus dieser Richtung«, krächzte der Falke undeutlich.

»Verfolge sie trotzdem!«

Er breitete die Schwingen aus und schoß senkrecht zurück in die Dunkelheit. Gromell kam herbeigerannt, einen Pfeil auf der Sehne. Ich warf einen Armvoll trockenes Holz in die Glut, sofort beleuchtete eine gewaltige Flamme die Lichtung. Ich blieb neben einem bewußtlosen Mann stehen und drehte ihn mit der Spitze meines Stiefels um. Gromell entspannte seinen Bogen. Seine Augen wurden größer, als er in das Gesicht des Mannes starrte.

»Ritter Surrey!« sagte er. »Schneid ihm die Kehle durch, dann wird er Ruhe geben.«

»Nein«, sagte ich. »Mir macht es Spaß, einen Feind zu haben, den ich genau kenne. Aber – kann Surrey einen Mord mit seiner Ritterehre vereinbaren?«

Gromell lachte bitter. »Wenn du wüßtest, was ein normannischer Ritter alles mit seiner Ehre vereinbaren kann ...!« Er ließ den Satz unbeendet.

Ich murmelte: »Wir lassen die Männer liegen. Die Bewußtlosen kommen zu sich und können den Verwundeten helfen. Spätestens in Abergavenny werden wir sie wiedersehen. Dann sind wir klüger, und Surreys Wut ist größer.«

Gromell bemerkte säuerlich: »Man muß, glaube ich, ein Ritter sein, um so viel Freude am Kämpfen zu haben.«

»Vermutlich!« murmelte ich. Wir ließen die Männer liegen; die Verletzungen waren unbedeutend. Langsam zogen wir uns an, holten die Pferde und schnallten Sättel und Lasten fest. Meine Erkenntnis, daß Gromell ein Enkel der Männer auf Burg Diarmuid war, behielt ich für mich. Wir tranken einen Schluck Wein, den wir bei einem der Verwundeten gefunden hatten, aßen Fladenbrot und kalten Braten und ritten, als der Morgen graute, weiter nach Norden. Der Wolf begleitete uns, der Falke kreiste über uns. Unser Ziel war vier oder fünf Tagereisen entfernt; ein kleiner Ort in der Nähe von Abergavenny.

Jetzt ritten wir in leichtem Galopp durch eine Landschaft, die von Stunde zu Stunde belebter zu werden schien. Von Süden kam warmer Wind. Die flachen Furchen der Äcker glänzten schwarz und fettig; Taubenschwärme waren in der Luft und flogen in ihren charakteristischen Schwenkungen davon, als sie den Jagdfalken sahen. Unter den Hufen der Pferde spritzten Lehm und Steine nach allen Seiten. Von fern sahen wir eine Burg, ein schwarzverwittertes Bauwerk auf der Spitze eines felsdurchwachsenen Hügels. Bis heute hatten wir noch kein einziges Anzeichen der Pest gesehen.

»Welche Burg ist das dort?« fragte ich, während ich mich an die Seite des Bogenschützen setzte.

»Lancaster Castle«, sagte er in der keltisch-sächsischen Sprache seines Volkes.

»Gibt es dort etwas, das ich wissen müßte?« erkundigte ich mich. Gromell hob die Hand und deutete auf den schwarzen Turm, an dem eine ausgewaschene Flagge im Wind taumelte.

»Ein alter Mann mit seiner bemerkenswerten Tochter, der schönen Alexandra. Ich kenne sie nicht, aber die Dörfler erzählen von ihrer Schönheit. Sollen wir die Burg besuchen? Sie haben nicht viel, aber sie sollen gastfreundlich sein.«

»Nein«, sagte ich. »Wir müssen nach Abergavenny – bevor die Turniere anfangen, muß ich einiges unter die Leute gebracht haben.«

Wir ritten weiter. Ich war meinem Ziel wesentlich näher gekommen, aber abgesehen von den Zusammenstößen mit Surrey und seinen Leuten hatte ich noch keinen einzigen Ansatzpunkt gefunden. Die Burg verschwand hinter Bäumen, der Wolf preschte vor uns her am Rand des ausgefahrenen Weges, der sich entlang dem Bach schlängelte. Eine gewisse Hochstimmung nahm von uns Besitz; alles schien ohne Gefahren, und es war eine Lust, so zu reiten.

»Morgen abend sind wir im Ort!« rief Gromell. Er ritt schräg vor mir auf der anderen Seite des Weges. Wildenten flogen aus den Ufersträuchern hoch.

Plötzlich sahen wir zwei Reiter; sie ritten prachtvolle Schimmel. Ich griff fester um den Schaft der Lanze und rief: »Gromell!«

Er drehte sich halb herum, dann folgte sein Blick meiner ausgestreckten Hand. Wir sahen den Wolf, dessen Silhouette sich scharf gegen die Büsche eines kleinen Waldes abhob. Die Reiter bemerkten uns im gleichen Augenblick.

»Ein Ritter und eine Frau!« rief Gromell und zügelte sein Pferd. Vom Maul des Tieres fielen Schaumflocken zu Boden.

»Wir reiten zu ihnen!«

Unsere Tiere schienen einen Stall zu wittern, denn sie wurden schneller. Wir setzten über eine schmale Stelle des Baches und kamen in einer Wolke von Tropfen den flachen Uferhang hinaufgeritten. Dann erreichten wir die Reiter. Es waren ein alter Mann, der einen gewaltigen Bogen trug, und eine junge Frau, auf deren linkem Unterarm ein Jagdfalke saß, dessen Kopf von der Haube bedeckt war. Wir hielten an.

»Wohin des Weges, Ritter?« fragte der Mann.

Ich erwiderte: »Wir haben den Ort Abergavenny zum Ziel, Ritter. Ihr seid sicher der Besitzer von Burg Lancaster?«

Der Mann nickte. Seine Kleidung war wie die Burg; ehemals gut und wertvoll, jetzt verwittert und abgerissen. Aber er hielt sich kerzengerade im Sattel.

»Ich bin Poins von Lancaster, und das ist meine Tochter Alexandra!« sagte er.

Ich lächelte Alexandra an. »Zwischen der Küste und dem heutigen Tag habe ich ununterbrochen von Eurer Schönheit gehört, Mondam Alexandra. Keiner der Sänger hat übertrieben.«

Sie wurde rot. Es stimmte: Sie war eine junge Frau mit ausgesucht regelmäßigen Gesichtszügen und, soweit dies zu erkennen war, einem schlanken Körper. Sie verbeugte sich kurz; Gromell sah sie mit unverhülltem Staunen an.

Poins von Lancaster fragte: »Wollt Ihr bei uns zu Gast sein, Ritter?«

»Ich bin Atlan von Arcon; dort sitzt Gromell, mein Freund. Es dauert mich zutiefst, Ritter Poins, aber ich muß weiter. Ich brauche ein Haus und Handwerker, und das finde ich nur in einem größeren Ort. Aber wir sehen uns bei den Turnieren?«

Poins nickte. »Als Zuschauer werde ich dort sein«, sagte er. »Ich bin zu alt für einen guten Tjost. Ihr wart im Morgenland, Ritter Arcon?«

»Dorther komme ich«, bestätigte ich. »Und ich schwöre Euch beim Heiligen Grab: Ich sah auf meiner langen Fahrt niemanden, der schöner war als Eure Tochter.«

»Ihr ehrt einen alten Mann mit Eurer Rede«, sagte Poins. »Ihr seid stets liebe Gäste auf Lancaster Castle, auch wenn der Wein sauer ist.«

Wir verabschiedeten uns, und ich wendete mein Pferd. Als ich das Zeichen gab, stob der Wolf quer über die Wiese, und das Pferd der jungen Frau scheute. Sie beherrschte es tadellos, und noch lange konnten wir die beiden Schimmel sehen.

Gromell grinste breit und fragte: »Ihr habt Feuer gefangen, Ritter Atlan?«

Ich lachte. »Vielleicht, vielleicht nicht. Es ist niemals schlecht, schöne Frauen zu kennen.«

»Wie wahr!« murmelte er und sprengte neben mir her. Gegen Abend sahen wir den ersten Pesttoten. Also hatte jener junge Kreuzfahrer die Seuche doch eingeschleppt, und sie breitete sich von der Burg oder vom Ort Abergavenny aus. Ich hatte richtig gehandelt, mich genau ins Zentrum der Gefahr zu wagen. Hier konnte ich ansetzen. Wir ritten auf die Gruppe der Männer zu, die um ein offenes Grab herumstanden. Wir sprangen aus den Sätteln, banden die Pferde fest und kamen langsam näher. Ich hob grüßend die Hand, als ich die Mönche sah.

»Ihr seid, fürchte ich, nicht willkommen«, sagte einer der beiden. »Die Seuche ist um uns, Ritter.«

»Ich weiß«, sagte ich. »Stephen von Abergavenny hat sie aus dem Gelobten Land mitgebracht. Lebt er noch?«

»Ja. Noch. Wir begraben heute den vierten Toten«, sagte der Mönch.

Ich näherte mich dem offenen Grab. Gromell war bei den Pferden geblieben, neben dem ruhelos umherspürenden Wolf. Ich sah zwischen den krümeligen Grabwänden nach unten und erkannte Teile eines Körpers, die nicht von Stoff verhüllt waren. Meine Befürchtungen wurden bestätigt: Das Gesicht war voller brandiger Geschwüre; der alte Mann war an einem Versagen des Herzens und des Kreislaufes gestorben. Ich ging zwei Schritte zurück. Dann faßte ich einen der Mönche am Ärmel und fragte:

»Bruder, kannst du mir sagen, wie viele Menschen in Abergavenny an der Seuche erkrankt sind? Wir, die Lateinisch sprechen, nennen sie *pestis.*«

»Zwanzig oder mehr sind es bis heute«, sagte der Mönch. »Schaufelt das Grab zu, Leute!«

Ich betrachtete die Gruppe aus etwa fünfzehn Personen. Sie hatten Angst. Auf ihren ausgezehrten Gesichtern sah ich ihre Gedanken – die Not würde über das Land kommen, wenn sich die Seuche weiter ausbreitete.

»Hat der Ritter von Abergavenny verboten, das Dorf zu verlassen?« fragte ich.

»Nein, Ritter«, sagte der Bruder in der dunklen, einfachen Kutte. »Er versteckt sich in seinem Schloß und wagt sich nicht ins Dorf.«

»Gut so!« sagte ich. »Dann werde ich tun, was sich schickt. Begrabt diesen Mann und folgt mir, Bruder.«

Ich drehte mich um und rief: »Wir gehen zusammen ins Dorf, Gromell. Alle!«

Die Dörfler führten uns. Wir erreichten die Siedlung aus hundert Häusern gegen Mitternacht. Wir alle, auch die Tiere, waren erschöpft, als wir endlich neben dem Brunnen am Marktplatz hielten. Die erste Station meines beschwerlichen Weges war erreicht.

Die Voraussetzungen für meine Arbeit wurden innerhalb weniger Stunden geschaffen. Ich sprach mit dem Prior des kleinen Klosters, das am Ortsausgang lag, und eine Spende von goldenen Pfennigen bewirkte, daß wir hier wohnen und arbeiten konnten. Wir brachten die Tiere in den Klosterstall, schafften unser Gepäck in das Haus des Pförtners und der Gärtner. Dann ging Gromell ins Dorf und holte Frauen, die mit Sand, Bürsten und einer Unmenge von heißem Wasser das Haus innen reinigten, als gelte es, König Heinrich den Ersten zu empfangen. Anschließend versprühte ich meinen Vorrat an Insektenpulver und fühlte mich etwas wohler.

Ich zog mich um, behielt aber den Schwertgürtel um die Hüften. Langsam ging ich durch die Klosteranlage und sah, daß ich den Mönchen sehr viel würde beibringen müssen. Die Agrarkultur stand niedrig im Kurs; es fehlten die elementaren Einsichten. Ich verlangte den Prior zu sprechen.

»Vater«, sagte ich und setzte mich auf das wertvolle Fell, das den Sessel bedeckte. »Ich habe eine Menge Fragen und eine Menge Bitten. Und auch eine Menge Gold.«

»Sprich, mein Sohn!« forderte mich der Prior voller Milde auf und goß einen prunkvollen Pokal voll Wein. Wenigstens die Handelswege schienen gut ausgebaut zu sein. Ich unterdrückte ein nervöses Gelächter: Ein fünfzigjähriger Mann nannte einen anderen, der einige Jahrtausende alt war, »mein Sohn«!

»Man hat in Norwich mit dem Bau der Kathedrale begonnen, Vater. Man wird im sächsisch-normannischen Stil bauen; das bedeutet, daß Männer aus anderen Ländern kommen und den Arbeitern der Dombauschule neue Techniken beibringen. Diese neuen Erfindungen bleiben aber nicht nur auf den Bau von Kathedralen beschränkt; es gibt viele Dinge, die ins Land kommen und eine Verbesserung bedeuten. Ich werde euch einige Verbesserungen lehren. Habe ich deine Unterstützung, Vater?«

Er nickte bedächtig.

»Wenn es nicht gegen die Gesetze und den Glauben ist, mein Sohn, werde ich dir helfen.«

Ich nickte und sagte nachdrücklich: »Vorausgesetzt, daß wir nicht alle in wenigen Tagen von der Pest angesteckt worden sind. Schicke deine Mönche durch das Dorf, Vater, und verbiete den Menschen, das Dorf zu verlassen. Den Rest erledige ich!«

»Geh an die Arbeit, mein Sohn«, sagte er feierlich. »Wir werden versuchen, dir zu helfen.«

Ich wußte nicht, ob er es ernst meinte oder ob er heuchelte. Ich warf einen langen Blick auf die vielen Pergamentrollen und die handschriftlichen Kopien von Schriftstücken, auf das altersgeschwärzte Gestühl, dann ging ich. Die Frauen hatten das Haus gereinigt, und Gromell richtete unsere Zimmer ein und verteilte das Gepäck. Ich lehnte mich gegen den Türrahmen, sah das lodernde Feuer im Kamin und sagte:

»Wir brauchen ein oder zwei gute Schmiede, eine Köchin, die Essen kocht und die Teller wäscht, jemanden, der Leder bearbeiten kann, zwei gute Tischler und noch andere Handwerker. Bitte bring sie in den nächsten Tagen hierher.«

Gromell sah von der Arbeit auf. Der Wolf lag neben meinem Arbeitstisch und sah von ihm zu mir und zurück. Sein Robothirn speicherte alle Eindrücke. Der Bogenschütze sagte:

»Ich werde tun, was du verlangst, Atlan. Was willst du zuerst unternehmen?«

»Alles gleichzeitig. Ich fange mit der Pest an. Wie viele Bewohner hat dieser Ort?«

»Etwa ein halbes Tausend! Was willst du mit ihnen machen? Alle zwingen, sich mit dieser ... Seife zu waschen?«

»Das auch! Laß mich jetzt allein, bitte.«

Er schob sich an mir vorbei und verließ den Raum. Ich riß die Fenster auf, die mit Tierfellen und Stoff verhängt waren. Glas gab es höchstens in Kirchen oder vereinzelt in Palästen. Dann packte ich die Satteltaschen aus und räumte die Gegenstände und die Teile der Ausrüstung auf die Wandbretter und in den alten Schrank. Überall staubte Insektenvernichtungsmittel hoch. Ich setzte mich vor die Tischplatte und überlegte. Wo sollte ich beginnen, und, was wichtiger war, *wie* sollte ich anfangen?

Ich zog den *Halsberc* aus und warf ihn über einen Schemel, schnallte die Sporen ab, das Schwertgehänge und den Armschutz. Ich schlug eine Reihe Stahlnägel in die Wand und ordnete die Waffen. Anschließend packte ich die Geräte aus, die ich verwenden mußte.

Nach einer halben Stunde hatte ich die von Energiezellen betriebene Maschine zusammengebaut, die Kohlenwasserstoffe herstellte, mit denen ich die Insekten töten konnte. Mein Ziel war die Ausrottung des Pestflohs, der die Infektion von verendeten Ratten übertrug. Die Maschine begann in einem Winkel des Zimmers zu produzieren; das Mundstück steckte in einem großen Sack aus Plastikfolie.

Ich kontrollierte die Einstellung und nahm meine Hochdruckspritze, lud sie mit einer großen Menge Antibiotika und einem synthetischen Auszug von Schimmelpilzkulturen. Zuerst mußte ich dafür sorgen, daß alle Personen, die mit mir und Gromell in Berührung kamen, immunisiert wurden und die Pest nicht übertragen konnten, falls sie schon angesteckt waren. Als erster kam Gromell dran. Nachdem ich die Köchin behandelt hatte, ging ich ins Kloster. Ein Machtwort des Priors und eine lange Erklärung, die ich mit lateinischen Wörtern spickte, veranlaßten die Mönche, sich der merkwürdigen Prozedur zu unterziehen. Sie glaubten vermutlich, es sei ein Höllenspuk oder mindestens das Werk des Gootseibeiuns.

Dreißig Menschen von fünfhundert. Ich kaufte Kerzen und einen Leuchter, aß und gab dem Robotwolf den Befehl, jede Ratte, die er erwischen konnte, aufzustöbern und zu töten und sie zusammenzutragen. Dann setzte ich mich mit meinem Weinpokal an den Tisch und fertigte Zeichnungen an, entwikkelte sie in logischer Abfolge, um sie den Handwerkern richtig erklären zu können.

»Sehen wir weiter, wie schnell sich diese Ideen verbreiten werden«, murmelte ich, aber als ich diesen Gedanken zu Ende gebracht hatte, wußte ich, daß es schwer sein würde. Wichtig war:

Nach dem *Domesday Book,* das Heinrich hatte anlegen lassen, zählte die Bevölkerung dieser Insel rund zweieinhalb Millionen Menschen in dem Jahr, das die Mönche als eintausendeinhundertstes bezeichneten. Ich mußte Voraussetzungen schaffen helfen, daß man mit der gleichen Menge Menschen und Tieren eine größere Bodenfläche bearbeiten konnte. Bisher schirrte man Zugochsen, seltener Pferde, an der Brust ein. Sie wurden eingezwängt und verloren an Kraft; sie wurden, während sie zogen, halb erdrosselt. Ich entwarf ein Stirnjoch für die Ochsen und ein Kummet für die Pferde, als nächstes kam ein eiserner Räderpflug dran; Eisen war teuer, also mußten die meisten Teile aus Holz hergestellt werden. Als letztes konstruierte ich eine große Egge.

Während der Wolf die Hausratten jagte, der Falke über der Gegend streifte und der Apparat einen Strom von Insektenvertilgungsmitteln auswarf, erkundigte ich mich bei einem Mönch, ob die Bienen schon ausgeschwärmt seien. »Nein, in wenigen Tagen erst!« war die erstaunte Antwort. *Dann tue es schon in dieser Nacht!* befahl mein Extrasinn. »Meinetwegen!« knurrte ich, schloß meine Zeichnungen ab, fügte einige Verbesserungen hinzu und sah, daß die Vorräte an Basismaterial zu zwei Dritteln aufgebraucht waren. Der Plastiksack war fast voll.

Mitternacht. Ich blies einige Kerzen aus, steckte meinen Strahler in den Gürtel und betätigte die Fernsteuerung des Gleiters. Der Desintegrator zerstörte die dünne Steinmauer, und mein Gleiter setzte sich langsam in Bewegung.

Ich setzte einen neuen Sack ein, verschnürte das gefüllte Paket und füllte den Basisvorrat der Maschine auf. Ein Befehl rief Falco, der durch das Fenster hereinschwebte und seine stählernen Krallen in die Tischplatte schlug.

»Du bewachst meine Ausrüstung, Falco!« befahl ich.

»Verstanden. Keine außergewöhnlichen Beobachtungen!«

Ich ließ eine Kerze und das Kaminfeuer brennen und ging die knarrende Treppe hinunter. Im unteren Zimmer saß Gromell vor dem Fenster und kontrollierte Bogen und Pfeile. Neben ihm saß ein junger Mann, und sie unterhielten sich. Ich nickte ihnen zu und sagte leise:

»Ich sehe mich um, Gromell. In zwei Stunden bin ich wieder zurück.«

»Ich werde warten!« versprach mein junger Freund. Ich trat hinaus in den dunklen Klostergarten. Die Mönche lebten vorwiegend von eigener Arbeit und von den Spenden der Menschen, denen sie ihren Glauben verkündeten, sie lehrten, was sie verstehen konnten. Die Abtei war relativ sauber und von einer wohltuenden Schlichtheit. Die Mauern waren frisch gekalkt; überall rochen die blühenden Pflanzen. Wenn ich nicht sämtliche Bienen des Landstrichs umbringen wollte, mußte ich schnell handeln.

Ich verließ den Klostergarten, lief ins Dunkel und wartete außerhalb des Ortes. Überall hörte ich die aufgestöberten Ratten und das metallene Klirren der Wolfskiefer. Ich betätigte die Fernsteuerung ein zweites Mal und sah den Gleiter, der vor mir anhielt. *Unsichtbar bleiben, sonst bezeichnet man dich als Zauberer!* sagte der Extrasinn. Ich schaltete die Steuerung ein und flog im Sichtschutz zum kleinen Haus neben der Pforte. Ich hielt außerhalb des Fensters, wuchtete den Plastiksack auf die Ladefläche und trat den Hebel der Höhenanlage hinein. Senkrecht schwebte der Gleiter nach oben. Ich lehnte mich zurück und sah zum Himmel. Hoffentlich gab es heute oder morgen Regen, dann würde mein Plan besser wirken.

In vierhundert Metern Höhe hielt ich an, zerrte den Sack zu mir und ließ einige Handvoll des Pulvers nach unten rieseln. Ich beobachtete die Windrichtung, die Verteilung des Pulvers und veränderte dreimal meine Stellung. Dann schüttete ich die erste Hälfte des Inhalts aus. Er verteilte sich wie Schnee und trieb schräg nach unten. Ich sah voller Freude, daß sich die Flut genau auf den Ort konzentrierte – noch ehe die ersten Spuren den Boden berührt hatten, steuerte ich den Gleiter in einen großen Kreis und zog mit dem Rest des tödlichen Pulvers einen Ring um die Außenzone des Dorfes. Anschließend landete ich, nahm die nötigen Schaltungen vor und schickte den Gleiter zurück. Langsam ging ich, hustend und einen Ärmel vor das Gesicht gepreßt, zurück ins Haus. Als ich die Tür hinter mir schloß, sagte der junge Mann neben Gromell:

»Es wird heute nacht regnen – mein Vater spürte es in seinem gichtigen Bein!«

»Es hätte nichts Besseres geben können«, sagte ich. »Wenn ihr morgen einen Berg toter Ratten findet, wundert euch nicht. Mein Wolf ist ganz wild auf Ratten. Werft die Tiere in eine Grube. Sie übertragen die Pest.«

Begriffsstutzig sah mir der Junge nach. Gromell grinste nur.

Ich wusch mich sorgfältig und schlüpfte unter die Decken. Ich war todmüde und schlief bis in den Vormittag. Als ich das Fenster aufstieß, sah ich, daß es in Strömen regnete, aber die Sonne schob sich durch die Wolken. In fünfzehn Tagen war das Turnier.

Nach dem Frühstück erschienen die Handwerker. Ich unterhielt mich lange mit ihnen, gab ihnen ein halbes Pfund Silber, also zwölf Schillinge, und befahl, die benötigten Materialien einzukaufen. Dann sprach ich die einzelnen Teile der Zeichnung durch.

Zwei von ihnen würden Joche und Kummete herstellen; drei Männer versprachen mir, Räderpflug und Egge zu bauen und die notwendigen Geschirre zu knüpfen. König Heinrich hatte in diesem Jahr die Elle eingeführt als bindendes Längenmaß für die gesamte insel; die »sächsische Elle«. Ich schickte die Handwerker an die Arbeit. Wenn sie so schnell hämmerten, schmiedeten und nagelten, wie sie bezahlt worden waren, konnte ich mit Erfolg rechnen. Gromell brachte mir gegen Mittag ein Stück kalten Schweineschinken und einen Brotfladen und sagte:

»Sie sind alle aufgeregt. Überall hat man tote Insekten gefunden und vierhundert tote Ratten. Man verbrennt sie eben. Und die Handwerker haben begriffen, daß sie am Fortschritt arbeiten. Atlan?«

Er wurde mißtrauisch. Ich hatte seine Auffassungsgabe unterschätzt. Aber mit einem Urenkel der Männer des goldenen Raumschiffes würde ich wenige Schwierigkeiten haben. Die Schwierigkeiten lagen an anderer Stelle. Ich fragte meinen jungen Freund:

»Sind die Pferde bereit? Wir wollen uns den Turnierplatz in den *outfields* ansehen. Schließlich haben wir dort zu tun!«

Gromell meinte: »Den Pferden geht es besser als uns, Atlan.«

»Dann reiten wir hin.«

Infield und *outfield* waren Begriffe, die etwas über die Lage der Weiden und Äcker aussagten. Die Felder dicht um den Hof oder das Dorf waren *infields.* Zu den *outfields* mußte der Bauer länger mit dem zweirädrigen Karren oder seinen Zugochsen gehen. Zwischen dem Ort und der Burg lag eine große Ebene, auf der die Osterturniere stattfinden sollten. Die Männer arbeiteten dort, und wie mir der Falke berichtet hatte, waren schon Gruppen heranreisender Ritter gesehen worden. Es würde kein prächtiges Turnier werden, sondern nur ein kleiner Tjost, aber für meine Zwecke war er geeignet. Wir ritten langsam aus dem Dorf hinaus. Die Menschen musterten uns mit Blicken, die zwischen Zuversicht und Hoffnung und zwischen Ablehnung und Unschlüssigkeit lagen.

»Wir reiten nach dem Turnier weiter?« Gromell rückte den Köcher zurecht.

»Ja. Bis dahin werden wir den Menschen einige Wege gezeigt haben, wie sie ihr Leben verbessern können. Und schließlich müssen wir versuchen, die Pest auszurotten.«

Wir galoppierten durch eine sonnenerfüllte Landschaft. Hinter dem Wald, der sichelförmig das Dorf umgab, tauchte Burg Abergavenny auf; ein trotziges Gemäuer aus rostroten und weißen Steinen mit einem riesigen Turm. Wir bogen nach links ab.

»Am Morgen lag überall ein gelbes Pulver, das der Regen auseinanderschwemmte«, sagte Gromell. »Was hat das zu bedeuten?«

Ich antwortete nach langem Zögern: »Dieses Pulver hat alle oder viele Insekten getötet. Und sicher auch eine Menge Rattenflöhe. Wir müssen noch die Ratten im Dorf vernichten, dann haben wir einen halben Sieg.«

»Du bist also doch ein Zauberer!«

»Meinetwegen«, sagte ich. »Aber wie bringe ich alle Bewohner dazu, die Arznei einzunehmen, die die Pest vertreibt?«

Gromell lachte. »Es gibt ein Mittel, mit dem die Normannen seit Jahren handeln. Furcht.«

Wir sahen uns an, dann lachten wir.

»Eine ausgezeichnete Idee«, sagte ich langsam. »Du hast recht, Gromell. Zuerst Furcht, dann Hilfe, schließlich werden Erzählungen für die Verbreitung der Geschichte sorgen.«

»Welcher Geschichte?« fragte er, während unsere Tiere nebeneinander auf die Ebene zugaloppierten. Der Landstrich war mit niedrigen Gräsern bewachsen; an seinen Rändern erhoben sich einige Zelte.

»Die Geschichte, wie ein fremder Ritter die Rückständigkeit und die Seuche besiegen half.«

Für Gromell – und in gewisser Weise auch für die Menschen dieser Siedlung – wurden die Geheimnisse meiner Person von Tag zu Tag größer. Ich mußte schneller arbeiten, um einen bestimmten Mythos aufrechterhalten zu können. Wir hielten vor den Zelten an. Kein Ritter war zu sehen, nur wenige Pferde; Diener arbeiteten an den Einrichtungen. Einige fällten junge Bäume für die Barrieren und Absperrungen. Seile und Hölzer lagen herum. Langsam ritt ich auf einen der Arbeiter zu.

»Ihr wißt, daß in diesem Landstrich die Pest herrscht?« fragte ich.

Der Mann sprang in die Höhe und starrte mich entsetzt an. Dann drehte er sich halb um, als wolle er flüchten.

»Nein, Herr«, stammelte er. »Das weiß niemand ... Gibt es viele Tote?«

»Die ganze Gegend, Mann, ist in Angst«, erklärte Gromell. »Auch die Ritter auf der Burg und ihre Knappen, die Mönche und die Landbevölkerung zittern vor Furcht. Das alles ist nicht wichtig. Es gibt Rettung!«

Ein paar Leute waren zusammengelaufen und umstanden uns, aber keiner getraute sich, auch nur die Zügel der Pferde anzurühren. Ich sagte:

»Keiner von euch braucht Angst zu haben. Ich bin in Abergavenny und habe eine Arznei gegen die Pest. Achtet darauf – jede Ratte muß erschlagen werden. Und wenn eure Ritter von der Burg kommen, sagt ihnen das! Verstanden?«

Sie nickten, noch immer im Bann der Angst. Ich hob grüßend die Hand und wendete mein Pferd. In ihren Gedanken würde die Furcht vor der Pest, vor Geschwüren und jämmerlichem Tod, wuchern und alle anderen Menschen anstecken. Sie würden freiwillig kommen; mehr wollte ich nicht.

»Zurück zum Dorf!« sagte ich zu Gromell.

Wir warfen einen Blick hinüber zu der Burg, dann spornten wir die Pferde und ritten in die Siedlung. Mein Wolf jagte noch immer Ratten, und der Falke schwebte um die Zinnen der Burg und stellte fest, wie viele Menschen sich dort aufhielten und was sie sprachen. Vielleicht war auch jemand aus der Burg der Zauberer dabei?

»Es gibt wirklich Rettung vor der Pest, Atlan?« fragte Gromell nach einer Weile.

»Ja. Es gibt für fast alle Dinge Rettung, ausgenommen vor der menschlichen Dummheit und der Intoleranz.«

»Ich verstehe«, sagte er, »aber da du aus einem fernen Märchenland kommst, darfst du unsere rückständige Insel nicht allzusehr verachten.«

Ich gab scharf zurück: »Würde ich die Sachsen verachten, wäre ich nicht hier, Freund Gromell. Du selbst bist ein lebendes Beispiel dafür!«

»Entschuldige«, sagte er. »Hin und wieder ist meine Zunge zu locker. Aber ich müßte sonst vor dir in den Boden versinken!«

»Eines Tages«, drohte ich grinsend, »werde ich dich so verprügeln, daß du neben dem Pferd laufen mußt, weil du nicht sitzen kannst.«

»An diesem Tag wird unsere Freundschaft neu besiegelt werden«, sagte er und setzte über einen Graben hinweg. Inzwischen hatte ich einen neuen Plan, wie ich die Dorfbevölkerung von der Gefährlichkeit einer Seuche und von den Vorteilen der Sauberkeit überzeugen konnte.

Zuerst unterhielt ich mich mit Vater Ambrosius, dem Prior. Ich überzeugte ihn davon, daß es außer sichtbarem Schmutz auch unsichtbare Dinge gab, den Ausdruck Viren oder Bakterien erwähnte ich nicht. Ambrosius sicherte mir seine Mithilfe und die seiner Mönche zu; er schickte die Brüder los, um die Bevölkerung Abergavennys am nächsten Mittag auf dem Platz vor dem Kloster zu versammeln. Er drohte bei Strafe des Himmels an, daß niemand auf dem Feld oder in seinem Haus bleiben durfte. Mein Publikum würde groß genug sein.

Dann ging ich an die Arbeit, ließ mir von Arrow tote und lebende Ratten bringen, fing einige Pestflöhe und löste eine Menge Antibiotika in dünnem Bier auf, nachdem ich mich durch einen langwierigen Test davon überzeugt hatte, daß die Wirkung nicht verlorenging. Einen kleineren Teil löste ich in Milch, die ich gefiltert hatte. Dann überdachte ich meine Aktion und trug mit Gromells Hilfe einen Tisch auf den Platz. Der Wolf jagte noch immer Ratten; mehr als tausend verbrannten in der Grube. Der Wind trug die süßlich stinkende Rauchwolke nach Westen. Ein sonnenklarer Tag brach an. Schließlich stand die Sonne im Mittag.

»Ich habe keine Ahnung, Atlan, was du vorhast. Aber ich vertraue dir«, sagte Gromell.

Wir standen vor den Mönchen, hinter dem großen Tisch, immer mehr Landleute und Handwerker bildeten einen Halbkreis, vier oder fünf Glieder tief. An den Tisch wagten sie sich nicht heran – eine Aura des Geheimnisvollen schien von dem fremden Ritter auszugehen. Gromell stieß mich an.

»Zwei Ritter. Und ihre Leute. Ich erkenne ihre Gesichter, wir haben sie auf dem Turnierplatz gesehen.«

»Das ist mehr, als ich erwartet habe!« sagte ich leise. Ich sah mich einer Masse von Menschen gegenüber, von denen die wenigsten schreiben und lesen konnten. Sie waren nicht dumm: Sie beherrschten alle Techniken, die sie von Eltern oder Mönchen gelehrt worden waren, aber sie waren – bewußt oder unbewußt – in Unwissenheit gehalten worden. Was nicht faßbar war, erfüllte sie mit Mißtrauen oder, was beängstigender war, mit starkem Aberglauben. Ich mußte also meine Worte sehr sorgfältig wählen und einfache Beispiele wählen. Ich wartete, bis der alte Mönch mir zunickte, dann rief ich: »Freunde! Kommt näher heran, denn ich werde euch etwas zeigen, das über euer Leben entscheidet! Näher ... noch näher heran. Die dort hinten müssen es auch sehen und hören können!«

Sie drängten näher, eine graue, schlecht riechende Masse mit mißtrauischen Augen in schmalen Gesichtern. Fast alle trugen Spuren alter Wunden und von Mangelerscheinungen.

»In euren Herzen ist Furcht!« sagte ich. Ich machte eine wirkungsvolle Pause. »Furcht vor der Pest, vor Siechtum und Tod. Aber auch die furchtbare Pest, von der ihr gehört habt, ist zu besiegen. Ich werde euch zeigen, wie dies geschehen kann.«

Ich zog meinen Handschuh aus, schmierte etwas Lehm in die Handfläche und hob die Hand. Dann deutete ich auf Gromell.

»Wenn ich ihm die Hand schüttle, Freunde, dann ist auch seine Hand schmutzig geworden.«

Wir tauschten einen kräftigen Händedruck aus, und Gromell hob seine Hand hoch. Erwartungsgemäß war auch seine Handfläche schmutzig. Ich wischte den Schmutz ab und zog den Handschuh an.

»*Diesen* Schmutz habt ihr gesehen!« rief ich. »Aber es gibt auch unsichtbaren Schmutz. Er wird von Mensch zu Mensch weitergegeben, nicht nur durch Händedruck, sondern durch jede Art von Berührung. Hier habe ich eine Ratte.«

Ich hob eine Ratte hoch, die sich in meiner Hand drehte und um sich biß, ohne mich verletzen zu können. Die Nächststehenden erschraken und wichen zurück.

»Die Hausratten sind die Träger der unsichtbaren Krankheit. Wenn sie verendet sind, verlassen ihre Flöhe sie!« rief ich, setzte die Ratte in den Käfig zurück und hob eine tote Ratte auf. »Dies ist eine tote Ratte. Die Flöhe sind entweder auf euer Vieh gesprungen oder haben euch gestochen. Wenn der Floh, der euch biß, von einer toten Ratte kam, die krank war, dann habt ihr die Pest in euch.«

Die Wirkung hätte nicht besser sein können. Mehr als ein halbes Tausend Menschen erschraken, sprachen aufgeregt miteinander, sahen verstohlen ihre Arme an und begannen zu zittern.

»Das alles ist keine Zauberei!« rief ich in den Tumult hinein. »Ihr habt es gehört: Ich komme aus einem Land, das ihr nicht kennt und das auch die meisten Ritter der Kreuzfahrer nicht kennengelernt haben, weil es ferner gelegen ist als das Heilige Grab. In meinem Land kannte man die Pest und fand heraus, wie man sie besiegen kann. Ihr seid von einem Pestfloh gestochen worden? Zwischen zwei und zehn Tagen breitet sich die Krankheit aus, ohne daß ihr viel spürt. Sie schleicht unter der Haut, befällt die Organe, zerfrißt die Leber; plötzlich bricht die Haut auf. Geschwüre, brandige und eiternde Wunden ... Ihr habt schon einige Menschen sterben sehen!«

Ich hob die optische Linse hoch, unter der ein toter Pestfloh lag. »Hier ist ein Pestfloh; wenn ihr durch das Glas blickt, seht ihr ihn genau. Er ist daran schuld, daß ihr krank seid. Was müssen wir also tun?«

Gromell rief: »Alle Ratten erschlagen und verbrennen, alle Häuser reinigen, alle Ställe ausputzen. Die Flöhe müssen getötet werden.«

»Richtig!« bestätigte ich. »Die Flöhe hassen Sauberkeit und heißes Wasser!«

Einige Menschen näherten sich der Linse, sahen hindurch und fuhren erschrocken zurück. Dann setzte ein wahrer Ansturm ein; die Neugierde zeigte ihnen ein totes Ungeheuer, drastisch vergrößert und furchtbar anzusehen. Ich ließ ihnen genügend Zeit und sah, daß sich einige Pestfälle im ersten Stadium unter den Menschen befanden. Als der erste an mir und meinem Tisch vorbeikam, sagte ich beiläufig zu ihm:

»In zehn Tagen wirst du tot sein. Deine Familie hat sich angesteckt an deiner Krankheit, Mann!«

Einige Umstehende hörten es, und das Gerücht setzte sich flüsternd durch die Reihen fort. Der Prior und Gromell unterhielten sich leise, und ich glaubte zu hören, daß sie verstanden hatten, was ich meinte. Dann beschloß ich, das Verfahren zu beenden.

»Freunde!« rief ich. Sie unterbrachen ihre Gespräche, ihr Flüstern und sahen zu mir her. »Ihr müßt alle Ratten erschlagen, auch die Hunde, die gebissen worden sind. Dann müßt ihr mit viel heißem Wasser die dunklen Winkel eurer Hütten reinigen und euer Vieh sauberhalten. Der Schnee, der vor einigen Nächten gefallen ist, wird viele Flöhe umgebracht haben. Ihr selbst müßt euch sauberhalten. Schert das Haar, wascht euch oft, verbrennt die alten Kleider. Diejenigen unter euch, die angesteckt sind, brauchen nicht zu sterben.«

Wieder lief ein Murmeln durch die Versammlung. Plötzlich zeichnete sich Hoffnung auf den Gesichtern ab. Ich deutete auf den Bottich mit Bier und die Krüge voller Milch.

»Ich habe eine Arznei mitgebracht, die im Bier ist und in der Milch. Zuerst soll jeder Mann herkommen und einen Becher Bier trinken. Dann die Frauen und die Kinder. Diejenigen aber, die kleine Wunden haben, gehen dort hinüber. Ich habe in dem kleinen Haus alles bereit, sie zu heilen.«

Jetzt halfen mir die Mönche.

Jeder erwachsene Einwohner, auch die beiden Ritter, bekam einen Becher Bier; eine konzentrierte Mischung aus Bier und Antibiotika. Nicht nur die Pest würde aus den Körpern hinausgetrieben werden, sondern auch andere Krankheiten; dies war ein Nebenergebnis. Gromell und ich verabreichten den Mädchen und Frauen Milch, und sogar die Säuglinge zwangen wir, beträchtliche Mengen Milch zu trinken. Das Ganze dauerte bis in den frühen Nachmittag. Dann blieb nur noch der Haufen der Erkrankten übrig. Die Menschen zerstreuten sich, aufgeregt, voll Hoffnung und verwirrt. Wir verbrannten die Ratten und führten die dreißig Menschen in den Klosterhof.

Bis zum Abend hatte ich einen Teil meines Vorrates an Salben, Pflastern und Bioplast verbraucht, hatte alle geimpft und ihnen aufbauende Präparate verabreicht. Jedem von ihnen drückte ich einen kleinen Beutel mit einer körnigen Substanz in die Hand mit der Weisung, sich lange und so heiß wie möglich zu waschen und in dem Wasser diese Körner aufzulösen.

Die Substanz hatten meine Maschinen in großer Menge hergestellt – nichts anderes als eine bakterientötende Seife, die heilenden Schaum entwikkelte und sich als Rückfetter wie ein hauchdünner Film auf die Haut legte. Inzwischen gingen Erwachsene und Kinder auf die Rattenjagd. Der Gestank des Feuers drang in das Dorf; der Wind drehte sich.

»Wir haben gesiegt, Atlan?« fragte Gromell müde.

»Wir haben gesiegt. In den nächsten Tagen wird viel geschehen, fürchte ich. Die Furcht sitzt ihnen in den Knochen.«

»Wanderratten töten Hausratten«, sagte Gromell. »Das weiß jeder. Aber auch Wanderratten verbreiten die Pest. Wer bist du eigentlich, Freund Atlan?«

Ich legte meine Finger um den Zellaktivator. »Das werde ich dir sagen, wenn wir auf Burg Diarmuid angekommen sind!«

Wir säuberten mit Hilfe unserer tüchtigen Frau unsere Zimmer, dann fielen wir todmüde auf unser Lager.

12.

Othelstan war Sheriff und zugleich der »reichste« Bauer; eine relative Bezeichnung. Ich hatte mit ihm und dem Prior viele Becher Wein geleert und beide Männer auf ihre Mitarbeit vorbereitet. Jetzt standen wir am Rand eines der Felder Othelstans. Vier Zugpferde und zwei Joch Ochsen waren mit viel Hafer gefüttert worden und nervös vor Kraft. Neben mir standen der Prior, Othelstan, seine Knechte und andere Bauern. Unser neues Ackergerät war auf einem Karren mitgebracht worden; dieser erste Versuch mußte alle überzeugen. Ich sagte zu Othelstan:

»Sheriff ... ich werde dir und deinen Freunden heute ein Mittel in die Hand geben, das den Ertrag deiner Felder steigert. Bisher war nicht genügend Düngung für guten Ertrag aller Felder da. Ihr habt also jeweils ein Feld ein Jahr lang ruhenlassen. Das müßt ihr ändern!«

»Wie ist das zu ändern? Es wird nicht mehr Dünger geben, Ritter!« sagte der Prior.

Ich deutete auf das Gelände. »Teilt das Land in drei gleich große Flächen. Statt der Hälfte der Äcker werden zwei Dritteile bearbeitet. Das ist ein Sechstteil mehr an Früchten gegenüber der Zweifelder-Bearbeitung. Verstanden?«

Einige Männer nickten, andere verstanden es noch nicht. Inzwischen wurde das erste Paar Pferde eingeschirrt; die Seile waren nicht mehr um den Hals gelegt, sondern am Kummet befestigt. Gromell half den Knechten, die Pferde anzuschirren – er erklärte jeden Griff, jedes Teil, den Aufbau der Zugeinrichtungen aus Holz, Leder und Hanfseilen. Dann wurden die Zugseile an waagebalkenähnlichen Hartholzscheiten befestigt, die an der Deichsel eingehängt wurden.

Wir befestigten den Räderpflug, der sich von dem Hakenpflug ohne Abstreifbrett unterschied. Ich sagte: »Die beiden Feldstücke werden verschieden bepflanzt. Das erste Drittel bleibt unbestellt, das zweite Drittel wird als Herbstsaat benutzt, also Weizen, Roggen oder Hafer, das letzte Drittel im Frühjahr, also heute, mit Erbsen, Bohnen oder Linsen. Das sind nur Beispiele.«

Der Prior murmelte: »Segetes et legumina, Atlan?«

Ich nickte.

»Ich habe verstanden, was du meinst«, sagte Othelstan. »Aber wir werden im ersten Jahr unsere Felder insgesamt vergrößern müssen. Doch dadurch, daß wir mit Pferden arbeiten werden, geht alles schneller.«

»Besonders das Pflügen!« sagte ich lakonisch, hob den schweren Pflug an, während Gromell die Pferde in den Acker hineinführte. Ich setzte die Pflugschar ein, die Pferde zogen kraftvoll an, und ich steuerte den Pflug mit beiden Armen. Nachdem wir lange, genau nebeneinanderliegende Furchen gezogen hatten, verlängerten wir die Zügel, und ich nahm eine Peitsche in die Hand. Ich pflügte vier oder fünf weitere Furchen. Als ich wieder zum Ausgangspunkt zurückkehrte, sah ich die Bauern, die am Boden kauerten und die Tiefe und die Regelmäßigkeit der Furchen und den fetten schwarzen Boden bestaunten. So tief hatte noch keiner den Acker umgebrochen. Ich hielt die Pferde an.

»Das«, sagte ich mit Nachdruck, »ist der Vorteil des neuen Pfluges. Zeichnen deine Mönche die Pläne schon ab, Vater Ambrosius?«

»Sie sind dabei. Wir haben Pergament gekauft – dank deiner Spende.«

Aus dem Augenwinkel sah ich fünf Reiter herangaloppieren. Sie kamen aus der Richtung des Dorfes, das etwa eineinhalb Meilen entfernt war. Inzwischen hatte Gromell vier neue Furchen gezogen und somit die ersten Linien wieder verschüttet. Wir befestigten statt des Pfluges die Egge an der Deichsel, und ich erklärte:

»Ich zeige euch, wie man das Feld wieder begradigen kann, gleichzeitig fangen sich an den Zähnen der Egge alte Pflanzen und Unkräuter. Wir müssen sie von Zeit zu Zeit abstreifen.«

Die Egge, von Steinen beschwert, begradigte die tiefen Furchen. Dieser Versuch überzeugte, zumal sie bei einem Durchgang gleich vier oder fünf Furchen zusammenwarf. Othelstan sagte nachdenklich:

»Die Arbeit geht viel schneller. Ich werde meine Ochsen verkaufen. Dadurch, daß wir zwei Ernten haben, können wir Hungersnöten leichter begegnen.«

»Nichts anderes habe ich mir dabei gedacht«, sagte ich. »In meinem Land tun wir dies seit Jahrhunderten. Wer sind diese Reiter?«

Den hochgehaltenen Lanzen nach zu urteilen, waren es Ritter, die sich zum Turnier getroffen hatten und, vom Gerede der Bauern angeregt, nachsahen, was es gab. Ich würde nicht nur ein größeres Publikum haben, sondern auch Männer, die in ihren Besitzungen schon wegen des Gewinnstrebens die neuen Techniken einführen würden. Ich sagte zu Gromell:

»Befestige wieder den Pflug. Die Pferde sind nicht müde geworden – sie keuchen nicht, weil sie beim Arbeiten nicht erwürgt werden.«

»So ist es.«

Die Ritter wußten nicht recht, worum es ging. Der Sheriff und ich erklärten; sie stiegen von den Pferden. Dann wiederholte ich die Vorführung und schloß eine Stunde an, in der ich die Ochsen anschirrte und demonstrierte, daß sie wegen der Stirnjoche ermüdungsfreier, aber im Vergleich zu den Pferden langsamer arbeiteten. Gegen Abend waren alle überzeugt. Ein Ritter fragte mich, ob ich sie in der Burg besuchen wollte. Ich sagte sofort zu.

Vier Männer trafen sich abends in meinem Zimmer im Pförtnerhaus des Klosters. Wir hatten ein reichhaltiges Essen vorbereiten lassen. Der große Tisch bog sich beinahe unter den Platten und Schüsseln voller Braten, Früchten und Fischen, Soßen und Weinkrügen.

»Warum tust du das, Ritter Atlan?« fragte der Sheriff.

Ich hob die Schultern. »Ich komme aus einem Land, in dem all das, was ich euch gelehrt habe, längst bekannt ist. Es hat mich nur einige Goldstücke und einige Tage Aufenthalt gekostet, und euch wird es helfen.«

Der Sheriff schüttelte den Kopf. »Die Pest ist vorbei. Die Kranken sind gesund, die Haut der Menschen ist sauber geworden. Sie sind dankbar.«

Ich trank einen Schluck Wein und überlegte. Dann sagte ich: »Sie sollen ihre Dankbarkeit beweisen, indem sie tun, was ich ihnen gesagt habe. Mehr will ich nicht.«

Vater Ambrosius versprach milde: »Ich und meine Brüder werden dafür sorgen, solange wir hier leben, Bruder Atlan. Du reitest weiter?«

»Nach dem Turnier. Vielleicht kann ich dem einen oder anderen Ritter noch etwas beibringen.«

Gromell meinte: »Wir müssen weiter. Ritter Atlan will seine Freunde besuchen. In der Burg Diarmuid Faighe am Loch Cruachna Calecroe.«

Die Brauen des Priors glitten nach oben; er warf mir einen durchbohrenden Blick zu.

»Ich hörte davon erzählen. Zur Burg der schwarzen Zauberer?«

Ich setzte meinen Becher hart ab. »Diese Menschen sind sowenig Zauberer wie ich. Sie kommen aus Ländern, in denen man Dinge kennt, die ihr nicht einmal erahnt.«

Verbunden mit dem, was die zurückkehrenden Kreuzritter mitbrachten, waren meine Denkanstöße geeignet, die Kultur innerhalb weniger Jahrzehnte weiter nach oben zu bringen. Aber ich selbst hatte miterlebt, wie schnell sie wieder fallen konnte. Eine Hungersnot und eine Pestepidemie konnten vernichten, was ich angebahnt hatte. Der Abt lächelte hinter seinem grauen Bart und murmelte versöhnlich:

»Ich weiß, Ritter Atlan. Entschuldige – aber diese Welt ist zu groß und für einen alten Gottesmann zu verwirrend. Du wirst sicher mit dem, was du sagst und tust, recht haben.«

»Jedenfalls werden meine drei nächsten Ernten geradezu riesenhaft werden!« Othelstan hob seinen Pokal.

»Du wirst beim Turnier mitkämpfen? Sie versammeln sich zu Ehren des Grafen von Abergavenny Castle. Vermutlich werden sie sich auch um die schöne Alexandra schlagen!« sagte Gromell vorwitzig.

»Das ist der einzige Grund, weswegen ich mitkämpfe«, bekannte ich mit Bestimmtheit.

Der Haufen erschlagener Ratten und getöteter Hunde war größer geworden. Da ich den Wolf in der nächsten Zeit für andere Aufgaben brauchte, mußte ich einen anderen Weg finden, um die Hausratten auszurotten oder wenigstens ihre Zahl einzudämmen. Aber heute abend war nicht die richtige Zeit, darüber nachzudenken. Wir feierten unsere Erfolge. Sogar die angesteckten Pestkranken waren inzwischen genesen. Ich fühlte mich großartig.

Gromell sagte kauend: »Unsere vier Pferde sind satt und stark; wir sollten sie in den nächsten Tagen an den Kampf gewöhnen. Du brauchst flinke Tiere beim Tjost, Atlan. Zugleich könnten wir dem Grafen von Abergavenny einen versprochenen Besuch abstatten.«

»Morgen, vor dem Mittagessen«, stimmte ich zu.

Ich lehnte mich zurück und dachte nach. Die Männer unterhielten sich angeregt; zukunftsfreudige Hoffnung schien sie ergriffen zu haben. Gromell träumte von Ehrungen beim Bogenschießen, der Prior errechnete sich mehr Einnahmen, und Othelstan dachte darüber nach, wie er mehr Erträge aus seinen Feldern herausholen konnte. Mein Plan war aufgegangen.

Ich hatte ihnen die Pläne für einen vierrädrigen Wagen gezeichnet, der größere Lasten tragen konnte – und dessen Deichsel nicht mehr auf den Rükken der Zugtiere drücken würde, so daß die Tiere nur zu ziehen brauchten. Das vergrößerte den Wirkungsgrad der Fahrzeuge. Diese neuen Ideen und ihre Fortsetzungen würden sich langsam, aber nachhaltig ausbreiten. Davon war ich überzeugt. Mein Optimismus hatte trotz allem gesiegt.

»Ritter Atlan wird einen guten Gegner finden«, hörte ich Gromell sagen. »Ritter Surrey von Mowbray.«

Unter den Leuten, die dich überfielen, waren vielleicht Einwohner des Ortes Abergavenny! flüsterte mein Extrasinn.

»Auf diesen Kampf freue ich mich!« Ich riß einen Flügel aus einem dunkelbraun gebratenen Huhn. Drei Dinge waren hier nur noch zu erledigen:

Die Ritter durften die Pest nicht mit sich schleppen – aber ich wußte, wie ich sie überlisten würde.

Der Besuch bei Geffrey von Abergavenny, dann das Turnier und Alexandra, Lady von Lancaster.

Der Weinhändler aus einer benachbarten Stadt stellte seine Wagen in den Scheunen des Sheriffs unter. In der Nacht schütteten Gromell und ich literweise eine weißliche Flüssigkeit in die Fässer und Schläuche – meine aufgelösten Antibiotika. Jeder, der einen kräftigen Schluck Wein trank, würde die Pest überstehen und niemanden anstecken, wenn das Turnier vorbei war. Zur Sicherheit wiederholten wir diese Prozedur in der folgenden Nacht, als wir den Mann, der sein Bier zum Turnierplatz schaffte und im Gasthaus abstieg, ablenkten. Somit war es fast sicher, daß jeder Turnierteilnehmer eine genügend große Dosis Arznei zu sich nahm.

»Hör zu, du vom Galgen Geretteter«, sagte ich beim nächsten Essen zu meinem jungen Freund, »ab heute bist du nicht mein Knappe, sondern mein

Freund. Ich sehe davon ab, dich zum Ritter zu machen, ganz einfach deswegen ...«

Er klapperte mit seinem Löffel gegen das tönerne Suppengefäß und grinste breit. »... weil ich mich unter das einfache Volk mischen und allerlei aufschnappen kann, was die hohen Herren nicht wissen dürfen.«

Ich nickte und bemerkte trocken: »Deine Klugheit ist größer als deine Unverschämtheit, Knabe! Hast du schon für das Wettschießen geübt?«

Ernst sagte er: »Ich brauche nicht zu üben. Ich weiß, daß du gut schießt, Ritter, aber ich bin besser als du.«

»Dafür kann ich lesen und schreiben!« Ich lachte.

»Was besonders bei einem Kampf auf Leben und Tod von Vorteil ist«, schloß er. »Wir besuchen heute den edlen Herrn Grafen, dessen Sohn schwer krank liegt?«

»Ja. Und wir heilen seinen Sohn, was den Rittern wie ein Wunder erscheinen wird!« versprach ich.

Unsere Kleidungsstücke waren gereinigt und von Ungeziefer frei. Wir zogen uns sorgfältig an, sahen unsere Waffen durch und sattelten die gestriegelten Pferde. Ich packte einiges an Ausrüstung in die Satteltasche, griff nach dem Speer und dem Schild und nickte Gromell zu.

»Reiten wir!«

Wir donnerten durch das Dorf und nach Norden, dem Wald entgegen. Der Turnierplatz hatte sich belebt; viele bunte Zelte standen, viele Besucher waren gekommen. Schranken waren aufgestellt, Zeltstangen und Fahnen schoben sich zwischen den Bäumen hervor. Es war wärmer geworden, aber wenn ich die Menschen und die Ritter betrachtete, die an Stangen und Puppen übten und sich in Scheinkämpfe mit stumpfen Waffen verwickelten, blieb besonders ein Eindruck haften: Es fehlte echte Fröhlichkeit. Ein Hauch von übertriebenem Ernst und von unangebrachter Würde lag wie ein Schleier über allem. Alles bewegte sich wie feierliche Marionetten. Als habe er meine Gedanken erraten, sagte Gromell:

»Wenn ich dein Gesicht ansehe, Atlan, kommen mir einige Gedanken. Du glaubst, das alles ist nicht wirklich?«

»So ähnlich. Vermutlich werden alle Begriffe wie Ehre, Stolz und Freiheit so stark übertrieben, daß sie unglaubwürdig wirken. Wie ist eigentlich Graf Geffrey?«

»Ein müder Mann mit zusammengekniffenen Lippen. Er ist arm, hier wie hier.«

Respektlos deutete Gromell auf seinen Geldbeutel und auf seine Stirn. Er schien den richtigen Eindruck von den meisten Vertretern der herrschenden Kaste zu haben. Es schienen nur wenige Neugierige dazusein; die Arbeit auf den Feldern hatte begonnen. Wir ritten an den kämpfenden Rittern vorbei, winkten ihnen zu und kamen auf den Weg zum Burghügel. Eine Hälfte des Hügels bestand aus gewachsenem Fels, auf den die breite Mauer gebaut war, von Erkern und Zinnen unterbrochen. Der Wohnsitz einer großen Familie und des Gesindes. Umgeben von Wäldern und Feldern, auf denen gearbeitet wurde. Im Zickzack wand sich der Weg nach oben. Die höchste Erhebung war etwa zwanzig oder fünfundzwanzig Meter hoch, ein stattlicher Rundturm mit gezackten Mauerrändern. Unsere Pferde keuchten; wir ließen sie Schritt gehen. Schon dieser steile Weg bedeutete eine gewisse Sicherheit; der Wächter hatte uns schon lange gesehen, denn es ertönten Hornsignale.

»Mit Sicherheit werden wir auf Surrey von Mowbray treffen«, sagte Gromell. »Ich lasse mich besser nicht in seiner Nähe sehen.«

»Wenn ich öffentlich an seine Ritterehre appelliere, wird er nichts unternehmen. Hier, der Ringgraben.«

Es war ein Halsgraben, der den Hügel vom eigentlichen Fels trennte. Über ihn spannte sich sonst die Zugbrücke, die jetzt hochgezogen war. Ein Doppeltor aus schwarzen Steinen erhob sich, die Ketten aus Eisen verschwanden in Mauerlöchern. Wir sahen zum Türmer hinauf.

»Wer da?« schrie er.

»Gut Freund. Man hat uns in die Burg eingeladen. Ritter Atlan von Arcon und sein Freund!«

»Kommt näher, Gäste!«

Rasselnd bewegte sich die Zugbrücke nach unten. Wir ritten über die Bohlen; die Hufe der Tiere verursachten klappernde Geräusche. Dann ging es durch einen kurzen Tunnel, zwei weitere eisenbeschlagene Torflügel schwangen auf; wir ritten in den Burghof. Hier standen Bäume, hier befand sich ein Ziehbrunnen; eine Märchenwelt, die selbst auf mich wirkte. Alles war einfach und sauber, gerade deswegen wirkungsvoll. Wehrgänge und überdachte Laufgänge hingen über den Mauern, steinerne Vorsprünge, Treppen und grünbewachsene Mauern wechselten sich ab. Überall standen kleine Gruppen von Rittern oder Knechte herum, striegelten Pferde. Ein Geruch von gewürztem Braten wehte durch den Hof.

»Dort ist der Wunderritter, der den neuen Pflug erfand!« rief jemand. Lautes Lachen ertönte. Gromell stieg ab, hielt die Pferde, und ich schwang mich aus dem Sattel. Dann hängte ich den Schild auf den Sattelknauf und reichte Gromell meine Lanze. Ich ging auf die nächste Gruppe zu und streifte dabei meine Handschuhe ab. Die Sonne fing sich in den kostbaren Steinen und den schweren Goldfassungen meiner Ringe. Ich mußte überzeugend wirken – dazu gehörte auch offen zur Schau gestellter Reichtum. Der Bergfried warf seinen Schatten in den Hof.

»Ich erfand auch eine Medizin, die die Pest heilt«, sagte ich und legte die Hand auf den Wolfskopf des *Kursit,* des dünnen Stoffkleides über dem Kettenpanzer. »Seid gegrüßt! Ich kenne keinen von Euch, Herren. Aber jemand aus Eurer Runde lud mich hierher ein. Wo finde ich den Herrn der Burg?«

Ich tauschte zahlreiche Händedrücke; viele Namen wurden genannt. Etwa sechzig bis siebzig Ritter kamen hier zusammen. Sie hatten ihre Burgen bis zu zehn Tagesreisen entfernt und waren zum Osterturnier hierhergeritten. Graf Geffrey kam die Treppe herunter. Ein Ritter sagte etwas in sein Ohr; und der Graf eilte auf mich zu, stellte sich vor, begrüßte mich und fragte, ob es wahr sei, daß ich die Pest heilen könne. Ich bejahte.

»Aber nur dann, wenn Euer Sohn Stephen nicht in den letzten Zügen liegt«, fuhr ich fort. »Es ging bereits das Gerücht, daß er gestorben sei.«

Der Graf packte mich am Ärmel und zog mich mit sich. »Gerüchte sind schneller als das Sonnenlicht«, sagte er drängend. »Noch lebt Stephen.«

»Das kann sich schnell ändern!« versetzte ich gedankenvoll.

Ich drehte mich um. Meine Augen begegneten dem wachsamen Blick des jungen Bogenschützen, der Knechten und Mägden schlechte Witze erzählte, denn aus dieser Ecke des Hofes ertönte lautes Gelächter. Ich winkte, und er kam angerannt.

»Bring mir bitte das Gepäck aus der Satteltasche«, sagte ich. »Ich warte hier.«

»Sofort.« Ich wandte mich an Graf Geffrey und fragte leise:

»Warum habt Ihr mich nicht früher hierherbitten lassen? Ich hätte wahrscheinlich mehr für Euren Sohn tun können.«

Er zuckte die breiten Schultern. Der Mann war wie die meisten Erwachsenen einen guten Kopf kleiner als ich, aber breiter gebaut. Resignierend sagte er: »Stephens Freund ist an der Pest gestorben. Es sah lange Zeit so aus, als habe sich Stephen die Krankheit nicht zugezogen. Und wir alle wissen, daß es keine Heilung gibt. Wir haben alles versucht. Ich weiß erst seit zwei Tagen, daß du vielleicht helfen kannst. Entschuldigt, Ritter Atlan.«

Er war, ohne es zu merken, in das Du gefallen, das man Dienern und Knechten gegenüber anwandte. Ich nickte und nahm Gromell die wasserdichte Tasche aus der Hand.

»Bringt mich zu Eurem Sohn, Ritter!« sagte ich. »Ist Surrey von Mowbray schon angekommen?«

»Ja«, sagte Geffrey. »Wie ich hörte, will er um die schöne Alexandra kämpfen.«

»Dann«, sagte ich gedehnt, »sind es schon zwei Männer, die um das Mädchen kämpfen wollen.«

Er sah mich überrascht an, sagte aber nichts. Wir kamen durch den großen Saal, in dem Spielleute auf Drehleiern, dem *Langleik,* der Griffbrettzither, und der Harfe spielten. Ich sah Frauen verschiedenen Alters und mit mäßigen Reizen ausgestattet. Es ging eine steinerne Treppe hinauf, die der Windung der Turmmauer folgte. Schließlich betraten wir ein dunkles Gemach, in dem es stank. Ich hustete.

»Hier stirbt Euer Sohn? Hier würden nicht einmal Ratten leben können, Ritter! Laßt die Fenster öffnen!«

Glutbecken standen da, eines der Betten, die mehr einem hölzernen Verschlag glichen. Die Fenster waren geschlossen, alte Mäntel hingen davor.

Zugleich mit dem Stöhnen kam ein Geruch nach Eiter und schwärenden Wunden vom Bett her. Ich wandte mich an Geffrey und sagte in schneidender Schärfe:

»Ich brauche große Bottiche und viel heißes und sauberes kaltes Wasser, Leinwand und eine tüchtige und saubere Frau. Reißt die Lumpen von den Fenstern und bringt neues Bettzeug. Und vielleicht, wenn alles nichts nützt, Euren Hauspriester.«

Geffrey wandte sich wortlos ab, und ich riß die Lappen von den hölzernen Rahmen. Die Fenster waren groß, und eines war mit Glasscheiben versehen. Jetzt erst sah ich, wie schlimm es in diesem Krankenzimmer aussah. Ich zog meinen Dolch, zielte und feuerte dreimal. Die Ratten starben mit einem kurzen Quietschen. Ich warf sie aus dem Fenster. Dann zog ich mich aus, bis ich in Hemd und Hose dastand. Die Frau kam, ein Knecht brachte hölzerne Wannen. Ich sagte ihnen, daß sie alles, was am Boden lag, in den Burghof bringen und verbrennen sollten. Dann schob ich den Tisch neben das Bett und ließ mir helfen – der ausgemergelte Körper des jungen Ritters, der von Wunden bedeckt war, lag auf einer Decke, über die wir ein frisches Tuch gebreitet hatten. »Ihr könnt von der Treppe weggehen und mir zusehen, Graf«, sagte ich. »Euer Sohn ist zur Hälfte tot. Wenn er viel Glück hat, wird er überleben.«

Ich breitete auf einem zweiten Tisch meine Ausrüstung aus. Zuerst drückte ich Stephen, der mit offenen Augen röchelnd dalag und mich nicht mehr wahrzunehmen schien, die Hochdruckinjektionsspritze gegen die Schlagader: Die Spritze fauchte auf. Zuerst injizierte ich ein kreislaufstärkendes Mittel, dann eine Überdosis Antibiotika, wischte alles mit Alkohol ab und schüttelte den Kopf.

Binden und Stoffetzen klebten an den Wunden. Ich löste eine Packung von dem aseptischen Pulver im heißen Wasser auf und warf einen sauberen Lappen hinein. Ich mischte das heiße mit kaltem Wasser, weichte die Wunden auf, entfernte die Binden und wusch Stephen von Abergavenny. Ich bildete es mir nur ein, aber plötzlich schien er gesünder auszusehen.

Der Aktivator, Arkonide! rief mein Extrasinn. Vielleicht konnte er mehr helfen als alle medizinischen Versuche. Ich zog das Ledersäckchen, in dem der Zellaktivator versteckt war, aus dem Hemd, streifte die Kette über den Kopf und legte Stephen den Aktivator auf die Brust.

Ich fing an, die Wunden zu behandeln, sprühte Bioplast darüber, nachdem ich sie ausgedrückt, abgewaschen und desinfiziert hatte. Als ich den Körper umdrehte, sah ich, daß auf dem Rücken und an den Beinen noch schrecklichere Wunden waren. Ich hob den Kopf hoch und zog die Kette an, so daß der eigroße Gegenstand nicht herunterrollen konnte. Als ich Stephen versorgt hatte, schüttelte ich den Kopf und sagte:

»Euer Sohn, Ritter, braucht Sonne und frische Luft, gute Brühe vom Fleisch, Eierspeisen und gebratene junge Hühnchen. Vermutlich wird er wieder gesund, aber das wird Monde dauern. Im Winter kann er vielleicht wieder in den Sattel.«

Der alte Mann war blaß geworden, seine Lippen waren nur ein dünner Strich. »Was soll ich tun?«

»Bringt ihn jetzt in den Burghof, in den Schatten, zugedeckt mit sauberen Tüchern. Das Fieber wird bis zum Abend gefallen sein. Ehe es kühl wird, schafft ihn in ein helles Zimmer, das gut geheizt ist, aber nicht so verhängt wie dieses hier. Und das Zimmer hier muß sorgfältig gereinigt werden, sonst bekommt jeder die Pest, der dieses Zimmer betritt. Habt Ihr schon daran gedacht, Eure Ratten zu jagen?«

Er zitterte ein bißchen, als er sagte: »Ich tue alles, was Ihr verlangt, Ritter von Arcon. Was wünscht Ihr von mir?«

»Zwingt alle Ritter und ihre Knappen – das gilt auch für Euch, Eure Familie und alle Menschen dieser Burg – etwas von meiner Medizin zu trinken. Ich habe sie nicht hier, kann sie aber noch heute hierherbringen.«

Geffrey stimmte zu. Er war der Einladende gewesen, und wenn er seine guten und auch weniger guten Freunde bat, dieser Anordnung zu gehorchen, dann würden sie tun, was er verlangte. Wir blieben bis zum Abend auf der Burg. Ich berichtete, was ich im Dorf unternommen hatte. Unter der Anleitung meines Bogenschützen machten sich die Knechte daran, Ratten zu jagen; abends verbrannten wir fünfzig Stück. Die Zimmer des wie bewußtlos schlafenden Jungen wurden mit heißem Wasser und Sand geradezu überflutet. In einem riesigen Feuer wurde alles verbrannt, womit Stephen in Berührung gekommen war, und ich verbrauchte den Rest meines kleinen Vorrates an Impfstoffen, um die Familie des Grafen zu »retten« – bei niemandem zeigten sich Krankheitssymptome. Meine Wichtigkeit wurde riesengroß, als später die Mutter des Jungen hereingestürzt kam und aufgeregt schrie, der Junge wäre ohne Fieber erwacht und habe Hunger. Ich half ihnen, Stephen zurückzutragen, und nahm den Aktivator an mich, als ich mich wieder angezogen hatte.

An diesem Abend schaltete ich wieder die Maschine ein, die Insektenvernichtungsmittel herstellte, und mischte für Ritter und ihre Knappen, die am nächsten Vormittag kommen würden, eine gewaltige Menge Bier mit Antibiotika. Wieder einige Schritte weiter. Wie lauteten die Gesetze dieses kleinen Turniers?

Es gab keine ernsten Herausforderer, sondern ein allgemeines Turnier sollte am ersten Tag stattfinden, wobei sich jeder Ritter mit demjenigen messen sollte, der ihn herausforderte. Jeder Ritter durfte nur einmal kämpfen. Einen Tag später würden die gewählten Anführer zwei Gruppen bilden und diese Gruppen gegeneinander antreten lassen. Das würde, vermutlich mit ständig sich verkleinernder Zahl, so lange weitergeführt, bis die beiden besten Ritter gegeneinander antreten würden. Die Königin der Liebe und der Schönheit, die am ersten Tag vom besten aller Ritter erwählt werden sollte, überreichte am Ende des zweiten Tages den Preis an den besten Kämpfer.

Ich hatte den Ehrgeiz, der beste Ritter zu sein. Surrey von Mowbray würde es freilich nicht freuen. Ich schlief ein.

Noch bevor ich die Augen öffnete, hatte ich eine Vision: Ich sah mich vor der Burg der Zauberer; unschlüssig und unsicher. Ich glaubte, daß der Weg dorthin nach dem Turnier alles andere als leicht sein würde. Ich hatte den Eindruck einer Gefahr, in der ich schwebte, ohne sie genau deuten zu können. Würde ein fremdes Schiff, von dem Hypersignal der Erben jener Stellaren Gäste gerufen, sie abholen und mich zurücklassen? Plötzlich streifte mich der Hauch der Panik – ein so deutlicher Eindruck, als habe jemand mit dem gepanzerten Kampfhandschuh zugeschlagen. Meine Gedanken wimmelten von bösartigen Ratten, zurückschnellenden Ästen wie bei einer rasenden Flucht – und als ich erwachte und das Sonnenlicht sah, zerstob alles wie früher Nebel über dem Gras.

»Versuch also wieder einmal, Atlan, deine Einsamkeit durch einen Kampf um eine Frau zu verkleinern!« murmelte ich laut.

Gromell hatte alles getan, um mir den Tag zu erleichtern. Es gab ein leichtes, aber kräftiges Essen. Meine Rüstung und sämtliche Waffen bis auf den Dolch lagen bereit. Die Pferde scharrten im Stall. Ich aß, zog mich an, dann ritten wir zum Kampfplatz. Dort stand mein kleines Zelt, dort hing mein zweiter Schild an einem weißgestrichenen Pfahl. Heute gab es viele Besucher: Ostern und das Turnier hatten sie von weit her zusammenströmen lassen. Viele von ihnen wollten nur sehen, wie die verhaßten Normannen aus den Sätteln gestoßen wurden.

»Es sind vierundsechzig Ritter gekommen«, sagte Gromell. »Hier findest du, was du brauchst. Du solltest jeden Ritter kennen, sein Wappen und seinen Wahlspruch. Mich wundert sehr, daß gestern sogar Surrey seinen Becher mit Bier leer getrunken hat.«

»Die Furcht vor der Pest hat seinen Stolz besiegt!« kommentierte ich, befestigte die stählernen Überschuhe an den Stiefeln, zog die schweren Handschuhe an und band die *Vinteile,* eine Art Schal aus Terkonitstahlgewebe, um das Kinn. Dann setzte ich den Helm auf und band ihn fest.

»Willst du herausfordern, oder läßt du dich herausfordern?« fragte Gromell.

»Ich warte!« sagte ich. Das Turnier wurde geritten, ohne daß scharfe Waffen benützt werden durften. Dies war als Devise bei der Einladung ausgegeben worden. Auch mein Speer trug nur die stumpfe Turnierspitze. Ich setzte mich in den Zelteingang und wartete. Hinter den Barrieren ertönte schmetternde Musik, in der ich maurische Elemente wiederzuerkennen glaubte. Dann trat Stille ein.

Die Zelte standen in Reihen zu je drei Dutzend auf beiden Seiten des Platzes. Zwischen ihnen und dem Platz waren hölzerne Barrikaden angebracht, die Platz für mehrere Reiter frei ließen. Die Ritter standen gerüstet vor ihren Zelten, die Pferde wurden im Schatten gehalten. Die Morgensonne verwandelte das Bild in eine Ansammlung von Farben. Erwartungsvolle Stille trat ein, als Graf Geffrey von Abergavenny auf ein Podest trat und mit lauter Stimme eine Ansprache hielt. Dann riefen die Herolde:

»Tretet vor, edle Kämpfer! Die Augen der schönen Frauen sehen Euch beim Kampf zu! Es geht um die Königin der Liebe und der Schönheit.«

Geffrey setzte sich. Ich sah an seiner Seite in einer Liege seinen Sohn. Zufrieden nickte ich und betrachtete die Ritter der Reihe nach. Einige von ihnen zogen vor, die Herausforderer zu erwarten, andere schwangen sich in die hochlehnigen Sättel. Dann preschte ein Ritter in vollem Galopp auf unser Zelt zu. Ich sah einen schäumenden Rappen und einen schwarzen, großen Schild. Die Lanze des Ritters schlug hart gegen meinen Schild.

»Heute werde ich dich zermalmen, Ritter Atlan!« ertönte dumpf die Stimme von Mowbray.

»Du wirst den Tag verwünschen, ehe es Mittag ist!« sagte ich laut, und er ritt davon.

»Welches Pferd?« fragte mein Freund.

»Den Falben!« erwiderte ich. Ich setzte mich im Sattel zurecht. Wir waren die dritte Paarung dieses Tages. Ich kontrollierte den Sitz der Stiefel in den Steigbügeln, die Befestigung des Schwertes und des Sattelgurtes. Dann schaltete ich die Abwehrfelder in meinem Kettenpanzer ein und hob die Lanze in die Vertiefung des Sattelschuhs.

»Viel Glück, Freund aus dem fernen Land!« sagte Gromell. Er wirkte sehr nachdenklich. Ich ritt an die Barriere heran. Überall galoppierten die Männer auseinander; ein Teil an ein Ende, die andere Hälfte an das andere Ende des Kampfplatzes. Zwei Lanzen durften zersplittert werden. Bisher war niemandem aufgefallen, daß ich überhaupt nur eine Lanze besaß. Ein Ritter mit einem prächtigen Helmbusch und ein anderer auf einem Schimmel ritten an den Rand des Platzes. Jemand stieß in ein Horn; die Auseinandersetzung begann.

Langsam lenkte ich meinen Hengst an das mir näher liegende Ende der breiten Bahn. Die kümmerlichen Gräser waren von den Hufen der Tiere zerfetzt, der Boden war aufgerissen worden. Jeweils dreißig Ritter auf verschiedenfarbigen Pferden, gehüllt in farbige Rüstungen, stellten sich gegeneinander; die meisten warteten auf ihren Herausforderer. Die Aufregung der Zuschauer nahm zu. Ein zweiter Hornruf hallte über die Ebene. Unweit von mir ritt ein Mann auf einem Schimmel aus der Reihe heraus; auch sein Schild, die Helmzier und die Stoffteile waren weiß, mit silbernen Rändern. Die Lanze ragte drohend in die Luft. Die dünne Oberschicht des Landes, nur selten durch mehr Besitz und bessere Lebensumstände von der Masse der Bauern, Leibeigenen und Arbeiter getrennt, fand in solchen Turnieren einen Teil ihres Selbstverständnisses – außerdem konnte man dies als Übung für den Ernstfall ansehen. Ein dritter Hornruf! Die Ritter sprengten aufeinander los und fällten die Lanzen, duckten sich hinter die Schilde, zielten entweder auf den Schild, die Brust oder den Kopf des Gegners.

Rasende Hufgeräusche waren zu hören, das Keuchen der Pferde, dann erfolgte der Zusammenprall. Mit einem häßlichen Geräusch brachen die Lanzen, und beide Männer schwankten in den Sätteln. Sie donnerten aneinander vorbei, Schreie ertönten von allen Seiten; Knappen rannten mit neuen Waffen auf ihre Herren zu. Die Ritter hielten ihre Pferde an, drehten sich und ritten weniger scharf an ihre Plätze zurück.

Die Stimmen der Männer auf den scharrenden und schnaubenden Pferden klangen hohl unter den Helmen hervor. Wieder das Horn. Der zweite Waffengang begann. Diesmal war das Tempo schärfer, der weiße Ritter fegte seinen Gegner aus dem Sattel. Es krachte: Stahl gegen Holz, reißendes Leder, splitternde Lanzenschäfte, schmerzliches Wiehern, dann die harten, metallischen Geräusche des Aufpralls. Eine Staubwolke verhüllte einen Teil des Bildes, und der weiße Ritter, der Sieger dieses ersten Zweikampfes, galoppierte zu seinem Zelt und ließ sich aus dem Sattel helfen.

Das nächste Zeichen. Das zweite Paar stellte sich, und ein Ritter in purpurnem Wappenkleid schleuderte schon beim ersten Aufeinandertreffen seinen Widersacher aus dem Sattel.

»Meiner Treu!« sagte jemand neben mir. »Das ist doch unser fremder Pestritter. Von Arcon, seid Ihr es?«

Ich senkte den Speer um einige Handbreit.

»So ist es, Ich werde versuchen, ob ich die sächsischen und normannischen Ritter besiegen kann.«

»Viel Glück!«

Ich setzte die Sporen ein, ritt an den Rand der Bahn und sah weit vor mir, wie Surrey von Mowbray in die Schranke ritt. Wir warteten auf den Hornruf, während Knappen Löcher im Boden zuschütteten und die Splitter der Lanzen wegräumten. Noch einmal kontrollierte ich meinen Sitz und den Halt der Stiefel in den Steigbügeln. Rechts von mir war die Sonne. Ich zügelte das Pferd, setzte die Sporen ein und gab die Zügel frei, als das Horn ertönte. In hartem Galopp rasten wir aufeinander zu.

Fast gleichzeitig senkten sich die Lanzen und suchten ihr Ziel. Ich schaltete die Abwehrfelder des Schildes ein, kippte die gerundete Fläche und zielte auf den Kopf des Gegners. Dann drückte ich den Kontakt. Der Pferdeschädel hinter der geschmiedeten Platte, der andere Schild, die Spitze des Speeres, die größer zu werden schien, und das Funkeln der Augen hinter den breiten Sehschlitzen des Helmes – alles raste an mir vorbei. Gleichzeitig traf ein harter Schlag meinen linken Unterarm, ein zweiter setzte sich durch die Knochen des rechten Armes bis hoch in die Schulter fort. Scheinbar sehr lange hing Mowbray unbeweglich am Ende meines Speeres, während mir lange weiße Splitter um den Kopf flogen. Dann verschwand alles aus meinem Gesichtsfeld.

Als ich mein Pferd hart zügelte, hörte ich das Geräusch, mit dem Mowbray, sich mehrmals überschlagend, in den Sand fiel. Er war fast fünf Mannslängen weit durch die Luft geflogen und krachte zu Boden. Von überallher ertönten aufgeregte Schreie, als mein Pferd auf der Hinterhand rutschte und sich herumriß. Mowbray blieb wie tot liegen. Ich ritt quer über den Platz zu den Zelten.

Mein Pferd und ich zitterten, während ich aus dem Sattel kletterte und schnell die Kontakte im Kettenpanzer abschaltete.

»Das war der schönste Sturz, den ich in meinem Leben gesehen habe«, schrie Gromell. »Als ob Surrey hätte rücklings fliegen wollen.«

Ein markerschütternder Krach unterbrach ihn: Wieder war ein Ritter aus vollem Galopp auf den Boden geschleudert worden. Das Geräusch zerfetzten Holzes mischte sich in Beifallsschreien, Pfeifen und Johlen des Volkes – offensichtlich fiel gerade ein Normanne.

»Sie schleppen ihn weg – er liegt wie tot da!« sagte ich ohne Bedauern.

Sechs Diener oder Knappen fingen das Pferd ein und trugen Surrey an Armen und Beinen zu den Zelten. Ich nahm den Helm ab, wickelte die Vinteile ab und trank kaltes Wasser.

»Gegen Mittag oder etwas später wird dieser Teil des Turniers beendet sein«, sagte ich. »Dann wird es richtig spannend.«

Niemand außer einigen Knechten hatte Zeit, sich um uns zu kümmern. Alle sahen ins Zentrum der Ebene, in dem unaufhörlich Ritter gegeneinander anritten. Einmal wurde einer die halbe Bahn entlang durch den Dreck geschleift, weil sein Pferd durchgegangen war. Nacheinander erfolgten etwa fünfzig Waffengänge.

Meistens wurden die Lanzen zerbrochen; erst beim zweiten Aufeinanderprall gelang es, den Gegner aus dem Sattel zu rammen. Gebrochene Arme, verstauchte Finger und aufgerissene Haut waren die Folgen; von den mehr als sechzig Rittern blieben insgesamt vierundzwanzig »Sieger« übrig. Ein rauhes Spiel, dessen Regeln normalerweise wesentlich schärfer ausgelegt wurden. Aber der Umstand, daß es wenig Ärzte gab und auch keine Möglichkeiten, die Verletzten zu pflegen, hatte entscheidend zu gemilderten Regeln beigetragen, die sich Abergavenny ausbedungen hatte. Die Sonne brannte heiß herunter, aufgewirbelter Sand legte sich auf die Schleimhäute. Die Körper der Pferde troffen von Schweiß. Die Ritter unter ihren Rüstungen schwitzten noch mehr als die Pferde. Gromell sah schweigend zu und meinte: »Vierundzwanzig Ritter, davon genau die Hälfte Normannen. Das bringt uns zum zweiten Teil des Kampfes.«

»Ein Scheingefecht?« fragte ich.

»Ja. Die Ritter suchen sich einen Anführer. Durch die Zahl der Verlierer wird für morgen eine kleine Gruppe von Kämpfern ausgesucht.«

Wir sahen von unserem Platz aus, wie man den jungen Abergavenny vorsichtig fortschaffte. Der Umstand, daß er hierhergebracht worden war, ließ mich für ihn hoffen. Gromell murmelte:

»Vermutlich wirst du der Anführer der Normannen sein, denn du bist kein Sachse. Darin sind wir Inselbewohner recht eigenartig.«

Jedenfalls würde der letzte, der übrigblieb, die »Königin« aussuchen. *Das ist ausgesucht dummer Ehrgeiz!* flüsterte mein Extrasinn.

Ich dachte an Tyanna, die im Kältetiefschlaf lag, von Rico bewacht; wahrscheinlich war es müßig, schon jetzt an Komplikationen zu denken. Trotzdem machten mich diese Überlegungen nachdenklich. Alexandra, Lady of Lancaster – ich hatte sie noch nicht einmal aus der Nähe gesehen.

Während am südlichen Meer die Stadt Venedig die Herrschaft über die Ostküste des Meeres erlangte und somit ein riesiges Seegebiet und sämtliche Uferstädte beherrschte, während das von mir eingeführte Astrolab sich langsam in der Seefahrt durchsetzte, während im *Königsbuch* des Firdausi zum erstenmal das Schachspiel erwähnt wurde, lieferten sich hier harmlose Menschen ein Gefecht, das mit zahlreichen Knochenbrüchen enden würde. Der Papst saß in Rom, in Reims begannen sie, Glasmalerei zu betreiben, und es entstand ein vierliniges Notensystem mit Notenschlüsseln. Das würde vielleicht, wenn die Kreuzzüge weitergeführt wurden, von den rückkehrenden Rittern eingeführt werden ... vielleicht. Das, was sie den Völkern im Süden zeigen konnten, waren blinder Mut und ein unpraktischer Ehrenkodex, der sich im Nichtwahrnehmen von Vorteilen des Kampfes am deutlichsten äußerte. Das sah ich während dieser Kämpfe überzeugend geschildert.

»Sie holen dich!« sagte Gromell.

»Meinetwegen!« Ich steckte die Kugelkette mit dem dünnen Griff in die Scheide am Sattel. Der folgende Kampf würde mit allen ritterlichen Waffen geführt werden.

Wieder räumte man die Bahn auf, ersetzte Barrieren, und die unharmonische Musik schien durch die Hitze und die flirrende Helligkeit dieses Spätfrühlingstages leiser zu werden. Geffrey von Abergavenny hob beide Hände und hielt seine zweite Ansprache – er gab die Regeln kund, die während des nächsten Kampfes herrschen sollten.

» ... kämpfen, solange sich noch zwei Männer im Sattel oder auf den Beinen befinden. Es ist auch gestattet aufzugeben, ohne daß Schande über den Kämpfer komme. Der Sieger wird die Königin des Turniers küren!«

Beifall war zu hören, wieder stimmte die Musik ihre Akkorde an. Dann näherte sich der Ritter, der uns aufgefallen war, meinem Zelt und senkte die Lanze bis auf den Boden.

»Ritter von Arcon«, grüßte er und hob die Hand im schweren, eisenbeschlagenen Handschuh, »wir haben Euch als unseren Anführer erwählt. Nehmt Ihr diese Wahl an?«

»Ich nehme an«, sagte ich, »aber ich werde vermutlich siegen!«

»Deswegen wurdet Ihr erwählt!« rief der Normanne lachend, dessen Zeichen eine Taube in den Fängen eines Adlers war. »Wir sammeln uns oben, bei Ritter Abergavenny!«

»Ich komme!« versprach ich.

Du hast zwölf Gegner auf einmal! warnte mein Extrasinn. Diesmal nahm ich den stärkeren Schimmelhengst, sattelte ihn sorgfältig und ließ mir von Gromell helfen. Pedantisch genau kontrollierte ich jeden Riemen und jede Schnalle. Ich sagte: »Meine Lanze, Gromell, ist kostbar. Wenn ich sie verliere, mußt du sie holen, auch zwischen den Hufen der Pferde. Versprichst du mir das?«

Er nickte und befestigte die Platte am Kopf des Schimmels, welche die Augen frei ließ und einen stumpfen Rammsporn trug. Ich saß auf. Fast jeder Teil der Ausrüstung und so gut wie alles Tuch waren weiß oder silbern. Gromell lachte anerkennend.

»Der silberne Ritter!« rief er. »Du wirst in die Geschichte dieses Turniers eingehen, wenn du so kämpfst, wie du aussiehst. Sie warten auf dich.«

Ich hob die Hand und fühlte, als ich quer über die Bahn ritt, die sengende Sonne im Rücken. Es würde ein heißer, kurzer Kampf werden. Die Regeln waren bekannt, langsam formierten sich die Kampfreihen der Ritter. Sie alle trugen neue Waffen und saßen auf frischen Pferden.

»Stellt euch auf, edle Ritter! Wartet auf das Signal!« riefen die Herolde. Die Kampfrichter, ältere Ritter, die nicht mehr am Turnier teilnahmen, untersuchten Waffen, Sättel und Pferde. Ich hingegen musterte die Schilde und die Kleidung der zwölf sächsischen Ritter auf der anderen Seite des Kampfplatzes. Zu beiden Seiten meines Standortes befanden sich normannische Ritter und warteten.

»Wir müssen gewinnen!« rief ich. »Haltet Euch gut, Edle!«

»Wohl gesprochen!« gaben sie zurück. Ich konnte das Wappen des Ritters Mowbray nicht sehen; vermutlich lag er mit Verstauchungen in seinem Zelt.

Zwei Reihen standen sich gegenüber. Hundertfünfzig Schritt Zwischenraum gab es, der von den Knappen mit Wasser besprengt worden war. Männer und Tiere waren unruhig. Die Schiedsrichter zogen sich hinter die schwarz-weißen Barrieren zurück; drei Männer traten vor und stießen in die geschwungenen Hörner. Es gab einen Ton, als ob ein riesiges Urwaldtier voller Qualen schrie.

Die Reiter galoppierten an. Ich fällte meine Lanze, mein Schimmel wurde schneller, dann lenkte ich das Tier zur Seite. Der purpurne Ritter, der auf mich zusprengte, raste an mir vorbei. Ich schaltete das Lähmfeld meiner Lanze ein, zielte und stieß einen Mann links von mir vom Pferd, riß mein Tier herum und schwenkte die Lanze im Halbkreis. Ein zweiter Mann wurde getroffen, taumelte, aber er hielt sich fest. Ich nahm aus den Augenwinkeln einen Speer wahr, schlug ihn mit dem Schild hoch und duckte mich. Dann fühlte ich, wie jemand an der Lanze riß. Ich ließ mein Pferd hochsteigen, stieß die Lanze nach vorn, riß sie zurück und ließ das Tier auf den Hinterbeinen kreiseln.

Neben mir preschte ein Normanne vorbei und schlug mit seinem Schwert eine Kerbe in den Schild eines Sachsen.

Zwei reiterlose Pferde stolperten durch das Gewühl. Ich hörte nichts anderes als die Ausrufe der kämpfenden Männer, die Töne, mit denen die Waffen gegeneinandergeschlagen wurden, das Wiehern und Keuchen der Pferde und die Hufschläge. Ich hatte genug gesehen. Das Tier berührte mit den Hufen den Boden und machte eine Reihe von Sätzen. Ich schob, bevor ich den Knäuel der Kämpfenden verließ, den Fuß unter den Steigbügel eines sächsischen Reiters, hielt den Lauf des Pferdes auf und zwang es in die Höhe, während ich meine Lanze schwenkte und den Mann im Nacken traf. Halb gelähmt sackte er aus dem Sattel, dann brachten mich drei Sprünge aus dem Gewühl. Ich sah Gromell auf mich zurennen und warf ihm die Lanze zu, riß das Schwert aus der Scheide und schwang es über dem Kopf. Ich orientierte mich; meine Partei war weit im Vorteil.

Ich suchte mir einen Gegner aus, der gleich mir in den kämpfenden Kreis hineinreiten wollte, sprengte auf ihn zu. Ein Duell im Sattel begann. Ich griff an.

Zuerst schlug ich mit einem stark geführten, weit ausholenden Schlag seinen Schild zur Seite, dann senkte mein Pferd den Kopf und rammte das andere Tier. Ich drückte die Kontakte; das Prallfeld des Schildes wirkte auf den Oberkörper des Ritters und schleuderte ihn halb aus dem Sattel. Ein Schlag des Schwertes traf die Hand, die den Zügel hielt, ein anderer das Tier, mit der flachen Klinge geführt. Als das Pferd erschreckt einen Satz machte, hieb ich dem Ritter das Schwert quer über die Brust und rammte ihm die Kante meines Schildes in den Nacken. Er fiel langsam nach vorn aus dem Sattel. Ein Pferd, das scheute und ausschlug, schleuderte ihn vollends auf den Boden. Ich wurde von einem Hieb getroffen, aber das Schutzfeld im Kettenhemd verwandelte den Treffer in einen harmlosen Schlag und prellte das Schwert aus der Hand eines Sachsen. Ich drehte mich herum. Nur noch zwei Sachsen waren im Sattel – und sechs Normannen.

Langsam ritt ich in das Getümmel und sah, wie ein Sachse einen Normannen mit einer Serie von kraftvollen Schlägen aus dem Sattel schlug und aus der Kampfgruppe hinausritt. Ich gab meinem Pferd die Sporen, setzte dem Ritter nach, der sich im Sattel drehte und mich erkannte. Er floh nicht, sondern ritt in einem engen Kreis schnell um die Kampfgruppe herum, faßte sein Schwert und seinen Schild enger, ich steckte, während ich aufholte, das Schwert in die Scheide und zog am Griff der Kugelkette.

Eine zwei Finger starke Kette war an einem Ende in einem Griff, am anderen in einer Kugel mit stumpfen Stacheln befestigt; auch hier hatte ich die scharfen Stacheln herausgeschraubt. Ich hob den Schild, dirigierte mein Pferd mit Schenkeldruck und Sporen und holte auf, während ich die Kugel herumwirbelte. Dann schlug ich zu.

Niemand hinter dir! sagte mein Extrasinn. Die Kugel krachte hinter den Schild, als sich die Kette über den Rand warf. Die Hand des Mannes wurde getroffen, ich riß die Waffe hoch. Der Schild wirbelte wie ein Blatt durch die Luft, der Ritter schrie laut auf. Wieder heulten Kette und Kugel in Kreisen durch die Luft, ich suchte ein Ziel aus und vollführte mit dem Arm eine komplizierte Bewegung.

Die Kugel schmetterte unterhalb der Rippen gegen den Körper des Ritters. Er riß die Arme hoch, sein Schwert flog davon, und er fiel rückwärts aus dem Sattel und schlug schwer auf den Boden. Ich hielt das Tier an. Die Sachsen waren besiegt.

»Nur noch fünf Normannen und ich!« sagte ich verwundert. »Was werden die Richter entscheiden!«

Ich zügelte das Pferd und ritt zu den Rittern meiner Partei. Sie jubelten und schrien. Unsere Gruppe von sechs Männern ritt in einer Reihe erschöpft bis vor das Podium, unter dessen Sonnensegel Geffrey von Abergavenny saß. Von allen Seiten kamen die Knappen und halfen den Abgeworfenen in die Zelte, räumten den Platz auf und sammelten die Waffen ein. Keiner der Übriggebliebenen hatte noch seine Lanze, aber ich sah unter manchen Kettenhemden Blut heraustropfen und den Stoff dunkel färben.

»Wir haben gesiegt, von Arcon!« rief einer.

»Wer ist der Sieger?« fragte ich.

Niemand antwortete. Ich nahm meinen Helm ab und hängte ihn an den Sattelknauf, löste die Vinteile und wischte den Schweiß von meiner Stirn. Er sickerte durch meine Brauen und brannte in den Augen. Die Kampfrichter kamen mit ihrem kleinen Kranz aus dunkelgrünen Blättern, schritten die Reihe ab und blieben vor mir stehen.

»Dieser fremde Ritter hat unerhörte Tapferkeit gezeigt. Er kämpfte schnell und schonte zudem seine Gegner. Ihm gebührt der Preis!«

Wieder stießen die Männer in die Hörner, ein gewaltiger Jubel, in den sich schrille Pfiffe mischten, erhob sich im Viereck der Bahn und der Zelte. Ich lachte kurz und nahm den Kranz entgegen. Wie aus dem Boden gewachsen stand Gromell neben mir und reichte mir die Lanze. Ich steckte den Kranz auf die Spitze, hob die Lanze und lächelte den anderen Rittern zu, die nicht weniger erschöpft waren als ich.

»Durch das Überreichen des Kranzes ist die Dame, die Ihr wählt, Ritter Atlan von Arcon, für morgen in aller Form bestimmt. Hebt Eure Lanze!«

Ich setzte die Lanze in den Sattelschuh ein und nickte. Dann wendete ich mein Pferd, ritt an den anderen Rittern vorbei und sagte deutlich: »Ihr wart gute Kämpfer, edle Ritter!« und ritt weiter. Hinter den Schranken befanden sich Schemel und flüchtig aufgeschlagene Bretterbänke, auf denen die Besucher saßen. Ich suchte nach den Gesichtern von Poins von Lancaster und seiner Tochter Alexandra. In den meisten Gesichtern sah ich zwiespältige Gefühle ausgedrückt; die Menschen ärgerte es, daß nicht die sächsischen Ritter gewonnen hatten, aber dadurch, daß ein *fremder* Ritter der Held des Tages geworden war, schienen sie etwas versöhnlicher gestimmt zu sein. Ich hielt an und betrachtete Vater und Tochter; erwartungsvolle Stille breitete sich aus; das Schnauben meines Pferdes und das Scharren der Hufe unterbrachen sie als einzige Laute. Langsam senkte ich die Lanze und legte Lady Alexandra die Blätterkrone in den Schoß. Die junge Frau wurde feuerrot, aber sie hielt meinem langen Blick stand. Augenblicklich waren die Hörner zu hören, die Menge begann zu jubeln, weil ich eine Sächsin ausgesucht hatte. Es wäre erschreckend, die Reaktion Surreys darauf mitzuerleben. Ich rechnete damit, daß er sich auf seine Art rächen würde.

»Es lebe die Königin der Liebe und der Schönheit!« schrien die Menschen, dann war diese disharmonische Musik zu hören.

Als die Musiker aufhörten, schrie Geffrey von Abergavenny: »Das Turnier ist für heute beendet! Morgen nach Sonnenaufgang werden die letzten Kämpfer antreten! Ich danke euch allen!«

Noch immer sahen wir uns an; Alexandra und ich. In der Frau ging innerhalb einiger Atemzüge eine erstaunliche Wandlung vor. Als habe sie diese Ehrung, die viele erwartet hatten, selbständig werden lassen, älter und reifer. Die Farbe ihres Gesichts wurde wieder normal, ihr Blick, der zuerst zögernd und unsicher gewesen war, festigte sich. Schließlich lächelte sie mich an, hob den Kranz hoch und behielt ihn in der Hand. Ich lächelte zurück, senkte ein zweites Mal die Lanze und sprengte zu meinem Zelt. Gromell hatte schon alles vorbereitet. Er sattelte das Pferd ab, half mir aus der Rüstung und schleppte einen Kübel mit kaltem Wasser und Tücher herbei. Ich wusch mich, trocknete mich ab, während mein Freund die Pferde bepackte und den zweiten Sattel anschnallte. Ich war erschöpft und atmete schwer. Als ich mich erholt hatte, sagte Gromell leise:

»Ich hatte nicht gedacht, Atlan, daß du ein solch guter und schneller Kämpfer bist.«

Ich versetzte nicht ohne Ironie: »Ich habe sehr viel Zeit zum Üben gehabt, mußt du wissen. Jetzt aber schnell in unser Haus. Ist das bewußte Bier ausgeschenkt worden?«

Er nickte. »Es ist wohl kaum jemand hier, der nicht von diesem gepanschten Bier oder Wein getrunken hat. Keine Sorge, die Pest wird sich nicht ausbreiten.«

Eine Stunde später saß ich in dem riesigen Holzbottich und badete in warmem Wasser. Es war eine Wohltat.

Mein Schimmel stand da, als wäre er eine steinerne Statue. Gromell hielt seinen Zügel und meine Lanze. Das Pferd war schmutzig, voller Staub. Wo Schweiß nach unten lief, zeigten sich auf dem Fell schwarze Muster. Mein Schild war leicht lädiert, und pochender Schmerz zog sich vom rechten Handgelenk bis zu den Schulterblättern. Ich unterdrückte ein Frösteln und atmete tief durch. Dort oben rüstete sich mein letzter Gegner. Es war der dreiundzwanzigste. Zweiundzwanzig Männer hatte ich am zweiten Tag des Turniers aus dem Sattel gehoben. Nur ein Glücksfall hatte mir geholfen, daß ich nicht selbst aus dem Sattel geschleudert worden war. Der schwarzgerüstete Normanne, ein breitschultriger Mann auf einem Rappen, war mein letzter Gegner.

»Nur Ruhe! Er ist grämlich, denn er hat alle seine Freunde im Dreck sehen müssen«, sagte Gromell beschwichtigend. Sie ließen sich und uns fast zuviel Zeit. Mein Blick irrte ab, und ich zwinkerte; Schweiß lief in mein rechtes Auge. Ich suchte das Gesicht Alexandras in der Menge. Ich schreckte hoch. Das erste Hornsignal.

»Aufwachen, Freund Atlan!« sagte Gromell scharf. »Oder willst du die schöne Alexandra deinen zahlreichen Nebenbuhlern überlassen?«

»Keineswegs«, sagte ich und nahm die Lanze. Als die Hörner das zweitemal zu hören waren, ließ Gromell die Zügel los und schlug dem Schimmel mit der flachen Hand auf die Kruppe. Das Tier galoppierte los. Ich legte die Lanze ein und zielte, schaltete beide Felder ein und sah die Gestalt des Normannen in rasendem Tempo näher kommen. Ich spannte meine Muskeln an und verkrallte mich förmlich in die Steigbügel. Dann erfolgte ein gewaltiger Zusammenstoß. Der Stoß traf mich über der Knochenplatte, wurde aber durch die Kraftfelder gemildert. Meine Lanze hatte die Brust des anderen berührt. Der Schlag ging durch meinen Körper, als ob mich ein Felsbrocken getroffen hätte. Dann splitterte die gegnerische Lanze. Beide Pferde setzten sich auf die Hacken; wir wurden beinahe abgeworfen. Meine Lanze rutschte ab, glitt über die Schulter des anderen und fuhr neben seinem Hals ins Leere. Unsere Füße steckten fest in den Bügeln. Die Pferde kamen wiehernd auf die Füße, Schaum flockte um ihr Mäuler. Ein Kampfrichter brüllte:

»Ein zweiter Waffengang, edle Ritter!«

Wir ritten zurück zu unseren Startpunkten. Auch der Normanne schwankte im Sattel. Ich überlegte und ließ dann von Gromell die Sarazenenwaffe am Sattel befestigen. Der Normanne ließ sich eine andere Lanze geben, prüfte sie und ritt an den Anfang der Schranke heran. Er war bereit. Wieder das schaurige Brüllen der Hörner. Los!

Diesmal bleibst du nicht im Sattel! sagte mein Extrasinn lakonisch. Ich schüttelte den Kopf. Der Zusammenprall erfolgte mit nie gekannter Wucht und Wildheit. Unsere Lanzen wurden uns aus den Fäusten geschleudert, und beide taumelten wir nach rückwärts. Ich spürte, wie ich den Halt verlor, taumelte und versuchte, mich wieder zu fangen. Auch der andere verlor die Gewalt über sich und sein Pferd, schwankte im Sattel und glitt, während ich nach der Mähne griff, seitlich auf den Boden. Wir reagierten fast gleichzeitig, liefen neben dem galoppierenden Tier her und lösten uns von Sattel und Zügeln. Ich sah, wie das Tier des anderen davonraste. Er warf sich herum, zog das Schwert, und ich riß die Kugelkette hervor. Dann flankte ich über die Barriere und ging auf ihn zu. Wir musterten uns über den Rand der Schilder hinweg und finteten nach rechts und links.

Er war entschlossen, den Kampf schnell zu beenden, und meine Ermüdung war so groß, daß ich ihn verstehen konnte. Er schwang sein Schwert und griff mit einer Serie harter Schläge an. Ich wehrte zehn davon mit dem Schild ab; der dröhnende Krach, mit dem Metall auf Metall schlug, hallte über die Ebene. Mit der Rechten wirbelte ich die Kugel herum, führte einige Scheinschläge, die mit großem Können abgewehrt wurden. Auch sein Schild dröhnte, splitterte an den Rändern, und Wappen wie Devise im Mittelpunkt des Schildes wurden undeutlich. Unser Keuchen war fast so laut wie das der Pferde. Dann duckte ich mich unter einem Schlag, zielte und wirbelte die Kette um den Fuß des Mannes, oberhalb des Knöchels. Ein harter Ruck, ich sprang nach links, der Normanne stolperte und fiel.

Die Kugel pfiff durch die Luft und traf das Schwert dicht unterhalb der Parierstange. Es gab einen hellen Klang, dann schwirrten die Trümmer davon. Arkonstahl hatte seine Vorteile. Ich sprang zurück, wich einem Fußhebel aus und blieb über dem Mann stehen, die Kugel in der Hand wirbelnd. Der nächste Schlag konnte seinen Helm treffen.

»Gebt Ihr auf, Ritter?« fragte ich.

»Nein!«

Er deckte sich mit seinem Schild, wieder krachte die Kugel gegen die dreieckige Holzplatte, die mit Stoff und Metall bespannt war. Der Schild stellte sich hochkant, ich schlug ein zweites Mal, und der Ritter hatte nur noch die Griffe in der Hand und am Unterarm. Wieder hörte ich das Heulen, mit dem sich die Stachelkugel durch die Luft bewegte – in tödlichen Kreisen, mit beachtlicher Geschwindigkeit.

»Gebt auf!« forderte ich.

Er breitete die Arme aus und sagte leise: »Ich gebe auf.«

Ich ließ Schild und Waffe fallen, bückte mich und hob ihn auf. Dann schüttelte ich ihm die Hand; eine Geste, die schwierig auszuführen war, weil wir eisenbeschlagene Handschuhe trugen.

»Ihr seid der Beste, der je gegen mich gekämpft hat!« sagte ich. »Darf ich Euren Namen erfahren?«

»Tayac ter Aibhlynne, Edler Atlan.«

Er ist von Burg Diarmuid Faighe, sagte mein Extrasinn verblüfft.

»Euch gebührt der Preis!« sagte er und nahm seinen Helm ab. Wir gingen nebeneinander auf das Podium zu, um das sich die Richter versammelten. Jetzt war ich nicht nur erschöpft, sondern auch verwundert: Einer der Männer aus der Burg, die ich besuchen mußte, war in der Maske eines normannischen Ritters bei diesem Turnier.

Hatte er von mir gehört? War er deshalb hier? Wir blieben stehen, während hinter uns die Waffen eingesammelt wurden. Gromell brachte mein Pferd, und ich ließ die Kampfrichter sprechen, hörte den Redestrom Geffreys an und sah, wie ein Herold Alexandra einen silbernen Pokal übergab. Sie trat neben den Grafen von Abergavenny und sah mich an.

»Ich übergebe Euch, Ritter Atlan von Arcon, diesen Pokal. Er ist der Preis Eurer Tapferkeit in diesen beiden Tagen.«

Ich zog den Handschuh aus. Der Pokal war voll rotem Wein, und ich nahm ihn vorsichtig entgegen. Ich hob ihn, zeigte ihn allen und hörte das zustimmende Geschrei wie durch einen dichten Vorhang. Meine Augen sahen das Mädchen an. Dann nahm ich die schmale Hand Alexandras und sagte laut:

»Ich trinke auf die Schönheit und die Liebenswürdigkeit von Lady Alexandra.« So leise, daß es niemand außer ihr hören konnte, flüsterte ich: »Du weißt, daß wir uns wiedersehen und lieben werden. Früher oder später werde ich dir erklären, warum ich dich als Königin der Schönheit ausgesucht habe.«

Ich starrte in ihre grünen Augen und sah, daß sie tief nachdenklich geworden war. Als ich trank, ließen meine Augen sie nicht los; mit jeder Sekunde wurde sie verwirrter.

Ich war mit dem Ausgang dieses Tages sehr zufrieden und bot den Rest des Weines meinem Gegner an, worauf sich der Beifall steigerte. Gromell stand hinter mir und wartete geduldig.

Geffrey von Abergavenny sagte: »In zwei Tagen wird ein kleines Fest auf meiner Burg stattfinden. Alle Ritter sind eingeladen, aber einige werden nicht kommen können. Darf ich Euch begrüßen, Atlan?«

»Ich werde kommen, Ritter«, sagte ich. »Wie geht es Eurem Sohn?«

Er lachte freudig auf. »Besser mit jeder Stunde. Er hat einen fürchterlichen Hunger und befindet sich sehr wohl. Er will Euch kennenlernen.«

»Ich werde ihn auf Eurer Burg sehen. Erlaubt Ihr, daß ich mich zurückziehe?«

Der Graf senkte den Kopf, und ich sprang mit größter Kraftanstrengung in den Sattel. Ich ergriff die Lanze, mein Gegner brachte mir den leeren Pokal, und Gromell führte das Tier zurück zu meinem Zelt. Als wir näher kamen, sah ich bereits, daß die Schemel und Wannen auf einen Karren geladen wurden und einige Bewohner des Dorfes das Zelt abbrachen. Gromell hatte dafür gesorgt. Ich wischte mich mit einem kalten Tuch ab, dann ritten wir zurück.

Am späten Nachmittag sollten die Wettbewerbe im Bogenschießen abgehalten werden, und Gromell hatte sich gemeldet. Auch mein robotischer Jagdfalke war zurück. Er saß wie ein echter Vogel auf der Fensterbank, als ich mein Zimmer betrat. Arrow jagte noch immer Ratten, unten, am Bach, außerhalb des Ortes. Nachdem ich gebadet hatte und weiches Zeug trug, setzten wir uns an den Tisch, auf dem das Essen seit Stunden wartete.

»Wir müssen so schnell wie möglich weiter«, sagte ich zu Gromell. »Ich habe heute mit Tayac ter Aibhlynne gekämpft. Er ist wahrscheinlich ein Mann von der Burg, die wir suchen, Gromell.«

Der Bogenschütze hieb eine Scheibe von einem runden Käse herunter und spießte sie auf seinen Dolch, grinste breit und murmelte:

»Ich hatte eine Ahnung, Atlan ... Die Hälfte des Gepäcks ist bereits gepackt. Wir könnten in zwei Stunden reiten.«

»Nein. Aber ... das ist gut. Ich werde auch mein Gepäck zusammenstellen und in die Satteltaschen packen. Wir reiten reisefertig nach Abergavenny, und nach dem Fest, das ich als einer der ersten verlassen werde, reiten wir nach Norden. Vielleicht können wir zusammen mit Tayac reisen.«

»Aber ich werde noch den Preis der Bogenschützen mitnehmen!« beharrte Gromell der Fletcher.

»Darauf bestehe ich sogar!« sagte ich. »Ich werde erst einmal fünfzehn Stunden schlafen und meine blutunterlaufenen Stellen kühlen.«

Wir waren hungrig, und ich war am Rand meiner Kräfte. Wir aßen langsam und viel, dann zog ich mich in mein Zimmer zurück und schlief. Alle Probleme in diesem Teil Britanniens waren gelöst – bis auf eines: Alexandra.

Irgendwie war es ein neuer Anfang; inzwischen aber waren wir nicht mehr unbekannt. Etwa vierzig Ritter waren auf die Burg eingeladen – der Rest war abgereist oder war weggeschleppt worden, weil die Männer schwer verletzt waren. Gromell hatte erwartungsgemäß den ersten Preis im Bogenschießen errungen. Wir verließen das Dorf Abergavenny in den frühen Morgenstunden – eine Siedlung, in der die Menschen verändert waren: Sie kannten neue Techniken, und sie waren von der Pest und der Furcht davor frei. Sie besaßen die neuen Ackergeräte und meine Anweisungen, und der Prior vom Kloster Abergavenny würde alles tun, um Zeichnungen und kopierte Vorschriften weiterzugeben. Die wandernden Mönche würden die Pläne weitergeben, und da die Bildung des Volkes zumeist in ihren Händen lag, konnte ich sicher sein, daß diese Menge zivilisatorischer Anstöße fortgesetzt wurde.

»Ich werde hier warten!« versprach Gromell und hielt mein Pferd. Ich stieg ab; wir befanden uns gegen Mittag am Fuß des Burghügels von Abergavenny Castle.

»Ja, tue das. Ich habe nur einen Dolch. Es wurde den Rittern nicht gestattet, Waffen mitzubringen. Geffrey wird wissen, aus welchen Gründen.«

Über uns schwebte der künstliche Vogel. Er hatte unseren Weg bis nach Burg Diarmuid aus der Luft aufgenommen. Der Wolf war bei uns. Ich hatte ein ungutes Gefühl – solange Surrey von Mowbray lebte, schien er mein Feind sein zu wollen. Der Ritt mit Alexandra gestern schien seine Wut noch mehr angestachelt zu haben. Ich fürchtete ihn zwar nicht, aber ich erwartete größere Schwierigkeiten.

»Pferde und Waffen bleiben hier. Ich mache hinter den Bäumen ein kleines Lager. Wann kann ich dich erwarten?«

»Ungefähr zwei Stunden nachdem es dunkel geworden ist. Ich werde lange mit Alexandra sprechen. Die anderen Ritter kommen später, sagt man.«

Wir führten die Packpferde und unsere Reittiere in den Schatten der Bäume. Überall zwitscherten Vögel, kleine Tiere huschten im Gestrüpp. Der Robotwolf stöberte zwischen den Stämmen. Ich hatte ein ungutes Gefühl, wenn ich zur Burg blickte. Drei oder vier Reiter ritten die Serpentinen hinauf; ich sah keine Lanzen, keine Wimpel und wenige Farben. Es schien etwas in der flirrenden Luft des Mittags zu liegen. Ein unbestimmbares Gefühl des Hinterhaltes. Die Burg sah dunkel aus wie eine Festung des Grauens. Zwischen den Bäumen kam fauliger Geruch hervor. Ich spürte ein Frösteln zwischen den Schulterblättern.

»Ich denke an Surrey und an den Überfall, damals, in der Nacht.« Gromell nahm seinen Bogen von der Schulter. »Und mir ist nicht besonders wohl bei dem Gedanken, dich dort allein zu lassen.«

»Offen gestanden«, sagte ich, »ich fühle mich auch unsicher.«

Wir sahen uns schweigend an. Die Zweifel Gromells wurden von Tag zu Tag stärker; er glaubte mir den fremden Ritter nicht mehr länger. Ich hatte seine Auffassungsgabe unterschätzt. Gromell murmelte:

»Du hast deinen Zaubervogel. Der Wolf bleibt mir zur Hilfe. Er und – mein Bogen. Ich warte auf dich bis Mitternacht, dann reite ich nach Norden. Einverstanden?«

»Einverstanden!« sagte ich. »Du wirst gestatten, daß ich den Hügel auf dem Rücken des Pferdes bezwinge, nicht mit meinen Sohlen!«

»Ja. Sag deinem merkwürdigen Vogel ...«, begann er. Ich winkte ab. Trotz aller Möglichkeiten schien es mir noch immer gefährlich zu sein, am Fest der Ritter teilzunehmen.

Kurze Zeit später schwang ich mich in den Sattel. Während ich die Serpentinen hochritt, schwebte der Vogel heran, setzte sich auf meine Schulter, und ich gab ihm meine Befehle. Ich trug das breite Armband mit den Schaltungen für beide Tiere und hatte nicht vor, es zu verlieren. Arrow würde nur mit Verzögerung eingreifen können, aber Falco konnte die Verbindung zwischen Gromell und mir herstellen. Ich kam an die heruntergelassene Zugbrücke, ritt in den Burghof ein und wurde von allen Seiten höflich begrüßt. Das Gesicht Surreys konnte ich nicht entdecken, aber ich sah den jungen

Grafen, der im Schatten schlief. Er machte einen wesentlich gesünderen Eindruck als während des Turniers. Schließlich begrüßte mich der Burgherr.

»Ist Lady Alexandra hier, Graf von Abergavenny?«

Er lächelte dünn; der Mann glich einem Halbtoten, dürr und mit ledriger Haut, die straff über den fast haarlosen Schädel gezogen war. Sein Gesicht war voller Narben, der Bart schütter und von fahlem Grau. Trotzdem konnte ich weder Argwohn noch Bösartigkeit entdecken, nur eine gewisse Lethargie, eine Müdigkeit von Seele und Körper ... Waren es Folgen einseitiger Ernährung oder eines Lebens voller Abenteuer und Gefahren?

»Ja, sie wartet auf Euch, Graf Atlan. Sie hat, scheint es mir, ihr Herz an Euch verloren.«

Ich lachte zurückhaltend. »Das würde mich freuen«, sagte ich. »Surrey, Graf von Mowbray, ist nicht unter Euren Gästen?«

»Er ließ sich entschuldigen. Seine Verletzungen ... Ihr wißt!«

»Ja. Habt Ihr einen Trunk für einen verschmachtenden Mann?«

Die Haupthalle der Burg war feierlich geschmückt. Tücher und Zweige hingen an den Wänden, überall brannten Kerzen. Die riesigen Scheite im Kamin loderten, Funken prasselten. Viele Ritter sahen mir entgegen, als mich Geffrey ankündigte. Ein Page brachte einen Pokal und einen Krug teuren Weines. Ich trank auf die Ehre des Hauses, auf die Schönheit der Damen und sah mich um. Alexandra stand in einer Nische, im hellen Sonnenlicht. Sie bemerkte meinen Blick und drehte den Kopf. Ich hörte die Musik fahrender Spielleute; sie war melodischer als die Töne auf dem Kampfplatz. Mich nahm die Stimmung gefangen. Leise Gespräche wurden von Gelächter unterbrochen, jemand sang, Frauenlachen und Wärme. Und der Wein. Ich winkte dem Pagen, ließ den Pokal vollschenken und sagte zu Geffrey und den Rittern, die ihn umstanden und mit mir über die Kampftechnik sprechen wollten:

»Entschuldigt, Ihr Herren – aber ich muß meine Königin der Schönheit begrüßen. Ich habe sie eben entdeckt.«

Täuschte ich mich, oder huschte ein Schatten deutlichen Unmuts über die Gesichter der Männer? Es waren mehr Sachsen als Normannen hier, aber ...

Niemand wird es wagen, Unfrieden während des Festes zu stiften! flüsterte der Extrasinn.

»Geht nur. Ich glaube, sie erwartet Euch!«

Ich nickte den Männern zu und stieg eine Treppe hoch, ging über Felle und Teppiche und sprang auf den steinernen Vorsprung, auf dem Alexandra stand. Zwischen dem langen Ritt gestern und den kommenden Augenblicken hatte sie genügend Zeit zum Nachdenken gehabt; meine Worte und Gesten hatten Zeit gehabt zu wirken.

»Eigentlich habe ich erwartet, du würdest mir zur Treppe entgegenkommen, Alexandra«, sagte ich leise.

Sie drehte den Kopf. Ich sah sie abwartend an. Sie war wirklich eine

Schönheit. Noch unausgereift, aber lebendig und anders als alle Frauen, die ich bisher gekannt hatte.

»Ich habe lieber hier auf dich gewartet«, sagte sie. Ich griff nach ihrer Hand. Sie schien unschlüssig zu sein; ich hatte versucht, meine Stellung bis zur Neige auszuspielen und überzeugend einzusetzen. Jedenfalls wußte sie, daß mir gegenüber die Regeln der Konvention, wie sie üblich waren, nicht galten. Ich fragte:

»Deine Entscheidung – wie ist sie ausgefallen? Hast du dich entschieden, auf mich zu warten, bis ich von dieser Burg wieder zurück bin, oder willst du es wagen, mit uns zu reiten, Alexandra?«

Sie hob die Schultern und nahm mir vorsichtig den Pokal aus den Händen. Für mich war dies alles wie ein Theaterstück: Wir trugen farbenprächtige Kleider und spielten Rollen, von denen wir nicht überzeugt waren. Für mich galt dieser Vergleich, und ich vermutete stark, daß er auch für Alexandra galt. Abenteuer und Freiheit standen gegen Konvention und relative Sicherheit.

»Wenn ich mit euch reite, Atlan«, sagte sie, »dann haben wir eine Menge Feinde.«

»Dein Vater?«

»Nicht so sehr mein Vater, obwohl ...« Sie brach ab. »Es ist nicht so wie in deinem Land. Wir werben lange umeinander, dann heiraten wir, dann lieben wir uns und bekommen Kinder. Es ist alles anders.«

Ich nickte; diese Einschränkungen waren einzusehen.

»Die Sicherheit, die du haben wirst, auf Lancaster Castle, ist nicht größer als die, wenn du mit Gromell, meinem Wolf und mir reitest. Eines ist gewiß: Du wirst glücklicher sein, wenn du bei mir bist, Alexandra ... Denk an die Stunden unter dem Baum«, flüsterte ich und sah ihr in die Augen. Es brauchte nur noch eines kleinen Anstoßes, um sie endgültig umzustimmen. Ich konnte nicht alle die Zeremonien über uns ergehen lassen, die üblich waren. Meine Mission war wichtiger. Und für die Menschen dieses Planeten war es wichtig, daß die Schiffe von Arkon landeten und die Unkultur beendeten.

Sie sah mich lange schweigend an, dann fragte sie:

»Wann reitest du, Atlan?«

»Zwei Stunden nachdem die Sonne untergegangen ist, reiten wir nach Norden. Soll ich auch aus deinem Leben verschwinden? Willst du mit deiner unerfüllten Liebe ein altes Weib werden?«

Sie schaute hinaus auf die Landschaft. Der Fuß des Hügels war mit winzigen farbigen Punkten gesprenkelt; die letzten Ritter, die sich zusammenfanden.

»Ich werde mich heute entscheiden«, sagte sie. »Die anderen Ritter warten auf dich, um mit dir zu reden. Geh hinunter zu ihnen, Liebster.«

Ich nahm den Pokal und trank ihn aus. »Einverstanden, Schönste.«

Die folgenden Stunden waren ein lustiger Reigen. Wir aßen ein Festmahl mit viel Gebratenem und scharfgewürzten Speisen, tranken gehopftes Bier und edlen Wein, erzählten unglaubwürdige Geschichten, und als ich ein wildes Märchen erzählte, dessen Teile ich wirklich erlebt hatte, aber völlig durcheinander in die Zeit der Ritter versetzte, löste ich Lachsalven aus. Der Nachmittag verging, man hörte den Spielleuten zu, bewarf die struppigen Köter mit Knochen, scherzte mit dem Burgkaplan und den Mägden, war höflich zu den Ritterfrauen und erzählte Geschichten von der schwierigen und erstrebenswerten Minne, die mich mit gelindem Schaudern erfüllten; in diesem Land und dieser Zeit schienen die normalen Begriffe in seltsamer Weise umgekehrt zu werden. Die Sonne sank in den Abend. Einmal ging ich hinaus auf einen Wehrgang, aber Falco war nicht zu sehen. Also keine Gefahr – sonst hätte er mich gewarnt. Ich stieß neben dem Kamin, der große Hitze verströmte, auf den Burgherrn. Ich hielt ihn am Ärmel fest und sagte halblaut: »Graf Geffrey von Abergavenny – ich sage Euch schon jetzt Abschied. Ich freue mich, Euer Gast gewesen zu sein.«

»Mann!« sagte er mit schwerer Zunge. »Ihr wollt gehen? Ihr habt meinem Sohn das Leben gerettet und wollt Euch fortstehlen?«

Ich schüttelte den Kopf. Eine gewisse Lähmung hatte mich erfaßt. Der gewürzte Wein und das Bier hatten ihre Spuren hinterlassen. Ich sagte eindringlich:

»Von Fortstehlen kann keine Rede sein, Graf. Ich bin leise hierhergekommen und werde leise gehen. Ich bin ein fahrender Ritter, dessen Ziele an anderen Orten liegen, jenseits vieler Hügel!«

Er schluckte und stieß schwer auf. »Ich weiß es, Atlan. Warum bleibt Ihr nicht und zeigt uns viele gute Dinge? Ihr würdet König werden – König! Statt eines normannischen Hundes!«

»Ich bin zu klein für einen König, und würde ich König werden wollen, dann müßte ich Kriege führen. Ich führe keine Kriege mehr. Vorbei für immer. Ich wehre mich, wenn ich angegriffen werde. Lebt wohl, Ritter!«

Er schlug mir schwer auf die Schulter.

»Lebt wohl! Mein Sohn schläft und ist gesund. Ihr ...«

Er murmelte etwas und stolperte davon. Ich lehnte mich gegen die rußige Wand und drehte langsam den Kopf. Wieder beschlich mich ein Gefühl der Unsicherheit. Viele der Ritter waren betrunken und lallten; einige schliefen in den Ecken oder auf den Tischen. Ich spähte umher. Weder Poins von Lancaster noch seine Tochter waren zu sehen. Wenn Alexandra jetzt fortgegangen war, hatte ich verloren.

»Verdammt!« sagte ich. »Das trifft mich hart. Das also ist das Ende«, murmelte ich. »Die Dunkelheit kommt. Eine neue Wegstrecke beginnt. Nach Norden!«

Ich verließ langsam die Halle. Die Musikanten spielten falsch und mit langen Pausen, und ich hörte die unregelmäßigen Schläge kleiner Trommeln noch, als ich die große Treppe hinunterging und mein Pferd holte. Ich führte es über den Hof. Die Zugbrücke war noch unten, und ich schwang mich in den Sattel, lockerte die Zügel und ließ das Pferd den Weg selbst suchen. Langsam ritt ich dem Fuß des Hügels entgegen. Ein Rauschen über mir, der Vogel kam mit ausgebreiteten Schwingen und keuchte heiser:

»Ritter und Knappen warten am Ende des Weges. Sie nennen deinen Namen.«

Ich zuckte zusammen. Ich hatte nichts anderes als meinen Dolch. »Wo ist Gromell?«

»Weggeritten. Er sah die Ritter, die den Pfad versperren.«

Ich faßte nach meinem Armband und drückte einen Schalter. Der Wolf würde mir helfen, aber diese Robottiere konnten die Übermacht nicht aufwiegen. Ich sagte zum Vogel:

»Bleibe dicht bei mir und greife ein, wenn ich in Gefahr bin. Programm zwei!«

Der Druck auf meiner Schulter ließ nach, und der sichelförmige Schatten huschte durch die Dunkelheit davon. Mein Extrasinn meldete sich nicht. Wo war Alexandra? Wer wartete auf mich? Surrey mit seinen Spießgesellen? War Poins von Lancaster unter ihnen? Keineswegs undenkbar. Vielleicht war er ein Freund dessen von Mowbray. Etwa fünfhundert Schritte trennten mich von dem Hinterhalt; ich kannte das Gelände nicht. Ich erinnerte mich an dichtes Gebüsch; dort würden sie warten. An der letzten Kehre hielt ich an. Die Hufe des Pferdes hatten weicheren Boden berührt und waren kaum mehr zu hören. Ich überlegte scharf. *Angriff ist die beste Verteidigung!* sagte mein Extrasinn. Ich hörte von rechts ein schauerliches Heulen, dann grelles Wiehern und eine Reihe von Flüchen. Arrow hatte angegriffen und biß die Pferde in die Fesseln. Die Tiere scheuten, und ich setzte die Sporen ein. Gegen einen gutgezielten Pfeil war ich machtlos. Er konnte mich töten. Tief auf den Hals des Pferdes gepreßt, ritt ich scharf an, übersprang einen Graben und donnerte schräg auf die Szene zu, die ich erahnen konnte. Ich hielt den Dolch in der Hand. Der Vogel flog im Zickzack vor mir her und schützte mich. Kurz bevor ich die Büsche erreichte, die sich wild bewegten, ertönte neben mir ein erstickter Aufschrei.

»Atlan!« Ich riß das Pferd hoch. Es bäumte sich auf, ich drehte mich im Sattel und war bereit, zuzustoßen oder den Lähmstrahl auszulösen. Zwischen den Zweigen eines Baumes, der stark nach Blütenstaub roch, bewegte sich etwas.

»Alexandra!«

Ich nahm den Dolch zwischen die Zähne, dirigierte mein Pferd zur Seite und griff mit beiden Armen zu. Die junge Frau kam mir entgegengestolpert und wurde von mir nach oben gerissen. Sie setzte sich hinter mich und flüsterte eindringlich:

»Mein Vater sagte, ich solle dich warnen. Mowbray will dich töten; er wartet auf dich.«

Ich ritt weiter, langsamer und sehr wachsam. Wo sich der Wolf wie ein silbergrauer Schatten zwischen den auskeilenden Pferden bewegte, war die Hölle los. Ein einzelner Reiter, der mit seinem Pferd kämpfte, kam zwischen den zurückschnellenden Büschen hervorgerast. Ich hob den Dolch, deutete mit der Spitze auf den Reiter und drückte ab. Ein fauchendes Geräusch – der Mann riß die Arme hoch, taumelte im Sattel, und als das aufgeregte Tier wieder buckelte, wurde er in hohem Bogen abgeworfen.

»Dort ist er. Auf ihn!« schrie jemand. Jetzt erkannte ich die Stimme Mowbrays. Das Tempo meines Pferdes wurde schneller. Zwei Pfeile schwirrten mit schauerlichem Heulen dicht über unsere Köpfe.

»Falco!« schrie ich in höchster Not. Der Vogel änderte blitzschnell seinen Kurs, wirbelte durch die Luft und stürzte sich auf den ersten Reiter, der ein zweischneidiges Kampfbeil schwang. Als die Klingen aufschimmerten, schlug der Vogel seine Krallen in das Gesicht des Mannes und riß sie nach beiden Seiten auseinander. Ein gellender Schrei war zu hören, der in ein kreischendes Wimmern überging. Dann stieg der Vogel mit blutenden Krallen senkrecht nach oben. Ein Speer bohrte sich neben uns in den Boden; jetzt endlich hatte ich ebenes Gelände erreicht.

»Halte dich fest, Liebste!« rief ich heiser und raste in scharfem Galopp auf das Wäldchen zu. Ich mußte einen Abstand zwischen mich und die Männer bringen. Sie waren nach allen Seiten auseinandergeritten. Ich wandte mich um, sah an Alexandras Gesicht vorbei und lachte kalt auf. Arrow setzte seine robotischen Kräfte ein. Er machte einen Satz, der ihn hinter einen Mann im Sattel brachte. Der Wolf schlug seine Fangzähne in die Schulter des Mannes, biß ein zweites Mal zu und sprang auf der anderen Seite des Pferdes hinunter. Das silbergraue Tier mit den leuchtenden Augen überschlug sich, kam auf die Beine und griff den nächsten Reiter an. Dabei stieß es ein fürchterliches Heulen aus, das fünfzigfach lauter durch das Wäldchen schallte als das eines gewöhnlichen Wolfes.

»Holt die anderen!« schrie jemand. Ich feuerte einen Lähmstrahl auf die Vorderläufe eines Pferdes, dessen Reiter uns zu nahe gekommen war. Während der Mann aus dem Sattel geschleudert wurde und in den Strahlenkegel des Dolches geriet, zischte ein Pfeil so dicht an meinem Kopf vorbei, daß mein Haar durcheinandergewirbelt wurde.

»Wir müssen weg!« sagte ich. Alexandras Arme preßten sich um meinen Brustkorb. Mein Pferd wurde schneller. Der Vogel schwebte hinter uns, hakte seine Krallen in den Gürtel eines Mannes ein, der sich verzweifelt wehrte. Dann stieg das Tier senkrecht in die Höhe. Alles spielte sich ab, während das Pferd des Angreifers in vollem Galopp sich meinem Standort näherte. Der Mann wurde nach oben gezogen, verlor den Halt, ließ den Zügel los, dann schmetterte ihn Falco gegen den Stamm einer Eiche. Ich hörte, wie Blätter und Aststücke nach unten prasselten. Dann ging mein Tier in Galopp über. Ich warf einen Blick zum Himmel und orientierte mich an den ersten Sternen. Nach Norden. Hinter mir hörte ich das Geräusch von Pferdehufen. Es wurden immer mehr. Geradeaus. Wieder ein Pfeil ... Ich ritt weiter, so scharf wie möglich. Ich hatte keinen Schild, kein Kettenhemd, keine Lanze und keine meiner Strahlwaffen. Alles war im Gepäck bei Gromell. Das Mädchen hinter mir im Sattel schluchzte.

»Ich habe nicht anders gekonnt, Atlan. Ich mußte dich warnen. Jetzt reiten wir zusammen!« sagte Alexandra stoßweise und klammerte sich an mich.

»Manchmal wird uns die Entscheidung abgenommen!« versetzte ich laut. Weiter! Langsam ließen die Kräfte des Tieres nach; aus dem Galopp wurde ein harter Gang. Aber ich hatte einen Vorsprung. Hinter mir wüteten der Wolf und der Vogel, blendeten die Männer, bissen die Tiere, sprangen die Reiter an und warfen sie aus den Sätteln.

»Schneller, verdammt!« knurrte ich. Wir stoben über die Weide. Erdklumpen und Grasbüschel wurden von den Hufen hochgeschleudert. Schaum aus dem Maul des Tieres flockte auf meine Hände. Ich sah geradeaus und bemerkte den einzelnen Reiter, der in halsbrecherischem Tempo zwischen den Stämmen hervorstob. Dann vernahm ich ein Zischen, einen schwachen Knall, einen zweiten, einen dritten. Der Reiter winkte mit der rechten Hand.

»Gromell!« schrie ich voll Erleichterung. Hinter mir leuchtete eine kalkigweiße Kugel auf, danach eine blutrote, dann eine aus eisigem Blau. Gleichzeitig krachte der erste Donnerschlag. Ich erkannte den Bogenschützen. Er ritt scharf heran, stellte sich vor uns quer und hob beide Hände. Meine Leuchtpistole steckte in seinem Gürtel.

»Schnell! Alexandra – reite in den Wald, nimm meinen Schimmel mit. Geradeaus, dann kommst du zum Lagerplatz! Schnell!«

Ich glitt aus dem Sattel, gleichzeitig warf mir Gromell den Bogen zu. Alexandra griff nach dem Zügel des Schimmels, setzte sich zurecht und ritt weiter. Ich schnallte Köcher und Armschutz an, streifte den Handschuh glatt; dann verschwanden wir in die Dunkelheit zwischen den Bäumen.

»Langsam schießen, Atlan!« forderte Gromell leise. Ich drehte mich um. Alexandra war unsichtbar; der grollende Donner verschluckte die letzten Geräusche der Pferdehufe auf dem Nadelboden des Hochwaldes. Die drei Leuchtkugeln waren ins Gras gefallen und brannten dort weiter. Wir sahen die Masse der heranpreschenden Pferde. Etwa zwanzig Männer verfolgten uns, und es sah danach aus, als ob es Ritter wären. Surreys Freunde? Etwa hundertfünfzig oder mehr Schritte lagen zwischen dem Angriffskeil und dem Waldrand.

Die langen Pfeile aus Kunststoff und Arkonstahl heulten durch die Luft. Die hölzernen Pfeile Gromells waren nicht weniger gut. Sein erster Pfeil schleuderte den Mann an der Spitze aus dem Sattel. Der nächste rammte in vollem Galopp gegen das scheuende Pferd, und ich schoß ihm durch die Schulter. Dann hielten die Männer an, wurden langsamer. Gromell schoß wie ein Automat; jedes Geschoß saß. Er schoß gezielt, tödlich, und ich schoß nur etwas langsamer. Schulterschuß. Ein Treffer in den ungeschützten Oberschenkel. Treffer in den Oberarm. Bald wälzten sich mehr als zehn Männer auf dem Boden. Ein Pferd raste an uns vorbei in den Wald, die Zügel verfingen sich an einem Ast. Das Tier wieherte ununterbrochen. Der Wolf und der Vogel beschäftigten die anderen Männer. Wir schossen weiter, Pfeil um Pfeil.

Als noch fünf Männer auf den Pferden saßen, gaben sie auf. Sie wendeten die Tiere und flohen, als die ersten Blitze einschlugen – dicht vor uns, wie es schien. Ich drückte die Kontakte. »Arrow! Falco!«

Der Wolf sprang in die Höhe, warf sich herum und kam auf uns zu. Auch der Vogel schwirrte über den Gräsern dem Waldrand entgegen.

»Sucht das Mädchen und bewacht die Pferde!« rief ich ihnen zu.

»Verstanden!« krächzte der Vogel.

»Ehe der Regen anfängt, werde ich die Vorräte rauben. Ihr gestattet, Ritter des Geheimnisses?« sagte Gromell leise.

»Tut, Bogenschütze, was Euch beliebt!« Ich steckte Pfeile zurück in den Köcher. »Ich werde die Pfeile einsammeln, die nicht zerstört sind.«

Zwei Männer liefen davon. Neun waren tot, von Gromells Pfeilen getroffen. Ich zog, soweit möglich, meine wertvollen Geschosse aus den Wunden, nachdem ich die Spitzen abgeschraubt hatte. Dann fingen wir einen Teil der Pferde ein und banden die Verwundeten in den Sätteln fest. Ein Schlag auf die Hinterbacken der Tiere, und sie trabten davon. Manche bluteten von den nadelfeinen Zähnen des Wolfes. Gromell plünderte sämtliche Satteltaschen und brachte einen Sack Proviant zusammen; Schinken und Würste, geräuchertes Fleisch und Brot, Weinflaschen aus Leder, einige Becher und große Decken, unverkennbar aus dem Morgenland. Er zog dem kleinsten Ritter die Stiefel aus, nahm mit, was wir brauchen konnten – oder was er brauchen konnte. Dann banden wir das scheuende Tier los, einen braunen Wallach.

»Somit, Ritter, ist alles wieder im Wohlgefallen der tapferen Männer. Wir haben Pferde, Ruhe, Essen und Frauen. Es wird ein lustiger Ritt werden, meiner Treu!«

Er lachte laut. Der Donner schnitt seine Rede ab. Endlich erreichten wir das Lager, das er ausgesucht hatte. Es war hervorragend; ich lobte ihn. Ein kleiner Kessel, aus einem Kieshang und Felsen gebildet, eine winzige Quelle, überhängende Felsplatten und ein alter Druidenaltar. Die Pferde waren noch im Geschirr, eine Feuerstelle war bereitet. Alexandra lehnte zitternd an einem Baumstamm und sah mich hilfesuchend an. Zwischen den Donnerschlägen sagte sie leise:

»Ich fürchte mich vor dem Gewitter, Atlan!«

Gromell lachte schallend und schaute zwischen die Baumwipfel. Im gleichen Augenblick, da ein verzweigter Blitz die Dunkelheit teilte, begann der Regen mit riesigen Tropfen.

»Ich habe Hunger!« verkündete Gromell. »Warten macht müde und hungrig.«

Minuten später schoß ich mit meinem Strahler in einen Haufen trockener Äste hinein. Augenblicklich loderten die Flammen hoch. Das Feuer befand sich unter der überspringenden Kante; nur selten fiel ein Wassertropfen in die Flammen.

Der Mond war noch nicht aufgegangen. Aber die Nachtluft hatte den Himmel gesäubert; wir sahen das Licht der Sterne. Das Band der Milchstraße spannte sich zwischen den Baumwipfeln. Wir hatten Würste in Wasser erhitzt, hatten Brot und Schinken gegessen und Wein getrunken. Jetzt schwebte der Vogel am Waldrand und beobachtete aus Infrarotaugen. Der Wolf zog Kreise um uns. Das Feuer war ein glühendes Auge in der Dunkelheit. Wir hatten die halb durchnäßten Gewänder ausgezogen. Gromell lag, in eine Decke gehüllt, in einem zusammengescharrten Haufen Fichtennadeln. Ich hatte mich gegen einen Sattel gelehnt, Alexandra schlief in meinen Armen. Gromell betrachtete diese Idylle mit zusammengekniffenen Augen und murmelte:

»Und nun, fremder Ritter, wäre es wohl an der Zeit, das schwarze Fell der Geheimnisse zu lüften. Ich weiß wohl, daß in anderen Ländern andere Sitten herrschen – aber nur der Teufel kann solche Dinge haben wie du. Wer bist du wirklich?«

Du solltest es ihm sagen – schließlich ist er ein Nachkomme der Stellaren Gäste, flüsterte mein Extrasinn drängend.

»Glaubst du, daß du klug genug bist, um alles zu erfahren?« fragte ich. Er griff neben sich und warf meine Signalpistole mit dem Reservemagazin vielfarbig gekennzeichneter Raketen in meine Nähe.

»Selbst die klügsten Kreuzfahrer kennen solche Waffen nicht. Sie kennen auch keine Wölfe, deren Augen in der Dunkelheit leuchten, keine glühenden Wolfsköpfe auf Schilden, die wie lebendig aussehen, keine Lanzen, aus deren Spitze Schwäche hervordringt, die Glieder in Eis verwandelt und einiges mehr. Woher kommst du also, Freund Atlan?«

Alexandra rührte sich in meinen Armen und seufzte im Traum. Ich legte mich bequemer zurück und strich mein Haar aus dem Gesicht.

»Ich bin ein Krieger, der vor vielen Jahren von einer Welt hierherkam, so weit entfernt, daß du Abertausende Jahre schneller als ein Pfeil fliegen müßtest, wolltest du sie erreichen. Ich kam mit einem Schiff ...«

Ich berichtete ihm in entsprechenden Analogien, wie ich auf diesen Planeten gekommen war; er gab vor, mein heliozentrisches Weltbild zu verstehen. Ich schilderte meine Unterwasserkuppel, berichtete ihm von den Schlafperioden. Ich merkte es selbst nicht, wie froh ich war, dies einem aufmerksamen, verständnisvollen Zuhörer zu schildern.

»Das ist für einen Verstand wie meinen zuviel.« Gromell war ungewöhnlich ernst geworden. Seine eigene Welt war voller Geschichten, Sagen und

Märchen, und diese Fiktionen bedeuteten für die Bevölkerung stets reine Tatsachen. Es fiel ihm nicht schwer, meine »Märchen« für schiere Wahrheit zu halten.

»Dein Verstand unterscheidet sich von dem deiner Landsleute dadurch«, ergänzte ich, »daß du von deinen Vorfahren geerbt hast.«

»Du bist ein weiser Ritter, Einsamer der Zeit«, sagte er lakonisch. »Meist erbt man etwas von seinen Ahnen.«

Ich wartete, dann sagte ich: *»Deine* Ahnen kamen vor zehn oder mehr Menschenaltern von den Sternen. Sie wurden zum Großteil abgeholt, einige blieben hier. Ihre Nachkommen wanderten durch die Welt und befinden sich jetzt in der Burg Diarmuid Faighe. Von dort kam auch der letzte Ritter, der mit mir kämpfte, Freund Gromell. Und dies ist die nackte Wahrheit – die Pest soll mich treffen, wenn ich lüge.«

Ein langes Schweigen entstand. Ich schob meine Arme unter den Oberkörper Alexandras, bettete sie neben mich auf meinen zusammengefalteten Mantel. Sie wachte nicht auf, aber im Schlaf suchte und fand sie meine Finger und hielt sie fest.

»Das soll ich glauben?« fragte er voll Mißtrauen.

»Ich bitte darum«, sagte ich. »Niemand sonst hätte versucht, meine Signalwaffe richtig anzuwenden.«

Er runzelte die Stirn. »Ich habe gesehen, wie du sie angewendet hast, als uns dieser verfluchte Surrey zum erstenmal überfiel. Er ist geflohen, falls er bei unseren Verfolgern war. Er wird, feige, wie er ist, nicht in der ersten Reihe geritten sein.«

Ich sagte lauter: »Schlafen wir, Gromell. Eines Tages wirst du deine Brüder treffen; ich muß bis dahin noch einen Plan haben, wie ich mich ihnen nähern kann, ohne daß sie wissen, wer ich bin. Sie haben allen Grund, mich zu hassen.«

»Schlafen wir. Unsere Träume werden von Wundern und Ahnen erfüllt sein!« Er legte, nachdem er seine Muskeln gedehnt hatte, Steine um die Glut und häufte Tannennadeln und Erde um den Rand. Der Regen hatte aufgehört. Ich schloß die Augen und lehnte mich zurück. Ich hörte, wie sich Gromell unter seine Decke schob, vernahm die Geräusche der fünf Pferde, die mit gekoppelten Vorderfüßen jenseits der Felsen Gras abrupften. Ich hörte meine Atemzüge und die Alexandras. Ich sah sie an. Die Glut und der Schein des Mondes waren genug Licht. Ein schmales, gut geschnittenes Gesicht, von dicken Zöpfen umrahmt wie von der Maserung hellen Holzes. Braunes Haar mit hellen Strähnen. Die grünen Augen waren geschlossen und verliehen dem Gesicht etwas Hilfloses, Schutzbedürftiges. Die gerade Nase und der Mund, der in den Mundwinkeln zwei kleine Falten zeigte. In diesen Sekunden geschah etwas, das meine Hilflosigkeit zeigte: Ich wußte, daß in meinem Überlebenszylinder eine Frau schlief und auf mich wartete. Ihr Aussehen und ihren Namen hatte ich vergessen! Auch der Logiksektor fand keine

Erklärung. Flüchtig erinnerte ich mich an die Schwester des Pharaos, an andere Geliebte; leise sagte Gromell:

»Wir sollten schlafen, Ritter. Bei Sonnenschein wird Alexandra noch schöner sein.«

Ich brummte: »Du bist ein wahrer Born der Klugheit, Knabe.«

Kurz darauf begann er laut zu schnarchen.

13.

Frühsommer im nördlichsten Britannien, dem Land der Kelten und der Druiden, erobert von den Normannen. Die Natur entschädigte für alle Widrigkeiten. Wir waren von einer seltsamen Heiterkeit, fast Beschwingtheit. Drei Menschen und fünf Pferde, davon zwei schwer bepackt. Über uns zog der Vogel mit ausgebreiteten Schwingen seine Kreise im Strom aufsteigender Luft, und der Wolf rannte vor uns her und sicherte den Weg. Seit vier Tagen hatten wir keinen Menschen aus der Nähe gesehen.

»Wir sind in der Grafschaft Windermere, wenn wir ein schönes Stück Weg abkürzen wollen, lassen wir uns über den Firth übersetzen, Atlan!« sagte Gromell.

»Gibt es genügend Schiffer dort?« fragte ich.

Alexandra ritt neben mir und verfolgte die Unterhaltung. Zwischen ihr und dem rauhbeinigen Gromell hatte sich eine Art Bruder-Schwester-Beziehung entwickelt. Alexandra konnte – eine Seltenheit in dieser Zeit! – lesen und schreiben, aber dafür bewies Gromell eine instinktiv richtige Beurteilung aller Situationen. Alexandra paßte sich hervorragend an, nachdem sie einmal die Brücken hinter sich verbrannt hatte. Sie trug eines meiner Hemden, darüber eine dünne Jacke. Aus Wildleder hatten Gromell und ich eine Hose genäht, die über erbeutete Stiefel fiel.

»Zweifellos finden wir jemanden, der uns übersetzt«, sagte Gromell. »Nach deinen Karten, Ritter der unerklärlichen Wunder, trennen uns noch dreißig Tage von der Burg der Zauberer. Dreißig Tage, wenn wir so langsam reiten wie bisher.«

»Eile«, sagte ich, »ist ein Geschenk des Teufels.«

Gromell widersprach. »Wer das Ziel nicht kennt, kann den Weg nicht finden. Wir kennen das Ziel, aber der Weg wird nicht gerade schnell überwunden.«

Ich lächelte Alexandra zu, beugte mich aus dem Sattel. »Ich oder wir sind nicht hier, um wie Kuriere Britannien zu durchrasen, sondern wir haben genügend Grund, etwas langsamer zu sein.«

Gromell sagte wegwerfend:

»Es wird uns besonders zugute kommen, Atlan, wenn die Verfolger und Surrey andere Ritter aufwiegeln und die Sache vor Heinrich bringen. Dann sehen wir schlechten Zeiten entgegen.«

Ich wußte meinen Gleiter im sicheren Versteck, sagte aber nichts. Ich nickte und entgegnete: »Du hast nicht unrecht. Aber es gibt nicht so viele Ritter in Britannien, die uns verfolgen können. Niemand weiß genau, wohin wir uns gewendet haben.«

»Auch das ist richtig, aber ich ziehe es vor, mißtrauisch zu sein.«

Ich lachte. »Darin sind wir uns einig, Freund Gromell.«

Links von uns war irgendwo hinter den Wäldern und Hügeln der Strand des Meeres. Wir ritten darauf zu. Vom Ritter, der mich beinahe besiegt hätte, gab es keine Spur. Wir ritten etwas schneller weiter, ohne die Tiere zu überanstrengen. Die Sonne bräunte unsere Haut, Vögel sangen und zwitscherten; die Pferde waren ausgeruht und gingen willig. Bald würden wir rasten und essen. Ich zog die zusammengefaltete Karte aus der Satteltasche. Die Luftaufnahmen waren stereoskopisch wiedergegeben ... Ich studierte die Karte und sah, daß wir nur noch wenige Meilen vom westlichen Steilhang der Küste entfernt waren und einige Stunden weiter eine kleine Siedlung lag. Sie gruppierte sich um einen Hafen, in dem einige Schiffe lagen.

Kurze Zeit später ritten wir unter niedrigen Bäumen dahin. Man sah, daß diese Gewächse vom dauernden Wind zu einem Wachstum gezwungen worden waren, das sie einseitig und schief hatte werden lassen. Schließlich fanden wir einen Platz, der von Wanderern und Bauern benützt worden war – Spuren von Feuern und Reste von Mahlzeiten. Wir stiegen ab, und ich half Alexandra aus dem Sattel. Dann traten wir an den Rand des Felsens und sahen nach unten.

»Ein beneidenswerter Anblick!« stellte Gromell fest.

»Zumal einer, den wir bald hinter uns haben werden«, sagte ich.

Alexandra preßte sich an meine Seite und fragte leise: »Warum wollt ihr diese Burg besuchen? Nur, um fremde Spielleute zu hören?«

Sie besaß nicht Gromells flexiblen Verstand. Aus diesem Grund hatte ich die »Enthüllungen« über meine Person nur sehr spärlich vornehmen müssen. Ich antwortete halblaut: »Auf der Burg, die wir besuchen, leben merkwürdige Menschen. Sie sehen aus wie wir, aber sie kommen aus einem fernen Land – dort habe ich ihre Ahnen getroffen. Sie wissen nicht, wer wir sind. Auch Gromells Großvater stammt von dieser Burg. Du wirst es selbst erleben. Diese Menschen sind so ähnlich wie ich, haben eine bessere Kultur als die, von der du umgeben warst. Aber jetzt hilf uns, das Essen zu bereiten.«

Wir erhitzten die Fladen, machten unsere letzten Würste heiß, schnitten geräuchertes Fleisch in Scheiben und tranken Quellwasser, da unser Wein schon vor Tagen zu Ende gegangen war. Wir saßen auf weichen Moospolstern oder Haufen von Laub und Nadeln und fühlten uns großartig.

Der Weg führte zwischen windschiefen Bäumen und farnartigen Sträuchern bergab. Die Pferde gingen fast lautlos auf Moospolstern und Sandflächen. Wir überschritten auf einer baufälligen Bohlenbrücke einen Gießbach tief unter uns. Die Siedlung – zwölf oder fünfzehn Häuser und eine verwitterte Kirche – verschwand hinter den Waldstücken, tauchte wieder auf. Leichtes Unbehagen hatte mich ergriffen, wenn ich mir vorzustellen begann, was auf uns warten konnte. Die Pest, ein Trupp Ritter, die uns verfolgten?

Gromell kam an meine Seite, zügelte sein Pferd und sagte: »Ich reite voraus und sehe nach. Wenn ich wie das Käuzchen schreie, kommt ihr nach.«

»Gut. Ich gebe dir den Wolf. Er kann mir sagen, was du erreicht hast.«

Gromell rückte den großen Köcher zurecht und galoppierte davon. Ich gab über mein Armband dem Wolf einen Befehl, und das mächtige Tier stob hinterher. Wir blieben zurück, mäßigten aber unser Tempo nicht. Alexandra strich mit der behandschuhten Rechten ihr langes Haar aus dem Gesicht.

»Willst du heute noch übersetzen?« fragte sie.

»Sicherlich nicht«, erwiderte ich kopfschüttelnd. »Es wird sich niemand finden, der nachts segelt. Bei Sonnenaufgang. Das Dorf dort wirkt ausgestorben, obwohl wir Vieh auf den Weiden gesehen haben.«

»Was erwartest du auf der Burg der Zauberer?«

Ich lachte und sagte: »Wenn alles nach meinem Plan verläuft. werden wir dort ein gutes Leben haben. Die Männer und ich warten auf ein Schiff aus unserer eigentlichen Heimat. Vielleicht können wir den Kapitän dieses Schiffes erreichen. Er muß eine Nachricht von uns bekommen!«

In den letzten Tagen hatten sich meine Visionen von Arkon und den Möglichkeiten, die ich dort hatte, intensiviert. Ich fieberte dem Kontakt mit den Fremden entgegen, war mir aber durchaus klar darüber, daß ich äußerste Vorsicht würde walten lassen. Zudem besaß ich die Verantwortung für zwei Menschen, die mir nahestanden.

Alexandra wurde jeden Tag schöner und reifer. Sie ähnelte Gromell, denn beide Menschen sogen alles, was ich ihnen aus meiner Welt berichtete, in sich ein und verarbeiteten es. Ich drückte den Kontakt in meinem Armband, einen falschen Edelstein, und fragte leise:

»Arrow – gibt es Gefahren im Dorf?«

Die Funkeinrichtung des Wolfes meldete sich im unmodulierten Ton der Maschine: »Keine Gefahren. Zwei wandernde Mönche. Wollen übergesetzt werden. Gromell ist zufrieden.«

Ich schaltete ab und lockerte die Zügel.

»Wir können unbesorgt sein«, sagte ich. »Diese Nacht werden wir gut schlafen können.«

Die Strahlen der untergehenden Sonne blendeten uns, als wir in die Straße einritten, an deren Seiten die Häuser standen, Türen und Fenster einander zukehrend, als wären selbst die Häuser neugierig. Es waren eine Reihe alter mächtiger Bäume und ein Platz voller Pfützen und Sand, Steinen und Grasbüschel. Gromell stand in der Nähe des primitiven Hafens und winkte mit dem Bogen. Zwei alte Frauen und ein vornübergebeugter, verrunzelter alter Mann sahen uns zu. Gänse schnatterten, und irgendwo brüllte eine Kuh. Wir trafen uns am Ende der Straße. Heringsköpfe lagen herum und stanken. Gromell sagte: »Die meisten jungen Leute sind draußen und fischen. Ich habe verhandelt – wir können in diesem Schuppen schlafen, neben unseren Tieren.«

Ich schlug ihm auf die Schulter und deutete auf die untergehende Sonne.

»Das bedeutet Aufgabenteilung. Alexandra, du machst bitte unsere Lager und Essen zurecht, wir kümmern uns ums Gepäck und vor allem um die Tiere. Aus den Sätteln, Freunde!«

Ein alter Mann, eine alte Frau und ein schmutziges Kind kamen aus einem Haus auf uns zu und starrten uns an. Ich blieb vor ihnen stehen und sagte in meinem besten Sächsisch:

»Wir danken euch, daß ihr uns erlaubt habt, im Schuppen zu übernachten. Was wollt ihr dafür?«

Es war immer dasselbe: Die Menschen waren früh gealtert und sahen wie Greise aus, obwohl sie nicht älter als dreißig oder vierzig Jahre waren. Ich gab dem Mann ein Goldstück und wartete auf die Antwort.

»Herr«, sagte er, »das ist viel zuviel! Ihr seid gnädig und großmütig.«

Ein schlimmer Verdacht kam in mir hoch.

»Ihr habt die Pest hier, guter Mann?« erkundigte ich mich. Er schwieg lange, und in seine Augen kam ein verdächtiges Funkeln. Dann nickte er mehrmals, murmelte:

»Wir wissen nicht, ob es die Pest ist, Herr. Aber wir haben vier kranke Männer. Wir sind nur hundert Leute und ein paar mehr, aber wir sind sehr arm. Danke für das Gold. Ihr seid barmherziger als die Mönche.«

Ich sagte scharf: »Heute abend werde ich euch helfen. Wo sind die Mönche?«

»Sie sind beim Einsiedler abgestiegen und warten dort, bis Gurney sie übersetzt.«

Ich ließ sie stehen und holte tief Atem. Dieses verwahrloste Dorf war wie unzählige andere eine ideale Brutstätte für Ratten, Pestflöhe und andere Krankheiten. Der Eiweißmangel in der Nahrung allerdings dürfte hier nicht so groß sein, denn es gab Fische und Fischeiweiß ersetzte anderes Fleisch oder Eier.

Wir sattelten die Pferde ab, schleppten die Packen in die Scheune und trieben die Tiere ans Wasser, ließen sie saufen und säuberten sie, striegelten sie im letzten Tageslicht und brachten sie auf eine Uferweide, wo wir ihnen die Vorderfüße ankoppelten und die Halfter an Leinen verbanden.

»Ich werde versuchen, den Menschen zu helfen, so gut es geht. Ich habe genügend Vorräte von meinen Medizinen.«

»Ich werde dir helfen. Ich kenne die Art dieser Menschen besser als du, Freund Wunderritter«, sagte Gromell.

Ich entnahm meinem Gepäck eine kleine Lampe; ein Wunderwerk meiner Maschinen. Sie sah aus wie eine dicke Kerze mit einem hölzernen Leuchter, aber in Wirklichkeit bestand sie aus starken Energiezellen und einer Glühbirne, die der Kerzenflamme ähnelte. Die Scheune erhellte sich auf wunderbare Weise; wir konnten die Fäden der Spinnennetze erkennen. Während wir voller Genuß aßen, packte ich Teile meiner Ausrüstung um. Ich wußte, was ich in solchen Fällen brauchte.

»Gehen wir. Wie üblich wird die Neugierde die Leute zusammentreiben, und wir haben bald alle Einwohner. Dabei können wir auch wegen der Passage verhandeln. Wir brauchen ein großes Boot.«

Zu meiner Überraschung sagte Alexandra: »Ich komme auch mit. Ich will sehen, wie ich dir helfen kann.«

Wir suchten uns ein relativ großes Haus aus. Zuerst ließ ich die Pestfälle bringen und setzte meine Hochdruckspritze ein, dann kamen mehr Menschen mit Wunden und Karbunkeln, Abschürfungen, schlecht verheilten Brüchen, mit Mangelerscheinungen und alle verlaust und verschmutzt. Ich würde einige Siebentage brauchen, um dieses Dorf zu »reinigen«, also beschränkte ich mich auf schnelle Hilfe.

Gegen Mitternacht hatte sich mein Vorrat verkleinert. Ich verteilte Seifenstücke, versuchte, den Menschen klarzumachen, wie wichtig Hygiene war, und beendete erschöpft meine Arbeit, als die Boote hereinkamen und ein Schwall Leute sich näherte und um Versorgen der Wunden und Verletzungen bat. Gegen Morgen taumelte ich auf mein Lager, schlief ein und schlief erneut, als die Pferde, die Mönche und ich auf dem größten Boot warteten, bis der Wind ins Segel schlug und die Pinasse über den Firth trieb. Gegen Mittag, in strahlender Helligkeit, wachte ich auf und sah, daß wir uns dem anderen Ufer näherten.

Knarrende Planken, stechender Geruch nach Pferdeschweiß, Kot und faulendem Fisch. Der dreieckige Schatten des Segels über einem Teil des Bootes und dem Wasser, das flach wie eine Tischplatte war. Weiche Böen füllten das Segel und ließen es killen, wenn sie nachließen. Langsam trieb das Boot über den Firth. Ich sah mich um. Neben mir lehnte der Schiffer am Heckruder. Gromell und Alexandra unterhielten sich am Bug, die beiden Mönche saßen auf dem abgesplitterten Bord und sprachen miteinander, wobei sie Blicke in meine Richtung warfen. Der Wolf kauerte zu meinen Füßen, und die fünf Pferde standen ruhig in der Mitte des Bootes. Ein dreieckiger Einschnitt zwischen dunklen, von Felsen durchbrochenen Waldstücken kam näher – das Boot trieb schwerfällig darauf zu. Ich setzte mich auf. Meine Muskeln schmerzten, ich hatte ein dringendes Bedürfnis nach einem langen heißen Bad. Dann musterte ich die Bestandteile des Bildes und sah den Schiffer an. Er trug zwei Verbände, mehrere Pflaster und eine Menge von rötlichen Stellen, die ich mit Bioplast übersprüht hatte. Er grinste mich an. Ihm fehlten Zähne, die anderen glichen verwitterten Burgruinen.

»Zufrieden, Herr? Wir ließen Euch schlafen. Wir dachten, daß Ihr der Überfahrt nichts abgewinnen werdet.«

»Danke«, sagte ich. »Das war richtig, Gurney.«

Einer der Mönche legte seine Hand auf den Arm des anderen und brachte ihn zum Schweigen. Er tastete sich zwischen Rudern, Holzstücken, einem Netz und kleinen Fischen zu mir heran und setzte sich neben mich.

»Gott mit Euch, Ritter. Hat Euch der Kummer weißhaarig gemacht?« fragte er.

»Der Kummer war es weniger, Gottesmann«, erwiderte ich. »Die Zeiten sind sorgenreich. Wo drückt Euch der Schuh?«

Er fragte vorsichtig: »Ihr wollt nach Norden?«

»So ist es«, bestätigte ich knapp.

»Man sagte mir, Ihr und Eure Begleiter wollten die Burg Diarmuid besuchen. Ist das richtig?«

»Warum fragt Ihr mich aus, Bruder?« fragte ich erstaunt. »Wollt Ihr mit uns reisen?«

Er verdrehte die Augen und hob beide Hände abwehrend.

»Mitnichten, Edler! Diese Burg ist verdammt und der Sitz böser Geister und wirrer Ideen. Glaubt mir! Dinge gehen dort vor, von denen Ihr Euch nichts träumen lassen könnt. Nein, wir wollen nicht mit Euch reisen!«

Ich lehnte mich zurück und betrachtete den Mönch genauer. Was mir auffiel, waren seine fanatisch wirkenden Augen, die unter dichten Brauen lagen und wegen der Helligkeit zusammengekniffen waren. Nach einiger Zeit, in der ich den Mönch anstarrte, riß er die Augen auf und flüsterte geradezu tödlich erschrocken:

»Aber ... Ihr habt ... Eure Augen sind rot! Ihr seid ein Mann des ... Ihr seid einer von denen dort!«

Er bekreuzigte sich und stand auf, brachte das Schiff ins Schwanken; ich lachte kurz.

»Ihr braucht nicht zu erschrecken, Bruder«, sagte ich beschwichtigend. »Ich bin ebensowenig ein Mann des Satans wie Ihr; hätte ich sonst den Menschen der Siedlung geholfen?«

Er war verwirrt, schwankte zurück zu seinem Mitbruder, nahm ein Bündel hoch und brachte es mir. Er wagte nicht mehr, mich anzusehen, und murmelte:

»Ich bitte Euch, Ritter mit den roten Augen, nehmt diese Kutte und das Buch mit; es gehört Bruder Vernon, der sich in den Schlund der Hölle gewagt hat. Dieser Bruder, ein Mann voller Unerschrockenheit, weilt auf Burg Diarmuid. Er erhält die neue Kutte und das Buch als Geschenk seines Abtes von Kloster Falconbridge. Übergebt ihm dies alles, wir bitten Euch darum.«

Ich nickte und fragte: »Verbreitet Ihr, Bruder, auch die Toleranz der Menschen untereinander durch Eure geistliche Arbeit? Ich sehe, daß dies nicht zu Eurer Heilslehre gehört – Unduldsamkeit hat viel graues Haar auf dieser Welt beschert und viele Tote. Geht, wenn Ihr vermögt, in Frieden!«

Ich zog den Packen heran und drehte meinen Kopf. Der sandige Einschnitt war näher gekommen; jetzt fuhr Wind in das Segel und beschleunigte die Fahrt des plumpen Schiffes. Gurney spuckte ins Wasser und sagte leise:

»Auf einem langen Weg, Herr, trifft man viele Menschen und Dinge. Nicht alle sind erfreulich!«

Ich schaute ihn verblüfft an. »Für diese Bemerkung, Gurney, hast du ein Goldstück verdient!«

Ich unterdrückte den Wutanfall, den ich bei den Worten des Mannes in der dunklen Kutte beinahe nicht mehr hätte kontrollieren können, und sah Alexandra an. Wenigstens sie war ein erfreulicher Anblick.

»Wir sind da!« Gurney hob das schwere Ruder an. »Helft Ihr mir, Ritter?«

»Gern«, sagte ich. Während die Mönche mit kleinen Kupferpfennigen ihre Überfahrt zahlten und ins Wasser sprangen, brachten wir schwere Planken aus. Die Gottesmänner wateten an Land, als verfolge sie der Leibhaftige, und wir brachten die Pferde vorsichtig von Bord.

Wir halfen Gurney, das schwere Boot flottzuschieben. Er winkte, während wir die Tiere sattelten und die Lasten festschnürten. Dann saßen wir auf und ritten den Hang hinauf.

»Der letzte Teil unserer Reise beginnt!« sagte Alexandra. »Dein Gesicht, Atlan ... Bist du wütend?«

»Ein bißchen«, antwortete ich leise. »Dieser Mönch hätte mich beinahe meine ritterliche Allüre vergessen lassen. Denken wir nicht daran – in acht Tagen sind wir vor den Mauern der Burg.«

Ich befestigte die Kutte, in der das Buch eingewickelt war, mit Riemen hinter meinem Sattel; im gleichen Augenblick hatte ich die Idee, nach der ich in den letzten Tagen gesucht hatte.

Wir ritten nach Norden, folgten einem fast völlig bewachsenen Pfad entlang dem Strand. Die Erbauer dieser Straße, vielleicht die Römer, hatten mit größter Umsicht den Weg über die besten Strecken geführt.

Wir ritten sieben Tage, rasteten in den warmen hellen Nächten und trafen kaum einen Menschen, wurden nicht angegriffen, und auch die Gegend war friedlich und freundlich.

Die Wärme nahm zu, obwohl wir weit im Norden waren. Die Straße führte dicht am Ufer entlang, schnitt Halbinseln ab oder ging in den schönsten Landschaften nach Norden. Langsam änderte sich der Charakter der Landschaft. Sie wurde karger, die Gewächse waren niedriger, das Grün wechselte immer mehr ins Schwarze. Moose und Flechten wurden zahlreicher, Hochmoore tauchten auf, und die Tierwelt zeigte andere Erscheinungsformen.

»Eine gespenstische Gegend«, meinte Alexandra am Abend des siebenten Tages. »Kalt, steinern und zerrissen.«

»Aber nicht unfreundlich«, sagte Gromell. Wir lagerten an einer Quelle, umgeben von bemoosten Steinen. Mein Falke raste inzwischen nach Norden und suchte den besten Weg zur Burg. Um uns war nichts anderes als das Summen von Insekten, die Schreie unsichtbarer Tiere, das Knacken in den Bäumen.

»Morgen werde ich mich verwandeln!« stellte ich fest. »Es geht um sehr viel, Gromell. In einigen Tagen sehen wir mehr ... die Ahnen und das, was sie wußten.«

Alexandra schlief in meinen Armen ein. Der Wolf bewachte uns, die Pferde waren ruhig, und in uns dreien wuchs die Erwartung auf das Kommende. Für mich war die Burg gleichbedeutend mit der Möglichkeit, Kontakt mit Wesen zu bekommen, die mich von diesem barbarischen Eiland im Weltall wegholen konnten.

Hinter Felsen und Gewächsen schob sich, von Pappeln halb verdeckt, ein schwarzer Felsen über ein dunkelbraunes Hochmoor. Er wirkte wie eine unbezwingbare Insel. Ohne Übergang wuchs aus dem Felsen ein runder Turm hervor, aus schwarzen Granitfelsen, aus regelmäßigen Quadern, mindestens hundert Ellen hoch, endend in einer gezackten Brüstung.

»Dort ist es. Der Weg führt im Zickzack zu einem kleinen Ort. Dort halten wir an«, sagte ich. »Los, weiter!«

Auch die Tiere witterten einen Stall. Wir wurden das Gefühl nicht los, daß wir von der Burg aus beobachtet wurden. Zwei Stunden später erreichten wir, vom Rauschen unsichtbaren Wassers begleitet, einen Fluß. Gromell warf Steine hinein und sagte:

»Hier haben wir Übereinstimmung mit der Landkarte, Atlan! Der Fluß mündet in den Loch Cruachna Calecroe. Unmittelbar an diesem See steht die Burg. Noch drei Stunden Weg.«

Eine halbe Stunde verging ... Ein fast geschlossener Kreis großer Felsen. Sie schienen in skurrilen Formen aus dem Boden zu wachsen und spiegelten sich im schwarzen Wasser des Sees. Die Wasserfläche war ein fast vollkommenes Ellipsoid – schwarz, ohne Spuren von Wind. Ich musterte jede Einzelheit dieses Panoramas und erkannte, daß der letzte Akt dieses Vorhabens unmittelbar bevorstand.

Ich wandte mich im Sattel um und befahl: »Ihr, die Pferde und alles Gepäck bleiben im Dorf!«

Alexandra und Gromell sahen mich überrascht an. Sie konnten nicht glauben, was sie gehört hatten.

Ich nickte bekräftigend. »Ich werde euch meine Gründe erklären. Zuerst müssen wir ein Versteck für euch finden.«

»Ich begreife fast nichts«, murrte Gromell ärgerlich.

»Keine Sorge – du wirst es leicht begreifen können.«

Unsere kleine Karawane verschwand hinter Pappeln und Felsen und bog in die gekrümmte Straße ein. Der erste Blick zeigte uns, daß sich dieses Dorf – dunkel unter riesigen Bäumen und überlegt erbaut – von allen anderen Siedlungen, die wir kannten, unterschied. Es war ... geradezu modern!

Ich hielt mein Pferd an und richtete mich im Sattel auf.

Gespenstisch! Der letzte Beweis! schrie mein Extrasinn. Rechts und links von unserer kleinen Gruppe befanden sich zwei Häuser, aus gebrannten Ziegeln auf einem Sockel aus Felsquadern. Sie besaßen schlanke Außenkamine. Eine der Essen rauchte, Türen und Fenster, in denen ich echtes Glas erkennen konnte, zeigten hervorragende Handwerksarbeit. Auch Mauern und Gärten sahen aus, als habe man sie nach Baumustern aus der Zukunft angelegt; ich hätte dies alles entwerfen und bauen können, nicht aber die Einwohner dieser Gegend. Die Dächer bestanden aus gebündeltem Schilf; das Vieh befand sich in einem erstklassigen Zustand.

»Das ... das habe ich noch nie gesehen!« stammelte Gromell verblüfft.

»Dein Großvater«, sagte ich mit Nachdruck, »wußte mehr als die Bewohner von Abergavenny.«

»Ja, so muß es gewesen sein. Mein Großvater war Mortimer der Falkner.«

Jenseits des Dorfes, das sich entlang eines sauberen Sandstreifen erstreckte, ragte die finstere Burg in den Himmel des Spätnachmittags. Keine Wolke war zu sehen, auch kein Mensch.

»Etwas still hier!« bemerkte Gromell. »Das wird sich ändern.«

Er ritt an das nächste Haus heran, bückte sich aus dem Sattel und klopfte gegen den Laden aus weißem Holz. »He, gute Leute!« rief er. »Niemand zu Hause? Keine Furcht, wir sind Freunde!«

Die Tür öffnete sich; ein blonder Mann kam heraus, gekleidet in saubere Hosen, halbhohe Stiefel und eine dunkle Jacke mit weißen Nähten. Ich betrachtete jede Einzelheit sehr genau – alles konnte in den nächsten Tagen wichtig sein.

»Guter Mann«, Gromell sprang mit einem Satz aus dem Sattel. »Kennst du den Namen Mortimer der Falkner?«

Der Angesprochene nickte schweigend, dann bequemte er sich zu einer kurzen Antwort. »Den Namen kenne ich«, antwortete er. »Was wollt ihr?«

Gromell deutete auf die Tiere und auf Alexandra und sagte:

»Warum so unfreundlich, guter Mann? Wir wollen nur unsere Pferde ausruhen lassen und gut schlafen. Wir zahlen nicht schlecht. Du könntest, Mann, ruhig eine Spur weniger unfreundlich sein?«

Der Mann grinste kurz. »Nachdem ich das Gold gesehen habe, wird mein Herz vor Freundlichkeit überquellen. Es gibt keinen Gasthof und keinen Mönch in diesem Dorf. Ihr müßt bei einem von uns übernachten.«

Ich sagte: »Möglicherweise bei dir, Freund ohne Namen. Ich bin Ritter Atlan von Arcon; wir erwarten noch jemanden, der die Burg besuchen will.«

»Gern. Ich bin Exton, der Schmied. Ihr seid willkommen und Eure Pferde.«

Wir führten die Tiere in einen geräumigen und auffallend sauberen Stall und sahen, daß das Dorf nicht ausgestorben war. Eine ältere Frau erschien, ein junges Mädchen, einige Kinder ... Sie betrachteten uns mit genau derjenigen Menge gelassener Neugierde, die man entwickelte, wenn man etwas betrachtete, das man kannte. Also hatten die Nachkommen der Stellaren Gäste hier eine Enklave der Zivilisation errichtet. Ich wurde immer neugieriger auf das Innere der Burg. Die Pferde wurden versorgt, man schüttete ihnen Hafer vor, Grünfutter und warf Stroh auf den Stallboden. Exton sagte, nachdem ich ihm fünf Goldpfennige in die Hand gedrückt hatte:

»Wir werden zusammen schlafen – meine Familie und ich. Ihr könnt, Herr, zwei Zimmer haben. Sie sind freilich dürftig, aber sauber. Wir helfen Euch mit dem Gepäck!«

Während wir unser Gepäck aufräumten und in den Zimmern verstauten, schwiegen wir. Nachdem wir uns flüchtig gewaschen hatten und in leichten Kleidern steckten, trafen wir uns in meinem Zimmer. Es wurde schnell dunkel, und ich entzündete mit meinem winzigen Feuerzeug die duftenden Wachskerzen.

»Ihr wundert euch, nicht wahr?« fragte ich leise.

»So ist es«, meinte Alexandra betroffen. »Ich habe noch nie von einem so schönen Dorf gehört. Auch habe ich nie ein solches Haus gesehen. Selbst die prächtigsten Burgen sind ärmlicher.

»Es ist also wahr, was du uns erzählt hast!« meinte Gromell. Jetzt war er endgültig überzeugt.

»Die Männer auf der Burg – ich weiß nicht, wie viele es sind, und ich weiß auch nicht, ob sie Frauen besitzen – sind tatsächlich Nachkommen von Menschen wie mir«, sagte ich. »Sie haben dafür gesorgt, daß dieses Wissen weitergegeben wird. Ich muß noch heute abend die Burg aufsuchen. Der Wolf bleibt bei euch. Wenn ich geklärt habe, ob uns die Männer der Burg wohlgesinnt bleiben, lasse ich euch holen.«

Gromell sah ein, daß gewisse Vorsicht vonnöten war, und fragte: »Du wirst nach dem Essen zur Burg reiten?«

»Nein«, sagte ich. »Ich werde zu Fuß gehen, wenigstens das letzte Stück. Und auf keinen Fall als Ritter; man kennt mich. Tayac kam von dieser Burg. Ich werde mich verkleiden.«

Sie würden verblüfft sein, wenn ich meine Vorbereitungen beendet hatte. Ich begann damit, daß ich aussuchte, was ich unauffällig mitnehmen konnte.

Ich behielt die Stiefel an, zog eine andere Hose über und ein einfaches Hemd, löste eines der Pülverchen auf; eine schwarze, schillernde Flüssigkeit entstand. Ich cremte mein Gesicht ein, dann scheuchte ich Gromell und Alexandra aus dem Zimmer. Das dicke Buch mit dem ledernen Einband und den pergamentenen Seiten wurde zurechtgelegt, ein Dolch mit eingebautem Projektor, ein Strahler im Stiefelschaft. Wir aßen danach in einem einfachen, sauberen Wohnraum, der unverkennbar die Spuren zeigte, die von der Arbeit der Stellaren Gäste zeugten.

Exton besserte Gartengeräte und Lederzeug aus, und die Kinder übten auf einer Platte aus schieferartigem Gestein das Schreiben. Für mich bedeuteten diese Informationen, daß die Ritter der Burg keine Unmenschen waren; eine positive Ausgangssituation.

»Wir wünschen euch einen guten Schlaf«, sagte ich. »Wenn ihr Geräusche aus den Räumen hört, erschreckt nicht. Wir sind gewohnt, spät einzuschlafen.«

»Wir werden uns nicht stören lassen. Eßt Ihr früh mit uns?«

»Höchstwahrscheinlich«, sagte ich. »Danke, Exton, für alles.«

Ich schärfte, als wir wieder in unseren Räumen waren, meinen Freunden ein, was in den nächsten Tagen zu geschehen habe.

Ich tauchte mein Haar in die schillernde Brühe, wartete und trocknete es. Jetzt war es tiefschwarz. Vorsichtig wischte ich die trennende Creme ab, setzte dunkelbraune Haftschalen auf meine Augen, verzichtete darauf, mich zu rasieren, und zog die Kutte an. Ein Messer mit scharfer Schneide und Lederscheide kam an den Gürtel, ich schloß die Kutte und ging in den anderen Raum hinüber.

»Salve, Frater!« sagte ich mit veränderter Stimme. Erschrockenes Schweigen war die Reaktion. Sie erkannten mich, als ich lachte und fragte: »Ungewohnt, nicht wahr?«

Alexandra sprang auf und sagte erschrocken: »Was hast du gemacht, Atlan ... du bist ein ganz anderer Mann! Gehst nach vorn gebeugt!«

»So ist es. Ich habe den einzigen Weg gewählt, auf dem ich in die Burg hineinkomme. Gromell – wenn es Gefahren gibt, kommst du zur Burg und schießt einen Signalpfeil. Und du bist für Alexandra verantwortlich!«

Er fragte mißmutig: »Wann kommst du wieder?«

»In drei Tagen sind wir wieder zusammen«, versprach ich. »Entweder komme ich hierher, oder ihr seid in der Burg.«

»Bis heute hast du dein Wort stets gehalten, Freund«, sagte Gromell ernst. »Ich werde mein Bestes versuchen.«

Ich verabschiedete mich von ihm, küßte Alexandra und kletterte durch das Fenster, nachdem ich Arrow genaue Weisungen erteilt hatte. Der Falke kam aus der Dunkelheit, ich hängte ein Stück Seil in seine Klauen ein und befahl scharf:

»Flieg mit mir bis kurz vor das Bugtor. Bleib stets in der Sichtdeckung!«

»Verstanden, Gebieter!« krächzte der Vogel.

Mit tiefem Brummen kletterte die Maschine mit ausgebreiteten Schwingen entlang der Hausmauer nach oben. Wir gerieten in den Luftstrom aus dem Kamin, gewannen an Höhe und rasten zwischen den Wipfeln über die Gegend. Die Sterne spiegelten sich im Loch Cruachna Calecroe, aus Öffnungen in der Burgturmmauer kam gelbes Licht. Ich umklammerte das Buch, das wie ein Passierschein wirken mußte. Bruder Vernon aus dem Kloster Falconbridge war der Burgkaplan – ich erwartete, in ihm einen Rebellen zu finden, denn der Kontakt mit Menschen aus einer anderen Kulturstufe mußte ihn verändert haben, seine Einstellung zu vielen Problemen. *Du mußt raffiniert vorgehen!* wisperte mein Extrasinn. Die Nachkommen der Stellaren Gäste erwarteten mich nicht, aber ich hatte genaue Vorstellungen davon, was ich sehen und erleben würde. Wir schossen zwischen den letzten Bäumen hervor, der Vogel hielt in der Luft an und senkte sich langsam, so daß ich den Boden betreten konnte. Ich löste die Schlinge, warf sie in eine Schlucht und betrachtete die Krümmung des Weges, die an einem hellen Viereck endete – dem Burgtor.

»Falco! Du kreist über der Burg und behältst Gromell und Alexandra, aber auch mich im Auge. Wenn jemand kommt, signalisiere es mir.«

Fast geräuschlos raste der Vogel durch die Luft, ein Stück über dem Boden, wich einem Felsen aus und schwang sich in einer Spirale nach oben. Dort verschmolz er mit der sternflimmernden Dunkelheit des Nachthimmels. Ich machte mich auf den Weg. Nachdenklich ging ich über Sand, kleine Steine, Grasbüschel und Schotter. Das erste, was ich hörte, war Musik. Echte, alte Musik ... Musik von den Sternen! Ich erinnerte mich an meine Rolle als Bruder ... Wie war eigentlich mein Name? Ich entschloß mich für *Vaughan;* ein Name, dessen Klang mir zusagte. Endlich stand ich vor einer Brücke. Sie bestand aus sorgfältig bearbeitetem Holz, wurde von Ketten gehalten und war nicht hochgezogen. Sie fühlten sich sicher. Ich stand vor einem dreiflügeligen Tor, auch eine Neuheit in dieser Zivilisation. Die Bohlen waren mit Stahlplatten oder Eisenschindeln beschlagen. Ich sah im schwachen Schimmer aus einem Erker die Nietenköpfe, klopfte an das dicke Glas des Fensters und stellte mich voll ins Licht.

»Hier gut Freund!« rief ich. »Ich ersuche um Nachtlager und Asyl!«

Schließlich sah ich einen Schatten, das Fenster wurde geöffnet. Ein junges Gesicht wurde deutlich.

»Wer seid Ihr?« fragte der junge Mann. Ich glaubte, gewisse Ähnlichkeit mit den Ahnen feststellen zu können.

»Ich bin Bruder Vaughan vom Kloster Falconbridge. Soll Bruder Vernon Grüße und ein Buch bringen. Mich schickt der Prior.«

»Wartet hier, Bruder!« sagte mein Gegenüber. Ich wartete. Über mir spannte sich ein mächtiger Quader, der rechts und links auf den Tormauern lag. Ein monolithischer Quader, auf dem ein Teil der Last ruhte, mit der jener

Turm auf den Felsen drückte. Schritte; die Musik wurde leiser, Stimmen waren zu hören, *einige Worte Interkosmo!* Ich lächelte in mich hinein, bückte mich, und schließlich krachte ein schwerer eiserner Riegel. Die gepanzerte Tür öffnete sich nach außen. Eine Silhouette eines bewaffneten Mannes hob sich gegen das Licht ab.

»Tretet näher, Bruder!«

Ich schob mich an dem Mann vorbei, sah mich um und bemerkte an der Seitenwand eine Reihe Halbkugeln aus milchigem Material, aus denen das Licht kam. Das verlegte Kabel verschwand in halber Höhe in der Mauer. Die Decke bestand aus schön gemasertem Holz; der Boden war gepflastert.

»Ich komme in Frieden. Pax vobiscum!« sagte ich.

»Friede auch mit dir, Bruder. Ihr seid auf der Wanderung?«

Ich entgegnete würdevoll, während wir durch den Korridor auf eine Treppe zugingen: »Ich habe, so es Ihm gefällt, das Ende der Wanderung erreicht, das Ende im Norden nämlich. Ich war ein halbes Jahr unterwegs und weiß nicht einmal mehr, wie es in Falconbridge aussieht. Lebt Bruder Vernon noch?«

Der Mann lachte und versicherte gutgelaunt: »Besser denn je, Bruder Vaughan. Ihr habt schon gegessen?«

»Unten im Dorf; ein schönes Dorf voller braver Leute, Herr Ritter«, sagte ich demütig. »Aber einen guten Schluck schlage ich Euch nicht ab. Der Burgberg ist lang und steil.«

»Aus gutem Grund!« war die Antwort. »Kommt weiter!«

Die Treppe war von einem schlicht gearbeiteten Geländer gesäumt. An den Wänden hingen Holztafeln mit farbigen Bildern. Auch hier sah ich, daß Techniken und perspektivische Aufteilung, Bildaufbau und Farben von Bild zu Bild besser und schöner wurden. Wir stiegen die Treppe hinauf, kamen unter einem Reifen vorbei, Holz und mit falschen Kerzen bestückt. In dieser Burg stand ein Generator, der die Einrichtung mit elektrischer Energie versorgte. Eine zweite Treppe schloß sich an, jetzt konnte ich auf weißen Blättern verschiedene Konstruktionszeichnungen bewundern. Schweigend betraten wir einen großen, niedrigen Raum, in dem ein Kamin stand.

»Ihr habt das schönste Schloß«, sagte ich in ehrlicher Bewunderung, »das ich jemals gesehen habe. Ihr seid gewiß sehr reich, Ritter; irre ich?«

Ich erhielt eine überraschende Antwort: »Wir sind sechsundzwanzig Ritter und viele Frauen, arbeiten hart und sind nicht arm. Ihr habt unsere Leute im Dorf gesehen?«

»Sie sind allesamt gut genährt und zufrieden!« lobte ich. Wir gingen weiter. Die Musik kam aus weiter oben liegenden Stockwerken. Ich konnte mir vorstellen, daß sich dieser Turm in zylindrische Ebenen gliederte. Die Halle, die wir betreten hatten, war kreisrund. Tische und Stühle sah ich und einige Personen, die ritterlich, aber nachlässig angezogen waren. Mein Begleiter sagte in fast unkenntlichem Interkosmo-Dialekt:

»Ein wandernder Bruder Vernons – wir werden ihn einige Tage lang zu Gast haben. Ich bringe ihn nach oben, zu Tayac.«

Innerlich verkrampfte ich mich; ich rechnete damit, daß mich Tayac nicht wiedererkennen würde, verbeugte mich vor den hübschen, gepflegten Frauen, vor Rittern, die sich mit Zeichnungen beschäftigten. Mein Begleiter zog mich zu einer Treppe aus Holz, Eisen und Stahl. Wir stiegen an drei anderen Ebenen vorbei und verließen die Treppe im fünften Stockwerk. Hier traf ich auf Bruder Vernon. Er saß auf einem hochlehnigen Stuhl und hatte vor sich ein Stativ stehen, an dem ein Fernrohr angeflanscht war.

»Vernon! Hier ist Vaughan, ein Bruder von Euch!« sagte mein Begleiter und schob mich in den halbdunklen Raum hinein.

»Dank für alles!« murmelte ich, verbeugte mich vor meinem Führer und ging bis zu dem weit offenen Fenster. Ich blieb neben Bruder Vernon stehen, der seine Augen vom Objektiv nahm und aufstand. Er streckte mir beide Hände entgegen und sagte leise: »Willkommen! Was bringt Ihr mir, Bruder?«

»Dieses Buch wurde mir übergeben. Aber ich bitte Euch, fragt mich nicht viel über das Kloster aus – ich bin schon zu lange von dort weg. Ich habe einen ermüdenden Weg hinter mir.«

Er nahm das Buch, ging zu einer Wand und kippte einen Schalter. Der Raum erhellte sich. Ich konnte eine gediegene Einrichtung erkennen und eine Unmenge gezeichneter Sternkarten und vergrößerter Fotos, die – so schien es mir auf den ersten Blick – technische Mängel hatten.

»Ist die Furcht vor der Burg der Zauberer noch immer zu spüren?« fragte Bruder Vernon. Er trug keine Kutte, sondern war in weiche Stiefel, Wildlederhose und Leinenhemd gekleidet. Nur sein sorgfältig ausrasierter Bart und das lange Haar, vielmehr dessen Schnitt, ließen erkennen, daß er kein Bauer oder Hirte war. Ich betrachtete das Fernrohr. Es war einfach, aber gut gearbeitet, unzweifelhaft Ergebnis langer Arbeit. Die Überlebenden mußten versuchen, aus wenigen, sorgfältig ausgewählten Materialien und ausgezeichneter Bearbeitung das Beste zu machen.

»Ja, ziemlich deutlich, Vernon«, sagte ich. »Sogar Ritter fürchten sich vor dem Zauber. Sie konnten mir nicht sagen, worin der Zauber besteht. Erstaunlich zu hören, Vernon, aber erst in den letzten Tagen meiner Reise stieß ich auf Menschen, die keine Angst vor der Burg hatten.«

Jetzt, da sich meine Aufregung gelegt hatte, hörte ich das ferne Brummen. Ich schätzte, daß es der Generator war, von unterirdisch fließendem Wasser angetrieben.

»Das macht, weil sie uns kennen, Vaughan!« sagte Vernon. »Hier, trink! Es ist gutes, kühles Bier. Wir sieden es hier selbst.«

Er stellte einen gläsernen Becher vor mich hin. Also bliesen sie hier auch Glas. Vermutlich als Abfallprodukt von der Herstellung von Isolatoren und anderen Teilen. Wo stand der Hypersender?

»Danke. Du betrachtest das dunkle Land durch dieses Rohr?« fragte ich und trank. Es schmeckte ausgezeichnet.

»Nein. Ich betrachte die Sterne. Willst du einen Blick durch das Rohr tun?« erkundigte er sich spöttisch. Er betrachtete mich als ungebildeten Bruder derselben geistigen Gemeinschaft.

Ich blieb ruhig und fragte: »Was tust du hier, Vernon?«

»Ich unterrichte Ritter und Arbeiter in der einzig wahren Lehre. Sie belehren mich über die Zusammenhänge in der Natur und in den Handwerken. Ich habe viel gelernt in diesen Jahren. Wie geht es dem Prior?«

Ich nickte ruhig. »Als ich Falconbridge verließ, ging es ihm gut. Er war schwach vom Fasten, aber guter Dinge. Habt ihr viele Besucher hier?«

»Nein«, war die Antwort. »Wir sind zu weit abgelegen. Aber gestern kamen zwei Ritter mit Tayac zurück. Sie kamen von den Turnieren bei Abergavenny. Du warst dort, Bruder?«

»Nein«, sagte ich. »Ich habe Ostern neben einer Quelle gelagert, weit vor Abergavenny. Ich sah einige Pestfälle. Habt ihr die Pest hier?«

»Nein! Wir haben Mittel, sie schnell zu heilen. Die Ritter suchen einen Fremden, der sie tödlich beleidigt hat. Einer der beiden hat furchtbare Narben im Gesicht. Sie sind wütend! Du mußt wissen, Vaughan«, sagte Vernon geheimnisvoll lächelnd, »dies ist eine ganz andere Burg. Die Ritter sind ungeheuerlich klug, so daß es anderen scheinen muß, sie wären wahre Teufel. Aber sie sind gute, geschickte Menschen, auch die Frauen. Sie kommen aus einem Land, wo es all das gibt, was wir hier nicht kennen!« Er seufzte tief. »Auch wenn ich nimmermehr weiß, wo dieses Land liegt. Es ist jenseits des Horizontes.«

»So wird es sein. Wohnen sie auch in der Burg?«

Er nickte begeistert. »Die drei obersten Stockwerke sind Wohnräume der Ritter. Ganz oben haben wir einen kleinen, schönen Garten mit Statuen aus Glas, Eisen und dünnen Stäben.«

Der Sender steht im Park des Dachgartens! sagte mein Extrasinn. *Und Surrey von Mowbray hat sich auf deine Spur gesetzt. Er wird dich nicht erkennen.*

»Wo schläfst du, Bruder Vernon? Wo schlafe ich?«

Er deutete nach oben. »Unter dem Dach. Aus einem Hahn in der Wand fließt warmes Wasser!« sagte er mit blitzenden Augen.

Das Schema lag klar vor mir. Bisher erregte fast jeder Aspekt dieser Entwicklung meine Bewunderung. Die Nachkommen jener Leute waren einst hierher aufgebrochen. Warum gerade hierher in den unwirtlichen Norden der Insel? Sie hatten ihre Überlebensausrüstung mitgenommen, sicher auch Trümmer aus dem Schiff und eine Bandbibliothek. Daß sie elektrische Energie herstellen und damit versuchen konnten, einen Hypersender zu betreiben, sprach für ungebrochenes Intelligenzpotential. Sie hatten sich Gefährtinnen aus den Stämmen des Planeten genommen. Was die Nachkommen der Stellaren Gäste in diesem Steinturm konzentriert hatten, war ein *Orbis pictus,* ein vereinfachtes, gültiges Gesamtbild der Welt zwischen ihrer eigenen Wirklichkeit und einer Idealform der Zukunft, die schwer zu erreichen war. Ich trank einen weiteren Schluck Bier.

»Willst du mir mein Bett zeigen, Bruder?« fragte ich. »Ich bin müde.«

»Gern. Ich werde dich früh wecken – Tayac will mit uns auf der Plattform essen. Wir werden uns mit den Gästen unterhalten.«

»Unzweifelhaft werde ich gut schlafen«, bestätigte ich. »Und auf das Essen freue ich mich besonders.«

Wir gingen zur Treppe und wanderten sieben oder acht Stockwerke aufwärts. Je höher es ging, desto niedriger wurden die Decken. Als uns auf der Treppe ein kühler Luftstrom entgegenschlug, bogen wir ab. Ein schmaler Gang führte in einen Raum, von dem zwölf Türen abzweigten. Sie waren mit kleinen Wappen verziert; Vernon stieß eine Tür auf, schaltete das Licht ein und sagte:

»Du mußt, wenn es dunkel werden soll, diesen Knopf niederdrücken. Ruhe wohl, Bruder!«

Wir umarmten uns. Hinter ihm schloß sich die Tür. Ich bewunderte die Einrichtung, drückte den Kontakt in meinem Armband und öffnete das Fenster. Ich rief den Robotvogel. Ein einfaches, breites Bett, weiß bezogen, Tisch, Stuhl, Wandregal und einige Bilder, ein Waschbecken mit zwei Hähnen, auf dem Boden geflochtene Grasmatten. Alles war sehr sauber und in den Farben aufeinander abgestimmt. Der Beleuchtungskörper war ein Glaswürfel mit verdunkelter Oberfläche.

»Das luxuriöseste Gastzimmer der Welt!« murmelte ich und wandte mich um, als ich das Rauschen hörte. Der Vogel schoß zwischen den Holmen des Fensters hindurch und setzte sich mit ausgebreiteten Schwingen auf das geflochtene Schilfgras.

Ich ordnete leise an: »Sag Gromell – aber nur ihm! –, Surrey und ein anderer Ritter sind hier. Gromell soll früh vor dem Burgtor warten, gut versteckt. Und du bringst mir mein Schwert und das Gehänge. Sofort! Los!«

Der Vogel schwebte nach oben, drehte sich und schoß zurück in die Nacht. Ich zog die Stiefel aus, schob den Strahler unter das Kissen, entledigte mich der Kutte und legte mich, nachdem ich das Licht ausgeschaltet hatte, auf das Bett.

Bis zum Morgen versteckte ich das Schwert und schlief tief und traumlos. Etwa gegen neun Uhr weckte mich Bruder Vernon und sagte, das Essen stünde auf der Plattform. Ein sonniger Frühsommertag. Ich rasierte mich mit warmem Wasser und musterte mich im Spiegel: Ich sah noch wie Bruder Vaughan aus.

Ich ging über die Treppe nach oben, und als ich die Dachplattform betrat, erschrak ich: ein Park voller seltener Blumen und Gewächse aus dem Morgenland. Und dazwischen Antennen für einen Hyperraumsender, für eine Radaranlage und andere Geräte, die ich nicht identifizieren konnte. Sechs

Personen warteten auf mich. Sie sahen mir gespannt und neugierig entgegen. Als ich mich vor Tayac ter Aibhlynne verbeugte, spürte ich das Schwert in meinem Rücken. Begann jetzt der letzte Akt?

Blüten und Pflanzen aus exotischen Ländern, verbunden mit dem strengen Geruch der einheimischen Gewächse, verströmten einen aromatischen Duft, der im Gegensatz zu der Spannung stand, die zwischen den sieben Personen aufgebaut wurde. Ich erkannte Ritter Tayac ter Aibhlynne wieder, als er aufstand, auf einen Stuhl deutete und sagte:

»Nehmt Platz, Bruder Vaughan, und langt tüchtig zu!«

Ich verbeugte mich, murmelte: »Pax vobiscum!« und setzte mich. Mir gegenüber saß Ritter Surrey von Mowbray, dessen Gesicht die Spuren eines scharfen Rittes und die schlechtverheilten Narben des Angriffs meines Robotvogels trug, acht scharfe Linien, die am Mundwinkel anfingen und sich bis über das Jochbein hinzogen. Er musterte mich schweigend unter seinen buschigen Augenbrauen.

»Ich danke Euch, Ritter«, entgegnete ich. »Ich bin nur ein armer Wanderer und brauche nicht viel.«

»Ein großer Prediger hat stets einen großen Magen«, sagte Poins von Lancaster, der zwischen zwei jungen Mädchen saß, die aus Spanien oder dem nördlichen Rand des Binnenmeeres stammten. Sie sahen mich mißtrauisch an.

»Die besten Reden kommen aus dem Herzen«, behauptete ich, schnitt eine dünne Scheibe Brot ab, »nicht aus dem Magen, Herr.«

Poins lachte grimmig und fragte: »Ihr seid lange gewandert, Mann Gottes? Habt Ihr viele Menschen getroffen?«

Ich legte eine zwei Finger dicke Scheibe Schinken auf die Butter, die in der Sonne schmolz.

»Wenige Menschen, Herr«, sagte ich mit ausdruckslosem Gesicht, »aber viele Bewohner des Landes.«

Ich begann zu essen. Tayac warf mir einen nachdenklichen Blick zu und begann zu lachen. Auch die Mädchen lächelten, während Bruder Vernon mich unter dem Tisch gegen das Schienbein trat.

»Ihr seid, scheint mir, ein pfiffiger Pfaffe!« rief Tayac. »Habt Ihr noch mehr solcher Bemerkungen?«

»Für jeden Happen eine und für einen guten Schluck, Herr, zwei davon!«

Ich schob den Becher über den Tisch und erntete wieder mißbilligende Blicke von meinem Bruder und den Rittern. Tayac goß Milch, mit Honig gesüßt, in den Becher. Er faßte mehr als einen Liter.

»Ich fürchte Euren Witz nicht, Bruder Vaughan!« sagte er. »Es schmeckt Euch, wie deutlich zu hören ist?«

Ich spülte den Schinken mit einem gewaltigen Schluck hinunter. »Wer den

Witz fürchtet, Herr, fürchtet stets auch die Wahrheit. Was hat diese Herren hierhergeführt?«

Poins sagte grollend. »Ich jage meiner Tochter und einem betrügerischen Ritter und Scharlatan nach!«

Ich reagierte scharf: »Ich habe sie gesehen. Sie heißt Alexandra und ist sehr schön, nicht wahr?«

»Ja! Wo habt Ihr sie gesehen! Sprecht!«

»Gemach!« sagte ich. »Ein leerer Bauch erzählt nicht gern. Eure Tochter ist sehr glücklich. Sie reitet mit dem Mann, den sie liebt und der sie liebt, durch die Wälder. Eure Tochter hätte Euch nicht verlassen, wenn sie nicht dabei glücklich wäre!«

Poins schrie auf wie ein verwundeter Stier. »Aber sie sind nicht verheiratet!«

Ich nickte höflich und trank den Becher leer, biß wieder in den leckeren Schinken und griff nach einem gekochten Ei.

»Levis nota!« gab ich zu. »Ein kleiner Makel, Herr. Aber das wird sich nachholen lassen. Unser Herr fragt nicht nach Unterschriften, wenn seine Schäflein glücklich sind. Er fragt auch nicht nach dem Stand derer, die sich lieben. Das jedenfalls sagte unser Prior stets. Es war fast sein zweites Wort, nicht wahr, Bruder Vernon?«

Vernon schüttelte verwirrt den Kopf. »Das sagte Vater Henry niemals! Er verdammte vielmehr die fleischlichen Lüste auf das schärfste!«

»Ich habe mich wohl geirrt«, sagte ich. »Wenn ich esse, denke ich selten. Es war wohl Bruder Pförtner.«

Ich wollte ein bißchen provozieren, um die Beteiligten an diesem Essen zu unüberlegten Reaktionen zu bringen. Ich sah, daß ich es geschafft hatte, als Bruder Vernon sagte: »Das kann nicht sein! Bruder Pförtner ist vielmehr taubstumm.«

»Er hat's mir aufgeschrieben.« Ich winkte ab. »Ihr jagt dem Entführer Eurer Tochter nach, Herr Ritter?«

»So ist es!« beharrte Poins. »Ich werde ihn zerschmettern!«

Ich lehnte mich zurück, sah ihn genau an und lächelte verächtlich. »Das wird Euch, fürchte ich, kaum gelingen. Denn dieser Ritter hat alle anderen Herren im Turnier von Abergavenny aus den Sätteln gerammt. Auch Surrey von Mowbray, wie ich hörte. Übrigens ... littet nicht auch Ihr, Ritter Tayac, unter der Wut seines Stoßes?«

»Fürwahr!« Tayac nickte. »Es ging über meinen Verstand und durch Mark und Bein. Ich flog aus dem Sattel wie ein kranker Vogel.«

Ich hatte mein Essen beendet, wischte den Mund mit dem Kuttenärmel ab und nahm das Bier entgegen, das eines der Mädchen mir reichte. Ich fing, als ich mich vorbeugte, einen Blick von ihr auf, den ich nicht deuten konnte.

»Dieser Ritter traf mich, als ich rastete. Der Mann teilte seinen letzten Schinken mit mir wie weiland Sankt Martin seinen Mantel. Er ist ein wahrhaft gütiger Herr und berichtete, daß er nach Norden reite, um Leute von seinem Stamm und seiner Art zu suchen und zu finden. Er ist ein klügerer Mann als alle anderen, die bisher geruhten, das Wort an mich armen Wanderer zu richten.«

Dies war ein Signal für Tayac und die Mädchen.

»Er ist ein ehrloser Ritter«, murrte Surrey. »Er betrog mich, weil ich einen Wilddieb hängen lassen wollte. Er stieß mich mit Satans Hilfe aus dem Sattel ...«

»Offensichtlich sind viele Ritter«, sagte ich, »wie schon der große Cicero sagte, *sectores collarum,* also Halsabschneider. Sie glauben nicht, daß jemand, der besser ist als sie, ohne den Gottseibeiuns auskommt. Glaubt mir, Herr Ritter, so häufig trifft man Herrn Satanas auch wieder nicht an. Schließlich ist diese Erde rund und groß; er kann nicht überall gleich sein.«

Die zweite Information! Niemand kennt die Kugelform dieses Planeten! rief mein Extrasinn.

Surrey tobte, rot vor Wut: »Hütet Eure Zunge, Gottesmann! Euch schützt die Kutte nicht vor meinem Zorn!«

Ich sagte höflich: »Das ahnte ich, Ritter. Ich werde mich auch nicht auf den Schutz des Kleides verlassen!«

Tayac sagte mit hörbarer Schärfe zu einer der Frauen: »Geh hinunter zu den anderen und sag ihnen, daß unser Ruf vermutlich gehört worden ist.«

Die größere Frau antwortete schnell in einer Abart Interkosmo, die ich verstehen konnte:

»Ich bin stutzig geworden. Vermutlich kontrolliert er, ob wir irgendwie verseucht sind oder so etwas ...« Sie stand auf.

Jetzt meinte Tayac: »Zuerst dieser Ritter, der mich aus dem Sattel warf, dann ein als Mönch verkleideter Raumfahrer! Vielleicht ist das das Ende unserer Irrfahrt ...«

Poins von Lancaster stand auf, legte die Hand auf den Schwertgriff und fragte barsch: »Was reden sie da? Und was hast du alles über diesen Ritter gesagt? Er ist unwürdig, geächtet, er ist verloren, wenn ich ihn vor mein Schwert bekomme!«

Ich warf ihm einen prüfenden Blick zu, er fing ihn auf; Poins wurde aufgeregt. Er warf seinen Mantel ab und schien sich selbst in unkontrollierbare Wut hineinzusteigern. Ich schob unter den scharfen Blicken Tayacs meinen Stuhl zurück und blickte Poins an. Dann sagte ich ruhig: »Die besten Kämpfe sind die der Vernunft, Ritter. Wollt Ihr unbedingt verlieren?«

Surrey sprang auf; er hatte die Beleidigung verstanden. Er griff nach dem Schwert; Tayac schrie befehlend: »Nicht hier auf der Burg! Tötet zwischen den Felsen, aber nicht vor meinen Augen. Ritter, Ihr vergeßt Euch!«

Ich bückte mich nach vorn, drückte gegen die dünnen Haftschalen und fühlte sie in den Handflächen, steckte sie ein, schob die Kapuze nach hinten und stand auf.

»Surrey!« sagte ich scharf. Es war, als ob augenblicklich alle Versammelten erkannten, was wirklich geschehen war.

»Ihr seid ... du bist ... ich werde ...!« Surrey stammelte und zog sein Schwert. Ich sprang zurück und sah, wie Tayac in seine Jacke griff und eine unscheinbare Waffe zum Vorschein brachte. Niemand achtete darauf.

»Ich bin Atlan von Arcon!« sagte ich. »Ich reite mit deiner Tochter, du alter Narr, und ich habe euch aus den Sätteln geworfen. Dich warne ich ein letztes Mal, Großmaul Surrey – wenn ich heute siege, bedeutet das deinen Tod! Denk an den Überfall in der Nacht! Du hast noch die Wunden von den Vogelkrallen.«

Ich riß die Kutte auf, warf sie nach hinten und zog das Schwert aus der Scheide. Das Schwertgehänge warf ich zwischen die Schalen und Becher auf die Tischplatte, hob die Hand und sagte in interkosmo:

»Ich habe deine Ahnen getroffen, als sie mit dem goldenen Schiff landeten, Tayac. Nicht eingreifen!«

Surrey stützte seinen Arm auf den Tisch, flankte über die Platte und drang wütend auf mich ein. Ich parierte drei Schläge und lachte. Das versetzte ihn in noch größere Wut. Sein Gesicht wurde dunkelrot; die Narben hoben sich flammend ab.

»Noch kannst du zurück, Feigling!« Ich nahm aus den Augenwinkeln wahr, wie Poins von Lancaster auf mich eindrang. Ich fintierte, tauchte unter zwei sausenden Schwerthieben des Mowbray hinweg und griff Poins an. Ich schlug sein Schwert zur Seite, holte aus und rammte ihm mit aller Kraft die geballte Faust in die Herzgrube. Dann war wieder Surrey vor mir. Mein Schwert war ebenso lang wie seines, bestand aus leichterem, dünnerem Arkonstahl, der molekular verdichtet war. Ich wandte die Dagor-Kunst des Schwertkampfes an. Der Mönch und Tayac waren wie erstarrt. Sie erkannten, daß es um Leben und Tod ging; ich wich langsam vor Surrey zurück, indem ich mich darauf beschränkte, seine Schläge abzuwehren und tiefe Scharten in seine Waffe zu schlagen.

»Kämpf, du Hund!« tobte er.

»Du solltest es nicht wünschen!« sagte ich laut und wich weiter zurück. Wir umrundeten einige große Gewächse, wobei Surreys Schwert ein Kabel durchschnitt. Lange Funken sprangen auf die Erdung über. Dann hatte ich ihn in einer Stellung, in der er sich mit dem Rücken zur Treppe befand.

Ich griff an, schlug aus halber Höhe, drehte den Unterarm und focht so ähnlich wie mit dem gekrümmten Schwert der Reiter Attilas. Diese Technik verwirrte ihn, aber als ich die Muskeln unter dem dünnen Kettenhemd sah, ahnte ich, daß Surrey kein leichter Gegner sein würde. Ich drang auf ihn ein, schlug seine Waffe zur Seite, fintete mit dem hochgerissenen Fuß, der auf seine Kehle zielte; als der Ritter mit den Fersen keinen Halt mehr fand, wußte er, daß ich ihn zur Treppe getrieben hatte.

»Jetzt kämpfe ich, Surrey!« sagte ich halblaut.

Er schnellte sich nach rückwärts und landete fünf Treppenstufen tiefer. Pausenlos erklangen die schleifenden und schmetternden Geräusche, mit denen unsere Waffen zusammenprallten. Ich schritt vorsichtig die Treppe hinunter und duckte mich. Ich erkannte am Aufblitzen seiner Augen die Absicht Mowbrays; ich hatte diesen Trick geradezu erwartet – auch ich hätte keinen besseren gewußt. Er führte einen halbrunden Schlag aus, der mir die Füße abgeschnitten hätte. Ich sprang hoch in die Luft, griff an und trieb ihn bis zum ersten Treppenabsatz. Als er mir, um sich eine bessere Position zu verschaffen, die Seite zukehrte, wurde ich abgelenkt – ich sah in den Korridor hinein. Dort standen abwartend einige Ritter und ihre Damen. Ich stieß das Schwert nach vorn, und Mowbray, diesen Stich nicht erwartend, sprang zurück und landete auf den obersten Stufen.

»Seid gegrüßt, Gäste von den Sternen!« sagte ich in interkosmo. Sie erschraken nicht, sahen aber verwundert zu, wie wir weiterkämpften. Der Ablauf der Schläge wiederholte sich. Wir begannen zu schwitzen und zu keuchen. Die Schlagzahl sank, die Geräusche waren leiser. Aber jetzt wurden die Schläge mit mehr Wut und Konzentration geführt; wir erkannten, daß der Gegner ein erbarmungsloser Feind war, ein Könner im Gebrauch der Waffe.

»Unten am Tor wartet Gromell der Fletcher«, sagte ich, während ich harte Doppelschläge von unten her führte und mehrmals die Spitze des gegnerischen Schwertes gegen die Decke schmetterte. Das Eisen riß lange Funken aus den Steinen der Mauern; die Geräusche schmerzten in den Trommelfellen.

»Auch den bringe ich um!« keuchte Surrey. Seine Augen waren zu Schlitzen zusammengezogen, er fuhr sich über die Stirn. Wir erreichten den nächsten Absatz, kämpften unbarmherzig weiter. Ich wollte ihn nicht töten, aber ich konnte nicht riskieren, selbst das Opfer zu werden oder Wunden davonzutragen. Es gab so viel zu arbeiten ... am Hypersender.

»Das wird schwerhalten!« keuchte ich. Ich kam jetzt an der nächsttieferen Wohnebene vorbei. Hier war die Einrichtung wesentlich wertvoller und liebevoller gestaltet. Surrey war im Nachteil, weil er rückwärts gehend nach oben kämpfen mußte, während ich nach vorn gehend schlagen und abwehren konnte. Wir bewegten uns schneller die Treppen abwärts; die Stockwerke glitten an mir vorbei, kaum daß ich einen Blick nach links werfen konnte.

»Es dauert schon zu lange«, sagte ich lachend. Surrey trieb es vor ohnmächtiger Wut die Tränen in die Augen. Er drehte sich übergangslos um und stürmte die Treppen hinunter, rannte über die Absätze, stolperte und fing sich wieder. Ich stob hinter ihm her, vorbei an Fenstern, durch Balken von Sonnenlicht, in denen flirrende Stäubchen tanzten. Dann waren wir in der Halle. Surrey überlegte, ob er sich stellen sollte, schüttelte den Kopf und rannte die breite Freitreppe hinunter. Dort blieb er stehen.

»Jetzt bin ich bereit!« schrie er. Ich ließ mich vom Schwung weitertragen und stolperte bewußt dicht vor Surrey. Er erkannte seine Chance, sprang mit einem weiten Satz mir in den Weg und hob das Schwert. Ich warf mich herum, schwenkte die Waffe hoch über dem Kopf und schlug dann so, daß die Schneide des Schwertes entlang der breiten Fläche seiner Waffe schrammte. Ich traf die Parierstange und zerschmetterte sie, traf die Hand, und Mowbray schrie vor Schmerz gellend auf.

»Aut Cäsar aut nihil«, sagte ich dumpf. »Entweder der Größte oder nichts! Du bist am Ende.«

Gleichzeitig sah ich, wie ein junger Mann die Tür öffnete. Ich erkannte, während ich zurücksetzte, die Silhouette von Gromell. Er hielt seinen Bogen und drei Pfeile in den Händen. Ich hörte, daß er etwas sprach, verstand es aber nicht. Surrey bückte sich, griff nach dem halbzerstörten Schwert und nahm es in die linke Hand. Ich wartete aktionsbereit. Was hatte er vor?

»Ich bringe dich um!« schrie er. Hinter Gromell tauchte der grausilberne Wolf auf, rannte durch das Sonnenlicht in den Schatten des Einganges. Gleichzeitig riß Gromell den Bogen hoch. Surrey handhabte das abgebrochene Schwert wie einen kurzen Speer, bog sich zurück und schleuderte die Waffe nach mir. Ich wartete; als ich mit meinem Schwert die Waffe zur Seite schmetterte, sah ich, wie oberhalb des Herzens des Mannes eine Pfeilspitze zwischen den Ringen des Kettenhemdes hervorschoß. Sie war blutig. Gleichzeitig bohrte der Wolf seine Fänge in den Hals des Mannes. Ritter Surrey von Mowbray starb, ehe ich reagieren konnte. »Ich konnte nicht anders«, sagte Gromell leise. »Er hätte dich dreimal umbringen können, Atlan. Ich hatte Angst um dich.«

Ich nickte atemlos. Jetzt erst kam die Reaktion: Meine Finger begannen zu zittern, während der Schweiß in Bächen über meinen Rücken rann.

»Es ist vorbei«, sagte ich. »Geh ins Dorf und hole alles, was wir haben. Ich habe meine Freunde gefunden.«

Ich sah ihnen nach, wie sie als lichtumflirrte Schattenrisse durch die hohe Öffnung gingen, der Bogenschütze und der Wolf. Dann betrachtete ich die Leiche des Ritters, der in einer Blutlache lag. Ich zog meine Handschuhe aus, die an den Fingern klebten, nahm mein Schwert und fing an, die vielen Treppenstufen hochzuklettern. Ich hatte zwar gesiegt, aber ob ich mir dadurch Freunde verschafft hatte, war fraglich. Ich war entsetzlich müde; eher eine Müdigkeit des Geistes, der Seele, als eine des Körpers. Irgendwann erreichte ich die oberste Plattform, von der aus man einen weiten Blick über die dunkle Landschaft hatte.

Ich blickte mich um, holte Atem. Ja, das war es – ich befand mich am Ende des langen Weges. Bäume, Felsen, der schwarze See, der unbegrenzte Himmel ohne Wolken, die im geheimen spürbaren Umrisse der fernen Länder und der noch viel ferneren Zeiten und Erlebnisse. Alles sah auf einmal aus, als habe eine riesige Hand einen dünnen Vorhang zur Seite gerissen. Auch das Geschehen hier, im Norden dieser mittelalterlichen Insel, war mir alles andere als neu. Es wirkte wie eine leidenschaftliche Enthüllung der Dinge; irgendwann hatte ich dies alles mitgemacht und mich daran erinnern können, keine Einzelheit war verloren, der kleinste Hauch war in meinem Gedächtnis verankert. Die strahlende Welt bekam plötzlich einen Graustich: Einen Augenblick später war alles vorbei. Die Schatten wechselten, Farben und Bedeutungen änderten sich. Ich drehte mich um, sah Tayac ins Gesicht und fühlte mich müde und verwirrt.

»Jetzt weißt du alles«, sagte ich leise. »Mehr habe ich nicht zu sagen, mehr kann nicht geklärt werden.«

Tayac schien der älteste, auf alle Fälle aber ein kluger Mann zu sein. Er versetzte: »Ich verstehe dich ausgezeichnet, Atlan. In gewisser Weise kann ich mir vorstellen, wie dir zumute ist. Aber jetzt herrscht Ruhe. Wir können lange und gute Diskussionen halten.«

»Ihr habt keine Antwort auf euren Notruf erhalten?« fragte ich mit wiedererwachendem Interesse.

»Nein. Wir glaubten, als wir wußten, daß du kein Mönch bist, daß du ein Raumfahrer bist. Wir nahmen fest an, du würdest dich umsehen, um festzustellen, ob wir »würdig« sind.«

»Ich muß mich waschen, einige Zeit nachdenken. Wenn Alexandra und Gromell hier sind, treffen wir zusammen. Einverstanden?«

»Ja«, sagte Tayac. »Ich würde mich freuen, wenn du in meinen Räumen bleiben würdest.«

Wir verstanden uns. Eine gemeinsame Notlage hatte uns zusammengebracht und würde die nächste Zeit unsere Gedanken, Überlegungen und Handlungen beschäftigen. Nebeneinander gingen wir auf die Treppe zu. Sie führte in eine Zone der Ruhe, der Sicherheit und des Verständnisses.

Drei Stunden später waren sie in der Burg. Die Pferde wurden um den Turm herumgeführt; dort befanden sich ausgedehnte Ställe. Dann brachte man Alexandra und Gromell nach oben, wies ihnen Zimmer an; schließlich trafen wir uns mit Tayac und Cyamoideah auf der Terrasse. Der älteste der Fremden fragte leise:

»Fühlt ihr euch wohl? Habt ihr alles, was ihr braucht?«

»Wir fühlen uns himmlisch!« sagte Alexandra begeistert. »Alles ist so hell und schön. Muß mein Vater noch lange schlafen?«

»Ja, noch einen Tag etwa«, antwortete Cyamoideah. »Er erholt sich schnell.«

Ich fühlte die Hitze der Sonne auf meinem Gesicht, schloß die Augen. »Ihr habt einen Hyperraumsender bauen können. Er hat zumindest zwei Sekunden lang funktioniert. Ich kann mir vorstellen, daß ihr jahrzehntelang daran gearbeitet haben müßt.«

Tayac gestand niedergeschlagen: »Wir müssen die wichtigsten Teile neu bauen. Du weißt vielleicht, daß unsere Vorfahren eine Bordbibliothek in der Überlebensausrüstung hatten. Die Daten waren nicht ausführlich genug. Aber wir haben es im Prinzip geschafft.«

Ich murmelte: »Ihr rechnet euch eine Menge Erfolg aus; verständlich. Aber es ist klar, daß einzelne Impulse, wenn sie nicht genau ausgerichtet sind, im Rauschen der Galaxis untergehen. Werdet ihr auch einen Empfänger bauen?«

»Nein. Das können wir nicht. Uns fehlen Materialien, ein Teil der Werkzeuge, die wichtigsten Rohstoffe.«

»Ihr braucht nicht zu versuchen, einen Empfänger zu bauen«, sagte ich. »Ich habe ihn.«

»Wir senden, und du horchst?« fragte die etwa dreißigjährige, schöne Frau, die Gefährtin Tayacs aus dem Königreich Burgund. Ich nickte zustimmend.

»So werden wir es halten. Könnt ihr mich lange genug beherbergen? Und meine Freunde?«

»Mit Vergnügen. Wir werden eine schöne Zeit haben.«

»Davon bin ich überzeugt«, sagte ich. »Aber Gromell wird es langweilig werden.«

Der Bogenschütze grinste und versicherte völlig glaubwürdig: »Keine Sorge, edler Ritter. Ich finde mich zurecht. Schließlich stammte Mortimer der Falkner von dieser Burg ab.«

Tayac richtete sich kerzengerade auf und zwinkerte verwirrt. Überraschung zeichnete sich auf seinem Gesicht ab.

»Mortimer? Ich erinnere mich; erst kürzlich las ich seinen Namen in der Chronik. Was ist mit ihm?«

Alexandra deutete auf Gromell, der einen Krug voll Bier in beiden Händen hielt und einen mächtigen Schluck nahm.

»Mortimer war sein Großvater. Er konnte seine Fähigkeiten nicht anbringen und ging unter.«

Binnen kurzer Zeit war auch Gromell in den Kreis der Fremden aufgenommen. Nach einer dramatischen Szene versöhnten sich Alexandra und ihr Vater, Poins von Lancaster, und wir atmeten auf. Abschließend meinte Tayac:

»Wir sind fünfzig Menschen, die genau wissen, worum es geht. In uns wächst das Bewußtsein, daß wir diesen Planeten verlassen sollten, um wiederkommen zu können. Wir werden mit deiner Hilfe, der deiner Maschinen, einen Hyperraumsender bauen. Das heißt: Wir brauchen nur einige Teile neu zu bauen; der Rest funktioniert einwandfrei. Auch haben wir genügend elektrische Energie. Wir werden in den nächsten Monaten pausenlos ins All hinausfunken und darauf warten, bis deine Maschinen ein Signal auffangen. Dann ist ein gigantisches Problem zu Ende geführt worden. Es betrifft nicht nur uns, sondern diesen Planeten.«

»Der dritte Planet von Larsafs Stern«, murmelte ich. »Wo sind die Pläne für den Hypersender?«

Tayac lachte. Dieses Lachen war Symbol des letzten Kapitels dieses Abenteuers. Alexandra, Gromell und ich blieben lange bei den Fremden. Wir erholten uns; Alexandra wurde von Tag zu Tag schöner und liebenswerter, und meine Zuneigung wuchs proportional. Wir arbeiteten lange an den Einzelteilen des Hyperraumsenders. Ich holte meinen Gleiter und baute einige wichtige Teile aus, und wir erlebten auch noch den Tag, an dem die Maschine auf der obersten Plattform funktionierte. Wir funkten ununterbrochen, das heißt, bis wieder einmal eine unserer primitiven Röhren durchbrannte und den Sendevorgang unterbrach. Natürlich wußten wir, daß ein Risiko bestand. Wir konnten stellare Abenteurer anlocken, konnten Feinde wie ein Leuchtfeuer anziehen – oder tatsächlich Glück haben. Wir überboten uns in den Schilderungen unserer Heimatwelten. Irgendwann aber befand ich mich wieder an einem Kulminationspunkt. Meine Zeit lief ab. Ich mußte zurück. Aber ich hatte nicht die mindeste Lust, Alexandra allein zurückzulassen.

In wenigen Atemzügen würden wir klinisch tot sein. Alexandra lag auf einem Konturlager neben mir und hörte der einschläfernden Musik zu; sie erleichterte den Übergang zum Schlafen in die Kältestarre. Über unseren Köpfen federten die Impulshauben der Pulsatoren. Medikamente hatten unsere biologischen Rhythmen verlangsamt. Wieder einmal befanden wir uns inmitten einer Entwicklung, die zum Ziel führen konnte. Die Fremden sendeten; Rico lauschte.

Vielleicht stand am Schluß dieses Wartens endlich das Raumschiff, das die Erben der Ritter vom Loch Cruachna Calecroe mitnahm in eine galaktische Zivilisation, nach der wir so hungerten.

»Es dauert noch lange, Rico!« murmelte ich schläfrig.

Ich faßte neben mich und entdeckte dort, als ob ich es nicht genau gewußt hätte, den Körper Alexandras. Sie würde mit mir zusammen warten.

»Entspannt euch!« sagte der Roboter befehlend. »Ihr werdet ruhig werden und einschlafen.«

»Die Ruhe eines Schlafes – wie lange?«

»Niemand weiß es. Vielleicht ist es der kürzeste Schlaf, den du je erlebt hast.«

Ich lächelte. »Rico? Ob uns ein Schiff abholen wird?«

»Niemand weiß es. Das Chronometer tickt, Atlan. Entspannt euch!«

Vielleicht hatte sich die Welt wirklich verändert – wenn wir aufwachten. Vielleicht war ein Schiff gelandet; all die Mühen waren nicht umsonst gewesen. Lastende Müdigkeit senkte sich über uns. Ich schloß die Augen und entspannte mich, schlief ein, Alexandra schlief schon ...

Aus: Alex. Vaux: *Zahlen, Zenturien, Ziele und Zeugnisse – aus der Arbeit des USO-Historischen Korps.* (Sonderdruck; Powder City, Mars/Sol, XXVI. Kapitel)

»Nicht nur der Meinung des Verfassers nach hat ES in der Zeit um 1100 n. Chr. massiv, aber unbemerkt eingegriffen. Als der Arkonide nach seiner Erzählung leichenfahl in seinem Sessel lag, bat der Verfasser Solarmarschall Julian Tifflor, der glücklicherweise in Terrania-City weilte, um Hilfe; Tifflor erschien fast augenblicklich.

Als Nachfolger des Papstes Urban II. regierte Paschalis II. (eigentlich Ranieri di Bieda) von August 1099 an. Theoderich, Gegenpapst, wurde September 1100 abgesetzt. Ihm folgte Albert im Februarius 1102; er wurde nach einem Monat abgesetzt. Viele kleine Herrscher des Chaos, nun auch in der Sancta Ecclesia. Atlans Amnesie in jenen Jahren war gesteuert:

Er berichtet selbst, daß er Tyanna vergaß, ihre Anwesenheit im Schutzzylinder ebenso wie ihren Namen. Daß er selbst über einen Hyperraumsender verfügte und sich scheute, ihn einzusetzen – inzwischen ist dies historisches Allgemeinwissen. ES blockierte auch Erinnerungen aus Atlans »Jugend«, also große Teile seines Lebens an Fartuloons Seite. Wie stets sind die Gründe dieses kosmischen Wesens unerforschlich und wenig verständlich, selbst Jahrhunderte später. Auch Robot Rico erwähnte weder Tyanna noch den Hyperraumsender. ES schien sicher zu sein, daß der Sender der Burg im ungastlichen Norden Britanniens nicht dazu taugte, aus der Weite der Milchstraße Hilfe herbeizurufen.

Wie stets nach der Phase seiner kathartischen Erzählung erholte sich der Arkonide innerhalb überschaubarer Zeit. Julian Tifflor und der Verfasser (Dr. Alexandra Vaux, Red.) halfen Atlan freundschaftlich bei der Überwindung der vorübergehenden konstitutionellen Schwäche ...«

Cyr Aescunnar war vom Beginn der neuen Erzählung unter der Dusche überrascht worden; er saß im Morgenmantel vor seinen Geräten und lauschte Atlans Stimme. Der *Sonderdruck* des *Historischen Korps* gehörte mittlerweile zu den wichtigsten Sekundärinformationen des Geschichtswissenschaftlers; seine Studenten hatten fast die Hälfte aller relevanten Passagen analysiert. Cyr versuchte, sich nicht ablenken zu lassen. Er tippte die wenigen Daten, die er – einigermaßen – als zuverlässig erkannte, in seine Datensammlung, kontrollierte abermals seine vielen Geräte und hoffte, daß der Geruch nach starkem Kaffee aus der Pantry anhalten würde; Oemchèn wußte, daß er sich nicht würde losreißen können. Mit ruhiger Stimme schilderte Atlan seine nächsten Erlebnisse ... aus welchem Jahr der terranischen Geschichte?

Wie ich es erlebt habe, so erzähl' ich es: Was mir Rico und Tyanna berichteten, füge ich hinzu. Die Welt des Chaos war voller Erinnerungsfragmente: Tyanna war von Riorcan geweckt worden. Es dauerte einige Zeit, bis sie begriff, daß nach den Erlebnissen mit dem eisernen Schiff und am Hof Harun ar Rashids entscheidende Dinge vorgefallen waren: Atlan, ihr Freund und Geliebter, war unabhängig von ihr geweckt worden und hatte die wirkliche Welt besucht. Mindestens einmal. Sie wußte noch nicht, was jene Bilder bedeuteten, die sie soeben mit angesehen hatte, fühlte sich aber keineswegs beunruhigt; Riorcan ließ sie keinen Moment aus den Augen. Dank seiner Sorge und der summenden, blinkenden und wärmespendenden Maschinen, der weißbezogenen Liegen und der unaufhörlich laufenden Bilder-Abenteuer, die Körper und Verstand geweckt und versorgt hatten, verlor sie nichts von ihrer Sicherheit. Natürlich verstand die junge Frau, daß die optischen Eindrücke dazu dienten, Verstand, Erinnerungen und Denkfähigkeit zu sichern. Sie wandte sich an den brüderlichen Freund, dessen Haar kürzer schien, als sie es in Erinnerung hatte. Auch seine Haut war glatter und sonnengebräunt. Er hatte den Bart entfernt. Riorcan lächelte sie an und sagte:

»Ich werde dir alles erklären, Tyanna. Da ist nichts, worüber du erschrekken müßtest.«

Sie dachte an den Ausdruck der Enttäuschung, den sie auf jenen Bildern erkannt hatte, die vom Goldenen Raumschiff berichteten, und sie senkte nachdenklich den Kopf.

Riorcan zeigte auf einen der Bildschirme. Dort zeichneten sich dreidimensionale Ziffern ab; jene, die Tyanna bei den Muslim gelernt hatte, und die anderen, mit denen sich die Geräte ausdrückten.

»Wir haben als zeitlichen Schnittpunkt das Datum von Christi Geburt gewählt«, erklärte Riorcan. »Das Eiserne Schiff bauten wir im Jahr 802.«

»Was haben wir eben gesehen?« fragte sie mit unsicherer Stimme.

»Ich habe errechnet und herausgefunden, daß viele Abenteuer deines Freundes der Anfang einer Legende sein können. Vielleicht finden wir die elfische Tarnkappe des Hagano von Tronec in einem Epos wieder.«

»Ich verstehe.«

Die summenden Geräte in diesem Teil der Anlage zeigten, daß seit der Geschichtsschreibungs-Schnittstelle viele Jahre vergangen waren. Die arabischen Ziffern 1149 blinkten.

»Beinahe dreihundertfünfzig Jahre durften wir schlafen?« fragte Tyanna ungläubig. »Eine lange, einsame Nacht.«

»Vielleicht nicht für Atlan«, mutmaßte Riorcan. »Du mußt wissen, daß auch die Erinnerungen der Speicher manipuliert werden. Nicht nur deine und seine. Später wirst du mehr verstehen. Und noch etwas: Es gibt keine exakte Geschichte der barbarischen Menschheit. Wir kennen bestenfalls viele

Geschichten von Teilgesichtspunkten und versuchen, sie einigermaßen sinnvoll aneinanderzufügen. Jene Geschichten, hauptsächlich, die der Macht, sind meist wenig erspießlich.«

»Und warum sind wir aufgeweckt worden?«

Riorcan hob bedauernd die Schultern.

Der Roboter kam auf leisen Ledersohlen näher. In seinen Händen hielt er einen Gegenstand, der wie ein gesiegeltes Pergament aussah. Inzwischen war ich in der Lage, mich einigermaßen kraftvoll zu bewegen, zu essen und klar zu denken. Die Weckperiode war so gut wie beendet.

»Habe ich das mitgebracht?« fragte ich. Er schüttelte in menschlicher Weise den Kopf.

»Nein. Ich fand es, als mich ein Reinigungsroboter benachrichtigte. Das Pergament lag neben deinem Bett im privaten Bereich der Kuppel.«

Die Wirkung der verschiedenen Schocks war vergangen. ES hatte wie stets völlig recht: Die verstreichende Zeit und ein tiefer Schlaf ließen die Wunden schnell vernarben.

»Ich sehe aufgrund der letzten Informationen so und nicht anders aus; die Verkleidung scheint Teil eines Programms zu sein.«

Rico reichte mir die Rolle. Ich brach das splitternde Siegel auf. Die Überraschungen nahmen kein Ende! Aber mittlerweile war ich dank eines ausgeruhten Verstandes in der Lage, nur noch mäßig zu erschrecken. Was konnte uns denn schon passieren? Ich entdeckte zu meinem Erstaunen eckig abgesetzte Schriftblöcke in arkonidischen Lettern, was sich auf der muffig riechenden Tierhaut seltsam genug ausnahm.

Ich las:

Gruß entbietet Dir, Arkonide, der Hüter des Planeten. Wisse also, daß ich Dich mitnichten aus den Augen lasse, und selbst nunmero, im Jahr des fragwürdigen Heils, 1150, an dessen Beginn, weile ich in indirekter Weise bei Euch. Lache nicht, Atlan Weißhaar, denn die Zeiten sind rauh und erfordern den ganzen Mann. Aus gutem Grund weckte ich Dich; abermals scheint es mir ein gutes Jahr dafür zu werden, Ordnung auf der Welt der Barbaren zu schaffen und dabei zu helfen, daß sie selbst ihren Weg finden und, auf dem Pfad zu den Sternen, ihre geistigen und wirklichen Straßen ausbauen.

Ich ließ das Schriftstück sinken, winkte Rico herbei und hielt das Pergament vor seine Sehzellen. Sie leuchteten nicht. Ich blickte genauer hin; er hatte diesmal blaue Augen unter hellbraunen Brauen.

»Lies!« forderte ich ihn auf. »Nimm alle Informationen auf.«

Er zeigte mit der rechten Hand, an deren Fingern auffallende Ringe funkelten, auf Pulte und Teile der Rechner.

»Ich empfange gerade einen Strom von Neuigkeiten«, meinte er entschuldigend.

Ich las weiter: *Unschwer hast Du erkannt, daß ich aus Gründen, von denen jeder liebenswert und logisch ist, Deine Erinnerungen mit dem gnädigen Schatten des Vergessens bedecke und diese Schicht nur stellenweise lüfte. Es ist nötig; es geschieht zu Deinem Besten. Wisse es! Glaube mir! Und nun kannst Du lachen, Arkonide, denn selbst mir war es langweilig, stets nur in Euren Gedanken zu sprechen und dröhnende Gelächterwogen von mir zu geben. Ich wählte diese Form: Deine Erinnerungen sind richtig: In jeder Zeit und überall dort, wo es galt, den Barbaren von Larsaf III zu helfen, erscheint Atlan als Meister der Maske, als Ritter von Arkons Gnaden! Erschrick nicht! In einem der Räume Deiner umfangreichen Kuppel schläft jene Frau, die Du leichtsinnigerweise mitgebracht hast. Alexandra von Lancaster. Da Du geruhst, edler Arkonide, Dich auf dem Planeten wie ein trunkener Chauvinist aufzuführen, kam dieser Engpaß zustande. Ganz recht – ich verfüge über einen makabren Humor. Anders ist auch für mich die Existenz hart zu ertragen. Alexandra schläft, zeitlos und unberührt; eines Tages wirst Du sie brauchen. Nein, such nicht. Die technischen Anlagen können weder von Dir noch von Rico erfolgreich untersucht werden.*

ES hatte darauf verzichtet, lateinisch zu schreiben oder mehr als einige kuriose Wendungen zu benutzen, die sich in derlei Schriftstücken finden mochten. Alexandra von Lancaster! Ich starrte die Bildschirme an und nahm den Inhalt der Bilder nicht wahr. Vor ziemlich genau fünfzig Jahren war ich mit ihr zusammen hierhergeflüchtet. Sollte ich zerknirscht sein? Betroffen? Wie verhielt sich ein engstirniger Chauvinist?

So wie du, konstatierte der Logiksektor. Der Einwand bekümmerte mich nicht. Ich las weiter. Kluge Einsichten kamen nicht wie Regen aus dem Gewölk. Je mehr ich las, desto breiter wurde mein Grinsen, aus amüsiertem Lächeln geboren. Schließlich fing ich zu lachen an.

Vergiß vorübergehend Deine erotischen Zwangslagen. Konzentriere Dich auf andere Probleme. Möglicherweise habe ich dieses Mal mit Dir – und den Barbaren – etwas Glück. Ein knapp dreißigjähriger Mann, Friedrich, wird wohl in einem Jahrfünft zum Kaiser gekrönt; ein Barbar von gewinnendem Wesen, Dir nicht unähnlich. Rotbärtig überdies, in dieser Welt ein Zeichen für unruhigen, dämonischen Verstand. Er braucht Deine Hilfe. Wie Du erkennen wirst, ist die Welt ein Chaos und gärt wie junger Wein. Es gibt unverändert Mord und Totschlag, Schändung und schnellen Tod ebenso wie qualvolles Sterben. Aber gleichzeitig entstehen Bauwerke, die selbst mir zeigen, zu welchen Taten diese Planetarier fähig sind. Lieder, Gedichte, ghazel und Werke, die Jahrtausende überdauern, wenn nicht die Bibliotheken verbrannt werden. Du weißt, wie es auf der Welt zugeht. Gerade Du kannst erkennen, an welchen Stellen Schönheit aus dem Unkraut sprießt. Störe Dich nicht an meinem Stil. Ich habe wohl eine vorübergehend schwache Zeiteinheit in meiner kleinen Ewigkeit. Wenn es sein muß, werde ich nötige Schritte einleiten und nachdrücklicher werden.

Nun denn: Abseits von Sevilla befindet sich ein inhaltsvoller Silo, eines der arkonidischen Notmagazine aus Deinen ersten Jahren auf Larsaf III. Zur Zeit entsteht zwischen Sevilla und Zaragoza eine Burg für Dich und Deine Ritter. Rico wird Dir Einzelheiten zeigen, wenn Du die Lektüre dieses Schreibens beendet hast. Das Bauwerk entsteht über dem Magazin, denn bei dem sicherlich langen Aufenthalt wirst Du Macht brauchen, Macht und Unverwundbarkeit ausstrahlen müssen. Ebenso deine Truppe. Sie wird entsprechend ausgerüstet sein. Ich habe Dir Androiden zur Verfügung gestellt, deren Funktionsdauer auf etwa ein halbes Jahrhundert terminiert ist. Sie wissen, wem sie aufs Wort zu gehorchen haben. Es wird für Dich nicht nur eine Zeit des Schwertes sein, sondern auch eine Zeit der Lieder.

Ich schaute mich um. Rico stand bewegungslos neben mir. Ich ahnte, daß wir einer Aufgabe gegenüberstanden, die unsere Möglichkeiten überforderte. Nein! Unsere Möglichkeiten waren vergleichsweise unbeschränkt, denn wir konnten diese Welt beherrschen – was zu keiner Zeit Teil meiner Überlegung gewesen war und sein würde. Größe und Wichtigkeit der Aufgabe entschieden über den Aufwand der Mittel. Ich spürte, wie mich Erregung zu packen begann, wie mein ausgeruhter Verstand, gleich einem Schwungrad, in Bewegung geriet. Nach langem Schlaf lockten wieder Sonne und Wind, Klänge und alle jene Einzelheiten, die das wirkliche Leben ausmachten. Wer war dieser Friedrich mit dem roten Haar? Bevor ich mich an die Oberfläche wagte, brauchte ich Mengen an Informationen.

»Man wird sehen«, murmelte ich. »Rico? Ich brauche bald eine Analyse des Zustands. Machtverhältnisse, Länder und Grenzen, Gegensätze der Glaubensrichtungen, vorhersehbare Entwicklungen, Zusammenstellungen der bisher erkannten Verhaltensweisen der Hauptbeteiligten.«

»Bedenke, daß ich zwar mit Spionsonden und einem umfangreichen technischen Spektrum hantieren, aber keine Gedanken lesen kann«, meinte der Roboter zurückhaltend.

Ich lachte auf. »Das kann, scheint es, nicht einmal ES. Unterstelle mir einfach, daß ich, wenn ich mich konzentriere, dank eines fotografisch exakten Gedächtnisses kaum jemals etwas vergesse.«

»Außer, wenn ES manipuliert«, gab er zu bedenken.

Ich nickte. »In diesem Fall wird das Wissen erst nach Erledigung unserer Aufgabe eingeschränkt. Fang sofort an. Ich weiß, daß es ein kaum zu durchschauender Wirrwarr sein wird. Was die Barbaren tun, ist mit unseren Begriffen von Vernunft und Logik nicht zu vereinbaren.«

Rico verbeugte sich nicht ohne selbstbewußte Würde. »Dies weiß ich seit rund neun Jahrtausenden.«

»Dann bist du klüger als ich«, brummte ich. Meine Laune wurde besser. Die letzten Beklemmungen des langen Schlafes fielen von mir ab. »Also weißt du mehr. Kein Wunder. Du schläfst auch weniger als ich.«

»Ich schlafe nie«, gab er zurück und entfernte sich mit dem fast unhörbaren Knarren seiner kostbaren Stiefel, verziert mit Silberstickerei. Ich begann tatsächlich, mich auf den bevorstehenden Einsatz zu freuen.

Es mag durchaus sein, daß Deine Anwesenheit für lange Jahre notwendig ist. Zögere nicht, bestimmte Entwicklungen einzuleiten und dann abzuwarten. Ziehe Dich zurück in den Schutz des Schlafes, wenn Du es für angebracht hältst. Ich habe ein wachsames Auge auf Dich; so wie jener tausendäugige Hirte der griechischen Sagen. Deine Burg (sie wird klein sein, aber sie enthält alles, was gebraucht wird) und Dein Besitz werden späteren Zeitgenossen als Teil eines Märchens vorkommen. Man erwartet Dich und Deine beiden Begleiter. Dir obliegt es, die Androiden als Reitertruppe einzusetzen und Dir alle Macht zu nehmen, die Du und ich brauchen, um die Barbaren auf dem Weg in eine von phantasievoller Vernunft diktierte Zukunft zu bringen. Vergiß nicht, daß Du mehr als jeder von ihnen die Zeiten überblikken kannst. Nutze die nahezu unbeschränkte Macht richtig. Falls Dich die Herrschsucht übermannen sollte, denke daran, daß ich Dir Macht nur für ein halbes Jahrhundert in die Hand gegeben habe; ich mißtraue Dir nicht; es sind gentechnische Einschränkungen.

Da stand noch: *Post scriptum: An das Goldene Raumschiff erinnerst Du dich, ohne daß ich meine unsichtbaren Finger im Spiele habe. Aus Gunther, Hagen von Tronje und Siegfried ist eine Sage geworden, in der die Tarnkappen-Gürtelschnalle eine wichtige Rolle spielt. In einem nördlichen Fjord rosten die letzten Teile des Eisernen Schiffes. Die Wikinger siedelten in der Neuen Welt, aber sie gaben auf. Ich konnte nicht zulassen, daß Deine arkonidischen Nachfahren den Barbarenplaneten finden, denn wir haben entschieden, Du und ich, mein vielstrapazierter Freund, daß dieser Eingriff ultima ratio regis ist, also die allerletzte Chance von der unwiderruflichen Vernichtung des Planeten. Überwundene Enttäuschungen lassen Menschen wie Arkoniden reifen. Es ist schwer vorstellbar, wie klug Du sein wirst, wenn Du dereinst auf einen Menschen triffst, der so wie Du den Schlüssel zu den fernen Sternen in der Hand hält, der gleichzeitig das Schloß zur großen, einmaligen Bestimmung dieser barbarischen Rasse im kosmischen Geschehen darstellt. Dieser Mensch ist noch nicht geboren. Gegeben, übersandt und gesiegelt auf WANDERER, zur Wende der Larsafjahre 1149/50. ES*

Ich lehnte mich im Sessel zurück, griff zwischen die Säume des weichen Mantels und betrachtete den eiförmigen Zellschwingungsaktivator. Mein Kopf schwirrte, meine Gedanken wirbelten wie Sterne der Galaxien. Die heitere Ruhe eines Mannes, der Äonen hinter sich gelassen und alles überlebt hatte, überkam mich, zwang mich dazu, die verinnerlichte Vergangenheit zu vergessen, so gut es ging – gleichzeitig freute ich mich über diese Erinnerungen und wußte, daß sie zu mir gehörten wie meine rötlichen Augen und der Aktivator.

Die voraussehbaren Schwierigkeiten der Mission waren nicht lebensbedrohend; mittlerweile hatte sich ein Umstand ergeben, der für einen skeptischen Arkoniden erstaunlich war: Ich vertraute ES. Mein lautes Lachen erschreckte Tyanna, die in den Zentralraum kam und, als habe sie es geahnt, einen Krug und zwei Pokale trug. Der Wein würde in jeder Hinsicht gut und verträglich sein. Eine von Ricos Robotsonden hatte ein Faß gestohlen, irgendwo, nach sorgfältiger Beobachtung und, so gut er es testen konnte, in meiner Geschmacksrichtung.

»Tyanna«, sagte ich. »Silberhaarige Geliebte mit dem hochgesteckten Haar und der einzigartigen Überlegung zur richtigen Stunde! Ich bin wieder Herr meiner Sinne!«

Tyanna schenkte mir ein erleichtertes, aufmerksames Lächeln. »Ciro ar Natal schickt mich. Er weiß alles.«

Ein geschicktes Anagramm, meinte der Logiksektor. *Siehst du nicht, wie sie sich danach sehnt, in die Arme genommen zu werden?* Es schien die Stunde der Erleichterung zu sein. Ich nahm ihr Krug und Pokale ab und goß zeremonienhaft langsam Wein in die Gefäße. Auch sie stammten aus einer Vergangenheit, in der für uns Geschenke aus schierem Gold und mit unvergleichbaren Edelsteinen gefertigt worden waren. Über die Ränder der Pokale hinweg trafen sich unsere Augen.

»Es wird eine schöne und aufregende Zeit werden«, sagte ich. Wir tranken. Der Wein war, wie ich erwartet hatte. »Ich sorge dafür, daß du sicher sein kannst. Sicher darüber, daß ich dich liebe.«

Ich zog sie an mich und küßte sie. Ich merkte voller Fröhlichkeit, daß meine »chauvinistischen Instinkte«, gleichzeitig mit mir erwacht waren. Warm und begehrend drängte sich ihr Körper an mich. Ich genoß den Augenblick und die leidenschaftlichen Stunden. *Barbarenplanet!* dachte ich irgendwann. *Halte den Atem an! Wir kommen! Ciro ar Natal, Tyanna de Claireau und ...?*

14.

In ruhiger Bestimmtheit, die jeden Zweifel unmöglich machte, erklärte das Extrahirn: *Seit neun Jahrtausenden hat sich diese Landschaft drastisch verändert. Dennoch befindet sich das Magazin aus den Anfängen der Kolonialtage an einem in jeder Hinsicht hervorragenden Platz.*

Ich stimmte dieser Analyse zu. Auf Kastell Arcanjuiz hatten wir alles und davon reichlich: Wälder, Weiden, Äcker und Felder. Ein Flüßchen mit klarem Wasser. Eine Landschaft, schier endlos, über die wir aus jedem Fenster des Kastells bis an einen grünen Horizont blicken konnten. Ich gab rasch auf, darüber nachzudenken, auf welche Weise ES diesen vorläufigen Endzustand hatte herbeiführen können. Eines war wichtiger: Wir befanden uns an der Grenze zwischen der maurisch-islamischen Berberdynastie der Almoraviden und dem christlichen Teil der Halbinsel. Nur ein Bergzug trennte uns vom Reichsgebiet der Christen, in dessen Mitte jenes Land lag, das ich als Franken kennengelernt hatte und das zu beherrschen sich Friedrich anschickte.

Ein reiches Land, sagte ich mir. Ein Land von großer Schönheit. Unter den Mauern, Bögen und Säulen, den wachsenden Gärten und Wasserspielen, den Erkern, Dächern, Minaretten, Zinnen und Spitzbögen, Rundbögen, Kreuzgängen, Treppen, Rampen, Zimmern und Sälen, Geheimgängen und sonnenüberströmten Balkonen und Terrassen führte ein Lift ins Zentrum des riesigen Arkon-Magazins. Es war unvorstellbar, daß die vielen Handwerker (meine zukünftigen Ritter und Kämpfer, Kaufleute und Ratgeber) *nicht* für eine kleine Ewigkeit gebaut hatten; aus der baumbestandenen Kuppe des kleinen Berges wuchs ein kleines Paradies; es trug alle Stilmerkmale der Zeit in sich.

Die Straße, auf die ich hinunterschaute, erstreckte sich vom südwestlichsten Punkt des Horizonts bis zum nordöstlichsten. Fast ausnahmslos war sie von Bäumen gesäumt, erstreckten sich Felder und die winzigen Würfel der Bauernhäuser. Ein Stück sicherer Straße in diesen Jahren galt als Ausnahme. Solange wir hier hausten, würde sich dies nicht ändern. Mein Arbeitszimmer befand sich unterhalb der Plattform eines Rundturms, der durch aufgesetzte maurische Türmchen und Zinnen elegant wirkte. Der Zugang zum Turm verlief hinter einer Wand aus weißen Quadern. In der Mitte des Raumes führte eine Treppe nach unten. Alles, was wichtig für mich war, stand, hing oder lag in gemauerten Fächern. Vor dem Fenster stand auf Kapitellfüßen eine polierte Steinplatte, so breit, wie meine Arme spannten, und zweimal so lang. Noch war der Riesentisch leer.

»Von hier aus«, sagte ich zu mir selbst, »Atlan de Arcanjuiz, sollst du anfangen, die Welt zu verändern.«

Es war Zeit, für die Fortführung und Beendigung der Arbeiten zu sorgen. Ich stieg über die harzig riechenden Bohlen der Treppe abwärts und kam, nachdem ich Tyannas sowie meinen Wohn- und Schlafraum hinter mir gelassen hatte, in den Garten des Kreuzgangs. Das Kastell war um die wuchtigen Bäume herum gebaut worden.

»Ciro!« rief ich. »Hierher! Wo bleiben meine Packen und Ballen?«

Mitten in der Nacht waren wir angekommen. Rico-Ciro hatte einen zerschrammten Container voller Ausrüstungsgegenstände, Vorräte und rätselhafter Teile hierhergesteuert. Als wir in der Morgendämmerung mit den Androiden von Wanderer zusammenkamen, verhielten sie sich, als würden sie uns seit Jahren kennen. Die schnelle Arbeit mit hochtechnisierten Werkzeugen wurde nur einige Atemzüge lang unterbrochen. Ich wußte nicht einmal, wie viele Helfer ich hatte.

»Ich komme!« ertönte die Stimme Ciros aus dem »Gesindehaus«. Hinter ihm kamen lange Reihen von Trägern und Lasten auf kleinen Plattformen, glitten und marschierten an mir vorbei, auf die Wohnräume zu. Ciro deutete auf die kantigen Tortürme.

»Tyanna spricht mit einem jungen Mann. Er wurde überfallen und bat um Zuflucht und Hilfe.«

»Ich kümmere mich darum.«

Vorbei an Gruppen arbeitender Männer und junger Frauen lief ich über die farbigen Muster des Hofpflasters. Mitten zwischen den unfertigen Torflügeln stand ein klappriges Maultier. Mit einer Hand am Zügel kniete ein blutüberströmter Mann vor Tyanna. Sie sprachen leise miteinander. Ich rannte auf sie zu und hörte:

» ... Amasa, Sohn des Ahitofel, Donna. Sie haben mich gejagt und mir alles genommen.«

Ich packte seinen Oberarm und zog ihn in die Höhe. Ein junger Mann mit glattem Gesicht und krausem schwarzem Haar.

»Wer überfiel dich?«

»Die Reiter sind's gewesen, von dem Herrn Grafen, an der oberen Straße. Weh hab' ich geschrien, aber gelacht haben sie und mich geschlagen, den armen Jud'.«

Tyanna und ich wechselten einen Blick. Wir kannten die Umstände, in denen diese Minderheit lebte. Ich winkte Arbeiter herbei und fragte: »Was kannst du, Amasa?«

»Alles, Herr, was zu rechnen ist. Einst war ich Verwalter bei einem Mauren. Er wurde erwürgt, Gott sei's geklagt. Und der arme Jud' ist ohne Arbeit und vogelfrei. Weh geschrien!«

Ich wandte mich an meine Helfer. »Bringt den Klepper in den Stall! Gebt Amasa ein schönes Zimmer im Nebenbau! Er wird der Verwalter von Kastell Arcanjuiz sein, wenn er es kann. Gebt ihm Kleidung und verbindet ihn und so weiter.«

Amasa stammelte Unverständliches und fiel vor uns auf die Knie. Ich funkelte ihn mit einem mörderischen Blick an und sagte mit unverkennbarer Drohung:

»Merk es dir, Amasa: Niemand kniet vor mir auf dem Boden. Jeder unter meinem Schutz geht aufrecht und schaut mir offen in die Augen. Wir reden später über alles – wie alt bist du?«

»Jahwe hat mich dreiundzwanzig Jahre alt werden lassen.«

»Gut«, unterbrach Tyanna mit aufmunterndem Lächeln, »vieles wird dir fremd sein. Versorge deine Wunden; heute abend bist du bei uns am Tisch. Kein langes Dankesgestammel, Amasa.«

Überwältigt, verwundert und heftig gestikulierend ließ sich der junge Mann wegbringen.

»Offensichtlich haben wir, was Menschen angeht, einen schnellen Blick, der vieles durchschaut«, sagte ich leise.

Sie legte den Arm um mich und zog mich in den kargen Schatten der Bäume. Bevor wir noch das erste Wort mit Friedrich dem Ersten wechseln konnten, mußten wir in unserem Bereich Ordnung schaffen. An der Terrassenbrüstung blieben wir stehen und schauten auf die Weiden. Überall im hügeligen Land stiegen die Rauchsäulen aus den Öfen der Bauernhäuser auf.

»Die Straßen müssen sicher sein«, sagte ich. »Wir stellen Gruppen zusammen, von denen Reisende und Kaufleute begleitet werden. Und es ist sinnvoll, Ciro nach Franken zu schicken. Als Kurier. Allerdings bin ich mir meiner Rolle noch nicht sicher.«

»Auch darüber wird bald Klarheit bestehen, Liebster«, meinte sie. »Wir haben mehr, als wir brauchen.«

»Das weiß ich nicht genau. Blinder Eifer würde uns in jeder Beziehung schaden.«

Die Welt war wie stets im Aufruhr. Die zweite bewaffnete Pilgerfahrt nach Jerusalem war beendet worden; Christen und Muslime fügten einander unvorstellbare Grausamkeiten zu. Andererseits überboten sie einander in Ritterlichkeit, Großzügigkeit und Edelmut. Das Los der einfachen Menschen war gleich schlecht wie eh und je. Kathedralen entstanden, ebenso herrliche Musik. Sowohl Fürsten als auch die Bischöfe, Könige und Päpste, Christen und die Muslime bekriegten einander aus Motiven heraus, die ein Arkonide nicht verstehen konnte; keine Rede von Vernunft und Logik. Mein Entschluß stand unverrückbar fest: Wo ich etwas zu sagen hatte, würde diese barbarische Ordnung der Dinge geändert werden. Dies war meine erste Sorge.

»Ein hübsches Stück Arbeit liegt vor uns«, sagte ich und bat einen Androiden, die Anführer der Reiterei zum Abendessen zu bitten.

Ich suchte zwei Dutzend Männer aus, kontrollierte ihre Ausrüstung und gab klare Anweisungen. Zwischen der Grenze zum Muslimgebiet und dem Besitz des Grafen im Nordosten patrouillierten sie auf gut zugerittenen Pferden und fingen einen Räuber nach dem anderen, brachten die gefesselten Wegelagerer hierher und schleppten Arme, Kranke, Gesindel und Bresthafte herbei, teilweise Überreste jener »Pilgerfahrt«. Wir schoren den Arbeitsfähigen die verlausten Haare, ließen von Amasa Schuhwerk und Kleidung herbeischaffen, und jeder, der arbeiten konnte, wurde bei gutem Essen und mit unnachgiebiger Härte gezwungen, die Straße auszubessern, teilweise neu anzulegen, Gestrüpp an ihren Seiten auszulichten, Brücken zu bauen und Meilensteine mit Namen und Zahlen zu hämmern.

Die Felder wurden grüner, die ersten Knospen zeigten sich an den Ästen. Der letzte Dachziegel wurde auf dem Kastell eingemauert. Fast jedes Ding war an seinem Platz. Unaufhörlich fuhr der Lastenaufzug zwischen dem Magazin und dem »Keller« unseres Besitzes auf und ab.

Dreihundert Androiden bevölkerten Kastell Arcanjuiz. Fünfundsiebzig weibliche waren darunter. Wir suchten jene Pferde, die wir auf unseren Ritten über das Land kauften, nach bestimmten Gesichtspunkten aus. Sättel und Rüstungen, Packtaschen und Waffen, sonst zu schwer für Ritte und Kampf, bestanden aus nachgeahmten Materialien.

Die Bauern waren arm, aber nicht elend. Wir sprachen mit den Dorfschulzen und machten Naturalienabgaben aus, die denkbar gering waren. Dafür sollten sie Kanäle graben und uns fragen, wenn es um bessere Anbaumethoden ging. Jeder Überfall sollte gemeldet werden; Amasa Ahitofelsohn versuchte, ihr Vertrauen zu gewinnen. Unaufhörlich schrieb und notierte er. Binnen eines Mondes gab es entlang unseren Straßen keine Wegelagerer mehr. Die erste Reihe schwerbeladener Wagen eines Kaufmanns hielt an der Abzweigung zum Kastell an, und meine Reiter brachten diesen Waren- und Nachrichtenverteiler zu uns. Es würde sich schnell herumsprechen, wie sicher die Straße durch den Besitz Arcanjuiz war.

Es wurde früher Sommer, bis wir unseren Mikrokosmos in jenen Zustand versetzt hatten, der nötig war.

Wie ES die wichtigen Männer der näheren Umgebung beeinflußte, konnte ich nur ahnen. Vermutlich versenkte er sie alle, was Arcanjuiz betraf, in den Nebel des milden Vergessens. Eine Gruppe Androiden übergab den Bauern Pflugscharen aus Arkonstahl und lehrte die wenigen Schmiede, wie die anderen eisernen Teile und die Räder herzustellen waren. Roheisen holten wir aus dem Magazin. Eine Gruppe Maurer, Zimmerleute und Männer, von deren schweren Gespannen die Erde bewegt wurde, halfen den Bauern, ihre Häuser und Ställe zu verbessern. Wir erfanden das Stirnjoch für die Ochsen und das Brustkummet für die Zugpferde. Die Steigbügel, die ich mindestens ein Dutzend Male »erfunden« hatte, schienen sich inzwischen auf der Barbarenwelt durchgesetzt zu haben. Amasa sagte eines Tages zu mir:

»Sechshundert Häuser gibt's, Herr Atlan, in Eurem wunderschönen Land. Es sind viermal tausend Bauern, die Euch gehören, guter Herr, aber einer weiß vom anderen nichts. Jahwe sei's geklagt.«

»Ich bin mit der Menge zufrieden. Was willst du damit sagen?«

»Fast tausend Bauern. Wir kriegen zuwenig Abgaben für diese Zahl. Die Felder, sie stehen voll Frucht. Übermütig werden sie werden.«

Ich wußte, worauf er hinauswollte, und dachte daran, daß wir sie dazu trieben, mehr Tiere aller Art zu züchten; es hatte alles seinen Sinn, von Ciro bestens errechnet.

»Darüber sprechen wir, wenn wir zurück sind. Lasse sie ruhig arbeiten. Es langt fürs erste, wenn wir satt werden.«

»Heilig ist Euer Befehl, bester Graf.«

»Auch ich kann mich irren.«

Überall versorgten unsere reisenden Gruppen schwere Wunden, heilten Krankheiten, sorgten für trockene Häuser und sauberes, gesundes Vieh. Wir rodeten Gestrüpp und ackerten den Boden, um Viehweiden zu erhalten.

Kostenlos oder gegen Vieh im Tausch gaben wir den Bauern eiserne Eggen, scharfe Sägen und besseres Werkzeug. Spärlicher Wohlstand und Gesundheit breiteten sich aus. Die Dörfer und Weiler wurden durch schmale Straßen und Brücken erschlossen. Wir bauten einen steinernen Turm, der zu einer Windmühle wurde – für die Kornernte des Herbsts. Von meinen männlichen Androiden hatten es mehr als einhundert geschafft, ihre Fähigkeiten durch Übung zu vervollkommnen; sie handhabten Sprache, Werkzeuge, Waffen und ihr Verhalten souverän. Wir hatten noch nicht mehr als hundert Pferde, die den schweren Anforderungen genügten.

Viel war verändert worden. Ciro de Natal reiste umher und überzeugte die Bauern. Wir stellten nachts, wenn niemand zusah, mit Hochenergiestrahlern neue Brunnen her, fingen viele schwarze Ratten, von denen aus dem »Morgenland« die Pest übertragen werden konnte; am Fuß des Kastellhügels entstand ein kleines Dorf, in dem Handwerker, Kranke, Pferdemeister und jene untergebracht wurden, die Butter und einige Sorten Käse herstellten. Wir vermieden, allzu viele Neuigkeiten einzuführen: Die Häuser ähnelten einander, weil ihre Teile einem von Ciro entwickelten Bauprogramm entstammten. Abwässer wurden gesammelt und als Dünger verwendet. Ställe, ein Gasthaus und eine kleine Markthalle wurden errichtet und dienten als Haltepunkt für die Händler. Dank Amasas Können und seinen Verbindungen wurde unsere Straße öfter als jede andere benutzt.

Als der ständige Wind, der durch Zimmer, Gänge und Höfe strich, nur mühsam die erste Hitze des Sommers vertrieb, schien der erste Teil meines Vorhabens geglückt.

»Annähernd kreisförmig«, sagte Ciro mit deutlichen Zeichen der Zufriedenheit, »von einem intakten Straßennetz durchzogen, fruchtbar, fast reich, gesund und treu aus pragmatischen Gründen ... Das Herzogtum Arcanjuiz kann uns ernähren, Atlan.«

»Es ist gut«, versetzte ich und dachte an die vielfältigen Verteidigungsanlagen des Kastells, »daß die wirkliche Entwicklung gerade erst anfängt. Würden wir reicher und prächtiger, müßten uns die Nachbarn überfallen.«

»Es wird schon viel zuviel geredet. Gerüchte schwirren umher«, fügte Tyanna hinzu. »Noch sind sie nicht bis zu Friedrich gedrungen.«

Eine von Ciros Spionsonden war seit dem Tag unserer Ankunft auf diesen Mann gerichtet. Je mehr ich erfuhr, desto höher wurden meine Erwartungen an den Rotbart.

»Dafür sorgen wir!« bestimmte ich. »Ich reise mit fünf Dutzend Rittern nach Franken. Reitet, Herr Ciro, zu den Mauren und trefft ein Abkommen. Frieden um jeden Preis! Gegenseitige Gastfreundschaft. Und so weiter.«

»Ich werde nur eine Handvoll Ritter mitnehmen«, versprach er lachend. »Aber mit einschlägiger Ausstattung. Zufrieden, Herr Atlan?«

»Wohlgetan, Ritter Ciro!« grinste ich. Auf Ciros Wirken konnten wir uns verlassen. Zudem würden wir in Funkverbindung stehen. Reisen dieser Art waren zeitraubend und beschwerlich; wir mußten uns den Gepflogenheiten unterordnen. Dadurch, daß ich den Erkenntnisstand Friedrichs und seiner Berater hatte ausloten können, fiel mir unsere Maskerade leichter. Wir konnten aufbrechen.

Endlich saßen wir uns gegenüber. Achtundzwanzig Jahre zählte Friedrich der Staufer, Herzog von Schwaben; tatsächlich war er ein junger Mann von gewinnendem Äußeren und offensichtlich heiterem Wesen. Im Augenblick wirkte er nachdenklich und zutiefst überrascht.

»Dort hängt, was außer dir noch kein Mensch gesehen hat. Es ist mein Geschenk«, sagte ich. »Du bist sicher, daß du verstehst, was es bedeutet?«

Durch Höflichkeit und Entschlossenheit hatten wir ihn überrumpelt. Sein Onkel, Konrad der Dritte, befand sich im Kampf. Friedrich starrte schweigend die Karten an, auf Holztafeln aufgezogen. Sie zeigten die Landmasse, die einst das Reich des Carolus hätte sein können: von der Spitze des einstigen römischen Kernlands bis zu den Küsten der Wikinger, von Britannien bis weit in die Ebene, aus denen Attilas Horden gekommen waren. Die fast dreidimensionalen, scharfen Vergrößerungen ließen Straßen erkennen, größere Siedlungen und Alpenpässe, aber keine einzige Grenze.

»Ich bin noch nicht sicher«, sagte er. »Dort, woher ihr kommt, scheint ihr von Adlern gelernt zu haben.«

»Nicht nur von ihnen«, erwiderte ich. »Wenn du einwilligst, dann hast du einen starken Freund fürs Leben. Mein König weiß, daß du der Mann des kommenden Jahrhunderts bist. Deswegen sind wir hier. Deswegen dieses Geschenk.«

Friedrich, mittelgroß und kräftig, trug lockiges, blondes Haar. Sein sorgfältig gestutzter Bart war tatsächlich feuerrot. Seine Augen, die ein fröhliches, wenn auch fanatisches Wesen erkennen ließen, hatten dieselbe Farbe wie die meines Stellvertreters Ciro de Natal.

»Ein Geschenk, selbst wenn es so wunderbar ist«, meinte er und studierte die Tafeln, die wir an Bronzenägeln in der Quaderwand befestigt hatten, »macht noch keine Einigkeit zwischen den Herzögen. Streit ist überall.«

»Ich helfe dir, ihn schnell zu beenden. Du hingegen brauchst ein klares Rechtsbewußtsein, gutes Augenmaß für das Erreichbare, eine klare Sicht der Welt. Hier hast du ein Bild der Wirklichkeit. Und deine Heiterkeit solltest du auch nicht verlieren. Diese Welt ist nur mit lautlosem Gelächter zu ertragen.«

»Es hat alles vor mehr als sieben Jahrzehnten angefangen«, meinte er nachdenklich. »Die Türken eroberten die Stadt des Heiligen Grabes und ließen die Pilger nicht mehr ins Land.«

»Ich weiß«, sagte ich. »Und statt zu verhandeln, stürmten Zehntausende kämpfender, mordender und sengender, angeblich frommer Christen durch die halbe Welt.«

Meine Ritter und ich hatten vor der Stadt unsere Zelte aufgeschlagen. Jedermann starrte uns an und bewunderte uns; verglichen mit Städtern und anderen Waffenträgern waren wir Wesen aus einer anderen Welt. Uns umgab eine Aura von prächtiger Fremdheit.

»Wer hätte sie aufhalten können? Sie kämpften für den Glauben.«

Der unbestrittene Herrscher des Abendlands, Carolus, und Harun ar Rashid, mein Freund, hatten ausgezeichnete Beziehungen unterhalten. Kaufleute und Pilger nach Jerusalem konnten sich ungehindert bewegen. Nach dem Tod Haruns fingen die Seldschuken ihren Eroberungsfeldzug von den zentralasiatischen Steppen an und eroberten 1078 die Heilige Stadt. Religiöser Fanatismus auf beiden Seiten löste, unterstützt durch Papst Urban den Zweiten, nach dem Jahr 1096 den ersten Schritt aus. Seit dieser Zeit riß die Kette der Kämpfe nicht mehr ab: Männer mit dem Zeichen des Kreuzes auf Mänteln und Schilden, Ritter und Gesindel, Geistliche und Troß, Arme und Reiche, Hungernde und Fanatiker – im Zeichen des Kreuzes ergoß sich ein Strom von Eindringlingen nach Süden. Von zehn Menschen kamen zwei oder drei zurück, keiner als Sieger. Sie brachten Krätze und Aussatz mit, Krankheiten und Pest, Flöhe und eiternde Wunden. Eine Blutspur kennzeichnete die Wege nach Jerusalem.

»Darüber werden wir lange Gespräche führen«, sagte ich. »Ich und meine Ritter sind frei, nicht deine Lehnsmänner. Ich will auch von dir weder Gold noch Macht. Aber es ist an der Zeit, daß es im Abendland ein großes Reich gibt, in dem Gerechtigkeit und Vernunft herrschen. Dabei soll ich dir helfen – der Befehl meines Königs.«

Unsere Erklärung war überzeugend, und deren Wahrheit konnte nicht kontrolliert werden. Wir kamen aus dem mächtigen Königreich zwischen Indien und Zipangu. Daß die Grafschaft Arcanjuiz von uns mit Gold und durch Verträge erworben worden war, glaubte Friedrich unbesehen.

»Das alles ist für mich fast zuviel«, bekannte er. »Woher weißt du, daß ich zum Herrscher werde und eine neue Reichsordnung schaffen kann?«

»Man erkennt Gold, eine gute Waffe und einen wirklichen Ritter auf den ersten Blick, Rotbart«, sagte ich. »Du kommst aus der Adelswelt dieses Volkes. Reichsäbte und Bischöfe gingen daraus hervor. Denk an die Krone der Langobarden! Die Welt ist in stetem Wandel. Das Reich muß gegen das neue Papsttum auf kluge Weise gestärkt und verteidigt werden. Ohne unseren Rat – niemand kennt die Fehler der Vergangenheit so gut wie ich – wirst du nichts anderes sein als einer von vielen, die alles gewagt haben und scheiterten wie jeder, der mehr aufhob, als er tragen konnte.«

Der junge Mann besaß ein ausreichendes Maß an Selbstvertrauen. Ich hatte es noch nicht genügend erschüttert. Ich stand auf und fügte hinzu:

»Da ist nichts Düsteres und nichts, was du nicht verstehst«, lachte ich.

»Ein Besuch in Kastell Arcanjuiz wird dir zeigen, wie eine heitere Ordnung aussehen kann.«

Latein las er fließend, sprach es stockend. Wir unterhielten uns im fränkischen Idiom. Die Geschichte des Römischen Reiches kannte er gut.

»Es wird wohl zuwenig Zeit sein, um mit dir zu reiten«, sagte er. »Und, obwohl ich dir gern glauben will, ist es schwer, mich schnell zu überzeugen.«

Ich lachte. »Geübte Propheten warten die Ereignisse ab, nicht wahr?«

»Ich habe nicht die Weisheit eines sechzigjährigen Kaisers«, gab er in echter Bescheidenheit zurück. »Ich zähle achtundzwanzig Jahre.«

»Ein gutes Alter, noch mehr zu lernen«, ermunterte ich ihn.

In jenen Ländern, die von manchen Mönchs-Chronisten als »Europa« bezeichnet wurden, gab es rund fünfundvierzig Millionen Menschen. Steinerne Bauwerke, ausgenommen die unzähligen Kirchen, die neu gebaut oder aufwendig renoviert wurden, zählten zu den Seltenheiten. Das Abendland schielte neidisch und begehrlich auf die Welt der erlesenen Erzeugnisse, von denen die Mauren umgeben waren.

»Damit hast du freilich recht.«

»Abgesehen davon, daß selbst der kräftigste und ritterlichste Herrscher nicht die ganze Welt wird regieren können«, fragte ich Friedrich, »was, denkst du, wird deine wichtigste und schwierigste Arbeit sein?«

»Alle Fürsten des Reiches zu einigen. Und dem Papst nicht zu erlauben, daß die Kirche anstelle des Kaisers regiert«, sagte er in grenzenloser Einfachheit.

»Das ist eine Aufgabe«, staunte ich, »die wahrlich ein halbes Jahrhundert braucht.«

Sie haben sich alle in gigantischen Vorhaben versucht, sagte der Logiksektor beschwörend. *Gewaltige Ambitionen! Zeige ihm, was zu verbessern ist.*

Genau das hatte ich vor. Ich wartete auf den entscheidenden Moment. »Das Kastell und die Grafschaft Arcanjuiz liegen an der Grenze des Königreichs von Kastilien und Leon. Ich bin Nachbar der Mauren. Komm mit mir, ich zeige dir, wie du die Macht des Papstes brechen, deinen Besitz reich machen und die widerstrebenden Fürsten auf ein Reichsgesetz einschwören kannst.«

»Du kannst es mir zeigen?«

»Besser als jeder andere in deinem Reich, Friedrich.«

Er hob ratlos die Schultern. Seine Zuversicht mochte groß sein, aber er verfügte ebensowenig wie jeder andere Mensch dieser Zeit über unseren Vorsprung an Wissen und Technik. Seine Berater vermochten die Ernten nicht zu steigern; niemand sah, daß es wichtiger war, wetterfeste Scheunen zu bauen als Gotteshäuser.

»Genug der ernsten Gespräche«, sagte er. »Komm! Zeig mir, welche Waffen deine Ritter haben.«

»Das wollte ich dir gerade vorschlagen«, behauptete ich. Vor dem halb aus Bohlen, halb aus Stein gebauten Haus – die Bezeichnung Burg oder Palast verdiente diese Residenz nicht – warteten meine Männer mit den Pferden. Eine Schar Bediensteter und einige Mönche unterhielten sich aufgeregt mit ihnen. Vermutlich konnten sie nicht glauben, was ihnen erzählt wurde, obwohl die prachtvollen Pferde, die Satteldecken und Sättel, die prunkvollen Rüstungen und Schilde und unsere auffallende Kleidung das Gegenteil sagen sollten.

Wir schwangen uns in die Sättel, ritten durch einen Teil der Siedlung zu unserem Zeltdorf. Sonnensegel spannten sich an goldverzierten Lanzen und boten Schutz vor der Nachmittagssonne des frühen Sommers. Sauberer Kies breitete sich zwischen den Zelten aus. Meine Männer, von mir instruiert, empfingen Friedrich mit kühlem, hellem Wein und mit Schaukämpfen, die sicher und mit leichter Hand geführt wurden. Prüfend hob er einen Schild auf und lachte verächtlich.

»Jeder meiner Panzerritter haut dieses Spielzeug in Stücke«, sagte er.

»Keiner deiner Männer schafft es.« Ich winkte. »Willst du es selbst herausfinden?«

Seine Augen funkelten. Er nickte lachend. Er war schnell umringt; wir setzten ihm einen ebenso leichten Helm auf, gaben ihm ein Schwert, eines unserer unvergleichlichen Kettenhemden und Handschuhe. Ich zog meine Waffe, hob den Schild und sagte:

»Mit aller Kraft, Friedrich. Aber keine Wunden, kein Zorn. Einverstanden?«

»Hoffentlich ist dein Schwertarm ebenso überzeugend wie deine Zunge.«

»Zunge oder Arm, Schwert oder Klugheit«, entgegnete ich. »Alles ist besser, als du ahnst. Das sagt dir Atlan de Arcanjuiz.«

Er stieß einen kurzen Schrei aus, mit dem er sich selbst aufmunterte. Dann griff er an. Schon nach drei, vier Schlägen merkte ich, daß er wirklich gut ausgebildet und von großer Kraft war. Mein Schild, ebenso leicht und groß wie jener an seinem Arm, fing wuchtige Hiebe auf. Arkonstahl klirrte durchdringend auf Fasergewebe, Kunststoff und molekular verdichtetes Metall. Nicht ein Kratzer zeigte sich auf dem Bild des Schildes oder der Schneide des Schwertes. Den nächsten Schlag parierte ich mit der Waffe, wich zurück, drang vor, schlug mit aller Wucht auf seinen Schild und fühlte, wie die Schläge bis in mein Schultergelenk hinein prellten. Mit Kreuzschlägen trieb ich Friedrich jeweils ein paar Schritte zurück. Sein Gesicht, halb verdeckt vom funkelnden Helm, drückte Verwirrung und Unglauben aus. Meine Männer bildeten einen Kreis, klatschten in die Hände und feuerten uns an.

»Spürst du das Gewicht des Kettenhemdes?« stieß ich hervor und führte einen Schlag gegen die Kante des Wappenschilds. Ich rief nur eine winzige Kerbe hervor, aber der Schild wurde fast aus dem Griff der Hand und dem Unterarm herausgerissen.

»Es sind zauberische Waffen«, keuchte Friedrich auf. »Herrlich! Mit diesem Schwert gewinne ich das Reich!«

»Nur dann«, rief ich, während wir weniger heftig weiterkämpften, »wenn ich dir das Schwert schenke!«

»Wirst du es tun?«

»Vielleicht. Es hängt von dir ab.«

Nachdem wir beide in Schweiß gebadet waren, ließen wir die Schwerter sinken. Friedrich unterzog jede unserer Waffen einer genauen Prüfung, wog die Lanzen, den Helm und jeden anderen Teil unserer Ausrüstung in den Händen, zerrte und riß, schüttelte immer wieder den Kopf und kam mit mir unter das Vordach meines Zeltes. Überall flatterten Wimpel mit unserem Zeichen: Mondsichel, Sterne, Kreuz und Schwert. Dieselben Zeichen in farbig glühender Einlegearbeit funkelten auch von unseren Schilden und Mänteln. Wir setzten uns an einen Klapptisch auf Faltstühle aus dünnem Eisen und besticktem Leder. Ein Ritter brachte goldene Pokale, mit hellrotem Wein gefüllt.

»Ihr seid erstaunliche Ritter mit unbekannten Waffen.« Er hob den Pokal. »Was muß ich tun, damit ihr mir helft?«

Wir tranken einander zu. Ich lächelte zuversichtlich und antwortete:

»Wir kommen aus einem unbekannten Land. Diese Frage beantworte ich später. Sie erklärt sich aus der natürlichen Abfolge der Dinge.« Ich trank. Nach dem vierten Schluck wirkte das starke Betäubungsmittel. Meine Ritter breiteten Mäntel aus, schleppten den jungen Mann ins Innere des Zeltes, und binnen einer halben Stunde hatte Friedrichs Doppelgänger dessen Kleidung angezogen.

»Du weißt, Montjoye, was du vier Tage lang zu tun hast?«

Mit Friedrichs Gesichtsausdruck, dem falschen roten Bart und seiner Figur war er dem Bewußtlosen so ähnlich wie nur möglich. Jetzt antwortete er mit dessen Stimme: »Ich habe alles behalten. Aber erlöst mich bald aus dieser Rolle, Freunde.«

»So schnell wie möglich.«

Der falsche Friedrich ritt zusammen mit einem Dutzend Rittern zu seiner Pfalz. Valayne und ich trugen Friedrich in den getarnten Gleiter. Ich führte ein kurzes Gespräch mit Ciro, der versicherte, daß unser Vorhaben mit minuziöser Exaktheit ablaufen würde. Mittlerweile waren Ritter auf ihren Pferden ausgeschwärmt und sicherten den Start des Gleiters, der wie ein reichlich mitgenommenes Fischerboot aussah. Ich winkte Tanchebray, der auf den Nebensitz kletterte.

Wir starteten in die Abenddämmerung, umflogen alle Siedlungsgebiete und schalteten die transparente Schutzkuppel ein. Mit Höchstgeschwindigkeit raste die Maschine nach Südwesten und landete vor Mitternacht im Hof von Kastell Arcanjuiz.

»Willkommen, Ritter Atlan!« begrüßte mich Ciro.

Ich küßte Tyanna und antwortete: »Danke, Ritter Ciro. Alles bereit? Natürlich ist alles bereit.«

Vorsichtig trugen andere Männer den Bewußtlosen in den Hauptbau. Er wurde entkleidet und ins Bad gebracht. An zahllosen Stellen des Kastells brannten getarnte Öldocht-Flammen, vom geruchlosen Gas unserer Abfälle und aus den Gärtanks des Tierkots gespeist. Wir gingen zur Halle, in der eine reichhaltige Mahlzeit vorbereitet war.

»Ich habe einen Kurs vorbereitet, Atlan, der wohl jeden überzeugen würde«, sagte Ciro. »Tyanna spielt ebenfalls eine Rolle. Du brauchst nur zuzusehen und hin und wieder etwas unvergleichlich Kluges zu sagen.«

»Wir haben nichts anderes erwartet. Bald wird sich zeigen, ob ES zu Recht eine solch hohe Meinung vom zukünftigen Herrscher hat.«

Bis auf die Bewohner des Dörfchens am Hügelfuß waren alle eingeweiht. Ich injizierte Friedrich das Gegenmittel; als er aufwachte, lag er in einem marmornen Bad, von vielen Öllampen ausgeleuchtet. Zarte maurische Musik erklang zwischen Säulen, Vorhängen und funkelnden Spiegeln. Dunkelhaarige Mädchen reichten ihm Leckerbissen, wuschen ihn und trockneten das duftende Wasser von seinem Körper. Sie verwöhnten ihn, zogen ihm weiche Kleidung an und führten ihn an die reiche Tafel des Saales. Ich stand auf und begrüßte ihn. Bisher hatte er die Überraschungen grimmig, aber mit der Haltung eines Fürsten über sich ergehen lassen.

»Bevor dich Ärger übermannt«, sagte ich und brachte ihn zu seinem Platz, »lasse dir sagen: Du bist Gast in meinem Haus. Drei Tage lang werde ich dir selbstverständliche Dinge zeigen, die du als Wunder bezeichnen wirst. Sei herzlich willkommen!«

»Ritter Atlan«, sagte er und stützte sich auf die reichgeschnitzte Lehne des Sessels, »du treibst sehr seltsame Dinge. Wo bin ich?«

»Zu Pferde hättest du dreißig Tage gebraucht«, antwortete ich. »Niemand wird dich in deinem Schlafgemach vermissen.«

Er schien zu verstehen. Nach einigen schweigsamen Augenblicken, in denen er trank und die Anwesenden musterte, die Pracht des Saales und die Diener bemerkte, fragte er: »Kastell Arcanjuiz? Die Welt, die du mir zeigen willst? Wunder, die keine sind?«

»So ist es. Was wir essen, wächst auf unserem Land.«

»Ich merke«, er lächelte breit, »daß mein Magen knurrt. Du wirst mir viel erklären müssen, Atlan. Und ich fordere Aufklärung darüber, daß du kein Wort von der Schönheit deiner Gefährtin gesprochen hast.«

»Vieles gibt es, Erbe des Carolus, was du noch nicht gesehen hast.«

Er setzte sich; er aß und trank ebenso mannhaft, wie er gekämpft hatte. Die Beklemmung der ersten Stunde wich schnell, er fand sich bemerkenswert schnell zurecht. An das Essen und die Darbietung der Musikanten schloß sich ein Rundgang durch das Kastell an. Wir führten vor, was er sehen durfte. Erst gegen Morgen überfiel ihn wieder die Müdigkeit.

»Zuerst: die Straße!« rief ich. Die Hufe der Pferde dröhnten auf dem festgestampften Gemenge von Sand, Lehm und Steinen. Breit und bequem folgte die Straße den Biegungen des Geländes. Friedrich staunte und begriff, daß breite Straßen nicht nur einem Heer nützten, sondern jedem Einwohner des Landes. Meilensteine, Wassergräben und neugepflanzte Fruchtbäume, das weiße Rasthaus mit den Stallungen und der gemauerten Halle für Handelsgut, die tragfähigen Brücken und der Schatten älterer Bäume beeindruckten ihn ebenso wie die zurückhaltende Pracht des Kastells. Wir nahmen den Weg nach Südwest, auf die Grenze zu und auf das größte unserer Dörfer.

»Ich lerne!« rief Friedrich. Er saß perfekt in dem Sattel, den ich ihm geschenkt hatte. »Solche Straßen werde ich bauen lassen. Und auf dieselbe Art wie du.«

»Das Gesetz der Könige und Kaiser wird entlang guten Straßen schneller durchgesetzt«, pflichtete ich ihm bei. Tyanna, Friedrich, Ciro und ich galoppierten voraus; eine Doppelreihe bewaffneter Reiter sicherte unseren Vorstoß ins Unbekannte – unbekannt für den jungen Franken.

»Kannst du mir Baumeister und andere kluge Männer schicken, Atlan?«

»Gern. Diese Bitte habe ich erwartet.«

Über eine Brücke, an der gearbeitet wurde, ritten wir auf das noch namenlose Dörfchen zu. Es lag innerhalb des Grenzgebiets zu den Mauren. Vor vielen Jahren, als noch die Westgoten geherrscht hatten, war das Land verkommen. Die Mauren, genauer die Herrscher des Kalifats Cordoba, hatten Viehzucht, Waldwirtschaft und Ackerbau zu einem neuen Höhepunkt gebracht. Als wir eine Gruppe Bauern sahen, die mit Hacken und Schaufeln, Gespannen und bis zu den Knien im Wasser einen uralten Kanal verlängerten, sagte ich: »Und nun wirst du sehen, wie unsere Bauern leben.«

»Sie sehen gesünder aus als meine. Sauberer und wohlgenährt – denn: Zwei Bauern ernähren einen Ritter!«

Bisher hielten sich meine gräflichen Nachbarn an das Gebot des »Gottesfriedens«. Es besagte, von Urban dem Zweiten formuliert, »daß Wagenführer, Ochsen und Pferde, die Feldarbeit und das Bestellen der Äcker« von niemandem mit Gewalt oder Waffen angetastet werden durften. Dennoch sah ich ein, daß der Neid auf unser Wohlergehen zunehmen würde.

»Und jetzt: ein Dorf, das sich verändert.« Ich hob die Hand, wir zügelten die Pferde. Der schmale Bach, der sich durchs Dörfchen wand, war zwischen den Häusern von eingerammten Pfählen und Rohrgeflecht in seinem Bett gesichert. Die Bauern strömten zusammen, nur das Hämmern aus der Schmiede riß nicht ab. Zwischen einzelnen Häusern breitete sich abgeweideter Rasen aus, viele Stellen waren gereinigt und mit Kies aufgeschüttet.

»Ich sehe vieles«, bekannte Friedrich, »aber vieles verstehe ich noch nicht.«

Wir zeigten ihm ein Bauernhaus. Die offene Esse war durch einen gemauerten Ofen mit hohem Schornstein abgelöst worden. Zwischen dem Stall für das Vieh und dem Wohnbereich erhob sich eine Mauer. Durch größere Fenster mit Holzläden fiel Sonnenlicht in den Raum mit weiß gekalkten Wänden, schwarzen Deckenbalken und einem Boden aus gestampftem Lehm. Kinder und die wenigen Frauen, die nicht auf den Feldern arbeiteten, winkten. Jeder Besuch von uns hatte bisher eine wohltuende Änderung herbeigeführt.

Ciro erklärte ihm in einprägsamen Sätzen und mit überzeugenden Beispielen, *warum* wir *welche* Fortschrittlichkeiten durchgesetzt hatten. Das Dörfchen wimmelte von Ziegen und Schafen, Hühnern, Enten und Gänsen, zahmen Hasen, Küken und unbekannten Vögeln. Gemüse wucherte in den Kräutergärten. Dicke Kränze aus Zwiebeln hingen an den Fenstern. Mit wachsendem Staunen ging Friedrich hin und her, während meine Ritter mit den Kindern scherzten und den Mädchen schöne Augen machten.

»Wieder eine Bitte, Freund Atlan«, brummte der junge Mann. »Ihr habt dies in nur einem halben Jahr geschafft ...«

»Nicht alles. Wir mußten die Menschen oft zu ihrem Glück zwingen. Aber sie haben schnell begriffen.«

»Schickst du einige Männer zu mir? Für den heilsamen Zwang sorge ich.«

»Du mußt wissen, daß am Anfang des nächsten Jahres alle Bauern zu Freien gemacht werden!«

»So weit in die Zukunft denke ich noch nicht.«

Fast an jeder Stelle war der Boden fruchtbar. Die Bauern sammelten Abfälle und den Kot ihrer Tiere, vermischten ihn mit Häcksel und Wasser und brachten die Mischung als wertvollen Dünger auf die Felder. Die größten Schwierigkeiten hatten wir gehabt, als wir ein Verfahren durchsetzten, das ich »Drei-Felder-Bewirtschaftung« nannte. Ein Jahr lang erholte sich ein Drittel von Weiden und Äckern, und auf den restlichen Dritteln wechselten frühes Getreide und späte Früchte ab, oder eine andere Auswahl wurde getroffen. Wir rechneten schon für diesen Herbst mit einer Ernte, die jede Erfahrung der Bauern überstieg. Saubere Ställe voller gesunder Rinder und Schweine, Fischteich und Räucherkammer, unfertige Wagen aus Holz und voller eiserner Beschläge und überall quirlendes Leben: Jedes einzelne Bild nahm der junge Herrscher tief in sich auf.

»So viel Sonne gibt es nicht bei uns!« murmelte er schließlich, die Hand am Sattelknopf. Tyanna war fast damit fertig, Kleider an die Kinder auszuteilen. Die Bäuerinnen brachten uns Tonkrüge mit kühler Milch.

»Dafür haben deine Bauern keine Sorgen mit dem Regen«, gab Ciro zurück.

Langsam verließen wir das Dorf. Nach kurzer Zeit stießen wir auf das Gespann, das ich erwartet hatte. Mit vier starken Pferden, deren Hufe mit Eisen beschlagen waren, pflügte der Dorfschulze. Der dreifache Räderpflug mit den zerschrammten Streichbrettern riß den Boden tief auf; der Pflug arbeitete dicht am Waldrand. Der Ackerrain verlief dort in unregelmäßigen Ausbuchtungen, und jedesmal setzte der Bauer die drei nächsten Furchen parallel zu den ersten Gräben. Vögel stolzierten im Aufbruch und pickten nach Würmern.

»Sieh genau hin!« forderte Ciro Friedrich auf. »Doppelt so gut wie ein Ochse arbeitet ein Pferd. Ich habe es errechnet.«

Das Zugkummet würgte die Tiere nicht mehr. Sie stemmten sich kraftvoll in die Erde, und wir sahen die Umrisse des neuen Ackers. Die frische Krume bildete einen scharfen Gegensatz zum Grün und zum Gold der reifenden Fruchtstände. »Eiserne Pflugscharen, Eisen an den Hufen, vier Pferde in einem Gespann ...«

Der Bauer hielt die Pferde an, als er nahe genug bei uns war. Er verbeugte sich tief, und als Ciro ihn mit einem derben Spruch aufforderte, erzählte er, wie leicht viele Arbeiten geworden waren, wie gut die Felder trugen, die mit dem ersten Pfluggespann, noch mit zwei Ochsen, gepflügt worden waren. Überhaupt rief der Bauer nach einem Seitenblick auf mich und Ciro, seit der neue Herr sein Kastell gebaut hatte, schien auch die Sonne nicht so grell. Lachend ritten wir weiter, vorbei an Schweinekoben, an einer Köhlerhütte mit einem riesigen qualmenden Lehmberg, an Weiden voll Pferden und Rindern, an Brachland und über schmale Kanäle ging es in weitem Bogen nach Arcanjuiz. Friedrich sah die Arbeiter auf den Feldern und die großen Holzwagen, auf denen sich die Ernte türmte. Schmale Feldwege verbanden die Felder ebenso mit dem Dorf wie auch die Gärten, in denen Äpfel wuchsen. Granatäpfel, verschiedenes Gemüse und, in praller Sonne, auch die Reben. Mittlerweile verkauften geschäftstüchtige Bauern ihre Erzeugnisse auf den Märkten der Umgebung.

»Unsere kleine Welt ist in einem gefährlichen Gleichgewicht«, sagte ich, als wir an einer Anzahl frischer Gerüste und einem Fundament aus Steinen vorbeikamen. Kein Arbeiter war zu sehen, nur ein junger Mann, der Zeichnungen anfertigte. »Sie ist ein verkleinerter Spiegel deines zukünftigen Reiches. Deswegen bist du hier.«

»Ihr baut dort eine Kirche?«

»Wir lassen uns Zeit damit«, belehrte ich ihn. »Noch können wir es uns nicht leisten, den Vertretern des Glaubens allzuviel Einfluß zu gestatten.«

Friedrich nickte ernst. Auch dieses Problem hatte er früher erkennen müssen als wir.

»Meine Berater werden diese Fragen nicht leicht beantworten können«, erklärte ich. »Ich bin sicher, daß sich auch deine Welt nicht in drei Tagen ändern kann.«

Wir konnten Friedrich nur beraten und mit Wissen ausstatten – und in geringem Maß auch mit Waffen. Seinen Weg mußte er trotz aller Unterstützung selbst gehen.

»Nein, nicht in drei Tagen. Aber in einigen Jahrzehnten. Ich werde dafür sorgen, ich, Herzog von Schwaben, daß Gesetz und Ordnung überall im Reich herrschen, ohne Ausnahme.«

»Vermittlung und Ausgleich, Friedrich, sind zwei andere Säulen dieses Vorhabens.«

»Ich muß hundert Fürsten überzeugen. Und mindestens einen mächtigen Papst.«

»Wir kennen deine Sorgen.« Ich deutete auf die verwaiste Baustelle. »Du wirst von unseren Erfahrungen hören, wenn unser Investiturstreit beginnt.«

Es wäre interessant, überlegte ich, die Meinungen seiner Gegenspieler zu hören. Indessen: Andere Überlegungen waren wichtiger und gingen vor. Wir zeigten Herzog Friedrich alles, was ihm bei seiner wahrhaft gigantischen Aufgabe helfen konnte. Als er uns verließ, begleitete ihn eine ausgesuchte Mannschaft.

Der Doppelgänger, der sich mit Schlafen, Jagen und allerlei Tändeleien einer genauen Beobachtung entzogen hatte, wurde ausgetauscht. Auf dem Ritt von Franken zurück nach Arcanjuiz versuchten meine Ritter die Fürsten auszuhorchen und zu überreden; sie kauften die besten Pferde, die sie finden konnten. Als sie im Herbst eintrafen, waren die Tiere zugeritten.

Am vierten Tag des dritten Mondes im Jahr 1152 des Herrn wählten die Fürsten Friedrich, Herzog von Schwaben, als »Eckstein« zum diutischen König. Konrad III. war gestorben. Dem Papst Eugen III. wurde ein Schreiben überbracht, das ihn ahnen ließ, daß der junge König ebenso großzügig wie entschlossen war. Der Inhalt des Schreibens besagte, daß die weltlichen Vorgänge im Reich ausschließlich Sache des Königs seien, der sich allerdings nicht um die jenseitige Welt kümmern wollte. Für Papst, Bischöfe und Klöster bedeutete dies kaum weniger als eine Kampfansage.

Nach der Krönung zeigte Friedrich, was er gelernt und begriffen hatte. Er begann einen Umritt durch alle Stammesgebiete, hinterließ Verwirrung, indem er befahl, Straßen instand zu setzen, neu anzulegen, zu verbreitern, sicher zu machen und Brücken zu schlagen. In seinem Gefolge befanden sich fremde Männer, die »Diutisch« bald besser sprachen als die Bevölkerung. Zu Schiff und mit überzeugender Prachtentfaltung befuhr Friedrich den Rhein und zog über Land nach Aachen, wo die Krönung stattfand.

Er rief einen allgemeinen Landfrieden aus. Kriege zwischen den Chaos-Auch-Herrschern wurden beendet. Unbelehrbare und Uneinsichtige ließ er henken und zerstörte ihre Burgen. Etliche Ritter, die seine Entschlossenheit bezweifelten, wurden dazu verdammt, einen Hund eine Meile weit zu tragen – kaum einer überlebte diese entsetzliche Schande.

Im ganzen Reichsgebiet wurden Pflugscharen und Räderpflüge geschmiedet. Die Dreifelderwirtschaft setzte sich rasch durch. Märkte und Messen wurden durch königliches Schreiben eröffnet. Friedrich hatte verstanden, daß der ungehinderte Austausch von Waren gleichzeitig Austausch von Ideen und Nachrichten bedeutete. Freiheit im Denken erzeugte, wenn auch auf nicht immer wünschenswertem Weg, die Freiheit des Menschen. Es war nicht der christliche Glauben, der für schroffe Gegensätze und Kampf sorgte, sondern dessen Vertreter. Ein kluger Mönch dieser Jahre schrieb: »Sie legen den Menschen unerträgliche Lasten auf, doch selbst rühren sie keinen Finger, sie zu tragen.«

Zur gleichen Zeit, als überall Mord, Ausbeutung, Chaos, Unsicherheit und Versklavung herrschten, vollbrachten die Barbaren staunenswerte Dinge. Tief in ihnen schlummerte ein ununterdrückbarer Drang, Schönes und Bedeutsames zu schaffen: Ritterliche Krankenpflegerorden errichteten Krankenhäuser. Kirchen wurden errichtet, zum Lob Gottes, deren Schönheit miteinander wetteiferte. Einzigartige Glasmalereien entstanden. Herrliche Mosaike wurden in Italien verlegt. Dreistimmige Melodien wurden komponiert und niedergeschrieben. Troubadoure, *trouveres,* zogen durchs Land und sangen Minnelieder. Universitäten lehrten erstaunlich freigeistiges Wissen und eine Philosophie, die in krassem Gegensatz zur erbärmlichen Wirklichkeit stand. Die Anzahl der Männer, die gegen die mörderischen Pilgerfahrten einschritten, wuchs. Die Geheimnisse der Papierherstellung erreichte offiziell das Land, in dem wir lebten. Päpste und Gegenpäpste entwerteten die Bedeutung ihres Glaubens – aber was scherte es Bauern, Handwerker oder einfältige Mönchlein, die irgendwo abseits der Machtzentren lebten und arbeiteten?

Der Sommer verging; Kastell und Grafschaft Arcanjuiz wurden reicher, schöner und heiterer. Aus jedem Dörfchen kamen junge Frauen und Männer, denen wir Schreiben und Lesen beibrachten.

Händler zogen unbehelligt hin und her und kehrten ein. Über den Burgen kreisten Robotvögel. Ein jeder meiner Ritter besaß nun ein oder zwei ausgebildete Pferde. Die Ernte war reich, die Arbeit wurde nicht weniger. Wir jagten Rotwild, Wildschweine und Wölfe und hielten so die Verwüstungen unserer Äcker und Felder gering. Unablässig drehten sich im herbstlichen Wind die Flügel der Mühle; Korn wurde zu Schrot und zu feinem Mehl. Durch die Nächte blitzten und donnerten aufregende Gewitter. Blitzschlag vernichtete Häuser; wir bauten sie wieder auf: besser, größer und wetterfester.

Meine Ritter schlugen mit ihren Lanzen, die getarnte Lähmstrahler waren, einen Angriff der Mauren zurück, und von diesem Tag an gewannen wir die Achtung der umliegenden Grafen und Burgherren. Als die Ernte eingebracht war, feierten wir im wachsenden Dörfchen zwischen Fluß und Kastellberg ein dreitägiges Fest, zu dem Frauen und Männer aus der Umgebung zusammenkamen. Von diesem Fest sprach man noch im darauffolgenden Winter.

Im zehnten Mond des Jahres 1154 zog Friedrich mit einem Heer nach Italien. Er wollte nichts Geringeres als die Kaiserkrone. Der neue Papst, Hadrianus der Vierte, krönte ihn trotz der Feindschaft der Römer. Nach meiner Meinung machte Friedrich in den folgenden Tagen seinen ersten großen Fehler. Er zog gegen die Normannen nach Sizilien. Glücklicherweise wurde der Waffengang auf Drängen der deutschen Fürsten abgebrochen. Knapp ein Jahr später war Friedrich wieder in Deutschland. Er war dreiunddreißig Jahre alt und hatte noch unendlich viel zu lernen.

15.

Ein Jahrzehnt später, im fünften Mond 1165, nahmen Tyanna, Ciro und ich nach einem Jahrzehnt Schlaf unsere Plätze in Arcanjuiz wieder ein. Unzählige Einzelheiten waren verändert, aber die Welt war nicht anders geworden. Meine Grafschaft war reicher und ernährte mühelos eine weit größere Anzahl Menschen. Amasa verkaufte Korn, gepökelten Schinken und Würste, Salz und schmiedeeiserne Gegenstände bis nach Burgund, an die Mauren und nach Arles.

Vor neun Jahren hatte Kaiser Friedrich der Erste Beatrix, die Erbin Burgunds, geheiratet. Wie es schien, liebten sie sich.

»Unsere Informationen sind in diesem Punkt eindeutig.« Ciro ließ einen neuen Schriftblock auf den Bildschirm projizieren. »Jener neue Mann in Rom, Papst Alexander der Dritte, ist kein *tockelmuser.*«

»Also eine prächtige Ergänzung zu Friedrich«, sagte ich. »Verschlagene, hinterlistige Schleicher oder Mäusefänger, Duckmäuser also, schreiben keine neuen Kapitel in der Geschichte des Barbarenplaneten.«

»Das würde bedeuten«, meinte Tyanna, die mich und meine Ideen kannte, »daß du mit diesem Würdenträger einige geistvolle Gespräche wirst führen müssen.«

»Bestimmt gegen den Willen von Reinald von Dassel, Friedrichs zweitem Mann am Kaiserhof.«

»Macht ist wahrscheinlich die einzige Lust, deren man nicht müde wird. Das gilt auch für diese Männer«, sagte ich. »Ich denke darüber nach. Immerhin bin ich einer der wenigen auf dem Planeten, die sich den Luxus einer eigenen Meinung leisten können. Hast du Beobachtungen über Alexander machen können?« fragte ich Ciro.

»Selbstverständlich.«

Ich erfuhr in synoptischer Kürze: Alexander war sehr wohl als Gegner des Friedrich anzusehen. 1160 war er vom Gegenpapst Victor gebannt worden, zur Freude und auf »Befehl« Friedrichs. Nun befand er sich auf dem Weg zurück nach Rom. Vielleicht konnte ich mithelfen, die Halsstarrigkeit beider Männer zu brechen; von den vielen Halbwahrheiten, an denen manche Gegensätze schuld waren, glaubten die Verantwortlichen wahrscheinlich gerade die falsche Hälfte. Allerdings sagte Ciros Analyse noch etwas anderes aus:

Levis nota; ein kleiner Makel kennzeichnete Friedrichs Ruf in Italien. 1158 überquerte er die Alpen mit sechstausend Rittern und ihrem Troß auf vier verschiedenen Pässen. Er wollte die mächtigen oberitalienischen Städte zwingen, seine Macht anzuerkennen. Dies taten sie nicht ungern, meinten die Stadtherren; als sie dahinterkamen, daß sie Zölle zu zahlen haben würden, Steuern und Benutzungsgebühren für Flüsse und Kanäle und noch andere Abgaben, kam es zu offener Rebellion, Kampf und Belagerung. Ein Großteil Mailands wurde dem Erdboden gleichgemacht. Diese Grausamkeit kostete Friedrich in Italien den letzten Rest Beliebtheit. Man nannte ihn seit dieser Massenschlächterei *Imperator teutonicus.* Nur der Tod hinderte Papst Hadrian, Friedrich zu exkommunizieren. Unter dem Gesichtspunkt der Ewigkeit, *sub specie aeternitatis,* nichts Ungewöhnliches – für Friedrichs Kampf gegen die zu große Macht der Kirche ein harter Schlag.

»Bevor Friedrich zu seinem vierten Italien-Feldzug aufbricht«, unterbreitete mir Ciro seinen Vorschlag, »solltest du mit Alexander sprechen. Falls du daran interessiert bist, Atlan.«

Ich sagte nachdenklich: »Beide Männer könnten, mit meiner Hilfe, ein Weltreich gründen, in dem Vernunft und Aufbauwillen herrschen.«

»Ein Grund mehr für dich!«

»Gut. Einverstanden. Dann laßt uns überlegen, wie ich schnell auf nutzbringende Weise an Alexander herankomme.«

»Ich habe einen Plan. Eine Kopie deiner klassischen Verhaltensweisen«, sagte Ciro. Sein Vorschlag war ausgezeichnet und durchführbar.

Im Herbst 1159 war er, Kardinal Roland Bandinelli aus Siena, von der Mehrheit zum Papst gewählt worden. Der frühere Rechtsgelehrte hatte den Amtsnamen Alexander der Dritte angenommen. *Er* war Pontifex maximus! Nicht Victor der Vierte! An diese Bitterkeit der Uneinigkeit dachte Alexander, als er sich am späten Nachmittag am Ende des Winters Anno Domini 1165 der Ewigen Stadt näherte. Er sah die ersten, vertrauten Pinien, Brücken und Häuser, würde die Stadt heute aber nicht mehr erreichen können.

»Morgen also«, sagte er zu sich, »in der Kühle des Vormittags.«

Überlegungen und Pläne gingen ihm durch den Kopf. Er, Freund der Künste und Wissenschaften, verdiente nicht, daß man an ihm zweifelte. Nur er war der Vertreter des göttlichen Wortes und der Gebote seiner Kirche. Mit wenigen Männern seiner engsten Umgebung ritt er einige Steinwürfe vom Troß und den Bewaffneten entfernt. Deutlich hörte er das

Klappern der Hufe und das Rattern der Felgen auf den Steinplatten. Im Westen verschwand die Sonne hinter einer hochgetürmten Wolkenschicht. Alexander richtete sich in den Steigbügeln auf und schaute sich um. Sie waren allein auf der Straße.

»Ihr habt es nicht eilig, Ehrwürden?« fragte sein Sekretär, der schräg hinter ihm ritt.

»Nichts wird sich ändern, wenn ich erst morgen das Chaos sehe, das mir jener Abtrünnige hinterlassen hat.«

Die Reiter bogen in ein winziges Tal ein. Die Straße führte zwischen Gebüsch und niedrigen Bäumen durch den Schatten. Jedes Geräusch erzeugte ein weiches Echo. Alexander wischte den Schweiß von seiner Stirn und genoß das milde Licht, das seinen Augen guttat.

Zwischen den Bäumen knackte und knisterte es. Ein undeutlicher Schrei kam von rechts. Zerlumpte Gestalten sprangen von beiden Seiten auf die Straße.

»Her mit den goldenen Schwertern!« schrie einer. Triumphierend schwangen die Räuber Knüppel und Dolche. Zwei Reiter wurden aus den Sätteln gezerrt, noch ehe sie ihre Schwerter hatten ziehen können. Grell wieherten die Pferde, scheuten und keilten aus.

»Herunter mit den Ringen!« kreischte ein anderer Räuber. Mindestens zwei Dutzend Männer mit wilden Bärten sprangen die Reiter an. Alexander spornte sein Pferd und ritt einen Angreifer nieder. Vier Räuber packten ihn an den Beinen und sein Reittier am Zügel. Flüche und Schreie erschollen, und das dumpfe Krachen der Knüppel marterte Alexanders Ohren.

»Verdammte Wegelagerer!« rief er. »Zurück in Gottes Namen! Ihr habt den Papst vor euch!«

»Und seine Reisekasse!« schrie einer johlend zurück. Alexanders Arm wurde von einem harten Hieb getroffen, als er das Schwert heben wollte. Sein Pferd rührte sich nicht; es wurde dicht am Zügel gepackt und festgehalten. Klirrend schlug das Schwert auf die Steinplatten, der Schmerz zuckte bis zur Schulter hinauf. Alexander drehte sich um. Seine Begleitung war niedergeschlagen worden. Zwei Pferde wurden in den Wald hineingezerrt. Tücher und Beutegegenstände lagen neben den aufgebrochenen Kästen und Bündeln.

»Loslassen!« keuchte er. Der Troß war noch zu weit entfernt; hinter der Biegung der Straße. Die Räuber zerrten jetzt sein Pferd auf jene Stelle zu, an der die Straße über den Graben in den Wald führte. Alexander schwankte im Sattel, aber auf seine Befehle bekam er keine Antwort. Es ging alles zu schnell vor sich. Wieder hörte er Hufschlag. Die Räuber, die mit ihrer Beute davonrannten, zuckten zusammen und wußten nicht, was sie tun sollten – flüchten oder sich auf die Näherkommenden stürzen. Wieder rief der hochgewachsene Anführer, der einen zerbeulten, silberschimmernden Helm trug, einen Befehl:

»Versteckt euch! Nehmt den Oberschurken mit!«

Das Hufgeklapper wurde lauter. Aus der Richtung der Stadt tauchten Pferde und Reiter auf. Es waren mehr als ein Dutzend. Sofort sah Alexander, daß es christliche Ritter waren; auf ihren Schilden und Rüstungen sah er das Zeichen des Kreuzes.

»Helft mir!« schrie er. Die Räuber faßten Knüppel und Speere fester und warfen die Beute in die Sträucher. Die Männer, die Alexanders Pferd mit sich zerrten, schoben die Zweige zur Seite. Einige Schläge trafen das Hinterteil des Reittiers.

»Ein Überfall! Vertreibt die Räuber!« rief der silberhaarige Anführer der Ritter. Die Männer hoben die Schilde und senkten ihre Lanzen. In kurzem Galopp ritten sie auf die Stelle des Überfalls zu, sprengten auseinander und füllten mit ihren Pferden die Breite der Straße aus. Alexander faßte in die Zügel. Seine Angreifer hatten das Pferd losgelassen. Die fremden Ritter handelten schnell. Sie wußten, wie man mit Gesindel umzugehen hatte. Sie ritten heran, und ihre Lanzen stachen zu. Seltsame fauchende Laute waren zu hören. Die Räuber taumelten und fielen zu Boden. Zwei Ritter fegten im Zickzack näher, packten die Zügel von Alexanders Pferd und zogen ihn in den Schutz der Schilde.

Während er versuchte, hinter sich etwas zu erkennen, galoppierten seine Retter mit ihm die leere Straße entlang. Hinter ihm flüchteten die Räuber in panischer Furcht. Das sah Alexander nicht mehr, ebensowenig wie den Umstand, daß die Ritter sein Schwert aufhoben und die Gegenstände in die Kisten zurückstopften.

»Danke«, brachte er heraus. »Sie hatten Schlimmes im Sinn.«

Die Ritter antworteten nicht. Sie ritten einige hundert Schritt die Straße entlang und bogen, ohne die Geschwindigkeit zu verringern, in einen Nebenweg ein. An dessen Ende erkannte Alexander eine Handvoll Zelte aus weißem Stoff. Bei den Zelten warteten junge Männer in Halbrüstungen, halfen Alexander aus dem Sattel und führten ihn zu einem bequemen Sessel in das prächtigste der Zelte. Einen Becher Wein lehnte er nicht ab, dann nahm er den Reitermantel ab. Er fühlte, wie seine Hände zitterten.

»Ich kenne Euch nicht«, sagte er leise, »und vielleicht wißt Ihr nicht, wer ich bin. Aber Ihr habt mich gerettet.«

»Unser Herr, Ritter Atlan des Arcanjuiz, wußte, wie unsicher die Straßen heutzutage sind. Er ahnte, daß Ihr in Gefahr kommen könntet.«

»Er kommt«, sagte ein anderer Knappe. »Er hofft, in Euch einen Mann zu finden, der ein gutes Gespräch führt.«

»Daran soll's nicht fehlen.« Alexander begriff, daß er endgültig gerettet war. Sicher hatten die Ritter mit den Wachen und dem Troß gesprochen. Er sah zum Zeltausgang hinaus und erkannte die heranpreschenden Ritter. Sie sprangen fast aus dem Galopp aus den Sätteln und versorgten ihre Pferde. Die Lanzen stellten sie zu einem spitzen Kegel zusammen, und der Anführer, der seine Ritter um mehr als einen halben Kopf überragte, kam auf das Zelt zu. Er nahm seinen funkelnden Helm ab.

»Willkommen, Papst Alexander, in unserem bescheidenen Lager. Ich freue mich, daß ich Euch behilflich sein konnte.«

»Edelmut und entschlossenes Handeln sind nicht häufig zu dieser Zeit«, sagte Alexander. »Ihr habt meinen Troß benachrichtigt?«

»Er schlägt das Lager neben der Straße auf. Dort vorn.« Der Ritter ließ sich, nachdem er die kettenverstärkten Handschuhe ausgezogen hatte, einen Becher geben. »Ihr seht nicht wehrlos aus, Alexander. In Dingen des Glaubens schwingt Ihr eine kräftige Klinge.«

»Es ist nicht mein Schwert. Ich vertrete das Gesetz eines Höheren. Ein Gesetz, das alles bindet, Knechte und Herren.«

Der Ritter setzte sich, streckte seine langen, muskulösen Beine in kostbaren Stiefeln aus und hob den Becher. Er grinste kühl, aber sein Lächeln war überaus gewinnend, als er entgegnete:

»Indessen kämpfen die Diener dieses Höheren mit dem Schwert, obwohl er sagte, daß ... Nun, ich bin nicht hier, Euch zu belehren.«

»Ihr wirkt«, sagte Alexander, »wie ein Mann, der Sprache und Schwert gleich schnell und gut handhabt.«

Ich sah in den Linien seines Gesichts ebenso Starrsinn wie Müdigkeit, eine Art Blässe, die, wie Tyanna zu sagen pflegte, auf zu vieles und nutzloses Denken zurückzuführen war. Ein Eiferer im Dienst seines Herrn? Möglich, wenn auch nicht wahrscheinlich. Der Logiksektor flüsterte eindringlich:

Versuche nicht, ihn zu schnell zu überzeugen. Er ist hartnäckig und von allem, was er tut, überzeugt.

»Wir sprechen«, sagte ich, »dieselbe Sprache. Wir kommen viel herum in dieser unvollkommenen Welt. Und da konnte es nicht ausbleiben, daß wir viel sahen und hörten. Herrliche Kirchen und namenloses Elend, Großmut und Grausamkeit. Und eines Tages, um eine lange Rede kurz zu halten, hatten einige von uns einen trefflichen Einfall.«

»Ich höre, Ritter. Du bist von meinem Glauben?«

Ich schüttelte den Kopf. Mittlerweile hatten die »Wegelagerer« ihren Gleiter bestiegen und waren unterwegs nach Kastilien. Ich erklärte ihm, daß wir den Glauben der Muslime kannten, denjenigen seiner Kirche nicht minder. In dem Land, aus dem wir kamen – die Erklärung, die uns leicht von den Lippen ging – galten andere Religionen. Er verbarg sein Erstaunen; ein Ritter hatte stets ein wahrer Christ zu sein.

»Zurück zu deinem Einfall«, meinte er. »Willst du ihn preisgeben?«

Offensichtlich wollte er ein persönliches Gespräch führen und vermied die Anrede »mein Ritter«.

»Wer die Macht hat«, sagte ich, »bestimmt, wie das Leben läuft. Er setzt

Gebote, alle gehorchen, Gesetzesbrecher werden als Ketzer verbrannt. Du bist der Vertreter des Herrn auf dieser Welt, und Friedrich, der deutsche Kaiser, vertritt die weltliche Macht. Ihm gehorchen alle, denn auch er regiert nach dem Römischen Recht.«

»Ich gehorche ihm nicht, viele andere ebensowenig.«

Ich blickte in die flammenden Farben des Abendhimmels und fragte mich, ob es sinnlos gewesen war, vorzeitig und allein die Transmitter zwischen der Schutzkuppel und Kastell Arcanjuiz zu benutzen. Kreisende Vögel zeichneten sich als schwarze Silhouetten ab. Ich sagte mit träumerischem Ausdruck:

»Man sollte der ersten Eingebung trauen, denn sie ist fast immer anständig. Je größer das Reich, je mächtiger die Macht, desto leichter, ein Gesetz durchzusetzen. Wären die Muslime brave Christen, gäbe es nur ein paar gewöhnliche Verbrecher zwischen Millionen wahren Gläubigen.«

»Wohl wahr. Deswegen bekehren sich mehr und mehr Menschen zu meinem Glauben.«

»Christus bestellte, wenn ich mich recht entsinne, wirkliche Nachfolger, keine Universitätenredner. Warum haderst du wider Friedrich?«

»Ich hadere nicht wider ihn. Er will mir verbieten, Bischöfe zu ernennen; zu schweigen von anderen Mißhelligkeiten. Bist du sein Freund, Ritter Atlan?«

»Ich bin Freund eines jeden«, sagte ich mit einiger Schärfe, »der Vernunft, Anstand und den Mut hat, einen Fehler zuzugeben. Ich bin Freund großer Männer und halte nichts vom kleinmütigen Zerreden großer Ideen. Die Wirklichkeit, eine Sense für Ideale, ist grob und grausam. Wir sollten nicht den Irrtümern verfallen, mit der Vergangenheit zu hantieren wie mit einem Schwert; Kaiser und Reichskirche sind vermutlich nicht mehr zu trennen. Und auch die Fürsten, die sich Friedrich anschließen, haben sich in eine Verfassung gezwungen. Auch sie gehorchen einem guten Gesetz!«

Alexander der Dritte schüttelte seinen schmalen Kopf. Inzwischen hatten meine Ritter die Tafel aufgeschlagen und ein Essen mit reichlich Wein vorbereitet. In eisernen Ringen steckten lodernde Fackeln. Insektenschwärme wirbelten um die Flammen. Die Hälfte der Pferde war abgesattelt worden; ruhig fraßen die Tiere. Alexander schwieg nachdenklich. Er konnte uns wohl nicht richtig in sein Weltbild einordnen. Ich hatte nicht vor, es ihm leichter zu machen.

»Stolz ist ein Hindernis der Klugheit, Eure Herrlichkeit, nicht wahr? Auch die Bibel warnt häufig vor Hochmut und ähnlichen Untugenden.«

»Ritter Atlan«, meinte er schließlich, »du mußt eines verstehen, auch wenn es nicht einfach ist für einen Fremden: Der Papst ist, sobald er gewählt ward, der Vertreter des Herrn. Ich also strafe nicht, ich führe Strafen aus. Meine Hand, die das Schwert der Kirche schwingt, wird von Gott geführt.

Meine Neigungen oder Vorlieben sind unwichtig. Ohne Ansehen der Person tue ich, was Gott will.«

»Auch der Papst ist sterblich«, meinte ich. »Also ist er ein Mensch. War dieses letzte Wort für einen Sterblichen nicht ein wenig kühn?«

»Es ist göttliche Regel.«

»Fortschritt ist nur möglich, wenn man auf kluge Weise gegen die Regeln verstößt.«

»Das mag für einen Ritter im Kampf gelten, für einen reisenden Kaufmann, nicht aber für einen Pontifex maximus. Fügt sich Friedrich ins göttliche Gesetz, werde ich ihm der beste Freund sein.«

»Was wäre, wenn ein Hunnensturm käme oder eine andere Landplage dieser Art? Würdest du dich an die Seite eines solch klugen und machtvollen Mannes stellen?«

»Jene *sectores collarum,* diese Halsabschneider ... Es müßte wohl sein. Aber das ist eine Nebensache. Wenn Friedrich meint, ein Konzil, das er zusammenruft, könne einen Papst richten, wirft er den Stein nicht nach mir, sondern nach Gott. Und deshalb mußte ich ihn bannen.«

»Das sind, mit Verlaub, Äußerlichkeiten, Papst Alexander. Wie schnell ändern sich die Dinge im menschlichen Leben. Du selbst wärst auf deinem Weg zurück auf den Stuhl Petri beinahe erschlagen worden. Warum nicht eine Regel biegsam handhaben, wenn sie zum Erfolg führt? Auch einem Krieger Gottes ist eine Kriegslist gestattet. Friedrich und du, Heiligkeit, ihr würdet die mächtigsten Männer der Welt werden können.«

»Verteidigst du ihn, Atlan?«

Wir aßen kleine Bissen und sprachen dem Wein zu.

Meine Ritter beschäftigten sich mit den Nachtlagern. Wachen gingen im Kreis um das Lager.

»Nein. Ich würde ihm dasselbe sagen, was ich dir sage.«

»Wenn die Wahrheit, und ich vertrete die Wahrheit, zu schwach ist, sich zu verteidigen, muß sie zum Angriff übergehen. Ich fürchte mich nicht vor Friedrich, der ganz Italien für seinen Burghof hält.«

»Aber er führt das Schwert des Reiches; viele Ritter haben noch schärfere Waffen. Was nützt es Gott, wenn du getötet wirst oder, was zu wünschen ist, sehr spät an Altersschwäche stirbst? Das göttliche Gesetz wird, da es ein Werkzeug ist, in der Hand deines Nachfolgers ebenso verändert, wie es dein Vorgänger verändert hatte.«

»Diese Dinge stehen in Gottes Hand. Selbst ich habe gesündigt.«

»Wir werden nicht für unsere Sünden bestraft, sondern durch sie«, tröstete ich ihn. Zweifellos hatte ich ihn nachdenklich gemacht. Ich versuchte, etwas bestimmter zu werden. »Christus predigte auch Bescheidenheit und Nachsicht. Sicherlich ist es für dich schwer, mit einem Starrkopf wie diesem deutschen Kaiser zurechtzukommen. Wartest du auf ein Wunder Gottes, um erkennen zu können, daß auch widerspenstige Charaktere eine Herausforderung sind? Das ist nötig – wenn alle dasselbe denken, denkt niemand mehr gründlich. Friedrich ist eine deiner Herausforderungen.«

»Das ist wohl wahr, Ritter!«

»Wer über all dem wahnsinnigen Chaos den Verstand nicht verliert«, sagte ich bitter, »der hat offensichtlich keinen zu verlieren.«

»Die Starken sind schwach, weil sie Bedenken haben, weil sie sich selbst zu oft prüfen«, murmelte er.

»Und die Schwachen sind stark, weil sie mutig sind«, gab ich zurück. »Hat dich unsere Unterhaltung beeindruckt? Wirst du, wenn du das Wort des Herrn gebrauchst, donnern oder schmeichelnd flüstern?«

»Ich habe, mußt du wissen, ein Gelübde abgelegt.«

»Gelübde sind wichtig, wenn die Hoffnung tot ist.«

»Ich werde tun, was nötig ist. Denke nicht, daß ich Friedrich umarme, wenn er den Lombardenbund angreift.«

»Das denke ich nicht. In diesem Fall würde ich mich gegen ihn stellen.«

»Mit einem Dutzend Rittern?«

»Das ist nur ein winziger Bruchteil meiner Gefolgsleute. Ich bin ein gewaltiger Kämpfer, und meine Ritter sind es nicht weniger. Aber keiner von uns bricht eine Grenze, niemand will Macht auf Kosten des anderen. Aber wir verteidigen unsere Freiheit und unsere Lebensart; wir helfen jedem, der in Bedrängnis ist.«

Alexander hob den leeren Pokal. Ein Knappe schenkte nach. Es wurde ruhiger und dunkler. Ich ahnte, daß jeder der beiden mächtigen Männer starr an seinen Vorstellungen hängen würde. Andererseits rechnete ich damit, daß äußere Einflüsse ihre Entschlüsse verändern würden; ihr Leben war ebenso gefährdet wie jenes von Millionen Sklaven und Landleuten, wie das der Pilger auf dem tödlichen Weg nach Jerusalem.

»Ich bin fast sicher«, sagte ich einlenkend, »daß wir uns wiedersehen. Wo immer das sein mag, Alexander, meine Männer und ich stehen zur Vernunft und Freiheit in dieser Welt.«

»Ich stehe treu zum Wort der Schrift und zu den eisernen Gesetzen der Kirche.«

»Treu bis in den Tod«, sinnierte ich, »sind nur Dummköpfe. Die Treue hat, meiner Meinung nach, die Grenze im Verstand. Der Tod ist etwas schrecklich Endgültiges.«

»Dies gilt für uns alle«, bemerkte er und gähnte. »Man wird sehen, Ritter. Meine schnell überwältigten Bewaffneten ...?«

» ... holen dich nach Sonnenaufgang hier ab«, ergänzte ich. »Dein Lager wird bereitet, und du wirst tief schlafen in meinem Schutz.«

Er faltete die Hände mit den auffallend langen, dünnen Fingern und schloß leise: »Der Herr ist mein Hirte. Er hat mich bisher trefflich geschützt.«

Ich verzichtete auf eine sarkastische Reaktion und hoffte, daß ich bei meinen weltverändernden Versuchen nicht Psychostrahler würde einsetzen müssen. Die Barbaren mußten ihren Weg selbst finden. Aber sie waren von furchtbarer Blindheit geschlagen. Ich begleitete Alexander zu dem Zelt, in dem wir sein Lager aufgeklappt hatten. Ruhig schloß ich die Zeltleinwand, nachdem er sich bedankt hatte. Ich fühlte mich nicht weniger müde als er. Montjoye zog mich vom Zelt fort und flüsterte eindringlich:

»Wir sollten mit unseren wunderbaren Waffen losreiten und jedem Starrkopf die Ideen der Vernunft einprügeln, Atlan. Wir könnten es in ein paar Jahren schaffen.«

»Wir sind keine Barbaren. Wir greifen nur an wichtigen Stellen ein«, wehrte ich widerstrebend ab. »Es kostet mich viel Beherrschung, mein Freund, nicht genau das zu tun, was du rätst. Aber dann würden wir die Beherrscher des Planeten. Und das wollen wir nicht. ES hat's verboten.«

Er hob die Schultern und leerte den letzten Rest in unsere Becher. »Die ganze Welt könnte aussehen wie deine Grafschaft.«

»Sie könnte. Aber sie wird nicht. Nimm zehn Barbaren, und du hast fünf verschiedene Meinungen. Ein demokratisches Gesetz für alle und eine überwältigende Mehrheit derer, die sich an dieses Gesetz halten. Das ist fast eine Utopie. Mehr als ein Dutzend Jahre hat Friedrich allein dazu gebraucht, Ruhe unter seinen Fürsten zu sichern. Gewinnt er den Streit mit Alexander, gehorchen auch die Bischöfe seinem Gesetz.«

Das war mehr als wichtig, denn die geistlichen Fürsten besaßen Land, Arbeit, Wälder und Einkünfte, die sie in den Besitz des Reiches einzubringen hätten – begreiflich, daß sich ihre Abwehr bis zum Stuhl Petri in Rom wie eine eiserne Kette formiert hatte. *Du denkst, »toiten bancas«, wie Amasa sagt; unnützes Zeug,* ermahnte mich der Logiksektor.

»Wie dem auch sei«, meinte Montjoye. »Wir fliegen zurück nach Arcanjuiz?«

»So bald wie möglich.« Ich fing an, meine Rüstung abzulegen.

Kaum befand ich mich nach einem kurzen Aufenthalt in Arcanjuiz wieder bei Rico und Tyanna in der Schutzanlage, informierte mich der Robot, daß Papst Alexander III. unversöhnlich blieb; all der Aufwand war vergeblich gewesen – wie so manches auf diesem Planeten.

Jetzt kreisten beide Falken in der flirrenden Luft. Fast regungslos standen die Rennkamele am Rand der Düne. Vor den Augen der Männer erstreckte sich die Zone des fast ausgetrockneten Wadis. Zwischen dem Wasserlauf und dem schütteren Buschwerk versteckten sich die Tiere vor der unbarmherzigen Sonnenglut. Die Jagdfalken suchten ihre Beute in dieser Einsamkeit. Die Sorge, belauscht werden zu können, hatte die Fatimiden hierher getrieben – und die Erregung der Jagd.

»Salahaddin! Noch ein Jäger ist in der Nähe. Ein dritter Falke!« sagte der Ältere. »Nun, mag er jagen. Er kann uns nicht hören.«

»Du tust geheimnisvoll. Willst du mir etwas über unsere Freunde erzählen?«

Sie suchten mit ihren scharfen Augen die Umgebung ab. Die Falken hatten, von der Haube befreit und vom lederbedeckten Arm hochgeworfen, das Flußtal erreicht und schraubten sich tiefer. Der dritte, ein starkes Männchen mit blitzenden Federn an den Flügelenden, kreiste hoch über ihnen und schien die zwei Muslime anzustarren.

»Ich wählte diese Stunde, Salahaddin, weil große Entschlüsse gefallen sind. Große Taten werden folgen.«

»Also Kämpfe. Krieg. Gegen die fränkischen Hunde?«

»Und gegen die Uneinigkeit in unseren Reihen. Zangi, der Atabeg von Mossul und Aleppo, hat ihnen die Provinz Aleppo abgerungen.«

»Du berichtest, Oheim, auf weitschweifige Weise. Das alles weiß ich längst.«

»Du weißt auch, daß ich einer der Söhne eines verdienstvollen Vaters bin, Allah schenke ihm leidenschaftliche Houris.«

»So sicher, wie ich dein Neffe bin, bester aller Onkel«, lachte der junge Mann. Die Jäger trugen Lanzen, Bogen und Köcher und prächtig verzierte Dolche. Sie kannten Nuraddin sehr gut, den Nachfolger Zangis. Sie wußten, daß er wie kein anderer den Geist des Heiligen Krieges verkörperte, die *Dshihad,* die er mit düsterem Blick und ebensolchen Reden vertrat.

»Die Neuigkeit ist, daß Nuraddin mir den Auftrag gab, ein Heer nach Ägypten zu führen.«

Salahaddin schwieg. Jetzt verstand er, warum sein Onkel so weit in seiner Rede ausgeholt hatte. Er verbarg seine Überraschung. Sein Verstand, durch gute Schulen geschärft, vermittelte ihm einige Ahnungen. Es war noch zu früh; es schickte sich nicht, weitere Fragen zu stellen. Er zog einen Pfeil aus dem Köcher und sagte leise, aber scharf: »Da! Die Beute!«

Ein Rudel Gazellen war aus dem Schatten herausgetrieben worden. Die Tiere sprangen im Zickzack zwischen den Büschen hin und her und sahen in diesem Augenblick die Reiter. Mit dem dünnen Zügel, schnalzenden Zurufen und Schenkeldruck trieben die Muslime die Reitkamele an. Die Kamele liefen in langsamem Trab auf die Buschlandschaft zu. Mit gellenden Schreien rasten die Jagdfalken über den zitternden Blättern dahin und trieben die Gazellen auf die Jäger zu. Auch Shirkuh legte einen Pfeil auf die Sehne. Yussuf Salahaddin lenkte sein Tier nach rechts und zog die Sehne des Bogens weit aus. Er glich seine Bewegungen den schaukelnden Stößen des Kamelkörpers an. Von den Falken verfolgt, versuchte der Gazellenbock – jung und prächtig im Fleisch – zu entkommen. Aber da waren die Felswände des Wadis, und Salahaddin kam näher. Der Bock sprang neben ihm her, und jetzt löste der junge Fatimide die Sehne. Der Pfeil schnitt heulend durch die Luft und traf die Beute hinter dem vorderen Laufgelenk. Der Bock stolperte und überschlug sich.

»Bruder Malik würde sich freuen!« rief Salahaddin. Der Onkel verschwand gerade zwischen dem Gesträuch und hatte die lange Jagdlanze gefällt. Sein Schrei bewies, daß er das Wild getroffen hatte. Salahaddin glitt aus dem Sattel und befahl dem Kamel, in den Füßen abzuknicken und sich zu legen. Er rannte zum Gazellenbock, der schwach mit den Läufen schlug. Mit einem blitzschnellen Dolchschnitt tötete er das Tier und brach es auf. Er streckte den Arm aus. Der Falke kam aus der Luft, schlug seine Krallen in das Leder und ließ sich liebkosen. Er schlang seinen Anteil an der Beute hinunter, ehe Salahaddin ihn mit der Lederkappe blendete. Die Beute band er an den Sattel, setzte sich zwischen die lederbeschlagenen Teile und wartete, bis das Tier sich schaukelnd aufgerichtet hatte. Der dritte Falke drehte seine Runden noch immer über dem Tal. Langsam ritt Salahaddin zu seinem Oheim hinüber. Shirkuh schnürte seine Beute an den Sattel und fütterte den Falken.

»Sie schicken mich nach Ägypten«, sagte der Onkel unvermittelt. »Und du kommst mit mir.«

»Was ist unsere Aufgabe?«

»Wirrnis herrscht unter uns. Die Franken nützen die Uneinigkeit aus. Ich soll Ordnung schaffen in Ägypten. Von Jerusalem ist es nach der Grenze nicht weit. Die Franken sollen sich nicht alle Schätze aneignen. Türken und Kurden werden mit uns reiten.«

Beide Männer wandten ihre Kamele und ritten aus dem Wadi hinaus. Der aufgewirbelte Staub und der feine Sand senkten sich wieder. Der Falke schlug mit den Schwingen und senkte sich vor den Fatimiden in deren Weg. Fragend sahen sie einander an; braungebrannt, mit schwarzem Haar und ebensolchen Bärten, entschlossen und davon überzeugt, daß ein Muslim besser sei als ein Dutzend Franken.

»Dieses Tier«, meinte Salahaddin bedächtig, »scheint uns etwas zeigen zu wollen.«

»Folgen wir ihm«, sagte der Onkel halb scherzhaft. »Unser Weg geht in diese Richtung.«

Die Kamele fielen in einen schnelleren Trab. Einen Pfeilschuß weit flatterte der Falke über dem Sand, bog um die weit überhängenden Felsen des Flußbetts. Unter den Hufen der Kamele spritzten Wassertropfen und Kiesel hoch. Als die Mauren den Taleinschnitt verließen, sahen sie sich den Dünen gegenüber. Deutlich erkannten sie ihre eigenen Spuren. Aber ein anderes Bild verblüffte und erschreckte sie: Auf dem Dünenhang, der zu den Krüppelbäumen hinaufführte, stand ein weißes Zelt, dessen Vordach zwischen zwei Lanzen ausgespannt war. Es warf einen kantigen Schatten.

Auf einem großen, vielfarbigen Teppich stand ein einzelner Mann. Er trug weite maurische Hosen und Stiefel. Darüber ein weißes Gewand mit Turban und einem Halbhelm. Neugierde und die Ahnung, etwas Besonderes zu erleben, trieben die Mauren auf den Fremden zu. Er breitete die Arme aus. Der Falke kam zu dem Fremdling und setzte sich auf den Unterarm. Mit lauter

Stimme und in der Sprache der Mauren rief der Weißhaarige: »Seid meine Gäste! Ich bin weit gereist, um mit euch sprechen zu können.«

Zögernd, aber nicht ängstlich, die Hände an den Dolchgriffen, ritten sie näher und sahen verwundert, daß es auf dem Sand keine anderen Spuren gab. Der Fremde schien aus der Luft gekommen zu sein. Er setzte den Falken auf einem Ständer ab, der in den Sand gerammt war, stemmte die Fäuste in die Seiten und wartete geduldig.

»Wer bist du?« rief Shirkuh, und Salahaddin fragte: »Woher kommst du?«

»Kommt in den Schatten«, forderte der Fremde sie auf. »Ihr habt nichts zu befürchten. Ich bin kein Franke, aber auch kein Muslim. Steigt ab. Mögt ihr Wein oder Tee?«

Die Muslime lachten, und der ältere verlangte:

»Allah schläft zu Mittag. Kühlen Wein, Fremder.«

Die Kamele kauerten sich nieder, beide Muslime kamen in den Schatten des Zeltes. Ein winziges Gerät erzeugte einen kalten Luftstrom. Ich öffnete die Spezialtasche und goß kühlen Wein in drei Becher. Unruhig bewegten sich die Jagdfalken. Ich hatte die Unterhaltung während der Jagd mitangehört, und Ciros Spionsonden konnten eine Vorausanalyse liefern. Ich wartete, bis meine Gäste den ersten Schluck getrunken hatten, dann begann ich:

»Ich kenne die Lage in Jerusalem und in Ägypten, den Stand des Kampfes zwischen euch und den Franken. Ich habe mit dem Kaiser der Franken gesprochen und mit dem Herrscher der Christen in Rom. Und Omar ibn Ahman an der Grenze von Kastilien ist, nun, nicht gerade mein Freund. Aber wir achten einander. Zufrieden?«

Shirkuh brummte: »Es ist Sache von uns Muslime, die Rede wie einen Strauß Blüten zu verwenden und Honigwolken zu sprechen. Worüber willst du mit uns reden?«

»Über die Franken und diese verdammten Angriffe auf euer Land.«

Jetzt wurden sie aufmerksam. Jerusalem, abermals ein bizarrer Umstand, war die Heilige Stadt der Christen und der Muslime. Ich erinnerte Shirkuh und Salahaddin an die vielen Jahre und die nicht minder zahlreichen Gelegenheiten, in denen Christen und Muslime, Juden und alle anderen Bevölkerungsgruppen friedlich miteinander gelebt und sich gegenseitig kulturell befruchtet hatten.

»Warum sollte das heute und in den nächsten Jahrzehnten nicht möglich sein?«

Jeder von uns kannte die Geschichte. Wir sprachen von den Übergriffen der Franken während der Jahre, in denen die Pilgerfahrten dank des Abkommens zwischen Carolus und dem Kalifen ar Rashid für jeden Gläubigen möglich gewesen waren.

»Zuerst müßten wir die widerstrebenden Anführer in unseren Reihen einigen«, grollte Shirkuh. »Das werde ich tun, wenn Allah mir gnädig ist. Ist es denkbar, daß du uns mit deinem Rat helfen kannst? Kannst du mit den Franken sprechen?«

»Aber ich vermag sie nicht zu zwingen«, schwächte ich ab. »Wirst du die Erben Nuraddins überzeugen können?«

Shirkuh zog aus der Gürteltasche eine meisterhaft geflochtene Seidenschnur hervor, wirbelte sie durch die Luft, so daß sie sich um seinen Finger wickelte, und lächelte nach innen gekehrt.

»Ich bin sicher, daß ich es kann. Mit der Hilfe meines Neffen.«

»Der es für sicher hält, daß die Franken die Armeen unserer Gegner unterstützen.«

»Unterstützen *werden.* Kannst du dich, Falkenjäger, mit dem Gedanken anfreunden, entweder ein für allemal die Franken aus dem Land zu werfen oder aber, was im Zusammenleben der Völker besser wäre, ihnen den freien Zugang zu den Pilgerstätten zu sichern?«

Salahaddin antwortete, ohne zu zögern, und seine Antwort klang glaubhaft: »Ich würde Pilger und Händler frei durchziehen lassen und sogar Karawansereien bauen und unterhalten.«

Ich hatte ihnen meinen Namen genannt und ihnen versichert, daß jeder Maure, der Kastell und Grafschaft Arcanjuiz in friedlicher Absicht besuchte, ein gerngesehener Gast sein würde.

»Ich reise viel durch die Welt«, wiederholte ich. »Meine Ritter und ich findet man überall dort, wo aufregendes Leben herrscht. Schon heute kann ich sagen, daß wir uns wiedersehen werden. Denke daran: Niemals wird Atlan de Arcanjuiz mit seinen Rittern euch angreifen. Aber wir wehren uns, wenn wir angegriffen werden. Sagt dies euren Unterführern.«

»Ich bin fast sicher«, meinte Shirkuh mit hintergründigem Lächeln, »daß du schwerlich als gläubiger Pilger ans Tor Jerusalems klopfen wirst.«

»Darauf kannst du lange warten!« versicherte ich ihm.

Alexander III, Friedrich I., Shirkuh und Salahaddin; die wichtigsten Personen in dieser Zeit und in dem engbegrenzten Gebiet. Abgesehen von Hunderten kleiner Fürsten, die nur bedeutend waren, wenn sie sich zu größeren Bünden zusammenschlossen – dies galt für das Gebiet, das Europa genannt wurde nach jener mythologischen griechischen Gestalt. Die Hauptakteure würden herrschen und die Heere hin und her schieben wie Figuren auf einem Spielbrett. Aber dies war kein Spiel: Es war Krieg um Macht, um Ideen, um Gesetze. Die Motive waren Habgier, Vernunft, Starrsinn und Charakterschwäche, Lust am Kampf und Abenteuerlust, Fluchtversuche aus einem erbärmlichen Leben in die verheißende Welt jenseits des irdischen Jammertals. Und abermals: Habgier und Machtanspruch, berechtigt oder unberechtigt.

»Wir Muslime haben also dieselben Schwierigkeiten wie die Christen!« stellte Salahaddin fest.

»Ich weiß nicht genau, was du meinst«, wandte ich ein.

»Wir müssen die geistige Einheit der islamischen Religion wiederherstellen!« sagte er.

Ich nickte und stimmte zu: »Recht hast du, Neffe Salahaddin. Bei den Christen ist dies ebenso schwierig wie bei euch. Wir bleiben Freunde, wenn wir uns wiedersehen?«

»Nichts spricht dagegen. Aber nicht jeder Muslim wird deinen Namen kennen.«

»Das erwarte ich nicht. Es genügt, wenn Fremde wie wir nicht den kämpfenden Parteien zugerechnet werden. Idrisi, euer Erdbeschreiber, kennt das Land, aus dem wir kommen – lest seine Schriften.«

»Dieses Studium liegt noch vor mir«, bekannte der junge Mann, der auf mich den besten Eindruck machte; gebildet, entschlossen und ebenso energisch wie der junge Friedrich. »Idrisi indessen wurde zu unserem Schmerz vor einem halben Mond zu Allah berufen.«

»Ich trauere mit euch. Die Welt, in der wir leben, braucht mehr Männer wie ihn. Noch ist von den vielen wunderbaren Dingen zuwenig bekannt. Je länger wir fortfahren, uns gegenseitig totzuschlagen, desto länger dauert es, bis wir all die Seltsamkeiten erfahren.«

»Du mußt wirklich ein Mann von großer Klugheit und Erfahrung sein, Atlan«, sagte der Ältere und wiegte seinen Kopf.

»Damit ist es wahrlich nicht weit her«, bekannte ich grinsend. »Niemand macht mehr Fehler als ich.«

»Schwer zu glauben, Atlan. Aber wer sind wir, daß wir in die Zukunft sehen könnten?«

»Niemand vermag es«, bestätigte ich ihm. »Aber sie wird auch nicht viel besser werden als das Heute. Die Stunden und Tage liegen in Allahs Hand. Es liegt an uns, das Morgen zu verändern.«

Ruhig käuten die Kamele wieder. Die Falken gaben leise Laute von sich. Unser Gespräch dauerte bis tief in den Nachmittag hinein; der Weinkrug leerte sich. Wir trennten uns, wenn nicht als Freunde, so doch als Männer von Vernunft und Einsichtsfähigkeit. Ich baute das Zelt ab, verstaute es im Gleiter und flog, sorgfältig den Landstreifen zwischen Jerusalem und Aleppo betrachtend, nach Kastell Arcanjuiz.

Längst hatten die Bäume ihre Blätter verloren. Regen, manchmal auch Schnee, zog über das Land. Es war seltsam anzusehen; alle Menschen um uns herum waren um elf Jahre älter geworden, alle Bäume waren gewachsen; die meisten hatten längst Früchte getragen. Die ruhige Zeit des Winters begann. In den Bauernstuben klapperten Webstühle und Spinnrocken. Wir halfen unseren Schutzbefohlenen, hinter denen ein Jahrzehnt voll Frieden, Gesundheit und Erfolg lag. Das wichtigste war wohl, daß wir Handwerker ausgebildet hatten, die ihr Wissen weitergeben konnten.

An den Tagen ritten wir, in dicke Stoffe, Leder und Felle gehüllt, in die Dörfer und Weiler und verteilten Urkunden: Aus Bauern einer großen Grafschaft waren Freie geworden. Die Abende und Nächte verbrachten wir im Kastell. In den Kaminen prasselten die Holzscheite, die Böden waren von Heißluftkanälen durchzogen. Wir sprachen über Vergangenes und Zukünftiges; wir konnten keine Änderung feststellen, die uns zu größeren Hoffnungen berechtigt hätte. Die Welt war im Aufruhr, und wegen ihrer Unwissenheit kämpften die Barbaren, statt zu lernen und die ersten Schritte auf dem langen Weg zu den Sternen zu versuchen.

»Alle Neuigkeiten deuten darauf hin«, informierte mich Ciro ar Natal in meinem Arbeitszimmer, »daß es Ärger geben wird. Ärger bedeutet immer Krieg und Verelendung.«

An den Wänden hingen die Ausdrucke, auf denen die vielen Königsgeschlechter und ihre Stammbäume verzeichnet waren. Jeder schien mit jedem verwandt zu sein, und alle Lebenden zerrten an einem Ende der Macht.

»Nichts anderes. Einen Großteil der Neuigkeiten kenne ich schon. Der Carolus, Karl der Franke, wurde heiliggesprochen. Rainald von Dassel, mittlerweile Erzbischof von Cöllen, hat einen Gegenpapst zu Alexander küren lassen, einen Paschalis III. Die Fronten sind verhärtet. Mit großer Sicherheit wird Friedrich, den die Italiener nun *Barba rossa,* Rotbart, nennen, bald seinen vierten Feldzug nach Italien führen.«

»Wahnsinn!« sagte Tyanna. Wir saßen in wuchtigen Sesseln um meinen Arbeitstisch und tranken heißen Tee mit Honig und Beerenschnaps. Die Anführer meiner Androidenritter waren bei uns. Auch sie waren gealtert, allerdings nicht um mehr als ein Jahrzehnt.

»Sollen wir nicht eingreifen und die Hitzköpfe eines Besseren belehren?« fragte Montjoye.

Ich zuckte mit den Achseln, deutete auf die Landkarten. »Sehr viele kämpferische Abenteuer haben wir nicht gerade erlebt, wie?«

»Unbedeutende Scharmützel«, meinte Saurion.

»Gelegentlich wird es mir langweilig«, bekannte ich. »Zwischen all den langsamen fränkischen Panzerrittern wären wir ohnehin eine Sensation.«

»Mehr als das. Eine vernichtende Waffe.«

Ein bewaffneter Ritter auf seinem wuchtigen Pferd, das nach einer Stunde Kampf hoffnungslos erschöpft war, brauchte bis zu sieben Mann im Troß! Wir kamen mit einem Packpferd für je drei Reiter aus. Und dank unserer sehr viel leichteren Waffen und der schnellen Pferde, von denen viele edles arabisches Blut besaßen, waren wir in jeder Hinsicht beweglicher.

»Es wäre nicht falsch, wenigstens zuzusehen!« sagte Ciro.

»Das könnt ihr viel besser mit den Spionsonden.« Tyanna nickte in Richtung auf die Bildschirme, das Innere der aufgeklappten Truhen.

»Es ist nicht dasselbe«, sagte Danco knapp.

»Darüber reden wir. Einige von euch müssen hierbleiben, um das Kastell zu schützen.«

»Was mich, gnädige Herren, wird bringen zu einem Ausruf«, erklärte Amasa Ahitofelsohn. »Wir sind reich geworden, beneidenswert reich. Der Handel hat's gebracht. Korn und Eisen, Salz, Felle, Stoffe und vieles andere. In meinen Truhen stapelt sich Gold. Man wird neidisch werden, guter Herr Atlan, und dann wird man prügeln den Jud'.«

»Man wird dich gewiß nicht prügeln«, sagte ich. »Hast du Vorschläge?«

»Der Prophet legt's auf meine Zunge, den Spruch: Macht eine Stiftung. Baut nicht nur eine Kirche, was geschehen ist, gründet ein Kloster. Dann wird nicht ausstrecken der Klerus seine hungrigen Hände.«

Ich warf dem Verwalter unserer Besitztümer einen überraschten Blick zu. »Das ist, Amasa, ein ausgezeichneter Ratschlag. Aber es muß mehr sein als nur ein Kloster.«

»Eine Stelle wie damals unsere Oase«, bemerkte Ciro. »Ein Ort der Zuflucht, der Forschung, der Sammlung von Erkenntnissen. Aber es wird sehr schwer sein, wenn nicht unmöglich, innerhalb Europas einen solchen Ort zu finden. Ich werde mich weiterhin dem Problem widmen.«

»Wie ist das Verhältnis der Geistlichen zu Arcanjuiz und den – nun freien – Bauern und Handwerkern?« wollte ich wissen.

»Ausgezeichnet. Es muß wohl ein Fehler gewesen sein, aber die Geistlichkeit schickte einen Mann, der weiß, was er zu tun und zu sagen hat. Wir haben ihm eindeutige Hinweise erteilt.«

Ich konnte mir denken, welcher Art sie gewesen waren. In dieser Zeit, in der die Menschen aus dem Elend ihrer Lebensumstände sich nach einem Weiterleben nach dem Tode sehnten, war es wichtig, daß der Erlösungsgedanke auf vernünftige Weise unter das Volk gebracht wurde.

»Verwendet einen Teil unserer Goldstücke dazu«, sagte ich, »dem Don Soundso ...«

»Bruder Anez!«

» ... ein schönes Haus zu bauen und ihm Gelegenheit zu geben, reisende Glaubensbrüder zu bewirten.«

»Einverstanden! Die Bauern werden gern mitarbeiten.«

»Meint ihr, daß wir unter normalen Umständen weitere zehn, fünfzehn Jahre ungestört hier hausen können?«

»Mit höchster Wahrscheinlichkeit«, antwortete der Roboter.

»Höchst erfreulich. Das einzig Positive in diesen dunklen Jahrzehnten«, brummte ich zufrieden. »Dann bereiten wir uns also auf ein kampferfülltes nächstes Jahr vor.«

»Die Auswahl einschlägiger Betätigung ist groß!« schloß Ciro.

Winter und Frühling verbrachten wir mit tausend Denkanstößen und technischer Hilfe für die Menschen in der Grafschaft Arcanjuiz, mit Besuchen bei den maurischen Nachbarn, mit dem Bau weiterer Straßen, Brücken und dem Pflanzen von Nutzwäldern. Der Lärm ferner Schlachten drang nur schwach zu uns durch. Unsere Ritter fingen an, sich mit dem Weg nach Italien zu beschäftigen, mit Tagesabschnitten, Lagermöglichkeiten und Unterkunft. Nicht einer von uns würde raubend und plündernd über Land ziehen. Aber wir waren auch nicht gewillt, uns der Willkür jener kleinen Herrscher zu unterwerfen, deren Land wir durchzogen. Unsere Straßen waren frei – und wir waren freie Ritter.

16.

Natürlich zog Friedrich Barbarossa im Jahr 1167 durch Italien. Rainald von Dassel, Anführer eines Heeres, wartete in Tusculum, einer befestigten Stadt südlich Roms. Er wartete auf das zweite Heer unter Führung Christians von Mainz. Die Entscheidung gegen Alexander II. lag nicht mehr fern. Über Burgund ritt Kaiser Friedrich I. Über Tuscien stieß er auf Rom vor. Alexander III. war geflüchtet. Er verbarg sich, schlecht geschützt, in Anagni, südöstlich von Tusculum. Bei Ronciglione trafen wir zusammen.

Hundertfünfundsiebzig Ritter mit rund zweihundert Pferden und zwei Gespannen, mit Tanchebray, Montjoye und mir an der Spitze, kamen von links. Ein Teil des Heeres von Barbarossa ritt an uns vorbei. Wir waren frisch, Pferde und Waffen glänzten. Die Franken schleppten sich staubbedeckt und schwitzend nach Süden. Das Heer wirbelte eine riesige Staubwolke auf, und es stank nach Mensch, Vieh und Fäulnis. Ich hob den Arm. Hinter mir schlugen hundertfünfundsiebzig Mann gegen die Schilde.

»Los! An die Spitze des Zuges!«

»Zu Friedrich Barbarossa!« kam es fast gleichzeitig zurück. Wir ritten an, bogen ab und überholten, neben der Straße reitend, die Franken. Die Spitzen der Lanzen funkelten durch den Staub. Wir waren ausgeruht und bestens verpflegt; als wir am Heerwurm der Franken entlangstoben, dachten die müden Reiter, wir wären eine Truppe aus einer anderen, fremden Welt.

»Wo ist euer Kaiser?« schrie ich zu den Rittern und Knappen hinüber.

»Er reitet als erster!«

Wie kaum anders zu erwarten. Erinnere dich an deine guten Vorhaben! riet der Logiksektor. Wir näherten uns der Ewigen Stadt. Waffen klirrten, Pferde keuchten und wieherten, Leder knarrte, und Sporen klirrten. Zusammen mit Staub und Gestank wälzte sich eine Geräuschwoge die Straße entlang. Wir erreichten, mit offenen Visieren reitend, den Anfang der Masse aus Menschen, Wagen und Pferden. Barbarossa und ich erkannten einander im gleichen Augenblick.

»Sag deinen Rittern, Kaiser«, schrie ich und zügelte neben ihm mein Pferd, »daß wir Freunde sind!«

»Ritter de Arcanjuiz!« rief er begeistert. »Seid ihr gekommen, um mir zu helfen?«

»Vielleicht. Niemand rief uns. Ich bin aus freien Stücken hier. Du hast es also nicht verstanden?«

»Was? Ich habe deinen Rat befolgt ...«

»Du bist zum viertenmal in einem Land, das deine Herrschaft nicht will, bekämpfst einen Papst, den du nicht hast wählen lassen, opferst Männer, die dir besser in deinem Reich helfen könnten, und das alles in den wenigen Jahren, die du noch lebst? Das meinte ich.«

Zuerst hatte er sich gefreut. Jetzt wurde sein Gesicht nachdenklich. Er war unsicher, und nicht zum erstenmal kam bei mir und den Rittern, die hinter uns in den Sätteln saßen, ein Verdacht auf: Von Dassel war derjenige, der für Friedrichs Hartnäckigkeit verantwortlich war. Barbarossa, dessen Bart und Gesicht dick vom Staub verkrustet waren, stellte sich in den Bügeln auf und schien meine Leute zählen zu wollen.

»Hundertfünfundsiebzig unbezwingbare Ritter«, sagte ich. »Warum hast du dich mit Alexander nicht an einen Tisch gesetzt und mit ihm einen Krug Wein geleert?«

»Der römische Wein aus diesem Keller ist mir zu bitter!«

»Ich sprach mit ihm«, sagte ich. »Er mag Wein! Und du hast meinen Brief bekommen.«

Er starrte mich an. »Nein. Wann hätte ich dieses Schreiben erhalten?«

»Dann ist es von deinem selbstherrlichen Erzbischof unterschlagen worden«, sagte ich mit Bestimmtheit. »Frag ihn, wenn er sich aus den Mauern von Tusculum hervorwagt. Alexander will ebensowenig wie du sein Gesicht verlieren, abgesehen von Unterschieden, die man durch ein Gespräch unter zwei so mutigen und klugen Männern hätte aus der Welt schaffen können.«

Wir mußten uns laut unterhalten, um das Lärmen zu übertönen. Unaufhaltsam näherten sich Tausende Bewaffneter den Mauern der Stadt. Die Bewohner der wenigen Häuser und der dunklen Felshöhlen abseits der Straße verbargen sich.

»Ich habe kein Wort, keine Zeile gelesen. Warum bist du nicht selbst gekommen?«

»Weil die Straßen alles andere als sicher sind, weil deine Herren Reichsgrafen Maut verlangen für jeden Pferdehuf, weil es zu wenige Gasthäuser gibt, die zudem von Ungeziefer und Diebsgesindel starren, und so weiter. Erinnerst du dich noch an Arcanjuiz?«

»Gern und oft.«

Meine Worte hatten ihn getroffen. Wütend riß er am Zügel. Sein Pferd bäumte sich auf, und an der Spitze des Zuges entstand beträchtliche Verwirrung. Die Fürsten ritten aus guten Gründen weit vor ihren Männern; es gab keinen Staub, man sah mehr, und es wirkte besonders mutig. Also waren wir an der richtigen Stelle.

»Wann kommst du wieder?«

»Nachdem ich es diesem Unpapst gezeigt habe. Ihm und den Städten, die sich gegen den Kaiser stellen.«

»Du rechnest nicht damit, daß ein anderer siegen könnte?«

»Nicht, wenn deine Unbesiegbaren mir helfen!«

»Ich habe nicht versprochen, dir zu helfen. Vielleicht rette ich dich, wenn du in Todesgefahr kommst!«

»Du kämpfst etwa ... mit Alexander?«

»Nein. Ich bin auf der Seite der Vernunft. Tote und Verwundete sind jenseits der Unvernunft. Sagen wir einmal: Wir sind hier, um abwartend zuzusehen.«

»Ihr kommt wirklich aus einem unbegreiflichen Land.«

Ich dachte an die Tiefseekuppel, an ES und bestätigte mit einem tiefen *Ja.* Jetzt ritten wir mit dem dritten Heerhaufen. Von Tag zu Tag litten die Franken mehr unter der Hitze. Die Boten, die heransprengten und berichteten, daß die Römer dreißigtausend Mann zusammengezogen hatten, troffen von Schweiß und keuchten mehr als ihre Pferde, deren Flanken wie Blasebälge gingen.

»Erzbischof Christian, der Mainzer, ist in Gefahr. Schneller!« hieß es nach dieser Botschaft. Das Heer schwenkte herum und bewegte sich an Rom vorbei. Voller Neid sahen die Franken, wie schnell wir unser Lager aufschlugen, wie gut wir es hatten, wie reichhaltig unser Proviant war. Sie merkten nicht, daß der frische Nachschub von Ciro ar Natal mit dem Gleiter in den Nächten gebracht wurde.

Bei Tusculum erfolgte der Zusammenstoß. Ich hatte es dank der Spionsonden und der Schilderungen Ciros bis auf Stunden genau abschätzen können. Die Römer griffen das Herr Christians an. Der Reiterangriff war mit dem Mut von Verteidigern geführt. Das Heer Christians wandte sich zur Flucht. Die römischen Reiter kannten das Gelände, bildeten Gruppen und steigerten das Tempo ihrer Pferde. Die Franken, die erschöpft in staubverkrusteten Sätteln saßen, merkten, wie ihre Pferde ans Ende ihrer Kräfte kamen. Die Masse der fränkischen Reiterei zerriß in kleinere Verbände, die allesamt in die Richtung auf Tusculum zuritten. Einige Ritter blieben zurück. Ihre Pferde knickten erschöpft in den Läufen ein; die Männer wurden aus den Sätteln geschleudert und brachen sich Arme und Beine. Einige blieben auf den Füßen, das lange Schwert in beiden Händen, und die Römer, die aus den Sätteln heraus zuschlugen, starben. Diese Gruppen von verzweifelt kämpfenden Männern waren häufig. Sie lösten sich auf, nachdem die Lanzen der Römer sich von allen Seiten in die Körper der fränkischen Kämpfer gebohrt hatten.

Verwundete und sterbende Männer schlugen mit schartigen Waffen aufeinander ein. Leichen bildeten am Boden verkrümmte Bündel. Schilde rollten wie Wagenräder über die Flächen. Im Gras steckten zerbrochene Lanzen. Pferde wieherten und kreischten. Überall sickerte Blut in den zerwühlten Untergrund. Dröhnen und Klirren hingen in der kochenden Luft und schienen die Erde erzittern zu lassen.

Befehle wurden geschrien. Schneidend drangen die Töne von Signaltrompeten durch das Gedröhn. Sämtliche Stadttore von Tusculum flogen auf. Das Heer des Mainzers hatte sich wieder gesammelt. Der Erzbischof in seiner auffallenden Rüstung gab ein Zeichen. Die Fahnen und Wimpel schwankten wie wild. Die fränkische Reiterei hielt ihre keuchenden Pferde an, drehte um und schloß zu einer mehrfachen Schlachtreihe auf.

Die Römer prallten, vom schnellen Sieg verwirrt, auf die ersten Reihen. Die Ritter bedeckten ihre Nacken mit den Schilden und schwangen die Langwaffen wie Dreschflegel. Das ausgeruhte Heer dessen von Dassel – der sich das Warten mit Schachspiel vertrieben hatte – brach aus der Stadt hervor. Auf der gegenüberliegenden Seite des Schlachtfelds griffen Friedrich und seine Reiter an, während die Fußtruppen aller Heere zwischen den Pferden umherliefen, den Reitern frische Lanzen zuwarfen und ausschwärmten, um sich in wütenden Einzelkämpfen auf die Römer zu stürzen, auf die Truppen des verhaßten Papstes und seiner Gefolgsleute.

Es war ein Tag des großen Tötens und Verletzens. Von drei Seiten wurden die Römer angegriffen und langsam zermahlen. Zu dieser Stunde gab ich meine Befehle. Unsere Reiter schwärmten aus, schalteten die Abschirmfelder ein und die Lähmstrahler in den Spitzen der Lanzen auf volle Kraft. Zusammen mit den Anführern bahnte ich mir einen Weg durch das dichteste Getümmel.

In neun Gruppen jagten meine silberglänzenden Ritter auf die hintersten Linien der Schlacht zu. Römer oder Franken – gleichgültig! Wer diesen Kampf überlebte, würde kein zweites Mal mehr in die Schlacht reiten müssen. In dem ungeheuren Lärm hörte niemand das Dröhnen und Fauchen der Schockstrahler. Pferde und Männer sanken, ohne verwundet zu sein, besinnungslos zusammen. Angriffe auf diese schnellen Reiter erfolgten zu Dutzenden, aber alle scheiterten.

Mit geschlossenem Visier, gesenktem Schild und gefällter Lanze, den Daumen auf der Druckplatte, ritt ich auf die Stelle zu, an der Barbarossa focht. Er schien seit unserem ersten, spielerischen Waffengang kein Jahr gealtert zu sein. Sieben römische Reiter bewegten sich um ihn herum und griffen ihn an. Zur gleichen Zeit hatte er drei gegen sich: Einem wich das Pferd aus, der andere landete seine Schwerthiebe auf dem zerbeulten Schild, und mit dem dritten kreuzte Friedrich die Klingen. Ein Römer erstach den Fahnenträger von hinten. Ein Franke zog den Römer aus dem Sattel, rammte ihm den Dolch unter das Visier und kletterte, die Fahne in der Hand, wieder aufs Pferd.

Der weitgefächerte Strahl meiner Lanze erfaßte eine Gruppe von sieben

Reitern. Sie brachen im Sattel zusammen. Die scheuenden Pferde keilten aus, warfen sich hin und her und rannten unbehelligt durch die kämpfenden Gruppen.

Wir bildeten einen unaufspaltbaren, spitzen Keil. Hinter mir ritten Saurion und Tanchebray, dann folgten Valayne, Montjoye und Comonda. Einen Steinwurf weit vor uns gab es keine Angreifer mehr. Unsere Rüstungen und die Schutzplatten an den Köpfen der Pferde und an ihren verwundbarsten Stellen funkelten. Wir sahen, daß sich aus den drei fränkischen Heeren fingerartig Gruppen hervorschoben und sich in der Mitte des Feldes zu treffen versuchten. Durch einen Wirrwarr zerbrochener Waffen und regungsloser Körper ritten wir auf Friedrich zu. Ununterbrochen sanken vor und neben uns die Reiter aus den Sätteln oder klammerten sich im letzten Reflex an den Sattelhörnern fest. Wir dröhnten, blitzten und polterten heran wie Wesen aus einer anderen Welt.

Während auf den überforderten Pferden der Franken jeder, der im Sattel sitzen und seine eigenen Waffen führen konnte, *Ritter* genannt wurde, bewegten wir uns auf unseren wendigen Tieren überlegen. Aber nun schien sich der Waffengang dem Ende zuzuneigen. Von drei Seiten war das römische Heer von Franken umgeben, von kämpfenden Abteilungen. Die meisten Reiter waren vom Pferd geschleudert worden oder abgestiegen. Sie kämpften, in ihren schweren Rüstungen wenig beweglich, auf der Erde. Herrenlose Pferde standen apathisch da oder trabten mit schaukelnden Steigbügeln dorthin, wo es am wenigsten Kampf gab. Das römische Aufgebot erstreckte sich zungenförmig einen leichten Hang abwärts. Seine Spitze bröckelte ab, die Überlebenden drängten zurück. Da die Kameraden nicht wußten, was an den Kampflinien wirklich vorging, wich der hinterste Trupp nicht zurück.

Die verschmutzten Waffenröcke der Franken und die Lanzen, von denen die Gruppe um Friedrich geschützt wurde, tauchten wieder aus dem Gewimmel auf. Der Bannerträger hielt die viereckige Fahne hoch. Die funkelnden Spitzen unserer Lanzen feuerten die Lähmstrahlen wahllos auf die Wappen fränkischer und römischer Ritter ab. Für jeden, der nicht genau hinsah, mähten wir die Männer nieder.

»Friedrich«, schrie ich und setzte über zwei zusammenbrechende Pferde hinweg, »ich glaube, du bist der Sieger!«

»Ich weiß es. Dank dir!«

Wir ritten in einem Kreis an dem Haufen der Franken vorbei. Es war später Nachmittag. Die Einzelkämpfe wurden schlaffer. Jetzt deutete ich nach rechts und links, und der Keil zog sich zu einer Reihe auseinander. Wir ritten entlang der Kampfzone und versuchten, so viele Männer wie möglich mit den Strahlen zu treffen.

Keiner der bewußtlosen Männer würde weiterkämpfen. In der Nacht würden sie aufwachen und sich davonmachen. Der erste Zusammenprall der schweren Reiter und die Anzahl jener, die ihn überlebten, entschieden diese Art von Kampf.

Vier Bogenschuß weiter trafen wir mit zwei unserer Gruppen zusammen und stoben dorthin, wo Rainald von Dassel die Geschicke der endenden Schlachterei zu lenken versuchte. Ständig kamen und gingen Boten hin und her. Ich warf einen flüchtigen Blick dorthin und sprengte weiter. Mittlerweile zeigten auch unsere Pferde Ermüdungserscheinungen. Ich kippte, als wir jenseits des Gewimmels waren und eine breite Schneise besinnungsloser Krieger hinter uns gelassen hatten, den Schild nach außen und schaltete mit dem Kinnteil des Helms einen Kontakt. In der Ausrüstung aller meiner Ritter schrillte ein durchdringendes Signal. *Sammeln.* Sonliot war unser Bannerträger. Er stellte sich in den Steigbügeln auf, während wir auf ein freies Stück Land abseits der Stadtmauer zuritten. Er packte die Fahnenlanze und schwenkte sie, bis wir sicher sein konnten, daß uns jeder gesehen hatte.

»Wir lagern abseits der Franken!« schrie ich, als sich mehr und mehr der Gestalten um mich versammelt hatten. »Dorthin, Freunde.«

Ich zeigte in die Richtung, in der hinter der Staubwolke Rom lag. Es gab keinen Wind an diesem Tag. Der Geruch wurde unerträglich; es wurde Zeit, diesen traurigen Ort zu verlassen. Immer mehr unserer Leute stießen zu unserer Gruppe, die in langgezogener Formation hinter dem Ende des römischen Heeres vorbeiritt und dem Lager zustrebte.

Ich nahm den Helm ab, ließ mein Pferd in leichten Trab fallen; hinter uns blieb der Ort des Todes zurück. Wir versorgten unsere Pferde, bezahlten den Bauern und trieben sie auf die Weide. Mit geübter Schnelligkeit luden wir unsere Wagen ab und bauten das Lager auf. Als es dunkelte, waren wir in den Vorbereitungen für ein ausgedehntes Essen aus frischen Zutaten. Am nächsten Morgen kamen höfliche Boten von Friedrich Barbarossa und luden mich und die Anführer ins Lager der Franken ein.

Im Mittelpunkt der Zelte befand sich ein freier Platz, ausreichend mit Wasser besprengt. Schattensegel, gespannte Taue, Lanzen mit trostlos herunterhängenden Wimpeln, Schilde und klobige Feldstühle bildeten ein Halbrund. Wir ließen unsere Pferde am Lagerrand und gingen, von Boten begleitet, auf das Zentrum zu. An vielen Stellen sahen wir fränkische Ritter, Knappen und Diener, die ihre Wunden versorgten und sich gegenseitig halfen. Überall hingen und lagen Rüstungsteile und herrschten abstoßende Gerüche. Friedrich Rotbart kam auf mich zu, schüttelte meinen Unterarm, umarmte mich und begrüßte meine Ritter. Er ließ Wein bringen. Ich blickte ihn aufmerksam an; fünfundvierzig Jahre zählte er, und die Spuren in seinem Gesicht waren unübersehbar. Der rote Bart begann grau zu werden, das Haar lichtete sich an den Schläfen.

»Nun, Kaiser Rotbart«, sagte ich halblaut und musterte seine rotunterlaufenen Augen, »zweifellos wird Euch Gegenpapst Paschalis in Rom, der Oftverwüsteten, abermals zum Kaiser Italiens krönen und salben müssen.«

»Deswegen haben wir gekämpft.«

Ich konnte niemanden sehen, der wie der von Dassel aussah. Rotbart dankte uns, daß wir mit ihm gekämpft hatten. Ich erwiderte, daß wir nur eingegriffen hatten, um ihn zu schützen. Ich erinnerte ihn, leiser sprechend, an die Gespräche auf Kastell Arcanjuiz.

»Gibt es nichts und niemanden, der dir diesen unseligen Hang, ein Land besitzen zu wollen, das dich nicht will, erfolgreich ausredet?«

Von seinen Rittern hörte niemand zu. Ich konnte, ohne ihn bloßzustellen, diesen Tonfall wagen.

»Ich habe Rom unterworfen«, sagte er. »Rom und die Krönung sind der Schlüssel für dieses Land. Mein Sohn Heinrich, zwei Jahre alt, wird nach mir herrschen und vollenden, was ich angefangen habe.«

»Wollen wir's hoffen«, brummte ich. »Mittlerweile graben deine unwilligen neuen Untertanen, statt zu ernten, ihre und deine Ritter in das Land, das du nicht behalten kannst, weil es zu weit entfernt ist und weil deine tapferen Ritter halbtot und dezimiert sind, wenn sie hier kämpfen wollen. Aber das weißt du ja alles ebenso gut wie ich.«

»Noch habe ich Alexander nicht. Er ist geflüchtet.«

»Er kann in Gaeta sein, in Benevent oder Anagni. Bis du ihn findest, ist von deinem Heer keiner mehr übrig.«

»Und ich zwinge ihn doch, Atlan!« sagte er. An Entschlossenheit war er nicht zu überbieten.

»Ich denke, daß meine tapferen Männer und ich dabei zusehen werden. Vielleicht muß ich dich noch einmal retten.«

»Ich bin nicht der Graf de Arcanjuiz«, sagte er. »Ich stehe als Person für ein Prinzip ...«

»Wie Alexander der Dritte«, unterbrach ich. »Er gebrauchte dieselben Worte. Mach Frieden mit ihm, Barbarossa!«

»Ich umarme ihn, werfe mich vor ihm nieder, wenn er hierherkommt und tut, was seine Pflicht ist.«

Ich winkte ab; heute und an dieser Stelle, nach seinem Sieg, war es sinnlos, ihn überzeugen zu wollen. Ich versprach, durch Boten stets erreichbar zu sein, und als er mich fragte, wann wir zurückreiten wollten, hob ich die Schultern.

»Wir werden uns dieses herrliche Land dort ansehen, wo es keinen Krieg gibt. Schließlich ist die Hälfte des Jahres vorbei. Wir versuchen, den Ruf der Ritterschaft unter den Bauern zu verbessern.«

Wir grinsten uns nicht ohne Verständnis an. Die Heilige Stadt, die sich nach jedem Überfall auf erstaunliche Art wieder erholte, war für Friedrich sicherlich nicht die wichtigste Gegnerin. Der Normanne Guiscard hatte sie 1083 nahezu dem Erdboden gleichgemacht, nachdem er von Papst Gregor dem Siebenten zur Hilfe gerufen worden war. Heinrich der Vierte, von Gregor verflucht und gebannt, hatte die Normannen zu Hilfe gerufen. Damals hatte es in der Welt »roma fuit« geheißen; dies war einst Rom gewesen. Die Eroberer kamen und gingen seit eineinhalb Jahrtausenden. Friedrich und seine Panzerritter waren für die Römer nur weitere unangenehme Besucher.

»Wir werden uns, Friedrich, nicht aus den Augen verlieren.« Ich verabschiedete mich. »Denke daran! Du bist von zahllosen Gefahren umzingelt, nicht nur von einer fremden Sprache.«

»Immerhin sind wir in diesem Land besser gehalten als vor Jerusalem«, meinte Barbarossa und packte nacheinander die Handgelenke meiner Ritter. Wie ein Kriegsherr, der Rom und seinen Papst unterwerfen würde, sah keiner der Franken aus.

Der Archipoeta an Friedrich Barbarossas Hof schreibt: »Wer als Vasall vom Lehnsherrn Land zu leihen bekam, schuldete ihm Treue und Dienstbarkeit und stand im Schutz des Mächtigen. So lernten die Herren Treue, oft mühsam genug. Denn unser niederer Adel war eine Horde von Draufgängern, die nur Erfolg und Faustrecht anerkannten. Sie paktierten mit Tod und Teufel und überfielen jeden Schwachen. Rücksichtnahme war Feigheit. Der tapferste Gegner wurde ohne jede Ritterlichkeit doppelt brutal niedergehauen. Neben dem Raubkrieg war das Lieblingstreiben jener Zügellosen die Hetzjagd auf Großwild. Eine Grabinschrift meldet: »Ein Edelmann; seine Hunde liebten ihn sehr«.

Geraubtes und Erjagtes gab man mit vollen Händen aus – Schwächlinge mochten knausern, jene, die arbeiten mußten. Zucht und Keuschheit galten als Geiz. Die lichtlosen Häuser wimmelten von unehelichen Bastarden. Kein Mann und kein Weib war vor ihnen sicher, kein Bauer und erst recht kein Fremder.«

Montjoye verbeugte sich kurz, deutete auf einen Franken, um den sich andere Männer scharten, dann sagte er in unüberhörbarem Ernst: »Der Gott Alexanders hat das Heer Barbarossas geschlagen. Eine Seuche wütet bei den Franken.«

Ich sprang auf und erkannte, daß wir uns in den letzten Tagen zuviel um uns selbst gekümmert hatten.

»Seuche? Wie äußert sie sich? Gibt es Tote?«

»Ja. Es muß furchtbar sein.«

Deine Vorräte an medizinischen Hilfsmitteln sind nicht groß. Tausende seuchengefährdeter Franken! erklärte der Logiksektor. Richtig! Ich ordnete an, daß drei Dutzend der erfahrenen Ritter mit einschlägiger Ausrüstung sich bereit machen sollten. Von dem Franken, der fieberte und sich im Schüttelfrost wälzte und aufbäumte, erfuhr ich wenige Einzelheiten. Mückenstiche hatten sich entzündet, kleine Wunden begannen zu eitern, die Franken fielen kraftlos von einem Fieberanfall in den nächsten.

»Der Kaiser ... er spricht von Rückzug ...«, lallte der Ritter. Ich klappte meine schwere Tasche auf und überlegte. Ich wählte ein aufbauendes Mehrfachpräparat aus Vitaminen und Spurenstoffen und fügte eine große Dosis eines Breitbandantibiotikums hinzu. Dann jagte ich ihm die Mischung mit der Preßluftinjektionsspritze in seinen schmutzigen Hals.

»Das wird wohl bitter werden«, sagte ich. »Wir reiten zu den Franken und sehen zu, was wir tun können.«

Wir schrieben den siebenten Monat. Barbarossa hatte mit allen Kräften nach Alexander suchen lassen. Bisher offensichtlich erfolglos. Wir verließen unser Lager und ritten in gestrecktem Galopp zu den Quartieren, in denen die Franken hausten. Schon von weitem spürte ich die Mischung zwischen panischer Furcht und der Ruhe, die nur von einer Krankheit herrührte. Es begannen sich einzelne Ritter mit ihrem Troß zu sammeln und trieben Pferde zusammen.

»Sie wollen tatsächlich das Land verlassen, Atlan!« rief Saurion unterdrückt. »Ich sehe schlimme Dinge.«

»Das ist erst der Anfang«, gab ich zurück, denn ich sah ebenso wie er die Bilder einer gräßlichen Wende. Unter den heißen Leinwänden der Zelte lagen die Franken auf dem staubigen Gras, auf Decken und wenigen Liegen. Andere krümmten sich in schattigen Winkeln zusammen; Leute aus dem Troß rannten mit Wasserkrügen hin und her. Stöhnen und Wimmern waren die kennzeichnenden Geräusche. Ich sprang vom Pferd und packte einen halbgerüsteten Ritter an seinem rostigen Kettenhemd. »Wo ist Barbarossa? Wo sind seine Fürsten?«

»Dort. In seinem Zelt. Wir sind alle krank ...«

Einige Ritter kümmerten sich um meine Pferde. Meine größte Sorge galt dem Kaiser. War er schon angesteckt? Ich kannte weder den Erreger noch den Ausgang der Seuche. Kranke schrien mit gelblichem Schaum vor den Lippen nach Hilfe. Wir rannten auf die Zelte zu. Wir fanden Barbarossa in nur mühsam unterdrückter Aufregung.

»Noch mehr Gräber«, sagte ich. »Aber von deinen Rittern werden wenige die Schaufeln halten können. Willst du sterben?«

Herausfordernd starrte er mir ins Gesicht. Er erkannte, daß ich es ernst meinte. »Nein. Es gibt noch so viel zu tun und zu verknüpfen.«

»Dann kommt in ein paar Augenblicken hier am Tisch vorbei, mit entblößten und, so es euch gefällt, sauberen Hälsen. Ich hoffe, daß ich wenigstens eine Handvoll retten kann.«

Die Menschen jener Zeit verstanden zu leben, und der Tod war ihr täglicher Begleiter. Sie handelten schnell, weil da jemand war, der ihnen unbekannt genug war – vielleicht halfen dessen fremdartige Mittel. Ich schaute skeptisch meine Vorräte an und sagte meinen Rittern, was sie zu tun hatten. Ich injizierte dem Kaiser und seiner Umgebung mein zusammengemischtes Präparat und hoffte, es würde helfen. Ich arbeitete zwei Stunden lang, dann waren meine Vorräte erschöpft. Immer mehr erfuhr ich über jenes Fieber, das die Abwehrkräfte der Körper lähmte und tödliches Fieber hervorrief, das in Erschöpfung und Raserei führte. Durch mangelnde Sauberkeit waren die Verwundeten und Kranken zuerst die Opfer geworden; schon am ersten Tag starben im Lager unzählige Männer.

»Verlasse schnellstens dieses Land! Auf dem kürzesten Weg«, riet ich Friedrich, der sein Heer sterben sah. Bauern aus der Umgebung halfen uns, riesige Gräber auszuheben. Barbarossa gab den Rückzugsbefehl und ließ nach Rainald von Dassel suchen.

Wir erfuhren es später: Vor Tivoli ließ sich der Erzkanzler aus dem Sattel seines taumelnden Pferdes gleiten. Er setzte sich in der Haltung eines Edelmannes auf einen Stein und diktierte seinem Schreiber sein Testament. Zwischen Fieberwahn und Klarheit starb er, wie er gelebt hatte: schweigsam, in sich gekehrt und ohne zu klagen. Er zog seinen Mantel über den Kopf, und als nach einer Stunde seine Leute es wagten nachzusehen, war er tot. Friedrichs Truppen zogen durch die Lombardei. Die Städte um Mailand, die den Franken haßten, brauchten die Ritter nicht einmal mehr anzugreifen. Das Lager der Franken leerte sich auf zweierlei Weise. Eine Hälfte starb; die andere Hälfte, ein wenig größer, packte in rasender Eile das Nötigste und ritt fort. Meine Ritter und ich halfen, wo wir nur konnten – aber es war nicht viel. Wir blieben, bis es in den zusammenbrechenden Zelten keinen Lebenden mehr gab. Friedrich, weinend vor Dank und aus Enttäuschung, trug schwer an dem Verlust und machte Alexander dafür verantwortlich.

Als sich über die Reste der fränkischen Armee das endgültige Schweigen des Todes gesenkt hatte, ritten wir fort. Eine Nachricht Ciros erreichte mich auf dem Weg zum westlichen Strand:

»Mittlerweile sind etwa sechzig Prozent gestorben. Der Rest wird wohl überleben. Meine Sonden konnten beobachten, daß sich Barbarossa den Bart scherte, sich als einfacher Reisender verkleidete und über den Apennin flüchtete. Wir erwarten euch bald im Kastell. Soll ich euch mit dem Lastengleiter abholen?«

»Noch nicht«, gab ich zurück. »Wir wollen im Meer baden, uns bräunen und langsam durch das Land wandern. Wir sind keine verhaßten Franken.«

Es glückte uns, dieses Vorhaben durchzuführen. Auch diese Niederlage im Sieg würde Friedrich nicht von seinem Kurs abbringen. Vielleicht nützte es, daß sein Ratgeber nicht mehr lebte. Wer konnte es sagen?

Bis zur Jahreswende kauften wir mit unserem Reichtum von den benachbarten Grafen einige Weiler und drei Dörfer. Im Reich von Sancho dem Dritten gab es weitaus weniger Reichsämter, so daß wir nur wenig zu manipulieren hatten. Den Rest besorgte Amasas Geschick, mit Geld so gut umgehen zu können wie Ciro und ich mit Menschen.

Dann zogen wir uns zurück in den Schlaf der Schutzkuppel. Die Wirren in Europa fanden mit und ohne uns keinen Meister. Wir setzten uns eine Frist von zehn Jahren.

Diese beiden Männer, Alexander und Friedrich Barbarossa, waren *wahrhaftige* Fanatiker. Sie glaubten, was sie vertraten. Jeder stellte sich als Vertreter des Prinzips dar. Ihr eigenes Wohlergehen war ihnen gleichgültig. Im Bewußtsein, daß Ciro ar Natal wie gewohnt alles im Griff haben würde, schliefen wir ein. Inzwischen gingen allerorten die blutigen Kämpfe weiter. Frieden blieb die Ausnahme. Insgesamt sieben bewaffnete Pilgerfahrten in Richtung Jerusalem, zwischen 1069 unter der Führung eines Eremiten namens Peter aus Amiens, bis 1270, das Jahr, in dem Ludwig der Neunte bei Tunis umkam. Einundzwanzig Jahre später fiel Akkon, die letzte christliche Bastion.

Waren aus dem Orient, aus dem islamischen Einflußbereich, wurden in gewaltigen Mengen gehandelt.

Meine Unterhaltungen mit Salahaddin und Alexander hatten beträchtliche Auswirkungen. Dinge wie Metallbearbeitung, Kartenkunde, Pflug und Egge, Steigbügel und buchstäblich Tausende anderer »Kleinigkeiten« gingen in den großen Erfahrungsschatz der sogenannten untersten Klassen ein, in das Wissen von Bauern und Handwerkern. In allen Teilen der Welt verbesserten wir unzählige Verfahren, kleine und große, wichtige und unwichtige. Wir lernten unterhaltsame Leute kennen. Frauen und Männer. Ich konnte mit Hildegard von Bingen sprechen und ihr bestätigen, daß einige ihrer Visionen einen sicheren naturwissenschaftlichen Hintergrund hatten. Ciro und ich lehrten Eilbertus, den Kölner Meister, Kupferplatten zu gravieren. Wir sahen zu, wie Heinrich der Löwe die Stadt Munichen gründete, gaben Ibn Esra astronomische Hilfestellung – die er teilweise als Unsinn bezeichnete –, und Sainte-More erfuhr von mir die Wahrheit über die Sagen um Troja. Auch Ketzergerichte erlebten wir mit; furchtbare Dinge geschahen mit Häretikern und Ketzern im Namen des wahren Glaubens. Girault de Bornelh sang und spielte auf Kastell Arcanjuiz; ein einzigartig fähiger Troubadour. Auch Teile der Alexanderdichtung von Châtillon hörten wir. Es war eine gute, an Wein und Gelächter reiche Zeit für *trouveres* in unserem Haus.

Ciro weckte mich, als er eine seltsame Erscheinung auf der Rückseite des Mondes aufspürte ... Wir wußten, daß britannische Mönche hervorragende Enzyklopädisten und Sammler waren. Einige Klosterbrüder besaßen erstaunlich gute naturwissenschaftliche Kenntnisse. In dem langen Zeitraum steuerte Ciro Spionsonden an alle interessanten Punkte der Barbarenwelt. Eine ununterbrochene Verbindung bestand natürlich mit Kastell Arcanjuiz.

Eines Nachts erfaßte helle Aufregung die Mönche. Es war der Sonntag vor dem Fest St. Johns des Baptisten, also am 18. Juni 1178. Auf dem Mond erschien ein grelles Licht in Form einer Fackel. Gervasius von Canterbury notierte, was die Mönche sahen: Hinter der Krümmung des Mondrandes wurden glühende Brocken und Funken in die Nacht hinausgeschleudert, heller als die Sterne. Leuchtende Gase wurden aus dem Mond hervorgepeitscht und loderten weit in die Schwärze hinaus. Der Funkenregen erlosch nach einigen Atemzügen. Gervasius erfuhr auf diese Weise endgültig, daß der Mond eine Kugel war. Aber alles wurde peinlich genau notiert; irgendwann erinnerte ich mich daran. Wir stellten fest, daß der Krater Giordano Bruno damals entstanden ist. Aber immerhin gab es in diesen Jahren nicht nur Ärgerliches.

Wir lernten zwei bemerkenswerte Männer kennen. Selbstverständlich war ihr Verhalten von den Jahren und Umständen, in denen sie lebten, nicht zu trennen. Einer war ohne Zweifel Yussuf Salahaddin! Der andere war Herzog von Aquitanien, Richard Plantagenet von Anjou, König von England, genannt Löwenherz. Geboren als zweiter Sohn König Heinrichs des Zweiten und Eleonores, in Oxford am 8. September 1157. Ich tat vieles mit ihm zusammen. Es waren herrliche Jahre.

Atlan war unruhig geworden, er sprach schneller; die Namen, Daten und Erläuterungen kamen in schneller Folge. Zwei- dreimal versprach er sich, korrigierte sich sofort, und er atmete hastiger. Es war, dachte Cyr Aescunnar, als ob er die Schilderung dieser Jahre aus unerfindlichen Gründen schnell beenden wollte. Trieb ES ihn an, oder war es die Natur der Erinnerungen? Mit steigender Beunruhigung lauschte Aescunnar.

1176 besiegten die lombardischen Städte Kaiser Friedrich Barbarossa. Die Schlacht fand bei Legnano statt. Heinrich der Löwe verweigerte die Heeresfolge. Mit Alexander schloß Friedrich einen Vorfrieden, söhnte sich 1177 mit dem Papst – endlich! – aus. Ein sechster Italienfeldzug schloß sich an, auf dem sich 1186 sein Sohn Heinrich mit Konstanze von Sizilien vermählte. 1181 war Alexander der Dritte gestorben. Sein Nachfolger Urban der Dritte verbündete sich mit den norddeutschen Fürsten gegen Kaiser Friedrich Barbarossa.

1187 wurde Yussuf Salahaddin dazu berufen, das Heilige Land von den Franken und Ungläubigen zu befreien. 1189 fing die dritte Pilgerfahrt an; Richard Löwenherz war dabei. Ich lernte ihn schon früher kennen.

Im Sommer 1178 inszenierte Ciro – er war einen halben Mond vor uns aufgetaucht – für uns einen herrlichen Empfang auf Kastell Arcanjuiz. Bauernkinder winkten entlang der Straße. Hundertfünfzig Arcanjuiz-Ritter galoppierten auf uns zu und geleiteten uns zur Abzweigung. Das Dorf war größer und schöner, als wir es in Erinnerung hatten.

»Wohin ich schaue«, rief Tyanna und legte mir die Hand auf den Arm, »sehe ich lachende Gesichter und reiche Felder!«

»Vergiß nicht! Es sind zehn Jahre vergangen.«

»Offensichtlich ein gutes, gedeihliches Jahrzehnt.«

Die Weiden waren durch Zäune von den Feldern und Äckern abgegrenzt. Abermals waren alle Bäume gewachsen; neue waren hinzugekommen. Die Gesichter der Arcanjuiz-Ritter waren wie erwartet gealtert. Was wir in der Kuppel als Bilder gesehen hatten, hielt auch in der Realität unseren prüfenden Blicken stand. Wir drückten unzählige Hände, sahen in die Gesichter von Bauern und Schreibern, Handwerkern und Rittern. Wir konnten erkennen, daß es ihnen besser ging als an jeder anderen Stelle dieses Planeten.

»Freue dich auf den Herbst und den Winter«, sagte ich. »Ich verspreche dir eine gute Zeit.«

Nacheinander begrüßten wir mehr als hundert Leute. Fahnen knatterten im Wind, aus den Fenstern hingen bestickte weiße Tücher. Der Duft von Gebratenem, Bier und Wein breitete sich aus. Musikanten spielten unverdrossen. Amasa kam und stellte uns seine Frau vor. Sie hieß Sarah und war eine üppige, schwarzhaarige Schönheit mit dunklem Haarwuchs auf der Oberlippe. Aber ihre Fröhlichkeit steckte jeden an, selbst unsere Mönchlein. Untertänig grinsend kam Ciro ar Natal auf uns zu und hielt die Zügel der Pferde. Wir waren im großen Hof angelangt, wo sich Spanferkel, Ochsenviertel und Rotwildschlegel an Spießen drehten und über Rosten schmorten.

»Herr Atlan!« sagte er. »Huldreiche, schöne Herrin des Kastells! Willkommen. Große Aufgaben stehen uns bevor. Wein wird in Strömen fließen! Es ist alles zum Besten geraten.«

»Du Schurke«, brummte ich. »Hast du auch die Mauren eingeladen?«

»Sie werden kommen. Der Sohn deines Emirs, Freund, schickte uns Brieftauben.«

»Wohlan, Ciro!« Ich lachte. »Ich kann nur hoffen, daß das Fest so endet, wie es anzufangen scheint.«

»Dafür wird gesorgt, Herr Atlan«, sagte der Roboter mit fröhlichem Gesichtsausdruck.

Als in fast allen Räumen des Kastells – und noch viel intensiver im Gras, unter den Bäumen, im Gebüsch neben der Straße und im Schatten der Tortürme – das Fest lärmend gefeiert wurde, schwebten Ciro und ich mit dem Lastenlift in das arkonidische Magazin hinunter. Die Magazinräume waren zum Teil geleert, daher sahen wir leichter, welche Schätze sich verbargen. Neue Perspektiven eröffneten sich mir. Langsam ging ich an den Stapeln der

Gold-, Silber-, Erz- und Eisenbarren vorbei und sah auch eine Reihe von arkonidischen Kleintransmittern.

»Wenn wir uns wieder für längere Zeit zurückziehen«, meinte ich, »denken wir darüber nach, auf welche Weise diese Geräte eingesetzt werden können. Erinnere mich, Rico.«

»Selbstverständlich, Gebie ... Herr Atlan.«

Ich ließ mir das Verzeichnis der Speicher geben. Die Robotapparatur aktivierte einen Bildschirm. Schweigend lasen wir Daten, Mengen und Spezifikationen ab. Allein mit dem Inhalt dieser arkonidischen Überlebenseinrichtung hätten wir Europa mit Waffen, Rüstungen und Pflugscharen ausstatten können. Nach einem längeren Rundgang wies ich die Maschinen des Magazins an, eine Art Schleuse zu bauen, aus der ich im Bedarfsfall das Land unterhalb des Kastells ungehindert betreten konnte. Wir betraten das Kastell durch die fässerstarrende Rückwand des Weinkellers.

»Nachdem alle Betrunkenen ihre Räusche ausgeschlafen und viele Frauen mit Kindersegen bedacht worden sind«, führte Ciro aus, »gibt es für uns eine reizvolle Aufgabe. Ein bißchen Kampf, viele Denkanstöße, fruchtbare Landschaften und Abenteuer nach deinem Sinn, Atlan.«

»Erklär mir die Probleme, Ciro, wenn alles vorbei ist«, meinte ich und stürzte mich, nachdem ich Tyanna aus einer Runde halb trunkener Troubadoure erlöst hatte, in den Lärm des Festes. Frauen und Männer, die wir gekannt hatten, waren gestorben. Wir sprachen mit den Töchtern und Söhnen. Sie bestätigten uns, daß niemand durch Seuchen oder Krieg zugrunde gegangen war. Jeder hatte die Welt in Würde verlassen.

Die Mauren (oder, wie sie auch genannt wurden, Sarazenen) kamen mit Pferden, Elefanten und ungeheurem Prunk. Sie verschmähten Wein und Schweinernes, aber sie verblüfften die Landbevölkerung mit Reiterkunststücken, fremdartiger Musik, den Künsten ihrer Tanzsklavinnen und allerlei Wissen der Ärzte, Sternkundigen, Märchenerzählern und Ratschlägen, wie die Felder besser mit weniger Arbeit zu bewässern waren. Wir tauschten Geschenke aus, sprachen über Salahaddin; sie ließen einige Handwerker bei uns, und wir gaben ihnen einige unserer besten Männer mit; zwei Tage später schwankte der wohlriechende, exotische Zug nach Süden zurück.

Kaum war dieser Eindruck verarbeitet, kam die Karawane. Italiener, Mauren, Juden und Kaufleute aus allen Teilen der Meeresküsten. Hundert Pferde, dreißig Wagen und eine Masse Probleme. Die Händler überfluteten Dorf und Karawanserei. Während eines frühherbstlichen Gewitters versammelten sich die Händler im Saal des Kastells und klagten mir ihr Leid.

»Herr! Wir haben nur wegen deiner Straße diesen Umweg gemacht.«

»Unsere Straßen sind sicher«, sagte ich. »Das ist weithin bekannt. Was ist euer Anliegen?«

»Wir wollen über die Berge, durch die Gascogne, durch Aquitanien und bis nach Aachen. Hinter der Grenze und an vielen Stellen auch davor werden

Handelsleute ausgeplündert und erschlagen. Man verkauft sie sogar als Sklaven.«

Ich ließ eine Karte bringen, die voller farbiger Eintragungen war. Die Händler scharten sich um dieses Bild. Es war ihnen fremd; aber sie erkannten Siedlungen und Straßen und lasen stockend die Namen der Flüsse.

»Dies ist die Straße, die wir meinen«, brummte Bagamy. »Dax, Bayonne, Saint Pierre – das sind die schlimmsten Fürsten.«

Straßen, schon zur Zeit der Römer gebaut. Das Römische Reich hatte Brücken errichten lassen, Pässe geöffnet und unzählige Meilensteine aufgestellt. Kaum eine dieser Straßen war mir wirklich unbekannt. Ciro hob den Arm, ließ erkennen, daß er Wichtiges zu sagen hatte. »Sie meinen, Herr Atlan, daß wir sie begleiten sollen.«

»Bis nach Aachen?« fragte ich erstaunt. »Eine allzu weite Reise, meine Herren.«

Bis nach Aachen – das war mir zu weit und zu lange. Mittlerweile setzten die Handwerker gegen Geld und Tauschwaren Räder und Achsen der Wagen instand. Wir hörten die Geräusche der Hämmer und Sägen.

»Wir haben gehört, daß der Herzog von Poitiers in Aquitanien unter den hochgeborenen Wegelagerern aufräumt. Wenn ihr uns bis dorthin begleitet, werden wir euch reich belohnen. Was sollen wir sonst tun?«

Mit ihrer Bewaffnung und in ihrer Langsamkeit hatten sie keine Chance. Es ging um Kleinigkeiten. Nach einer erregten Debatte unterbrach ich laut: »Hört zu! Meine Reiter sind zu schnell, eure Karren zu langsam. Wir müssen schneller werden. Jeder packt mit an. Wir schützen euch, ihr sorgt für das Essen. Von uns schließen sich einige Wagen an. Tauscht also die Ochsen gegen Pferde um. Wir wollen keinen Lohn. Aber unsere Begleitung endet ... in Poitiers.«

Die Kaufleute waren begeistert. Weniger Freude bereiteten ihnen das Umdenken und die Umbauten am Zuggeschirr und den Wagen. Wieder versetzten wir die vielen Männer in Erstaunen. Unsere Ritter verwandelten sich in Handwerker. Die Wagen wurden leichter, die Verpackung änderten wir, die weniger guten Pferde aus unseren Ställen wurden angeschirrt. Vier Fahrzeuge, voll beladen mit den wertvollsten Waren, stellten Amasas Vertraute zusammen.

Einundzwanzig Gespanne und mehr als siebzig Ritter verließen das Dorf. Unser erstes Ziel war die Straße nach Campo Stellae; jenseits der Pyrenäen erhob sich die Burg Saint Pierre. Der Falke flog voraus und würde uns warnen. Der Zug kam auf unseren Straßen schnell voran. Eine Vorhut, in der meist ich mitritt, galoppierte dahin, ritt nach rechts und links und besuchte Amasa, der sich die Sorgen und Nöte der Landleute anhörte und notierte. Es war eine herrliche Zeit zum Reiten und Entdecken. Aquitanien, versicherten die Händler, sei reicher und schöner als Arcanjuiz. *Jenseits der Berge ist das Gras immer grüner,* tröstete der Logiksektor. Wir ritten und fuhren an den Tagen, rasteten nachts, entdeckten mehr von der Natur. Zweimal wurden wir, weit außerhalb meiner Grafschaft, überfallen. Als wir eine Schlucht passierten, sprangen schätzungsweise ein Dutzend zerlumpte Gestalten über die Felsen. Sie hatten wohl nicht gesehen, daß vor und hinter den knarrenden Wagen Ritter in den Sätteln saßen. Lähmstrahler dröhnten auf, die Angreifer sackten zusammen, noch ehe sie ihre Hacken und Knüppel richtig erhoben hatten.

»Was tun wir mit ihnen?«

»Werft sie auf die Karren!«

»Und später ...?«

Schluchten wechselten mit Pässen ab, Dörfer mit schlechten Straßen, Wälder mit kleinen Burgen. Die Landschaft wechselte wie der Dialekt. Tag um Tag verging mit kleinen Abenteuern. Wir schliefen im Zelt oder im raschelnden Laub unter knorrigen Ästen. Wir kamen durch Saint Pierre – kein Überfall, keine Sperre, weder Wegelagerer noch plündernde Ritter. Ich kontrollierte in der Nacht die Bilder des Falken. Der Weg schien über Dax und Bayonne hinaus sicher zu sein. Auch hatten wir Arbeiter an der Straße getroffen, die uns sagten, der junge Herr Plantagenet habe hier gekämpft.

Wir trabten weiter. Inzwischen rasselten die glänzend gescheuerten Eisenfelgen unserer Wagen auf einer der meistbenutzten Pilgerstraßen. Wir begegneten Gruppen von Pilgern. Sie berichteten, daß zwischen Angoulême und Dax die Straßen sicher waren.

»Du hast also recht«, meinte Tyanna. »Dieser Plantagenet scheint recht entschlossen zu sein.«

»Zu seinem Vorteil«, antwortete ich. »Hoffentlich treffen wir mit ihm in Poitiers auch zusammen.«

Auch Angoulême war von Richard Plantagenet berannt worden. Moylines und Châteauneuf, zwei Verteidigungsanlagen und Siedlungen vor der Stadt, waren zuerst gefallen. Richard hatte brabantische Söldner angeworben. Die aufständigen Vasallen seines Vaters Heinrich hatten sich in der Stadt verschanzt und übergaben sie nach sechs Tagen halbherziger Verteidigung. Wir verabschiedeten uns von rund der Hälfte der Händler; sie würden hier tauschen. Die Wegelagerer hatten wir kahlgeschoren und im nächsten Bach mit Sand abgeschrubbt. Ich behandelte ihre Wunden, zog ein paar eiternde Zähne; dann übergaben wir sie den Händlern zum Verkaufen. Sie waren erst erwacht, als sie sich schon in einer fremden Umgebung befanden.

Uns hatte der Ritt in das Nachbarland gefallen. Überall wurden wir zu gerngesehenen Gästen, denn wir zahlten gut und halfen viel. Wir ließen uns Zeit, genossen die Gastfreundschaft, den Wein und die Schönheiten des reichen Landes. Die Sonne bräunte unsere Haut, der Wein schmeckte über alle Maßen.

»Comonda! Du sprichst am besten diese Sprache. Reite mit drei Mann voraus und sei unser Bote!«

»Mit Vergnügen, Atlan!«

Er befestigte Wimpel an den Spitzen der Lanzen und galoppierte bei Sonnenaufgang davon.

Zwei Tagesritte südlich von Poitiers: Unsere Stimmung entsprach dem Sonnenschein und dem blauen Himmel. Für Tyanna und mich war es wie ein Ausflug in eine Zone der Ruhe, an der Kämpfe, Grausamkeiten und Probleme vorbeizogen wie kalte Meeresströmungen. Während wir ritten, kontrollierte ich hin und wieder die Bilder, die der Falke übermittelte. Wir erkannten die Stadt Poitiers: nicht größer und keineswegs schöner als jede andere beliebige Siedlung. Hinter uns rollten die Fuhrwerke. Bis zur Stunde gab es nichts, was uns ernsthaft gestört hätte. In den Zweigen zwitscherten Vögel. Hunderte Pferdehufe und die Männer in den Sätteln vollführten den gewohnten Lärm.

»Plantagenets Ruf ist großartig«, meinte Tyanna. »Sie nennen ihn den »Hammer der Schlechten«. Heißt das nun, daß er die Schlechten zertrümmert?«

»Vermutlich sinken sie bewußtlos um, wenn sie seine Lieder hören«, sagte Danco lachend.

»Er soll ganz talentiert sein«, meinte Tyanna. »Alle Frauen himmeln ihn an.«

Ich knurrte: »Er soll sich aber nichts aus ihren schmachtenden Blicken machen. Gerüchte!«

Wir hatten nur begeisterte Schilderungen gehört. Ich blieb mißtrauisch. Wir kamen in eine leer scheinende, hügelige Landschaft, die nach bitteren Kräutern roch. Nach einigen Windungen verschwand das staubige Band der Straße in einem Wald. Montjoye und Tanchebray ritten voraus, und als ich den Kopf hob, sah ich Montjoye, der sein Pferd auf der Hinterhand herumriß, spornte und in rasendem Galopp auf uns zusprengte. Er griff, während er in den Steigbügeln federte, nach dem Schild auf seinem Rücken und schrie:

»Angreifer! Reiter! Schwer bewaffnet.«

Wir rissen an den Zügeln, ich stand im Sattel auf und rief Warnungen und Befehle. Der Ritter preschte zwischen uns hindurch und keuchte:

»Nicht mehr als vierzig Mann. Aber diesmal ist's ernst. Kann sein, daß es Richard ist ...«

Ich schüttelte den Kopf. »Er hat die Stadt nicht auf dieser Straße verlassen. Liefert ihnen einen Kampf, den sie nie vergessen.«

Der Reichtum deiner Karawane hat sich herumgesprochen, sagte der Logiksektor. *Richard hat nicht alle Wegelagerer gestraft.* Ich schickte drei Mann mit Tyanna zurück. Binnen weniger Augenblicke hatten sich Erregung und Vorfreude ausgebreitet, die aus den überschäumenden Kräften der Ritter kam. Um mich formierten sich fünfzig Androiden.

»Lähmwaffen nur im Notfall«, sagte ich laut. »Sie greifen wahrscheinlich wie in Tusculum an, in gepanzerter Schlachtreihe. Wir antworten mit dem maurischen Keil. Los, Freunde!«

Einen Augenblick lang herrschte Durcheinander. Pferde drehten sich im Kreis. Kinnriemen wurden festgezogen, Schilde gesenkt, Visiere geschlossen und die Lanzen aus den Steigbügelhalterungen gezogen. Heisere Schreie ertönten. Ich setzte mich an die Spitze der Kolonne und stob im Trab, dann im Kantergalopp durch Staub und Sand. Klirrend, in blitzendes Eisen gehüllt, folgten die Ritter. Wir folgten der Straße, tauchten in den Schatten der Waldränder ein und waren mit dreißig Sprüngen im gestreckten Galopp hindurch. Ein offenes Feld voller Gras und Strauchwerk breitete sich aus. Mitten durch dieses Feld ritten in schwerfälligem Galopp etwa drei Dutzend Ritter.

Ich lenkte mein Pferd von der Straße, schaute mich um und sah, daß sich der Keil formiert hatte. Die gegnerischen Reiter senkten ihre Lanzen. Drei Männer brüllten rauhe Befehle. Ich hob den Schild, schwenkte ihn und verwirrte die Pferde vor mir mit blitzenden Sonnenreflexen. Dann senkte ich den Arm, setzte die Sporen ein und ritt an. Ich fühlte unter mir die kraftvollen Muskeln des Hengstes, der sich und mich förmlich vorwärts schleuderte. Aus seiner Kehle kam ein dumpfes, drohendes Wiehern. Hinter mir schlossen Montjoye und Saurion auf, dann kamen drei Ritter, und hinter ihnen spaltete sich der Keil zu Zweierreihen.

Etwa zwei Bogenschuß Entfernung trennten uns. Die Angreifer wirkten bedrohlich und kampfgewohnt trotz ihrer abgenutzten Ausrüstung. Ich ritt auf die Mitte der auseinandergezogenen Reihe zu und nahm einen Ritter in Schwarz an, dessen runder Schild weiß bemalt war. Die Entfernung verringerte sich, und die Gegner wurden verwirrt, als sie die Schnelligkeit unserer Pferde sahen und wie wir die Lanzen senkten und vorwärts sprengten. Jeder schien sich seinen Gegner auszusuchen.

Die Lanze deutete am Hals des Pferdes vorbei auf den Oberkörper des Gegners. Er senkte den Schild und hielt ihn abgeschrägt vor seinen gepanzerten Brustkorb. Über dem Schildrand sah ich nur das Visier des Helmes und einen zerrupften Helmbusch, der wild umherschwankte. Das Pferd war breitbrüstig, schwitzte und schäumte. Es war, als käme eine eiserne Walze auf uns zu. Wir boten denselben Anblick. Etwas schien unsere Gegner zu erschrecken. Dennoch verminderten sie ihre Geschwindigkeit nicht. Die Lanzen gingen hin und her und zielten auf die Reiter. Ich schaltete das Abwehrfeld ein, das vor meinem Schild projiziert wurde; nach einigen Galoppsprüngen erfolgte der Zusammenprall.

Die Lanzenspitze, die im Näherkommen perspektivisch größer geworden war, berührte mich fast. Durch meinen Körper ging ein harter Ruck. Im selben Augenblick rammte meine Lanze den Schild des Mannes in schwarzer Rüstung. Beide Waffen schienen mit höllischem Kreischen über das Metall zu rutschen. Ich duckte mich, als sich die Waffe bog und die Splitter krachend durch die Luft flogen. Der Rammstoß meiner Waffe, die vom Schildrand auf den Panzer des Gegners prallte und ihn rückwärts aus dem Sattel schleuderte, kugelte mir fast das Armgelenk aus. Dann donnerten beide Pferde dicht aneinander vorbei. Der Schmerz verging, ich nahm die Lanze hoch und ließ mein Tier langsamer werden. Einen Steinwurf weiter wirbelte ich das Pferd herum und schaute zurück. Die Hälfte der Fremden war aus den Sätteln geschleudert worden, Pferde rannten kraftlos aus dem Getümmel hinaus. Zehn Ritter kamen wieder auf die Beine. Sie warfen die Lanzen oder deren Reste weg, zogen das Schwert und versuchten, einen Gegner zu stellen.

Mit großartiger Wucht waren meine Ritter hinter mir durchgestoßen, warfen die Krieger aus den Sätteln und waren bis auf zwei Ausnahmen auf dem Pferd geblieben. Jetzt ritt eine Hälfte des Keils nach rechts, die andere nach links.

»In lockerer Reihe!« Ich hoffte, daß mich jeder verstand. Ich suchte unter den Gegnern jemand aus, der besonders wild focht. Ich fand einen, der dem Lanzenstich Saurions auswich und mit dem Schwert um sich schlug. Ich sprengte auf ihn zu, senkte die Lanze und traf ihn zwischen Hals und Brust, ehe sein ausholender Schwertschlag die Waffe zur Seite schmettern konnte. Mit lautem Krachen stürzte er zu Boden und überschlug sich zweimal. Mein Pferd setzte über ihn hinweg, ich wirbelte den Schild hoch, um das Schwert aus der Luft zu Boden zu lenken. Es brach klirrend auf einem Stein. Dann lenkte ich meinen Hengst im Zickzack vorwärts, duckte mich und griff zwei Ritter an, die auf mich zugaloppierten.

Ihre Lanzen trafen gleichzeitig den Schild, und ich lenkte die Wucht des Treffers über meinen Kopf ab, schoß klirrend zwischen ihnen hindurch und wischte den rechten Mann mit dem quer gehaltenen Lanzenschaft aus dem Sattel. Er schien in der Luft hängenzubleiben, ehe er in einen Busch fiel.

Überall waren Einzelkämpfe entbrannt. Auch einige meiner Ritter waren aus den Sätteln gesprungen und kämpften mit Schild und Langschwert. Das Klirren wurde vom Waldrand als Reihe von Echos zurückgeworfen. Acht oder zehn Fremde waren übrig; jeder weitere Atemzug zeigte, wie einer aus dem Sattel flog und ein anderer unter den Hieben der Arcanjuiz-Männer zu Boden sank.

Kurzes Vergnügen! warnte mich der Extrasinn. *Dort naht ein zweiter Haufen!* Ich klappte das Gittervisier hoch und drehte mich um. Zwischen den Baumstämmen kamen etwa fünfundzwanzig Ritter herangetrabt, aber sie wirkten nicht so, als würden sie uns angreifen. Ich konnte sehen, daß mein letzter Ritter siegreich war und das Sattelhorn packte, um sich auf sein Pferd zu schwingen.

»Her zu mir!« schrie ich aus Leibeskräften. »Unsere Wegelagerer haben ihre Freunde gerufen.«

Ohne große Hast sammelten sich die Männer und bildeten hinter mir eine Art Igelphalanx. Ich konnte keine Verletzungen erkennen und sah nur grimmig-zufriedene Gesichter, wenn sich ein Visier hob. Der erste der neu hinzugekommenen Ritter trug als Helmzier einen ramponierten Ginsterzweig.

»Ginster! Das Zeichen der Plantagenets!« rief unterdrückt Valayne. »Es ist Richard!«

Ich löste mich aus dem Schutz meines Haufens und ritt auf den Anführer der Ritter zu. Sie hatten es nicht eilig. Jeder von ihnen beugte sich aus dem Sattel und starrte auf die Wegelagerer, die entweder wie tot dalagen oder stöhnend versuchten, auf Schwert oder Schildrand gestützt, sich aufzurichten. Überall standen Pferde und lagen herrenlose Waffen und Bruchstücke herum. Gras und Büsche waren niedergetrampelt.

»Ich bin Ritter Atlan de Arcanjuiz«, sagte ich laut. »Wenn du Richard bist, den sie Löwenherz nennen, dann hast du meinen Boten empfangen. Sind diese aufs Haupt Geschlagenen deine Freunde?«

Der auffallend breitschultrige Mann schüttelte den Kopf. Er hielt sein Pferd an und schien mich aus seinem Helmschlitz heraus genau zu beobachten. Er hängte den Schild an den Sattelknauf, packte mit der eisengeschützten Hand die Schnalle und nahm den Helm ab. Ich blickte in leuchtende graue Augen unter blonden, fast rötlichen Brauen. Auch sein Bart war rötlich.

»Deine Boten haben mich erreicht«, sagte er mit einer Gelassenheit, die mich an einem Dreiundzwanzigjährigen verblüffte. »Du also bist Atlan. Ihr habt euch ein wenig abgelenkt, sehe ich.«

Ich mußte laut lachen. Meine Ritter kamen näher. Richard machte eine schwungvolle Bewegung, deutete auf das zerstampfte Feld und rief mit voller Stimme:

»Helft unseren Gästen! Die Pferde gehören uns, die Rüstungen auch. Wer noch lebt, wird in Poitiers eingekerkert. Ich hab's verboten. Sie waren gewarnt.«

Richards Pferd hielt neben mir an. Wir blickten einander in die Gesichter. Löwenherz war ebenso groß wie ich, vielleicht ein paar Fingerbreit größer. Er wischte sich den Schweiß am Waffenrock ab und sagte lachend:

»Ich bin Richard Plantagenet. Man nennt mich ...«

» ... den Hammer der Schlechten. Ich hörte, daß dich die Sicherheit der Straßen sorgt.«

»Ich habe Bouteville gestraft und auch Aix, und auch Aimar von Limoges hat Zeit zu bedauern. Mir wurde hinterbracht, daß deine Karawane überfallen werden soll. Deshalb bin ich hier. Willkommen in Aquitanien, Ritter Atlan.«

»Danke. Dir galt unser Besuch. In Poitiers wollen meine Leute freien Handel treiben.«

»Ist ihnen erlaubt. Ich sagte ›Oc!‹, und dabei bleibt es. Fulcos schwarze Galle über sie! Ihnen sagte ich ›No!‹ Und jetzt büßen sie. Indessen ... heute werden wir Poitiers nicht mehr erreichen. Meine Pferde sind müde.«

Ich zeigte in die Richtung der Straße, winkte meinen Männern und sagte:

»Helft den Rittern. Wenn die Wagen kommen, suchen wir uns ein feines Plätzchen; dort rasten wir. Erlaubt, Richard? Schließlich scheint dies dein Land zu sein.«

»Noch ist es meines Vaters Besitz. Wir werden es so halten, wie du es vorgeschlagen hast, Ritter.«

Wir schüttelten unsere Unterarme. Er hatte einen harten Zugriff, schien wirklich ungewöhnlich kräftig zu sein. Sein Gesichtsausdruck war offen und heiter, aber ich bemerkte Spuren, die mir sagten, daß ebenso Jähzorn ihn beherrschen konnte.

»Dann komm mit zu den Gespannen. Dort gibt es kühlen Wein«, sagte ich auffordernd. Wir ritten nebeneinander zurück zur Straße. Seine Männer banden die Zügel der Pferde zusammen und führten die Tiere fort. Richard Löwenherz schenkte den Wegelagerern, obwohl er die Wappen auf ihren Schilden kennen mußte, keinen Blick. Wir plauderten miteinander. Der junge Mann war mir augenblicklich sympathisch. Er strahlte Zuversicht, Großzügigkeit und mitreißende Kraft aus. Überdies schien er alles andere als ungebildet zu sein.

Oc e no, ja oder nein, das war der häufigste Ausdruck, den er gebrauchte. Ich schilderte ihm die Vorzüge meines Herzogtums, er lobte sein geliebtes Aquitanien und bestätigte, daß Friedrich Barbarossa gegen zu viele mächtige Feinde zu gleicher Zeit kämpfte und sich besser um sein eigenes Land anstatt um Länder jenseits der Grenzen kümmern sollte. Wir erreichten die Wagen. Tyanna ritt uns entgegen und winkte. Richard reichte ihr die Hand, machte Komplimente über die Schönheit meiner Freundin und schlug eine bestimmte Stelle abseits der Straße als Rastplatz vor. Dort fanden wir eine Winzerei, weite Rebenfelder und eine Handvoll Häuser. Wir schlugen unser Lager auf und rüsteten ein Essen, nachdem wir die Rüstungen abgelegt und die Pferde versorgt hatten.

Es war eine Stunde vor Mitternacht, Lagerfeuer brannten, zwischen den Zelten blakten Fackeln. Die Knochen der Braten schmorten in der Glut. Über uns, zum Anfassen deutlich, flimmerten die Sterne. Die Gefangenen lagen in einer windschiefen Scheune, Wachen lehnten an den Rädern der Wagen. Auf Schemeln und Brettern saßen wir in Kreisen um die Feuer. Für Tyanna, Löwenherz und mich gab es Faltsessel. Leise sprachen wir über die Zeit und deren Menschen. Auch Richard hatte wie die meisten seiner ritterlichen Zunft nicht begriffen, daß nur gesunde, zufriedene und nicht im Unwissen gehaltene Bauern und Handwerker die Voraussetzung für einen starken Staat waren. Er redete eindringlich und ein wenig trunken von großen Heldentaten, tollkühnen Waffengängen und dem Wunsch, zu herrschen und staunenswerte Dinge zu befehlen. Ich unterbrach ihn nicht. Er verriet sehr viel über sich; zweifellos war er großer Dinge fähig; indes blieb es unwahrscheinlich, daß er sie verwirklichte. Ich berichtete ihm von der Kultur, der Zivilisation und der feinen Lebensart der Sarazenen. Er sog jedes Wort, jede Erklärung in sich hinein und seufzte dann: »Ich bin noch jung, Atlan. Ich wünschte, ich wüßte soviel wie die Dame deines Herzens und du.«

»Fast alles ist zu lernen«, sagte ich. »Wir lehren gern, verschwenden aber unsere Kunst nicht an Menschen, denen Dreinhauen wichtiger ist als ein reifes Kornfeld.«

»Die Schlechten brauchen einen Hammer«, beharrte er. »Oc!«

»Oc!« bestätigte ich. »Besuche mich! Sieh an, was wir schafften. Und sei unbesorgt: Wir sind ebenso wie du – einmal ein Freund, immer ein Freund. Und Feinde leben nicht lange.«

Er schlug mir auf die Schulter. »Ihr solltet meine guten, treuen Vasallen sein. Und du mein bester Vasall. Dann sähe das Land bald anders aus.«

»An uns soll's nicht liegen«, schloß Tyanna. »Noch einen Schluck Wein?«

»Von deinen Lilienfingern, Tyanna, schmeckt er wie himmlisches Manna, im Gral kredenzt.«

Sie lächelte warm, aber unverbindlich. Ich knurrte säuerlich: »Wir hingegen haben die Feinheiten der hohen Minne noch nicht gänzlich verstanden. Ich bemerke, daß du dir Mühe gibst, sie uns zu vermitteln.«

Wir waren satt, zufrieden-schläfrig; unsere Leute rollten sich in Pelze und Decken und schliefen ein. Fackeln und Feuer brannten herunter. Leichter Nachtwind klapperte mit den Schilden gegen die Lanzenschäfte. Ruhigen Schrittes umkreisten die Wachen das Lager. Unsichtbar zwischen den Sternen kreiste mein Falke und spähte mit Infrarotaugen nach unten.

Wir verbrachten zwei Monde in der Stadt. Richard zeigte uns ein Stück Land, auf dem wir binnen weniger Tage Häuser und Stallungen errichteten. Die Bewohner staunten: Ritter, die besser als Handwerker mit Sägen und Hämmern hantierten, gab es nicht in ihrem Weltbild. Aber wir mußten für die Pferde sorgen, für Hufeisen ebenso wie für unsere Gespanne. Eine Einladung folgte auf die andere. Wir inszenierten prächtige Schaukämpfe und lauschten den Troubadouren, die sich am Hof Richards einfanden und nicht schlecht dabei lebten. Er selbst war nicht unbegabt in diesen Künsten.

Ciro wachte über Kastell und Grafschaft. Richard und ich wurden auf ungewöhnlichen Wegen zu echten Freunden. Natürlich wunderte er sich über unsere schnellen Pferde und, als wir ihm unsere Waffen zeigten, über deren Beschaffenheit. Lanzen aus Metall – scheinbar –, die nicht brachen und so leicht waren? Jene langen Schwerter, mit denen man halbwegs Balken kappen konnte, die Schilde, die mit herkömmlichen Schwertern bestenfalls einzukerben waren? Er begriff nichts. Aber schließlich saß er in meinem Sattel und lieferte mir einen langen, harten Kampf, der unsere Ritter in eine begeistert johlende Menge verwandelte. Ich ließ ihn nicht siegen. Erschöpft senkten wir die Schwerter und Streitäxte.

»Tauschen wir die Rüstungen?« fragte er mit der Miene eines Jungen, der sich ein Spielzeug wünscht.

»Gegen dein verbeultes Blech, Richard?« wollte ich wissen. »Ich schenke dir das Zeug.«

»Du wirst staunen«, versprach er. Wir übergaben ihm ein Schwert und eine Streitaxt, eine Lanze, die keinen Schockstrahler enthielt. Bei der Rüstung hatten wir Schwierigkeiten; wir suchten lange, bis die übergroßen Teile zusammenpaßten. Meine Handwerker änderten die Ausstattung und schufen einen schönen, haltbaren Ginsterzweig. Auch ein Pferd durfte er sich aussuchen; er zeigte seine gute Erziehung dadurch, daß er nicht meinen Hengst wählte.

Einen halben Mond später schenkte er mir eine kostbare Rüstung; sie war mit goldenen, silbernen und schwarzen Ornamenten geschmückt, ebenso wie Schwertgriff und Schild. Ich würde ihn beleidigen, wenn ich sie nicht annahm, flüsterten sie. Ich trug sie bei höfisch zeremoniellen Anlässen. Zu viert durchstreiften wir die Wälder und jagten; an seiner Seite galoppierte wie ein Mann eine schwarzhaarige Schönheit, die Arcandia hieß. Ich half ihm bei seinen administrativen Aufgaben; wir bemühten uns, die Sprache so gut zu lernen, daß wir den stumpfsinnig vegetierenden Bauern so viele Ratschläge wie möglich geben konnten.

Amasa Ahitofelsohns Händler schlugen die Waren mit bestem Gewinn los und verschacherten auch noch die Wagen und die Gespannpferde.

Ich lud Richard ein halbes dutzendmal ein. Schließlich stimmte er zu, vor Sommeranbruch mit ausgesuchten Rittern nach Arcanjuiz zu kommen, er schwor einen feierlichen Eid. »Ich komme. Wenn Gott mir die Zeit schenkt.«

»Nimm sie dir. Wenn du dafür sorgst, daß die Straßen nicht nur sicher, sondern auch besser sind, dauert die Reise nicht lange. Ich werde dir einen Willkomm bereiten, den du bis zum Tag deines Todes nicht vergißt!« versprach ich ihm in die Hand.

Natürlich: Unsere bescheidenen ärztlichen Kenntnisse wurden gebraucht. Es war schwer, diese Menschen von der Notwendigkeit körperlicher Sauberkeit zu überzeugen. Erst als Richard Löwenherz in heiße Bäder stieg, sich mit »diutischer Seich« wusch, sich massieren ließ und Sonlioti, den wir kurzerhand zum morgenländisch-erfahrenen Heiler machten, seine Wunden, Prellungen und Furunkel behandelte, erfolgte der Massenandrang seiner Vasallen. Stets half der Hinweis, daß die Muslime es uns gelehrt hatten; daß sie spöttisch auf die schmutzigen, verschorften Christen herabschauten.

Als wir befürchten mußten, daß uns Winterwetter auf den Pässen überraschte, verließen wir Poitiers. Richard Löwenherz weinte, als er sich weit vor der Stadt von uns verabschiedete. Für den Rückweg brauchten wir weniger als die halbe Zeit. Niemand hielt uns auf. Ein stiller Spätherbst brach für die Grafschaft an. Die Verliebtheit, die Tyanna und mich einst zusammengeführt hatte, war zu tiefer Liebe geworden; jetzt fügte die Zeit so etwas wie reife Leidenschaft hinzu; mir fehlen die Worte, den Zustand treffend zu schildern.

Herbst und Winter dieses letzten Jahres im vollen Jahrzehnt blieben die ruhige Zeit des Kornmahlens, Schlachtens und Räucherns, Gerbens und Schmiedens. Auf Fundamenten, die in der regenarmen Zeit des Hochsommers gegründet worden waren, bauten wir die Wassermühle. Wir wußten, daß die kleinen Handmühlen furchtbare Zerstörungen anrichteten: Im Schrot und im Mehl waren winzige Gesteinspartikel enthalten, abgerieben während des Mahlvorgangs. Sie schliffen die Zähne der Menschen ab, die Brot aus diesem Mehl aßen; in ein paar Jahren waren ganze Teile der Bevölkerung zu Schmerzgepeinigten mit eiternden Zahnstümpfen und geschwollenen Bakken geworden, unfähig zu arbeiten. Deshalb zwangen wir die Handwerker förmlich, die Mühle zu bauen, und die Bauern, ihr Korn stets hier und in den Windmühlen mahlen zu lassen. Diese Mühle mit ihren schweren Mühlsteinen und dem System einfacher Rüttelsiebe war einer der Eindrücke, die Löwenherz bei seinem Besuch studieren mußte.

Als er Poitiers verließ, empfing ihn der erste Reiter einer Stafette, die im Kastell endete. Frische Pferde, Becher voll Wein, Gelächter und Grüße – daraus setzte sich sein Weg zusammen. Er hatte sein Versprechen gehalten und sah nun, Tag um Tag, wie prachtvoll ein Stück Land gedieh, wenn man so wie wir verfuhr. Natürlich jagten wir, hörten den Troubadouren zu, lachten viel; wir besuchten unsere sarazenischen Nachbarn. Löwenherz und seine Ratgeber waren beeindruckt, aber ob sie daraufhin auch sinnvoll handelten, wagten wir nicht zu hoffen. Voll Stolz trug Löwenherz unsere Rüstung. Die Zeit verging wie im Fluge, und unsere Freundschaft festigte sich. Ich hoffte, er lernte, was er lernen sollte.

Schließlich kamen Kuriere und riefen ihn zurück. König Ludwig wollte eine Pilgerfahrt nach Canterbury unternehmen. Richard wurde gebraucht. Ich versprach ihm, seinen zweiunddreißigsten Geburtstag mit ihm zu feiern: am achten Tag des neunten Mondes 1189. Wir aktivierten die Transmitter und kehrten zurück in zehnjährigen Schlaf.

17.

1183 anerkannte Friedrich Barbarossa die Selbstverwaltung der oberitalienischen Städte: endlich Frieden! Ein Jahr später stellte er seine Macht in großem Glanz dar. Pfingstfest in Mainz. Eine Schwertleite der kaiserlichen Söhne unterstrich die prunkvolle Zeremonie. 1187 schlug Yussuf Salahaddin den König von Jerusalem, nahm ihn und andere Mächtige gefangen, eroberte Akkon und Jerusalem, nachdem die Sarazenen die Schlacht bei Hattin überzeugend gewonnen hatten. Den größten Schurken der »Franken«, Graf Reinhold von Châtillon, enthauptete Salahaddin (den sie Saladin nannten) eigenhändig.

Die Herrschaft der Abendländer endete, Nazareth, Caesarea, Sidon und Askalon fielen und wurden von den Sarazenen besetzt. Salahaddin, mein »Freund«, war uneingeschränkter Herrscher.

1180 war König Ludwig von Frankreich gestorben. Thronfolger Heinrich starb 1183 nach schwerem Fieber. Löwenherz und seine Brüder erhoben sich kämpfend gegen ihren Vater, und sie gewannen die Auseinandersetzung. Ihr Vater starb im Juli 1189; zur selben Zeit begannen die Christen das muslimisch gewordene Akkon zu belagern. Richard Löwenherz wurde zum König gekrönt: Graf von Anjou, Herzog Aquitaniens und der Normandie und jetzt neuer König von England. Das Abendland jubelte auf und erschauerte gleichzeitig. Das Heilige Land war in den Händen der Heiden. Siebzig Jahre alt, schickte Friedrich Barbarossa dem Kalifen Saladin die Kriegserklärung. Sie sollten sich am ersten November auf der Zoan-Ebene schlagen. Wieder machten sich die christlichen Heere auf die »Pilgerfahrt«, um Jerusalem zu befreien. Richard Löwenherz war nicht dabei. Sollte er meine Lehren angenommen haben?

Hundertfünfundzwanzig Arcanjuiz-Ritter mit ihrer Ausrüstung wurden von Ciro mit seinem Lastenschiff-Gleiter an einer einsamen Küste zwischen Damietta und Jerusalem abgesetzt. Sieben frische Gräber gab es nahe dem Kastell: die ersten Toten unserer tapferen Truppe. Boten waren zu dem »Anführer«, el Rais Salahaddin, unterwegs. Sie hatten mündliche und schriftliche Nachrichten von mir.

Ciro ar Natal sicherte seine Vertretung durch Amasa durch ein knappes halbes Hundert Ritter und die Frauen der Androiden, die sich durchaus zu wehren vermochten. Richards Prunkrüstung befand sich in der Tiefseekuppel inmitten unzähliger anderer Andenken. Ich, sein treuester Vasall? Ungestüm und schnell entschlossen, wie ich ihn kannte – er würde sich die Gelegenheit zum Abenteuer nicht entgehen lassen. Ich glaubte nicht, daß ich als sein Vasall an seiner Seite kämpfen würde. Wir sammelten uns und ritten nach Osten. Darum und Gaza waren die ersten Ziele.

Tyanna, die einem maurischen Krieger ähnlicher sah als einer fränkischen Fürstin, deutete auf die Zeltstadt. Der gesamte Hügel vor uns war von Sarazenen besetzt.

»Fleißig sind sie, ohne Zweifel. An vielen Stellen wird gearbeitet«, meinte sie und schob eine weißblonde Haarsträhne unter den Turbanrand zurück.

»Von uns hat keiner vor, gärtnerische Ratschläge zu geben«, sagte ich. Wieder fegte ein Trupp Reiter an uns vorbei. Die Zeichen auf unseren Schilden waren bekannt. Niemand griff uns an, jeder wies uns höflich den Weg. Tatsächlich taten die Muslime alles, um die Schäden der Kämpfe auszubessern. Auf den Feldern und an Brücken, Mauern und Gebäuden arbeiteten auch Gefangene. Salahaddin hatte uns eingeladen. Seine Botschaft lautete, daß er sich erinnere und freue, mit Männern zu sprechen, die weder Sarazenen noch Ungläubige waren. Lange Wimpel, auch Fahnen des Propheten in hellem Grün, flatterten von unseren Lanzen.

»Überall war Kampf. Erbittert haben sie gefochten!« sagte Montjoye, der neben Tyanna ritt. Man hatte uns Berichte von Grausamkeiten, Verrat und Uneinigkeit überbracht, die schwer zu glauben waren. Tatsächlich gab es entlang den Straßen unübersehbare Zeichen gegenseitiger Vernichtung.

»Vielleicht gelingt es Salahaddin, eine Ordnung zu halten, die beiden Seiten gerecht wird«, wandte Saurion skeptisch ein. »Was du uns von seinen Taten erzählt hast, Atlan, klingt vertraut. Bist du sicher, daß Salahaddin und Löwenherz nicht Brüder sind?«

Gelächter klang auf. Wir machten uns nicht die geringsten Sorgen. Das Kommunikationssystem der Sarazenen schien erfreulich gut. Ciro ar Natal ritt am Ende des Zuges und kümmerte sich um unsere reichhaltige Ausrüstung. Wir winkten den Bewaffneten zu, sie riefen Segenswünsche zurück. Die Straßen waren ebenso staubig wie in Aquitanien.

»Du hast mehr recht, als du denkst«, antwortete ich laut. »Ihr werdet es erleben: Sie sind einander ähnlich. Wehe, wenn sie im Kampf aufeinandertreffen.«

»Davor habe selbst ich Angst«, meldete sich Ciro über den Lautsprecher meines Armbands. »Das zu verhüten, sind wir da.«

Rechnest du damit, Arkonide, Salahaddin und Löwenherz zu Freunden zu machen? fragte der Logiksektor mürrisch. Ich dachte scharf: Jedenfalls rechne ich nicht mehr mit einer europäischen Herrschaft Barbarossas. Das Land erkannte ich wieder. Dennoch – es hatte sich stark verändert. Städte und Burgen mit wuchtigen Mauern waren entstanden. In kräfteschonendem Trab näherten wir uns den Stadtmauern und Türmen Jerusalems. Der

Davidsturm, das Dach der Templer-Kirche und die Blöcke des goldenen Tores wurden sichtbar. Bisher hatten wir Händler, Bauernfuhrwerke, schwerbeladene Esel und Kamele überholt, jetzt wimmelte es um die Stadt von Kriegern, Bauarbeitern und Lastenfuhrwerken. Plötzlich sprengten Sarazenen aus der Stadt, mit wehenden weißen Gewändern über Halbrüstungen. Schwerter wirbelten aufblitzend durch die Luft, die Männer stießen ein trillerndes, durchdringendes Geheul aus. Sie ritten in schärfster Gangart auf uns zu, die Kolonne spaltete sich auf, und während die Reiter uns halbwegs umzingelten, löste sich aus ihrer Mitte ein einzelner Reiter und preschte auf uns zu. Ich nahm meine Hand vom Strahler, der als Dolch mit prächtigem Griff getarnt war. Wir griffen in die Zügel, unsere Pferde fielen in Schritt.

»Gepriesen sei die Sonne des Tages, die euch brachte!« rief Salahaddin. »Kann es sein, daß einer deiner Ahnen den großen Kalifen kannte?«

Salahaddins Pferd tänzelte, mit den Läufen durch die Luft wirbelnd, vor uns und stieg wieder, sich drehend, in die Höhe. Er saß wie angegossen im Sattel und lachte breit.

»Ein ferner Vorfahr.« Ich hob die Arme. Wir begrüßten uns und taten, als hätten wir hundert Kämpfe nebeneinander bestanden.

»Meine Freunde«, sagte ich. »Tyanna, Favoritin meines Herzens. Dies, in aller Ehrfurcht vor dem Sieger von Hattin und Akkon, ist Kalif Yussuf Salahaddin, dessen grenzenlose Großmut selbst die geschlagenen Christen zu würdigen wissen.«

Seine Reiter wirbelten eine gewaltige Staubwolke auf. Als sie sahen, daß sich der Kalif in aller Freundlichkeit um uns bemühte, schrien sie wild durcheinander. Ihre Pferde waren schlank, muskulös und schnell. Ebenso elegant schimmerten Rüstungen, Helme und Bewaffnung.

»Die unbestechlichen Augen meiner Kuriere und Boten«, führte Salahaddin aus, »sahen euch und nannten eure Zahl. Ein Platz für eure überaus prächtigen Zelte ist bereitet, aber du, Nachfahre des Freundes Harun ar Rashids, bist Gast im Palast. Und«, fügte er unter schallendem Gelächter hinzu, »auch die Männer deiner Leibwache und die Silberhaarige, auf daß du nichts entbehrst.«

Es ging weiter, an einem Teil der brandgeschwärzten, wieder aufgebauten oder noch aufgebrochenen Mauern vorbei, bis zu einem Platz zwischen Steintrümmern, uralten Bäumen, dicht mit Gras bestanden. Ciro führte die Lasttiere heran, während eine Handvoll Ritter, Tyanna und ich vor dem Stadttor warteten. Ich unterhielt mich leise mit dem Kalifen. Er war verwundert, darüber, wie gut wir über die vorangegangenen Kämpfe Bescheid wußten. Er lächelte in sich gekehrt, als er zum Himmel zeigte und den Falken bemerkte, der seine Kreise zog.

»Ihr habt nichts zu fürchten«, sagte er schließlich und bemerkte kopfschüttelnd, mit welcher Schnelligkeit und Sicherheit das Lager errichtet wurde, »denn in weitem Umkreis gibt es keinen fränkischen Krieger mehr.«

»Daß sie auf dem Weg sind, viele Tausende, das weißt du?« erkundigte ich mich und erfuhr von dem seltsamen Vorschlag des greisen Frankenkaisers. »Unglaublich«, brummte ich. »Aber noch ist nicht einmal die Vorhut in deinem Land.«

»Und, noch weniger zu fassen, daß ich stets vorschlug, die Stadt jedem zugänglich zu machen. Meine Bedingungen, daß niemand Waffen tragen sollte, erfüllte die Franken mit heillosem Zorn.«

Bedauernd hob ich die Hände. Ich verstand es auch nicht ... Aber als wir in die Stadt eskortiert wurden, vergaß ich die ärgerlichen Empfindungen. Die Sarazenen hatten in der kurzen Zeit ihre Kultur zurückgebracht. Viele Bäume waren gepflanzt. Bauwerke wurden erneuert, Straßen gepflastert, die Märkte quollen über von Waren und Händlern, überall schien es nach Rosenwasser und Pfeffer zu riechen; Farben und Melodien der maurischen Musikanten riefen einen begeisternden Eindruck hervor.

»Wenn ich alles wohl bedenke«, konnte ich in dem offensichtlich ehrlichen Jubel zu Salahaddin sagen, »gefallen mir eure Städte auf den ersten Blick besser als die der Franken.«

Der Jubel galt dem Kalifen, nicht mir. Da auch für die Muslime Jerusalem die Heilige Stadt war, verstand ich, warum sie die Mauern derart zielbewußt befestigten. Überall tauchten Bewaffnete auf. Unablässig klirrten und dröhnten Hammerschläge, ächzten Seilrollen und schrillten Sägen.

»Nachts ist es ruhiger«, meinte Salahaddin. »Weißt du, Freund Atlan, es ist auch mit der Einigkeit unter den Muslime nicht weit her. Ich rief durch Boten zum heiligen Krieg auf, zur Dschihad. Der Erfolg war kümmerlich, alles in allem. Aber es liegt in der Hand Allahs.«

»Mögest du noch lange im Schatten dieser Hand reiten«, sagte ich ihm. »Dieser Welt ist zu wünschen, daß eine einzige Hand sie regiert.«

»Die besseren Märchenerzähler sind wir!« Er wies mich mit bitterem Lächeln zurecht. Tyanna konnte sich kaum satt sehen an den Schönheiten. Geschmiedete Türangeln, zierliche Gitter vor den Fenstern, der Schmuck blühender Bäumchen und Ranken, die vielen Sklaven in allen Schattierungen der Hautfarbe.

»Deine Weisheit ist groß, Herrscher«, erwiderte ich. »Es ist uns nicht vergönnt, dies zu erleben.«

Der Palast, mehrere Stockwerke hoch und mit ausgedehnten Flügeln und Gärten, fügte sich harmonisch in die Bauten der Umgebung ein. Diener nahmen uns die Zügel ab und warfen sich als lebende Schemel unter uns. Sklaven, die ein hünenhafter Aufseher mit Blicken und Fingerbewegungen dirigierte, schleppten Waffen, Satteltaschen und Traglasten hinweg und verschwanden hinter Rankenwerk, Vorhängen und Säulen. Salahaddin sagte etwas von »nichtswürdiger Hütte«, wir fanden einen Nebenflügel für uns vorbereitet.

»In einer Stunde, wenn ihr das Bad verlassen habt«, verabschiedete sich

Salahaddin, »sitzen wir im Kreis; nur für euch habe ich die Vorräte der Ungläubigen um etliche Weinkrüge erleichtert. Klatscht in die Hände, und Diener werden bringen, was ihr braucht.«

»Den Austausch, Abd el-Kerim, Diener des Allerhöchsten, von Schmeicheleien haben wir vollzogen wie Weitgereiste«, sagte ich leise und verbeugte mich bis zu meinen Knien. »Nachher üben wir, die Fremden, die Überreichung von unwürdigen, geringschätzig abgetanen Geschenken. Allah mit dir!«

»Mit euch!«

Auf weichen Sohlen enteilte er, umgeben von einer rasch anwachsenden Schar von Ratgebern, Schmeichlern, Anführern und der Leibwache. Wir gingen die glattgeschliffenen Stufen einer Treppe hinauf und fanden alles, was wir uns auf dem Ritt vorgestellt hatten, und noch viel mehr. Die Diener entkleideten uns, schweigende schwarze Sklaven brachten uns in Bäder voll wohlriechendem Wasser, im verborgenen spielten Musikanten; an niedrigen Tischen kauerten junge Mädchen, die uns Schalen voller Früchte entgegenhielten, auf denen kühlende Wassertropfen funkelten.

»Ist es wirklich ein Land, in dem Träume wahr werden können?« flüsterte Tyanna, als wir, vom heißen, warmen und kalten Wasser gereinigt und erfrischt, uns auf weißen Leinentüchern ausruhten. »Träume am Tag, wie sie nur die Freunde von Herrschern träumen können?«

»Ein solches Land ist es«, bestätigte ich und zog sie an mich. »Gute und schlechte Träume, die in eine herrische oder blutige Wirklichkeit einmünden können. Wie es Allah gefällt.«

Eine Stunde später trugen wir muslimische Gewänder über unseren Stiefeln, steckten unsere Dolche ein und ließen uns prächtige Turbane wickeln. Zehn Ritter, Tyanna und ich. Die Geschenke verteilte ich, und in einer feierlichen Prozession marschierten wir in den Saal. Salahaddin wartete und winkte. Abermals schien er uns mit allen Wundern und Schönheiten seiner Welt verwirren zu wollen. Musikanten, Tänzerinnen, honigtriefende Süßigkeiten, Früchte und Pokale der Franken voller Beutewein. Ich überreichte ihm, nach einer von Übertreibungen schillernden Rede, ein Schwert. Es entsprach den gekrümmten Schwertern der Sarazenen, aber die Maschinen der Kuppel hatten ein Meisterwerk geschaffen.

Ziselierter Arkonstahl, molekular verdichtete Schneide, Gold und echte Edelsteine, eine Scheide aus Metallgewebe, vergoldete Haken und ein Hohlraum, innerhalb dessen Tropfen aus silbrigem Schwermetall beim Schlag zur Spitze gedrückt wurden und die ansonsten auffallend leichte Waffe zu einem Kunstwerk machten! Salahaddin prüfte das Schwert, warf uns verwunderte Blicke zu, ließ einen fast schenkeldicken Stamm bringen und durchtrennte ihn mit einem Hieb.

Er starrte mich schweigend an.

»Ich danke schweigend«, sagte er ehrfurchtsvoll. »Der Prophet verbietet mir den fragwürdigen Genuß des Weines. Sonst würde ich viel trinken mit euch.«

Wir überreichten einen Köcher voller Pfeile mit ähnlichen Eigenschaften, Dolche und ein Kettenhemd. Der Handel damit war von den Franken verboten worden, aber auch diese Rüstung bestand aus dem Fundus der Maschinen. Sie wog wenig und war herrlich gearbeitet.

Tyanna trat vor, wohl wissend, daß es nicht üblich war, Frauen in diesem Raum zu sehen. Sie hielt in beiden Händen einen überlangen Schal, sorgsam zusammengelegt. Er bestand aus farbiger Seide mit Goldstickereien. Ich hatte etliche Ballen dieses Gewebes in unserem Magazin gefunden, als ich nach Mitbringseln suchte. Tyanna unterstrich den Wert dieses Geschenks. Sie trug ihr langes Haar in einer prächtigen Hochfrisur, in den Ohren steckten kostbare Gehänge, und der Blick in ihre dünnen Gewänder war männerverwirrend.

»Seidenhaarige Tyanna«, staunte Salahaddin und entrollte den Stoff. »Ihr seid wahrlich die reichen Freunde eines Bettlers namens Yussuf Salahaddin. Unbestechlicher Geschmack und überfeinerte Lebensart zeichnen euch ebenso aus wie die Furcht, die eure Waffen verbreiten. Alles ist wahr, was die blinden Erzähler an den Straßenecken berichten, und doch bleibt es nur der Windhauch eines Schattens.«

»Auch gesundes Mißtrauen, Fürst aller Herrscher, zeichnet uns aus«, meinte ich leise, als sich die Menge der Bediensteten zerstreut hatte. Er hob fragend die Brauen und musterte Tyanna, als sähe er zum erstenmal eine Frau.

»Verstehe ich dich recht, de Arcanjuiz?«

»Dein Willkomm und deine Gastfreundschaft, Salahaddin«, fügte Tanchebray vorsichtig hinzu, »überwältigten uns.«

»Und so dachten wir, daß du über der Freude, den Nachfahren des Beraters jenes mächtigen Kalifen kennenlernen zu können, daran dachtest, daß wir dir unsere Dienste anbieten«, fuhr Saurion fort.

Valayne ergänzte: »Was für uns eine Schmeichelei wäre, denn jeder, der dir dient, ist ein strahlend Ausgezeichneter unter der Sonne.«

»Auf gut fränkisch«, polterte ich, denn ich bemerkte das Lächeln um seine Augenwinkel, »sprich! Was sollen wir tun?«

Er klatschte in die Hände und gebot uns innezuhalten. Er streifte den Turban ab und ließ sich aus dem Geschenk einen zweiten wickeln. Der Diener tat es mit staunenswerter Geschicklichkeit. Kissen aus Leder und Stoff wurden gebracht und für jeden von uns ein kleiner Tisch. Wir warteten, bis er saß, setzten uns selbst und vermieden, ihn zu beleidigen, indem wir die Beine kreuzten oder ihm die Stiefelsohlen entgegenhielten. Nichts rührten wir mit der linken, »unreinen« Hand an; von allem kosteten wir.

»Natürlich sprecht ihr alle Sprachen der Franken?« fragte er leise.

»Ja.«

»Ihr kennt den einen oder anderen ihrer Herrscher?«

»Zwei waren oder sind meine Freunde«, sagte ich. »Nun, über dieses Wort ließe sich endlos streiten. Soll heißen, Edler, daß wir sie kennen. Leider auch von der weniger angenehmen Seite.«

Salahaddin seufzte. In seinem Gesicht erkannten wir echte Sorge. »Ihr helft mir, indem ihr mit mir und den Fremden sprecht, für das Schweigen der Waffen sorgt und, wenn es unvermeidlich ist, für einen ehrlichen Kampf. Ihr sollt nicht mit den Muslime kämpfen und nicht gegen sie. Aber sprecht mit den Eindringlingen. Berichtet mir! Bis der erste Pfeil schwirrt und wir griechisches Feuer gegen die Belagerer schleudern, vergeht noch viel von jener Zeit, die uneingeschränkt in Allahs Fingern ruht.«

»So ist es. Ich und jeder meiner Ritter werden tun, worum du uns gebeten hast«, sagte ich einfach. Dann fügte ich lachend hinzu: »Wir wollen nämlich nicht vor Langeweile graues Haar bekommen.«

»Tyanna mit dem Haar von der Farbe des Mondlichts«, murmelte er glücklich. »Dein Freund – unzählige gehorsame Kinder mögen euch erwachsen – ist wahrlich klug. Sein Auge richtet sich wie das seines Falken bis in den Grund meines Herzens.«

Ich verzichtete wohlweislich auf eine Antwort. Unauffällig kamen und gingen die Diener. Ab und zu warf sich ein Bote vor Salahaddin nieder und flüsterte etwas in sein Ohr. Er gab gebrummte Befehle und wandte sich wieder uns zu.

Wir schilderten das Problem aus der Sicht der Franken und konnten Salahaddin deutlich machen, warum so viele Krieger derart inbrünstig hier fochten; daß sich zu ihnen auch Gesindel und Glücksritter gesellten, verstand sich von selbst.

Spät an diesem Abend endete unser Gespräch in einem ausgedehnten Gastmahl, bei dem wir auch Saladins Kinder und seine Brüder kennenlernten. Die Nacht endlich gehörte uns; ohne großes Erstaunen sah ich, wie dunkelhaarige Frauen zu den Zimmern meiner Ritter huschten und verhalten kicherten, ehe sie die schweren Vorhänge zur Seite rafften.

»Akkon!« sagte Salahaddin düster. »Vor zwei Jahren rieten die Emire, die Stadt zu schleifen. Hätte ich ihnen geglaubt!«

Emir Beha-eddin Karakûsch hatte nach dem Fall der Stadt mit christlichen Gefangenen die Mauern höher, wuchtiger und fester aufgerichtet. Neue Wehrtürme waren entstanden, die jetzt das Heer der Christen berannte. Um die Mauern wogte der Kampf. Ein gewaltiges Lärmen war zu hören, und die Kämpfer schienen unwirklich weit entfernt.

»Schick deine Leute, die Reiter von Taki-eddin, zum unverschanzten Lager der Christen. Dorthin!«

Ein Teil meiner Ritter, Salahaddin und eine Schar seiner wildesten Reiter saßen in den Sätteln und beobachteten die Versuche, die Stadt von innen und außen zu verteidigen. Nahe dem Meer hatten die Franken sich hinter einer mehrfachen Linie Fußvolk zum Kampf gerüstet. Ein befestigtes Lager gab es noch nicht.

»Dort ist auch ein Tor«, wandte Comonda ein. »Bring frische Kräfte in die Stadt.«

Salahaddin winkte. Ein Bote ritt heran und hörte schweigend zu. Er nickte, wiederholte den Befehl und sprengte davon. Einzelne Blöcke Krieger rückten vor, lösten sich auf, schlossen sich wieder zusammen und wichen aus. Von Mauern und Türmen flogen Speere und Wolken von Pfeilen, Steine und Mauerbrocken. Hin und wieder segelten Krüge des unlöschbaren griechischen Feuers durch die Luft und zerplatzten in einer gräßlichen Feuerwolke zwischen den auseinanderstiebenden Franken.

Ich beobachtete den Boten. Er wählte einen Weg, der ihn nicht gefährdete. Das Schreien der Sterbenden und Verwundeten und das Klirren unzähliger Waffen drangen an unsere Ohren. Es roch nach Brand und stinkendem Salzwasser. Im achten Mond des Jahres hatten die Heere aus dem Norden die Stadt erreicht.

Dann griff Taki-eddin mit seinen Reitern an. Pferde galoppierten los, durch die Staubwolken sahen wir das Blitzen der Waffen und die flatternden Standarten mit dem Halbmond im grünen Feld. Die Sarazenen schossen im Galopp die Pfeile ihrer kurzen Bögen ab. Ihre Lanzen stießen nach vorn. Streitkolben hoben und senkten sich. Schwerter zuckten, und der Boden dröhnte vom Fall der Gepanzerten und den Pferdehufen. Die Sarazenen kämpften geschickter als die Franken, aber sie zahlten einen hohen Blutzoll, als sie die Front der Ritter eindrückten, die Linien aufrissen und das Fußvolk niederritten.

»Das kann der Sieg sein!« rief Salahaddin. »Bleib hier, Atlan, und sende Boten, wenn sich das Glück von uns wendet.«

»Ich versprech's.«

Er sprengte davon und zog das Schwert, unser Geschenk, aus der Scheide. Als er die Hälfte des Hügels hinuntergeritten war, folgten ihm die Männer der Palastgarde. Nicht weniger als hundert Reiter sprengten hinter ihm her, von seinem Mut mitgerissen. Ich verfolgte ihren Vorstoß, bis ich durch die Linsen des Fernglases erkannte, daß sich Saladin entlang der Schneise im fränkischen Heer seinen Weg zum Stadttor suchte. Der Verteidiger auf den Mauern bemächtigte sich plötzliche Aufregung. Viele Atemzüge später schwang sich Salahaddin auf die Mauerkrone und riß einem Schützen den Bogen aus der Hand. Zwei Drittel der sarazenischen Kämpfer folgte Salahaddin in die Stadt. Den dumpfen Knall, mit dem sich die wuchtigen Tore schlossen, hörte ich deutlich. Ein Drittel etwa zog sich in unsere Richtung zurück, aber die Franken verfolgten sie nicht. Ich schaute mich um. Gab es noch frische Kräfte der Muslime? Ich fragte einen Boten, aber er verging fast vor Scham, als er gestehen mußte, daß sich alle Krieger um Akkon versammelt hatten.

»Ihr hättet die Fremden heute überwältigen können«, sagte ich. »Nun werden sie ein befestigtes Lager aufschlagen. Reite zu deinen Leuten und sag ihnen, daß Salahaddin dieses will: Sie sollen sich erholen, ihre Pferde füttern, ihre Waffen ersetzen und ruhig warten.«

»Worauf?«

»Auf den Befehl von el Rais«, sagte ich. »Das ist einer von vielen Kämpfen. Der Sieg liegt in weiter Ferne.«

»So Allah will.«

Tyanna wartete in der Obhut Ciros, geschützt durch eine Handvoll Muslim-Krieger, im Lager. Viele meiner Ritter hetzten durch das Land zwischen Bergen und Meeresküste und versuchten, zwischen versprengten Heeresteilen beider Gegner zu vermitteln. Ich hatte ihnen befohlen, für den Schutz der Bevölkerung zu sorgen, gleichgültig, mit welchen Mitteln. Ich wußte, daß sie die Lähmstrahler einsetzten, wenn jede andere Waffe wirkungslos geworden war.

Voll tiefem Ernst knurrte Montjoye unter dem hochgeschobenen Visier hervor: »Sie werden sich noch ein Jahrhundert lang gegenseitig zerfleischen, Atlan.«

»Ohne unsere Hilfe.« Ich sah zu, wie sich der vierte oder fünfte Waffengang aus Erschöpfung verlangsamte und schließlich in Erstarrung auf beiden Seiten verwandelte. »Das ist ganz gewiß.«

»Du willst nicht eingreifen und diesem unseligen Treiben ein Ende setzen? Mit unserer Ausrüstung könnten wir die Heere in einen angstschlotternden Haufen verwandeln!«

»Wir halten es wie bisher«, gab ich zurück, grimmig entschlossen, diesem Vorsatz treu zu bleiben, wie schwer er auch fallen mochte. »ES hat mich verpflichtet, zu entscheiden, nicht die Herrschaft anzutreten.«

»Das verstehe, wer will. Ich vermag's nicht.« Er fluchte und gab seinem Pferd die Sporen. Ich wartete, bis der nächste Ausfall Saladin von den zwölf Schritt breiten Stadtmauern herunter und in meine Nähe brachte.

18.

Es dauerte volle dreiundzwanzig Monde, bis Richard Löwenherz dem Ruf »Deus le vult! Gott will es!« gefolgt und gelandet war. Fast siebenhundert Tage verstrichen auf eigentümliche Weise. Wer die Barbaren so gut kannte wie ich, fand es nicht eigentümlich. Neun Monde nach dem ersten Ansturm auf Akkon erreichte Friedrich Barbarossa, achtundsechzig Jahre alt und noch immer nicht vernünftig, mit einem riesigen Heer – das Salahaddin in tiefen Schrecken versetzte, denn Barbarossa hatte die Hauptstadt der türkischen Muslime, Konieh, eingenommen – den Fluß Kalykadnos. Manche nennen ihn auch Selef. Am Ufer, nach einem kräftigen Essen, zog er sich aus, um im eiskalten Wasser zu baden und sich zu reinigen. Die reißende Strömung wirbelte ihn mit sich; Fußvolk und Reiter versuchten ihr Äußerstes, ihn zu retten. Er ertrank. Das Heer löste sich auf; nur wenige Ritter kamen bis Tyros und Akkon.

Wir erfuhren dies durch Brieftauben-Botschaften, eines der sichersten Kommunikationsmittel dieser Zeit. Der Logiksektor sagte: *Ein nicht allzu schmerzlicher Verlust für dich. Ein Beweis, daß er mit dir zusammen nie ein Weltreich hätte erschaffen können.*

Ich murmelte betroffen: »Was sollte *ich* mit *meinem* Alter dazu sagen?«

Der Extrasinn schwieg. Dreiundzwanzig Monde lang wurde Seite um Seite eines bizarren Bilderbogens aufgeschlagen. Die Gegner kämpften gegeneinander, aber kleinere Gruppen versöhnten sich in den Kampfpausen, tanzten und sprachen miteinander, meist durch die Dolmetscherdienste meiner Ritter ermöglicht. Beha-eddin ritt mehrere Pferde zuschanden, um für Salahaddin Hilfe aus Singar, Dehesire und Bagdad frische Heere zu erbitten, denn die Muslime zitterten in der Erwartung von Barbarossas diszipliniertem Heerbann.

Dem flachen Ufer, dessen Sand in dieser Morgenstunde nur die Hufeindrücke meines Hengstes zeigte, näherte ich mich mit größter Vorsicht. Weit draußen erkannte ich die Segel einer kleinen Flotte. Zwei Schiffe wurden im Vordergrund durch dünnen Nebel zum Strand gerudert. Von den Mauern starrten, halb gelähmt von Vorahnungen, die Sarazenen herunter. Die Belagerer in ihrem fest verschanzten Lager jubelten. Ich war allein, daher hatte ich meine Verteidigungseinrichtungen aktiviert. Wachsam kreiste mein Falke. Knirschend schob sich der Bugkiel des ersten Pilgerschiffs auf den Sand.

Anfang Juni 1191. Richard Löwenherz ging an Land. Aufmerksam glitten meine Blicke umher. Ich bemühte mich, jeder Einzelheit die wahre Bedeutung zuzumessen. Die Belagerer waren faul, müde und trotz der Mauerbrecher- und Sturmmaschinen erfolglos. Das zweite Schiff kam heran und klappte eine riesige Luke auf. Gesattelte Pferde wurden ins Wasser hinausgeführt.

Als erster stürmte Richard »Löwenherz« Plantagenet durch das aufspritzende Wasser. Er maß das Lager, die Stadt und den weithin leeren Strand. Nach zwanzig Schritten erkannte er den einsamen Reiter, stutzte und breitete die Arme aus. Dann schrie er:

»Graf de Arcanjuiz! Atlan! Mein treuester Vasall!«

Er rannte auf mich zu. Natürlich trug er die geschenkte Rüstung mit den

Ginsterblüten. Ich stieg aus dem Sattel und schaltete das Abwehrfeld aus. Richard blieb einen Atemzug lang vor mir stehen, dann umarmte er mich und schlug mit klirrenden Eisenhandschuhen auf meine Schultern und auf den Rücken.

»Ein Erblehen in England wirst du bekommen, Atlan. Welche Freude! Oft habe ich an dich und deine Ritter gedacht.«

»Dein Lehen, Freund Löwenherz«, meinte ich zurückhaltend, »wird dir erhalten bleiben. Ich will es nicht, ich brauche es nicht. Du hast also meine Ratschläge in den Wind geschlagen?«

Er senkte den Kopf und erwiderte bedrückt: »Wenn alle Fürsten und Ritter Europas das Kreuz nehmen, kann ich nicht wagen, in meinen Schlössern zu hocken. Aber jetzt, vor den Mauern Akkons, wird gekämpft.«

»Ohne mich«, sagte ich. »Meine Ritter und ich kämpfen weder gegen euch noch gegen die Sarazenen.«

»Atlan, der Fürst des Ausgleichs. So viel hast du mir von Saladin erzählt. Noch mehr habe ich auf dem langen Zug erfahren. Du bist sein Gast?«

Ich nickte. Er war von mitreißendem Tatendrang erfüllt. Vierunddreißig Jahre konnte ich in seinem Gesicht ablesen; die Spuren um Augen und Mund deuteten auf ein Fieber hin, das in ihm schlummerte.

»Meine Neugierde ist unbezähmbar«, sagte Richard. »Ich will Saladin kennenlernen. Tust du es für mich, Atlan? Reite zum Wesir und bitte ihn, sich mit mir zu treffen. Irgendwo.«

»Das werde ich tun. Wie lange bleibst du?«

»Bis Jerusalem gefallen ist. Bis das Christliche Königreich stark genug ist, um die Sarazenen ein für allemal fernzuhalten.«

»Ein Vorhaben von kühner Großartigkeit.«

»Ich bin nicht hier, um in Gärten zu lustwandeln«, brummte er. »Ich werde sie alle, die untätigen Ritter des Philipp, fürchterlich antreiben. Gott will es! Und ich will es auch.«

»Du willst Akkon stürmen?«

»Wir werden Jerusalem zu einer offenen Stadt machen; jede Straße hierher wird wie in Arcanjuiz frei, sicher und breit sein.«

»Saladin wird mit gutem Recht, wie ich meine, etwas dagegen haben«, erinnerte ich ihn. »Ich reite zu ihm und spreche mit seinen Beratern. Und noch etwas – der erste Angriff deiner Ritter auf meine Ritter wird ein böses Ende nehmen. Für deine Ritter, Freund Löwenherz.«

Unsere Hände trafen sich. Mit ihm würde ich keinen Ärger haben. Aber ich sah Jahre voller schlimmer Ereignisse vor meinen Augen, als ich in den Sattel kletterte und davontrabte.

Ich war nicht eigentlich müde. Ich hatte mich aber eine solch lange Zeit zwischen den Barbaren aufgehalten und wurde von den widersprüchlichen Eindrücken und Erlebnissen aufgerieben. Panik konnte meine Erschöpfung nur auf die Spitze treiben, wenn ich mich von jedem Eindruck belasten ließ, wenn ich ihre Sache unausgesetzt zu meiner machte. Ich kämpfte verzweifelt darum, eine Antwort zu finden – wie schon so oft. Für die Barbaren schien der einzig mögliche Friede der des Sensenmanns zu sein. Staub erhob sich auch unter den Hufen des Pferdes, als ich in gestrecktem Galopp auf Salahaddins Lager zurückritt. In seinem Zelt erwartete er mich.

»Ein furchtloser, nicht zu erschütternder Ritter wird uns den Sieg schwermachen«, begrüßte mich mein sarazenischer Freund. »Was will er denn von mir?«

Ich berichtete von seinem Wunsch. Lange dachte Salahaddin nach. Er entschied sich für diesen Vorschlag; er galt nicht zu Unrecht als kluger Herrscher. »Ein Treffen zwischen Herrschern schickt sich erst nach einem gesiegelten Stillstand der Schwerter. Ich werde meinen Bruder senden: Malik el-Adil.«

»Trage ihm auf, keine Entscheidungen zu treffen.«

Salahaddin lachte wieder sein ansteckendes, übermütiges Gelächter. »Er weiß es schon. Malik muß noch viel lernen. Willst du mir eine Bitte erfüllen?«

»Die zweite an diesem Morgen.«

»Geh nach Akkon und hilf meinen Leuten mit der »bösen Cousine«, Freund.«

»Wenn's denn sein muß!«

In dem schmalen Landstreifen zwischen der Syrischen Pforte im Norden und Gaza im Süden kamen und gingen Christen und Sarazenen in einem ständigen Wechsel, in Kreisen und abenteuerlichen Schnörkeln. Einzelne Grünzeughändler wurden ebenso überfallen wie Handelskarawanen. Blitzschnell stoben muslimische Reiter heran, machten die Franken nieder – wobei alle Christen, Ungläubigen oder Fremden als Franken bezeichnet wurden. Fränkische Panzerreiter rammten und hieben die Muslime nieder. Die Gefangenen wurden für alle Arten niederer Arbeiten benutzt. Höhnisch meinten Salahaddins Männer, auf diese Weise könnten sie ihre Gelübde der Armut und Arbeitsamkeit auf gute Weise erfüllen.

Gemeinsam feierten Franken und Sarazenen Feste oder ihre gegenseitigen Siege. Tags darauf klirrten wieder ihre Schwerter gegen ihre Schilde. Die steinige Erde des Landes füllte sich mit Gräbern, deren Reihen länger wurden von Tag zu Tag. Brieftauben flatterten emsig hin und her, an ihren Beinchen Papierröllchen mit Schriftzeichen. Dort brannte es, hier fiel eine Mauer, hier starben Menschen, dort wurden sie geboren. Seuchen brachen aus und töteten unterschiedslos Muslime und Franken; das Chaos herrschte.

Nachts landete ich im Schutz der Dunkelheit mit dem Flugaggregat und einem Sack voller Ausrüstung auf der Mauer Akkons. Hinter mir setzte Ciro auf. Fackeln flammten auf; wir riefen den Wachen das Losungswort zu.

»Bringt uns zur bösen Cousine«, sagte ich. »Wir sind die Handwerker von Salahaddin.«

»Auf dich warten wir ... Aber wie seid ihr in die Stadt gekommen?«

Ciro deutete auf ein Seilbündel, schulterte es und stapfte auf den Turm zu, auf dem das ballistische Gerät stand. Die Ausleger, federnden Schenkel und löffelartigen Wurfarme waren die Antwort der Sarazenen auf Philipps »böse Nachbarin«, deren kantige Steinbrocken und armdicke Speere in Akkon schauerliche Verwüstungen anrichteten. Die Sarazenen hatten mit ihrem Geschütz nur geringen Erfolg. Wir rammten Fackeln in Mauerspalten und fingen mit der Reparatur oder Verbesserung an. Wir verstärkten sämtliche Teile, probierten das Geschütz aus, veränderten die Einstellungen für den Schleuderwinkel und schraubten mit unseren Einzelteilen stärkere Federn hinzu, bis es fast unmöglich wurde, das Geschütz zu spannen. Schließlich kurbelten wir das Gerät in eine Stellung, in der die Ziele ohne viel Nachdenken getroffen werden konnten. Noch in dieser Nacht schossen wir ein Dutzend Krüge griechisches Feuer in das Lager der Franken. In der Verwirrung, die sofort ausbrach, machten wir uns ungesehen fort.

Richard zeichnete sich an jedem Kampfplatz durch bemerkenswerte Körperkraft und gewaltigen Mut aus. Er liebte den Kampf; kämpfte wie ein rasender Nachfahre des Ritters Hroulandus. Unablässig wurde Akkon berannt; das Kriegsglück ging entscheidungslos hin und her. Immer wieder warf ein furchtbares Fieber sowohl Philipp als auch Löwenherz aufs Lager. Zweimal konnte ich ihm durch eine Injektion und einen Kontakt mit dem Zellschwingungsaktivator helfen, aber gegen dieses Fieber hatte ich keine hochwirksamen Medikamente bei mir. Hunger suchte die Franken heim – Salahaddin schickte lebende und gebratene Hühner in Richards Zelt. Widersinnig? Nicht in dieser Art Glaubenskrieg. Akkon, ein strategisches »Tor« nach Palästina, mußte erobert werden, denn sonst wäre die bewaffnete Pilgerfahrt gescheitert. Drei Monde später fiel Akkon, und die muslimische Besatzung zog ab. Salahaddin und seine Truppen zogen sich zurück und wichen einer offenen Feldschlacht aus. König Philipp reiste zurück in die Heimat. Richard baute Akkon wieder auf, und als nicht die erwartete Menge von christlichen Gefangenen von den Muslims freigegeben wurde, ließ er dreitausend Muslime, seine Gefangenen, köpfen. Das Massaker entsetzte uns alle. War Richard verrückt geworden?

Seit dem Blutbad machten Salahaddins Truppen keine Gefangenen mehr. Richard rüstete wieder ein Heer und drang langsam, aber unaufhaltsam gegen Jerusalem vor. Auf diesem Weg verlor er unzählige Männer. Im September 1191 gewann Richards Heer die Schlacht, zu der er Saladin gezwungen hatte. Bei Arsuf zerstreute er die Muslim-Heere. Im Schutz meiner Ritter brachte sich Salahaddin in Sicherheit. Anstatt Jerusalem zu belagern, ließ

Richard Jaffa aufbauen. Saladin ließ Askalon stürmen und zerstören. Sein Gegner reiste nach Akkon und suchte Krieger für die beabsichtigte Belagerung der Heiligen Stadt. Saladin lehnte auf meinen Rat einen Friedensschluß ab, denn die Vertragsuntreue der Franken war hinlänglich bewiesen worden. Hagel, Regen und Sturm leiteten einen langen Winter ein. Verwüstungen und Wiederaufbau waren mit den Namen vieler Städte verbunden.

Ein seltsam begründeter Mord wurde uns berichtet: Selbstmörderische Sektenangehörige der *Haschschaschi,* durch Rauschgift und Heilsversprechungen aufgeputscht, töteten Kuonrad von Montferrat nahe seinem Palast. Kuonrad war zum neuen König von Jerusalem gewählt worden. Der überlebende Attentäter gestand, daß er im Auftrag von Rashid ud-din Sinan gehandelt hatte, einem Scheich, gegen den Salahaddin nichts ausrichten konnte.

Daron wurde erobert, die letzte Bastion des Salahaddin. Böse Nachrichten aus Britannien erreichten Richard. Askalon wurde von den Sarazenen nicht ausgeliefert. Richard unterzeichnete im September 1192 einen Friedensvertrag. Seine Mittel waren erschöpft: Krieger, die nicht mehr kämpfen konnten, kein Geld, keine Unterstützung durch Flotten; die Verbündeten weigerten sich, und die Probleme in Britannien nahmen zu.

Zweimal war Richard Jerusalem gefährlich nahe gekommen. Er dachte über die Botschaft Salahaddins nach, die Ciro und ich ihm überbrachten. Weit entfernt von allem Nachschub, mit einer kleinen Truppe, würde der mächtigste Feldherr die Stadt nicht gegen die Übermacht von Sarazenen und mißlichen Umständen halten können. Die Erlaubnis, Pilgerfahrten nach Jerusalem durchzuführen, wurde erteilt.

Richard lud mich ein, ihn in Britannien zu besuchen. Ich sagte mit Vorbehalten zu, Löwenherz segelte am neunten Oktober 1192 ab. Auch dieser Zug der Kreuzritter war beendet. Jerusalem blieb in der Hand Salahaddins.

Diese Nachtstunde war ungewöhnlich mild für den Anfang des elften Mondes. Jerusalem, dessen Einwohner in erschöpften Schlaf gefallen waren, lag zur linken Hand der Turmplattform. Das Land, das so viele Kämpfe hatte über sich ergehen lassen müssen, erstreckte sich rechts in ähnlicher Stille. Nur wenige Lichter waren zu erkennen. Drei Gruppen bewegten sich auf den Mauern; Wächter und Palastgarden schützten Salahaddin, Tyanna, Ciro, mich und meine drei Anführer – wovor eigentlich?

»Mancher, der ein Führer zu sein glaubt«, sagte Salahaddin leise, »führt sich selbst an der Nase herum. Großen Respekt habe ich vor deinem seltsamen Freund, aber Einsicht und Mäßigung sind nicht seine Stärke.«

»Sie waren es nie«, meinte Tyanna. »Er mußte scheitern. Nur ein Narr kämpft so weit von seiner Heimat entfernt.«

»Wie wahr«, murmelte er. »Ohne eure Hilfe, Freund Atlan, hätten wir bis in alle Ewigkeit weitergekämpft. Jahre um Jahre. Tausendmal habt ihr vermittelt und diesen verdammten Kampf zu einer Sache zwischen Ehrenmännern gemacht, nicht zu einer Schinderei von Metzgern. Dies war die Regel, aber es gab Ausnahmen.«

Aus der Dunkelheit ertönte ein Geräusch. Ich erkannte es sofort; ein Pfeil, der von einem starken Bogen abgefeuert wurde. Wir sprangen instinktiv auseinander. Zu spät. Ciro reagierte blitzschnell und schob sich vor Tyanna und mich. Salahaddin schrie gellend einen Befehl. Alles geschah so gut wie gleichzeitig. Die Wachen rannten auf den für mich unsichtbaren Schützen zu. Die Pfeilspitze drang über dem Herzen Tyannas heraus, Blut durchtränkte ihr Kleid. Ich fing sie auf, und in diesem Sekundenbruchteil begriff ich, daß der Pfeil mir gegolten hatte. Wütender Lärm, Schreie, die Laute von Schlägen und Klirren drangen an unsere Ohren.

Tyanna starb mit weit offenen Augen. Ihre Lippen formulierten lautlos einige Worte. Sie war schon tot, noch ehe ich ihren Körper auf meinen Armen hatte.

Montjoye stöhnte auf, als habe ihn ein Dolch getroffen. Salahaddins Gesicht war im Fackelschein weiß geworden. Die folgenden Augenblicke nahm ich durch einen Nebel wahr, der Geräusche und Bedeutungen schluckte und undeutlich machte. Die Wachen schleppten zwei blutüberströmte Männer heran. Salahaddin riß blitzschnell einen Dolch aus dem Gürtel und führte einen wilden Hieb, mit dem er den Attentäter tötete.

» ... soll kein Friede sein zwischen Christenhunden und solchen, die ihre Freunde sind! Tod für dich, Yussuf Salahaddin ...«, rief der andere Mann. Überall war Blut. Mein sarazenischer Freund schwieg erstarrt, dann sagte er mit flacher Stimme, halb erstickt: »Tötet ihn! Einen Mond lang. Schickt die Reste an seinen Scheich Rashid. Er wird meinen Zorn spüren und ...«

Er hörte zu sprechen auf und winkte Ciro. Ciro hob den schweren Körper vor meinen Augen und ging zur Steintreppe der Mauer. Salahaddin zog mich an seine Schulter und murmelte unverständliche Worte. Der Logiksektor wisperte: *Haschschaschi-Mörder. Sie wollten Salahaddin und dich strafen. Denk an den Schlaf; Trost findest du nur dort.*

»Mein Freund«, sagte Salahaddin mit mühsam erzwungener Ruhe, »jedes Wort ist eines zuviel. Ich fühle schwarze Trauer mit dir. Aber ihr Leben war in der Hand des Höchsten, so wie deines, wie meines auch. Es hat ihm gefallen, ihr Leben zu beenden. Sie litt nicht.«

Er zog mich mit. Die halbe Nacht saß er in meinem Zimmer, trank Wein mit mir, und ich merkte viel zu spät, daß in einem der letzten Becher ein starkes Schlafmittel war. Mindestens achtundvierzig Stunden lang schlief ich. Ciro ließ abstimmen. Die Mehrzahl meiner Ritter war entschlossen, nach Kastell Arcanjuiz zurückzugehen.

Wir brachen einen halben Mond nach Tyannas Begräbnis auf.

Kastell Arcanjuiz würde ohne mich weiterleben können. Wir schafften Vorräte und Ausrüstung aus dem arkonidischen Magazin nach oben und füllten den Liftschacht mit Gestein und Sand auf. Die verräterischen Stücke meiner Ausrüstung waren längst in der Tiefseekuppel. Amasa Ahitofelsohn, seine Frau und die Kinder, unsere Androiden-Ritter, die Vorsteher der Handwerker und der Karawanserei ... Stück um Stück übergaben Ciro und ich an sie die Verantwortung für das Lehen. Die Waffen würden vielleicht überdauern, aber die Energiemagazine erschöpften sich naturgemäß. Die Zeit würde dieses Material ebenso zermahlen wie die Steine über den Gräbern der ES-Truppen.

Kleiner und unwichtiger wurden unsere Unternehmungen. Der Falke wurde desaktiviert und im Gleiter verstaut. Der Gleiter senkte sich in den Kielraum der zweiten Maschine. Der Winter verging, und mehr und mehr handelten und arbeiteten die Menschen ohne unsere Ratschläge und Prüfungen. Mir war, als würden wir uns auf einem geraden Stück Straße von dem Kastell entfernen und immer kleiner und unwichtiger werden, wie in der Einstellung einer hochwertigen Linse. Der vierte Tag des dritten Mondes war der entscheidende Tag: Ciros Spionsonde erfuhr, daß in Damaskus Freund Salahaddin starb.

In der darauffolgenden Nacht verschwanden wir, ohne daß uns jemand sah. Auch dieses Abenteuer mit so vielen Kapiteln war vorbei. Die Schatten dieser Geschichte wurden länger und schwärzer. Schließlich flüchtete ich mich in den tiefen, langen Schlaf. Schlaf bedeutete Vergessen. Vergessen? Konnte ich vergessen? Würde ich vergessen können? Oder überfielen mich meine düsteren Erinnerungen wieder, wenn ich aufgeweckt wurde?

19.

Drigene nahm Djosan Ahars Hand und lächelte zögernd die Versammelten an. Tifflor deutete auf den Bildschirm des Visiphons.

»Entwarnung, Professor Aescunnar. Wir kennen jetzt den Aufenthaltsort von Raysse Mahal. Er ist mit der ALDEBARAN unterwegs, mit einer rein terranischen Besatzung. Der Termin für seine medizinische Überprüfung steht schon fest.«

»Und wir beide, Pruyaree und ich«, sagte Drigene, »sind nicht mehr Träger dieser Kontaktgifte.«

»Vergessen Sie's«, murmelte Tifflor. »Ist es ein Zufall, daß sich heute so viele Teilnehmer dieser Karthago-Zwo-Mission getroffen haben, Cyr?«

»Nicht ganz. Seit fast vierundzwanzig Stunden erholt sich Atlan von seinen langen Erzählungen ... und ich hab' auch ausschlafen und meine Unterlagen ordnen können. Oemchèn hat eingeladen.«

»Außerdem beendete heute, im Jahr 1799, der Erste Konsul Napoleon Bonaparte offiziell die Französische Revolution.« Djosan Ahar, der Mucy-Anthropologe, grinste und blickte auf das Chronometer. »Stimmt's, Cyr? Am fünfzehnten November?«

»Stimmt«, sagte Cyr. »Ihr wißt, was Bonaparte über Langschläfer sagte? Vier Stunden für Männer, fünf für Frauen und sechs für Idioten. Ich jedenfalls bekenne mich dazu, mehr Schlaf als ein Debiler zu brauchen.«

»Damit bist du nicht allein.« Oemchèn wies auf die vielen Platten und Gläser des Buffets. »Jene Zellen im ventrolateralen präoptischen Feld des Hypothalamus, dem VLPO, an die sich das sogenannte Fos-Eiweiß anlagert ...«

»Ich schlafe auch ohne unverständliche Erklärungen gut, gern und lange.« Sarough Viss, vor wenigen Tagen von einem Fernflug zurückgekommen, blickte die Holoprojektion an, die den schlafenden Arkoniden zeigte. Atlan lag außerhalb des Überlebenstanks; seine Muskeln wurden von Antigravgeräten und Vibratoren stimuliert. Mildes Licht aus Solarlampen traf die Haut des Schlafenden. Auch Veye Gidvani, Julian Tifflors Freundin, betrachtete den Prätendenten des NEI schweigend, fast mitleidig.

»Seltsam«, meinte Cyr Aescunnar. »Zum erstenmal hat Atlan eine Erzählung nicht beendet, sondern – wie ich behaupte – kurz nach der Einführung unterbrochen. Auf mich wirkte er erschöpfter als sonst.«

Ghoum-Ardebil schüttelte den Kopf.

»Es gibt keinen Schlafenden, den wir genauer beobachten, meine Freunde. Atlan geht es gut, alle Monitoren zeigen Bestwerte; sein Schlaf – auch ohne komplizierte Erklärungen – einschließlich aller Melatoninwerte trägt zu seiner endgültigen Gesundung bei. In spätestens achtundvierzig Stunden spricht er wieder, Cyr.«

»Danke für die Beruhigung, Herr Kollege.« Cyr nickte.

Sein Arbeitsplatz war aufgeräumt. Die Karten und Ausgrabungsberichte der Wikingerkolonien von Gorodischtsche, Nowgorod oder Gnesdowo und eine holographische Auswahl von arabischen Silbermünzen, in Skandinavien ausgegraben, standen auf den Monitoren, die erweiterte J. L. Borges-Liste der Kenningar lag aufgeschlagen neben den Keyboards und der Printplatte. Ein Stapel alter Bücher, deren Titel auf die Kreuzzüge, das europäische Mittelalter und die Geschichte des Islam hinwiesen, lehnte an einem Monitor, der die Weltkarte zeigte, mit Punkten und Linien, die Atlans Wege zu beschreiben versuchten.

»Zufrieden mit den Daten, Professor?« fragte Tifflor und machte eine schwungvolle Geste, die Aescunnars Ausrüstung umfaßte.

»Ja und nein.« Der Historiker drückte Tifflor ein gefülltes Glas in die Hand und nahm selbst eines. »Ich bin hoch erfreut über gewaltige Mengen echter, wichtiger Informationen. Für mich steht aber auch fest, daß Atlans Erinnerungen im Lauf seiner langen Einsamkeit manipuliert worden sind. Oder sie haben durch den langen Schlaf gelitten. Ich glaube, daß ES seine Hände im Spiel hat – falls ES so etwas wie Hände hat.«

»Hat Atlan eigentlich je einmal die Cheborparner erwähnt?«

»Wen? Chebor ... was?«

»Angehörige eines galaktischen Volkes, vom Planeten Pspopta. Sehen wie zwei Meter große, aufrecht gehende Ziegenböcke aus, mit schwarzem Fell. Sie haben nachweislich im zehnten und elften Jahrhundert nach der Zeitwende die Erde besucht. Man hat sie mit dem Satan, dem Teufel, mit Gottseibeiuns verwechselt.«

»Kein Wort hat er davon gesagt.«

»Wir kennen diese rotäugigen Wesen seit mehr als einem Jahrhundert«, sagte Tifflor. »Achten Sie bitte darauf, Professor: Vielleicht erwähnt Atlan einmal, daß Ricos Sonden die eine oder andere Beobachtung gemacht haben.«

»Ich achte auf die geringsten Kleinigkeiten. Außerdem wird jedes Wort dokumentiert.«

Cyr hob die Schultern und starrte die überladenen Regale seines Arbeitsplatzes an. Er wußte nicht einmal genau, welchem galaktischen Volk die Stellaren Gäste angehört hatten; ein weiteres Vergangenheitsvolk aus der gemäßigten Zukunft?

»In seinem untermeerischen Zylinder, den Atlan ironischerweise Kasr-es-Salam nennt, Palast des Friedens, bewahrt er noch viele Geheimnisse auf«, sagte der alte Ara-Mediziner. »Es wäre verwunderlich, wenn nicht auch der Arkonide etwas vergessen würde. Kein Verstand kann überleben, wenn ihm nicht die Gnade des Verdrängens und Vergessens gegeben wäre.«

»Gilt das auch für Ricos Positronengehirn?«

»Wahrscheinlich nicht. Andererseits – selbst MASTERCONTROL hat schon Störungen hinter sich gebracht. Wer wüßte es besser als Sie und Ihre Gäste, Prof.«

»Wir haben es erlebt.« Scarron Eymundsson saß in Cyrs Arbeitssessel, hatte die Ellbogen auf die Platte und das Gesicht in die Hände gestützt. Schweigend betrachtete sie die holographische Wiedergabe aus der Intensivstation des Planetaren Krankenhauses. Bisher, so wußte es Aescunnar, hatte sie um Atlans Leben gezittert; es schien allen, daß Atlans Überleben gesichert sei. Sein Körper zeigte kaum noch Spuren des schrecklichen Unfalls auf Karthago II. Der Verstand schien nicht gelitten zu haben, was die Klarheit seiner Erzählungen bewies – aber bevor Atlan sich nicht bewegte und verhielt wie vor dem Unfall, konnte auch Ghoum-Ardebil keine eindeutigen Aussagen treffen. Immerhin: Er vermittelte eine optimistische Perspektive. Zu Aescunnar hatte er vor einigen Tagen von drei Monaten gesprochen – in neunzig Tagen würde Atlan die Quarantäne verlassen können.

»Es ändert nichts«, sagte Scarron und drehte den Sessel, stand auf und zuckte mit den Schultern, »wenn ich ihn anstarre, an Tyanna oder Alexandra denke. Eifersucht auf die Vergangenheit?«

Aescunnar legte ihr den Arm um die Schultern und sagte leise: »In gewisser Weise sind wir alle auf die Vergangenheit eifersüchtig. Denn nur dort hätten wir auf unserem verschwundenen Planeten erleben können, was Atlan erlebte; ich glaube, keiner von uns hätte es längere Zeit ausgehalten.«

Sie starrte in seine Augen, dann nickte sie.

»Und es fehlen noch Erzählungen von mindestens tausend Jahren. Mehr als zwanzig Generationen! Was wird er uns noch berichten? Atlan, der Einsame der Zeit, eingesponnen in seine Träume und Erinnerungen, ohne sich bewußt zu sein, daß er unaufhörlich redet ...«

»Sorge dich nicht, Scarron.« Cyr schob sie in den Mittelpunkt der Gäste. »Mit jeder neuen Erzählung wird Atlan ein wenig freier und gesünder. Nur wir haben das Privileg, über seine Schulter in die Vergangenheit zu blikken.«

Scarron nickte schweigend, nahm ein Glas und hob es; es schien, als wolle sie auf Atlans Wohl in den Jahrhunderten des Chaos trinken.

ENDE

Atlans Unterwasserstation

1. Zentralkuppel mit Steuer- und Überwachungseinheiten
2. Atlans Reanimationskammer
3. Hospitalsektion
4. Kuppel für Illusionslandschaften
5. Atlans Privaträume mit darüberliegendem „Museum“
6. Tiefschlafkammern
7. Schutzmantel der Zentralpositronik mi darunterliegender Peripherie
8. Schleusenring mit Flutanlage und daru terliegendem „Hangar“
9. Schleuse
10. Transportschacht für sperrige Güter mi Zugang zu den Ringtransportfluren
11. Versorgungsleitungen u. Defensivanlag